EXCALIBUR

Herausgegeben von
Melissa Andersson
und
Gerd Rottenecker

Die Farben des Stahls bei Excalibur:

1. Stadt der Schwerter (70130)
2. Die Bogenmeister (70131)
3. Die Steppenreiter (70132)

K. J. Parker ist das Pseudonym eines bekannten englischen Autors, der mehr als ein Dutzend Romane verfaßt hat und mit der Trilogie »Die Farben des Stahls« erzählerisches Neuland betritt. K. J. Parker lebt in Somerset.

K. J. Parker

DIE FARBEN DES STAHLS 2

Die Bogenmeister

Ins Deutsche übertragen von
Andreas Decker

Knaur

Die englische Originalausgabe erschien 1999 unter dem Titel
»The Fencer Trilogy, Part 2: The Belly of the Bow«
bei Little, Brown/Orbit, London

Deutsche Erstveröffentlichung 4/2000

Umschlagkonzept: Melissa Andersson
Umschlaggestaltung: Agentur Zero, München
Umschlagillustration: Mick Van Houten, »The Belly of the Bow«
Lektorat: Gerd Rottenecker
Satz: Ventura Publisher im Verlag
Druck und Bindung: Clausen & Bosse, Leck
Printed in Germany
ISBN 3-426-70131-6

2 4 5 3 1

Für meine Mutter
(die die Szene mit dem Kaninchen abscheulich fand)

und Tim Holman
(für all die Schweinefleischpasteten,
die er nie gegessen hat)

Anmerkung des Autors

Alle in diesem Roman beschriebenen Bögen basieren mit Ausnahme von einem (Sie werden schon wissen, welchem, wenn Sie zu der Szene kommen) auf Prototypen, die ich selbst gebaut habe; die Ausnahme wurde von einer Beschreibung in Jim Hamms Buch *Bows & Arrows of the Native Americans* inspiriert. Meines besten Wissens ist das Projekt technisch durchführbar; sollte es jemals jemandem gelingen, behalten Sie es für sich, ich will wirklich nichts davon hören.

KJP

1

Der Sergeant zog ihn am Ärmel. »Verschwindet von hier, Vater«, sagte er drängend; das Gebrüll und der Kampfeslärm aus unmittelbarer Nähe übertönten fast seine Worte. »Sie kommen. Ihr werdet getötet, wenn Ihr jetzt nicht verschwindet.«

Doktor Gannadius starrte ihn an und griff nach seinem Handgelenk. Es fühlte sich durchaus solide an. »Da stimmt etwas nicht«, murmelte er. »Ich kann nicht hier sein.«

»Verschwindet!« brüllte der Sergeant, dann riß er sich los und stürmte mit unbeholfen schlitternden Schritten in den Korridor hinein, krachte gegen ein Bücherregal und ließ Buchrollen auf den Boden regnen. Aus der anderen Richtung konnte Gannadius noch mehr Gebrüll hören, das sich stetig näherte – dem Klang nach zu urteilen handelte es sich um Befehle, die ein Offizier am Ende seiner Kraft bellte, aber er konnte weder die Worte verstehen noch sagen, ob es sich um Freund oder Feind handelte.

»Das ist falsch«, wiederholte Gannadius leise. »Ich war nicht dabei. Ich ging, bevor es geschah.«

Ein paar Meter vor ihm flog ein Schlagladen auf, und ein Männerkopf, der von hinten rot angestrahlt wurde, schob sich durch das Fenster. Es war ein Gesicht wie aus einem Alptraum, fremd und gefährlich, und Gannadius wich instinktiv zurück. Logisch gesehen hätte er flüchten sollen. Ganz weit hinten, abgeschlagen auf dem zweiten Platz, war da der Gedanke, eine der weggeworfenen Waffen zu nehmen, die auf dem Boden lagen, und zu versuchen, den Fremden zu töten, der durch das Fenster stieg. Gannadius konnte beides nicht tun. Im Hinterkopf machte er sich eine Gedankennotiz über die Auswirkungen blinden Schreckens auf das unkriegerische Individuum, das einer vorwiegend sitzenden Tätigkeit nachging: Lähmung, unwillkürliche Blasenaktivität, eine scheinbare Ausdehnung des Augenblicks, als wäre die Zeit erstarrt oder als würden ihre Gesetze keine Anwendung mehr finden.

»Aber das kann *nicht* sein«, sagte er laut und voller Überzeugung, nur daß seine Stimme nicht funktionierte. »Ich entkam der Stadt, bevor sie fiel. Ich war nicht dabei.«

»Sag das dem Richter«, grunzte der feindliche Soldat, während er die linke Schulter durch den Fensterrahmen quetschte. »Ich schätze, du hast auch einen Zettel von deiner Mutter bekommen.«

Der Feind sollte eigentlich nicht mit einem starken Stadtakzent sprechen. Andererseits sollte Doktor Gannadius, seines Zeichens perimadeianischer Flüchtling, der derzeit in Shastel wohnte, nicht hier sein und mit ihm sprechen. *Jemand bricht hier die Regeln*, dachte er, *wie schrecklich unfair*; sobald er tot war, wen würde es interessieren?

Das abscheuliche Gefühl an seinem Bein herunterlaufender Pisse und der durch das Fenster hereinwehende Geruch brennender Knochen – wieviel realer konnte es sein? *Ich bin hier. Verdammt.*

»Bitte«, sagte er. Der feindliche Soldat grunzte erneut, schob ein Bein durch das Fenster und stellte den Fuß auf den Boden. »Mach schon. Lauf«, sagte er. »Was ist nun?«

»Es tut mir leid«, erwiderte Gannadius. »Ich kann nicht. Ich scheine zu keiner Bewegung fähig zu sein.«

Der Soldat zuckte mit den Achseln und griff nach hinten über die Schulter nach einem Pfeil. *Mir ist das wirklich egal*, sagte sein Blick. *Du kannst weglaufen, oder ich töte dich gleich hier. Tot bist du sowieso.* Gannadius schloß die Augen. Es würde einfach zu schrecklich sein, den Pfeil auf sich zufliegen zu sehen, und da die Zeit so langsam verlief, rechnete er fest damit, Zeuge des Phänomens namens Bogenschützenparadoxon zu werden, bei dem der Pfeil im Moment des Loslassens der

Sehne tatsächlich in schlängelnden Bewegungen am Bogen vorbeifliegt. Ein echter Wissenschaftler hätte das sehen wollen. *Ich nicht*, sagte er laut, aber die Worte funktionierten nicht mehr. *Ich begreife das nicht. Es sei denn, es handelt sich hier um einen schrecklichen Fehler im Ablauf des Prinzips – daß ich statt mich vorwärts zu bewegen rückwärts gezogen werde, vielleicht zu dem Zeitpunkt, an dem ich eigentlich hätte sein sollen. Funktioniert das nicht so? Wir glauben, die Fehler im Prinzip erkennen zu können und an den Punkten der Zukunft, an denen Dinge von großer Tragweite geschehen, Spalten aufstemmen zu können, um dort zu intervenieren. Aber was ist, wenn es in beide Richtungen funktioniert und sich die Fehler nun um mich schließen? In diesem Falle wäre natürlich alles Alexius' Fehler – und meiner, weil ich mich in die Sache habe reinziehen lassen. Vielleicht ...*

Etwas veranlaßte ihn, die Augen zu öffnen, und er sah, wie der feindliche Soldat ihn anstarrte, wie sich sein Gesicht plötzlich voller Furcht verzog, die Gannadius' eigene widerspiegelte. In der Brust des Mannes steckte plötzlich ein Pfeil, der zuvor nicht dagewesen war.

»Loredan«, sagte er und drehte sich um. Im Torbogen stand ein Mann, der einen kurzen schwarzen Bogen in der Hand hielt und dessen Gesicht frustrierenderweise im Schatten lag. Loredan, ja, aber welcher? Nicht, daß das eine Rolle gespielt hätte, da er sich jetzt ja in Sicherheit befand, aber es gab zwei Loredan-Brüder, und der eine war gut und der andere böse, und der ältere war größer und kahlköpfig (und er wußte noch immer nicht, welchen er ansah).

Welcher Loredan es nun auch war, er trat vor und rief etwas, vermutlich eine Warnung. Sie kam zu spät, denn Gannadius konnte den Pfeil kommen sehen, wie er elegant um die Achse des Bogens rotierte ...

Also bin ich doch hier gestorben. Welche Ironie.

Jemand berührte ihn am Arm, und er fuhr herum. Es war ein

Mädchen, eine seiner Studentinnen, nicht unbedingt die vielversprechendste, aber dafür geradezu schrecklich enthusiastisch. Sie lächelte, denn sie fand es amüsant, einen alten Mann zu sehen, der in seinem Stuhl so friedlich eingeschlafen war.

»Doktor Gannadius«, sagte sie. »Ich komme zu meiner Unterrichtsstunde. Das war doch heute, oder?«

Er war noch immer völlig benommen, denn er antwortete so etwas wie: »Das glaubte ich auch, aber dann verwandelte es sich in das Damals, und jetzt ist es wieder das Jetzt.«

»Doktor Gannadius?« Sie starrte ihn verblüfft und besorgt an; allerdings sah sie dabei auch ziemlich süß aus.

»Es tut mir leid«, seufzte er, streckte die Beine aus und entdeckte, daß sie dabei schrecklich kribbelten; es war, als würden ihn tausend Nadeln stechen (vielleicht erklärte das den Pfeil). »Es ist dieser schrecklich bequeme Stuhl. Sobald ich mich setze, schlafe ich auch schon ein; anscheinend kann ich überhaupt nichts dagegen tun.« Er hatte auch schreckliche Kopfschmerzen.

»Wenn Ihr wollt, komme ich später noch einmal.« Oh, wie enttäuscht sie aussah, und wie tapfer sie zu sein versuchte – war er jemals in seinem Leben bei einer Sache so enthusiastisch gewesen?

»Das ist nett«, sagte er. »Nein, bleib hier, ich bin wach. Bitte, setz dich.«

Sie gehörte zu dieser schrecklichen Sorte Menschen, die sich immer nur auf den äußersten Rand eines Stuhls hockten, als hätten sie Angst, daß sie ihn zerbrechen könnten oder daß jeden Augenblick die Person auftauchen würde, die das eigentliche Recht auf ihn hatte. Ihr Name ... Er gestand sich ein, daß nicht die geringste Chance bestand, sich so bald nach dem Aufwachen an ihren Namen zu erinnern. *Machaera.*

Komisch, daß es ihm einfiel.

»Hilf mir«, sagte er. »Was hast du diese Woche noch mal für mich getan?«

Sie drückte den Rücken noch mehr durch, bis sie wie ein menschliches Senkblei aussah. »Übungen in Projektion«, sagte sie. »Wie Ihr uns gezeigt habt.«

(Hah! Das ist wahre Ironie! Du willst nichts mit Projektionsübungen zu tun haben, meine Kleine. Sie sind nicht sicher. Sie können sogar dein Tod sein.)

»Ich verstehe«, sagte er, legte die Fingerspitzen aneinander und versuchte auszusehen, als verfüge er über Wissen. In Wahrheit waren diese berühmten geheimen perimadeianischen Projektionsübungen, die ihm im Grunde diese hervorragende Stellung verschafft hatten, kaum mehr als sein grotesker Versuch, die Techniken zu duplizieren, mit denen es Alexius und ihm vor dem Fall Perimadeias zufällig gelungen war, eine gewisse Anzahl von Projektionen zu schaffen – mit verheerenden Auswirkungen. So ziemlich das einzig Gute, das sich über diese Übungen sagen ließ, die er nun lehrte, war, daß sie nicht funktionierten. Zumindest hoffte er das von ganzem Herzen, oder sie alle würden in einen verhängnisvollen Schlamassel geraten.

»Soll ich ...?« murmelte sie. Sie war peinlich berührt, wie eine Patientin, die sich vor dem Arzt auszog. Gannadius nickte. »Wenn du soweit bist.«

»Also gut.« Sie machte sich auf ihrem Stuhl so klein wie möglich, als stünde sie ohne Mantel im Regen, und kniff die Augen so fest zu, daß es weh tun mußte. Beinahe konnte er ihre gewaltige Willensanstrengung spüren, die natürlich genau das Gegenteil bewirkte. Was allen zum Vorteil gereichte.

Trotzdem. »Entspann dich«, sagte er, »und versuche ...« Wie sollte er es beschreiben? Er hatte nicht die geringste Ahnung. »Versuche, alles so normal zu machen, wie du kannst. Wenn du darüber nachdenkst, willst du nicht mehr als still in einem Raum oder auf einer Straße stehen, was so alltäglich ist, wie es nur geht. Der einzige Unterschied würde darin bestehen, daß du dann dort bist und nicht hier. Es besteht eine große Wahrscheinlichkeit, daß du dich kein bißchen anders fühlen wirst. Vergiß nicht, es ist keine Magie; es ist ein völlig natürliches Phänomen, so wie das Träumen.«

Sie entspannte sich – entspannte sich *gewaltig* –, und Gannadius mußte sich ein Lachen verkneifen. »Ah«, sagte sie. »Oh, ich verstehe. Ja, ich glaube, es funktioniert.«

Mit Sicherheit nicht – oder etwa doch? »Bist du sicher?« fragte er und zwang sich zur Ruhe. »Sieh dich um und sag mir, was du siehst.«

»Ich kann es nicht mit Bestimmtheit sagen«, murmelte sie. »Es ist ein Ort, an dem ich noch niemals war. Er ähnelt einer Bibliothek. Und da ...« Sie hob den Kopf und richtete die geschlossenen Augen direkt auf sein Gesicht. (Aber er hatte sich bewegt, seit sie sie geschlossen hatte; wie konnte sie wissen, wie er dasaß?) »Doktor Gannadius, Ihr seid ...«

Plötzlich schrie sie auf, ein schrecklicher, schriller, gequälter Aufschrei, der genau die gleichen Nerven in seinem Kopf zum Vibrieren zu bringen schien, die schon von seinen Kopfschmerzen malträtiert wurden. Er sprang auf und ergriff ihre Hände, mit denen sie wild in der Luft herumruderte wie eine ersaufende Katze; sie riß sich los und stieß ihn so hart ins Gesicht, daß er auf den Hintern fiel und fluchte.

»Doktor *Gannadius*!« Sie starrte ihn mit einer Mischung aus Entsetzen und tiefer Scham an, und ihre Augen waren so groß wie Katapultgeschosse. »Was habe ich *getan*?«

Er rappelte sich auf und machte sich einen Spaß daraus, sich mit übertriebenem Getue den Staub von der Kleidung zu klopfen. »Schon gut«, sagte er. »Nichts gebrochen, das ich ohnehin schon lange nicht mehr gebraucht habe. Sag mir, was du gesehen hast.«

»Aber Doktor ...«

Er setzte sich und sah sie an. »Sag mir, was du gesehen hast«, befahl er leise.

Sie zog ein Taschentuch aus dem Ärmel und fing an, es zu

zerknüllen. »Doktor Gannadius«, sagte sie, und das Entsetzen war bereits mit einer Spur Stolz durchsetzt, »ich glaube, ich habe den Fall der Stadt gesehen. Ihr wißt schon, Perimadeia. Und ...« Sie schluckte und holte tief Luft, als wollte sie von einem hohen Felsen ins Wasser springen. »Ich glaube, ich habe gesehen, wie Ihr getötet wurdet.«

Gannadius nickte. »Ich verstehe«, sagte er. »Sag mir, was macht dein Kopf?«

Sie legte die Hand auf den Hinterkopf. »Ihr glaubt, ich hätte ihn mir angeschlagen und würde Dinge sehen, die gar nicht da sind? Ich bin mir sicher ...«

»Was macht dein Kopf?«

»Dem geht es gut. Nun ja«, fügte sie hinzu und schaute auf die Hände hinunter, »ich habe leichte Kopfschmerzen, aber abgesehen davon ...«

»Wie bin ich gestorben?« fragte Gannadius. Er saß völlig ruhig da, und seine Stimme klang völlig unbewegt; nur die Handflächen seiner geballten Fäuste schwitzten. »Es ist schon gut, ich werde nicht beleidigt sein.«

»Man hat Euch erschossen«, antwortete sie leise. »Ein Pfeil traf Euch ins Gesicht, er ging direkt durch ...« Sie verstummte und gab eine Reihe alarmierender Geräusche von sich, die Gannadius nach einer großen Kupferschüssel eilen ließen, die gewöhnlich Obst enthielt. Er schaffte es gerade noch rechtzeitig zurück.

»Schon gut, das war der Streß, so wirkt er sich manchmal auf Leute aus. Ich hätte dich warnen sollen.«

Sie schaute auf, die untere Gesichtshälfte von dem Taschentuch verdeckt, das auch ihre Stimme dämpfte. »Also glaubt Ihr mir? Oh, ich bin ja so *froh* – oh, das klingt jetzt aber dumm, ich wollte sagen ...«

»Ich weiß, was du sagen wolltest. Wenn es dir ein Trost ist, ich mußte mich beim ersten Mal auch übergeben«, log er. »Und ich hatte nicht einmal was Schreckliches gesehen.«

»Doktor Gannadius.« Sie stand auf, setzte sich, stand wieder auf. »Ich ... bitte, ich will die Schüssel auswaschen. Es tut mir so furchtbar leid ...«

Nicht halb so leid, wie es mir tut, dachte Gannadius, nachdem er sie endlich aus seiner Zelle gescheucht hatte. Ich glaube, Katastrophen folgen mir wie der Hund dem Würstchenmacher. Ein Naturtalent, jemand, der mit reiner *Willenskraft* in das Prinzip eindringen kann ... Ein wirklich vernünftiger Mann würde ihr zurück in ihre Zelle folgen und ihr sofort die Kehle durchschneiden. Aber ...

»Verdammt«, murmelte er, warf sich aufs Bett und zog die Beine an. Als er die Augen schloß, dachte er an seinen früheren Kollegen Alexius – der durch ein Wunder anscheinend noch am Leben war und auf der Insel lebte, meilenweit weg von diesem Krieg und vermutlich in Sicherheit. Eine Zeitlang spielte er mit der Idee, ihn mit einer Projektion erreichen zu wollen ... *Hast du jetzt völlig den Verstand verloren? Du löschst ein Feuer in einer Holzhandlung doch nicht damit, daß du die benachbarte Ölhandlung ansteckst.* In Anbetracht der Umstände schlief er dann doch erstaunlich schnell ein, und obwohl er lebhafte Träume hatte, konnte er sich beim Aufwachen nicht an sie erinnern.

Gegen Abend des zweiten Tages fanden sie in den Ruinen einer Bauernkate eine einzelne, aufrecht wachsende Esche.

»Sie ist nicht perfekt«, sagte er, »aber es wird schon gehen.«

Bardas Loredan ließ die Zügel fallen und betrachtete eine Zeitlang die Ruine, deren Mauerreste aus der dünnen Schneeschicht herausragten wie ein Ellbogen durch einen zerschlissenen Ärmel. Wie es aussah, war das Haus niedergebrannt worden, vermutlich vor fünfzig oder sechzig Jahren; selbst nach so langer Zeit waren die Spuren des Feuers deutlich zu sehen. So hoch oben in den Bergen schienen Moos und Efeu und all die anderen Pflanzenarten, die es für ihre Pflicht zu halten schienen, menschliche Fehler zu verdecken, an dem zerstörten Mauerwerk keinen Halt zu finden. Es gab nur die schöne, ausgewachsene Esche, die er fällen wollte und die genau dort stand, wo eigentlich die Mitte des Raumes hätte sein sollen. Wäre er ein abergläubischer Mann gewesen, der dazu neigte, über vergangene Ruhmestaten und Schrecken nachzugrübeln, hätte er den Untergang des Hauses und das Wachsen des Baumes vielleicht miteinander in Verbindung gebracht. Aber das war er nicht, und es war das einzige Stück geraden Holzes, das er in zwei Tagen gesehen hatte.

Der Junge neben ihm rutschte ungeduldig auf dem Kutschbock herum.

»Das ist doch eine Esche, nicht wahr?« sagte er. »Ich dachte, wir würden Osage-Orange oder Eibe suchen.«

»Das wird schon gehen«, wiederholte Loredan.

Der Junge sprang vom Wagen und kümmerte sich um die Pferde, während Loredan um den Baum ging, in sein Geäst blickte und Berechnungen vor sich hin murmelte. Der Junge beobachtete ihn mit schief gelegtem Kopf.

»Hast du nicht gesagt, das würde nichts taugen?« meinte er. »Mehr Ärger, als es wert ist, hast du mir gesagt.«

Loredan runzelte die Stirn. »Vielleicht habe ich etwas übertrieben«, antwortete er. »Mach ein Feuer, dann komm her und hilf mir.«

Er holte die große Axt vom Wagen und prüfte mit dem Daumen ihre Schneide. Sie fühlte sich stumpf an, und er fuhr mit dem Wetzstein darüber, bevor er den Mantel auszog und sich für den ersten Schlag bereitmachte.

»Ich kriege das Feuer nicht an«, beklagte sich der Junge. »Alles ist feucht.«

Loredan seufzte. »Schon gut. Ich mache es, wenn wir hier fertig sind. Hast du deine Axt? Gut, du gehst auf die andere Seite und versuchst, mit mir Schlag um Schlag mitzuhalten; und versuche, gerade zu schlagen. Und paß um Himmels willen auf, wie du mit dem Ding umgehst. Bleib ganz ruhig, hack nicht drauflos.«

Er korrigierte den Griff um die Axt, die linke Hand unten am Griff, die rechte direkt unterhalb des Axtkopfes, dann richtete er den Blick fest auf die Stelle, die er treffen wollte, und holte aus. Der Aufprall ließ seine Schultern erbeben, und er spürte einen unangenehmen Ruck im Rücken, der ihn warnte, es etwas ruhiger angehen zu lassen.

»Steh da nicht dumm rum«, knurrte er. »Du bist dran.«

Der Junge schwang die Axt; als typischer Junge mit einer großen Axt wollte er zeigen, wie stark er war. Es war ein wilder Hieb, und er schlug daneben, traf den Baum mit dem Axtgriff statt mit der Schneide. Wie zu erwarten war, brach der Schaft ab; der Axtkopf sauste beunruhigend nahe an Loredans Ellbogen vorbei und landete in einem Haufen Brennesseln.

»Idiot«, sagte Loredan nachsichtig. Er hatte als Junge genau dasselbe getan; natürlich war er da viel jünger gewesen – als er so alt wie der Junge gewesen war, hatte er alles darüber gewußt, was es über das Fällen von Bäumen zu wissen gab, statt bloß zu glauben, es zu wissen. »Geh und such den Axtkopf.«

»Er liegt in den Brennesseln«, erwiderte der Junge.

»Ich weiß.«

Er arbeitete weiter, schwang die Axt in einem langsamen, ökonomischen Rhythmus, ließ das Gewicht des Axtkopfes die Arbeit tun. Nach etwa zwanzig Schlägen begab er sich auf die andere Seite und machte dort weiter; dann ging er ein Viertel des Stammumfangs weiter und fing dort an, bis er sich auf drei Seiten bis zum Kern des Stammes durchgeschlagen hatte. Er legte eine Pause ein und stützte sich auf die Axt.

»Hast du ihn gefunden?«

»Noch nicht.«

»Bei den Göttern, was bist du langsam. Es wird schon bald dunkel. Hör auf damit und hol die Seile.«

Gemeinsam schnürten sie die oberen Äste zusammen und

befestigten das Seil an den Überresten des Türsturzes des Hauses. »Bleib zurück«, warnte Loredan. »Und komm mir nicht in die Quere.«

Er vollendete die Arbeit, und als er fast fertig war, zerbrach das Gewicht des Baumes die letzten Splitter des Kernholzes, und der Stamm ruckte zur Seite, stemmte sich gegen das haltende Seil, rutschte von dem Stumpf herunter und kam mehr oder weniger dort zu liegen, wo Loredan es beabsichtigt hatte.

»So fällt man einen Baum richtig«, sagte er und trat zurück. »Hättest du aufgepaßt, hättest du vielleicht etwas gelernt.«

»Du hast mir befohlen, nach dem Axtkopf zu suchen«, erwiderte der Junge. »Und davon abgesehen, was ist so toll daran, Bäume zu fällen? Du hackst auf sie ein, bis sie umfallen.«

Loredan atmete langsam aus. »Genau. Hol die Säge. Das Tageslicht reicht gerade noch aus, um anzufangen.«

Der Junge gähnte und holte die lange, nur von zwei Männern zu bedienende Schweifsäge, und gemeinsam sägten sie den Stamm gerade ab, bis sie eine glatte Fläche hatten, in der die Jahresringe deutlich zu sehen waren.

»Das reicht für heute«, sagte Loredan. »Wir machen morgen weiter; das ist dann der wichtige Teil. Und jetzt such den Axtkopf, während ich ein Feuer mache.«

»Meine Arme sind schon ganz zerstochen«, sagte der Junge voller Selbstmitleid.

»Nimm den Haken, um die Brennesseln beiseite zu schlagen«, sagte Loredan geduldig. »Dann wirst du die Axtschneide finden und dich nicht stechen.«

Der Junge grunzte. »Das hättest du mir auch früher sagen können.«

Loredan schaute von dem Haufen Feuerholz auf und lächelte. »Ich hatte gehofft, du kommst von selbst drauf«, erwiderte er. »Jetzt beeil dich, wir haben nicht den ganzen Abend Zeit.«

Sie kamen eine Stunde nach Sonnenuntergang, fünf lange schwarze Schiffe mit umgelegten Masten, die beinahe geräuschlos zwischen den beiden Felsen am Eingang der Bucht vorbeiglitten. Fünf Kriegsschiffe im Zwielicht durch eine schmale Lücke zu steuern war schon eine ordentliche Demonstration von seemännischem Können, und sie erfolgte mit Zuversicht und Effizienz.

Sie gingen schnell und leise von Bord; jeder Mann wußte, was er zu tun hatte. Dann stellten die Offiziere sie in zwei Gruppen auf und führten sie den Strand hinauf. Es war nichts zu hören, es klirrten weder Rüstungen noch Waffen, es quietschte kein Leder, keiner sprach, und jeder achtete darauf, wo er hintrat. Von seinem Versteck aus konnte Gorgas nicht gut genug sehen, um sie zu zählen, aber er schätzte, es waren so etwa zweihundert Mann, vielleicht sogar zweihundertfünfzig. Eine beträchtliche Streitmacht für eine simple Hypothekenverfallserklärung, nur daß Verfallserklärungen aufgehört hatten, simpel zu sein.

»Das sind mehr, als wir erwartet haben«, flüsterte ein Mann an seiner Seite. Er klang verängstigt, was kein Wunder war.

»Wir können sie schaffen«, erwiderte Gorgas leise. »Und jetzt haltet die Klappe.«

Mutige Worte, gestand er sich ein; Chancen, bei denen es drei zu eins stand, waren kein gutes Geschäft. Er blickte den Hügel zu dem Bauernhof hinauf; im Turm brannte wie befohlen ein Licht, und der Weg vom Strand führte direkt zum Vordertor. Logischerweise würden sie dem Pfad bis etwa hundert Meter vor der Palisade folgen und sich dann aufteilen; eine Gruppe für die Vorderseite, die andere für die Rückseite. So hätte er es zumindest gemacht. Es gab nicht viele Möglichkeiten; es war eine relativ einfache Angelegenheit.

Zwischen den Felsen zu beiden Seiten des Pfades waren die Angreifer schwer zu sehen, und Gorgas konnte sie auch nur deshalb ausmachen, weil er wußte, wonach er Ausschau halten mußte. Es wäre viel einfacher gewesen, ihnen dort – im Schutz der Felsen – aufzulauern, aber die Schlachtreihe wäre zu weit auseinandergezogen gewesen; er hätte nicht alle auf einmal angreifen können, und die Nachhut hätte ihm möglicherweise das Leben schwergemacht, wenn sie die Nerven behielt und nicht die Flucht ergriff. Außerdem, wenn sie mit einem Hinterhalt rechneten, dann war das der offensichtliche Ort dafür.

Der Anführer der ersten Gruppe passierte den Felsblock, den sich Gorgas als seine Fünfzig-Meter-Markierung ausgesucht hatte. Er konnte sie inzwischen viel deutlicher erkennen; jetzt waren Arme und Beine und Köpfe zu sehen statt dunkle, sich bewegende Schemen. Es war wie damals, bei der Hirschjagd im Wald. Der Trick bestand darin, geduldig zu sein, den letztmöglichen Augenblick abzuwarten, bevor man aufstand und schoß – was natürlich auch bedeutete, daß, je länger man wartete, das Risiko größer wurde, alles durch eine unbedachte Bewegung scheitern zu lassen. Hierin lag eine kleine, aber feine Ironie; er war immer der Ungeduldige gewesen, der sofort hatte schießen wollen, sobald das Tier in Reichweite gekommen war. Wie gut, daß er seine Lektion gelernt hatte.

Der letzte Mann hatte die Felsen hinter sich gelassen, und sie bewegten sich noch immer in diesem lockeren Tempo, ohne jede Eile, völlig ahnungslos, daß etwas nicht stimmte.

Gorgas stand auf und rief so laut er konnte: »Schießt!«

Er hatte seine Stellung gut gewählt. Selbst unter diesen Lichtverhältnissen konnte man unmöglich danebenschießen, und er hatte dafür gesorgt, daß seine Männer gute Schützen waren. Die erste Salve war dankenswert effektiv.

Der feindliche Anführer war gefallen, so daß keiner mehr da war, der sofort Befehle hätte geben können, was vielleicht einen Unterschied gemacht hätte. Statt dessen erstarrten die meisten Angreifer, da sie nicht wußten, wie sie sich verhalten sollten – und das lange genug für eine zweite Salve. Gorgas wurde sich bewußt, daß sein erster Pfeil noch immer auf der Sehne lag. Er wählte irgendeinen Mann aus, visierte ihn über den Pfeilschaft an, während er die rechte Hand zurückzog und die linke nach vorn schob; als sein rechter Zeigefinger dann seinen Mundwinkel berührte, entspannte er die rechte Hand und ließ den Pfeil fliegen. Er achtete nicht darauf, ob er getroffen hatte; der Feind stand noch immer, aber er konnte Offiziere brüllen hören – *Linksrum, die Reihen geschlossen halten!* –, und es galt keine Zeit zu verlieren, wenn er die Initiative behalten wollte. In diesem Spiel waren sie eine Salve voraus, was das zahlenmäßige Übergewicht ihrer Gegner vermutlich etwas reduziert hatte. Er brüllte: »Los!«

Es war eine unangenehme Geschichte, dieser Schlagabtausch in der Dunkelheit. Der Mann, der vor ihm auftauchte, mußte ihn für einen seiner Kameraden gehalten haben, denn er drehte sich mit gesenktem Schild zu ihm um und wollte etwas sagen, was er nie mehr vollenden konnte. Gorgas schoß aus einer Entfernung von nicht einmal vier Metern auf ihn, und er konnte hören, wie der Schaft unter der Wucht eines Schusses aus solch kurzer Distanz zerbrach. Der Mann sank geräuschlos zu Boden. Gorgas blickte sich schnell um. Er konnte selbst nicht länger Freund von Feind unterscheiden, was verwirrend war. Er legte einen neuen Pfeil auf die Sehne und fing an, den Bogen ein Stück durchzuziehen, dazu bereit, den letzten Zug zu machen, sobald sich ein Ziel bot. Er mußte nicht lange warten. Jemand stürmte auf ihn zu, vermutlich ein Feind – auf jeden Fall war er zu nahe, um ein Risiko einzugehen. Er zog den Bogen voll durch und etwas brach.

Einen Augenblick lang war er sich nicht darüber im klaren, was passiert war. Etwas hatte ihn hart getroffen, gleichzeitig im Gesicht und in der Magengrube, und seine Furcht sagte ihm, daß der Feind ihn erwischt hatte und er erledigt war. Aber der Mann, den er hatte erschießen wollen, war ein paar Schritte an ihm vorbeigelaufen und dann plötzlich gestürzt, und erst jetzt erkannte Gorgas, daß sein Bogen gebrochen war und daß die beiden harten Schläge, die ihn getroffen hatten, die beiden Wurfarme des Bogens gewesen waren. Er fluchte fröhlich, zu gleichen Teilen unsagbar glücklich darüber, daß er noch lebte, und außer sich vor Wut, daß sein Lieblingsbogen zerbrochen war. *Warum ausgerechnet jetzt, nach all diesen Jahren?* dachte er wütend, während er den Griff losließ und nach seinem Schwert tastete. *Ausgerechnet so was ...*

Jemand stand direkt vor ihm, keinen halben Meter von ihm entfernt. Gorgas zog das Messer – das verdammte Ding verhakte sich in der Scheide, und beinahe hätte er es nicht herausbekommen – und stach zu. Der andere Mann stöhnte auf und sackte in sich zusammen; sein eigenes Gewicht zog ihn von der Klinge. Als er am Boden lag, sah Gorgas, daß es sich um einen Feind handelte.

Er warf einen Blick in die Runde und erkannte, daß es vorbei war. Männer mit Fackeln in den Händen verließen die Palisade und liefen den Hang hinunter – seine Reserve, die zu spät kam und nicht gebraucht wurde. Ihm fiel gerade noch rechtzeitig ein, den Befehl zum Rückzug zu geben, bevor noch einer von seinen Leuten für einen Feind gehalten wurde. Vermutlich war das an diesem Abend sogar mehrere Male passiert, aber in der Dunkelheit würde es niemand bemerkt haben, also brauchte man sich darüber auch keine Sorgen zu machen.

Im Schein der Fackeln bot sich ihm ein Anblick, mit dem er wirklich zufrieden sein konnte. Etwa siebzig Angreifer hatten die Waffen fallen gelassen und sich auf den Boden gesetzt, sobald sie erkannt hatten, daß sie in eine Falle gelaufen waren; die übrigen waren tot, die meisten waren bei den ersten beiden Salven gestorben. Er hatte sieben Tote und ein Dutzend Verwundete zu beklagen, von denen lediglich eine Handvoll ernsthaft verletzt waren. Da war ein Mann, der einen Pfeil in der Lunge stecken hatte; er würde es nicht schaffen, und das war unerfreulich, da keiner der Angreifer einen Bogen getragen hatte. Ihm fiel ein anderer Mann auf, dessen Gesicht vom Wangenknochen bis zur Lippe aufgeschlitzt worden war, so daß die Wange aufklaffte und man die Zähne und den Kieferknochen sehen konnte. Der Feind hatte ebenfalls Verwundete, aber die Politik der Bank war in dieser Hinsicht eindeutig und ersparte ihm die Mühe, eine Entscheidung treffen zu müssen.

»Also gut«, sagte er laut, »sieht so aus, als hätten wir es geschafft. Wir gönnen uns eine Runde Schlaf und begraben die Toten morgen früh.« Er sah sich um und entdeckte den jungen Schreiber, der vor dem Hinterhalt neben ihm gelegen hatte. »Schafft die Verwundeten zum Hof rauf, besorgt sauberes Wasser und Verbände. Am besten bringt Ihr sie im Haupthaus unter. Der Rest von uns kann in die große Scheune gehen.«

Der junge Mann nickte und eilte los. Er sah ziemlich erschüttert aus, was einem jungen Burschen, der seinen ersten Kampf hinter sich gebracht hatte, durchaus auch zustand, und Arbeit würde ihn auf andere Gedanken bringen. Gorgas kniete nieder und hob zwei mit einer gewachsten Sehne verbundene Holzstücke auf.

»Das ist Euer Bogen«, sagte eine Stimme über ihm. Er nickte.

»Stimmt«, entgegnete er. »Das Mistding ist mir doch mitten im Kampf kaputtgegangen. Schade, ich hatte ihn schon seit Jahren.«

Der andere Mann, ein Seniorschreiber, der in seiner Schreibstube arbeitete, setzte sich neben ihm auf den Boden. »Lief ja ganz gut.«

»Man kann nicht meckern«, sagte Gorgas. »Hiervon mal abgesehen. Ich spreche besser mit dem Bauern. Schließlich sind wir seinetwegen hier.«

Er stand auf und nahm den zerbrochenen Bogen mit. Irgendwie konnte er sich nicht dazu durchringen, ihn wegzuwerfen.

Der Hofbesitzer und seine Familie waren im Haupthaus, der Mann legte im Kamin Holz nach, seine Frau versorgte hektisch einen anderen Mann mit einer leichten – wenn auch stark blutenden – Kopfverletzung, und die Kinder wuselten mit Wasserkrügen, Decken und Verbänden umher. Gorgas stellte plötzlich fest, daß er keine Lust hatte, gefeiert zu werden, aber der Sinn des ganzen Unternehmens hatte darin bestanden, diesen Menschen zu zeigen, daß er sie beschützen konnte, also mußte er es über sich ergehen lassen, die richtigen Dinge sagen – *das war doch nichts, ein Vergnügen, dafür sind wir ja da, es war an der Zeit, diesen Bastarden zu zeigen, daß sie damit nicht mehr durchkommen.* Für gewöhnlich war er darin ganz gut. Doch in dieser Nacht wollte er sich bloß waschen und dann schlafen gehen, um am Morgen zu seinem eigenen Haus und seiner Familie zurückzukehren.

»Wir verdanken Euch alles«, sagte die Frau des Bauern. »Alles. Wir werden niemals vergessen, was Ihr für uns getan habt, daß Ihr Euer Leben riskiert habt ...!«

»Schon gut«, erwiderte er, vielleicht etwas kurz angebunden. »Wie wir es Euch anfangs sagten, gehört das alles zum Service. Aber bitte erzählt es Euren Nachbarn.« Ihm fiel etwas ein. »Wir brauchen eine Stelle, wo wir die Toten begraben können. Wenn das in Ordnung geht, heben wir das Grab genau hier aus, wo der Kampf stattgefunden hat. Meine Männer wollen los, wir möchten morgen früh eigentlich keine Leichen aufs Meer hinausbringen.«

Offensichtlich gefiel das dem Bauern nicht besonders, und Gorgas konnte ihn verstehen; im Augenblick lag das Schlachtfeld brach, aber es war ein gutes ebenes Stück Land, das möglicherweise eine gute Ernte einbringen würde und viel zu wertvoll war, es auf diese Weise zu verschwenden. Er unterdrückte ein Grinsen, als er daran denken mußte, was sein Vater wohl gesagt hätte, hätte ihm jemand vorgeschlagen, mehr als hundert Tote auf seinen zwei Morgen Land zu begraben. »Dann ist es abgemacht«, sagte er. »Wir kümmern uns morgen früh darum. Ihr braucht Euch damit nicht abzumühen.«

Der Bauer sah ihn an und enthielt sich jeden Kommentars.

Doch Gorgas konnte es in seinen Augen lesen; den Gedanken, zweihundert Gräber zu öffnen, die vermoderten Überreste in ein Boot zu schaffen und sie draußen auf dem Meer loszuwerden. Es würde Tage, nein, Wochen dauern, bis die Stelle für den Pflug bereit wäre. Der Mann hatte recht, es war nicht fair. »Andererseits«, sagte er, »warum schmeißen wir sie nicht für Euch ins Meer? Das macht keine Mühe.«

Das Gesicht des Bauern hellte sich auf, und er nickte; offensichtlich war er kein Mann vieler Worte. Dafür stellte seine Frau mit einem weiteren Schwall Dankbarkeitsbezeugungen das Gleichgewicht her. Gorgas unterdrückte ein Gähnen und verabschiedete sich.

Vielleicht sind sie ja an solche Dinge gewöhnt, dachte er, während er zur Scheune ging. Es handelt sich klar erkennbar um einen Bauernhof – jeder Quadratzentimeter wurde genutzt, alles diente einem Zweck, nichts war nur da, um Eindruck zu schinden –, aber er ähnelte keinesfalls dem Hof, auf dem er aufgewachsen war. Die dreieinhalb Meter hohe Palisade, die dicken Wände und massiven Türen, ein befestigter Turm statt eines Bauernhauses; als wäre das Leben nicht auch so schon hart genug. Warum taten Menschen einander so etwas an? Eine sinnlose Frage, so war das Leben hier nun einmal. Vielleicht gefiel es ihnen so, wie es war. Er sagte das seinem Freund, dem Seniorschreiber.

»Das glaube ich nicht«, erwiderte der Mann. »Sie haben sich bloß daran gewöhnt. Es ist erstaunlich, was einem beim Erwachsenwerden alles nicht auffallen kann, nur weil es immer da war. Unser Hof hat sich kaum von dem hier unterschieden. Er war natürlich viel größer«, fügte er hinzu, »aber die Form war die gleiche – eine Palisade, nur daß unsere aus Stein bestand, und wir hatten neben dem Turm auch ein Torhaus. Einmal, in den Tagen meines Urgroßvaters, wurden wir sogar mal sechs Tage lang belagert.« Das schien ihn mit Stolz zu erfüllen; Gorgas fragte nicht nach Einzelheiten.

»Eine blöde Art zu leben«, sagte er und kuschelte sich in einen Strohhaufen. »Würde sowieso nicht zu mir passen.«

»Was, das Bauerndasein oder das Kämpfen?« Der Schreiber lächelte. »Das Kämpfen kann es nicht sein, denn genau das tut Ihr ja. Und habt Ihr mir nicht mal erzählt, daß Ihr auf einem Bauernhof groß geworden seid?«

Gorgas gähnte. »Für sich genommen ist beides in Ordnung«, sagte er. »Es ist die Kombination, die mich fertigmachen würde. Ich meine, wie soll man den Gedanken ertragen, jedes Jahr wieder zu pflügen und zu eggen und zu säen, wenn man ganz genau weiß, daß die hohe Wahrscheinlichkeit besteht, daß irgend so ein Bastard vorbeikommt und alles abfackelt, bevor man die Ernte einbringen kann? Dabei würde man doch verrückt.«

Der Schreiber zuckte mit den Schultern. »Plagen sind Plagen«, sagte er leutselig. »Man hat Mäuse, Hasen und Tauben, und man hat Soldaten. Man fährt das ein, was übrigbleibt. Man setzt eine Summe fest und arbeitet mit einem entsprechenden Budget. Und wenn man in einem Jahr alles verliert, erhöht man das Darlehen und fängt von vorn an.« Er runzelte die Stirn und sah zur Seite. »So hat alles angefangen«, sagte er leise, »und so ist es auch weitergegangen. Es ist gut, daß es Leute wie uns gibt, die bereit sind, etwas dagegen zu unternehmen.«

»Stimmt«, sagte Gorgas und drehte sich auf die Seite. »Und jetzt möchte ich gern schlafen, wenn Ihr nichts dagegen habt.«

Der Schreiber grinste. »Ihr seid nur sauer, weil Ihr Euren schönen Bogen kaputtgemacht habt«, sagte er. »Was ich verstehen kann.«

Gorgas dachte kurz nach. »Ihr habt recht. Das bin ich. Wie schon gesagt, hatte ich ihn seit Jahren, seit ich ein Junge war. Tatsächlich hat mein Bruder ihn für mich gemacht.«

»Welcher? Ihr habt so viele.«

Gorgas lächelte. »Ich habe damit im Laufe der Jahre ein paar schöne Schüsse gemacht«, sagte er. »Hat mich oft genug aus Schwierigkeiten herausgehauen. Und mich auch öfters in welche reingebracht, aber das war nicht die Schuld des Bogens, sondern meine eigene.« Er nahm die beiden Teile und hielt sie ins gelbe Licht der Öllampe. »Ist das zu glauben, er ist genau im Bauch gebrochen«, sagte er. »Da. Auf der Bogeninnenseite, da hat der Spalt angefangen, direkt durch das Holz in die aufgeleimte Rohhautverstärkung.«

»Tatsächlich«, sagte der Schreiber. »Das ist ja ...« Er machte sich nicht die Mühe, den Satz zu vollenden. Gorgas legte die Reste neben sich und verschränkte die Hände hinter dem Kopf.

»Ich muß ihn dazu bringen, mir einen neuen zu machen«, sagte er.

»Die Direktorin wird Euch gleich holen lassen«, sagte der Mann. Er deutete mit dem Kopf auf eine kalte, hart aussehende Steinbank und ging.

Alexius dachte an seine Hämorrhoiden, stöhnte innerlich und setzte sich auf die Bank, die genauso kalt und hart war, wie er gedacht hatte. Vielleicht war es ja besser, im Stehen zu warten, aber er dachte an sein Rheuma und entschied sich dagegen. Er war einfach zu alt, um in scheußlichen Vorzimmern von Leuten mit Titeln wie Direktor herumzuhängen – und da spielte es keine Rolle, ob es sich um eine Frau handelte. Aber was das anging, war er für dieses Spiel schon am Tag seiner Geburt zu alt gewesen.

Was nicht heißen sollte, daß dieser Ort nicht über eine gewisse Vornehmheit verfügte. Das Vorzimmer war groß und luftig, mit dicken Schmucksäulen aus pinkfarbenem, kaum bearbeitetem Granit; es gab keine Verzierungen, nicht mal weiße Tünche an den Wänden, aber alles war auf eine Weise gebaut worden, die deutlich verriet, daß Geld und Mittel kein Problem darstellten. Und er schätzte, daß dieser Eindruck der Wahrheit entsprach. Die Direktorin – wer auch immer das sein mochte –

hatte von beidem genug, so daß sie in der Lage gewesen war, ihn den Inselbewohnern buchstäblich abzukaufen und auf ein großes, schnelles Schiff schaffen zu lassen, bevor seine reichen und mächtigen Freunde auf der Insel etwas dagegen hatten unternehmen können. Aber noch tappte er völlig im dunkeln, wer diese Leute waren und was sie wohl von ihm wollten. Das hier sah nicht aus wie das Haus einer Person, die als Steckenpferd Philosophen sammelte.

Die Bank wurde auch nach einiger Zeit nicht bequemer, also mühte er sich auf und humpelte auf protestierenden Beinen bis zu der Tür, durch die er eben eingetreten war. Wenigstens sie war auf vage Weise vertraut. Es war ein Versuch, den großen perimadeianischen Stil zu kopieren, und zwar von jemandem, der die Stadt nie besucht oder das, was er kopieren sollte, nie zu Gesicht bekommen hatte. Es sah bizarr und irgendwie lächerlich aus.

Was ihn an diesem Ort aber vor allem störte und beunruhigte, war die Tatsache, daß alles offensichtlich so neu war. Er war kein Experte, aber wenn man die sauberen, scharfen Linien und die kein bißchen verblichenen Farben betrachtete, dann war das ganze Gebäude keine fünf Jahre alt. Es hatte sogar noch den schwachen Geruch eines neuen Gebäudes, die leichte Feuchtigkeit von neuem Gips. *Das verrät mir etwas,* sagte er sich. *Nicht nur reich, sondern plötzlich reich.* Er wollte sich von diesem Gedanken nicht beunruhigen lassen, aber er kam nicht dagegen an. Als Perimadeianer fühlte er sich in neuen Gebäuden unbehaglich; selbst die öffentlichen Toiletten der Stadt waren vierhundert Jahre alt gewesen und hatten aus poliertem Basalt bestanden.

Plötzlicher Reichtum ... nun, das konnte ein ehrliches Handwerk sein – eine plötzlich entdeckte Silberader oder eine bessere Schiffsroute in den Süden – oder Piraterie, Revolution und Bürgerkrieg. Es konnte eine neue Dynastie sein, nur daß er nicht auf eine Königin wartete, sondern auf eine Direktorin.

Direktorin klang nach Handel, und bei der Vorstellung einer Handelsdynastie fühlte er sich irgendwie besser. Aber füllten zu Reichtum gekommene Kaufleute ihre Paläste nicht mit vulgärer Pracht? Die Gewinnabschöpfung von fünf Kontinenten in einen Topf geworfen, Statuen in jeder Nische und Bilder, die einander den Platz an den Wänden streitig machten? Diese Nüchternheit ließ an etwas anderes denken, an etwas, das irgendwie vertraut war – vielleicht einen neuen Orden oder eine neue, erfolgreiche Häresie. Die Kombination aus Ungemütlichkeit und grenzenlosen Ausgaben ließ ihn an einige der Einrichtungen seiner eigenen Stiftung denken, während den fehlenden Verzierungen möglicherweise ein Tabu der bildlichen Darstellung zugrunde lag. Oder es konnte einfach auch nur ein gewaltiger Mangel an Vorstellungskraft sein – wieder etwas, das mit Forschung durchaus nicht unvereinbar war.

Die Tür am anderen Ende des Raums öffnete sich, und ein Mann trat heraus; nicht der, der ihn hergebracht hatte, sondern ein anderer. Er war weg, bevor Alexius sich räuspern konnte. Also ein vielbeschäftigter Mann, was an Handel oder Verwaltung denken ließ – aber wo waren das prächtige Gewand und der dicke Bauch eines Beamten? Der Mann hatte eher wie ein Soldat ausgesehen, mit hocherhobenem Kopf und schnellen Bewegungen, und die dunkelbraune Kleidung hätte leicht von der Sorte sein können, die ein Kämpfer unter der Rüstung trug. Alexius schüttelte den Kopf und setzte sich wieder. Er fror, hatte Hunger und war verwirrt, und seine Blase wollte recht dringend entleert werden. Er kam zu dem Schluß, daß ihm dieser Ort nicht besonders gefiel.

Ich bin ein Philosoph, ich sollte hier sitzen und über die Unendlichkeit nachdenken und nicht über die Schmerzen in meinem Hintern. Was würde ich für etwas zu lesen geben. Aber die einzige Schrift an diesem Ort war eine einzelne Reihe unbekannter Buchstaben, die man in den Stein über der Tür der Direktorin eingemeißelt hatte, und er brauchte keinen Linguisten, um die Worte ZUTRITT NUR MIT GENEHMIGUNG zu erkennen, wenn er sie sah. Er faltete die Hände, schloß die Augen und wünschte sich, schlafen zu können.

Verblüffenderweise gelang es ihm sogar, denn irgendwie veränderte sich seine Umgebung, und er stand in einer Art Werkstatt und blickte auf den Rücken eines Mannes. Er selbst stand im Dunkeln; der Mann stand mitten in einem Lichtstrahl, der durch die offene Tür hereinflutete. Er stand über eine Werkbank gebeugt und arbeitete an einem langen, schmalen Stück Holz. Die Luft war voller Staub, wie in dem scharf umgrenzten Sonnenstrahl deutlich zu sehen war.

Der Mann war Oberst Bardas Loredan, der Gerichtsfechter. Was machte er hier?

Alexius wollte etwas sagen, aber seine Stimme schien hier nicht richtig zu funktionieren. *Oje, das muß wieder die Zukunft sein. Ich dachte, ich hätte das hinter mir.* Ihm fielen graue Strähnen in Loredans Haar auf; nun, es war zwei Jahre her, und Alexius war sich nur allzu bewußt, wie sehr er in dieser Zeit gealtert war. Er versuchte, einen Schritt zu gehen, um Loredans Gesicht sehen zu können, aber seine Füße schienen festzuhängen, also versuchte er statt dessen, den Hals zu verdrehen, doch auch das brachte nichts. Ein furchtbarer Geruch hing in der Luft, den er als kochende Knochen identifizierte. Er warf einen Blick zurück über die Schulter und entdeckte einen Eisentopf, der über einem Holzkohlefeuer brodelte; der Rauch trieb langsam in die Höhe und durch ein Loch im Strohdach.

Ein Junge erschien im Türrahmen und verdeckte einen Augenblick lang das Licht, bis Loredan ihm befahl, dort wegzugehen.

»Tut mir leid«, erwiderte der Junge beleidigt. »Aber du hast gesagt ...«

»Schon gut«, grunzte Loredan. »Stell es auf die Bank.«

Der Junge durchquerte den Raum und stellte seine Last ab:

Es handelte sich um ein Tablett voller kleiner Bündel, die aus einer Art Fäden oder Fasern bestanden; jedes dieser kleinen Bündel hatte etwa die Länge und die Dicke eines Fingers. »Habe ich sie richtig gemacht?« fragte er erwartungsvoll.

»Ja, ja«, sagte Loredan, ohne aufzublicken. »Jetzt leg sie dahin, wo ich bequem an sie herankomme. Ich muß schnell arbeiten, solange der Leim noch warm ist.«

Der Junge gehorchte und arrangierte die kleinen Bündel in einer Reihe auf der Werkbank, während Loredan seinen Hobel zur Seite legte und mit den Fingerspitzen über das Holz strich. Dann drehte er sich um, und Alexius sah ihm ins Gesicht ...

... und fühlte, wie sein Kopf zur Seite fiel, als die Schulter, auf die er hätte sinken sollen, zurückgezogen wurde. Er schlug die Augen auf und grunzte.

»Es tut mir leid«, sagte eine Stimme neben ihm. »Ich wollte Euch nicht erschrecken.«

Eine Frau saß neben ihm auf der Steinbank, die Besitzerin der Schulter, die er als Ruheplatz benutzt hatte. Sie betrachtete einen Augenblick lang Alexius' verlegene Miene, dann lächelte sie.

»Ich entschuldige mich«, sagte Alexius noch immer benommen und von Kopfschmerzen gepeinigt, die vermutlich von der schiefen Haltung seines Kopfes kamen, während er geschlafen hatte. »Ich wußte nicht ...«

»Das ist schon in Ordnung.« Die Frau lächelte noch immer. Vermutlich war sie größer, als sie aussah, aber sie war füllig und hatte ein rundes Gesicht mit einem kleinen knubbeligen Kinn, das die Stelle krönte, an der ihre dicken glatten Wangen zusammenliefen. Ihr Haar war grau und sah aus, als hätte es diese Farbe etwa fünf Jahre vor dem Zeitpunkt angenommen, an dem es das eigentlich hätte tun sollen. Es war straff zurückgekämmt und zu einem ordentlichen runden Knoten zusammengesteckt, der von einem Walbeinkamm gehalten wurde. Sie trug eine einfache graue Kittelschürze, auf deren rechter

Schulter ein Mottenloch geschickt geflickt worden war. »Wißt Ihr, mein Großvater war genauso; er schlief jeden Abend ein, und wer auch neben ihm auf der Bank saß, mußte dort sitzen bleiben, bis er wieder aufwachte.« Sie musterte ihn mit scharfem Blick und runzelte leicht die Stirn. »Ihr seht wirklich müde aus«, sagte sie. »Ist alles in Ordnung mit Euch?«

»Ja, sicher«, erwiderte Alexius und streckte sich.

»Ihr müßt nicht mal austreten oder so was in der Art?«

»Nein«, sagte Alexius fest, »vielen Dank. Aber wißt Ihr vielleicht zufällig, ob die Direktorin tatsächlich in ihrer Schreibstube ist? Ich sitze hier schon seit Stunden, und ich habe nicht den Eindruck, daß sie da ist.«

Die Frau nickte. »Ich war eben noch in ihrer Stube«, sagte sie. »Da ist keiner.«

Alexius seufzte. »Was meint Ihr, wäre es dann in Ordnung, wenn ich jetzt gehe? Es muß schon spät sein, und ich muß noch eine Unterkunft für die Nacht finden. Die Soldaten, die mich herbrachten, haben nicht viel gesagt, aber wenn ich das richtig verstanden habe, war von einer Unterkunft keine Rede. Ich weiß nicht, vielleicht gibt man mir ja ein Gästegemach oder wirft mich in eine Zelle.«

»Ihr seid hier, um die Direktorin zu sehen«, sagte die Frau. Die Art und Weise, wie sie das sagte, war seltsam; es war keine Frage, aber es war auch nicht unbedingt Behauptung. »Ihr habt recht, es ist spät. Und Ihr seht aus, als solltet Ihr im Bett sein.« Sie stand auf und ging zur Schreibstubentür. »Möchtet Ihr etwas zu essen oder zu trinken?«

Alexius dachte kurz nach. »Ja«, sagte er, »wenn es keine Mühe macht, hätte ich gern ein großes Glas Wasser.«

»Das macht keine Mühe«, sagte die Frau. »Und etwas zu essen?«

»Vielleicht später. Ich schätze, das hängt davon ab, wie lange ich hier noch sitzen muß.«

Die Frau neigte die Schultern etwas. »Gut. In diesem Fall

sollten wir anfangen. Gehen wir in die Stube. Dort ist es bequemer.«

Du bist mir ein schöner Wahrsager. »Ihr seid die Direktorin?« fragte Alexius dümmlich. Die Frau würdigte das mit keiner sofortigen Antwort; sie stieß die Tür auf, marschierte zu dem großen, stabilen Stuhl hinter dem großen, stabilen Schreibtisch – das Dach hätte einstürzen können, und die Möbel wären nach dem Ausgraben aus dem Schutt so gut wie neu gewesen –, ließ sich auf ihn sinken und rutschte etwas umher, um eine bequeme Stellung zu finden. Alexius folgte ihr. Auf der anderen Seite des Schreibtisches stand noch ein Stuhl von ähnlich robuster Bauweise, der aber kleiner war. Es war ziemlich dunkel, und die Frau fuhrwerkte kurz mit einer Zündschachtel herum, um eine einfache Tonlampe zu entzünden.

»So ist das schon besser«, sagte sie, als sich das Licht ausbreitete. Es war die einzige Lampe in dem großen, spärlich möblierten Raum. Alexius kannte Korridore und Speisekammern, die besser beleuchtet waren. »Nun.« Sie lächelte, was kleine Grübchen in ihre Wangen zauberte, die wie feine Vogelspuren im Schnee aussahen. »Willkommen in der Stadt Scona auf der Insel Scona.«

»Danke«, erwiderte Alexius. Seine Kopfschmerzen waren stärker geworden, selbst der schwache Schein der Lampe schmerzte in seinen Augen. »Es tut mir leid«, fuhr er in dem Wissen fort, daß er die Dinge nur noch schlimmer machen konnte. »Ich hatte keine Ahnung, daß Ihr die Direktorin seid. Ich dachte ...«

»Keine Sorge«, sagte die Frau energisch. »Ich bin Niessa Loredan. Mir gehört die Bank.«

Alexius nickte bloß, da ihm keine intelligente Erwiderung einfiel. In ihren Ohrläppchen waren kleine Mulden, wo sie vor langer Zeit für Ohrringe durchstoßen worden und zugeheilt waren. »Ich glaube, ich kenne Euren Bruder«, sagte er. »Bardas Loredan?«

Sie nickte, ohne auch nur die geringste Miene zu verziehen. »Soviel ich weiß, habt Ihr auch Gorgas kennengelernt, meinen anderen Bruder«, sagte sie. »Er hat es erwähnt.«

»Ja«, sagte Alexius. »Ja, wir sind uns kurz begegnet.«

Sie betrachtete ihn nachdenklich, als wäre er ein ziemlich teures Stück Fleisch, das sie für ein Festessen gekauft hatte und bei dem sie sich nun entscheiden mußte, wie sie es zubereiten sollte. »Und natürlich habe ich noch zwei Brüder in der Mesoge, aber die habt Ihr nicht kennengelernt. Oh«, fügte sie dann hinzu, »ich habe Euer Wasser vergessen.«

Bevor Alexius etwas sagen konnte, war sie aufgestanden und goß Wasser aus einer großen Messingkanne in einen Holzbecher. Die Kanne sah aus wie eine Kriegstrophäe oder das Geschenk eines benachbarten Herrschers anläßlich eines Staatsbesuchs. Der Becher war selbstgemacht, mühsam ausgehöhlt statt auf einer Drehbank gedrechselt. An seinem Rand war ein winziger Riß. Alexius nahm ihn entgegen und hielt ihn in der linken Hand, da er nicht genau wußte, was er nun tun sollte. Würde es unhöflich sein, das Wasser hinunterzustürzen, während sie zu ihm sprach, oder wäre es vielmehr flegelhaft, nicht zu trinken, nachdem sie sich die Mühe gemacht hatte, ihn selbst zu bedienen? *Das ist ein sehr sparsam möblierter, ordentlicher Raum*, dachte er zusammenhanglos. *Und sie benimmt sich, als hätte sie ihn bloß für die nächste Woche gemietet und möchte nichts anfassen, nur um ja nichts zu zerbrechen, was sie dann bezahlen müßte. Dieser Krug ist aus dem Süden, zu ihm gehören Porzellantassen. Ob sie die wohl für besondere Besucher aufhebt?* Vor seinem inneren Auge stieg ein seltsames Bild auf, wie diese Frau fleißig die Schreibstube aufräumte und Staub wischte, so wie es seine Mutter getan hatte, wenn sie Besuch erwarteten, während er draußen jämmerlich auf der kalten, harten Bank wartete. Er führte den Becher an die Lippen und nahm einen kleinen Schluck. »Nun«, sagte er, »was kann ich für Euch tun?«

Sie lächelte wieder. Ihr Gesicht erinnerte ihn an einen Bratapfel. »Ihr wollt also wissen«, sagte sie, »warum ich Euch um die halbe Welt an einen Ort habe schleppen lassen, von dem Ihr vermutlich nur ein- oder zweimal im Leben gehört habt, um Euch dann stundenlang im Vorzimmer warten zu lassen? Das ist eine berechtigte Frage. Was den zweiten Teil betrifft, ich hatte zu tun. Ihr sagt doch Bescheid, wenn Ihr etwas zu essen haben wollt, nicht wahr?«

Alexius nickte und holte tief Luft. Er vermochte einfach nicht zu sagen, ob er Angst vor ihr hatte oder nicht. Sie war dreißig Jahre jünger als er, aber sie erinnerte ihn an seine Großmutter. »Und was ist mit dem ersten Teil der Frage?«

»Oh, ich dachte, das wäre Euch schon klargeworden«, erwiderte sie. Ohne ihn aus den Augen zu lassen, griff sie nach einer schmalen, unglasierten Tonschale und nahm sich eine Handvoll Rosinen. »Ich möchte, daß Ihr bitte für mich zaubert.«

Alexius holte tief Luft. Vor gar nicht langer Zeit hatte er eine Rede für solche Gelegenheiten vorbereitet, eine Rede, die sauber und präzise die Unterschiede zwischen einem Philosophen des Abstrakten und einem Zauberer erklärte. Sie war für Studenten und die Frauen ziviler Würdenträger gedacht, die bei offiziellen Empfängen die Unterhaltung bestritten. Da die Direktorin in keine der beiden Kategorien paßte, entschied er sich zu improvisieren.

»Es tut mir leid«, sagte er, »aber ich bin kein Magier. Ich könnte nicht mal dann zaubern, wenn ich es wirklich wollte. Ich glaube, das kann keiner. In Wahrheit beschäftige ich mich damit, ein zur Hälfte wissenschaftliches, zur Hälfte metaphysisches Konzept zu studieren, das wir als das *Prinzip* bezeichnen und bei dem es um die Struktur der Zeit geht. Im Laufe der Jahre hatten unsere Studien gelegentlich bizarre und unkontrollierbare Nebenwirkungen, die man für Magie halten könnte, aber da keiner von uns etwas Genaues über diese Phänomene weiß ...«

»Natürlich«, sagte Niessa Loredan mit einem Anflug von Ungeduld in der Stimme. »Das ist es ja, was die Angelegenheit so schwierig macht.« Sie faltete die dicken Finger, und in dieser Geste erkannte Alexius die Frau, die eine äußerst erfolgreiche Bank gegründet hatte. »Ihr versteht die Magie nicht, könnt sie aber ausüben. Ich verstehe sie, kann sie aber nicht ausüben – nun, zumindest nicht so gut, wie ich will. Also, ich mache Euch folgendes Angebot: Ich unterrichte Euch, und Ihr helft mir. Klingt das fair?«

Vor langer Zeit hatte Alexius einen Onkel gehabt, dem ein Sägewerk gehört hatte. Nun war dieser Onkel zwar ein Meister im Zersägen von Holz gewesen, hatte aber sonst nichts anderes gekonnt, doch seine Frau – seine zweite Frau, die fünfzehn Jahre jünger war als er – war eine geniale Geschäftsfrau gewesen, und sie hatte Alexius ein paar Dinge über Verhandlungen beigebracht. Erstens: Wenn sie viel reden, fasse alles zusammen und simplifiziere es. Zweitens: Komm so schnell wie möglich zum Kernpunkt des Handels. Drittens: Laß die anderen ein paar deiner Schwächen erfahren. Viertens: Vermittle den anderen den Glauben, du wüßtest alles über sie. Fünftens: Versuche niemals, einen Handel abzuschließen, aus dem die andere Seite nicht wenigstens einen kleinen Gewinn zieht. Zufälligerweise war seine angeheiratete Tante klein und untersetzt gewesen.

»Ihr wißt über Magie Bescheid«, sagte er. »Das ist interessant. Uns – also den Gelehrten unserer Stiftung – ist bekannt, daß es Personen gibt, die über die natürliche Fähigkeit verfügen, die Funktionen des Prinzips zu verstehen und sie sogar zu manipulieren; wir nennen sie ›Naturtalente‹. Für gewöhnlich scheinen sie nicht zu wissen, wozu sie fähig sind. Wollt Ihr behaupten, daß Ihr zu ihnen gehört?«

Niessa Loredan schnalzte mit der Zunge. »Ihr habt nicht zugehört, oder?« schalt sie ihn. »Eure ›Naturtalente‹ wissen es zwar nicht, können es aber tun. Ich bin das Gegenteil. Nicht ich bin hier das Naturtalent, Patriarch – Ihr seid es.«

Alexius hatte bereits den Mund zu einer Erwiderung geöffnet, als er begriff, was sie da gesagt hatte. Er saß ein oder zwei Sekunden sprachlos da.

»Und wie Ihr schon sagtet«, fuhr Niessa Loredan fort, »Ihr habt nie gewußt, was Ihr tun könnt. Kommt schon, denkt darüber nach. Diese Sache mit meiner Tochter und meinem Bruder Bardas; Ihr habt dort eine ziemlich starke Magie gewirkt, und ich wette, Ihr könnt mir nicht erklären, wie Ihr das gemacht habt. Oder etwa doch?«

Wieder öffnete Alexius den Mund, zögerte dann aber. »Nein«, sagte er schließlich. »Das kann ich nicht. Nun ja, in groben Zügen, das schon, aber eine schrittweise Beschreibung der Prozedur, nein.« Er zog die Brauen zusammen. »Ihr behauptet, Ihr könnt das tun?«

Niessa unterdrückte ein Gähnen. »O ja«, sagte sie. »Man könnte es leicht, aber kompliziert zugleich nennen. So wie es eine ziemlich einfache Sache ist, einen Felsen anzuheben, nur daß es unmöglich ist, wenn einem die nötige Kraft dazu fehlt. Ich weiß, wie man Dinge anheben muß, aber ich bin nicht stark genug, um Felsen umherzuschleudern. Mit der Magie verhält es sich genauso.« Sie sah ihm einen Augenblick lang in die Augen und sprach dann weiter. »Ich kann sehen, daß Euch dieses Wort Unbehagen bereitet, aber mir fällt kein besseres ein. Man könnte das Ganze natürlich auch ›anomale physikalische Phänomene, die mit der Manipulation des Prinzips einhergehen‹ nennen, aber das ist mir zuviel Wortgeklingel. Nun, was ist? Wollt Ihr es lernen oder nicht?«

Alexius dachte an die Frau seines Onkels. »Ihr verlangt von mir, eine Ware zu kaufen, die ich zuvor nicht gesehen habe.«

»Nein«, erwiderte Niessa. »Der Handel sieht wie folgt aus: Wir treffen eine Vereinbarung, dann bekommt Ihr die Ware, dann bezahlt Ihr dafür. Schließlich könnt Ihr das, was ich von Euch verlange, nicht tun, bevor Ihr das gelernt habt, was ich Euch beibringen muß.«

»Also gut«, sagte Alexius vorsichtig. »Sagt mir erst, was ich für Euch tun soll.«

Wieder sah ihm Niessa in die Augen, bevor sie antwortete. Es sollte ihn verunsichern, was auch funktionierte. »Nicht mehr, als Ihr für meine Tochter getan habt.«

Alexius schüttelte den Kopf. »Ich kann mir nicht sicher sein, weil ich nicht genug darüber weiß«, erwiderte er, »aber ich ahne, daß ich mit meinen Handlungen zum Untergang der Stadt zumindest beigetragen habe. Auf jeden Fall hat es schreckliche Schwierigkeiten verursacht und mich sehr krank gemacht. Ich glaube nicht, daß ich mit so einer Sache etwas zu tun haben will, selbst wenn das bedeutet, daß ich an Eurem Wissen über Magie nicht teilhaben kann.« Er zuckte auf eine Art und Weise leichthin mit den Schultern, auf die seine angeheiratete Tante stolz gewesen wäre. »Nicht, daß ich unbedingt daran interessiert bin.«

»Also gut«, sagte Niessa. »Laßt mich Euch etwas über meine Familie erzählen. Wie Euch bekannt ist, hat mein Bruder Gorgas, als wir noch jung waren und in der Mesoge lebten, es arrangiert, daß ich von zwei reichen jungen Männern aus der Stadt vergewaltigt wurde. In dem Versuch, die Sache zu vertuschen, ermordete er meinen Vater und meinen Ehemann und versuchte, mich und unseren Bruder Bardas zu töten. Als ihm die Flucht gelang, machten meine Brüder mich für das Geschehene verantwortlich – und ja, ich hatte mit den beiden Stadtjungs geflirtet in der Hoffnung, daß sie mich mit nach Perimadeia nehmen würden. Gorgas hat sie ebenfalls getötet – und damit auch den Vater meiner Tochter. Trotzdem sind Gorgas und ich gute Freunde«, fuhr sie mit einem leichten Kopfschütteln fort. »Oder sagen wir, wir sind das einzige an Familie, was uns geblieben ist, da Bardas und Clefas und Zonaras nichts mehr mit uns zu tun haben wollen.

Nun glaubt Gorgas von ganzem Herzen an die Familie. Ich bin da nicht so fanatisch; ich kann mit ihr genausogut leben wie ohne sie. Ich mußte meine Tochter in der Garnison einsperren, weil sie nicht ganz richtig im Kopf ist und Drohungen ausstößt und alle möglichen schrecklichen Dinge sagt. Gorgas hält mich deshalb für eine furchtbare Person, aber da sich die meisten Drohungen gegen Bardas richten und er Bardas abgöttisch liebt – das hat er schon immer –, stimmt er mir zu, daß das so richtig war. Aber Ihr müßt verstehen, daß Gorgas und ich Geschäftsleute sind; wir wissen, wann es an der Zeit ist, Verluste zu vermeiden, wann man die Vergangenheit hinter sich lassen muß. Wir wußten, daß wir für uns zusammen eine Zukunft aufbauen konnten, und das haben wir auch getan.«

Niessa legte eine kleine Pause ein und ließ Alexius das soeben Gehörte verdauen. »Ich schätze, man könnte sagen, daß wir in erster Linie praktisch und entschlossen sind. Wir sind praktisch, was Leben und Tod, Liebe und Haß, richtig und falsch angeht; und wir sind praktisch, was diese Sache angeht, die Ihr mit vielen komplizierten Wörtern benennt und die wir Magie nennen. So sind wir eben. Und wenn Ihr glaubt, Ihr hättet auch nur die geringste Wahl, ob Ihr uns helfen wollt oder nicht«, fügte sie mit einem schmalen Lächeln hinzu, »dann kann ich nur sagen, daß Ihr für einen alten Mann ziemlich naiv seid.«

Alexius nickte. »Ihr wollt, daß ich jemanden töte«, sagte er. »Viele Menschen, denn wenn es um einen einzigen Mann ginge, würdet Ihr keine Magie brauchen.«

»O nein«, sagte Niessa. »Ihr habt wieder nicht zugehört. Jetzt hört mal genau zu und benutzt Euren Verstand. Wir wollen niemanden umbringen lassen, ganz im Gegenteil. Vergeßt nicht, Ihr wart derjenige, der Bardas töten wollte, und wir haben Euch daran gehindert. Und jetzt«, fuhr sie freundlich fort, »sollt Ihr dafür sorgen, daß Bardas uns wieder liebt. Es ist eigentlich mehr für Gorgas' Segen als für meinen, aber mich würde es auch freuen. Es ist an der Zeit, daß wir, die wir noch übrig sind, wieder eine Familie werden. Außerdem könnten wir ihn im Geschäft brauchen. Ihr seid sein Freund; wollt Ihr ihn denn nicht wieder mit seinen nächsten und liebsten Verwandten versöhnt sehen?«

Alexius strich sich den Bart glatt. »Ich verstehe«, sagte er. »Ihr wollt Eurem einen Bruder Euren anderen Bruder als Geburtstagsgeschenk präsentieren?«

Niessa lächelte. »Warum nicht?« sagte sie. »Immerhin wäre das etwas, was er sich wünscht.«

Der Junge schaute auf. Sein Gesicht glühte im Schein des Lagerfeuers.

»Warum müssen wir das in dieser Jahreszeit machen, wenn es kalt und dunkel ist?« wollte er wissen. »Im Sommer hätten wir das an einem Tag geschafft.«

Loredan starrte weiter ins Feuer. »Bogenstäbe schneidet man besser, wenn das Holz nicht mehr so im Saft steht«, erklärte er. »Es ist dann einfacher, sie austrocknen zu lassen. Als ich so alt war wie du, haben wir gewartet, bis ein Fuß hoch Schnee lag, bevor wir überhaupt auf die Idee kamen, Holz zu fällen.«

Der Junge sah ihn an. »Du kommst nicht aus der Stadt, oder?«

Loredan schüttelte den Kopf. »Du hast noch nie davon gehört, wo ich herkomme«, sagte er ausdruckslos. »Dort schneit es richtig. Wo ich aufgewachsen bin, wäre das hier bereits Frühling.«

Der Junge zitterte. »Klingt schrecklich«, sagte er. »Das hier ist schon schlimm genug. Ich schätze, ich werde mich mit der Zeit schon dran gewöhnen«, fügte er unglücklich hinzu. Loredan lächelte.

»Ist schon erstaunlich, woran man sich gewöhnen kann, wenn man muß«, sagte er. »Versuch es doch für den Anfang mal damit, mehr Sachen anzuziehen. Eigentlich sollte man dir das in deinem Alter nicht mehr sagen müssen.«

Der Junge starrte ins Feuer, als versuchte er zu entdecken, was Loredan dort sah. »Hast du das getan, bevor du in die Stadt gekommen bist?«

»Nein, eigentlich nicht. Wir waren Bauern, so wie jeder andere auch. Aber das bedeutete, daß man alles mögliche wissen und können mußte. Wir haben niemals etwas gekauft, das wir auch selbst herstellen konnten. Ich habe dieses Handwerk zusammen mit einem Dutzend anderer gelernt, und nie mehr einen Gedanken daran verschwendet.« Er grinste. »Es ist ja auch nicht gerade schwierig, oder?«

Der Junge verzog das Gesicht. »*Ich* finde schon, daß es schwierig ist.«

»Das glaube ich dir gern«, erwiderte Loredan mit leichtem Spott. »Ich schätze, du kannst auch keine Pferde beschlagen. Oder ein Haus bauen oder Nägel herstellen oder Töpfern oder Seile weben. Ich kann das alles. Nicht gut, zugegeben«, fügte er hinzu, »aber gut genug. Doch ich muß zugeben, daß ich beim Bogenbauen immer besser als andere Leute war. Es ist eine einfache Arbeit, die keinesfalls unangenehm ist. Und in diesem Teil der Welt verdient man auch nicht schlecht dabei. Wir sind da unter handwerklich erstaunlich ungeschickten Menschen gelandet.«

»Bauern«, sagte der Junge. »Oh, tut mir leid, das sollte keine Beleidigung sein.«

Loredan schüttelte den Kopf. »Das sind keine Bauern, sondern Dilettanten. Aber das geht uns nichts an. Den Göttern sei Dank für das Militär, das ist alles, was ich dazu sage. So viel Arbeit, wie wir bewältigen können, und sie zahlen bei Lieferung.«

Der Junge saugte an einem Zahn. »Ich dachte, sie hätten ausdrücklich Eibe oder Osage-Orange verlangt. Warum schlagen wir dann Eschenholz?«

Loredan kicherte. »Mein Freund«, sagte er, »dieser Haufen könnte doch nicht einmal zwischen einer Eibe und einem Stück

Sellerie unterscheiden. Sie haben doch bloß Eibe oder Osage-Orange gesagt, weil sie es irgendwo gelesen haben. Wir werden mit Esche wunderbar zurechtkommen, solange wir sie mit Rohhaut verstärken.«

Er warf ein Stück Holz ins Feuer, legte sich zurück und bettete den Kopf auf die Hände. Weit unten im Tal heulte ein Wolf. Der Junge setzte sich erschrocken auf.

»Keine Angst«, sagte Loredan grinsend.

Der Junge sah ihn nervös an. »Das war ein Wolf.«

»Sicher. Und jetzt schlaf.«

»Aber ...« Der Junge blickte sich um, als erwartete er, am Rand des Lichtkreises ein Augenpaar zu sehen. »Sollten wir nicht auf einen Baum klettern oder so was?«

Loredan gähnte. »Das kannst du gern tun. Vorausgesetzt, du findest einen. Ich glaube, wir haben den letzten gerade gefällt. Aber ich glaube, es wäre besser, wenn du jetzt etwas schläfst. Morgen früh wartet viel Arbeit auf uns.«

Der Junge war offensichtlich nicht überzeugt. »Nun, zumindest einer von uns sollte Wache halten«, sagte er. »Nur für den Fall, weißt du.«

»Wie du willst«, sagte Loredan; er richtete sich auf, griff nach seiner Werkzeugtasche, schob sie sich unter den Kopf, legte sich wieder zurück und schloß die Augen. »Gute Nacht.«

Er schlief sofort ein. Er wußte, daß er schlief, weil er auf dem Wehrgang des großen Torhauses von Perimadeia stand (das es nicht mehr gab) und an den Zelten der Nomaden vorbei nach Osten blickte, wo der Fluß himmelwärts zu fließen schien. Neben ihm stand sein Bruder Gorgas, und in diesem Traum sprachen sie immerhin miteinander und hatten ein fast freundschaftliches Verhältnis, denn Gorgas erzählte ihm von dem Krieg auf Scona, aber er hörte nicht richtig zu. Die Kriegsgeschichten anderer Leute waren für gewöhnlich schrecklich langweilig.

»Du solltest nach Scona kommen«, sagte Gorgas. »Diese

Stadt hier hatte ihre Zeit. Sie werden gewinnen, und du wirst nicht hiersein wollen, wenn das geschieht. Ich könnte dich auf Scona gebrauchen, einen Mann mit deiner Erfahrung.«

Loredan sah sich selbst, wie er den Kopf schüttelte. »Nein, danke«, sagte der Traum-Loredan. »Warum sollte ich um die halbe Welt segeln, um dort in einem Krieg zu kämpfen, wenn ich hier einen direkt vor der Nase habe? Davon einmal abgesehen, bin ich kein Söldner.«

Gorgas sah ihn stirnrunzelnd an, als wäre er beleidigt. »Aber so wäre das doch gar nicht. Du gehörst zur Familie. Wir sollten zusammenhalten.«

»Ich würde dieses Thema lieber nicht anschneiden, wenn ich du wäre«, sagte der andere Loredan. »Sollte ich die Stadt jemals verlassen, werde ich an einen Ort gehen, an dem ich mir auf ehrliche Weise den Lebensunterhalt verdienen kann, ohne daß die Leute versuchen, mich den ganzen Tag umzubringen.« Er zuckte mit den Schultern. »Vielleicht gehe ich sogar wieder auf einen Bauernhof. He«, fügte er dann hinzu, »habe ich gerade was Witziges gesagt?«

Gorgas grinste ihn an. »Tut mir leid«, sagte er, »ich wollte nicht unverschämt sein. Es ist nur dieser Gedanke – du wieder auf einem Hof. Das würde sogar eine Katze zum Lachen bringen.«

»Na gut«, meinte Loredan, »dann werde ich eben ein Handwerk ausüben. Ich könnte alles mögliche machen.«

»Nenn mir drei.«

Loredan dachte nach, bevor er antwortete. »Ich könnte ein Geschäft als Wagner eröffnen«, sagte er. »Oder als Küfer. Weißt du noch, ich habe immer alle unsere Fässer repariert.«

»Sie waren undicht«, erwiderte Gorgas. »Du hast es nie geschafft, die neuen Bohlen bündig zu machen. Erinnerst du dich an das Jahr, in dem das Saatgut feucht geworden war und noch in den Fässern zu sprießen angefangen hatte?«

»Also gut, dann eben kein Küfer. Aber es gibt noch genug

andere Dinge. Ich könnte als Kupferschmied arbeiten. Da wäre ich gut drin.«

Gorgas biß sich auf die Lippe und lächelte. »Ich sehe dich genau vor mir, mit deinem Bündel auf dem Rücken, wie du durch die Dörfer ziehst und Töpfe flickst. Gib es zu, Bruder, du bist für alles ungeeignet, bei dem es nicht um Blutvergießen geht. Du solltest bei dem Handwerk bleiben, bei dem du gut bist, so wie ich. Dafür bin ich gemacht; es ist nur eine Frage des richtigen Werkzeugs für den anstehenden Auftrag. Ich bin dazu geschaffen, Geld zu verdienen. Du bist dazu geschaffen, Menschen zu töten. Daran ist doch nichts Ehrenrühriges.«

»Zum Teufel mit dir«, sagte der andere Loredan angewidert, und der Loredan, der zusah, war von ganzem Herzen dankbar, daß eine solche Unterhaltung niemals stattgefunden hatte oder stattfinden würde, jetzt, da die Stadt nur noch eine Ruine war. »Das ist eine häßliche Bemerkung, und ich bin auch nicht der Ansicht, daß sie der Wahrheit entspricht. Wenn man dir zuhört, könnte man denken, ich wäre wie der Wagen des Abdeckers, den ein Schwarm Krähen ständig gerade außerhalb der Steinwurfweite umkreist. Und ich weiß nicht, wo deine Idee herkommt, du wärst ein ehrlicher Geschäftsmann«, fügte er gereizt hinzu. »Wenn es aus dieser Familie jemanden gibt, der seinen Weg in der Welt damit gemacht hat, anderen die Kehle durchzuschneiden, dann doch wohl du.«

Gorgas stützte den Ellbogen auf die Mauerbrüstung und betrachtete eine Weile die Zelte vor ihm. »Das will ich gar nicht bestreiten«, sagte er. »Ich habe im Laufe der Jahre viele Dinge getan, auf die ich lieber verzichtet hätte. Aber das war immer als Mittel zum Zweck; ich habe damit niemals Karriere gemacht.« Er drehte sich langsam um und sah dem anderen Loredan in die Augen. »Und wenn wir hier schon brutal ehrlich sind, dann kann ich immerhin feststellen, daß *ich* zumindest meinen Weg in der Welt gemacht habe, wie du so schön gesagt hast. Du hast dich dein ganzes Leben lang nur treiben lassen und jeden Tag einen neuen Kampf auf Leben und Tod ausgetragen; du hast natürlich immer gewonnen, und irgendein armer Teufel ist gestorben, aber wo hat dich das verdammt noch mal hingebracht? Wenn ich Blut vergossen habe, dann war es wenigstens für einen bestimmten Zweck und so gut wie immer unvermeidbar.« Er seufzte und sah weg. »Ich will ehrlich zu dir sein«, sagte er. »Ich an deiner Stelle hätte Schwierigkeiten zu schlafen.«

... was anscheinend eine Art Stichwort war, denn Bardas wachte auf und sah, daß es hell war und eine kalte, schwache Sonne zwischen den dünnen grauen Wolken schwebte. Der Junge lag ein paar Schritte entfernt und schlief fest; Bardas lächelte und stieß ihn mit dem Zeh an der Schulter an.

»Aufwachen«, sagte er. »Die gute Nachricht ist, daß die Wölfe uns nicht gefressen haben. Die schlechte: Es wartet Arbeit auf uns.«

2

Es war schon später Nachmittag, als Gorgas Loredans Schiff in der Scona-Bucht vor Anker ging, und er beschloß, seinen Bericht auf den nächsten Morgen zu verschieben. Immerhin bestand keine Eile; der Feind würde morgen immer noch tot sein und wahrscheinlich auch am Tag danach, und Gorgas sah keinen dringenden Grund, wieso er sich den ganzen steilen Hügel hinauf zur Schreibstube der Direktorin bemühen und dort eine Stunde oder länger warten sollte, bis seine Schwester sich endlich dazu herabließ, ihn zu empfangen, wenn er statt dessen zu Hause sein, sich die Stiefel ausziehen, die Füße hochlegen und mit einem Becher Glühwein in der Hand zusehen konnte, wie die Sonne über Shastel unterging.

Also ging er vom Kai aus den langen Weg am Überseehafen vorbei, wo er ein Auge auf die Schiffe haben konnte, die eingetroffen waren, seit er die Stadt verlassen hatte: zwei weitere Erzfrachter aus Colleon (woher kamen diese Aktivitäten im Kupferhandel? Versuchte jemand den Markt an sich zu reißen?); ein riesiger Holztransporter von der Südküste mit dreißig gewaltigen Zedernstämmen, die pyramidenförmig über die ganze Schiffslänge aufgestapelt waren; eine Handvoll leichter, schneller Kutter von der Insel, von denen er drei zuvor noch nie gesehen hatte. Es war gut, daß es hier so geschäftig zuging; das zeugte von Selbstvertrauen.

Vom Hafen aus ging er den Hügel hinauf, immer die Promenade entlang bis zum Platz, wobei er an dem neuen Kontor der Bank vorbeikam. Die Hälfte der Fassade war noch von Gerüsten überzogen wie von dreihundert Jahre altem Efeu, so daß er immer noch nicht erkennen konnte, wie das Gebäude einmal aussehen würde. Im Vergleich zu der gewaltigen Ausdehnung des Komplexes war die Fassade fast bescheiden; es war durchaus vorstellbar, daß ein Fremder hier vorbeiging und das Haus nicht weiter bemerkte. Zum Teil lag dies daran, daß das Gebäude aus dem großen Felsen herausgemeißelt war, der die Stadt beherrschte, so daß die Fassade nur ein kleines Rechteck war, das man in diese Seite des Hügels hineingeschlagen hatte, eben wie die bearbeitete Seite eines Steinbruchs. Vor allem aber lag es daran, daß es hier keine grandiosen Säulen und Vorbauten und all den anderen schmückenden Kram gab, den Architekten so liebten. Es bestand keine Notwendigkeit, den Bewohnern von Scona so deutlich mitzuteilen, wie wichtig dieses Gebäude war. Schließlich wußten sie es bereits.

Diese Prunkverweigerung der Herrscher von Scona hat beinahe schon etwas Arrogantes; eine überwältigende Entschlossenheit, zu demonstrieren, daß es hier nichts zu demonstrieren gibt. Gorgas lächelte genüßlich, als ihm diese Worte wieder einfielen; der Dekan von Shastel hatte sie in seiner üblichen Herablassung in einem Brief verwendet, den sie vor etwa einem Monat abgefangen hatten. Gorgas mußte allerdings zugeben, daß er die verblüffende und protzige Kompliziertheit der Architektur von Shastel dem massiven Vier-Mauern-und-ein-Dach-Stil vorzog, für den sich seine Schwester entschieden hatte – er war sich allerdings nicht sicher, ob ihm diese Vorliebe selbst behagte. Wenn seine Schwester über dieses Thema sprach – was sie recht oft tat – und sich darüber ausließ, daß jeder Erker und jeder Sims auf Shastel mit dem Blut von Zwangsarbeitern befleckt war, neigte er dazu, den Kopf zu senken und den Mund zu halten. Als er am Brunnen vorbeikam, verwandelte sich sein Lächeln in ein schiefes Grinsen, und er bog nach links in die Straße der drei Löwen ab, in der er wohnte.

Er war gerade um die Ecke gebogen, als etwas Kleines, unglaublich Schnelles die gepflasterte Straße entlang auf ihn zugerannt kam, »Papa, Papa!« schrie und dann so hart mit ihm kollidierte, daß er nach Luft schnappen mußte. Er trat einen

Schritt zurück, stellte seine Tasche ab und hob das Etwas hoch, so daß ihre Augen auf gleicher Höhe miteinander waren.

»Hallo«, sagte er.

»Ich habe mir an deinem Gürtel den Kopf gestoßen«, sagte seine Tochter tadelnd. »Und jetzt tut er weh.«

Gorgas untersuchte feierlich die kleine Rötung an ihrer Schläfe. »Wir werden diese Kriegsverletzung melden müssen«, sagte er. »Wir werden Mama fragen, ob du dir dafür einen Orden verdient hast.«

Das kleine Mädchen lächelte, und ihre Augen blitzten auf. »Bitte, kann ich einen Orden haben?« fragte sie. »Ich hätte wirklich gern einen. Man bekommt Orden, weil man tapfer war.«

»Das stimmt«, erwiderte Gorgas, setzte die Kleine ab und griff nach ihrer Hand. »Und du wirst sehr tapfer sein und nicht weinen, nur weil du dir den Kopf gestoßen hast.«

»Also gut. Und dafür bekomme ich einen Orden?«

»Wenn du auch noch dein Abendessen aufißt.«

»Oh.« Das kleine Mädchen verzog nachdenklich das Gesicht. »Nein, ich glaube, dann will ich lieber keinen Orden. Ich habe keinen Hunger.«

»Ach ja?« Gorgas bemühte sich um eine mißbilligende Miene. »Willst du damit sagen, daß du dich den ganzen Nachmittag mit Nüssen und Honigwaben vollgestopft hast, und jetzt hast du keinen Platz mehr für richtiges Essen? Ich kenne dich, mein Kind. Und jetzt lauf und sag Mama, daß ich wieder da bin.«

Er sah seiner Tochter nach, wie sie ins Haus rannte, und nicht zum erstenmal wünschte er sich, sie hätten sie nicht nach ihrer Tante Niessa genannt. Er war immer schon der Ansicht gewesen, daß dies ein schlechtes Vorzeichen war; es wäre viel besser gewesen, sie nach ihrer Mutter zu nennen oder einen Namen auszuwählen, der nichts weiter bedeutete. *Ich hätte nichts dagegen, wenn sie den Kopf ihrer Tante hätte*, sagte er sich, *oder ihre Willenskraft oder diese klare Denkfähigkeit, die man so leicht mit Abgebrühtheit und Grausamkeit verwechseln kann; aber das ist alles, was ich mir von dieser Seite für sie wünsche. Hoffen wir, daß sie ihrer Mutter nachschlägt.*

Gorgas' Haus war für einen Mann in seiner Stellung und mit seinem Wohlstand vergleichsweise bescheiden, aber nach den Maßstäben von Scona doch relativ groß, und es kündete von Geschmack und der Erfahrung seines Besitzers.

Der Haupthof mit dem umlaufenden Säulengang war im örtlichen Stil gebaut, aber während beinahe alle Häuser in Scona vollkommen nach innen gewandt waren und dem Betrachter von außen nichts weiter zeigten als vier schlichte Mauern mit schmalen Fensterschlitzen, hatte Gorgas zur Meerseite hin eine Veranda im Stil der Insel bauen lassen, auf der er sitzen und über den Kanal hinweg nach Shastel und zu den Gebirgszügen des Festlandes schauen konnte. Die Bauarbeiter hatten nicht so recht gewußt, was sie davon halten sollten; sie hatten darauf bestanden, von einem Ausguck zu sprechen, und wohl angenommen, es hätte etwas mit Gorgas' Stellung in der Bank zu tun. Vermutlich nahmen alle an, daß er sich hier mit Wachstäfelchen und Griffel niederließ, Einzelheiten über die Schiffe notierte, die im Hafen einfuhren, oder über Landkarten und militärischen Leitfäden brütete, während er die nächste Phase des Krieges plante. Zum Glück lag diese Veranda sehr geschützt, und so wurde nur wenigen Nachbarn der skandalöse Anblick dieses wichtigen Mannes zuteil, wie er faul auf einem ausladenden Sessel aus Zedernholz saß, seine Frau auf Kissen neben ihm ruhte und seine Kinder zu seinen Füßen mit Bauklötzen spielten.

Sehr zum Mißfallen seiner Nachbarn waren Gorgas' Diener alle Ausländer und legten eine bedrückende Zurückhaltung an den Tag, was Klatsch über die exzentrischen Neigungen ihres Herrn anging, und da diese Diener auch als Leibwächter arbeiteten, hielt man es im allgemeinen für unklug, sie um Informationen zu bedrängen, die sie nicht freiwillig geben wollten. Dieser quälende Mangel an eindeutigen Tatsachen hatte zur Folge, daß Gorgas von Gerüchten und Spekulationen umgeben war, darunter solch bizarren und unglaublichen Geschichten wie der, daß er aus seinem Heimatland hatte fliehen müssen, nachdem er seine Schwester als Prostituierte verkauft und seinen Vater und die Hälfte seiner Familie ermordet hatte. Selbstverständlich glaubte niemand diese Geschichte wirklich. Aber es gab viele recht vernünftige Leute, die der Ansicht waren, es gäbe keinen Rauch ohne Feuer, und die daher davon ausgingen, daß es tatsächlich einige Geheimnisse in Gorgas' Vergangenheit geben müsse, die im allgemeinen Interesse lieber geheim bleiben sollten.

Er stellte seine Reisetasche im Pförtnerhaus ab und ging direkt in den Innenhof, wo seine Frau um diese Tageszeit meist zu finden war. Sie hatte ihren Schreibtisch in den Schatten des Säulenganges gestellt, gerade noch außer Reichweite des Ringes glitzernder Wassertropfen aus dem Springbrunnen, und Gorgas blieb einen Augenblick im Schatten stehen, um sie zu beobachten, wie sie sorgfältig ein langes, juristisches Dokument kopierte.

»Paß auf, Heris«, sagte er leise. »Du bekommst noch Tinte aufs Blatt.«

Sie zuckte zusammen und hätte dabei beinahe das Tintenfaß umgestoßen. »Idiot«, erwiderte sie lächelnd. »Erschreck mich doch nicht so! Du bist also tatsächlich nicht tot.«

»Nicht daß ich wüßte«, erwiderte er, ging quer über den Hof und küßte sie sanft auf die Wange. »Alles in Ordnung?«

Sie nickte. »Gestern waren ein paar Männer hier, Kaufleute in mittleren Jahren, die nach dir fragten, und heute früh ein weiterer alter Knabe. Sie behaupteten aber alle, es sei nicht wichtig und sie würden wiederkommen. Vido hat die Papiere von der Nordküste geschickt, und ich bin gerade dabei, sie zu kopieren. Und Luha ist aus der Schule heimgeschickt worden, weil er sich geprügelt hat«, fügte sie stirnrunzelnd hinzu. »Wieder einmal. Oh, und *sie* will, daß wir morgen zum Abendessen kommen.«

Gorgas wußte sofort, wer mit ›sie‹ gemeint war. Im allgemeinen kam Heris erstaunlich gut mit der Allgegenwart ihrer Schwägerin zurecht. Sie hatte schon vor der Heirat mit Gorgas gewußt, daß sie in keinem Teil ihres Lebens mit Niessa Loredan konkurrieren konnte. Wenn Niessa sprach, hörte Gorgas zu, und wenn sie einen Befehl erteilte, gehorchte er. Heris war sich durchaus darüber im klaren, daß das etwas mit diversen unangenehmen Ereignissen zu tun hatte, die früher einmal geschehen waren, und sie war vernünftig genug, sich herauszuhalten. Ihr gesunder Menschenverstand war sozusagen das Fundament ihrer gesamten Existenz. Wäre sie die Märchenprinzessin gewesen, der man verboten hatte, jenen einzigen verschlossenen Raum des Schlosses zu betreten, dann hätte sie das auch nicht getan und wäre schon lange Zeit vor allen anderen Prinzessinnen glücklich geworden. Daher machte sie auch keine Schwierigkeiten und versuchte erst gar nicht, sich zwischen Gorgas und Niessa zu drängen, sondern sorgte dafür, das ihr Dinge wichtig waren, für die Niessa sich nicht interessierte oder mit denen sie nichts zu tun hatte.

Dieser Kompromiß war schlicht und wirkungsvoll, und er versagte nur hin und wieder, wenn Gorgas sich auf Geschäftsreise begeben mußte – besonders auf jene Art von Geschäftsreisen, die es notwendig machten, daß er unter dem Mantel ein Kettenhemd trug und drei Tagesrationen in seine Tasche packte. Es hatte Zeiten gegeben, in denen es Heris besser gelungen war, nicht daran zu denken; aber seit seiner letzten Reise nach Perimadeia – aus dem er nur mit Mühe lebendig wieder herausgekommen war, als die Nomaden die Stadt plünderten – hatte sie größere Schwierigkeiten, die angemessene Distanz zu finden. Davon einmal abgesehen, stand Heris für jenen Teil seines Lebens, der hier in dem abgeschlossenen Bereich des Hauses stattfand, wo allzu Unangenehmes einfach nicht zugelassen wurde. Alles, was er draußen tat – seine Arbeit, sein Verhältnis zu seiner Schwester oder selbst seine seltenen Affären (und er war wirklich nur sehr selten untreu; zumindest hatte sie keinen Grund, etwas anderes anzunehmen) –, hätten die Taten eines anderen Mannes sein können, der zufällig denselben Namen trug. Sie waren für Heris weder interessant noch relevant, genausowenig wie ihn die Führung des Haushalts interessierte.

»Morgen«, wiederholte Gorgas, setzte sich neben sie auf den Stuhl und spähte über ihre Schulter auf den Hypothekenvertrag, den sie gerade kopierte. »Wie lästig. Ich hatte vorgehabt, mich morgen abend um die Arbeit zu kümmern, die sich hier in meiner Abwesenheit angesammelt hat. Ich wünschte wirklich, sie würde manchmal an solche Dinge denken.«

Heris hielt den Blick weiter auf das Papier gerichtet und gab keine Antwort. Sie hatte schon vor Jahren herausgefunden, daß Gorgas zwar häufig alle möglichen unerfreulichen Bemerkungen über seine Schwester machte, dies aber als sein alleiniges Vorrecht betrachtete. Was sie betraf, hatte sie den Eindruck, daß Niessa sie mochte oder sie zumindest billigte, so wie ein Schachspieler eine seiner Figuren billigt, falls sie auf dem ausgesuchten Feld stehenbleibt und nicht anfängt, eigenständig auf dem Spielbrett hin und her zu laufen.

»Hast du noch viel zu tun?« fragte Gorgas. »Ich würde gern vor dem Abendessen noch einmal um den Platz gehen.«

Heris schüttelte den Kopf. »Nein«, sagte sie, zog mit dem Ebenholzlineal einen Strich unter den soeben beendeten Absatz und stöpselte das Tintenfaß zu. »Das genügt für heute. Ich mache Luha und Niessa fertig, während du den Schreibtisch wegräumst.«

Es war beinahe dunkel, als sie auf dem Platz eintrafen, und die Abendspaziergangzeit war schon fast vorüber. Rings um die Treppen zum Brunnen packten die Händler langsam ihre Waren ein, aber zum Glück kannten sie Gorgas Loredan alle vom Sehen, klappten rasch ihre Tische wieder auf, breiteten ihre Tücher aus und begannen, die Waren noch einmal auszupacken. Heris kaufte einen Honigkuchen für jedes ihrer Kinder, Käse und Würste für das Abendessen und ein Viertel Zimt, um den Wein zu würzen, während Gorgas sich damit amüsierte, mit einem alten Freund um ein neues Federmesser und um ein paar Schreibtafeln zu feilschen, die er eigentlich gar nicht brauchte.

»Heris«, rief er laut über den Platz hinweg, »ich habe kein Geld mitgenommen. Hast du sieben Viertel?«

Der Händler grinste und versicherte ihm, daß er genügend Kredit habe, aber Gorgas setzte eine angemessen beschämte Miene auf und versprach, gleich früh am nächsten Morgen einen Jungen mit dem Geld zu schicken.

»Doch nicht noch ein Federmesser!« seufzte Heris. »Du hast schon eine ganze Schachtel voll, die du nie auch nur ansiehst, und benutzt ständig dieses alte Ding, das du einmal aus einem Pfannengriff gemacht hast und das du schon besitzt, seit ich dich kenne.«

Gorgas zuckte mit den Schultern. »Ich fürchte, wenn ich die guten mit außer Haus nähme, würde ich sie irgendwo verlieren. Du weißt doch, wie ich bin. Aber wenn ich das alte, selbstgemachte irgendwo liegenlasse oder es mir aus der Tasche fällt, ist das kein großer Verlust. Außerdem«, fügte er hinzu, »ist es für den Zweck genau richtig. Man kann Federn damit anspitzen. Was erwartet man mehr von einem Federmesser?«

»Unsinn«, erwiderte seine Frau. »Du benutzt einfach lieber alte, abgenutzte Dinge.«

»Dinge, die alt und abgenutzt sind *und ihren Zweck erfüllen*«, erklärte Gorgas ernst. Heris lachte, aber dieses Lachen war nicht ganz echt; *deshalb bist du immer noch bei mir und nicht bei einem dieser jungen Mädchen, die du unterwegs aufliest ...* »Kommt mit«, rief sie den Kindern zu. »Es ist Zeit, nach Hause zu gehen.«

Plötzlich blieb Gorgas wie angewurzelt stehen.

»Einen Augenblick«, sagte er. »Geht ihr nur weiter, ich hole euch schon ein. Da ist jemand, den ich lange nicht mehr gesehen habe.«

Heris nickte und gehorchte. Gorgas blieb reglos eine Weile im Schatten des Brunnens stehen, wo er im trüben Licht schlecht zu sehen war, und betrachtete forschend einen alten Mann, der an der letzten verbliebenen Bude den letzten Laib Brot kaufte. Es war zwei Jahre her, seit Gorgas ihn gesehen hatte, und zwar in Perimadeia, am Abend bevor die Clansmänner die Stadt gestürmt hatten. Er hatte gehört, daß der alte Mann entkommen war und noch lebte, aber den Gerüchten zufolge hielt er sich auf der Insel auf, wo er angeblich von der unverhohlenen Wohltätigkeit eines jungen Kaufmanns und seiner Schwester lebte. Gorgas runzelte die Stirn. Er wußte – ohne es genau zu verstehen – , wieso der ehemalige Patriarch Alexius ein sehr wichtiger Mann war – und zwar wichtig genug, daß er die Aufmerksamkeit seiner Schwester erregt hatte. Wenn er hier in Scona war, dann hieß das, daß sie ihn hergebracht hatte; aber was hatte er in diesem Fall auf dem Platz zu tun, wo er billiges altes Brot kaufte?

Gorgas überquerte den Platz rasch und beinahe lautlos, wobei er sich mehr aus Gewohnheit als aus irgendeinem bestimmten Grund im Schatten hielt, aber der alte Mann entdeckte und erkannte ihn, noch bevor er das Wort an ihn richtete.

»Gorgas Loredan«, sagte er.

»Patriarch«, erwiderte Gorgas mit höflichem Nicken. »Ihr seht gut aus.«

Alexius lächelte. »Dasselbe könnte man von Euch sagen«, meinte er, »und es hätte den Vorteil, der Wahrheit zu entsprechen.« Er zögerte, weil er sonst nichts zu sagen hatte; er erinnerte sich an ihr letztes Gespräch in seiner Wohnzelle in der Akademie.

»Möchtet Ihr zu uns zum Abendessen kommen?« fragte Gorgas. »Es gibt Linsensuppe und eine Lammkeule, und meine Frau hat gerade noch ein paar ordentliche Würste gekauft. Es ist nicht weit, nur um die Ecke.«

Alexius sah ihn an, und Gorgas fühlte sich an den Blick des Händlers erinnert, als sie um das Federmesser gefeilscht hatten. Auch hier wurde ein Handel abgeschlossen, ein Kompromiß gegen einen anderen eingehandelt. »Das ist sehr freundlich von Euch«, erwiderte Alexius und warf einen Blick auf das Stück hartes Gerstenbrot, das er in der Hand hielt. »Aber Eure Frau wird nicht begeistert sein, wenn ich im letzten Augenblick auftauche.«

»Ganz und gar nicht«, erwiderte Gorgas. »Wir haben gern Leute zum Abendessen, und es ist genug da. Unser Koch sorgt immer dafür, daß mindestens eine Portion mehr da ist, als wir brauchen, und ißt sie dann selbst. Es wird ihm nicht schaden, ein wenig abzunehmen, bevor er noch in der Tür zur Vorratskammer steckenbleibt.«

»In diesem Fall«, meinte Alexius, »ist es mir eine Freude.«

In der kurzen Zeit, die er sich auf Scona aufhielt, hatte Alexius mehr von ein paar großen, wichtigen Gebäuden und weniger von dem billigen Gasthaus – wo er seinen zweitbesten Mantel und die Schuhe deponiert hatte – gesehen, als ihm lieb war. Bisher war er in keinem richtigen Wohnhaus gewesen, und er mußte zugeben, daß ihn die Neugier plagte. Warum das so war, wußte er selbst nicht.

Loredans Frau, eine angenehm anzusehende Person Ende Dreißig, schien tatsächlich erfreut über die Gesellschaft, und das kleine Mädchen begriff mit diesem besonderen Gefühl, das kleine Kinder haben, sofort, daß sie hier einen alten Mann vor sich hatte, der nicht sonderlich an Kinder gewöhnt war und den man leicht für sich gewinnen konnte. Alles in allem schien es sich um ein hervorragendes Beispiel einer Familie zu handeln, um die Art Haushalt, die man Studenten auf einer Exkursion vorführen konnte, als praktisches Beispiel in einem Kurs über menschliche Beziehungen. Es schien beinahe, als wäre die Familie tatsächlich zu genau diesem Zweck entworfen und ihre Mitglieder sorgfältig dafür ausgewählt – oder trübte hier sein Wissen um Gorgas' Vergangenheit sein Urteil? Das war schon möglich. Immerhin wußte er so wenig über Familien wie über Wohnhäuser, und daher war es durchaus möglich, daß der Loredan-Haushalt tatsächlich so typisch war, wie er ihm vorkam. Einer Sache war sich Patriarch Alexius allerdings sicher, was das normale Familienleben anging: In unglücklichen Heimen war das Essen für gewöhnlich lausig. Daraus hätte er schließen können, daß Gorgas Loredan und seine Familie so glücklich und zufrieden waren, wie sie aussahen. Da er keine Ahnung hatte, wo seine nächste gute Mahlzeit herkommen würde, machte er mit der berufsmäßigen Gewissenhaftigkeit des lebenslangen Studenten das Beste aus der, die man ihm nun vorsetzte. Falls seine Gastgeber beleidigt oder amüsiert waren, zeigten sie es jedenfalls nicht. Falls Loredan es tatsächlich darauf anlegte, ihm eine normale Familie vorzuführen, dann leistete er gute Arbeit, was den Abendbrottisch eines Mannes in seiner Position anging.

Nachdem der letzte Teller geleert und abgeräumt war, zogen sich Frau und Kinder diskret zurück, wie man es erwarten konnte, und ließen die beiden Männer allein. In der Feuerstelle knisterte ein gut aufgebautes Feuer, und darüber hing ein Kessel mit heißem Wasser für den gewürzten Wein; die Sessel waren gut gepolstert und bequem, und auf einem Rosenholztisch stand ein Schachbrett bereit, obwohl Alexius irgendwie das Gefühl hatte, daß es nie benutzt wurde. Normalerweise hätten ihn eine schwere Mahlzeit und ein warmes Feuer sofort einschlafen lassen, aber er war kein bißchen müde. Er nickte zum Dank, als Gorgas ihm einen Weinkelch reichte, und trank einen Schluck. Das Zeug war fast schon heiß, beinahe schwarz, ausgesprochen aromatisch und sehr süß.

»Willkommen auf Scona«, sagte Gorgas grinsend.

»Ich danke Euch.« Alexius trank einen weiteren Schluck. Der Nachgeschmack war ein winziges bißchen abgestanden. »Ihr seid der zweite, der mich so begrüßt. Vielleicht wißt Ihr, warum ich hier bin.«

»Ich? Nein, tut mir leid.«

»Ach – ich dachte, da Eure Schwester mich hat herbringen lassen ...«

Gorgas verzog den Mund zur trockenen Imitation eines Lächelns. »Ich fürchte, ich weiß nicht die Hälfte von dem, was meine Schwester tut. Ich kann nur sagen, wenn sie Euch hergeholt hat, wird sie schon ihre Gründe haben. Das ist selbstverständlich gut für sie und für die Bank. Aber ich werde mein Bestes tun, dafür zu sorgen, daß Euer Aufenthalt hier so angenehm wie möglich ist. Ach, übrigens, wo wohnt Ihr eigentlich? Hat Niessa Euch eine der Wohnungen der Bank überlassen, oder zahlt man Euch Spesen für Eure eigene Unterkunft?« Er dachte einen Augenblick lang nach. »Der letztere Fall wäre sicherlich angenehmer. Von Eurem Standpunkt aus betrachtet, meine ich.«

Alexius' Mundwinkel zuckten. »Ich habe einen der Schreiber gefragt, ob er mir ein gutes, billiges Gasthaus empfehlen könne. Und ich muß zugeben, billig ist es tatsächlich.«

Gorgas lachte. »Falls es die *Wildkatze* in der Katzenstraße ist, wäre selbst der halbe Preis noch billig. Es ist die *Katze*, nicht wahr? Nun, in diesem Fall wäre es mir lieb, wenn Ihr zu uns übersiedeln würdet. Nein, wirklich«, fügte er hinzu, als Alexius sich zu einem höflichen Protest aufraffte. »Die *Katze* ist eines der Gasthäuser, die die Bank häufig benutzt, und ich möchte wirklich nicht, daß Ihr dort bleibt. Ich schicke meinen Jungen morgen früh nach Eurem Gepäck.«

Alexius beschloß, nicht mehr zu widersprechen. Eigentlich flößte ihm dieses Haus irgendwie ein gewisses Unbehagen ein, ohne daß er definieren konnte, was dieses Gefühl verursachte. Andererseits fiel es ihm überhaupt nicht schwer, viele Dinge exakt aufzulisten, die er in dem Gasthaus ebenfalls als unbehaglich empfand; das begann mit den Flöhen und hörte bei der Gewißheit auf, daß er nach der ersten Woche nicht mehr genug Geld für die Rechnung haben würde. Geistiges Unbehagen, beschloß er, mochte grausam sein, aber das Bett mit der Hälfte aller Insekten Sconas zu teilen, war genauso schlimm und erheblich unpraktischer. »Ich danke Euch«, erwiderte er. »Das ist sehr, sehr freundlich von Euch.«

»Schon gut«, erwiderte Gorgas und konzentrierte sich darauf, mit einem kleinen, spitzen Löffel gemahlenen Zimt in seinen Kelch zu streuen. »Leider kann ich nicht behaupten, daß ein Freund meines Bruders auch mein Freund ist, obwohl das nicht an einem Mangel gutem Willens meinerseits liegt. Was ist mit dem Feuer? Ist es Euch warm genug?«

»Es geht mir gut, wirklich«, erwiderte Alexius. *Richtiggehend prima*, fügte er im stillen hinzu. *Und danke, daß Ihr mich nicht darauf hinweist, daß ich immer noch fröstle, denn es wäre mir peinlich, erklären zu müssen, daß dieses Frösteln nichts mit der Temperatur zu tun hat.* »Verzeiht, wenn das eine unhöfliche Frage sein sollte«, fuhr er fort, »aber habt Ihr tatsächlich ein wenig zugenommen, seit ich Euch zum letzten Mal gesehen habe?«

Gorgas verzog das Gesicht zu spöttischem Mißmut. »Ihr seid ein schrecklich aufmerksamer Mann, Patriarch«, seufzte er. »Tatsächlich komme ich jetzt in das Alter, in dem Männer langsamer und fülliger werden. Man behauptet, das sei nicht zu vermeiden. Ihr andererseits seid offenbar in Weisheit konserviert und haltet Euch anscheinend unendlich lange. Es heißt, Gelehrte gäbe es nur in zwei Größen, kurz und dick oder lang und dünn, und die letzteren seien wie die Streifen Trokkenfleisch, die man auf langen Reisen als Proviant mitnimmt.«

Alexius lächelte trocken. »Eure Schwester hat mich auf eine lange Reise geschickt«, sagte er freundlich. »Ich hoffe, sie hat nicht vor, mich zu verschlingen.«

»Jedenfalls nicht so, wie Ihr meint«, erwiderte Gorgas mit ungerührter Miene. Dann beugte er sich vor, stützte die Ellbogen auf die Knie und das Kinn auf die Hände. *Dieser Mann hat die größten Hände, die ich je gesehen habe*, dachte Alexius. »Falls Ihr wissen wollt, wieso Ihr hier seid, würde ich annehmen, daß Eure beiden Kaufmannsfreunde – Venart und soundso, ich vergesse immer den Namen des Mädchens – Geschichten von ihrem Freund, dem großen Zauberer, erzählt haben, und meine Schwester hat davon gehört. Sie sammelt sehr gern Gegenstände, von denen sie denkt, daß sie irgendwann in der Zukunft nützlich sein könnten, und ich nehme an, Ihr fallt in diese Kategorie.«

Alexius' Miene blieb ausdruckslos. »Aber ich bin kein Zauberer«, sagte er. »Es gibt keine Zauberer. Ich bin sicher, daß eine – eine Geschäftsfrau wie Eure Schwester weiß ...«

Gorgas zuckte mit den Schultern. »Niessa weiß alle möglichen seltsamen Dinge«, sagte er. »Sehr wahrscheinlich – und ich will Euch damit nicht beleidigen – weiß sie eher mehr darüber, was Ihr seid oder nicht seid, als Ihr selbst. Oder sie möchte einfach nur jemanden, von dem die meisten glauben, er sei ein Zauberer, was vermutlich ebenso nützlich ist, als wenn Ihr tatsächlich einer wäret, wenn man es von einem praktischen Standpunkt her betrachtet. Jedenfalls«, fügte er hinzu und rieb sich dabei die breiten Wangen mit den Fingerspitzen, »wie ich Niessa kenne, wird sie Euch schlimmstenfalls einige Wochen hier herumhängen lassen und Eure Spesen mit gewisser Verspätung zahlen. Schließlich ist sie nur eine Bankdirektorin und keine böse Königin.«

Alexius nickte. »Ich danke Euch für diesen Trost«, sagte er. »Ich muß zugeben, daß ich mir Sorgen gemacht habe. Aber verratet mir eins – es ist mir nie peinlich, Unkenntnis zuzugeben: Ich weiß so gut wie nichts über Scona und über diese Bank. Eure Schwester erwähnte etwas von einem Krieg. Mir war nicht klar, daß Banken Kriege führen.«

Gorgas lehnte sich zurück und verschränkte die Hände hinter dem Kopf. »Das«, meinte er, »ist wahrhaftig eine lange Geschichte. Ich erzähle sie Euch gern, aber sie kann auch bis morgen warten, wenn Euch das lieber ist.«

»Jetzt wäre in Ordnung«, erwiderte Alexius. »Wenn es Euch keine Mühe macht.«

»Es ist mir ein Vergnügen.« Gorgas lächelte. »Aber zunächst nehme ich einmal an, daß es Euch sehr interessieren würde, ob ich Neuigkeiten von meinem Bruder habe. Ihr wolltet nur nicht fragen, falls ... nun ja. Habe ich recht?«

Alexius nickte. »Ich denke, das ist verständlich. Aber ja, ich würde gern wissen, was aus ihm geworden ist. Ich kannte ihn nur kurze Zeit, aber ...« Alexius zögerte, dann schloß er den Mund. Gorgas nickte.

»Nun gut«, meinte er. »Es wird Euch freuen zu hören, daß mein Bruder sehr lebendig und widerwärtig gesund ist, und – soweit ich das sagen kann – in seinem neuen Beruf sehr glücklich. Er hat sich ausgerechnet dazu entschlossen, Bogenbauer zu werden.«

»Bogenbauer?« wiederholte Alexius.

»Bogenbauer. Ihr wißt schon, wie in Pfeil und Bogen. Offensichtlich kann er das recht gut und verdient nicht übel dabei, watet bis zu den Knöcheln in Holzspänen, patscht in Leim herum – irgendwo hier in den Bergen von Scona –, und will sehr offensichtlich nichts mit seiner Schwester oder mir zu tun haben. Aber ich nehme an, er würde Euch gern sehen, also werde ich ihm einen Boten schicken. Oder noch besser, vielleicht solltet Ihr ihm schreiben. Ansonsten würde er vielleicht annehmen, daß ich ein Spielchen mit ihm spiele, und sich weigern, darauf einzugehen.«

»Danke«, sagte Alexius. »Wenn Ihr das tun würdet, wäre ich sehr dankbar.«

»Es ist mir ein Vergnügen. Und nun können wir mit dem Geschichtsunterricht beginnen. Noch einen Schluck Wein? Gute

Idee, ich denke, ich werde mich dem anschließen. Am besten wäre es wohl, am Anfang zu beginnen.«

»Am Anfang«, erzählte Gorgas Loredan, »gab es eine große dreieckige Landzunge, die ins Meer vorstieß. Von einer Seite der Dreiecksbasis zur anderen ist es ein Zehntagesritt, aber auch nur, weil dies der einzige flache Teil der Halbinsel ist; der Rest besteht aus unterschiedlich schroffen Bergen, und keiner, der noch bei klarem Verstand ist, würde dort freiwillig leben. Leider hatten die Ahnen jener Menschen, die nun die Halbinsel Shastel bewohnen, keine Wahl. Ein wilder Stamm – entfernte Verwandte Eurer Clansleute, wie ich glaube – vertrieb sie aus ihrem eigenen Land, und zunächst ließen sie sich in den Bergen nieder, weil die Reiter sie dorthin nicht verfolgen konnten. Als die Reiter wieder verschwanden, hatten sie schon über ein Jahrhundert in den Bergen gelebt, also blieben sie dort auch.

Wie es nun einmal so ist, erging es einigen im Leben besser als anderen, und nach ein paar Generationen gab es ein paar Familien, denen es gut ergangen war, und erheblich mehr, die arm dran waren, was eigentlich nichts Ungewöhnliches ist. Was die Siedler in Shastel von anderen unterschied, war die Tatsache, daß sie im Lauf der Jahre ... wie soll ich es ausdrükken? Abergläubisch trifft es nicht. Religiös? Nein, auch das riefe den falschen Eindruck hervor. Man könnte vielleicht von Frömmigkeit sprechen, oder zumindest waren sie alle sehr moralisch, schrecklich besorgt um Recht und Unrecht und – wenn sie sich nicht gerade bei dem Versuch, ihr Leben zu fristen, umbrachten – ständig in tiefe Gedanken über spirituelle Angelegenheiten versunken. Wie dem auch sei, die Familien, denen es besser ergangen war als ihren Mitbürgern, setzten sich zusammen und kamen zu der Ansicht, daß es nicht richtig war, daß sie mehr hatten als sie brauchten, während andere nicht genug hatten. Sie fanden es nicht nur ziemlich schrecklich und verdorben, sondern waren auch der Ansicht, es verstieße gegen das, was ihre Philosophie als das fundamentale Prinzip von Gleichgewicht und Balance ansah – ich weiß gar nicht, wieso ich Euch das erzähle, denn Ihr kennt Euch selbstverständlich damit aus. Ist das nicht auch die Grundlage Eures eigenen philosophischen Systems und für das Studium des Prinzips? Egal, das ist mir ohnehin alles zu hoch. Was jedoch diese Geschichte betrifft, will ich es so zusammenfassen, daß sie beschlossen, all ihren Überschuß zu sammeln und eine große, wohltätige Stiftung zu gründen, die ewig weiterbestehen und sich den beiden Dingen widmen sollte, die sie für die wertvollsten hielten: den Armen zu helfen und einen klar verständlichen, eindeutigen Moralkodex auszuarbeiten.

Diese Stiftung nannte man die Große Stiftung der Wohltätigkeit und Kontemplation, und ihr Aufbau und ihre Leitung wurde den zwanzig führenden Familien Shastels anvertraut. In dem Tal am Fuß des Berges Shastel bauten sie ein großartiges Gebäude, das sie das Hospital nannten; es war groß genug, um bis zu fünftausend Notleidende und fünftausend Gelehrte zu beherbergen, und es stand jedem offen. Menschen, die sich nicht selbst ernähren konnten oder ihr Leben der Philosophie und der Gelehrsamkeit widmen wollten, konnten einfach dort hingehen und erhielten freies Essen und freie Unterkunft, solange sie wollten, ohne Bezahlung und ohne jede Verpflichtung.«

»Klingt nach einer guten Idee«, murmelte Alexius.

»Es war eine wunderbare Idee«, erwiderte Gorgas. »Das ist es doch immer.

Jedenfalls wuchs und gedieh die Stiftung, und die großen Familien trugen weiter dazu bei, und bald gab es keine armen und verzweifelten Familien mehr, um die man sich kümmern mußte; aber diejenigen, die sich bereits im Hospital befanden, wurden unruhig. Es paßte ihnen nicht, dort eingeschlossen zu sein, nur mit Gelehrten als Gesellschaft. Sie erklärten also, sie seien sehr dankbar für alles, was die Stiftung für sie getan hätte, aber sie wollten keine Wohltätigkeit, sondern die Chance, zu arbeiten und etwas aus sich zu machen, und alle waren der Ansicht, daß auch dies eine sehr gute Idee sei.

Also beschloß die Stiftung, es sei das beste, den Armen genügend Vorräte und Ausrüstung zur Verfügung zu stellen, damit sie sich wieder in die Welt begeben und für sich selbst sorgen konnten. Man kam zu dem Schluß, daß wenn man jeder Familie genug Lebensmittel für fünf Jahre und dazu die wichtigsten Werkzeuge und Ausrüstungsgegenstände gab, es ihnen damit eigentlich möglich sein sollte, die Wildnis in gutes, fruchtbares Ackerland zu verwandeln, indem sie Terrassen anlegten, Wälder rodeten, Sümpfe trockenlegten und Flüsse umlenkten. Genauso war die Halbinsel besiedelt worden, mit Hoffnung und gutem Willen und viel harter Arbeit. Es klang nach einer wirklich wunderbaren Idee, also begannen sie damit. Die Stiftung wurde zu einer Bank und lieh den Pionieren alles, was sie brauchten – denn sie alle waren zu dem Schluß gekommen, daß es kein direktes Geschenk sein konnte, denn wenn sie das von dieser Generation erarbeitete Vermögen den Armen schenkten, wer würde sich um die nächste Generation und alle nachfolgenden kümmern? Und so stellte das Land, das man den Pionieren zuteilte, die Sicherheit für diese Darlehen dar.

Selbstverständlich war allen bewußt, daß es sehr lange dauern würde, bis sie das Darlehen zurückzahlen konnten, aber das war in Ordnung, denn niemand hatte es eilig, solange die Stiftung genügend Mittel hatte, sich weiter ihren Hauptaufgaben zu widmen, der Wohltätigkeit und der Kontemplation. Also beschloß man, die Rückzahlung des Kapitals auf unbestimmte Zeit zu verschieben; die Pioniere sollten nur Zinsen zahlen, und um es noch gerechter zu machen, sollten diese Zinsen nicht auf normale Weise berechnet werden – also als Prozentsatz des Kapitals –, denn das hätten die Pioniere vielleicht nicht bezahlen können. Statt dessen kam man überein, daß sie nach den ersten fünf Jahren, also zu einem Zeitpunkt, zu dem das Land eigentlich bereit und produktiv sein sollte, einen gewissen Anteil dieser Produktion abgeben sollten – soviel Korn, soviel Wein und Wolle und was auch immer. Am Ende entschied man sich für ein Siebtel, denn es kam allen vernünftig vor, in etwa soviel Überschuß von einem halbwegs vernünftig bewirtschafteten Hof zu erwarten. Alle Beteiligten waren der Ansicht, es handele sich um eine ungeheuer gute Idee, vielleicht die beste von allen.«

Gorgas Loredan hielt inne und trank einen großen Schluck; dann wischte er sich den Mund ab und fuhr fort.

»Hundert Jahre später war das Ausmaß der Katastrophe offensichtlich. Drei Generationen waren seitdem vergangen, und keine der Pionierfamilien hatte auch nur damit begonnen, das Darlehen zurückzuzahlen; das Siebtel, das sie der Stiftungsbank zahlen mußten, nahm ihnen ihren ganzen Überschuß, und ganz gleich, wie schwer sie arbeiteten, sie erreichten immer nur das Notwendigste, ohne jede Aussicht, ihre Situation verbessern zu können. Inzwischen floß ein ununterbrochener Strom von landwirtschaftlichen Produkten durch die Tore des Hospitals, die man nicht einfach im Lagerhaus verrotten lassen konnte; diese Vorräte mußten ihrerseits an die Armen verliehen werden, oder die Grundlage der Stiftung wäre bedeutungslos geworden. Also verliehen sie sie weiter, und jeder, der diese Darlehen nicht wollte, wurde überredet, sie trotzdem zu nehmen, denn schließlich mußten die Bücher stimmen und die guten Werke getan werden. Und zusammen mit diesen neuen Darlehen und der allgemeinen Wirkung, die all das auf jene hatte, die keine Schuldner der Stiftung waren und ihr Saatkorn in schlechten Jahren aus eigener Tasche bezahlen mußten – so wie ihre Pflüge, ihre Wassergräben und den Bau ihrer Terrassen –, dauerte es nicht lange, bis die Stiftungsbank ihre Hypothekensteine in beinahe jeder Grenzmauer auf der Halbinsel hatte und jedes Jahr noch mehr Zinsen eingingen, die dann gezwungenermaßen in weiterer Wohltätigkeit investiert werden mußten.

Zu diesem Zeitpunkt brach die erste Schuldnerrevolte aus, und die Stiftung konnte es nicht verstehen. Also bat sie ihre Gelehrten und Moralphilosophen, die genügend Zeit hatten, über solche Dinge nachzudenken, es ihr zu erklären, und erhielt die Antwort, daß das Wesen des Menschen grundlegend verdorben ist, zu Undankbarkeit, Neid und reiner Bosheit neigt, und je mehr man Menschen hilft, desto ablehnender und undankbarer werden sie. Und wenn das geschieht, sagten die Philosophen, konnte man sie nur so behandeln wie verwöhnte und widerspenstige Kinder und ihnen zu ihrem eigenen Besten eine gute Tracht Prügel verpassen. Denn sonst, erklärten sie, würde die Stiftung ihre ›elterlichen‹ Pflichten gegenüber dem Volk, das sie adoptiert hatte und für dessen Wohlergehen sie verantwortlich war, vernachlässigen.

Nun waren die Schuldner – die inzwischen als Heptemoren bekannt waren, das ist das Wort für ›Siebentteiler‹ in der alten Sprache – überaus zahlreich und verfügten über eine Menge Idealismus, hatten aber weder die Waffen noch die Mittel, um einen Krieg zu führen, und als sie vor den Toren des Hospitals erschienen, mußten sie feststellen, daß die Stiftung, die sich inzwischen Große Stiftung für Armut und Gelehrsamkeit oder kurz Große Stiftung nannte – obwohl die Leute sie immer noch einfach als ›Stiftung‹ bezeichnen –, sich inzwischen recht ansehnliche Waffen verschafft hatte, und es erwies sich, daß die höherrangigen Gelehrten bereits seit einiger Zeit befürchtet hatten, daß so etwas geschehen könnte, und sich vorbereitet hatten. Sie hatten große Vorräte an Waffen und Material angelegt – ungeheure Mengen, und das alles nach verbessertem und wissenschaftlich fundiertem Muster –, und es erwies sich außerdem, daß man die Armen (also die Menschen, die immer noch im Hospital lebten, insgesamt fünftausend Familien) zu einer Art Armee ausgebildet hatte. Als sich die Heptemoren also weigerten, wieder nach Hause zurückzukehren, verpaßte man ihnen die angekündigten Prügel, selbstverständlich nur zu ihrem Besten; den verläßlichsten Quellen zufolge gab es etwa eintausend Tote und dreitausend Verwundete und Gefangene, während die Verluste der Stiftung vernachlässigbar waren. Anscheinend ist nichts überzeugender als eine wunderbare Idee, zumindest nicht, sobald sie erst einmal in die Tat umgesetzt wurde.

Danach wurden selbstverständlich einige Veränderungen notwendig. Das alte Hospital wurde abgerissen, und man verwendete die Steine, um eine riesige Burg auf der Spitze des Berges Shastel zu erbauen, groß genug für eine Garnison von zehntausend Mann und den Schatz der Stiftung; und da solche Arbeiten dazu neigen, viel Geld zu kosten, mußte der Anteil von einem Siebtel auf ein Sechstel erhöht werden, und die Schuldner waren nun nicht mehr als Heptemoren bekannt, sondern als Hectemoren, was ›Sechstelteiler‹ heißt und auch einfacher auszusprechen ist. Selbstverständlich löste diese Maßnahme das Problem, was man in zukünftigen Jahren mit dem Überschuß machen sollte, denn nachdem erst einmal die Burg bezahlt war, mußte man keine Armen und Bedürftigen mehr finden, denen man etwas leihen konnte, denn nun galt es, ein stehendes Heer zu ernähren, zu bezahlen und unterzubringen; es war ein legitimer Kostenfakter der Stiftung geworden, denn es mußte ihre Arbeit fortführen. Lange Zeit verfügte man so über die zweifellos beste Armee der Welt. Die Soldaten der Stiftung waren am besten ausgebildet und am besten ausgerüstet, und es handelte sich um Männer, die von Kindheit an dazu erzogen worden waren, Soldaten der Stiftung zu sein. Bis«, hier verzog Gorgas sein Gesicht zu einem breiten Grinsen, »meine Schwester nach Scona kam und alles änderte.«

Alexius richtete sich verblüfft auf.

»Eure Schwester?« fragte er.

»Meine Schwester«, erwiderte Gorgas. »Und das am Anfang ganz allein; ich stieß erst später zu ihr, und dann machten wir gemeinsam weiter. Aber sie war diejenige, die mit der ganzen Sache angefangen hat, das muß man ihr lassen.«

»Aha«, meinte Alexius. »Und was hat sie getan?«

»Ganz einfach.« Gorgas unterdrückte ein Gähnen. »Sie hat eine weitere Bank gegründet.«

»Eine weitere Bank?«

Gorgas nickte. »Die Loredan-Bank, die sie vor fünfzehn Jahren hier auf Scona eingerichtet hat, als diese Insel noch unbewohnt war und es nur die Ruinen von ein paar Bauernhöfen gab, die die Stiftung nach einer kleineren Revolte praktisch dem Erdboden gleichgemacht hatte. Tatsächlich war sie sehr klug vorgegangen; sie hatte die Insel der Stiftung *abgekauft*, zusätzlich zu einer Handelslizenz, die sie nie hatte benutzen wollen. Aber dies gab ihr einen Grund, sich hier aufzuhalten, während sie die Bank aufbaute und begann, ihre Fühler nach den Hectemoren auszustrecken und ihnen Ideen in die Köpfe zu setzen. Als dann der richtige Zeitpunkt gekommen war, sah sie den ersten Schlag der Stiftung voraus und schloß ein Geschäftsabkommen mit ein paar alten Handelspartnern, die praktischerweise auch Piraten waren: Ein sicherer Hafen auf Scona, wenn diese Piraten im Gegenzug verhinderten, daß die Stiftung die Meerenge überquerte. Die Piraten leisteten hervorragende Arbeit, kämpften mit richtigen Kriegsschiffen gegen die Barken und Handelsschiffe, die die Stiftung einsetzte; ich glaube, etwa siebenhundert von Shastels besten Männern sanken an diesem Tag auf den Meeresgrund, überwiegend dank ihrer schweren Rüstung. Seitdem haben sie es nie wieder versucht, und sobald Niessa ihre eigene Armee aufgestellt hatte, hat sie sich der Piraten entledigt ...«

»Eure Schwester verfügt über eine Armee?« fragte Alexius leise.

»In der Tat. Nun«, meinte Gorgas, »eigentlich bin ich überwiegend dafür zuständig. Aber es ist ihre Armee, genau wie es ihre Bank ist. Oder sagen wir, es gehört alles der Familie.«

Alexius holte tief Luft und atmete dann wieder aus. »Was also hat sie genau getan? Ich meine, wie funktioniert diese Bank?«

»Es ist alles ziemlich einfach«, erwiderte Gorgas. »Die Hectemoren leihen sich Geld von uns, um der Stiftung das ursprüngliche Darlehen zurückzuzahlen. Dann bezahlen sie uns. Aber wir nehmen nur ein Siebtel, wie im ursprünglichen Vertrag. Und wir spielen uns in den Bereichen von Shastel, die nun uns gehören, nicht ganz so auf, wie es die Stiftung getan hat. Selbstverständlich«, fuhr er fort, »sitzt die Stiftung nicht einfach da und nimmt es hin; wenn eine Familie die Hypothek zurückzahlt, schickt die Stiftung Truppen, um das Haus niederzubrennen und die Menschen zu töten. Und wir schicken unsere Truppen, um sie aufzuhalten oder – wenn wir zu spät kommen – sie davon abzuhalten, es wieder zu versuchen. Wir sind selbstverständlich bei den Hectemoren sehr beliebt, und wir erschließen nach und nach immer mehr Land, wo sie sich uns anschließen können, wenn sie wollen. Sie wollen immer. Man könnte sagen«, fügte er mit einem ironischen Grinsen hinzu, »daß wir eine Wohltätigkeitsorganisation sind, genau wie die Stiftung es einmal war.«

»Aha«, meinte Alexius. »Das klingt nach einer guten Idee.«

»Selbstverständlich«, erwiderte Gorgas Loredan. »Das tut es doch immer.«

3

Aus ihrem Fenster im fünfzehnten Stock des Ostflügels der Zitadelle auf dem Berg Shastel konnte Machaera an klaren Tagen über die Lagune hinweg die kleine felsige Insel Scona sehen. Es war kein sonderlich beeindruckender Anblick. Bestenfalls konnte sie einen braunen Buckel erkennen, der sich gegen den Himmel abzeichnete, und wenn der Himmel bewölkt und voller Schneewolken war, gab es außer einer geringfügigen Veränderung von Farbe und Struktur kaum etwas zu sehen. Aber Machaera saß oft stundenlang am Fenster, schaute hinaus und fragte sich, warum die Menschen auf Scona sie und ihre Familie und die wunderbare Stiftung haßten, der anzugehören sie sich ihr ganzes Leben lang angestrengt hatte.

An diesem Nachmittag hing ein leichtes Schneegestöber in der Luft, und die Insel war nicht vom schieferfarbenen Wasser der Lagune zu unterscheiden, was es für Machaera schwieriger machte, sich zu konzentrieren und ihre Gedanken hinüberzuschicken. Sie hatte die Ellbogen auf den steinernen Fenstersims gestützt und die Augen geschlossen; sie würde mit geschlossenen Augen und offenem Geist besser sehen können (ein weiteres Paradoxon für Doktor Nilas' Sammlung).

Als lebenslange Studentin des Prinzips hatte Machaera mehrere Techniken erlernt, um sich zu konzentrieren. Die meisten waren nichts weiter als Kunstgriffe – Möglichkeiten, sich selbst hinters Licht zu führen und sich glauben zu machen, daß sie sich in einem höheren Bewußtseinszustand befand und daher feiner auf das Prinzip abgestimmt war als üblich; sie fand diese Kunstgriffe eher ärgerlich, denn es kam ihr dumm vor, sich selbst überreden zu wollen. Aber es gab eine andere Möglichkeit, eine einfache geistige Übung, die sie mitunter nützlich fand. Im Grunde war es nur eine Methode, irrelevante Gedanken aus dem Kopf zu schieben, eine Art Aufräumprozedur – geistige Hausarbeit, aber die Tatsache, daß die Methode so prosaisch war, minderte ihren Wirkungsgrad nicht im geringsten.

Sie kniff die Augen fest zu, als könnte das Zusammenpressen ihrer Augenlider ihr die Erinnerung daran abringen, was sie sich angesehen hatte, dann gestattete sie ihren Gesichtsmuskeln, sich zu entspannen. Schon dieser Teil der Übung führte immer dazu, daß sie ruhiger wurde und sich weniger um Erfolg oder Versagen sorgte. Sie holte ein paarmal tief Luft und machte sich daran, ihre diversen Körperteile wahrzunehmen und zu entspannen. Nach ein paar Minuten gähnte sie – ein Zeichen, daß sie die Übung richtig durchgeführt hatte.

Der Reihe nach untersuchte sie jeden Gedanken und jede Erinnerung, die sie auf dem Fußboden ihres Geistes herumliegen fand. Sie stellte sich vor, sich in einer Bibliothek zu befinden, deren Boden und Tische mit Büchern bedeckt waren, die man dort aufgeschlagen zurückgelassen hatte. Sie stellte sich vor, wie sie ein Buch nach dem anderen aufhob, es abstaubte, es wieder fest zusammenrollte, in seine Röhre steckte und zum richtigen Platz im Regal zurückbrachte. Wenn diese Arbeit getan war, wandte sie sich dem Buch der lästigen Beschäftigungen zu ...

(Wähle zufällig eine Stelle aus und lies sie, bevor du das Buch aufrollst: der Krieg, der Feind; warum muß es ausgerechnet während meines Lebens einen Krieg geben? Warum jetzt, es ist ungerecht; ich habe soviel zu tun, soviel zu lernen, ich bin nur so kurze Zeit jung, warum muß dieser Krieg über mich hereinbrechen wie der Besuch eines unverschämten Verwandten, der vorbeikommt, wenn man allein sein will, und dann nicht wieder geht? Es gibt so vieles, was wegen des Krieges unpraktisch oder unmöglich geworden ist – zu reisen, große Bibliotheken in anderen Städten zu besuchen, zu lernen; Mazeus ist im Dienst statt hier, und ich kann nicht mit ihm sprechen oder ihm zuhören, wenn es etwas gibt, das ich gelesen oder ge-

dacht habe und das besprochen werden muß; rolle auch dieses Buch auf, es ist eine schreckliche Ablenkung.)

Sie rollte ein Buch nach dem anderen auf und steckte sie zurück ins Regal, selbst das faszinierend verlockende Buch der Spekulationen, in dem all ihre Gedanken über Theorien und Interpretationen festgehalten waren, all ihre Wünsche darüber, was die Wahrheit sein sollte *(ganz besonders dieses Buch; rolle es auf und lege es zurück aufs oberste Regal)*, bis der Tisch leer und ihr Geist bereit war, sich mit einem neuen Buch zu beschäftigen. Sie stellte es sich vor, wie es auf der polierten Holzplatte vor ihr lag. Sie stellte sich die Messingröhre mit dem Etikett darauf vor, schob den Zeige- und Mittelfinger hinein, öffnete sie, holte das aufgerollte Buch heraus, nahm den schlanken Holzstab in die Hand, der an dem oberen Rand der Rolle befestigt war, zog den Rest der Rolle mit der anderen Hand abwärts, schob das schwere Holzlineal darauf, damit es sich nicht wieder aufrollte, und las den ersten Abschnitt, der immer gleich lautete –

Das eine Prinzip, das alles durchdringt – dieses Konzept ist verschwommen und vage genug, um alle bis auf die entschlossensten Geister abzuschrecken. Manchmal ist der Weg so offensichtlich, daß er vollkommen banal erscheint und daher nicht des Studierens wert. Zu anderen Zeiten verringert sich der Strom zu einem so dünnen Rinnsal, daß man den Eindruck hat, er sei nur eine Einbildung, etwas womit man sich selbst betrügt, weil man es so dringend wünscht. Zwischen dem Allgemeinen und dem Banalen, dem Zweifelhaften und dem selbstgemachten Beweis besteht eine gefährliche Verlockung, einen Mittelweg einzuschlagen und anzunehmen, die Wahrheit müsse im Durchschnitt der vorhandenen Alternativen liegen, was ähnlich ist, als versuchte man Geschichtsschreibung, indem man bei einem Historikerkongreß abstimmen läßt und annimmt, die Mehrheitsmeinung sei gleichzeitig auch die Wahrheit. Aber beim Studium des Prinzips haben gesunder Menschenverstand,

Glaube und Demokratie nichts zu suchen. Das Prinzip kann nicht vereinfacht oder verbessert werden. Das Prinzip ist das, was ist.

Trockene, kompromißlose Worte, die alle Studenten auswendig zu lernen hatten; nichts, was man glauben sollte, da Glaube Raum für Zweifel voraussetzt – eher etwas, das man akzeptierte, wie die Tatsache des Todes, an den man auch nicht glauben muß. Soviel zum Vorwort. Sie stellte sich vor, wie sie ungelenk vor einer steinernen Statue knickste, die vor einem Bogengang stand, und unbehaglich darauf wartete, daß man ihr gestattete weiterzumachen.

Und dann hatte sie den Torbogen hinter sich gebracht und war im Freien, ohne daß ein Dach oder Mauern ihren Weg begrenzten. Sie stellte sich die Kontemplation des Prinzips wie einen Garten vor (Ausländer lachten über das Volk von Shastel und seine Besessenheit in Sachen kleiner Flecken organisierter Natur – ordentlich angelegte Grasflächen und Truppen gutgedrillter Blumen, die stramm standen und auf Befehl ihre Blüten präsentierten!), in dem sie sich niederlassen oder umherschlendern konnte, an dessen Erhaltung sie arbeiten und aus dem sie mitnehmen konnte, was immer sie wollte, ohne zu befürchten, die gesamte Anlage zu beeinträchtigen. Manchmal kam sie hierher, um Irrtümer und falsche Schlüsse zu jäten, um zu graben, zu mulchen und Steine zu sammeln, zu mähen und zu veredeln und die vertrockneten Blüten überflüssiger Überlegungen abzuzupfen. Manchmal kam sie mit einem Korb am Arm, um zu sammeln, was sie wollte, und es mit nach Hause zu nehmen, obwohl es nicht ganz so einfach war – der Garten gab nur, was er wollte ...

Sie öffnete die Augen und sah eine Werkstatt. Der Anblick erinnerte sie an die Böttcherwerkstatt, in der ihr Vater gearbeitet hatte, denn sie konnte eine lange Werkbank mit schweren hölzernen Schraubzwingen sehen, und an der Wand hingen vertraut aussehende Werkzeuge, die schwere Feile, die Holzblöcke, in die Sandstein eingelassen war und dergleichen mehr. Der Boden war voller geringelter heller Hobelspäne, und auf den Querbalken des Dachs ruhte grob behauenes grünes Holz und fügte dem zarten Duft frischgesägten Zedernholzes den süßlichen Geruch von Baumsaft hinzu. Durch einen offenen Fensterladen fiel Licht in den Raum und auf den Rücken eines Mannes, der sich über ein Holzscheit beugte, das in der Schraubzwinge eingespannt war, und an dem er mit einem schweren Hobel arbeitete, wobei sich Arme und Schultern im gleichen Rhythmus wie die eines Ruderers bewegten. Machaera konnte nur seinen Hinterkopf sehen, aber der alte Mann, der außerhalb des einfallenden Lichtstrahls saß, schaute sie direkt an, obwohl seine scharfen Züge im Schatten lagen.

»Und was geschah dann?« fragte er.

Der andere Mann hörte auf zu arbeiten und richtete sich mit einem leisen, gequälten Grunzen auf. »Danach ließ die Spannung schnell nach«, sagte er. »Es stellte sich heraus, daß meine verfluchte Schwester das Schiff geschickt hatte, um mich zu holen – hätte ich das gewußt, hätte ich es vielleicht mit Schwimmen versucht. Aber ich tat es nicht, und sie lieferten mich hier ordnungsgemäß wie ein Paket ab und brachten mich den Hügel hinauf, damit ich ihr meine Aufwartung erweisen und mich angemessen dankbar zeigen konnte.« Der Mann griff wieder nach dem Hobel und fummelte einen Augenblick an der Stellung der Klinge herum. »Sie hat mich beinahe eine Stunde in ihrem verdammten Vorzimmer sitzen lassen, was meine Laune nicht gerade verbessert hat.«

»Und, wart ihr es?« wollte der alte Mann wissen. »Angemessen dankbar, meine ich.«

»Ich glaube nicht, daß unser alter Freund, der Stadtpräfekt, über meine Manieren erfreut gewesen wäre«, erwiderte der Handwerker. »Ich kann nicht behaupten, daß ich mich sonderlich gut benommen habe. Und nein, ich war es nicht. Andererseits ist es mir gelungen, dort rauszukommen, ohne jemanden zu schlagen, was an sich schon eine Leistung darstellt. Außer den Schreiberlingen gibt es dort noch eine ganze Menge berufsmäßiger Kraftprotze. Ich denke, wenn ich die Nerven verloren hätte, hätte ich die Bank in einem Sack verlassen.«

»Es schien mir kein sonderlich freundlicher Ort zu sein«, sagte der alte Mann. »Und was habt Ihr danach getan?«

»Ich schlenderte zum Hafen, dorthin, wo alle ihre Abendspaziergänge machen, und habe mein Kettenhemd verkauft. Ich habe auch einen guten Preis dafür bekommen – genug, um ein paar Werkzeuge zu erwerben und noch genug übrig zu haben, um mir für den nächsten Morgen einen anständigen Kater zu leisten. Dann machte ich mich auf den Weg. Als ich müde wurde, machte ich halt, und hier bin ich nun.«

Der alte Mann nickte und hob einen Holzbecher an die Lippen. Als er ihn wieder absetzte, goß der Handwerker aus einem hohen Terrakottakrug nach, der auf dem Boden in einem Eimer Wasser stand, um kühl zu bleiben. »Der Junge«, fuhr der alte Mann fort. »Was ist mit ihm?«

Der Handwerker lachte. »Ich werde ehrlich mit Euch sein«, sagte er. »Nachdem wir Scona erreicht hatten und ich meinen Pflichtbesuch bei meiner Schwester hinter mich gebracht hatte, habe ich ihn mehr oder weniger vergessen. Haustiere, Waisen, streunende Katzen, Wohlfahrtsfälle – für so etwas hatte ich nie viel Zeit. Ich habe nichts dagegen, einem armen Kerl mein Wechselgeld in den Hut zu werfen, wenn er mir leid tut, aber ich war auch immer der Ansicht, daß Wohltätigkeit an der Haustür ihr Ende findet, und wenn ein streunender Hund mir auf der Straße hinterherläuft, fängt er sich damit nur einen Tritt ein. Nein, ich war der Ansicht, daß ich genug für den Jungen getan hatte, als ich ihn aus dem Feuer zog, und der Rest war seine eigene Angelegenheit.« Er seufzte. »Aber dieses Glück war mir nicht beschieden.«

»Nein?«

Er schüttelte den Kopf. »Er tauchte eines Morgens hier auf,

ganz verloren und voller Selbstmitleid, und zufällig war ich gerade damit beschäftigt, einen Torpfosten aufzustellen, was für einen einzelnen Mann nicht einfach ist, also sagte ich ohne nachzudenken: ›Faß mal hier an‹, und er hielt den Pfosten, während ich ihn einschlug, und danach hielt er das Stemmeisen, während ich das Loch für den zweiten Pfosten grub, und dann half er mir, den Türsturz zu heben, und hielt ein Ende, während ich das andere anpaßte. Und als wir dann fertig waren und mir klar wurde, daß er mir geholfen hatte und nichts anderes gesagt hatte als ›So etwa?‹ und ›Wo soll das hier hin?‹, hatte ich nicht das Herz, ihn wieder rauszuwerfen. Also ist er seitdem hier. Ich bringe ihm das Handwerk bei, und insgesamt ist er mehr Hilfe als Last. Aber es ist komisch«, fuhr der Handwerker mit einem Grinsen fort. »Wenn ich versuche, ihm etwas beizubringen, und er es aus irgendeinem Grund nicht begreifen kann oder will, und ich innehalte und mir selbst zuhöre, wie ich am Anfang ganz geduldig und vernünftig alles erkläre, bis ich schließlich die Geduld verliere und das arme Kind ausschelte – dann kommt es mir so vor, als wäre ich wieder ein Junge und würde meinen Vater hören, damals zu Hause in der Scheune. Und das bringt mich immer dazu, damit aufzuhören. Ich kann mich nur zu gut daran erinnern.«

»Ah«, sagte der alte Mann mit einem Grinsen. »Er ist also der Sohn, den Ihr nie hattet.«

»Den ich nie hatte und nie gewollt habe«, erwiderte der Handwerker unwillig. »Ich habe nichts gegen Gesellschaft, aber ich habe sie nie gebraucht, nicht wie einige andere, die ohne so was nicht leben können. Und man muß es dem Jungen lassen – er tut sein Bestes, obwohl er die ganze Zeit redet. Zur Hölle damit, ich kann mich nicht beschweren.«

»Das sehe ich«, meinte der alte Mann lächelnd. »Wenn Ihr mich fragt, fangt Ihr langsam an, weich zu werden.«

»Ich würde lieber von Reife sprechen. Womit ich einfach sagen will, daß ich anfange, mich meinem Alter entsprechend zu benehmen. Bisher hat mich das berufsmäßige Töten von Menschen davon abgehalten, in die Jahre zu kommen. Das hier ist ein ganz anderes Leben.«

»Ein besseres?«

Der Handwerker dachte ernsthaft nach, bevor er antwortete. »Es ist verflucht schwere Arbeit«, erwiderte er. »Aber es ist auch viel besser als früher. Ich würde nicht wieder zurückkehren, selbst wenn sie mich zum Kaiser machen und mir die gesamte Oberstadt als Palast geben würden. Es ist gut möglich, daß ich schon immer so etwas wie das hier tun wollte, also sollte ich dem jungen Temrai vielleicht einen guten Wein ausgeben, wenn wir uns das nächste Mal begegnen.«

Der alte Mann lachte. »Ich bin sicher, daß er ohnehin nichts als Euer Wohlergehen im Sinn hatte«, meinte er.

»Tja, was ist schon eine niedergebrannte Stadt unter Freunden, solange es dich glücklich macht?« Der Handwerker ließ den Hobel über sein Werkstück gleiten; es gab ein sauberes, schneidendes Geräusch. »Ich versuche, über diese Seite der Dinge nicht viel nachzudenken«, meinte er. »Es ist erstaunlich, wieviel besser das Leben sein kann, wenn man das Denken bleiben läßt.«

Der alte Mann trank noch einen Schluck und stellte dann den Becher wieder ab. Er stülpte seinen Hut darüber, damit kein Sägemehl hineinfiel. »Und die Geschäfte gehen gut?« fragte er.

»Ich kann mich nicht beschweren«, erwiderte der Handwerker. »Es ist verblüffend, wie wenig diese Menschen über das Bogenbauen wissen. Ich könnte jetzt alle möglichen Einzelheiten aufzählen und Euch zu Tode langweilen, aber das wäre unfreundlich, also sagen wir einfach, für ein Volk, dessen Überleben auf den Fähigkeiten seiner Bogenschützen beruht, wissen die Menschen von Scona verdammt wenig über ihr Werkzeug. Die Vorstellung, daß ein Bogen mehr ist als ein gebogenes Stück Holz mit einer Sehne dran, ist für sie schon so etwas wie eine göttliche Erkenntnis. Tatsächlich«, fügte er hinzu und hielt einen Augenblick inne, um sich mit dem Unterarm die Stirn abzuwischen, »läuft das Geschäft ein wenig zu gut, wie Ihr auch selbst herausfinden könntet, wenn Ihr einen kleinen Spaziergang unternehmen würdet, um Euch nach einer halbwegs geraden Esche umzusehen. Ihr werdet keine finden, weil die alle hier oben sind.« Er zeigte auf das Holz, das auf den Dachbalken lagerte. »Das da wird allerdings nicht sonderlich lange reichen«, fuhr er fort, »und ich habe schon eine Bestellung für sechs Dutzend rohhautverstärkte Recurvebögen für die Armee, die mich glatt um den Schlaf bringen würde, wenn ich weiter darüber nachdenken würde. Falls Ihr jemals jemandem begegnet, dessen Arzt ihm sechs Wochen vollkommener, äußerster Langeweile verordnet hat, schickt ihn zu mir, und ich werde ihn Sehnen vorbereiten lassen.«

Der alte Mann lächelte. »Das ist ein sehr gutes Zeichen«, sagte er. »Es muß Euch wirklich gutgehen, wenn Ihr so murrt. Ihr hört Euch an wie ein Bauer, der sich über zuviel Regen beschwert.«

»Ich glaube, in einem Fall wie dem meinen spricht man davon, daß sich jemand zu dem entwickelt, was er eigentlich ist. So«, sagte er, legte den Hobel beiseite und griff nach einem Greifzirkel. »Das sieht nicht übel aus. Sehen wir mal, ob wir es ...« Er stand auf und drehte sich um, und gerade als Machaera beinahe sein Gesicht gesehen hätte, hob sie den Kopf und blinzelte und sah wieder Scona auf der anderen Seite der Lagune und die Heringsmöwen, die in der Schneeluft kreisten, und ein einzelnes Schiff mit einem blauen Segel, das sich in die Arme des Hafens schleppte.

Um was ging es da wohl? Sie versuchte, sich wieder den Bibliothekstisch vorzustellen, aber als sie das Bild in ihrem Geist gefunden hatte, gab es dort nur einen unordentlichen Haufen Messingröhren, einige leer, aus anderen ragten die Enden schlecht aufgerollter Bücher hervor. Sie schloß die Augen und versuchte angestrengt weiterzudenken, aber heftige Kopfschmerzen hatten sich etwa einen Zoll hinter ihren Augenlidern niedergelassen, und Denken war, als versuchte man, durch dichten Nebel und Regenschleier zu schauen. *Welchen von den beiden sollte ich sehen? Den alten Mann oder seinen Gesprächspartner?* Sie versuchte angestrengt, das Bild in ihren Geist zurückzuzwingen, aber es war nicht genug übriggeblieben, um sich daran zu klammern. Ihre Vernunft sagte ihr, daß es der alte Mann sein sollte. Als sie in seine Augen geschaut hatte, hatte sie geglaubt, etwas zu erkennen; es war, als würde man den Großvater eines Freundes sehen und zu sich selbst sagen: Ah, daher hat er diese Nase. Sie nahm an, daß das, was sie gesehen hatte, eine Art von Narbe oder Spur war, wie sie zurückblieb, wenn man das Prinzip erblickt hatte, dieselbe Art von Flackern oder Brennen, als hätte sie zu lange in die Sonne geschaut, was ebenfalls eine Spur hinterließ, die man sehen konnte, wann immer man danach die Augen schloß. Aber der alte Mann hatte nichts gesagt; er hatte nur dagesessen und Fragen gestellt, also war es sicher der andere, der wichtig war, um dessentwillen man ihr dieses besondere Vorrecht des Sehens gewährt hatte. Aber er war nur eine Art Handwerker, ein Holzarbeiter wie Machaeras Vater. Wie konnte etwas, das mit diesem Mann zusammenhing, von irgendwelcher Wichtigkeit für das Prinzip oder das Überleben von Shastel und der Stiftung sein? Ein großer Krieger hatte vielleicht eine gewisse Bedeutung, vielleicht auch ein kundiger Ingenieur, dem es vorbestimmt war, eine legendäre Waffe zu entwickeln, mit der der Feind auf einen Schlag überwältigt werden konnte. Aber ein Handwerker – ein kleiner Handwerker, einer, der sich anstrengen mußte, einer Bestellung von sechs Dutzend (sechs Dutzend, das waren fünfmal zwölf, also sechzig plus zwölf, also zweiundsiebzig) Bogen nachzukommen – im Arsenal der Stiftung wurden vermutlich so viele an einem einzigen Tag hergestellt. Wenn sie es nicht besser gewußt hätte, hätte sie angenommen, daß das Prinzip sich einen Spaß mit ihr gemacht hatte.

Vergeßt nicht, hatte Doktor Gannadius ihnen im vergangenen Jahr kurz vor der schriftlichen Prüfung gesagt, *daß ihr nicht nach dem, was ihr sehen wollt, Ausschau halten dürft, oder nach dem, von dem ihr glaubt, daß ihr es sehen solltet, oder selbst nach dem, was ihr erwartet. Haltet nach überhaupt nichts Ausschau. Seht euch an, was da ist, und merkt es euch gut. Was ihr seht, ist immer die Wahrheit; Verzerrungen und Fehler kommen später, wenn ihr über das, was ihr gesehen habt, nachdenkt.*

Sie runzelte die Stirn. Niemand auf der ganzen Welt wußte mehr über das Prinzip als Doktor Gannadius – immerhin war er das letzte überlebende Mitglied der Stiftung von Perimadeia, dem es bestimmt gewesen war, dem alten Patriarchen ins Amt zu folgen, wäre die Stadt nicht gefallen. Schon die Tatsache, daß er nach Shastel gekommen war, hatte mehr für die Moral der Stiftung getan, als hundert Siege auf dem Schlachtfeld erreicht hätten. Immerhin war es Doktor Gannadius gewesen, der Machaeras besondere Begabung erkannt und sie hierher in den Stift gebracht hatte, zu den wichtigsten zehn Prozent der Novizen, und ihr genau jene Technik beigebracht hatte, die sie gerade benutzt hatte. Wie ihr nun klar wurde, bedeutete das, daß es wohl am Vernünftigsten wäre, nicht weiter zu versuchen, das Rätsel alleine zu lösen – sie würde damit nur das Abbild in ihrem Geist trüben. Statt dessen sollte sie sich wegen einer Interpretation lieber an Gannadius selbst wenden, damit er diese wichtigen Informationen angemessen nutzen konnte – Informationen, die vielleicht wichtig genug waren, um mit ihnen den Krieg zu gewinnen ...

»Offensichtlich«, murmelte der Sergeant, »ist sie die Nichte der Direktorin.«

Der Unteroffizier bückte sich und spähte noch einmal durch

das Loch in der Tür. »Ich habe gehört, sie sei ihre Tochter«, erwiderte er.

»Das solltest du lieber nicht gehört haben«, meinte der Sergeant. »Es wird dein Wachstum hemmen, wenn du solche Dinge hörst.« Er fuhr sich mit der Hand über die Kehle. »Jedenfalls«, fuhr er fort, »ist sie irgendeine Verwandte, und das bedeutet, daß sie uns nichts angeht. Paß auf, wenn du das Essen reinbringst. Sie kann zwar nur mit der linken Hand kratzen, aber sie weiß, wie man tritt.«

Der Unteroffizier nickte gewichtig. Das stimmte, das Mädchen in der Zelle sah nicht aus, als wäre sie in der Lage, jemandem weh zu tun – nicht mit dieser verstümmelten Hand; sie schaffte es ja kaum, sich das Essen in den Mund zu schieben und sich umzuziehen. Aber das sah ganz anders aus, wenn sie zu schreien und zu fluchen anfing; sich das anhören zu müssen genügte, um einem Mann das Bier sauer werden zu lassen, sogar durch die dicke Eichentür, und es gab nicht viel, das sie zu tun wagten, um sie zum Schweigen zu bringen – schließlich war sie eine Verwandte der Direktorin. Man wußte nie, ob sie nicht schon morgen freigelassen und hinter einen Schreibtisch in eine Schreibstube gesetzt werden würde, wo sie ihr Siegel auf Befehle drücken würde, die einen armen Soldaten in den Tod schicken könnten. Da ging man lieber auf Nummer Sicher und hielt sich fern.

»Aber es ist doch erstaunlich«, sagte der Sergeant. »So verstümmelt und in eine Zelle gesteckt, wo sie doch eine von ihnen ist! Die Götter allein wissen, was sie ihren Feinden antun.«

Weiter entfernt im Flur kratzte ein Schlüssel in einem Schloß; jemand erteilte Befehle. Der Sergeant schob die Abdeckung über das Guckloch und winkte dem Unteroffizier zu, sich wieder auf seinen Posten zu begeben. Als die Neuankömmlinge das Ende der Zellenreihe erreichten, nahm der Sergeant Habtachtstellung ein, salutierte und schlug die Hacken seiner Stiefel mit Paradepräzision zusammen. Den Neuankömmlingen fiel das nicht einmal auf.

»Sie ist da drin«, sagte ein Hauptmann der Wache – in diesen Kellern ein seltenes, exotisches Geschöpf. »Wir halten sie von den anderen Gefangenen fern, genau wie Ihr es angeordnet habt.«

Der andere Besucher, ein hochgewachsener, kahlköpfiger Mann in einem dunklen Mantel, grunzte. »Sie ist keine Gefangene, sie wird nur festgehalten. Ihr solltet diesen Unterschied begreifen. Und jetzt öffnet. Ich werde an die Tür klopfen, wenn ich fertig bin.«

Der Sergeant sprang vor wie ein Blechsoldat in einer Spieluhr und drehte den Schlüssel um; dann trat er weit von der Tür zurück, als bestünde Ansteckungsgefahr. Der Hauptmann warf ihm einen säuerlichen Blick zu und setzte sich auf den Stuhl.

»Onkel Gorgas«, sagte das Mädchen.

»Fang nicht damit an, Iseutz«, seufzte Gorgas Loredan. Er ließ sich auf die Schlafpritsche sinken und beugte sich vor, die Ellbogen auf die Knie gestützt.

»Du siehst erschöpft aus«, fuhr Iseutz fort und setzte sich neben ihn auf den Boden. Er rutschte ein paar Zoll weit weg.

»Ich bin müde«, sagte Gorgas. »Und keineswegs besonders guter Stimmung. Was mich betrifft, kannst du ruhig hierbleiben, bis du gelernt hast, dich zu benehmen. Aber deine Mutter ...« Iseutz gab ein Fauchen von sich wie eine wütende Katze. Gorgas seufzte. »Deine Mutter«, wiederholte er, »besteht weiterhin darauf, daß ich versuche, dir gut zuzureden. Aber sie hat leicht reden«, fügte er hinzu, »weil sie nicht in dieses Dreckloch kommen und deine Vorstellungen ertragen muß. Offensichtlich glaubt sie, daß ich nichts Besseres zu tun habe.«

»Und«, murmelte Iseutz. »Hast du Besseres zu tun?«

Gorgas warf ihr einen wütenden Blick zu. »Ich habe sehr viel zu erledigen, besten Dank«, meinte er. »Ich habe eine Frau und Kinder, die ich manchmal wochenlang nicht sehe. Ich habe eine Schwester, die mich wie einen Botenjungen behandelt, ich habe einen Bruder, der oben in den Bergen sitzt und mich ignoriert, und in meiner Freizeit muß ich noch einen Krieg führen. Und dazu gibt es dann noch dich. Ihr Götter, wie wunderbar es doch sein muß, ein wirklich langweiliges Leben zu führen! Ich sehne mich danach, nur ein einziges Mal gelangweilt zu sein, nur damit ich sagen kann, ich hätte es versucht.«

Iseutz sah ihn an. »Spar dir das«, meinte sie. »Warum gehst du nicht einfach wieder? Du verschwendest hier nur deine kostbare Zeit.«

Gorgas gähnte und streckte sich auf der Pritsche aus, die Finger hinter dem Kopf verschränkt. »Andere Leute«, meinte er, »haben Nichten, die sich freuen, sie zu sehen. Lieblingsnichten, die sie mit kleinen Geschenken verwöhnen und die darum betteln, lange aufbleiben zu dürfen, wenn ihre Onkel zum Abendessen kommen.«

»Andere Leute bringen auch ihre Brüder nicht um«, erwiderte Iseutz liebenswürdig. »Du hättest viel mehr Nichten haben können, wenn du nicht den größten Teil deiner Familie umgebracht hättest.«

Gorgas seufzte laut. »Wie wahr«, meinte er. »Obwohl ich, nur um diese Tatsache mal festzuhalten, keinen meiner Brüder getötet habe, sondern nur meinen Vater und meinen Schwager. Aber es sieht so aus, als müßte ich aus dem, was ich habe, das Beste machen. Um aller Götter willen, warum tust du dir das an, was für einen Sinn hat das? Gibt es in dieser Familie nicht schon genug Märtyrer?«

Iseutz lächelte ihn an. »Das solltest du am besten wissen, Onkel Gorgas. Und sag bitte nicht, daß ich mir das selbst antue. Ich habe mich hier nicht selbst runtergezerrt und eingesperrt.«

»Aber du weißt genau, daß du innerhalb von zwei Minuten draußen sein könntest, wenn du nur diese lächerliche Pose aufgeben würdest. Wenn auf dieser Familie wirklich ein Fluch liegt, dann der von zuviel Melodramatik.«

Sie betrachtete ihn forschend, den Kopf leicht schief gelegt. »Bist du da so sicher, Onkel?« fragte sie. »Ich dachte immer, der Fluch dieser Familie wärest du.«

Gorgas seufzte. »Also gut«, sagte er. »Ich sage es noch einmal. Als ich jung war, habe ich einige schreckliche Dinge getan, ebenso wie deine Mutter. Wir waren *böse*. Aber nun haben wir uns geändert, wir versuchen, für das, was wir getan haben, Abbitte zu leisten. Wir versuchen, vielen Menschen zu helfen, denen es wirklich schlecht ergangen ist, und wir strengen uns an, unsere Taten dem Rest der Familie gegenüber wiedergutzumachen. Und bevor du noch mal von vorne anfängst, vergiß nicht, daß du diejenige warst, die geschworen hat, ihren Onkel Bardas zu töten, der vielleicht der einzig halbwegs Anständige von uns ist.«

»Halbwegs anständig?« kreischte Iseutz. »Er hat davon gelebt, Menschen zu töten. Menschen, die er nicht einmal kannte.«

»Das ist wahr«, erwiderte Gorgas. »Aber verglichen mit dem Rest von uns ...«

Das Mädchen setzte zu einer Antwort an; dann kicherte sie plötzlich. »Weißt du«, sagte sie und stützte die Ellbogen auf das Fußende der Pritsche, »wenn man darüber nachdenkt, sind wir wirklich ein ziemlich übler Haufen. Ich glaube, darum hasse ich Mutter mehr als dich oder sogar Onkel Bardas. Ihr beide seid immerhin nur Mörder. Doch sie hat mich zu dem gemacht, was ich bin.«

»Ach, mach doch was du willst«, grunzte Gorgas und stand auf. »Vielleicht hast du ja sogar recht. Aber ich sehe die Dinge nicht so; ich glaube nicht daran, daß böse Menschen böse sind und nie etwas anderes sein können. Ich meine, beschränkst du das auf einzelne Personen oder dehnst du das auf ganze Nationen aus? Heißt das, wir werden für den Rest unserer Tage Dreckskerle sein, nur weil unsere Urahnen vor tausend Jahren eine andere Stadt oder einen anderen Stamm massakriert haben? Dann wäre wohl überhaupt niemand ausgenommen. Und außerdem: Funktioniert das nicht in beide Richtungen? Nimm Temrai und seine Clansmänner. Sie haben die Stadt geplündert und alle Menschen getötet; also gut, sie sind böse. Sie sind Dreckskerle. Aber sie haben es getan, weil die Städter früher ihre Vorfahren getötet haben ...«

»Mein Onkel Bardas hat sie getötet.«

Zum erstenmal zuckte etwas in Gorgas' Miene auf, das darauf schließen ließ, daß er möglicherweise wütend wurde. »Nun ja«, sagte er, »und außerdem hat er dein Leben gerettet. Er hat dich verschont, als du versucht hast, ihn zu töten, und dann hat er dich aus der Stadt geschafft, als er eigentlich an sich selbst hätte denken sollen. Und du sagst immer noch ›Nein, er muß sterben‹. Also gut, wenn du ihn getötet hättest, was hätte das aus dir gemacht?«

Sie dachte einen Augenblick lang nach. »Wahrscheinlich einen Apfel, der nicht weit vom Stamm fällt.« Sie hob die Hand, an der einige Finger fehlten. »Sieh mich doch nur an. Ich bin so schlimm wie ihr anderen, *und* ich bin zu nichts fähig. Ich bin eine Mörderin, die nicht mal ihre Arbeit erledigen kann. Du hast keine Ahnung, wie stolz mich das Wissen macht, daß ich ebenso nutzlos wie verdorben bin.«

Gorgas streckte die Hand aus und schlug zweimal mit der Faust gegen die Tür. »Melodramatik«, wiederholte er. »Gewaltige Tragödien. Familienflüche, vergiftetes Blut und der Sturz der Götter. Laß es mich wissen, wenn du genug davon hast, und vielleicht werde ich dir irgendwann einen Teil der wirklichen Welt vorführen. Inzwischen kannst du hierbleiben und weiter an deinem Text feilen. Ich werde dafür sorgen, daß ihn niemand hören wird.«

Der Schlüssel wurde im Schloß umgedreht; Gorgas drückte die Tür auf und schob den Sergeant aus dem Weg. Dann fiel die Tür wieder zu, und der Schlüssel wurde erneut umgedreht.

»Also gut«, sagte Gorgas, »laßt mich hier raus. Und laßt diese

Zelle säubern. So würde ich nicht einmal ein Schwein halten. Es ist mir gleich, wie es zu diesem Zustand gekommen ist, aber es gibt keine Entschuldigung dafür, ihn nicht zu beseitigen.«

Er fühlte sich besser, sobald er wieder auf ebener Erde war, und als er das Wachhaus hinter sich gelassen hatte und an der frischen Luft war, wurden Frustration und Zorn wieder erträglich, und das war gut so. Gorgas Loredan hatte sein ganzes Leben um den Gedanken herum aufgebaut, daß positives Denken dazu führte, daß man etwas schaffte; er fand es unmöglich, solch unbewegliche Negativität zu verstehen, und konnte daher schlecht damit umgehen, weshalb es ihm immer gelang, einen Weg zu finden, unbewegliche Objekte zu umgehen.

Eine andere Begabung, die ihm im Lauf der Jahre gewaltig geholfen hatte, war die Fähigkeit, ein schwieriges Problem vollkommen wegzuschieben, was ihm die Möglichkeit gab, sich um etwas zu kümmern, womit er zurecht kam. Ein solch lösbares Problem zu lösen gab ihm dann häufig das Selbstvertrauen und den Schwung, auch mit dem angeblich Unlösbaren zurechtzukommen. Zum Glück war die nächste Aufgabe auf seiner Liste leicht zu bewältigen, und er bemerkte, daß er sich sogar darauf freute.

Rasch ging er den Hügel hinunter zum Kai und nahm das Boot zu der kleinen Insel in der Hafenmündung, wo die Flüchtlinge aus Shastel in einer ganzen Reihe von Holz- und Segeltuchgebäuden – einer Mischung von Hütten und Zelten – untergebracht waren, während sie darauf warteten, auf Dauer irgendwo angesiedelt zu werden. Für jemanden, der anders als Gorgas mit Problemen umging, wäre dieses Lager ein deprimierender Ort gewesen, voll unangenehmer Erinnerungen an Fehlschläge. Dies hier war immerhin der Ort, an dem die Menschen landeten, denen gegenüber die Bank ihr Versprechen, sie vor der Rache der Stiftung zu beschützen, nicht hatte halten können. Die Familien, die sich hier drängten, hatten alle zusehen müssen, wie ihre Häuser niedergebrannt, ihr Vieh davongetrieben, ihre Ernten zertrampelt wurden; sie waren deshalb hier, weil sie sich nirgendwo sonst hinwenden konnten, und weil jene, die ihnen erklärt hatten, es würde alles gut werden, sie im Stich gelassen hatten und sich nun der Aufgabe gegenübersahen, sich um sie kümmern und für sie einen anderen Platz zum Arbeiten und Leben finden zu müssen.

Für Gorgas Loredan jedoch waren sie die Antwort auf ein Gebet. Zunächst hatte er hier nach Rekruten für seine Armee gesucht, vielleicht, weil das am Anfang das gewesen war, was er am dringendsten brauchte. Aber hier gab es auch Frauen und Kinder und alte Männer, und sie stellten eine Kraft dar, die man auf keinen Fall vernachlässigen durfte – das wäre beinahe so dumm gewesen, wie ein gutes Feld brachliegen zu lassen, wenn man keinen Eimer Saatkorn hatte und sich nicht mit dem Pflügen belasten wollte. Er hatte die Leitung des Lagers übernommen, ein Inventar von allem gemacht, was zur Verfügung stand, und die beste Möglichkeit gesucht, es zu nutzen.

Dank seiner Phantasie und harter Arbeit war dieses Lager nun ein inspirierender Ort. Als er durch das Tor trat (das mittlerweile ständig offen stand, da es nicht mehr notwendig war, Hungrige und Unzufriedene davon abzuhalten, irgendwo Schaden anzurichten), kam er am Übungsfeld vorbei, wo ausgewählte Ausbilder die erwachsenen Männer zu einer disziplinierten Bogenschützentruppe formten, dann ging er den schmalen Weg entlang, der zwischen den langgezogenen Schuppen hindurchführte, wo die Frauen und Kinder damit beschäftigt waren, Dinge herzustellen, die die Bank dringend brauchte. In jedem Schuppen befand sich eine andere Manufaktur. Erst kam er an der Tür einer Schneiderei vorbei, wo Uniformen und Stiefel für die Armee hergestellt wurden, alles nach neuesten Erkenntnissen. Daneben befand sich die Kettenhemdfabrik, wo mehrere hundert Frauen auf Bänken an langen Tischen saßen und die Tausende von Stahlringen zusammenfügten, die man brauchte, um ein Kettenhemd herzustellen; jede

Arbeiterin war mit zwei Zangen ausgerüstet, um die Ringe zu packen und zu drehen, die ihnen zu Zehntausenden in fest geflochtenen Körben von Trägern gebracht wurden, die den ganzen Tag zwischen diesen Schuppen und der Drahtschmiede unterwegs waren, wo hundert Ambosse rings um einen einzigen gewaltigen Hauptofen standen und an jedem Amboß ein Arbeiter hämmerte und die rotglühenden Stahlbrocken zu Drähten auszog, während ein anderer den Draht um eine Spindel wickelte und dann die Spirale der Länge nach aufschnitt, um einen weiteren Eimer Kettenringe zu produzieren.

Insgesamt befanden sich sechzig solcher Schuppen im Lager, und in jedem wurde der gesamte Bestand dessen, was die Bank an einer bestimmten militärischen Ware benötigte, produziert, und all das zu einem Bruchteil des Preises, den es gekostet hätte, diese Gegenstände auf dem freien Markt zu erwerben. Was die Arbeiter und Arbeiterinnen anging, sie wurden ernährt, gekleidet und beschäftigt, statt ohne Ziel und hungrig herumzusitzen. Das war nach Gorgas' Ansicht ein gewaltiger Verdienst und das Ergebnis der Fähigkeit, sich ein Problem anzuschauen und eine Möglichkeit zu erkennen.

Heute hatte er es mit dem Aufseher der Nockenfabrik zu tun. Jeder Pfeil war mit einem Knochennocken versehen, der in Form geschnitzt und an einem Ende angebohrt war, um den Pfeilschaft aufzunehmen. Am anderen wurde er aufgesägt, um auf die Sehne zu passen. Das Problem, um das es hier ging, betraf den Knochennachschub. Das Rohmaterial kam aus dem Schlachthaus auf der anderen Seite der Insel; die Schlachter holten die Knochen aus den Kadavern, bleichten sie und luden sie auf Wagen (sechs Wagen jeden Tag waren nötig, um den Bedarf der Fabrik zu befriedigen); wenn die Knochen hier eintrafen, wurden sie nach Art und Größe sortiert und zurechtgeschnitten. Der Gestank nach zersägten Knochen hing über dem ganzen Lager. Die letzten Lieferungen waren offensichtlich nicht zur allgemeinen Zufriedenheit gesäubert worden. Der Fabrikaufseher hatte sich offiziell beim Schlachtermeister beschwert, der sich seinerseits darüber geärgert hatte und eine Gegenbeschwerde gegen die Fuhrleute der Fabrik eingereicht hatte, die zu den unterschiedlichsten Zeiten im Schlachthaus eintrafen, und seinem Brief noch eine ganze Anzahl anderer Anmerkungen über Angelegenheiten der Nockenfabrik hinzugefügt, die ihn wirklich nichts angingen. Die beiden Meister sprachen nicht mehr miteinander, die Lieferungen an die Fabrik waren zu einem Rinnsal versiegt und die Produktion beinahe zum Stillstand gekommen, was sich bereits auf die Produktion in vier anderen Schuppen auswirkte. Gorgas betrachtete das als ein weiteres Beispiel dafür, wie eine arrogante Handlung und die Neigung zur Melodramatik alles durcheinander bringen konnten; der Unterschied war, daß er mit diesem Durcheinander fertig werden konnte – zumindest soweit er wußte.

Tatsächlich hatte schon die Ankündigung, Gorgas Loredan befände sich auf dem Weg, um sich um die Dinge zu kümmern, eine bemerkenswerte Auswirkung auf die betroffenen Meister; sie hatten eine sehr produktive Besprechung einberufen, und nun waren bereits drei gewaltige Wagenladungen makellos gebleichter Knochen auf dem Weg über die schmalen Pfade vom Schlachthaus zum Lager, während beide Parteien ihre Beschwerden zurückzogen und einander mit beinahe hektischer Zurschaustellung von gutem Willen für die Zusammenarbeit dankten. Gorgas war ausgesprochen erfreut, gratulierte allen zu der guten Arbeit und nutzte die Gelegenheit, eine unangekündigte Inspektion durchzuführen; eine unerwartete Ehre, wie der Aufseher hastig zugab.

»Es gibt allerdings immer noch ein Problem«, sagte Gorgas, als er zwischen zwei Bankreihen hindurchging. Zu beiden Seiten saßen etwa jeweils zwanzig Kinder, die fleißig Schlitze in halbfertige Nocken feilten.

»Ich nehme an, wir müssen das, was fehlt, aus den Beständen ziviler Betriebe ersetzen«, fuhr Gorgas fort. »Bestellt, was Ihr braucht, bei den üblichen Lieferanten, und laßt die Rechnungen in mein Büro schicken. Ich kümmere mich dann selbst darum.« Er brauchte sich nicht umzudrehen, um zu wissen, wie der Aufseher nun dreinschaute; eine Bestellung nach außen war eine seiner wenigen Möglichkeiten, ein paar Viertel nebenbei zu machen, immer vorausgesetzt, daß die Rechnungen im Haus weiterbearbeitet werden konnten. Gorgas' Anmerkung war tatsächlich als Tadel gemeint gewesen, und die Art, in der er sie aussprach, stellte eine Andeutung dar, daß der Aufseher gut davongekommen war. »Und wenn Ihr weitere Probleme mit dem Nachschub bekommt, informiert mich direkt, statt Euch an die offiziellen Kanäle zu halten. Immerhin stehen wir alle auf derselben Seite.«

Der Aufseher dankte ihm höflich für seine Hilfe, und Gorgas versicherte ihm, daß dafür keine Ursache bestand. »Tatsächlich«, fügte er hinzu – und nun drehte er sich wirklich um und sah den Mann an –, »gibt es noch eine Sache. Wenn ihr die Bestellungen macht, bestellt auch bitte ... nun ... zwölf Dutzend? ... ja, das wird genügen ... bei einem Mann namens Bardas Loredan. Er wohnt oben in den Bergen; einer meiner Leute kann Euch sagen, wo Ihr ihn finden werdet. Er ist mein Bruder.«

Der Aufseher nickte zweimal und gab den Befehl an seinen Sekretär weiter, der bereits alles notierte. »Selbstverständlich«, erwiderte er. »Das ist überhaupt kein Problem. Soll ich ihn in die Liste der Nachschublieferanten aufnehmen?«

Gorgas dachte einen Augenblick lang nach. »Seht Euch lieber zuerst an, welche Arbeit er liefert«, erwiderte er. »Es ist schön und gut, hin und wieder Verwandten auszuhelfen, aber schließlich tun wir das nicht um unseres Seelenfriedens willen. Ich nehme allerdings an, die Ware wird in Ordnung sein. Er ist ein guter Arbeiter.«

Falls der Aufseher neugierig war und wissen wollte, warum ein Bruder des Geschäftsführers (und dadurch wohl auch der

Direktorin) oben in den Bergen saß und mit seiner Hände Arbeit seinen Lebensunterhalt verdiente, ließ er es sich zumindest nicht anmerken. Es war noch nicht allzulange her, seit er in einem kleinen, leckgeschlagenen Boot auf Scona angekommen war, mit nichts weiter als einem Mantel und einem Paar Schuhen. Was ihn anging, war der Geschäftsführer der Mittelpunkt seines Universums; es war Gorgas Loredan, der persönlich den Vertrag unterzeichnet hatte, der ihm gestattete, seine Schulden bei der Stiftung zu bezahlen, und als er vom Boot an Land getaumelt war, hatte einer von Gorgas' Angestellten bereitgestanden, um ihn und seine Familie in Empfang zu nehmen und sie von der Flüchtlingsmenge zu trennen, die ins Lager gebracht wurde. Statt dessen hatte man sie den Hügel hinaufgebracht, wo Gorgas sie in seiner Schreibstube persönlich begrüßt hatte, um dem späteren Aufseher zu sagen, daß eine gute Arbeit auf ihn wartete, wenn er daran interessiert wäre. Er hatte keine Ahnung, wieso man ihn erwählt hatte oder was man eines Tages von ihm als Ausgleich erwartete; er wußte nur, daß er einer der persönlichen Kunden des Geschäftsführers gewesen war, und als man seinen Hof abbrannte, hatte sich der Geschäftsführer irgendwie dafür verantwortlich gefühlt, daß er es nicht hatte verhindern können. Aber der Grund war unwichtig; was zählte, war, daß er nun seine Tage in einer Bürostube an einem Schreibtisch verbrachte, während Männer, die kein bißchen schlechter waren als er oder sogar besser, sich im Staub und Gestank der Sägebänke die Lungen aus dem Hals husteten.

»In Ordnung«, sagte Gorgas. »Ich glaube, wir haben hier alles geregelt. Sollte es noch Probleme geben, wißt Ihr ja, wo Ihr mich findet.« Er hielt einen Augenblick inne, blickte über die Reihen von Werkbänken, lauschte dem Kreischen der Sägen und dem Schaben der Feilen auf Knochen, das von allen Seiten erklang. »Wißt Ihr«, sagte er, »das sieht hier alles sehr gut aus. Gute Arbeit.«

»Ich danke Euch«, erwiderte der Aufseher.

Als Gannadius nach seiner Vorlesung zu seinem Quartier zurückkehrte, fühlte er sich ein wenig schuldig, als hätte er etwas Unehrliches getan, als hätte er versucht, seine Zuhörer von einem abstrusen philosophischen Argument zu überzeugen, indem er ein Kaninchen aus dem Hut zog – und als wäre es ihm gelungen. *Ich versuche, es wie Magie erscheinen zu lassen*, gestand er sich ein, *und das ist es selbstverständlich nicht. Nur manchmal, wenn alles schiefläuft, kann es dasselbe bewirken wie Magie. Und das ist, als würde man behaupten, daß ein Sack Mehl ein Schwert sei, weil er einen töten kann, wenn er aus großer Höhe auf einen herunterfällt.* Er fragte sich, wieso er überhaupt darüber nachdachte. Vielleicht kam dieses Schuldgefühl von dem Versuch, das Thema interessant zu machen, und das war zweifellos ein Betrug.

»Doktor Gannadius!« Diese Stimme. *Oh, verflucht*!

»Machaera, nicht wahr?« sagte er, während er sich umdrehte und sich anstrengte, möglichst zerstreut und zerbrechlich auszusehen. »Ah ja, selbstverständlich. Was kann ich für dich tun?«

Das schreckliche Kind strahlte ihn an, ihr kleines ovales Gesicht ein Musterbeispiel von Demut und Ergebenheit. *Idiotisch*, dachte er und versuchte, ein Erschauern zu unterdrücken. *Dieses Kind ist zwanzigmal begabter als ich; sie ist wirklich eine Magierin. Und genau aus diesem Grund sollte sie um des Allgemeinwohls willen auf der Stelle umgebracht werden.*

»Hättet Ihr vielleicht ein paar Minuten Zeit für mich?« sagte sie – sie ging rückwärts, damit sie ihn gleichzeitig ansehen und mit ihm Schritt halten konnte. Er hatte wirklich keine Lust, stehenzubleiben und sich mitten auf dem Hof in eine theoretische Debatte verwickeln zu lassen; das Kind war vielleicht talentiert, aber sie war einfach zu jung, um auch nur ansatzweise zu verstehen, was das Wort *Rheumatismus* wirklich bedeutete. Er wußte, daß es für eine Flucht zu spät war, aber in seinem Gemach würde er sich zumindest hinsetzen können. Es bestand sogar eine gewisse Möglichkeit, sie loszuwerden, indem er sich schlafend stellte.

»Selbstverständlich, selbstverständlich«, erwiderte Gannadius. »Komm mit.« Nicht zum erstenmal beneidete er seinen alten Freund und Kollegen Alexius um seine Jahre und seine Gebrechlichkeit, denen gegenüber die Leute offenbar immer Zugeständnisse machten. Gannadius war soviel jünger und offensichtlich gesund, und daher hatte niemand Erbarmen mit ihm. »Allerdings darf es nicht zu lang dauern«, fügte er ohne viel Hoffnung hinzu. »Ich habe noch Schreibarbeiten zu erledigen.«

Man mußte dieser Machaera zugestehen, daß sie lernfähig war; sie fing erst an, nachdem er sich hingesetzt und die Stiefel ausgezogen hatte.

»Ich fand es faszinierend, was Ihr in der Vorlesung gesagt habt«, sagte sie. »Und so wahr. Nur«, und bei diesem Wort trat ein Glanz in ihre Augen, als wäre sie in Gedanken ganz weit fort, »daß ich es mir immer als einen gewaltigen umgestürzten Baum vorstelle, und wenn man einen Spalt darin findet und einen Keil hineinhämmert, reißt er plötzlich der Länge nach auf.«

»Wie bitte?« unterbrach Gannadius sie. »Du stellst dir was so vor?«

»Entschuldigung?«

»Was genau«, sagte Gannadius mühsam beherrscht, »stellst du dir immer als Baumstamm vor?«

»Was? Oh, ich verstehe. Nun, das Identische, glaube ich. Oder was immer das Prinzip nicht ist – da bin ich mir nicht so richtig drüber im klaren. Aber das Prinzip ist wie der Keil. Man findet den Spalt, und der Rest ist ganz einfach. Was war noch der richtige technische Ausdruck? Mechanischer Vorteil.«

Oh, so funktioniert es also. Immer vorausgesetzt, daß man den Spalt findet. »So könnte man es ausdrücken«, erwiderte er vorsichtig. »Tatsächlich ist das kein schlechter Vergleich. Aber es ist auch ziemlich weit entfernt vom eigentlichen Thema der Vorlesung.«

Das Mädchen sah ihn verwirrt an. »Aber nein, bestimmt nicht«, sagte sie. »Es geht doch sicher darum, daß man das Prinzip benutzt, um das eine in das andere zu verwandeln. Wenn es das nicht von allein tun will.«

Du könntest tatsächlich recht haben; aber woher zum Teufel soll ich das wissen?

»In gewissem Sinne schon«, erwiderte er. »Obwohl das eine zu starke Vereinfachung der Dinge ist – entschuldige, daß ich das so offen sage.« Er wünschte sich zutiefst, daß sie endlich verschwinden würde, dieses kleine, niedliche Geschöpf, das so vergnügt darüber schnatterte, das Prinzip zu benutzen; es war, als lauschte man einer Maus, die darüber schwatzt, ein Gespann von Katzen vor einen Käsewagen zu spannen – wäre da nicht das schreckliche Wissen gewesen, daß sie tatsächlich dazu imstande war. Er stellte sich vor, wie sie sagte: *Die Welt mitten durchbrechen? Ach, das ist ganz einfach. Man drückt einfach mal hier, dann schiebt man den Daumennagel in diesen Spalt, ungefähr so ...*

»Entschuldigt«, sagte sie. »Ich plappere mal wieder, nicht wahr? Und ich versuche zu laufen, bevor ich gehen kann. Wißt Ihr, ich habe einfach nie zuvor in solchen Begriffen gedacht, aber es ist so offensichtlich die richtige Weise, es zu betrachten – aber das wißt Ihr selbstverständlich«, fügte sie mit einem demütigen kleinen Lächeln hinzu. »Aber ich wollte Euch eigentlich von dieser Projektion erzählen, die ich versucht und bei der ich diese Formel benutzt habe, die Ihr mir beigebracht habt.«

Blut und Donner, nicht noch eine! Es ist ein Wunder, daß wir noch am Leben sind. »Dir ist eine weitere Projektion gelungen?« brachte er schließlich heraus. »Das ist wirklich sehr ... nun, ich bin beeindruckt. War es ...«

Sie strahlte ihn an. »Warum zeige ich es Euch nicht einfach?« fragte sie ...

... und bevor er noch etwas sagen konnte, stand er plötzlich neben ihr in einer Art Werkstatt, neben einer langen Bank mit einer schweren hölzernen Schraubzwinge und Unmengen seltsamer Werkzeuge, die an den Wänden hingen (nur daß er, weil sie ebenfalls dort war, zumindest im Augenblick wußte, daß dies eine Dechsel war und dies ein Hobel und diese grünen, zweigähnlichen Dinger Binsen, die rauh genug waren, um damit das Holz von Werkzeugspuren zu glätten). Durch einen offenen Fensterladen fiel das Licht schräg in die Werkstatt und auf den Rücken eines Mannes, der sich über die Werkbank beugte – das war Oberst Bardas Loredan, der Fechter –, und auf einen alten Mann, der danebensaß und sich mit Loredan unterhielt und sich als jemand erwies, den Gannadius ebenfalls sehr gut kannte.

»Alexius?« sagte er.

Der Patriarch blickte zu ihm auf und bemerkte ihn. »Entschuldigt mich einen Augenblick«, sagte er zu Loredan, der nickte und weiterarbeitete. »Hallo, Gannadius«, fuhr er fort. »Ich habe gerade gestern noch an Euch gedacht. Ich wußte nicht einmal, ob Ihr noch lebt.«

»Ich auch nicht. Ich meine«, verbesserte sich Gannadius, »ich wußte nicht, ob *Ihr* noch lebt. Ich habe ein paar Gerüchte gehört, aber nichts, was ich wirklich glauben wollte. Ihr Götter, es ist schön, Euch wiederzusehen.«

Alexius lächelte freundlich. »Ganz meiner Meinung«, sagte er. »Obwohl die Umstände ...«

»Ich weiß«, stimmte Gannadius hastig zu. »Sie sind wohl kaum die angenehmsten. Es tut mir leid, eine so dumme Frage zu stellen, aber wann findet das hier statt? Sind wir in der Gegenwart, oder ist es die Zukunft oder was?«

Alexius dachte einen Augenblick lang nach. »Ich denke, es wird noch eine Weile dauern, bis es geschieht; ich meine, es ist mir noch nicht gelungen, Bardas in der Wirklichkeit aufzusuchen. Ich habe noch nicht einmal herausgefunden, wo er wohnt, nur etwas Vages von ›in den Bergen‹ gehört, was alles bedeuten könnte. Ich denke, es muß die Zukunft sein.«

»Aha«, meinte Gannadius. »Das ist in gewisser Weise tröstlich. Zumindest läßt sich daraus schließen, daß wir eine Zukunft haben. Geht es Euch gut?«

Alexius nickte. »Ich glaube schon. Es scheint, als würden Unbequemlichkeit, Unsicherheit und herumgestoßen zu werden mir gut tun, mehr als Bequemlichkeit und Ruhe. Ich würde behaupten, daß ich mich zehn Jahre jünger fühle, wenn ich wüßte, wann das hier geschehen soll. Und Ihr?«

»Ach ... nicht so übel. Durchschnittlich, denke ich. Wenn man einmal davon absieht«, fügte er hinzu, »daß ich ein kleines Problem habe.«

»Ach ja? Worum geht es denn?«

Verflucht, er begreift es einfach nicht. »Nun«, meinte Gannadius gereizt, »darüber möchte ich lieber nicht in Anwesenheit dieser jungen Dame sprechen. Vielleicht ein andermal.«

»Wie bitte? O ja, ich verstehe. Wir müssen allerdings dafür sorgen, daß es nach diesem Treffen stattfindet. Ansonsten hätte ich keine Ahnung, wovon Ihr sprecht.«

»Alexius!«

»Verzeiht. Ich wollte nicht albern sein, es ist nur – nun, das ist alles ziemlich lächerlich, oder? Normale Menschen schreiben Briefe. Es tut mir leid; ich sollte lieber ...«

... und Gannadius klammerte die Hände um die Armlehnen seines Sessels. Sein Kopf fühlte sich an, als hätte ihn jemand als Zaunpfahl benutzt und eine Latte darangenagelt. »Ich würde sagen«, murmelte er, »das war ziemlich gut. Hast du, äh, herausfinden können, wie du das ganz allein geschafft hast?«

Machaera nickte vergnügt. »Es ist mir einfach irgendwie zugefallen«, sagte sie. »Bloß, daß ich es natürlich falsch wiedergegeben habe«, fügte sie hinzu, als sie sich plötzlich wieder erinnerte, und ihr Gesicht verschloß sich. »Vielleicht lag es daran, daß diesmal Ihr dabei wart ...«

»Ich verstehe«, sagte Gannadius, und es gelang ihm immerhin, seine Stimme einigermaßen neutral zu halten. »Also waren die Worte beim erstenmal anders.«

»Der alte Mann und der andere haben sich unterhalten«, sagte Machaera und faßte das Gespräch rasch zusammen. »Verzeiht ... bedeutet das, daß ich ... habe ich etwas verändert?«

»Ich bin sicher, daß es nichts Wichtiges war«, erwiderte Gannadius, der sich keinesfalls sicher war. »Der Mann, mit dem ich gesprochen habe, heißt Alexius; er war zu Hause in Perimadeia mein Freund und Vorgesetzter. Er war der Patriarch der dortigen Stiftung.« Das Mädchen schaute angemessen beeindruckt drein. »Und«, fuhr er fort, ohne zu wissen warum, »vielleicht auch die größte Autorität der Welt, was, äh, Projektionen angeht. Wir haben dieses Thema ausführlich erforscht.«

Und wären beinahe umgebracht worden und haben vielleicht tatsächlich den Untergang der Stadt auf eine schreckliche Weise herbeigeführt, die wir nicht einmal verstehen, und die Götter allein wissen, welchen Schaden wir noch angerichtet haben ...

»Das ist ja *wunderbar*«, sagte das Mädchen. »Glaubt Ihr, daß es ihn sehr stören würde, wenn ich ... nun, versuchen würde, mit ihm zu sprechen? Ich selbst, meine ich. Ich möchte ihm so gern ein paar Fragen stellen.«

Gannadius fühlte sich, als hätte man ihn gerade in den Bauch getreten. »Vielleicht wäre es besser, wenn du das nicht tun würdest«, brachte er heraus. »Er ist ... nun, er ist ein sehr zurückhaltender Mann und ...«

»Selbstverständlich. Ich hätte gar nicht daran denken sollen.« Das Mädchen starrte verlegen ihre Schuhe an. »Ich fürchte, manchmal lasse ich mich einfach zu sehr mitreißen«, fügte sie hinzu. »Das ist ein großer Fehler, nicht wahr?«

»Sagen wir einfach, daß solche Dinge mit Respekt betrachtet werden müssen«, hörte Gannadius sich selbst sagen. »Und auch mit gewisser Vorsicht. Ich möchte dich nicht beunruhigen, aber es könnte – nun gut, ich werde aufrichtig sein, es könnte recht gefährlich werden. Für dich, meine ich. Wenn du zu weit gehst, ohne genau über das Verfahren und alles Bescheid zu wissen.«

»Ich verstehe«, erwiderte das Mädchen. »Es tut mir wirklich leid. Ich denke einfach nicht nach, das ist mein Problem.«

Gannadius holte tief Luft. War da vielleicht ein kleiner Lichtstreif am Horizont? Oder nur ein Loch im Himmel, durch das die nächste Katastrophe auf ihn herabstürzen würde? »Schon gut, wirklich«, meinte er. »Du machst zufriedenstellende Fortschritte. Sehr zufriedenstellende Fortschritte. Aber da du tatsächlich schon so weit bist, solltest du vielleicht einige Zeit damit aufhören, diese Projektionen ganz allein zu versuchen. Was hältst du davon?«

»Oh, unbedingt«, erwiderte Machaera rasch; sie sah aus wie ein Kind, dem man gesagt hatte, daß man ihm nun sein Lieblingsspielzeug abnehmen würde, und das dann die hoffnungsvollen Worte *es sei denn* hört. »Ich will auf gar keinen Fall verantwortungslos handeln. Aber ... würdet Ihr mir vielleicht helfen? Mich anleiten, wenn ich diese Projektionen durchführe? Selbstverständlich, nur wenn es Euch nicht stört. Wenn es irgendwelche Probleme gibt ...«

Gannadius lächelte dünn. »Dafür bin ich schließlich da, nicht wahr?« sagte er.

4

Magie«, sagte Alexius.

Niessa Loredan nickte. »Keine Philosophie«, erwiderte sie, ohne aufzublicken. »Keine metaphysisch verstärkte nonverbale Kommunikation. Keine von Drogen bewirkte Halluzinationstrance, bei der das Unterbewußtsein bereits bekannte Daten mit außergewöhnlicher, aber dennoch vollkommen natürlicher Einsicht zusammenstellt und analysiert und das Ergebnis dann als mystisches Erlebnis verkleidet. Magie.« Sie gähnte und griff nach einer winzigen Bronzeschere. »Magie ist einfach eine Wissenschaft, die wir noch nicht verstehen. Vielleicht gab es einmal eine Zeit, in der die Menschen auch Pfeil und Bogen für magisch hielten, weil man damit etwas Neues und Unerwartetes bewerkstelligen konnte und nur wenige wußten, wie das geschah. Aber Pfeil und Bogen funktionieren, weil sie funktionieren. Der Pfeil fliegt durch die Luft und trifft ins Ziel. Und Magie funktioniert auch.«

Alexius wartete darauf, daß sie aufblickte, aber das tat sie nicht. Womit auch immer sie da beschäftigt war, es schien ihre ganze Aufmerksamkeit zu beanspruchen. Es sah wie eine Art Steppdecke aus.

»Ich behaupte nicht, daß es sich nicht so verhält«, meinte er. »Ich behaupte nur, daß ich diese Dinge nun seit sechzig Jahren studiert habe und nie einen direkten Beweis ...«

»Ah.« Diesmal blickte sie auf und bedachte ihn mit einem nachsichtigen Lächeln. »*Diese Dinge*, sagt Ihr. Aber was Ihr in all diesen Jahren studiert habt, waren Wissenschaft und Philosophie und Mathematik und all solche Sachen. Aber Ihr habt keine *Magie* studiert. Ihr hättet höchstens irgendwie flüchtig mit ihr in Berührung kommen können, während Ihr Euch eigentlich mit etwas anderem beschäftigt habt. Das ist ähnlich, wie ein Klempner ein wenig von Zimmermannsarbeit verstehen muß, aber er braucht nicht zu wissen, wie man Verzapfungen herstellt. Aber Ihr behauptet jetzt, daß Verzapfungen nicht funktionieren, da Ihr Euch, seit Ihr ein Junge wart, mit Klempnerarbeiten beschäftigt habt und nie welche gesehen habt.«

Alexius dachte einen Augenblick lang nach, während die Direktorin einen Faden abbiß und ihn in ihre Knochennadel einfädelte; dann fragte er: »Sagt mir, legt Ihr Euch immer mit der Wahrheit an? Wenn Ihr es mit einer Tatsache zu tun habt, einer einfachen, direkten, ganz offensichtlichen Tatsache, versucht Ihr immer, ihr eins draufzugeben und sie zu Zugeständnissen zu nötigen?«

Niessa hob den Kopf und lächelte. »Immer«, sagte sie. »Als ich das erstemal in der Stadt war, gab es dort ein Sprichwort: Wahrheit ist das, was man für wahr hält, wenn man sich jeden Tag in der Woche frischen Fisch leisten kann. Nun«, fuhr sie fort und wendete sich wieder ihrer Handarbeit zu, »dieser Tage kann ich mir alles leisten, was ich will, alle möglichen Dinge, von denen ich nie gedacht hätte, sie je zu wollen. Die Wahrheit ist das, was ich als wahr erkannt habe, und alles andere ist Verhandlungssache.«

Alexius lachte. »Das habe ich lange nicht mehr gehört«, sagte er. »Bei uns hieß es immer, die Wahrheit ist das, wovon man weiß, daß es wahr ist, wenn man in den ersten drei Reihen sitzt.«

»Im Stift«, unterbrach ihn Niessa, »was bedeutete, man hatte den vierten Grad oder einen darüber erreicht. Ich habe das *gehaßt.*« Sie sah ihn an, und er bemerkte ein Feuer in ihrem Blick, das ihm zuvor nicht aufgefallen war. »Ihr müßt wissen, ich habe die Stiftung gehaßt, weil sie glaubten, sie wären besser als wir anderen – aufgrund ihres Wissens. Dabei wußten sie *nichts.* Die Stadt, ja, die war voller Menschen, die Dinge wußten, nützliche Dinge: wie man Maschinen herstellt, wie man aus Urin Salpeter gewinnt, wie man Zahnschmerzen heilt, ohne den

Zahn zu ziehen – was immer man wollte, irgendwo in Perimadeia gab es jemanden, der wußte, wie es ging, und den man aufgrund seines Wissens und seiner Weisheit achtete. Die Stiftung – die konnten ohne ein Anleitungsbuch, drei Kommentare und ein Diagramm noch nicht einmal einen Stopfen aus der Flasche ziehen. Ich will Euch etwas sagen, Patriarch Alexius. Ich weiß mehr über Magie, als Ihr je erfahren werdet, selbst wenn Ihr zweimal so alt werden solltet, wie Ihr jetzt seid. Über Praxis *und* Theorie der Magie. Aber das habe ich nicht in Perimadeia gelernt und auch nicht hier, und Ihr werdet es auch nicht lernen, wenn Ihr nicht tut, um was ich Euch bitte, ganz gleich, wie sehr Ihr Euch anstrengt und versucht, mich zu irgendwelchen Demonstrationen zu überreden, nur um es Euch zu beweisen.« Sie schnüffelte und rieb sich mit dem linken Handrücken die Nase. »Aber der Versuch war nicht übel«, meinte sie. »Ihr seid der einzige Gelehrte, dem ich je begegnet bin, der sich tatsächlich auf dem Markt hätte durchschlagen können.«

Alexius nahm das Kompliment mit einem Nicken entgegen. *Wieviel von dem hier ist echt und wieviel Verhandlung?* dachte er. *Diese Frau könnte alles sein – alles! –, nur um ein besseres Geschäft zu machen. Sieh sie dir doch an, wie sie sorgfältig kleine Tuchreste zusammennäht, um diese Steppdecke herzustellen; sie gibt sich als die schlichte, kluge, klar denkende Frau vom Land aus, nur um mich, den verwöhnten Gelehrten aus der Stadt, zu verunsichern. Morgen wird sie wieder die Direktorin der Bank sein, die einer Gesandtschaft von Bauern erklärt, warum die Hypothekenraten gestiegen sind, und am Tag danach ist sie noch etwas anderes – und all diese Frauen sind sie, und sie ist sie alle, und keine von ihnen ist echt. Dennoch sitzen wir jetzt schon seit anderthalb Stunden zusammen, und ich habe noch nicht einmal mit dem angefangen, was ich tun soll, und dabei war sie diejenige, die angeblich wenig Zeit hat. Nicht schlecht für einen alten Bücherwurm ohne Bezug zur Wirklich-*

keit. »Und Ihr seid die einzige Bankbesitzerin, die mir je begegnet ist, die drei der Hypothesen des Acadius in einem Satz zitieren kann«, erwiderte er. »Obwohl ›metaphysisch verstärkte, nonverbale Kommunikation‹ doch eine zu starke Vereinfachung des zweiten Buchs der Axiome ist, findet Ihr nicht?«

Niessa zuckte mit den Schultern und richtete ihr Augenmerk weiter auf ihre Handarbeit. »Das gesamte zweite Buch beruht ohnehin auf einer falschen Voraussetzung«, erwiderte sie, »wie Ihr sehr genau wißt. Das hat Mometas schon vor hundert Jahren bewiesen. Und«, fügte sie beiläufig hinzu und hielt den Saum ins Licht, »seine Widerlegung ist im Grunde ein Zirkelschluß, also ist die ganze Sache nur Zeitverschwendung.«

Das hatte Alexius nicht erwartet. Unwillkürlich fragte er nach.

»Ach, es ist eigentlich recht einfach«, erwiderte Niessa. »Er bedient sich der Analogie von Licht, das in Regenbogenfarben gebrochen wird, und dann bringt er die Hypothese zum Einsturz, indem er erklärt, es sei nur eine Analogie. Es ist selbstverständlich alles sehr gut ausgeführt, aber es ist so offensichtlich wie ein Stier im Hühnergehege. Im Stoffhandel wäre so einer verhungert.«

Sie hat recht, dachte Alexius verärgert. *Entweder sie hat etwas gelesen, das wir anderen nie zu Gesicht bekommen haben, oder sie hat es selbst herausgefunden. Sie hat recht. Ihr Götter, wäre ich dreißig Jahre jünger, dann würde ich die Philosophie an den Nagel hängen und bei einem Sackmacher in die Lehre gehen.* »Eine interessante Theorie«, hörte er sich sagen, »aber was ist mit Berennius und der Theorie des unregelmäßigen Fließens? In den letzten fünfzig Jahren ist Mometas' Theorie nur als Ansatz aufgefaßt worden und nicht als endgültige Widerlegung.«

»Mag sein.« Niessa Loredan tat das ganze Thema mit einem

kleinen Wackeln ihrer Nadel ab. Beide wußten, daß sie diese Runde gewonnen hatte; wenn sie den Kampf an dieser Front fortsetzte, würde für sie nichts mehr herausspringen. »Ihr wißt offensichtlich viel mehr über dieses Thema als ich. Es wäre ja auch schlimm, wenn das nicht der Fall wäre. Nun gut.« Sorgfältig faltete sie ihre Handarbeit zusammen und legte sie in den Schoß. »Kommen wir zum Geschäft. Es ist an der Zeit, ein wenig Magie zu wirken.«

»Nun«, fragte der Junge nervös.

Bardas Loredan schob die Unterlippe vor. Das war unangenehm.

Sein Vater war nie taktvoll mit ihm gewesen. Als er dieses Handwerk gelernt hatte, hatte der alte Mann ihm seine Fehler gezeigt, indem er das Werkstück aus der Schraubzwinge gezogen und über dem Knie zerbrochen hatte und dabei ein paar beißende Bemerkungen über die Verschwendung von gutem Holz von sich gegeben hatte. Andererseits war Bardas Loredan aber eben nicht sein Vater.

»Es ist schrecklich«, sagte er. »Versuch es noch einmal.«

Der Junge sah ihn an, als hätte er gerade seinen Lieblingsspatzen in der Faust zerquetscht. »Oh«, sagte er. »Was stimmt denn daran nicht?«

Bardas seufzte. »Muß ich dir das wirklich noch sagen?« meinte er. »Ich wußte ja, daß du nicht zugehört hast. Also gut. Erstens: Die Innenseite des Wurfarms, der Bauch des Bogens, sollte flach sein, was er nicht ist. Zweitens: Wenn du die Vorderseite, den Bogenrücken, formst, solltest du den Wachstumsringen folgen, ansonsten ist es Zeitverschwendung. Schau«, fuhr er fort und zeigte an eine Stelle, wo der Junge durch das Wachstum dreier Jahre gehobelt hatte, »was für ein Durcheinander. Drittens mußt du Astknoten stehenlassen, oder sie werden zu Schwachpunkten und der Bogen bricht. Du hast einfach mittendurch gehobelt. Viertens ...«

»Schon gut«, sagte der Junge. »Tut mir leid.«

Bardas stieß den Atem aus. »Es braucht dir nicht leid zu tun«, sagte er müde. »Du hast nichts Böses getan. Du hast es einfach nicht richtig gemacht, das ist alles. Sicher, du hast ein schönes Stück Holz verdorben, aber das passiert uns allen ...« Er seufzte abermals, weil er nicht wußte, was er wirklich sagen sollte. »Mach es einfach noch mal, und diesmal richtig. Glaubst du, das geht? Oder möchtest du lieber zuschauen und ...«

»Ich versuche es noch mal«, unterbrach ihn der Junge rasch. »Und diesmal werde ich es richtig machen, das verspreche ich.«

»Sicher«, erwiderte Bardas. »Versuch zumindest dein Bestes. Und wenn du das getan hast, dann solltest du hier fegen, denn wir waten schon wieder bis zu den Knien in Hobelspänen.«

Der Junge verschwand, und Bardas setzte sich vor die Werkbank, das Kinn in die linke Hand gestützt. In der Schraubzwinge vor ihm befand sich eine weitere Katastrophe, ein wirklich lausiges elendes Stück Arbeit; Müll, Abfall, Dreck. Es stand ebenfalls für mehrere Wochen Arbeit und für eingekauftes Material, das mehr als zwanzig Viertel wert war. Er hatte schon versucht, es zu verfluchen, aber das war keine große Hilfe gewesen.

»Es war Dummheit, daß ich überhaupt zugehört habe«, knurrte er, öffnete die Schraubzwinge und holte das Wrack heraus. Es hatte alles mit einer beiläufigen Bemerkung begonnen, die ein Mann von sich gegeben hatte, der hin und wieder vorbeikam, um ihm Holz zu verkaufen; dieses seltene exotische Zeug, das an der Südküste wuchs – Holzarten, von denen er nicht einmal die Namen kannte und die von Bäumen stammten, die er sich nicht vorstellen konnte. Der Mann hatte behauptet, er hätte einmal einen Bogen aus Büffelrippen gesehen ...

»Ihr meint Horn«, hatte Bardas ihn unterbrochen. »Büffelhorn. Ihr schneidet es in dünne Streifen und verleimt es ...«

»Rippen«, hatte der Mann mit fester Stimme erwidert. »Ein

hübsches Ding; nicht mehr als einen Meter lang und am Griff einen Daumen breit, an den Enden vielleicht eine Fingerspitze. Der Bursche, der ihn mir gezeigt hat, sagte, man könne damit mit fünfzig Pfund Zugkraft einen Pfeil zweihundertzwanzig Meter weit schießen.«

»Er kann unmöglich von Rippen gesprochen haben.« Bardas hatte sich nicht beirren lassen. »Er hat Horn gemeint.«

»Rippen«, hatte der Mann beharrt. »Büffelrippen.«

Und darauf hätte man es beruhen lassen können, wäre da nicht sein elender Stolz gewesen und die zufällige Begegnung mit einem Lederhändler, der zwar behauptete, daß so etwas normalerweise nicht verlangt werden würde – keine *Rippen* –, aber um Bardas einen Gefallen zu tun ... Einen Monat später waren sie eingetroffen, fettig, stinkend und teuer, und nachdem er erst einmal soviel gutes Geld ausgegeben hatte, hatte er natürlich weitermachen müssen.

»Dämlich«, murmelte er vor sich hin, als er das schreckliche Ding hin und her drehte. »In meinem Alter müßte ich es besser wissen.«

Unzählige Arbeitsstunden waren gefolgt. Zuerst hatte er mit dem Messer und einem Hobel die Knochen in glatte, flache, gleich lange Streifen geschnitten, die er alle Dutzend Hobelzüge mit dem Greifzirkel vermessen hatte, um sie alle auf die exakt gleiche Breite, Dicke und das gleiche Profil zu bringen. Als die Streifen die gewünschte Dicke erreicht hatten, hatte er sie beiseite gelegt und den Bogenstab aus einem ausgewählten Stück importierter Rotzeder gefertigt, das er sorgfältig über einem dampfenden Kessel erhitzt hatte – über den ein Stück dickes Leder gezogen war, um den Dampf drinzuhalten –, bis er das Holz an den Spitzen der Wurfarme so hatte biegen können, daß das Ganze wie eine kriechende Schlange ausgesehen hatte oder wie die Oberlippe eines lächelnden Mädchens.

Dann hatte er sich darangemacht, einen Topf besonders starken Leims zu kochen; er hatte kleine Rohhautbröckchen in den Topf gestreut, heißes Wasser hinzugefügt und die Mixtur so lange gekocht, bis sie die Konsistenz von jahrealtem Honig angenommen hatte. Die Knochenstreifen auf den Bogenstab zu leimen war ein ganz besonderer Alptraum gewesen; er hatte jede Klemme in der Werkstatt benutzt und ein Dutzend weitere aus Holz und Rohhaut improvisiert, und der Leim, der aus den Verbindungsstellen getropft war, war überall klebengeblieben und hatte es beinahe unmöglich gemacht, das Ding festzuhalten. Dann hatte es ewig gedauert, bis es endlich getrocknet war – selbstverständlich war es gerade wieder einmal regnerisch gewesen, und die Luftfeuchtigkeit hatte verhindert, daß der Leim hart wurde –, und Bardas hatte die Schraubzwingen für andere Arbeit gebraucht, es aber nicht gewagt, sie abzunehmen, weil die Leimtropfen immer noch klebrig gewesen waren und er befürchtet hatte, daß die schwer belasteten Knochenspäne sich vom Stab lösen würden.

Schließlich war der Leim fest genug geworden; Bardas hatte seine Zwingen wiederbekommen, und das Ganze war tatsächlich an einem Stück geblieben und hatte sich nicht in Einzelteile aufgelöst. Daraufhin hatte er einen ganzen Tag mit einem vollen Leimtopf und einer ganzen Menge seiner besten Hirschbeinsehnen – die als zusätzliche Verstärkung dienen sollten – verbracht; er hatte den Leim auf den Bogenrücken gestrichen, die Sehnenbündel mit dem Griff eines Holzlöffels festgedrückt und sich dann davon überzeugt, daß die Bündel einander überlappten und die auf diese Weise angebrachte Verstärkung überall gleich dick war. Auch das hatte scheinbar eine Ewigkeit zum Trocknen gebraucht, aber endlich war der Tag gekommen, an dem der Leim fest und brüchig wie Glas war, und Bardas hatte die überstehenden Ränder abgebrochen, den Rücken glattgeschmirgelt, alles noch einmal mit Ried abgerieben und den Bogen zum ersten Mal gebogen, nur genug, um die Sehne aufzuziehen. Das war an diesem Morgen gewesen.

»Verfluchtes, nutzloses Ding«, knurrte er und folgte mit den Fingern der fließenden Biegung des Mittelteils, wobei er spürte, wie vollendet er Rücken und Bauch geglättet hatte. Es war ein Vergnügen, diesen Bogen anzusehen; es war vermutlich der anmutigste und eleganteste Bogen, den er je gesehen, geschweige denn gebaut hatte, mit vollendeten Proportionen und einer makellos ausbalancierten Biegung der Wurfarme. Jetzt, wo die Sehne angebracht war, hatte er die klassische Doppel-S-Form eines echten Kompositbogens. Das Problem war nur, daß er nicht funktionierte.

Als er ihn das erste Mal auf das Tillerbrett aufgespannt und mit der gebotenen Vorsicht die ersten paar Zentimeter weit gespannt hatte, hatte es sich wunderbar angefühlt. Diese unbeschreibliche Mischung aus Nachgiebigkeit und Widerstand, die allein durch die Verbindung von Sehne, Holz und Horn entsteht. Nur daß es sich hier um kein Horn handelte, sondern um Knochen, und (wie er nun ausgesprochen gut wußte) Knochen biegt sich nur bis zu einem bestimmten Grad und nicht weiter; in diesem Fall waren es fünfzig Zentimeter, und dort erstarrte der Bogen und weigerte sich, sich weiter spannen zu lassen. Holz und Sehnen verhinderten, daß der Bogen brach, aber Bardas konnte auch nichts tun, um ihn dazu zu bringen, sich weiter zu biegen. Es blieb ein Bogen mit einem Zuggewicht von zweiundvierzig Pfund, den man fünfzig Zentimeter spannen konnte – nicht sonderlich sinnvoll zum Abschießen von Neunzig-Zentimeter-Pfeilen. Oh, der Pfeil konnte abgeschossen werden – wenn man darauf vorbereitet war, Arme und Schultern zu verbiegen, als wollte man durch ein Loch kriechen, das nicht viel größer als ein Kopf war –, aber Zielen war so gut wie unmöglich. Für jeden praktischen Zweck war dieser Bogen vollkommen nutzlos, es sei denn, Bardas würde irgendwann einmal einem winzigen, sehr reichen Mann mit sehr kurzen Armen begegnen, der nach einem leichten Bogen zum Schießen von Eichhörnchen suchte. Genauer gesagt, zum Schießen von tauben Eichhörnchen – das Ding knarrte jedesmal entsetzlich, wenn man es spannte, und dieses Geräusch allein würde jedes Lebewesen innerhalb einer Quadratmeile verscheuchen.

Bardas sah sein Werk noch einmal an, dann legte er es auf die Bank und begann wieder, die große aufgescheuerte, gelblich verfärbte Stelle an seinem linken Handgelenk zu reiben, wo die Sehne ihn getroffen hatte. *Völlig nutzlos,* überlegte er, *und er beißt auch noch. Nun, wir alle machen Fehler. Ich kann es nur nicht ausstehen, wenn es mir passiert.*

Es hatte wieder angefangen zu regnen, und er ging zum Fenster und zog den Laden zu. Sollte es noch dunkler werden, würde er die Lampe anzünden müssen, obwohl es erst früher Nachmittag war. Das Plätschern des Wassers auf dem Strohdach beruhigte ihn wie immer ein wenig; es erinnerte ihn an Zeiten, in denen es zu feucht gewesen war, um draußen irgend etwas zu unternehmen, und sein Vater sie alle in die lange Scheune geschickt hatte, um an der Werkbank etwas Neues zu lernen.

Bardas verstaute den nutzlosen Bogen unter der Werkbank und sah sich nach etwas zu tun um. Daran mangelte es nicht. Die Eschenscheite, die sie in den Bergen geschnitten hatten, mußten zu Stäben weiterverarbeitet werden, wenn möglich, bevor der Junge sie im Rahmen seiner Ausbildung alle in Feuerholz verwandelte. Er kletterte auf die Werkbank und holte ein Stück Holz aus dem Vorrat auf den Dachbalken, dann stieg er wieder hinunter, holte sich sein Messer und prüfte die Schneide mit dem Daumen. Selbstverständlich war sie stumpf; sein fleißiger junger Lehrling hatte sie benutzt und wie üblich so scharf wie eine Tomate zurückgelassen. Bardas knurrte leise vor sich hin und sah sich nach dem Wetzstein um.

»Ich glaube, ich habe den Stein am hinteren Tor liegenlassen«, sagte er, »als wir dort die Brombeerranken zurückgeschnitten haben. Sieh mal nach, ob er dort ist.«

»Es regnet«, verkündete der Junge.

»Und? Als ich das letzte Mal hingesehen habe, warst du nicht aus Salz.«

Der Junge murmelte etwas über Gerechtigkeit und gerechte Arbeitsteilung und schlurfte sehr langsam auf die Tür zu. »Bist du sicher, daß er nicht unter der Werkbank ist?« fragte er, als er nach dem Riegel griff.

»Ja«, erwiderte Bardas. »Da habe ich gerade erst nachgesehen.«

»Er könnte an allen möglichen Orten sein.«

»Das stimmt, und jetzt geh zum Tor und hol ihn.«

Als er weg war, räumte Bardas ein paar Werkzeuge weg, die er an diesem Morgen benutzt hatte. Unter dem Werkzeughaufen fand er den Wetzstein. *Verflucht*, sagte er zu sich selbst und begann, das Messer zu schleifen. Er war gerade damit fertig, als der Junge hereingerannt kam; das Haar klebte ihm am Kopf wie Seetang an einem nassen Felsen.

»Tut mir leid«, sagte Bardas, »er war die ganze Zeit ...«

»Unten in der Bucht liegen zwei Boote«, unterbrach ihn der Junge aufgeregt.

Bardas runzelte die Stirn. »Seltsam«, meinte er. »Wer sollte so dumm sein, bei diesem Wetter zu fischen?«

»Es sind keine Fischerboote«, fuhr der Junge fort. Er wirkte gleichermaßen erschreckt und begeistert. »Es sind Barken. Sie sind gerade erst um den Hornfelsen gebogen.«

»Barken«, wiederholte Bardas Loredan, als hätte das Wort keine Bedeutung.

»Zwei, und voller Männer. Ich glaube, es sind Soldaten aus Shastel.«

Barken. Soldaten aus Shastel. Das ist absolut unsinnig. »Bist du sicher?« fragte er. »Verdammt, warum frage ich auch nur?« Er richtete sich auf, hielt inne, zögerte. »Bist du sicher?« wiederholte er.

»Selbstverständlich«, erwiderte der Junge verärgert. »Wirklich, es waren zwei Barken; ich bin stehengeblieben und habe sie mir genau angesehen. Die Männer haben mich nicht entdeckt, weil ich mich sofort hinter einen Felsen geduckt habe, aber ich habe sie gesehen, und beide Barken waren voller Männer. Ich konnte sie nicht genau erkennen, weil sie wegen des Regens Kapuzen trugen, aber was sonst sollten zwei Barken voller Männer sein?«

Das war schwer zu widerlegen. »Also gut«, meinte Bardas. »Also, du läufst jetzt so schnell wie möglich ins Dorf und zur Schmiede und sagst Leijo, du hättest so eine Art Stoßtrupp gesehen; er wird dir erklären, was du tun sollst.«

»Gut«, meinte der Junge. »Und was ist mit dir? Kommst du mit?«

Bardas schüttelte den Kopf. »Ich werde mich euch vielleicht später anschließen, aber ich denke, ich sollte erst mal nachsehen. Hier«, fügte er hinzu, »nimm die vier Flachbogen, die wir gestern fertiggestellt haben, und den großen Kübel mit den kurzen Pfeilen. Schaffst du das alles?«

»Selbstverständlich«, erwiderte der Junge. »Heißt das, daß wir gegen sie kämpfen werden?«

»Unsinn«, sagte Bardas. »Jedenfalls nicht, wenn wir es verhindern können. Dafür ist die Armee da. Los, beeil dich. Du solltest lieber durchs Gehölz gehen, für alle Fälle. Und sei vorsichtig.«

Er half dem Jungen, sich die Bögen und Pfeile aufzuladen und schaute ihm nach. Dann schloß er die Werkstattür und ging rasch hinüber zum Haus. Er mußte sich bücken, um es herauszuholen – das lange, schmierige Tuchbündel, das er vor einiger Zeit unter sein Bett geschoben hatte, aus den Augen und überwiegend auch aus dem Sinn. *Verflucht*, dachte er abermals, als er das Tuch zurückschlug und den großen Guelan herausholte, das zweihändige Breitschwert, das sein Bruder Gorgas ihm kurz vor dem Fall der Stadt gegeben hatte. Der Schultergurt wies einen Hauch von Schimmel auf und der Griff einen Anflug von Rost. Er schob sich den Gurt über die Schulter und nahm dann Bogen und Köcher von den Haken an der Wand. *Ganz bestimmt nicht*, sagte er sich, als er die Haustür hinter sich abschloß. *Aber es wäre dumm, das Schwert hier herumliegen zu lassen. Es ist ein Vermögen wert. Und den Bogen möchte ich auch nicht verlieren.* Er warf noch einen Blick zurück zum Haus und zur Werkstatt, als machte er sich zu einer langen Reise auf, dann ging er schnell den Hügel hinauf.

5

Vom Zauntor oben am Weg aus hatte er einen klaren Blick über die Weiden auf der Klippe bis zur Bucht. Bardas überquerte das grüne Land und zwängte sich durch die Dornenranken am Klippenrand. Es war eine gute Stelle, um alles zu beobachten, ohne selbst gesehen zu werden.

Die Männer auf dem Kiesstrand tief drunten schienen es nicht sonderlich eilig zu haben. Sie hatten die langen, schweren Barken aus dem Wasser gezogen und luden ihre Ausrüstung aus – Rüstungen und Hellebarden in Hüllen aus gewachster Baumwolle, Seesäcke und Rucksäcke, alle feucht und im Regen glitzernd. Die Männer sahen todmüde aus – das war auch kein Wunder: Es war nicht leicht, in diesem Wetter von Shastel aus rund um Scona zu fahren, selbst in einem richtigen Boot, und ganz bestimmt nicht in diesen primitiven Kähnen, die das Beste waren, was Shastel an Seefahrzeugen zu bieten hatte. *Keine zehn Pferde würden mich in einem solchen Ding aufs Meer kriegen*, versicherte sich Bardas mit dem Schaudern einer echten Landratte. *Nur Idioten lassen es zu, von allen Seiten von Wasser umgeben zu sein.*

Er zählte sie: fünfundsiebzig Mann schwere Infanterie, die berühmten Hellebardiere von Shastel. Er hatte sie nie zuvor gesehen, und er mußte zugeben, daß sie genau wie alle anderen Soldaten aussahen: ungelenk, brutal, fremdartig und in jeder Landschaft fehl am Platz. *Vielleicht sehen alle Soldaten im Regen gleich aus*, überlegte er. *Und früher oder später regnet es immer. Ich bin froh, daß ich nicht da unten bei ihnen bin. Eine wahre Drecksarbeit, die man wirklich niemandem zumuten sollte.*

Ein Sergeant hatte angefangen, Befehle zu brüllen, und die Männer schlurften über den Kies, um Aufstellung zu nehmen, während ein weiterer Mann – vermutlich der Offizier – sich über eine immer nasser und nutzloser werdende Pergamentlandkarte beugte. Danach zu schließen, wie er die Karte anstarrte und dann immer wieder unsichere Blicke zu den sie umgebenden Klippen warf, war es entweder die falsche Karte, oder er hielt sie verkehrt herum, oder sie war nicht sonderlich genau; schließlich stopfte er sie wie einen alten Lumpen in seinen Rucksack und stapfte über den Kies, wobei er ein wenig über die lockeren Steine schlitterte – *er sieht aus wie eine Ente*, stellte Loredan fest, *die mit ihren Jungen zum Fluß hinunterwatschelt.* Der Mann sah sich ein letztes Mal um, als hoffte er auf eine Inspiration, dann führte er seine Männer zu dem einzigen Pfad, der sich an der Klippe hinauf zu Loredans Haus und dem Dorf dahinter wand.

Mein Haus, dachte Loredan finster. *Nun, es ist zu feucht, als daß ein Feuer richtig brennen würde.* Nur so zum Spaß dachte er über die taktische Position nach. Es gab nur einen Weg vom Strand nach oben, und fünf Männer hätten ihn einen ganzen Tag gegen eine Armee halten können, immer vorausgesetzt, man hätte so schnell fünf Wahnsinnige und Lebensmüde finden können. Realistischer wäre die Annahme, ein Dutzend ausgebildeter Bogenschützen aus Perimadeia würde die ganze Truppe auf dem geraden Teil des Pfads festnageln, der zum Ackerland hinaufführte; und wenn er zwei Dutzend Speerkämpfer gehabt hätte, die sie hinter diesem Gebüsch umgehen konnten, um dann den Ziegenpfad zu nehmen, der von der anderen Seite zum Strand hinunterführte – aber er hatte diese Leute nicht, und das war vielleicht auch ganz gut so. Immerhin ging ihn das alles nichts an; sie würden vielleicht sein Haus verwüsten, aber vielleicht auch nicht, wenn sie abkommandiert waren, das Dorf niederzubrennen. Er gehörte ohnehin nicht hierher, also brauchte er sich auch nicht einzumischen, wenn so etwas geschah. Das war ja gerade der Witz daran, nirgendwo dazuzugehören.

Er verhielt sich still und wartete, bis die Soldaten weg waren. Eigentlich hatten sie überhaupt keinen Grund, seinem Haus auch nur nahe zu kommen, wenn sie zum Dorf unterwegs waren; es wäre die reinste Zeitverschwendung, in der möglicherweise die Dörfler oder der nächste Wachposten von ihrer Anwesenheit erfahren könnten. (Bardas wußte, daß das Dorf bereits gewarnt war und daß es bis Scona keinen einzigen Wachposten gab, aber das wußten sie ja vielleicht nicht.) Und selbst wenn sie an seinem Anwesen herumschnüffelten, was konnten sie schon tun? Das Strohdach war zu feucht, um richtig zu brennen, sie würden ihre Zeit bestimmt nicht damit verschwenden, die Mauern mit Seilen und Stemmeisen niederzureißen, und welcher Soldat, der bei Verstand war, wollte schon eine Holzwerkstatt plündern? Hobel, Messer und Feilen stehen nicht gerade weit oben auf der Wunschliste eines erfahrenen Plünderers. Nein, sobald sie sich überzeugt hatten, daß niemand da war, würden sie weiterziehen und tun, wozu sie gekommen waren.

Selbst als er ziemlich sicher war, daß sie längst verschwunden waren, blieb er in seinem Versteck; wenn sie jetzt weg waren, waren sie vielleicht in fünfzehn Minuten noch weiter weg – und er lag, in seinen Mantel gehüllt, im erstaunlich wirkungsvollen Schutz eines großen, dichten Dornbuschs. Wenn überhaupt, war der Regen noch stärker geworden, und vom Meer kam ein wenig Wind herein. Es gab keinen Grund, warum er nicht den ganzen Tag hier verbringen sollte. Unter den gegebenen Umständen war das vielleicht das vernünftigste. Andererseits war es auch äußerst langweilig. Er stand auf, zupfte sich die Dornenranken von Armen und Beinen und kroch vorsichtig aus dem Gebüsch.

Das erste, was er entdeckte, war ein zufriedenstellender Mangel an Qualm aus der Richtung seines Anwesens. Und dann fiel ihm das Bierfaß ein – ein beinahe frisches Faß recht guten Biers, das sich im Mittelhaus befunden hatte. Sie hatten es erst vor zwei Tagen angezapft. Soldaten riechen Bier über weite Entfernungen hinweg, selbst wenn der Wind aus der Gegenrichtung kommt. Tatsächlich war es vermutlich nicht der Geruch, sondern etwas viel Abstruseres, was mehr mit dem metaphysischen Zeug zu tun hatte, mit dem sein alter Freund Alexius sich so gern abgab. Sein Bier konnte er also wahrscheinlich vergessen. Dennoch, selbst wenn sie sich damit beschäftigt hatten, hieß das, daß sie sich nicht die Zeit genommen hatten, etwas anderes zu zerstören.

Das Zusammentreffen von Regen, Schlamm und Armeestiefeln ergibt immer eine Spur, der selbst ein Blinder folgen kann. Bardas fand sie oben auf der Klippe und folgte ihr zu seinem Zauntor, von wo sie – o Freude! – direkt weiter den Hang abwärts auf das Dorf zu führte.

Vielleicht war es dem Offizier endlich gelungen, seine Landkarte zu entziffern, oder vielleicht hatten sie nicht einmal bemerkt, daß es dort irgendwelche Gebäude gab; genau betrachtet lag das Haus ziemlich gut hinter Felsen und diesen wuchernden Nesseln verborgen, gegen die Bardas seit Monaten etwas hatte unternehmen wollen. Was für ein Glück, daß er das nicht getan hatte. Ein dreifaches Hurra auf die Faulheit.

Er nahm den schmalen Felspfad, der eine unbequeme und gefährliche Abkürzung zum Dorf darstellte. Es war einige Zeit her, seit er hier zum letzten Mal entlanggeklettert war, und nun mußte er die störrischen Gewächse einer ganzen Jahreszeit niedertrampeln oder unter ihnen durchkriechen. *Verflucht sollst du sein, Natur, wieso kannst du nicht einfach alles so lassen, wie es ist?* dachte er erbost und zwängte sich durch eine Lücke in den Zweigen einer Eberesche, die über den Weg gestürzt war. (Ebereschen? Für Bögen nicht geeignet. Es ist die reinste Verschwendung, daß sie hier überhaupt wachsen.) Zumindest konnte er sicher sein, daß heute noch niemand diesen Pfad genommen hatte, und da er oben auf der Anhöhe entlang führte war er vom Hauptweg aus nicht zu sehen. Das war vielleicht nicht so vernünftig, wie zu Hause zu bleiben, aber immer noch vernünftig genug für einen vernünftigen Mann.

Als er um die scharfe Kurve unten am Kapellenfelsen kam, dem großen Felsen oberhalb der dem Meer zugewandten Seite des Dorfes, fand er eine Leiche. Es war einer der Hellebardiere; er lag auf dem Bauch in einer Schlammpfütze, und aus seinem Ohr ragte ein Pfeil – *einer von meinen, einer von denen mit dieser billigen weißen Gänsebefiederung, die ich im Dorf verkauft habe.* Die Hellebarde des Mannes war weg, und man hatte ihn mehrmals in den Rücken gestochen, aber es war kein Blut zu sehen – jemand hatte auf Nummer Sicher gehen wollen oder einfach seinen Zorn an der Leiche ausgelassen, was bedeutete, daß er einen Grund gehabt hatte, zornig zu sein. Der Mann trug keinen Helm, aber das war nicht weiter verwunderlich. Hätte er ihn getragen, wäre er nicht erschossen worden.

Also leisteten sie drunten im Dorf Widerstand. Bardas runzelte nachdenklich die Stirn. Sie waren ihm nie sonderlich kriegerisch vorgekommen, nicht wie die Art Leute, die davon träumen, sich auf Einbrecher zu stürzen oder hinunter zum Strand zu marschieren, um dort Hinterhalte für Piraten zu legen. Nach seiner Erfahrung gab es solche Menschen kaum. Vor langer Zeit, als er zu denen gehört hatte, die die Lager der Clansmänner überfielen und niederbrannten, um für die Sicherheit der Stadt zu sorgen, hatte er mehr als genug darüber erfahren, wie Leute auf so etwas reagieren. Im allgemeinen begannen sie zu laufen. Manchmal flüchteten sie, sehr oft liefen sie einfach nur im Kreis herum wie Enten in einem Pferch, wenn ein Fuchs einbricht. Jene, die nicht rannten, versteckten sich, und das war manchmal das Richtige und manchmal nicht. Manchmal blieben sie stehen, wo sie waren, und sahen einfach zu, manchmal schrien und brüllten sie, manchmal versuchten sie, mit einem zu reden und einen davon zu überzeugen, daß man lieber wieder gehen sollte. Aber nur selten kämpften sie – vielleicht, weil menschliche Wesen grundsätzlich nicht vollkommen dumm sind. Und wenn sie kämpften, brachte sie häufig ein grundlegender Überlebensinstinkt dazu, keinen der Feinde zu töten, denn wenn es etwas gibt, was Soldaten garantiert wütend macht, dann ist es der Tod eines ihrer Freunde. *Ich weiß nicht*, sagte Loredan zu sich selbst, als er über die Leiche hinwegstieg, *vielleicht wissen die Leute hier einfach nichts von diesen Dingen.* Am vernünftigsten wäre jetzt wahrscheinlich gewesen, wieder nach Hause zu gehen, ein paar Lebensmittel und trokkene Kleidung in eine Tasche zu packen und in die Berge zu ziehen, um sich für einen oder zwei Tage in diesem verfallenen Bauernhaus zu verstecken, das er entdeckt hatte. Das wäre das vernünftigste.

Statt dessen bog er um die Ecke und ging weiter den Weg entlang. Das Dorf war ein einziges Durcheinander. Es gab ein paar Leichen, aber überwiegend handelte es sich um das übliche Chaos, die Art von Schaden, die Hochwasser oder Orkane soviel besser anrichten können, als Menschen je in der Lage wären. Verständlicherweise – wenn man an ihre Überfahrt hierher dachte – hatten die Soldaten den größten Teil ihres Zorns an den Booten ausgelassen, an diesen kleinen, lederbespannten Rahmenkonstruktionen, die selbst mit den schlimmsten Wutanfällen des Meeres zurechtkamen. Zufällig hatten die Dorfbewohner gerade die meisten davon auf den Dorfplatz gebracht, um die Häute wieder mit dem dicken, stinkenden Zeug einzureiben, das sie hier aus frisch geschorener Schafswolle herstellten. Das Fett war den ganzen Sommer über gereift und nun verwendungsfähig, und um diese Jahreszeit hing der Gestank nach Wollfett und Gerbflüssigkeit wie eine Mükkenwolke über der Insel. Nun war kein einziges Boot mehr ganz, und überall lagen zerbrochene Sparren und Hautfetzen verstreut, waren wie Laub in den Schlamm getreten.

Vielleicht ein Dutzend Fischer lagen zwischen den zertrümmerten Booten, in Haltungen, die kein lebender Mensch je einnahm, und auch hier fand Loredan Pfeile. Vielleicht hatte jemand die Nerven verloren, war ins Haus gerannt, hatte Bogen und Pfeile geholt und begonnen, aus dem Fenster zu schießen. Hier war eine Frau in mittleren Jahren, unter der ein halber Sack Mehl begraben war, mit einem Pfeil im Rücken, und dort ein alter Mann, dessen Kopf aufgeplatzt war wie eine Walnuß. Hier eine dicke, junge Frau, in der immer noch eine Hellebarde steckte, und nur ein paar Fuß entfernt der Arm eines Mannes, am Ellbogen abgehackt. Es hatte zwei, vielleicht sogar drei Hiebe gebraucht, und Loredan konnte sich vorstellen, wie der Mann diese Hiebe mit einem Körperteil abgefangen hatte, auf das er zur Not verzichten konnte, bis der Angreifer vielleicht genug gehabt und ihn laufen gelassen hatte. Hier ein totes Huhn, fein säuberlich in zwei Hälften geschnitten, dort ein Hund mit aufgerissenem Bauch und da eine Ziege mit einem langen Riß in der Seite, der von der Schulter bis zum Hinterteil verlief; sie hob den Kopf, als Loredan näherkam, und kaute dann weiter. Dort lag ein toter – ein sehr toter – Hellebardier, und wie er aussah, hatten ihn offenbar zwei oder drei Männer mit Messern und Hackbeilen angegriffen; und dort lag einer der Angreifer auf dem Rücken in einer großen, klebrigen Pfütze, eine Axt in der Hand und einen roten, handtellergroßen getrockneten Fleck vorne auf seinem Hemd. Mehr ein Scharmützel als eine Schlacht, dachte Loredan mißbilligend; das war die Schuld des Offiziers, der sich die Sache hatte aus der Hand gleiten lassen. Zu meiner Zeit haben wir diese Sachen besser hingekriegt; obwohl die Nomaden selbstverständlich auch daran gewöhnt waren, überfallen zu werden. Sie kannten sich ebenso aus wie wir.

Hier hatten sie versucht, Feuer zu legen, offenbar mehrmals, wie es aussah, und der Fehlschlag hatte ihre Laune nicht besser werden lassen. Vermutlich hatte es sich auch nicht positiv ausgewirkt, daß einer von ihnen erschossen worden war, denn sie hatten das Haus, das sie hatten anzünden wollen, schließlich kurz und klein geschlagen und die beiden Menschen darin ebenso. Ein Stück weiter die Straße entlang fand er einen, der noch eben so lebte; er erkannte den Unteroffizier, der am Strand die Befehle gegeben hatte, wenn auch nur an dem ziemlich großartigen vergoldeten Wulst um seinen Helm. Es war ihm gelungen, sich an einer Hauswand in eine sitzende Haltung aufzurichten und sich den Pfeil aus der Brust zu reißen, aber jemand hatte versucht, ihm die Kehle durchzuschneiden, hatte es verdorben und sich schließlich davongemacht. Der Mann versuchte etwas zu sagen, als Loredan ihn anschaute und feststellte, daß er nicht viel tun konnte; er schüttelte den Kopf und ging weiter, als käme er an einem wenig überzeugenden Bettler an einer Straßenecke vorbei. Das brachte ihn schließlich zum Ende der Hauptstraße. Hier war es sehr still, wenn man vom Plätschern des Regens absah. Loredans Schuhe waren klatschnaß, und er wackelte angewidert mit den nassen Zehen. Das vernünftigste wäre gewesen, nach Hause zu gehen und trockene Sachen anzuziehen, bevor er sich noch eine Lungenentzündung holte.

Statt dessen folgte er der Spur der Soldaten den Hügel hinab ins nächste Dorf.

Kein guter Tag für die kurze, aber unruhige Überfahrt von Shastel nach Scona. Gorgas Loredan, für gewöhnlich ein guter Seemann, mußte zugeben, daß er ein wenig elend und grün im Gesicht war, als er die Schaluppe *Schmetterling* verließ und im Handelshafen dankbar wieder den Fuß auf festen Boden setzte. Gorgas Loredan war immer froh, wieder zu Hause zu sein, aber diesmal spürte er, wie ihn die Erleichterung regelrecht durchströmte, so wie das Blut wieder in ein eingeschlafenes Bein zu fließen beginnt, wenn man aufwacht und feststellt, daß man falsch darauf gelegen hat. Er hatte ein paar ungewöhnlich unerfreuliche Tage im Hectemorenland verbracht, war im Dorf Primen unerwartet in einen Kampf mit den Soldaten der Stiftung verwickelt worden, hatte ihnen eine demütigende Niederlage zugefügt und ein paar Probleme mit zurückgebracht, von denen er befürchtete, daß sie sehr unangenehm werden könnten.

Eines dieser Probleme hatte sein Bestes getan, in der Nacht zu sterben. Es handelte sich um einen der Gefangenen, die er gemacht hatte: Meister Juifrez Bovert, Angehöriger einer der führenden Familie der sogenannten Armen der Stiftung von Shastel, Befehlshaber des Teils der Fünften Kompanie, die sie so zusammengehauen hatten – und eine erstklassige Geisel. Meister Juifrez' relativ saubere Wunde hatte sich entzündet, und der elende Kerl befand sich in den Klauen eines absolut melodramatischen Fiebers. Die Künste eines Feldschers mit einem heißen Messer und ein Brotschimmeltrank hatten ihn am Leben erhalten, aber er sah schrecklich aus, und es schien, als habe er so viel Interesse daran, weiterzuleben, wie Gorgas an colleonischer religiöser Poesie. In gewisser Weise konnte Gorgas das verstehen – man konnte einem Mann, dem es gelungen war, in seinem Leben und in den Angelegenheiten seines Volkes ein solches Durcheinander anzurichten, schon verzeihen, daß er genug hatte. Aber kein Geschäftsmann hat es gern, wenn sich die Aktien einfach davonmachen; also schickte Gorgas einen Läufer nach einem Arzt, sobald die *Schmetterling* sicher vertäut war. Sterben war ein Luxus, den man den Gefangenen der Bank von Scona nicht gestattete.

Als der Patient von den Dienern des Arztes davongetragen wurde, nahm Gorgas seine Tasche auf die Schulter und begann, die Promenade hinaufzugehen. Er war noch nicht weit gekommen, als ein Läufer neben ihm rutschend zum Stehen kam und ihn am Ärmel zupfte.

»Eine dringende Botschaft«, keuchte der Junge und versuchte nicht einmal, vorher zu Atem zu kommen. »In den Hügeln rund um die Hornspitze ist ein feindlicher Stoßtrupp eingefallen. Sie haben ein Dorf niedergebrannt und alle Bewohner getötet. Die Direktorin will, daß Ihr so schnell wie möglich ...«

»Die Hornspitze«, wiederholte Gorgas. »Bist du sicher?«

Der Junge nickte. »Ich habe Verwandte da«, sagte er, als wäre das der definitive Beweis. »Es hört sich an, als wäre das niedergebrannte Dorf Briora, es liegt direkt an der Spitze, gleich unterhalb des Hornfelsens. Ich nehme an, sie sind in der Bucht an Land gegangen.«

Gorgas runzelte die Stirn. »Ich bin nie dort gewesen«, sagte er. »Woher hast du das erfahren?«

»Ein Junge ist von dort gekommen, er hat es selbst gesehen. Ich habe mit ihm gesprochen, bevor ich herkam. Sie wollten einen anderen schicken, aber dann entdeckte man Euer Schiff.«

»Also gut. Hat der Junge gesagt, wie viele es waren?«

Der Läufer schüttelte den Kopf. »Nur, daß es eine Menge waren, wahrscheinlich mehr als hundert.« Er hielt inne, um sich den Regen abzuwischen, der ihm von seinen nassen Stirnfransen in die Augen lief. »Richtige Soldaten, sagte er, mit Rüstungen. Ein paar Dorfleute haben sich gewehrt, und dann wurde es richtig unangenehm, und die Soldaten haben alles zerschlagen, was sie konnten.«

Gorgas holte tief Luft. »Also gut«, sagte er, »du tust jetzt folgendes: Du läufst zur Bank, richtest der Direktorin aus, daß ich auf dem Weg bin und die fünf Züge der Zehnten mitnehme, die im Hafen Bereitschaft haben. Sag ihr, ich will, daß die gesamte Siebente einberufen und mir so bald wie möglich nachgeschickt wird. Dann kommst du zurück, zum Tor der Hafenkaserne – weißt du, wo das ist?« Der Junge nickte. »Ich werde einen ortskundigen Führer brauchen, und es hört sich an, als wüßtest du den Weg. Willst du mit dabeisein?«

»Jede Wette.« Der Junge grinste.

»Also gut. Beeil dich und paß auf, daß du alles genau ausrichtest.«

Zum Glück war der größte Teil von Gorgas' Stab, der auf der *Schmetterling* mit zurückgekommen war, immer noch im Hafen. Er erwischte einen seiner Läufer und hieß ihn die Männer zusammenzutrommeln, dann schickte er einen anderen mit dem Mobilisierungsbefehl und der Botschaft, daß er in Kürze persönlich folgen würde, zur Kaserne.

Das Dorf Briora in der Nähe der Hornspitze ... während er immer schneller am Dock entlang in Richtung Kaserne ging, versuchte er, nicht daran zu denken. *Ich wußte, ich hätte nicht zulassen dürfen, daß er sich einfach so davonmacht; wenn ihm etwas zugestoßen ist* ... Seine Vernunft sagte ihm, daß das dumm war. Es hatte nie einen Grund zu der Annahme gegeben, daß das Hinterland um die Hornspitze gefährlich sei – und außerdem, wenn Bardas Loredan imstande gewesen war, die Plünderung von Perimadeia zu überleben, konnte man wohl davon ausgehen, daß er auch mit einem Stoßtrupp aus Shastel zurechtkam. Es hatte nie zur Debatte gestanden, Bardas hier in Scona zu behalten; er war kein Gefangener, er hätte nur Ärger gemacht. Gorgas hatte alles für seinen Bruder getan, was er tun konnte. Es war sinnlos, sich die Schuld zu geben. Ja. Aber. Wenn es um die Familie geht, gibt man sich immer die Schuld.

Der Hauptmann der Wache kam ihm am Tor entgegen. »Wir können in einer Stunde fertig sein«, sagte er und nestelte an den Haken seines Kettenhemdes herum. Sein Haar war zerzaust, und unter der Rüstung trug er ein altes Hemd mit ausgefransten Manschetten – *wahrscheinlich beim Abendessen überrascht*, dachte Gorgas mit einem Lächeln. *Essen; ihr Götter, ja, ich kann mich vage an Essen erinnern. Es ist etwas, das andere manchmal tun.* »Aber ich habe kein Schiff. Was ist mit dem, auf dem Ihr gekommen seid?«

»Die *Schmetterling*«, sagte Gorgas. »Gute Idee. Schickt einen Läufer zum Kapitän und sagt ihm, er soll die Mannschaft zusammentrommeln und in einer Stunde zum Auslaufen bereit sein. Wir können drei Züge an Bord quetschen; wählt einen Kommandanten für die anderen beiden und sagt ihm, er soll sich selbst um ein Schiff kümmern.« Er blickte zum Himmel auf; schlechtes Wetter für eine Umseglung der Insel. Er kannte die Hornbucht nicht, aber er nahm an, daß es überall auf dieser Seite schwierig sein würde, eine Schaluppe an Land zu bringen. Aber der Kapitän der *Schmetterling* war ihm recht verläßlich vorgekommen. »Also gut«, sagte er. »Besorgt mir eine Landkarte der Gegend und fragt, ob einer Eurer Männer sich dort auskennt. Wir wissen nicht, mit wie vielen Gegnern wir es zu tun haben, und wir wollen keine Zeit verschwenden, also wäre ein wenig Ortskenntnis von Vorteil.«

Verflucht sollst du sein, Bruder, dachte er, als er sich auf die Veranda setzte, um Luft zu holen und sich ein paar kostbare Minuten gönnte, um einen klaren Kopf zu bekommen. *Warum folgt dir immer der Ärger wie die Katze der Bauersfrau?* Aber ganz klammheimlich mußte er auf eine eher ungehörige Art zugeben, daß er überwiegend aufgeregt war, daß ihn der Gedanke, seinem Bruder zu Hilfe eilen zu können, beinahe freute. In schlimmen Zeiten, wenn er sich bei der Frage ertappte, was für eine Art Mensch er wohl war, um die Dinge tun zu können, die er im Laufe der Jahre getan hatte oder hatte tun müssen, beruhigte er sich stets damit, daß er sich in Erinnerung rief, daß jemand, der sich – so wie er – wirklich um seine Familie sorgte und kümmerte, kein schlechter Mensch sein konnte. Was sonst zählte letztlich? Bardas damals in Perimadeia aus dem Chaos zu ziehen war eine gute Sache gewesen, und nun war er dabei, dasselbe wieder zu tun. Es mußte irgendwie zählen. Einen Bruder zu retten, war, als würde man die Bilanz im Hauptbuch ausgleichen.

Bardas kann auf sich selbst aufpassen, beharrte seine Stimme der Vernunft. *Vergiß nicht, daß er Berufssoldat war, einer von Onkel Maxens Männern, von all den Jahren als Berufsfechter gar nicht zu reden. Du solltest lieber hoffen, daß er dir noch ein paar Feinde übriggelassen hat.* Das war wohl richtig, und dann fiel ihm ein, was der Junge gesagt hatte: daß ein paar Dorfleute versucht hatten zu kämpfen und der Ärger damit erst richtig angefangen hatte. *So ein Durcheinander*, dachte er verbittert, *und noch mehr Melodrama. Warum können die Leute nicht einfach bleiben, wo sie sind, und tun, was man ihnen sagt?*

Kurz, scharf und brutal, hatte der Dekan für Laienarbeit erklärt; ein rascher Vergeltungsschlag, direkt zwischen die Schulterblätter, wo sie es am wenigsten erwarten, und dann wieder verschwinden, bevor sie auch nur wissen, was geschehen ist. Es hatte sich gut angehört, als der Dekan es erklärt hatte, aber irgendwie war zwischen dieser Erklärung und der Wirklichkeit etwas schiefgegangen.

Meister Renvault, der Kommandant des Stoßtrupps, der nach Scona entsandt worden war, saß auf einem umgestürzten Baum und kratzte sich mit der Klinge seiner Hellebarde die Schlammkruste von der Stiefelsohle. Vielleicht war es das Wetter oder die Tatsache, daß sie sofort, als die Nachricht von der Katastrophe in Primen den Vorstand erreicht hatte, zu handeln begonnen hatten, ohne genug Zeit für vernünftige Vorbereitungen zu haben. Vielleicht war es alles auch seine Schuld. Aber das war nicht sonderlich wichtig. Jetzt kam es nur noch darauf an, eine Möglichkeit zu finden, wieder aus dem Schlamassel herauszukommen, bevor Juifrez Bovert im Vergleich zu ihm wie ein strategisches Genie aussah.

»Neun Tote«, berichtete der Sergeant mit vollkommen neutraler Stimme, »vier Verwundete, davon einer ziemlich schwer; die anderen drei werden bald wieder in Ordnung sein.«

Renvault nickte; das war besser als erwartet. Er hatte immer noch fünfundsechzig kampffähige Männer. »Ruft sie zusammen«, sagte er und grunzte vor Schmerz, als er sich erhob. »Ich habe genug. Wir kehren um.«

Es hatte aufgehört zu regnen, und am Himmel waren sogar ein paar blaue Stellen zu sehen, wie Treibholz am Strand nach dem Sturm. Ein wenig Wärme, um ihre durchnäßte Kleidung zu trocknen, vielleicht sogar den Schlamm zu trocknen, damit nicht jeder Schritt soviel Kraft kostete; ein bißchen Wärme und Sonnenlicht würden alles gleich besser machen. Es bestand immer noch die Möglichkeit, daß sie in einem Stück aus dieser Sache herauskommen und morgen um diese Zeit schon wieder in Shastel sein würden.

Immer vorausgesetzt selbstverständlich, daß die Boote noch da waren und auf dem Rückweg nicht untergingen. Ah, das ganze Leben ruhte auf prekäre Weise auf dem zerbrechlichen Fundament aus Annahmen und Voraussetzungen, wie die dünne Außenhaut eines Bootes zwischen Hoffnung und Angst gespannt; jedenfalls hatte man ihm das im Stift erzählt. Hier draußen klang das sowohl ärgerlich glatt als auch deprimierend wahr. Soviel zu den Vorteilen einer erstklassigen Ausbildung.

Sollten sie auf dem Weg zurückkehren, auf dem sie gekommen waren? Der Gedanke gefiel ihm nicht. Er war sich nur allzu bewußt, daß sie weit hinter ihrem Zeitplan zurücklagen; daran waren der Regen und der unerwartete Widerstand schuld. Es hieß, die Armeen von Scona bestanden überwiegend aus leichter Infantrie und Bogenschützen, die rasch mobilisiert werden konnten und schnell zu bewegen waren. In der Theorie hätte das kein Problem sein dürfen. Zwei Einheiten ausgebildeter, disziplinierter schwerer Infantrie hätten imstande sein sollen, sich ihren Weg durch die Art von Widerstand zu rammen, der sich ihnen hier entgegenstellen könnte. Aber irgendwie war das kein guter Tag zum Kämpfen. Als gebildeter Mann und Mitglied einer einigermaßen guten Armenfamilie glaubte er nicht an Glück, aber man hatte ihn die Grundlagen der Wirkungsweise des Prinzips gelehrt, bei dem es sich, soweit er bisher hatte feststellen können, um nichts weiter als um eine Portion hübsch vertracktes Glück handelte. Also gut; das Prinzip war heute nicht auf seiner Seite, also wäre es vielleicht vernünftig, einen anderen Rückweg zu nehmen – den, der auf seiner Landkarte rot eingezeichnet und als Alternativroute beschriftet war. Außerdem war der Gedanke, durch diese trübseligen und inzwischen sogar schrecklich aussehenden Dörfer zurückzustampfen unendlich bedrückend. Er suchte in seiner klatschnassen Tasche nach der Landkarte und fand ein klammes, klebriges Knäuel aus Haut, die bereits angefangen hatte zu quellen. Während die Männer Aufstellung nahmen, breitete er die Karte auf dem Baumstamm aus und versuchte, sich zurechtzufinden.

Wie es das Glück (oder das Prinzip) nun einmal wollte, war die rote Tinte geringfügig wasserbeständiger als die schwarze, und er war imstande, der Alternativroute mit seiner Fingerspitze zu folgen. Falls sie sich tatsächlich dort befanden, wo er zu sein glaubte (eine weitere Annahme, die er dieser zerbrechlichen Grundlage hinzufügte), befand sich der Weg oberhalb des Hauptweges, den sie gekommen waren, knapp unter dem Hügelkamm, und wand sich in Kurven bis zu einem anderen jämmerlichen, kleinen Dorf, bis er in der kleinen Bucht wieder aufs Meer stieß. Der Offizier nickte, und Regentropfen fielen von seinem hochgeklappten Visier auf die Landkarte und fügten ein paar weitere rote Flecke hinzu. Was für ein Glück, daß er nicht an Vorzeichen glaubte.

Seine Füße taten weh, und seine nassen Strümpfe rieben seine Fersen wund. Die Naht seines linken Stiefels begann auszufransen, und ein Pfeiltreffer am linken Wangenstück des Helms hatte das Metall so verbogen, daß es ihn jedesmal, wenn er den Kopf drehte, hinter dem Ohr kratzte. Der Regen hatte die Maserung des Schafts seiner Hellebarde schwellen lassen, und ein Splitter hatte sich unter einen seiner Fingernägel gebohrt. Nichts an ihm fühlte sich im Augenblick richtig oder behaglich an. So sollte es einfach nicht sein. Er gab den Befehl zum Abmarsch. Etwa zwanzig Minuten lang folgte ihnen ein alter verrückter Hund mit wildem Gebell; er rannte entlang der Reihe marschierender Männer auf und ab, legte die Ohren an und tänzelte wieder davon, als erwartete er einen Angriff; aber niemand hatte die Energie, nach ihm zu treten. Endlich verlor er das Interesse, legte sich in eine Schlammpfütze, hechelte und wedelte wild mit dem Schwanz, als hätte er etwas unglaublich Amüsantes vor Augen.

Das zweite Dorf hatte ziemlich ähnlich wie das erste ausgesehen, nur daß es keine Boote gab. Statt dessen lagen auf der Hauptstraße die Trümmer von zerschlagenen Korbgeflechtzäunen und einem alten Karren, ein paar aufgeschlitzte Säcke mit Saatkorn, zerbrochene Vorratskrüge und noch ein paar Leichen. Sie hatten auch versucht, einen Pflug zu zerbrechen, aber der hatte sich als zu stabil erwiesen; es gab nur ein paar Klingenspuren in den Handgriffen. Eine Wagenladung Kohle war umgekippt, und ein paar Schritte entfernt lag die Leiche eines weiteren Soldaten; er trug keinen Helm, und sein Kopf wies Spuren einer Axt oder einer Spitzhacke auf.

Wenigstens regnete es nicht mehr. Bardas Loredan schlug die Kapuze zurück und rollte die Ärmel bis zum Ellbogen hoch. Es war sinnlos, der Spur weiter zu folgen. Er setzte sich auf die Deichsel des umgekippten Wagens, griff in die Tasche und fand dort einen Apfel, den er unterwegs gepflückt hatte.

Von dem Jungen war nichts zu sehen, aber zumindest war er auch nicht unter den Leichen. Loredan runzelte nachdenklich die Stirn. Er hatte den Jungen losgeschickt, um Alarm zu geben, so daß die Leute sich verstecken konnten, aber das hatten sie offenbar nicht getan. Nun, wenn er nicht unter den Toten war, konnte man wohl annehmen, daß er noch lebte. Loredan aß ein paar Bissen von dem Apfel, der klein und sauer war, dann warf er den Rest über eine Mauer.

Etwas oder jemand bewegte sich ganz in der Nähe. Loredan blieb, wo er war, lauschte eine Weile, dann stand er auf, ging ein paar Schritte, umrundete den Wagen, bückte sich und griff zu.

»Ich habe mich schon gefragt, wo du steckst«, sagte er. Der

Junge erkannte ihn und hörte auf, sich zu winden. »Offensichtlich ist es meine Aufgabe, dich immer wieder an den Schauplätzen von Massakern unter Wagen herauszufischen.«

»Ich dachte, du wärst sie«, sagte der Junge und stand auf. Er war voller Schlamm. »Ich habe versucht, es ihnen zu sagen, aber sie wollten nicht zuhören.«

Bardas Loredan schüttelte den Kopf. »Wunderbar«, sagte er. »Nun, es ist nichts mehr von ihnen zu sehen, aber ich glaube nicht, daß es uns noch viel bringt hierzubleiben. Wir können nach Hause gehen oder weiter in die Berge, nur um ganz sicher zu sein. Was meinst du?«

»Ich?« Der Junge zuckte mit den Schultern. »Ich weiß es nicht.«

»Du bist wirklich eine große Hilfe. Also gut, wir gehen nach Hause. Es ist sicher am besten, die Straße zurück nach Briora und von dort aus die Abkürzung zu nehmen, für den Fall, daß sie schnell zurückkommen. Übrigens, bist du unverletzt?«

»Ja«, erwiderte der Junge, »ich habe ihnen die Bögen und Pfeile gegeben, wie du gesagt hast ...«

Loredan runzelte die Stirn. »Das hätte ich nicht tun sollen«, sagte er. »Schlechte Idee. Ich nehme an, der Ärger ging erst los, als sie begonnen haben zu schießen.«

»Mehr oder weniger. Ich meine, sie hatten schon angefangen, Dinge kaputtzumachen und Leute zu schlagen, aber sobald die Dorfleute auf sie schossen, drehten sie durch. Sie haben ein paar Leute umgebracht, und dann sind ein paar Männer aus dem Dorf davongelaufen, und andere haben versucht, sich einzumischen und die Soldaten aufzuhalten, und dann packten sie dieses kleine Mädchen und warfen es in den Brunnen, und dann hat diese Frau versucht, einen der Männer festzuhalten, und sie haben ihr die Hände abgeschnitten, wie man einen Setzling beschneidet. Sie stand einfach da, und die Soldaten gingen weiter und ließen sie stehen. Es war fast, als hätten sie mehr Angst vor ihr als umgekehrt.«

»Beweg dich«, sagte Loredan. »Wie ich schon sagte, wir sollten uns lieber nicht zu lang auf der Straße aufhalten.«

»Ich nehme an, die Armee wird bald hier sein«, sagte der Junge, nachdem sie eine halbe Meile die Straße entlanggeplatscht waren. »Und dann wird es einen richtigen Kampf geben.«

Loredan zuckte mit den Schultern. »Vielleicht«, sagte er. »Doch es ist wahrscheinlicher, daß die Armee nicht rechtzeitig kommt und später versucht, sie zu umzingeln und dazu zu zwingen, sich zu ergeben. Und wenn der Feind übers Meer gekommen ist, hacken sie Löcher in die Boote, damit er sich nicht davonmachen kann.« Er lächelte. »Sie haben selbst schuld; schließlich haben sie die Boote in Briona zerstört.«

»Und wenn sie sich ergeben, was wird die Armee dann tun? Werden sie sie aufhängen? Das würde ich jedenfalls tun.«

Loredan schüttelte den Kopf. »Das bezweifle ich«, sagte er. »Wenn du deine Gefangenen tötest, dann wird der Feind sich beim nächstenmal nicht mehr ergeben, und dann mußt du bis zum letzten Mann kämpfen, und das ist dumm. Im Krieg geht es nicht darum, Leute zu töten, es geht ums Gewinnen.«

Der Junge nickte. »Hast du viele getötet, als du Soldat warst?« fragte er.

»Nein, nicht viele.«

»Und hast du gewonnen?«

»Eigentlich nicht.«

Der Junge dachte darüber nach. »Du hast gewonnen, als du an dem Abend, als die Stadt fiel, gegen diese Männer gekämpft hast«, wandte er ein. »Ich habe dich gesehen.«

»Das stimmt, aber eigentlich hätte ich die ganze Stadt verteidigen sollen, vergiß das nicht. Man kann nicht sehr viel nachdrücklicher verlieren als ich.«

Der Junge dachte weiter nach. »Wenn du mehr Männer gehabt hättest und nicht jemand die Tore geöffnet hätte, hättest du gewonnen«, erklärte er. »Also war es wirklich kein gerechter Wettstreit.«

»Ich danke dir«, meinte Loredan. »Das hat mir eine große Bürde von der Seele genommen.«

Als sie um die Kurve nach Briora bogen, begann es wieder zu regnen. Der Junge hatte keine Kapuze, also machten sie halt und suchten eine, die mehr oder weniger paßte. »Das ist Diebstahl«, stellte der Junge fest, als er die Kapuze unter dem Kinn zuband. »Oder?«

»Wahrscheinlich eher Plündern«, erwiderte Loredan. »Obwohl es bei Plünderungen mehr um Gold und Edelsteine geht. Wenn es nur nützliche Dinge sind, nennen wir es Requirierung.«

»Oh. Und das ist dann richtig?«

»Solange niemand hinsieht. Wenn du Probleme damit hast, dann wirf das elende Ding einfach weg.«

»Aber dann werde ich naß«, wandte der Junge ein.

Sie umgingen das Dorf größtenteils und erreichten dann den Weg. Der tote Hellebardier war immer noch da; der Regen hatte ein wenig Geröll vom Hang herabgewaschen, das nun sein Haar bedeckte, als hätte es der Hang eilig, ihn zu begraben. Der Junge stieg über die Leiche hinweg, ohne ein Wort zu sagen.

Es war selbstverständlich schwieriger, den Weg in diese Richtung zu nehmen, da er bergauf führte, und weitere Regenstunden hatten den Pfad glitschig werden lassen. Nach einer Meile blieben sie stehen und ruhten sich aus.

»Haben sie das Haus gefunden?« fragte der Junge.

»Sie sind direkt daran vorbeigegangen«, erwiderte Loredan. »Wir hatten Glück.«

Der Junge nickte. »Wenn sie versucht hätten, das Haus zu zerstören, hättest du gegen sie gekämpft?« fragte er.

»Bestimmt nicht«, antwortete Bardas Loredan. »Sie sind fünfundsiebzig und ich nur einer.«

»Oh, hast du deshalb nicht versucht, den Leuten im Dorf zu helfen? Du hättest ihnen sagen können, was sie tun sollen.«

Loredan runzelte die Stirn. »Das wäre dumm gewesen«, erwiderte er. »Sie hätten sich einfach verstecken sollen, bis die Soldaten wieder weg gewesen wären. Zudem haben wir mit diesen Leuten oder diesem Krieg nichts zu tun. Nur Idioten lassen sich in anderer Leute Streitereien verwickeln.«

Der Junge sah ihn an. »Früher hast du es aber getan«, sagte er. »Als du Anwalt in der Stadt warst. Du hast vor Gericht gegen Leute gekämpft.«

»Das war etwas anderes«, meinte Loredan. »Das war mein Beruf. Und es waren auch nicht fünfundsiebzig gegen einen.«

»Aha«, meinte der Junge zögernd. »Es ist also in Ordnung, sich einzumischen, wenn man bezahlt wird und gewinnt.«

»An deiner Stelle würde ich das Thema lieber fallenlassen«, meinte Loredan. »An deiner Stelle würde ich überhaupt die Klappe halten, bis wir zu Hause sind. Das wäre das Vernünftigste.«

»Schon gut«, meinte der Junge. »Ich wollte nicht unverschämt sein.«

»Gehen wir«, sagte Loredan. »Was sitzen wir hier im Nassen, wenn auch wir nach Hause gehen können.«

Sie kämpften sich auf die Hügelkuppe hoch, von wo sich ein Abhang bis zu den Felsen der Hornspitze zog. Loredan wies den Jungen an, zu bleiben, wo er war, während er vorging und sich umsah. Vorsichtig bahnte er sich den Weg zum Rand des Dornengebüsches, bis er zum Ufer hinabschauen konnte.

In der Bucht befand sich ein Schiff. Es sah aus wie eine der Schaluppen, die die Armee benutzte, und war so weit wie es ihm möglich war in die Bucht hineingefahren. Zwei Boote voller Männer ruderten zum Strand. Die Armee war eingetroffen.

Loredan blieb, wo er war, und schaute zu. Die Männer in den Booten waren eindeutig Soldaten aus Scona; sie hatten Bogenkästen und Köcher oder Schilde und kurze, schwere Piken, keine Hellebarden, und ihre Helme hatten eine andere Form. Im Bug des vorderen der beiden Boote stand ein Mann; er trug keinen Helm, und der Regen glitzerte auf seinem kahlen Kopf. Loredan verzog das Gesicht, kroch rasch aus dem Dornengebüsch und kehrte zurück zu der Stelle, an der er den Jungen zurückgelassen hatte.

»Die Armee ist da«, sagte er. »Sie bringen im Augenblick Männer in der Bucht an Land, und sie werden wahrscheinlich der Straße folgen und versuchen, den Feind in einen Kampf zu verwickeln. Es wäre am besten, wenn wir in die Berge gingen und warteten, bis alles vorbei ist.«

»Sollten wir nicht zum Strand gehen und ihnen sagen, was wir gesehen haben?« fragte der Junge. »Ich meine, wir wissen ziemlich genau, wo sie gewesen sind, das hilft vielleicht.«

»Es geht uns nichts an«, erklärte Loredan unbeirrbar. »Wir halten uns raus und lassen sie die Sache erledigen.«

»Weil das ihre Sache ist«, sagte der Junge.

»Genau. Ich denke, wir sollten weiter den Hügel hinaufgehen, bis wir eines der verlassenen Bauernhäuser erreichen, an denen wir vorbeigekommen sind, als wir mit dem Wagen da oben waren. Laß ihnen Zeit bis morgen früh, dann sollte alles vorbei sein.«

»Also gut«, meinte der Junge. »Obwohl ich den Kampf gern gesehen hätte.«

»Sicher, weil du ein kranker kleiner Mistkerl bist«, meinte Loredan. »Kinder sind in deinem Alter nun einmal so. Aber diesmal hast du Pech gehabt. Machen wir uns auf den Weg, bevor etwas passiert.«

Der Wagenpfad in die Berge teilte sich etwa zwei Meilen hinter der Hornspitze vom Küstenweg und zog sich in einer Zickzacklinie über den Hauptgebirgszug. Zunächst war es recht steil, was durch den Schlamm noch unangenehmer wurde, aber sobald sie erst einmal auf den richtigen Abhängen waren, war der Boden fester und weniger schlammig, und es war nicht mehr so steil. Es gab mehrere kleine Gehölze und eine ganze Menge Bäche, die ihren Weg kreuzten, jeder vom Regenwasser lauter und wilder als sonst. Niedrige Wolken hingen um die Gipfel, aber so weit hinauf wollten sie ohnehin nicht. Am Fuß eines Turmes eines Gehöfts, von dem aus man einen guten Blick aufs Meer hatte, machten sie halt; dieser gedrungene Turm hatte immer noch den größten Teil seines spitzen Schindeldaches, obwohl der Rest der Hofgebäude schon vor langer Zeit von Leuten, die Baumaterial suchten, abgetragen worden war.

»Das wird genügen«, verkündete Bardas. »Von hier aus können wir den Abhang hinunterschauen, und wir können ein bißchen Ginster schneiden, um den Eingang zu blockieren. Vom Weg aus wird es vollkommen überwuchert aussehen.«

Nachdem er eine Stunde lang mitten auf dem Boden gesessen und nichts anderes zu tun gehabt hatte, als die Mauern und die eingestürzten Überreste der Treppe anzustarren, war der Junge völlig gelangweilt. »Mir ist kalt«, sagte er. »Können wir kein Feuer anzünden?«

»Sei nicht dumm«, erwiderte Loredan.

»Und ich habe Hunger«, fügte der Junge hinzu. »Wir könnten rausgehen und Karnickelschlingen auslegen.«

Loredan verzog das Gesicht. »Wir haben keinen Draht«, erklärte er.

»Was ist mit deiner Bogensehne? Wir könnten daraus Schlingen machen.«

Das fand Loredan überhaupt nicht witzig. »Diese Bogensehne«, erklärte er eisig, »besteht aus vierundzwanzig Fäden des besten Leinengarns, das man überhaupt kaufen kann, die in drei Stränge geflochten, an beiden Enden in eine dreifach gegabelte Schlinge gelegt und mit drei Seidenfäden in der Mitte gewickelt wurden. Es hat mich vier Stunden gekostet, sie herzustellen, vom Spinnen des Fadens ganz zu schweigen. Vergiß es einfach, ja?«

»Also gut«, meinte der Junge, »warum nehmen wir dann nicht den Bogen und schießen uns etwas zum Essen?«

»Weil wir uns hier verstecken«, erwiderte Loredan gereizt. »Wir werden einfach einige Zeit hungern müssen. Es wird nicht lange dauern.«

»Mir ist langweilig.«

»Selbstverständlich ist dir langweilig. Wir sind im Krieg. Vier Fünftel eines jeden Krieges sind äußerst, äußerst langweilig. Das andere Fünftel bewirkt, daß einem klar wird, wie wunderbar Langeweile sein kann. Und sprich bitte leise, ja? Die Tatsache, daß wir uns hier drin befinden, macht uns nicht unhörbar.« Der Junge dachte eine Weile nach. »Du kennst dich also mit Sehnen aus?«

»Das erwartet man von einem Bogenbauer. Und als ich in deinem Alter war und auf einem Bauernhof lebte, haben wir dort unsere Seile und Garne selbst hergestellt. Man kann aus beinahe allem, was Fasern hat, ein gutes Seil machen.«

Der Junge nickte. »Wenn du das kannst, dann könntest du ein paar Fäden aus deinem Umhang ziehen und daraus Schlingen herstellen.«

Loredan seufzte. »Zum letzten Mal, wir werden keine Schlingen auslegen. Wenn der Feind überall frisch gelegte Schlingen sieht, weiß er, daß sich jemand in der Nähe befindet. Wir bleiben einfach hier, und das ist alles. Verstanden?«

»Ja.« Der Junge gähnte. »Wirst du mir beibringen, wie man Sehnen macht?«

»Irgendwann mal. Wie ich schon sagte, das ist nichts, was du jetzt wissen mußt.«

»Warum kannst du es mir nicht jetzt beibringen?«

»Darum.«

Das Dach des verlassenen Turms war beinahe wasserdicht, aber eben nur beinahe.

»Warum haben sie diese Türme gebaut?« wollte der Junge wissen. »Ich dachte, das hier wäre ein alter Bauernhof.«

»War es auch«, erwiderte Loredan. »Aber damals waren die Zeiten ziemlich schwierig. Söldnerbanden trieben sich hier herum. Also lebten die Leute nicht in Dörfern, sondern auf solchen Höfen, und jeder Hof war von einer hohen Mauer umgeben und hatte einen Turm. Wer weiß, wenn es so weitergeht wie im Augenblick, kommt es vielleicht wieder dazu.«

Der Junge dachte einen Augenblick darüber nach. »Heißt das, wir sollten einen Turm bauen? Nur vorsichtshalber.«

Loredan schüttelte den Kopf. »Wenn es so schlimm wird, dann verschwinden wir. Ich habe nicht vor, am Rand der Kriege anderer Leute herumzusitzen.«

»Kriege anderer Leute?« Der Junge sah ihn an. »Das verstehe ich nicht.«

Loredan gab keine Antwort.

Dank der Ortskenntnisse des Boten wußte Gorgas Loredan alles über den Pfad auf der Klippe. Er beschloß, seine Truppe aufzuteilen. Der größere Teil würde auf dem Hauptweg weiterziehen, während er mit vierzig Mann den Klippenpfad nehmen wollte, um den Stoßtrupp zu überholen und daran zu hindern, weiter ins Land einzudringen. Mit etwas Glück würde er imstande sein, sie aufzuhalten, bis der Rest seiner Truppe sich von hinten näherte, und dann hätten sie sie umstellt. Das würde es sehr viel einfacher machen, sie unter Kontrolle zu halten, bis die Verstärkung aus Scona auf dem Landweg eintreffen würde.

Er bestimmte das Tempo selbst, kletterte in einer Geschwindigkeit über Felsen und durch den Schlamm, von der er wußte, daß sie sie nicht lange durchhalten konnten. Mit einigem Glück würde dies auch nicht nötig sein; das hing alles davon ab, wie weit der Stoßtrupp gekommen war. Nach den Worten des Boten war der Klippenpfad eine beträchtliche Abkürzung, da er die Hypothenuse eines rechtwinkligen Dreiecks darstellte, dessen beide andere Seiten von der Straße nach Westen, nach Briora, gebildet wurde, die sich dann ein paar Meilen nördlich nach Penna zog, zum nächsten Dorf, bevor sie sich nach einer scharfen Biegung hangabwärts nach Scona wandte.

Als er mit dem Feind zusammenstieß, der in der Gegenrichtung den Pfad entlangkam, war er ebenso überrascht wie seine Gegner. Er brauchte allerdings nicht lange, um zu begreifen, daß dies Ärger bedeutete; der Feind war direkt über ihnen, viel zu nah für eine halbe Einheit von Bogenschützen, die sich nun schwerer Infanterie gegenübersah. Es war auch zu spät, noch zurückzuweichen, und als die Feinde ihre Hellebarden senkten und angriffen, wußte er wirklich nicht, was er tun sollte. Es war in diesem Augenblick vielleicht gut, daß er nur ein paar Sekunden Zeit zum Nachdenken hatte.

Der Offizier der Hellebardiere gab den Befehl zum Angriff, aber auf diesem schmalen, rutschigen Pfad, der sich seitlich über einen steilen Abhang zog, war das ziemlich sinnlos. Stattdessen drängten die Hellebardiere vorwärts, und ein Pantomimenkampf brach aus – etwas wie die Scheinkämpfe bei großen Märkten und Messen, wo zwei Männer auf einem eingefetteten Brett stehen und mit Federsäcken aufeinander einschlagen. Auf dem Pfad konnte man sich nur im Gänsemarsch bewegen, und wegen der Steigung war es unmöglich, den Gegner auf einer Seite zu umgehen. Als die beiden Gruppen aufeinanderprallten, fand sich Gorgas gegen einen Gegner gedrängt, so daß keiner von ihnen Platz hatte, die Waffen zu benutzen; stattdessen begannen beide Gruppen, zu drücken und zu drängen, wobei das höhere Gewicht der Hellebardiere und ihre größere Anzahl eher hinderlich für sie war, vor allem wegen des glitschigen Bodens. Nach sehr unerfreulichen fünfzehn Sekunden rutschte der Hellebardier aus und stürzte vorwärts, packte Gorgas, um seinen Fall zu bremsen, und preßte ihm dabei die Arme an die Seiten. Gorgas tat alles, um nicht selbst zu fallen, da die größte Gefahr wohl darin bestand, niedergetrampelt zu werden, aber es hatte keinen Zweck. In letzter Minute gelang es ihm jedoch, rückwärts auf den Mann hinter ihm zu fallen, der ihn am Kragen packte, als wäre er ein freches Kind in einem Obstgarten, und seinen Fall aufhielt, bis ihn die Vorwärtsbewegung seiner Männer wieder auf die Füße brachte. Allerdings konnte Gorgas seine Arme immer noch nicht befreien, und es blieb ihm nichts anderes übrig, als in die weit aufgerissenen, erschrockenen Augen des Hellebardiers zu starren, die sich nur ein paar Zentimeter von seinen eigenen entfernt befanden. In seinem ganzen Leben war er noch keinem Gegner so nah gewesen.

Dann war das Geschiebe wirklich zu Ende, und Gorgas stürzte vorwärts, als sein Gegner plötzlich zurückwich. Er konnte sich nicht auf den Beinen halten und fiel über den Hellebardier, der beim Sturz mit dem Kopf gegen einen Felsen prallte und endlich Gorgas' Arme losließ. Gorgas wollte aufstehen, aber der Mann hinter ihm stieß ihn vorwärts; diesmal landete sein Knie im Gesicht des Hellebardiers, und er hörte ein scharfes Knacken, als die Nase des Mannes brach. Er war geistesgegenwärtig genug, nach dem Dolch in seinem Gürtel zu greifen, konnte ihn aber nicht erreichen.

Irgendwie gelang es dem Hellebardier, Gorgas von sich herunterzuwälzen, dann kam er taumelnd auf die Beine, drehte sich um und rannte. Gorgas versuchte ihn zu packen, aber dabei fiel er nur in den Dreck und riß sich an einem spitzen Stein die Stirn auf. Irgendwo hinter sich hörte er das Sirren einer Bogensehne, aber der Pfeil ging vorbei.

Jemand packte ihn am Arm und riß ihn hoch; die Person wollte ihm vermutlich helfen, zerrte dabei aber nur einen Muskel in Gorgas' rechter Schulter, und er schrie vor Schmerz auf. »Laß mich los, du Idiot! Was glaubst du eigentlich, was du da tust?«

Da er die Antwort bereits kannte, wartete er nicht darauf; statt dessen gab er den ziemlich überflüssigen Befehl stehenzubleiben und verschaffte sich einen Überblick.

Der Feind war hinter der Biegung des Pfades, um die sie gerade erst gekommen waren, verschwunden. *Die haben bestimmt etwas vor, ich wünschte nur, ich wüßte, was.* Gorgas winkte seine Männer vorwärts, und sie schlichen vorsichtig weiter, bis sie um die scharfe Biegung kamen und sehen konnten, was die Hellebardiere taten: Sie bewegten sich in einem Bachbett hügelaufwärts, eher kletternd als gehend, auf den Hügelkamm zu. Das schien eine merkwürdige Idee, und Gorgas verschwendete keine Zeit auf die Überlegung, was sie damit wohl bezwecken mochten. Er gab den Befehl, die Pfeile aufzulegen und zu schießen.

Aber es war kein guter Tag für Bogenschützen. Der Regen hatte die Bogensehnen durchweicht und war in das Holz der Bögen eingedrungen. Die erste Salve lag zu kurz, und als die Schützen versuchten, das auszugleichen, schossen sie die zweite über die Gegner hinweg. Zwei Männer aus Shastel fielen, aber beide kamen wieder auf die Beine. Es war immer schwierig, bergauf zu schießen, weil die Bogenschützen die Entfernung eher instinktiv abschätzten und an Berghängen regelmäßig durcheinanderkamen. Bis sie die dritte Salve aufgelegt hatten, befanden sich die meisten Hellebardiere bereits gut hundertzwanzig Schritte entfernt zwischen den großen Felsblöcken auf halbem Weg hügelaufwärts, und auf diese Entfernung gab es kaum noch Treffer. Stirnrunzelnd führte Gorgas seine Männer den Hang hinauf, aber die Soldaten aus Shastel bewegten sich so schnell, daß es schwierig war, mit ihnen Schritt zu halten; es blieb keine Zeit, sich wieder aufzustellen und eine weitere Salve abzuschießen. *Sie rennen ins Nichts*, sagte Gorgas sich und verlangsamte die Verfolgung. Er hatte auf keinen Fall vor, sie tatsächlich einzuholen, um dann mit nur vierzig Bogenschützen vierundsechzig schweren Infanteristen gegenüberzustehen; damit hätte er den Feind nur zum Angriff verlockt, und das Gefälle hätte sich zum Vorteil des Gegners ausgewirkt. Er schickte zwei Männer zurück, um den Rest der Truppe zu suchen und ihnen zu berichten, was los war. Mit etwas Glück würde man den Haupttrupp zur anderen Seite des Höhenzugs umleiten können, um den Feind von hinten anzugreifen. Es sah nicht so aus, als hätten die Männer aus Shastel große Lust zu kämpfen. Sehr wahrscheinlich war ihnen inzwischen klar, daß keine Boote mehr auf sie warteten. Eine Demonstration der Stärke würde vermutlich genügen, sie ohne weiteres Blutvergießen zum Aufgeben zu bewegen. Gorgas gab sich damit zufrieden, mit ihnen Schritt zu halten und sie stetig den Hügel hinaufzutreiben, wie Treiber, die das Wild vor sich her scheuchen. *Wo immer sie hinkommen, sie werden nicht wissen, wohin sie sich wenden sollen*, rief er sich ins Gedächtnis. Wenn er sich in die Lage des feindlichen Kommandanten versetzte, fiel ihm beim besten Willen nicht ein, was man tun könnte, außer darauf zu warten, daß genug Feinde auftauchten, um eine ehrenhafte Niederlage zu rechtfertigen.

Sie haben die Boote bestimmt schon zerstört, das dürfte das erste gewesen sein, was sie getan haben. Und wir befinden uns auf einer Insel.

An der Spitze seiner Männer *(bei der Flucht sollte man immer mit gutem Beispiel vorangehen)* schleppte sich Renvault auf den Hügelkamm, nur um festzustellen, daß es keinen eigentlichen Hügelkamm gab. Vor ihm lag ein Stück Brachland, eine Senke, die zu einem etwas weniger steilen Anstieg führte, der sich etwa eine Viertelmeile weiter zum eigentlichen Hügelkamm hinaufzog. Er gab das Zeichen zum Halt; in dieser Mulde war etwas, das vielleicht seine Probleme lösen würde – zumindest kurzfristig.

Noch eins von diesen räudigen kleinen Dörfen. Dieses hier hatte allerdings einiges für sich: als erstes gab es ringsum eine sieben Fuß hohe Steinmauer mit zwei stabil aussehenden Toren, die von Torhäusern beherrscht wurden. Zweitens zog sich kein Fluß oder Bach durch das Dorf, was bedeutete, daß es eine eigene Quelle haben mußte, eine Wasserzufuhr, von der man nicht so leicht abgeschnitten werden konnte. Drittens sah es aus, als wäre es eilig und vollständig verlassen worden.

»Penna?« fragte der Sergeant.

»Was?«

»Auf der Landkarte«, sagte der Sergeant, »gab es ein Dorf namens Penna.«

»Ja, aber das war meilenweit entfernt, irgendwo da drüben.« Renvault zeigte vage in die Richtung, aus der sie gekommen waren. »Ich nehme an, es könnte Penna sein. Oder war das eines der Dörfer, die wir zerstört haben? Egal. Nimm dir ein paar Männer mit und sieh dich um.«

Aber der Name Penna kam ihm irgendwie bekannt vor, und dann erinnerte er sich: die Priorei Penna, die gleich zu Beginn der Geschichte der Stiftung gegründet worden war und die man vor etwa siebzig Jahren verlassen und in ein Dorf verwandelt hatte: ein Einsiedlerkrebs im Schneckenhaus. Das würde die Befestigung und die Torhäuser und die Handvoll recht massiv gebauter Steinhäuser erklären, die er hinter der Mauer gerade noch erkennen konnte. Das wurde ja immer besser. Gute Verteidigungsmöglichkeiten hatten bei den Architekten der Stiftung immer besondere Priorität genossen. Zufällig waren sie über eine Festung gestolpert, gerade, als sie eine brauchten. *Das Glück*, überlegte er, *macht mit uns, was es will.*

»Es ist niemand daheim«, berichtete der Sergeant kurz darauf. »Und es gibt Wasser, Mehl, Speck, Gänse und Hühner, die überall herumrennen, sogar ein paar Karpfenteiche und einen Taubenschlag. Was machen wir also?«

Eine gute Frage. Sie konnten sich die Vorräte schnappen und versuchen, die Küste zu erreichen, oder sie konnten sich hier verkriechen und belagern lassen. Es wäre mutiger und militärischer gewesen weiterzuziehen, aus ihrem knappen Vorsprung soviel wie möglich herauszuholen und zu hoffen, daß die Boote immer noch am Strand auf sie warteten. Sich auf einer feindlichen Insel in einem Dorf zu verkriechen würde einem vielleicht für einen Augenblick das Gefühl von Sicherheit geben, aber langfristig betrachtet war es Selbstmord. Wenn sie erst einmal da drin waren, würden sie nicht mehr herauskommen; ihre einzige Hoffnung wäre Entsatz aus Shastel, und als Patriot hoffte Renvault zutiefst, daß die Stiftung nichts so Dummes tun würde.

»Was machen wir also?« wiederholte der Sergeant. »Was immer wir tun, wir sollten uns lieber beeilen.«

Renvault holte tief Luft. Es war gut möglich, daß eines Tages ganz Shastel so aussehen würde, und dann wäre die Stiftung für immer verschwunden.

»Wir bleiben hier und graben uns ein«, sagte er.

6

Ich habe offenbar die Begabung«, murmelte der junge Kaufmann, »in anderer Leute Kriege zu stolpern. Eine schlechte Angewohnheit, gegen die ich dringend etwas unternehmen sollte.«

Seine Schwester setzte sich auf eine Taurolle und klappte ihr Schreibtäfelchen auf. »Das würde ich nicht tun«, meinte sie, ohne aufzublicken. »Kriege waren immer gut fürs Geschäft. Betrachte dich lieber als eine Art Schwein mit einer Begabung zum Aufspüren von Trüffeln.«

»Das ist eigentlich nicht – Achtung, er kommt zurück.« Der Kaufmann, der auf den Namen Venart hörte, richtete sich auf und versuchte, möglichst gelangweilt dreinzuschauen, als der Soldat über das Deck zu ihm gestolpert kam. »Fertig?« fragte er. »Wir haben nämlich noch etwas zu tun. Dieses Zeug hier wird sich nicht von selbst abladen, und ...«

Der Soldat sah ihn an und gab nach. »Es scheint alles in Ordnung zu sein«, meinte er widerwillig. Er klappte die kleine Holzschachtel auf, die er in der Hand hielt, und holte einen Streifen Ton heraus, der mit drei Reihen kleiner Schriftzeichen versehen war und zwischen zwei Lagen feuchten Tuchs weich gehalten wurde. Aus seiner Tasche nahm er einen Siegelring an einer Schnur und drückte ihn in den Ton, dann schloß er die Schachtel und reichte sie Venart. »Hier ist eure Anlegeerlaubnis mit der Handelslizenz«, sagte er. »Ihr solltet sie stets bereithalten und vorzeigen, wenn ein Vertreter der Bank sie zu sehen verlangt, und Ihr müßt sie ungefragt vorlegen, wenn Ihr Geld wechselt oder einen Vertrag mit einem Einwohner von Scona abschließt. Sie muß mit einem Stempel der Steuerbehörde versehen werden, der anzeigt, daß Ihr die nötigen Zahlungen geleistet habt, bevor man Euch erlauben wird, Scona wieder zu verlassen. Ist das klar?«

Venart nickte müde. »Vollkommen«, sagte er. »Können wir jetzt bitte mit dem Abladen beginnen?«

»Selbstverständlich«, erwiderte der Soldat. Er brüllte seinen drei Untergebenen einen Befehl zu und führte sie vom Schiff.

»Dir ist wohl klar«, meinte die Schwester des Kaufmanns, die Vetriz hieß, »daß uns all dieses Herumgestochere in Säcken und Öffnen von Fässern erspart geblieben wäre, wenn du auch nur etwas freundlicher zu dem Mann gewesen wärst. Ehrlich, warum bestehst du immer darauf, dich aufzuführen, als wärst du ein kaiserlicher Gesandter?«

»Das habe ich nicht«, erwiderte Venart gereizt. »Ich kann es nur nicht ausstehen, wenn irgendein aufgeblasener Lümmel in einer Uniform ...«

»Selbstverständlich kannst du das nicht«, versuchte Vetriz ihn zu beruhigen. »Du verstehst nicht, wieso so ein dummer kleiner Kerl dich herumschubsen kann, wenn du nur deinen ehrlichen Handelsgeschäften nachgehst. Und deshalb verbringen wir so viel Zeit damit, hier zu sitzen und unsere Fracht durchwühlen zu lassen. Du bist ein Kaufmann; man erwartet, daß du buckelst und dich windest und ihnen die stinkigen Stiefel leckst. Man nennt das Handel treiben, oder hast du noch nichts davon gehört?«

Venart seufzte. »Ich mag diesen Ort nicht«, sagte er. »Ich konnte ihn nie leiden. Er ist irgendwie ...« Er hielt inne und suchte nach dem passenden Wort. »Irgendwie unheimlich«, fuhr er fort. »Ich habe ein schlechtes Gefühl, was diese Insel angeht – aber ich weiß nicht, wieso.«

»Nein? Du bist wirklich nicht sehr aufmerksam. Komm, fangen wir an, sonst ist es noch dunkel, bevor wir fertig werden.«

Vetriz stand auf und ging rasch davon. Ihr Bruder folgte ihr widerstrebend. »Also gut«, sagte er. »Wenn du so schlau bist – was hat es mit diesem Ort auf sich?«

»Was erwartest du von einem Land, das von einer ehemaligen Sklavenhändlerin beherrscht wird?« meinte Vetriz lässig. »Behaupte nicht, daß du es nicht gewußt hast. Das weiß nun wirklich jeder.«

»Ich nicht.«

»Jetzt weißt du es. So hat die Direktorin der Bank ihr Geld gemacht, damals in Perimadeia. Sie hat eine Bordellkette betrieben.« Sie hielt inne und lächelte ihren Bruder freundlich an. »Du weißt doch, was ein Bordell ist, nicht wahr?«

»Sei nicht so gemein«, sagte Venart gereizt. »Aber ist sie nicht angeblich mit diesem Mann verwandt, den wir kennengelernt haben – mit dem, der sein Geld mit dem Töten von Menschen verdient hat?«

»Das stimmt«, erwiderte Vetriz. »Sie heißt Niessa Loredan. Jedenfalls hat sie ihr Geld gemacht, indem sie von den Südküstenpiraten Frauen und Kinder kaufte und sie in der Stadt verkaufte und vermietete, zumindest hat sie so angefangen. Und jetzt gehört ihr Scona. Was vermutlich der Grund dafür ist, daß diese Insel kein sonderlich angenehmer Ort ist.«

Venart dachte einen Augenblick lang nach. »Nun, zumindest scheint sie recht erfolgreich gewesen zu sein«, meinte er. »Also gut, am besten kümmerst du dich jetzt um das Verladen, und ich treffe mich mit diesen Leuten vom Lagerhaus.«

Der größte Teil der Fracht bestand aus Fässern mit Rosinen und Säcken mit Pfeffer und Nelken – alles Waren, die nicht gerade besser wurden, wenn man sie längere Zeit im Regen stehen ließ. Der Lagerhausmann war nicht in seinem Büro, aber Venart konnte ihn schließlich im Büro des Hafenmeisters aufstöbern, wo er mit drei Schreibern würfelte. Er hatte keine Eile, sein Spiel zu beenden, aber schließlich gelang es Venart, ihn zu überreden, das Lagerhaus zu öffnen und sein Geld zu nehmen.

»Und die Gebühren für die Träger.«

»Das brauchen wir nicht«, erklärte Venart. »Wir kümmern uns selbst ums Abladen.

»Nein, nicht auf Scona«, erwiderte der Lagerhausmann grinsend. »Nicht, wenn ihr nicht wollt, daß Euer Zeug wieder herausgeschafft und ins Wasser geworfen wird.«

»Das ist eine Unverschämtheit«, protestierte Venart. »Das könnt Ihr nicht tun.«

»So ist der Brauch«, erklärte der Lagerhausmann mit einem Schulterzucken. »Es ist nicht meine Schuld.«

»Es ist kein Brauch«, widersprach Venart, »oder zumindest war es vor drei Jahren noch keiner, als ich zum letzten Mal hier war.«

»Es ist ein neuer Brauch«, meinte der Lagerhausmann. »Ich meine, auch Bräuche müssen irgendwann anfangen. Sechzig Viertel, und Ihr werdet keinen Ärger bekommen.«

Venart sah ihm direkt ins Gesicht. »Und wenn ich mit dem Hafenmeister darüber sprechen würde?« fragte er streng.

»Das könnt Ihr natürlich«, erwiderte der Lagerhausmann gelangweilt. »Aber der Hafenmeister hat viel zu tun, und bis Ihr zu ihm durchdringt, sind Eure Sachen längst in Shastel an Land gespült worden. Ihr habt die Wahl.«

Venart zahlte die sechzig Viertel und kehrte zum Schiff zurück. Es gab keine Anzeichen von Trägern, aber das überraschte ihn nicht im geringsten. Er befahl seinen Männern, mit dem Abladen zu beginnen.

»Ich bin die Liste durchgegangen, es scheint alles in Ordnung zu sein«, meinte Vetriz, als sie sich neben ihn auf die Hafenmauer setzte. »Ach, übrigens – laß dich bloß nicht verscheißern und zahle Trägergebühren. Offensichtlich versuchen sie das mit jedem, der hier neu eintrifft, aber es ist Betrug.«

»Du glaubst wohl, ich bin von gestern«, antwortete ihr Bruder. »Ich habe Marin und Olas befohlen, die erste Wache über die Fracht zu übernehmen. Gehen wir und suchen uns einen trockenen Platz, wo es etwas zu Essen gibt.«

»Das *Einhorn*, direkt am Überseehafen«, sagte Vetriz. »Es ist für hiesige Verhältnisse nicht zu teuer, und wenn wir Glück haben, kommen wir wieder raus, bevor man uns die Kehle durchgeschnitten hat.«

Es hatte keinen Sinn zu fragen, woher sie das wußte; es gab einfach Dinge, die Vetriz wußte, und das war's. Venart nahm an, daß sie einfach die Leute fragte.

»Wir fangen am besten erst morgen früh an«, verkündete er und warf seinen Seesack in die Ecke. »Ich nehme nicht an, daß hier abends Geschäfte abgeschlossen werden.«

»Tatsächlich werden die meisten Geschäfte während der Abendpromenade abgeschlossen«, verbesserte ihn Vetriz. »Es gibt drei oder vier Schenken, in denen die entsprechenden Leute zu finden sind. Drüben auf der anderen Seite des Hafens. Wir müssen Proben mitnehmen, und es ist Brauch, erst nach dem zweiten Glas über Geschäfte zu reden. Nachdem wir ihnen erst einmal gesagt haben, was wir haben, überlassen wir es ihnen, eine Art informeller Auktion durchzuführen, und was immer wir tun, wir dürfen keinen Preis nennen, weil das als Zeichen von Schwäche betrachtet wird. Sie machen ihr Angebot, und dann ist es uns überlassen, es anzunehmen. Sie halten nicht viel vom Feilschen.«

»Woher weißt du das? Nein, laß es.« Venart schüttelte den Kopf. »Sag mir nur, wie wir dort hinkommen.«

»Ich weiß nicht, wohin wir gehen müssen«, erwiderte Vetriz. »Ich bin noch nie hier gewesen.«

Es stellte sich heraus, daß die entsprechenden Tavernen nicht schwer zu finden waren. In der fünften, die sie betraten, roch es überwältigend nach Kardamom und Kümmel, und sie entdeckten zehn oder zwölf Männer, die – umgeben von offenen Tüten und Säcken mit hochwertiger Ware – auf Kissen am Boden saßen und einen Zinnkrug herumreichten. Als die beiden Inselbewohner sich zu ihnen gesellten, begrüßte man sie mit vergnügter Neugier, mehr Kissen und mehr Bechern, und machte ihnen Platz im Kreis. Zwei Jungen brachten die Kissen und die Becher, einen weiteren Krug und zwei große Kupferteller mit Rosinen, Datteln und getrockneten Feigen. Zu Venarts Überraschung erwiesen sich drei der Männer aus dem Kreis als Frauen, die dieselben schweren Brokatmäntel und Hosen, bestickten Pantoffeln und großen, formlosen Filzhüte trugen wie die Männer.

Nachdem man ein Minimum an Nichtigkeiten ausgetauscht hatte, wandte man sich wieder den Geschäften zu. Venart holte seine Proben heraus, reichte sie dem Mann, der neben ihm saß und sie weiter herumreichte, setzte dabei ein Lächeln auf und beschloß, nichts mehr zu sagen, während Vetriz, die Hunger hatte, sich mit dem Trockenobst beschäftigte. Wie sie angenommen hatten, begannen die Kaufleute untereinander zu feilschen und zu streiten, als wären die beiden Fremden überhaupt nicht anwesend. Erst nachdem ein Mann mit viel Armrudern und wildem Geschimpfe als Sieger hervorgegangen war, beugte er sich vor, lächelte die beiden freundlich an und sagte: »Willkommen auf Scona.«

»Es ist uns ein Vergnügen, hier zu sein«, erwiderte Venart heuchlerisch.

Der Kaufmann nahm die Phrase mit einer leichten Verbeugung im Sitzen entgegen. Er war ein älterer Mann mit rundem Gesicht, hellbraunen Augen und vier haarlosen Kinnen. »Ich sehe, daß Ihr mit unserer Art, Geschäfte zu machen, vertraut seid«, sagte er. »Daher seid Ihr vermutlich nicht zum ersten Mal hier.«

»Ich nicht«, meinte Venart. »Aber meine Schwester, die unser Handwerk von mir erlernt, ist noch nie hier gewesen.«

Der Mann nickte mehrmals. »Es kann recht unangenehm sein, wenn man hier neu ist«, sagte er. »Aber wenn man sich erst einmal daran gewöhnt hat und sich nicht mehr von den Betrügereien der Hafenarbeiter und dem Geprahle der Zöllner einschüchtern läßt, ist es kaum anders als auf jedem anderen Markt. Wenn Leute das kaufen wollen, was ihr zu verkaufen habt, ist es einfach genug; wenn ihr nicht die richtige Ware habt, müßt ihr euch mehr anstrengen.«

»Und was ist mit dem Krieg?« fragte Venart. »Hat das viel verändert?«

Der Mann grinste ihn an wie ein müder Hund. »Krieg?« fragte er. »Was für ein Krieg? Ah, ich weiß, was Ihr meint, aber es gibt hier ein unausgesprochenes Gesetz, nicht vom Krieg zu sprechen. Man sagt entweder ›das gespannte Verhältnis zwischen der Stiftung und uns‹ oder ›die heftige Rivalität zwischen der Bank von Scona und ihren einheimischen Konkurrenten‹.«

Vetriz runzelte die Stirn. »Ich will ja nicht unhöflich sein«, sagte sie, »aber warum nennt Ihr es nicht Krieg, wenn es doch einer ist? Es kommt mir – nun, ein wenig albern vor.«

Venart warf ihr einen wütenden Blick zu, aber sowohl Vetriz als auch ihr Geschäftspartner ignorierten ihn. »Ich fürchte, ich kann Euch diese ausgesprochen vernünftige Frage nicht beantworten«, sagte der Mann. »So ist es eben beschlossen worden, und wir halten uns daran. Um euch ein Beispiel zu geben: Unsere Streitkräfte haben gerade eine große Truppe des Feindes im Herzen des Territoriums der Stiftung vernichtend geschlagen, was uns nun die Herrschaft über diesen Bereich gibt. In Bälde werden die akkreditierten Vertreter Sconas in Shastel bei der Stiftung vorstellig werden und einen Kreditbrief überreichen – selbstverständlich auf Scona ausgefertigt – und zwar genau über den Wert der Hypotheken, die die Stiftung in jenem Gebiet hielt, das wir gerade übernommen haben, und die Stiftung wird quittieren, daß alle ausstehenden Beträge vollständig bezahlt wurden. Sobald sie dazu in der Lage sind, schicken sie dann ein größeres Heer, um uns davonzuscheuchen, und wenn sie Erfolg haben, werden ihre Vertreter sich hier melden und uns einen Kreditbrief überreichen (selbstverständlich auf Shastel ausgefertigt), und wir bestätigen die Zahlung und so weiter. Es ist offensichtlich, daß keine Seite sich die Beträge tatsächlich auszahlen lassen kann, aber ich weiß genau, daß wir sie in unserer Buchführung auf der Habenseite aufführen, und ich wäre nicht überrascht, wenn sie dasselbe täten.«

Vetriz biß sich auf die Lippe. »Ich verstehe«, sagte sie. »Dennoch eine komische Methode, Geschäfte zu machen.«

Der Mann zuckte mit den Schultern. »Das ist es; aber um unseren liebsten Ausdruck zu verwenden: So ist es Brauch. Und in gewisser Weise macht es auch Sinn. Wir betrachten Krieg als eine der vielen Formen, die Handelsaktivität annehmen kann. Und wenn Ihr mich fragt, ist es nicht alberner, Handel und Krieg parallel zu betreiben, als gleichzeitig Krieg zu führen und sich diplomatischer Mittel zu bedienen, wie es Regierungen üblicherweise tun.«

Der Rest des Kreises hatte mit dem Streiten aufgehört und sich wieder freundschaftlichen Gesprächen zugewandt – *wenn sie nicht gerade feilschen*, dachte Venart, *sind sie recht liebenswerte Leute* –, und auf der gegenüberliegenden Seite des Kreises stand eine Frau in mittleren Jahren auf, setzte sich neben Venart und begann, die Einzelheiten des Geschäfts mit ihm auszuhandeln. Vetriz versuchte eine Weile, dem Gespräch zu folgen, aber es war nicht sonderlich interessant, und bei all ihrer Entschlossenheit, das Handwerk zu lernen, fiel es ihr immer noch schwer, sich für Garantien des Warenzustands zu begeistern. Statt dessen wandte sie sich wieder dem Mann zu, mit dem sie zuvor gesprochen hatte.

»Kennt Ihr zufällig einen Mann namens Bardas Loredan?« fragte sie ihn. »Ich glaube, er ist der Bruder der Direktorin.«

Ihr Gegenüber zog erstaunt die Brauen hoch. »Nicht persönlich«, erwiderte er. »Ich habe selbstverständlich von ihm gehört. Darf ich fragen, warum?«

»Oh, ich habe ihn in Perimadeia kennengelernt«, sagte sie leicht übertrieben beiläufig. »Wir haben geschäftlich mit ihm zu tun gehabt, kurz vor dem Fall der Stadt.«

»Tatsächlich«, meinte der Mann leise.

»O ja. Wir haben eine Menge Seile von ihm gekauft.«

Der Mann nickte. »Nun, um ehrlich zu sein, Oberst Loredan – das war doch sein offizieller Rang, oder? – ist für uns ein Rätsel. Er kam sofort nach dem Fall der Stadt hierher, aber soweit man weiß, hat er weder mit der Direktorin noch seinem Bruder etwas zu tun ...«

»Sein Bruder«, wiederholte Vetriz. »Gorgas Loredan?«

»Genau. Der Geschäftsführer. Darf ich davon ausgehen, daß Ihr ihn ebenfalls kennt?«

»Wir sind uns begegnet«, erwiderte Vetriz und schaute dabei eher an dem Mann vorbei, als daß sie ihn direkt ansah. »Er arbeitet also für seine Schwester.«

»Gorgas Loredan ist hier auf Scona ein sehr wichtiger Mann«, meinte der Kaufmann trocken. »Wenn Ihr ihn persönlich kennt, könnte das für Eure Geschäfte von großem Vorteil sein. Zum Beispiel ist er für die gesamten Einkäufe der Armee zuständig.«

»Oh, ich glaube nicht, daß er sich an mich erinnern wird«, meinte Vetriz rasch. »Weiß man, wie es zu diesen Unstimmigkeiten zwischen Bar ... zwischen Oberst Loredan und seinem Bruder gekommen ist?«

Der Mann schüttelte den Kopf. »Es gibt nur Gerüchte und Spekulationen«, meinte er, »und nicht zwei davon stimmen überein. Andererseits ist es auch wieder nicht *so* ungewöhnlich, daß Brüder sich zerstreiten.« Er hielt inne, dachte offenbar über etwas nach, dann fuhr er fort. »Wenn Ihr den Oberst während der Belagerung von Perimadeia kennengelernt habt, seid Ihr dann vielleicht auch einem Mann namens Alexius begegnet – dem Patriarchen?«

Vetriz blinzelte mehrmals, dann nickte sie. »Ja, das bin ich tatsächlich. Er war ein Freund von Oberst Loredan. Und wir haben auch mit ihm Geschäfte abgeschlossen. Tatsächlich hat er nach dem Fall der Stadt auf unserem Schiff die Region verlassen, und danach ist er eine Weile bei uns auf der Insel geblieben.«

»Das ist interessant. Ich habe nur gefragt, weil er sich im Augenblick hier auf Scona befindet; er ist vor nicht allzu langer Zeit eingetroffen, und ich habe irgendwo gehört, daß er sich erkundigt hat, wo Oberst Loredan zu finden sei. Wenn Ihr mit dem Oberst sprechen wollt, solltet Ihr Euch vielleicht als erstes an Alexius wenden.«

»Ich verstehe«, sagte Vetriz. »Nun, ich nehme nicht an, daß wir die Zeit haben werden, uns nach alten Freunden umzusehen, denn unser Zeitplan ist ein wenig knapp. Falls es sich dennoch ergeben sollte, werde ich daran denken. Ihr wißt nicht zufällig, wo Patriarch Alexius sich aufhält?«

Der Mann lächelte. »Er ist Gast von Gorgas Loredan. Wenn Ihr wollt, kann ich Euch zeigen, wo er wohnt.«

»O bitte, macht Euch keine Umstände«, sagte Vetriz sofort.

»Das ist kein Problem«, meinte der Mann, und falls in seiner Stimme ein Hauch von Bosheit lag, verbarg er es gut. »Tatsächlich liegt sein Haus auf meinem Heimweg, und da es nicht so aussieht, als ob ich an diesem Abend noch viel zu tun hätte, könnte ich Euch genausogut hinführen.«

»Ich sollte lieber auf meinen Bruder warten«, meinte Vetriz mit einem Hauch von Verzweiflung, »und ich habe keine Ahnung, wie lange seine Geschäfte brauchen werden.«

»Ich habe es nicht sonderlich eilig«, meinte der Mann. »Ich warte gern.«

Vetriz rutschte ein wenig auf ihrem Kissenstapel hin und her. »Das ist sehr freundlich von Euch«, meinte sie. »Aber ich möchte Euch wirklich nicht aufhalten.«

»Es ist überhaupt kein Problem«, erklärte der Mann mit fester Stimme. »Und während wir warten, gestattet Ihr mir vielleicht, daß ich mich noch ein wenig weiter meiner Neugier ergebe. Ich würde schrecklich gern wissen, was in den letzten Tagen der Stadt tatsächlich geschah, und wollte schon immer einmal jemanden kennenlernen, der tatsächlich dabei war – falls Euch meine Fragen nicht stören.«

»Nicht im geringsten«, antwortete Vetriz ohne jede Begeisterung. »Aber wir haben nicht viel gesehen, und ganz am Ende war ich auch nicht mehr dabei, nur mein Bruder ...«

»Es heißt«, fuhr der Mann fort, »daß die Stadt fiel, weil jemand die Tore geöffnet hatte und die Nomaden hereinließ. Das kann ich wirklich kaum glauben, und ich frage mich, ob Ihr vielleicht mehr wißt.«

Vetriz schüttelte den Kopf. »Ich nehme an, ich habe dieselben Gerüchte gehört wie Ihr«, sagte sie. »Ich meine, ich kenne die Geschichte, aber für mich klingt sie wie eine dieser nachträglichen Erklärungen; ihr wißt schon, Perimadeia hätte niemals fallen können, es sei denn durch Verrat, und dann wird das zu einer Spekulation und schließlich irgendwann zu einem Gerücht ...«

»Genau«, stimmte ihr Gegenüber zu. »So breiten sich Geschichten aus, sagte mein Vater immer, aber ich habe diese besondere Geschichte aus mehreren, recht unterschiedlichen Quellen, und bei allen stimmten so viele Einzelheiten überein, daß vielleicht tatsächlich etwas dran ist.« Er lächelte und schien sich ein wenig zu entspannen, wie ein Jäger, der den Bogen leicht senkt, wenn er zu dem Schluß kommt, daß das Tier, auf das er gerade zielt, zu klein ist, um einen Pfeil zu lohnen. »Wie war es also wirklich?« fuhr er fort. »Einige Zeit lang habe ich diese Stadt regelmäßig besucht, aber das liegt mindestens zehn Jahre zurück, also habe ich keine Ahnung, wie es am Ende gewesen sein kann. Stimmt es tatsächlich, daß Häuptling Temrai Unmengen von Belagerungsmaschinen gebaut hat, entsprechend dem, was er im Arsenal der Stadt gesehen hatte? Wenn das der Fall ist, dann haben wir die Nomaden wirklich viel zu lange unterschätzt. Das Handelspotential dort ...«

Während Vetriz zuhörte und sich bemühte, die Fragen des Mannes so klug wie möglich zu beantworten, hatte sie das deutliche Gefühl, man hätte sie gerade noch einmal davonkommen lassen. Nein, es war nicht einmal das; es war, als hätte man sie für später aufgehoben, wie das beste Stück auf einem Teller voller Honigkuchen. Aus welchem Grund auch immer bestand der Kaufmann nicht darauf, sie zu begleiten, nachdem Venart seinen Handel abgeschlossen hatte, und sie konnten die Flucht ergreifen. »Das ist wirklich nicht übel«, meinte Venart, sobald sie an der frischen Luft waren. »Ich bin alle Rosinen mit einem Profit von fünfundzwanzig Prozent losgeworden, und sie wird die Hälfte der Nelken zu dreißig Prozent nehmen.«

Vetriz lauschte nach außen hin dem ausführlichen Bericht ihres Bruders, aber im Geiste war sie mit anderen Dingen beschäftigt. Der Gedanke, daß sich Alexius hier auf Scona befand, war irgendwie vage beunruhigend, und außerdem mehr als erstaunlich. Sie hätte es verstanden, wenn man ihr erzählt hätte, er sei in Shastel, denn dort beschäftigte man sich intensiv mit all dem mystischen Zeug und der Magie, mit der Alexius sich auskannte; die Leute dort hingen nicht derselben Glaubensrichtung an wie die Stadtzauberer, aber sie sprachen viel über dieses sogenannte Prinzip, also hätte man erwarten können, daß sie eine der größten Autoritäten auf diesem Gebiet einluden, sich ihnen anzuschließen. Aber daß er sich ihrem Feind zuwandte ...

Es sei denn, es ging genau darum und jemand plante einen Krieg der Zauberer, bei dem Alexius und die Gelehrten von Shastel magische Feuerpfeile über die Meerenge von Scona aufeinander abschossen; das wäre zumindest in gewissem Maße verständlich – wäre da nicht die Tatsache, daß Alexius ganz und gar nicht zaubern konnte (und offensichtlich auch sonst niemand). Doch selbst, wenn das möglich wäre, hätte er sich nicht einfach anwerben lassen wie ein Baumwollpflücker zu Beginn der Saison. Der Gedanke beschäftigte sie so sehr, daß sie schließlich vergaß, in regelmäßigen Abständen »Das ist gut« zu sagen, und Venart hielt inne und starrte sie an.

»Was ist los?«, wollte er wissen. »Du siehst aus, als wärest du meilenweit weg.«

»Wie? Oh, das ist egal. Sprich weiter.«

»Das werde ich, wenn du mir sagen kannst, worüber ich vorher gesprochen habe. Geht es um etwas, was dieser Kaufmann dir erzählt hat?«

Vetriz nickte. »Er hat mich gefragt, ob ich Patriarch Alexius kenne. Er ist offensichtlich hier. Auf Scona.«

Venart sah sie erstaunt an.

»Nun ja, jeder muß schließlich irgendwo sein. Vielleicht hat man ihm Arbeit angeboten. Schau mich nicht so an. Unter praktischen Gesichtspunkten betrachtet, ist er einfach ein weiterer Flüchtling aus der Stadt und muß sich seinen Lebensunterhalt verdienen wie jeder andere auch.«

Vetriz bedachte ihn mit einem ihrer geduldigen Blicke. »Ich glaube, in dieser Branche funktioniert es nicht so«, sagte sie. »Ich meine, ich habe noch nichts von jährlichen Stellenmärkten für abstrakte Philosophen gehört, oder du? Ich glaube ...«

»Nun?«

»Ich weiß es nicht«, gestand Vetriz. »Ich habe nur so ein Gefühl, das ist alles. Du solltest mich vielleicht am besten ignorieren.«

Venart seufzte. »Als du das letzte Mal so ein Gefühl hattest«, sagte er, »mußte ich ihn beim Untergang von Perimadeia dort herausholen. Kannst du diesmal vielleicht dafür sorgen, daß das, worüber du ein Gefühl hast, weniger anstrengend und aufregend ist? Vielleicht sogar etwas, bei dem wir ein paar Viertel verdienen können? Du solltest dir diese Vorstellung, daß wir Prinzen und Prinzessinnen einer Kindergeschichte sind, lieber abschminken.«

»Hmm.« Vetriz strich sich das Haar hinter die Ohren. »Wenn du mich nicht hättest, wäre dein Leben todlangweilig. Du solltest mir dankbar sein.«

»Ich bin sicher, daß ich Euch von irgendwoher kenne«, sagte der Mann zum drittenmal und hob dabei die Stimme, damit man ihn vor dem Hintergrundlärm des Gasthauses hören konnte. Am anderen Ende des Schankraums diskutierten etwa zehn Soldaten hitzig über die Befiederung von Pfeilen. »Ihr kommt aus Perimadeia, hab ich recht?«

Alexius nickte bedächtig. »Eigentlich stamme ich aus Macyra, aber ich habe den größten Teil meines Lebens in der Stadt verbracht.« Er lächelte, als wäre das ein geheimer Witz.

»Ich verstehe«, sagte der Mann und goß sich einen weiteren Becher Zider ein. »Wißt Ihr, ich habe in Shastel studiert, selbstverständlich vor vielen Jahren, bevor die Bank auch nur gegründet wurde. Ich war noch Student, und man schickte mich als einen von Dr. Raudels Pagen in die Stadt. Ha, ich wußte, daß Ihr den Namen kennen würdet.«

Ruhig bleiben, befahl Alexius sich selbst. *Vergiß nicht, daß dieser Nervtöter erheblich weniger nervtötend ist als viele andere Nervtöter, bei denen es dir in der Vergangenheit gelungen ist, vollkommen höflich zu bleiben. Und immerhin hatte er dich zum Essen eingeladen.*

»Oh, ich erinnere mich an Doktor Raudel Bovert; ich bin ihm ein paarmal begegnet.« Alexius drehte den Kopf ein wenig und starrte zu den rauchgeschwärzten Dachbalken hinauf. »Ziemlich aufgeblasen und sehr starrsinnig, wie viele Gelehrte der Stiftung. Er hatte einige wenige, sehr brillante Einsichten, die er selbst absolut nicht verstanden hat, aber er benahm sich so unerträglich, daß sich niemand in der Akademie mit ihm abgeben wollte. Also alles in allem ein typischer Stiftungsgelehrter.«

Der Mann wußte nicht genau, was er damit anfangen sollte. »Jedenfalls«, meinte er, »ich weiß jetzt, wer Ihr seid. Ihr habt mit der Stiftung in Perimadeia zu tun und hattet dort eine ziemlich hohe Stellung.«

»Ich war Patriarch«, erwiderte Alexius lässig. »Der letzte in der Reihe, selbstverständlich; nach mir wird es keinen mehr geben.« Er gab sich Mühe, das Gesicht zu verziehen. »Wirklich kein sonderlich großer Verlust«, sagte er ebenso zu sich selbst wie zu dem Mann. »Wenn ich an all die Fähigkeiten und die Mittel denke, die wir zur Verfügung hatten, und dann daran, was wir tatsächlich erreichten – aber das ist vermutlich auch gleich. Es wäre ziemlich bedrückend, in dem Wissen zu sterben, daß etwas Wertvolles mit mir stirbt.«

»Ach, ich weiß nicht«, sagte der Mann. Er war immer noch verärgert, daß Alexius Raudel so abgetan hatte, aber offensichtlich war ihm die Gelegenheit, mit dem größten lebenden Experten für das Prinzip zu sprechen, den Ärger wert. Alexius konnte sich schon vorstellen, wie dieser Mann dreinschauen würde, wenn er später all seine Freunde mit dem Bericht über diesen Abend langweilen würde. »Aber das Wichtigste zuerst«, sagte er, »wie wäre es mit noch einem Glas?« Er drehte sich um und rief: »He da! Wacht auf, hier sterben die Leute vor Durst.«

Das letzte, was Alexius wollte, war noch etwas zu trinken; ihm war schon recht schummrig im Kopf von den beiden Bechern starken Ziders, die der Mann ihm praktisch aufgezwungen hatte. Aber es wäre leichter gewesen, allein Temrais gesamter Armee zu widerstehen als solch grimmig entschlossener Gastfreundschaft. Zum Glück schlief er nach einem weiteren halben Becher ein ...

...und dann saß er auf einem Bett in einem Zimmer in einem Gasthaus, das diesem nicht unähnlich war, wenn auch vielleicht nicht ganz so deprimierend karg, und auf dem anderen Bett, auf dem Rücken liegend und ohne Stiefel, war Venart, der junge Mann von der Insel, den er in Perimadeia kennengelernt hatte. Er schlief und schnarchte dabei leise. *Die Welt ist wirklich klein*, dachte Alexius, und dann ging die Tür auf und Vetriz kam herein, vorsichtig, beinahe verstohlen sogar, mit einem Bündel Segeltuch im Arm. Sie schloß die Tür leise, ging an den kleinen Tisch und wickelte ihr Bündel aus, das sich als eine

Rolle teuer aussehender Stoff entpuppte. Vetriz überzeugte sich, daß ihr Bruder immer noch schlief, dann breitete sie den Stoff aus, hielt ihn vor sich und reckte den Hals, um an sich hinunter zu schauen und zu sehen, wie es aussah. *Aha, sie hat also Stoff gekauft, der wahrscheinlich mehr kostet, als sie ausgeben durfte, und sie will nicht, daß ihr Bruder das erfährt,* dachte er. *Für eine letzte enthüllende Vision, die ein großer Weiser auf seinem Totenbett hat, ist es ein wenig prosaisch. Ich dachte eigentlich, diese Dinge sollten einen kritischen Punkt in der Zukunft zeigen, wo gegenwärtige Strömungen sich entweder in diese oder jene Richtung fortsetzen könnten. Ich hatte keine Ahnung, daß die Zukunft der Damenmode so wichtig ist.*

Nachdem sie diverse Posen eingenommen und sich gereckt hatte, um sich alles anzusehen, rollte Vetriz den Stoff wieder zusammen und schob ihn unters Bett, direkt hinter Alexius' Füße; sie war so nah, daß er die einzelnen Haare auf ihrem Kopf sehen konnte, genau wie den schmalen weißen Streifen Kopfhaut, wo sie den Scheitel für ihre recht liebreizenden Stirnfransen gezogen hatte. Tatsächlich war die Qualität dieser Vision, was Klarheit und Realismus anging, merklich besser als jede, die ihm zuvor zuteil geworden war, und plötzlich wurde ihm klar, daß er sich tatsächlich dort befand ...

Das ist lächerlich. Selbstverständlich bin ich nicht dort, obwohl das wunderbar wäre. Aber ich bin hier und sitze mit einem langweiligen Mann in einem schrecklichen Gasthaus und sterbe. So langsam fängt es an, mich zu ärgern.

Dann ging die Tür wieder auf und ein Mann kam langsam herein; er hatte offensichtlich Schmerzen und stützte sich schwer auf einen Stock. *Aber das bin ja ich, und das ist noch lächerlicher, denn ich bin schon hier.* Er öffnete den Mund, um seinen Protest kundzutun, aber er konnte kein Geräusch hervorbringen. Der andere Alexius hinkte zum Bett und setzte sich neben ihn, während Vetriz die Tür schloß und ihren Bruder mit einem brutalen Stoß weckte.

»Wach auf«, sagte sie, »sieh mal, wer da ist! Patriarch Alexius, das ist ...«

»Ich bitte Euch«, sagte der andere Alexius, »ich möchte, daß Ihr mir helft. Es gibt wahrhaftig keinen Grund, wieso Ihr das tun solltet, und es könnte Euch sogar gewaltigen Ärger einbringen, aber könnt Ihr mich bitte auf Eurem Schiff von dieser Insel bringen? Wißt Ihr ...«

...und dann öffnete er die Augen und blinzelte zweimal in das runde Gesicht des gastfreundlichen Nervtöters, der ihn fragte, ob es ihm auch gutginge, und er versuchte zu antworten, aber er wurde wieder müde, also schloß er die Augen, und dann öffnete er sie wieder ...

... und jemand anders saß auf dem Bett; eine Fremde, ein junges Mädchen. Sie trug ein grob gewebtes, dunkelbraunes Wollgewand und hatte sich das Haar im Nacken zu einem festen Knoten geschlungen. Sie sah aus wie achtzehn und war auf eine etwas ungelenke Art hübsch.

»Hallo«, sagte sie, »ich heiße Machaera. Könnt Ihr mich sehen?«

Alexius nickte. »Bist du hier?« fragte er leise. Das Mädchen runzelte die Stirn.

»Ich bin nicht sicher«, sagte sie. »Es fühlt sich so an, als wäre ich es, aber ich weiß genau, daß ich mich in meiner Zelle im Wohnheim befinde und mich an einer Projektion versuche. Wer seid Ihr?«

»Ich heiße Alexius. Wenn du von einer Projektion sprichst, meinst du, du versuchst irgendwie, eine verborgene geistige Fähigkeit zu nutzen, um das Prinzip dazu zu verwenden, dir die Vision zu zeigen? Oder vielleicht sollte ich dich fragen, ob du überhaupt verstehst, worüber ich spreche, oder ob es dir ein vollkommenes Rätsel ist?«

»Oh, ich weiß vom Prinzip«, erwiderte das Mädchen. »Ihr offensichtlich auch. Übrigens, Ihr seht nicht aus, als ob es Euch sonderlich gutginge.«

»Das ist freundlich von dir. Also, ich schließe aus der Art, wie du das alles hinnimmst, daß du nicht zum ersten Mal eine dieser Projektionen versuchst. Habe ich recht?«

»Ja, tatsächlich. Ich habe schon Unmengen davon gemacht.«

Oh, um Himmels willen, noch ein Naturtalent. Was habe ich nur getan, um das zu verdienen? »Aber das hier ist das erste Mal, daß ich imstande bin, mit jemandem zu sprechen. Für gewöhnlich sitze ich nur da und lausche.«

Alexius versuchte, das bißchen Kraft zusammenzuraffen, das ihm geblieben war. »Dafür könnte es mehrere Gründe geben«, sagte er. »Vielleicht teilen wir dieselbe Vision – das ist mir ein paarmal so gegangen, wenn auch nie auf diese Weise. Vielleicht bin ich in der Lage, mit dir zu sprechen, weil ich über Erfahrung mit, äh, Projektionen verfüge. Es besteht auch die Möglichkeit, daß ich wegen dieses Fiebers, das ich habe, halluziniere und du überhaupt nicht da bist.«

»Oh, ich bin schon da«, sagte das Mädchen und streckte die Hand aus, um Alexius' Hand zu berühren. Aber irgendwie funktionierte das nicht. Selbst dann nicht, als sie näher rückte. »Oh. Nun, ich glaube schon, daß ich hier bin. Und Ihr seid es auch. Ist das nicht Beweis genug?«

Alexius schüttelte den Kopf. »Nicht wirklich«, sagte er, und ihm fiel auf, daß er den gleichen Tonfall wie beim Unterrichten anwandte. »Weißt du, es ist möglich, daß ich mir dich einbilde, oder es könnte sein, daß du dir mich einbildest. Es wäre durchaus möglich, daß ich mir einbilde, daß du erklärst, du könntest mich sehen.«

Das Mädchen schien enttäuscht zu sein. »Ihr glaubt also, daß ich nicht wirklich hier bin?« fragte sie. »Wirklich, ich glaube ganz ehrlich, daß ich hier bin. Aber Ihr könnt Euch anscheinend nicht auf mein Wort verlassen.«

»Ich glaube dir«, sagte Alexius. »Und ich kann nur annehmen, daß du hier bist, weil es sich um einen kritischen Punkt im Verlauf der Geschichte handelt, der ...«

»Verzeiht. Sprecht bitte weiter.«

»Nein, du wolltest gerade etwas sagen. Ich möchte wissen, was das war.«

Das Mädchen zögerte. »Nun, Ihr habt gerade von einem kritischen Punkt gesprochen. Das ist genau der Begriff, den auch mein Lehrer immer verwendet: Doktor Gannadius. Er sagt …«

»*Gannadius!*«

»Mein Lehrer«, wiederholte das Mädchen. »Habt Ihr etwa von ihm gehört?«

»Gannadius«, wiederholte Alexius. »Ein eher kleiner Mann mit rundem Gesicht, sehr hellblauen Augen, Ende Fünfzig, mit dunkelbraunem Haar, das ein wenig schütter wird? Er war Archimandrit der Stadtakademie von Perimadeia.«

»Das stimmt«, sagte das Mädchen. »Ihr kennt ihn?«

»Und er ist dein Lehrer. Wo?« Er spürte, wie etwas in seinem Geist an den richtigen Platz rutschte. »In Shastel«, sagte er. »Du gehörst zur Stiftung. Und Gannadius arbeitet dort. Habe ich recht?«

Das Mädchen nickte. »Er ist Lehrer für angewandte Metaphysik«, sagte sie. »Er hat mir beigebracht, das hier zu tun – nun, zumindest es richtig zu machen. Stammt Ihr auch aus Perimadeia?«

Alexius lächelte. »Warum fragen mich das alle? Ja. Hör zu, würdest du bitte sofort Gannadius aufsuchen und ihm sagen, was du gesehen hast? Es könnte sehr wichtig sein.«

»Selbstverständlich«, sagte das Mädchen. »Verzeiht, aber seid Ihr der Alexius, der einmal Patriarch war? Doktor Gannadius redet die ganze Zeit von Euch. Er sagt, Ihr seid der brillanteste …«

»Er hat unrecht. Er ist einfach zu gutgläubig. Und würdest du jetzt bitte tun, worum ich dich gebeten habe?«

»Ich verspreche, ich werde mein Bestes tun«, erwiderte das Mädchen. »Und Ihr solltet wirklich nicht so über Doktor Gannadius sprechen. Er steht bei der Stiftung in hohem Ansehen.«

»Tatsächlich? Das ist außergewöhnlich. Nun. Es tut mir leid, wenn ich unhöflich wirke, aber ich wäre wirklich froh, wenn du jetzt sofort zu Doktor Gannadius gehen würdest. Es war sehr ... interessant, mich mit dir zu unterhalten, aber es wäre mir lieb, wenn ...«

... und jemand beugte sich über ihn, dieser verdammte gastfreundliche Narr mit seinem Steingutkrug voller Zider und seinem großen fetten Gesicht. »Noch einen Becher, bevor Ihr geht?« sagte er vergnügt. »Ihr müßt es nur sagen.«

Alexius schaute noch einmal zu dem Mädchen hin. »Bitte«, sagte er. Sie nickte. Der gastfreundliche Nervtöter starrte durch sie hindurch, schaute dann Alexius an und schüttelte den Kopf. »Ich halluziniere nicht«, sagte Alexius. »Sie war nicht wirklich hier, wißt Ihr, und ...«

»Selbstverständlich nicht«, erwiderte der Mann und setzte den Krug ab. »Ihr habt nur im Schlaf gesprochen, das ist alles. Aber vielleicht wäre ein weiterer Becher doch keine so gute Idee.« Er erhob sich, wenn auch ein wenig zu schnell, um wirklich überzeugend zu sein. »Nun, es war ein wahres Vergnügen, mit Euch zu sprechen, aber es wird spät, also sollte ich mich lieber auf den Weg machen. Auf Wiedersehen, Patriarch.«

Alexius blieb noch ein paar Minuten still sitzen, überzeugte sich, daß der gastfreundliche Nervtöter tatsächlich verschwunden war, und hoffte, daß seine Kopfschmerzen ebenso verschwinden würden. Als das nicht der Fall war, stand er mühsam auf und hatte schon fast die Gaststube verlassen, als der Wirt ihn zurückrief und ihm mitteilte, daß sein Freund, derjenige, der so schnell gegangen war, vergessen hatte, für den Zider zu zahlen.

»Was kannst du erkennen?« rief der Junge.

»Es sind Leute hierher unterwegs«, erwiderte Bardas Loredan, »aber ich kann nicht erkennen, ob es welche von uns oder von ihnen sind.« Er verlagerte vorsichtig das Gewicht und stützte sich auf die Ellbogen, sich schmerzlich bewußt, daß seine Position auf den Dachbalken neben dem Loch im Dach reichlich wackelig war; sollten die Balken bemerken, daß er sich hier befand, hatten sie durchaus das Recht, unter seinem Gewicht zu zerbrechen, und dann würde er herunterfallen.

»Sie sind anscheinend auf dem Weg zu dieser anderen Ruine unten in der Senke, aber sie sind zu weit weg, als daß ich bei diesem Regen etwas deutlich erkennen könnte.«

»Ich könnte mich rausschleichen und nachsehen, ob ich nahe genug herankomme.«

»Sei still«, erwiderte Loredan.

Der Junge murmelte etwas und machte sich wieder daran, an einem Stock zu schnitzen. Loredan rutschte ein Stück vor, weil er den Tropfen entgehen wollte, die ständig in seinem Genick landeten. Seine linke Hand war eingeschlafen.

»Wenn es unsere sind«, meinte der Junge, »sollten wir runtergehen und ihnen sagen, was wir gesehen haben. Und wenn es die anderen sind, sind sie viel zu beschäftigt, um sich mit uns abzugeben. Wir könnten sogar etwas Nützliches erfahren.«

»Ich glaube nicht, daß du etwas Nützliches erkennen würdest, selbst wenn es dich anspringt und ins Bein beißt. Und jetzt sei still, damit ich mich konzentrieren kann.«

Der Junge wandte sich wieder von seinem Stock ab, den er fast zu einem dünnen Stab reduziert hatte, und begann, mit einem Stück Wetzstein, das er in der Tasche gefunden hatte, die Pfeilspitzen zu schärfen. Das kratzende Geräusch von Stahl auf Stahl ist zweifellos eines der nervtötendsten Geräusche der Welt.

»Pack das weg«, fauchte Loredan. »Die Pfeilspitzen sind bereits scharf genug, du wirst sie nur stumpf machen.«

»Ich langweile mich.«

»Dann solltest du froh darüber sein. Und nun halte um der Götter willen den Mund, bevor ich die Nerven verliere.«

»Ich bin immer noch der Meinung ...«

»Still!« Loredan spähte nach unten und versuchte, an dem Balkenende vorbeizuschauen, das im Weg war. Er hatte gerade zwei Männer erspäht, die den Abhang herauf auf den Turm zukamen. »Hock dich da drüben in den Schatten«, rief er leise, »und rühr dich nicht vom Fleck. Ich komme runter, wenn ich es schaffe ...«

Er wand sich, stieß sich den Kopf und rutschte abwärts zu den Fußstützen, die er in der Mauer gefunden hatte, wobei er sich die Haut an den Handflächen abschürfte. Er landete ungelenk auf dem Boden und schlurfte dorthin, wo der Junge bereits hockte, wobei er sein Schwert mitnahm. Sein linkes Bein kribbelte wie verrückt – das war nicht sonderlich wünschenswert, wenn ein Kampf auf einen zukam. »Wo ist der Bogen?« flüsterte er.

»Ich dachte, du hättest ihn.«

»Oh-oh ... nun, dann muß es eben ohne gehen. Und jetzt sei einfach still und rühr dich nicht und bete, daß sie wieder verschwinden.«

Man hörte ein Rascheln und ein platschendes Geräusch an der Tür, und dann trat jemand in den Lichtschein, der durch die Öffnung fiel. »Hallo? Ist da jemand? Oberst Loredan?«

Bardas Loredan hielt den Atem an, aber der Junge stand auf und rief: »Hier! Alles in Ordnung«, fügte er hinzu, »es sind unsere, es sind Bogenschützen. Wir sind hier drüben«, wiederholte er, als die beiden Fremden sich umsahen und nichts erkannten, weil sich ihre Augen noch nicht an das Dunkel gewöhnt hatten. »An der hinteren Mauer.«

Müde versuchte Loredan aufzustehen, aber sein eingeschlafenes Bein machte nicht mit.

»Seid Ihr verletzt?« fragte einer der Fremden, als er sah, wie Bardas schwankte und wieder zu Boden sank. »Die Verstärkung bringt sicherlich einen Wundarzt mit. Es wird nicht lange dauern.«

»Schon gut«, erwiderte Loredan, »nur ein Krampf. Ihr habt mich gesucht?«

Die beiden Männer kamen näher. Einer blieb am Fenster stehen und öffnete den Laden. »Auf Befehl des Geschäftsführers«, sagte der andere. »Wir suchen schon seit Stunden nach Euch.«

»Nun, jetzt habt Ihr mich gefunden«, erwiderte Loredan. »Was ist da draußen los?«

»Wir haben den Stoßtrupp festgenagelt«, meinte der Soldat; er war Sergeant und kein junger Mann mehr. »Drüben am Hügel in Penna – kennt Ihr das? Dort werden sie so schnell nicht wieder wegkommen. Könnt Ihr Euch bewegen?«

Loredan schüttelte den Kopf. »Uns geht es gut«, sagte er, »macht Euch keine Sorgen. Geht zu Euren Männern zurück, wir kommen schon zurecht.«

Der Sergeant schüttelte den Kopf. »Die Befehle von Geschäftsführer Loredan lauten anders«, erwiderte er. »Er will sicher sein, daß es Euch gutgeht.«

»Nun, dann könnt Ihr ihn ja beruhigen. Ich danke Euch für Eure Mühe, aber wir machen uns jetzt auf den Heimweg. Es geht uns gut.«

Der Sergeant holte tief Luft. Er tat Loredan irgendwie leid; ein guter Soldat, der versuchte, taktvoll mit schwierigen Zivilisten umzugehen. »Wenn Ihr bitte mit uns kommen würdet«, sagte er. »Auf Befehl des Geschäftsführers.«

Loredan schloß einen Augenblick die Augen. Es war eine absurde Situation; sie waren gekommen, um ihn zu retten, und nun weigerte er sich, gerettet zu werden, und er hatte den deutlichen Eindruck, daß sie keine abschlägige Antwort dulden würden. Er wollte seinen Bruder nicht sehen; die Frage war nur, ob es einen Kampf gegen zwei Männer wert war. Er dachte einen Moment darüber nach.

»Es tut mir sehr leid«, sagte er, »aber ich kann im Augenblick nicht mit Euch kommen.«

Der Junge starrte ihn an, als hätte er den Verstand verloren.

Loredan trat einen Schritt vor, so daß er jetzt zwischen den Soldaten und dem Jungen stand. Ihm wurde bewußt, daß er noch immer das Breitschwert in den Händen hielt und daß man das als aggressive Geste betrachten könnte.

»Es tut mir leid«, sagte der Sergeant. »Aber Ihr müßt mit uns kommen.«

»Also gut«, sagte Loredan. Er legte sorgfältig das Schwert hin, schlug fest zu und traf den Soldaten am Kinn, dann machte er einen Schritt über ihn hinweg, trat dem anderen zwischen die Beine und gab ihm ebenfalls einen Kinnhaken, als der Mann vornüberklappte. Er spürte, wie er sich die Haut an seinen Fingerknöcheln an der scharfen Kante des Helms aufriß.

»Was zum Geier machst du da?« wollte der Junge wissen.

»Fluche nicht«, erwiderte Loredan. »Und jetzt komm, wir gehen nach Hause.«

7

Der Chargé d'Affaires von Scona wurde in die Verwaltung der Stiftung gerufen und höflich gefragt, was sich die Bank eigentlich einbilde. Der Chargé d'Affaires erwiderte, soweit er wisse (und alles, was er gehört hatte, war die offizielle Version Shastels), hätten seine Leute sich nur gegen einen Akt unprovozierter Aggression verteidigt, genau wie es die Berater der Bank hier in Shastel getan hatten, als die Bewaffneten der Stiftung sie ohne ersichtlichen Grund angegriffen hatten, als sie in dem Dorf namens Primen ihrer Tätigkeit nachgegangen waren. Tatsächlich, fuhr er fort, müsse er erklären, daß die Bank die jüngsten Entwicklungen als sehr ernst betrachtete. Die Sprecher Shastels erwiderten, die Stiftung betrachte die ganze Situation als sehr ernst und sei entsetzt über die neuerliche Gewaltanwendung und die Verluste. Der Chargé d'Affaires erwiderte, die Bank sei immer entsetzt über Gewaltanwendung und Verluste, ganz gleich unter welchen Umständen.

Nachdem man sich so über die Grundlagen verständigt hatte, wurden beide Seiten genauer. Die Bank, erklärte der Chargé d'Affaires, sei eine rein kommerzielle Organisation und habe keine politischen oder militärischen Ziele; sie wolle nur weiter ihren Geschäften nachgehen, die überwiegend in der Darlehensvergabe gegen die Sicherheit von landwirtschaftlichem Besitz bestand, ohne dabei fürchten zu müssen, daß gegen Angestellte oder Kunden Gewalt angewendet würde. Die Sprecher der Stiftung erwiderten, auch sie verträten eine Organisation, die zwar nicht vollkommen kommerziell orientiert sei, aber beträchtliche finanzielle Interessen als auch Hypothekenschuldner zu schützen habe, die sich auf die Stiftung verließen, um gegen solch unerträgliche Belastungen wie

Überfälle, Banditen, Piraten und andere gesetzlose Elemente geschützt zu sein. Daher halte es die Stiftung für notwendig, auf permanenter Basis Sicherheitskräfte zu beschäftigen. Das sei doch sicher etwas, was die Bank besser verstünde als jeder andere.

Der Chargé d'Affaires dachte einen Augenblick lang nach und erklärte, obwohl es eindeutig Themen gäbe, über die es ihnen vermutlich schwerfiele, eine kurzfristige Übereinkunft zu erreichen, so seien sie doch sicher derselben Ansicht, daß ein bewaffneter Konflikt im Interesse keiner der Parteien sei und die erste Priorität das sofortige Einstellen feindseliger Aktivitäten auf beiden Seiten sein müsse, gefolgt von einer Zeit der Restrukturierung und allgemeiner Verhandlungen, die schließlich zu einer grundlegenderen Einigung zwischen beiden Seiten führen könnte.

»Mit anderen Worten«, erstattete der Sprecher seinem Vorgesetzten Bericht, »sie haben vor, uns für die Geiseln bluten zu lassen. Und sie werden sich damit verdammt viel Zeit lassen. Es ist eine Katastrophe.«

»Zur Hölle damit«, stimmte der Vorgesetzte ihm zu. Er war einer der fünf Stellvertretenden Armenpfleger, ein Mitglied der Familie Soef und Inhaber von zwei Doktortiteln – in Linguistik und angewandter Mathematik –, und der Gedanke, von einer perimadeianischen Puffmutter erpreßt zu werden, stimmte ihn alles andere als froh. Aber er war auch ein intelligenter Mann, und eine der Geiseln war ein Bovert. »Wir müssen die Geiseln zurückholen«, sagte er, »und wir müssen aus dieser Angelegenheit herauskommen, ohne daß die Hectemoren glauben, wir hätten die Nerven verloren und würden aufgeben. Ich werde mit dem Vorstand darüber sprechen und hören, was sie vorhaben, solange uns noch ein paar Optionen bleiben.«

Kurz zuvor hatte er mit Doktor Gannadius gesprochen, einem anderen von diesen Perimadeianern, die heutzutage offenbar an allem beteiligt waren, aber diesmal hatte der Doktor tatsächlich etwas Interessantes zu sagen gehabt. Natürlich wäre er verrückt gewesen, hätte er politische Entscheidungen aufgrund der Meinung eines ausländischen Mystikers getroffen; aber er war auch Wissenschaftler und Philosoph genug, sich eine gewisse Offenheit zu bewahren, wenn es um Dinge ging, die er nicht verstand. Die offensichtliche Priorität bestand in diesem Fall darin, sich weder zu dem einen drängen zu lassen, noch das andere vollkommen von der Hand zu weisen. Was die Geiseln anging ... nun, er hoffte, daß sie es in diesem elenden Wetter warm und trocken hatten, denn für welche Option man sich schließlich auch entscheiden mochte, es würde vermutlich einige Zeit dauern.

»Es würde mich fertigmachen, wenn ich wüßte, daß ich den Rest meines Lebens hier festsitze«, murmelte der junge Soldat und spähte hinauf zu den Wassertropfen, die durch das Loch im Dach fielen, »wenn es nicht einigermaßen sicher wäre, daß der Rest meines Lebens nicht mehr sonderlich lange dauert.« Er schauderte und warf ein weiteres Stück Holz aufs Feuer. »Unter diesem Gesichtspunkt kann man sich daran gewöhnen.«

Meister Renvault nickte. »Nun, nach meinen Berechnungen bin ich bereits tot«, sagte er. »Oder zumindest sollte ich tot sein. Aber die Arznei, die mir dieser Metzger von einem Sanitäter gegeben hat, war so widerlich, daß ich vermutlich zu krank wurde, um sterben zu können.«

Der junge Soldat nickte. »Blauer Brotschimmel in Knoblauchbrühe«, sagte er. »Das eröffnet zweifellos neue Dimensionen des Schreckens im Bereich schwerer Krankheit. Ich meine, es hat noch niemand behauptet, daß sterben sonderlich viel Spaß macht, aber es sollte zumindest besser schmekken als das.« Er grinste. »Es sieht aus, als ginge es Euch besser.«

Renvault nickte. »Ich denke, ich habe das Fieber im Schlaf ausgeschwitzt. Ich fühle mich immer noch ein bißchen wakkelig und habe absolut keinen Hunger, aber nach allem, was ich höre, ist das letztere eher ein Glück.«

»Das stimmt«, meinte der junge Soldat finster. »Wir haben genug für eine Woche, vielleicht für zwei, wenn wir uns wirklich quälen, und das war's dann. Zumindest ist das Trinkwasser kein Problem«, fügte er hinzu, als ihm ein Regentropfen ins Auge fiel.

»Wunderbar«, seufzte Renvault. Er drehte sich auf den Rükken und starrte die schwarzen Flecken im Dach an, wo das Wasser eindrang. »Dein erster Einsatz?«

Der junge Soldat lachte. »Ich fürchte ja«, sagte er. »Ich bin im dritten Jahr meiner Offiziersausbildung, und wie ein Idiot habe ich mich entschlossen, meine sechs Monate als einfacher Soldat früh hinter mich zu bringen, damit ich ein Gefühl dafür bekomme, um was es wirklich geht.«

»Du hattest Glück«, grunzte Renvault. »Das hier ist die reine, konzentrierte Essenz dessen, um was es geht, zumindest wenn du mich fragst. Als ich in deinem Alter war, habe ich alle erdenklichen Beziehungen ausgenutzt, um in die Schreibstube zu kommen.«

Der junge Soldat grinste. »Tatsächlich«, meinte er, »halte ich es immer noch für eine gute Regel. Wenn man später einmal Männer in der Schlacht befehligen soll, hilft es eine Menge, zu wissen, wie sie funktionieren.«

»Absolut«, meinte Renvault. »Und welche Fächer studierst du?«

»Ach, das Übliche, Moraltheorie und Wirtschaftstheorie, dazu ein bißchen Literatur und Metaphysik. Danach werde ich mich spezialisieren, aber ich habe mich noch nicht entschieden – vielleicht Moraltheorie, weil ich darin recht gut bin; aber insgeheim würde ich es lieber einmal mit dem Kurs über Philosophie der Wirtschaft versuchen. Immerhin muß das wirklich der Schlüssel zum Verständnis dessen sein, was es mit der Stiftung auf sich hat.«

»Ja, sicher«, sagte Renvault, ohne die Miene zu verziehen. »Aber es ist ein weites Feld.«

»Selbstverständlich«, erwiderte der junge Soldat. »Aber da alle wichtigen Texte im Dialekt von Shastel verfaßt sind, spart es mir mindestens drei Monate, in denen ich Altperimadeianisch und den südlichen und den Bathuedialekt lernen müßte; mit Sprachen war ich immer hoffnungslos. Die einzigen Fächer, bei denen man es nicht mit Sprachen zu tun hat, sind Phil-Wirt und Militärtheorie ... und«, fügte er mit einem müden Lächeln hinzu, »ich nehme mal an, falls ich hier lebend rauskommen sollte, habe ich mehr Militärtheorie abgekriegt, als ich brauche.«

»Leute mit einem Abschluß in Militärtheorie gehen üblicherweise direkt in Forschung und Lehre«, meinte Renvault gähnend. »Und das erklärt eine Menge, findest du nicht?«

Der junge Soldat schüttelte den Kopf. »Unsere Gesellschaft wird nach einzigartigen und überaus originellen Richtlinien regiert«, meinte er. »Eigentlich sollte dabei das Ideal entstehen: der Altruist, der Gelehrte, der Soldat und der praktische Geschäftsmann, alles in einem. Ich würde mich mit diesem Konzept wohler fühlen, wenn ich nicht in diesem Schuppen säße und von Feinden umgeben wäre.«

Renvault zuckte mit den Schultern. »Die Probleme entstehen eigentlich erst, wenn man nicht alle menschlichen Elemente in der Gleichung beherrschen kann. Es ist sinnlos, wissenschaftliche Methoden auf etwas so vollkommen Zufälliges und Perverses wie menschliche Wesen anzuwenden, besonders menschliches Wesen *en masse*.«

»Meint Ihr damit, daß Leute nichts als eine Pest sind?« fragte der junge Soldat.

»Das drückt es recht gut aus«, stimmte Renvault zu. Er gähnte, streckte sich, bis er ein unangenehmes Ziehen im Rücken spürte und stand auf. Er hatte wegen des Fiebers den größten Teil des Tages verloren, und es gab viel zu tun, und niemand sonst war kompetent genug. Ein Berufssoldat, überlegte er, ist jemand, dessen Verwaltungs- und Organisationstalente nicht ausreichten, daß er davon leben konnte (denn sonst würde er das tun), und der diese Fähigkeiten am Ende eher um des Lebens als um des Geldes willen einsetzt.

»Irgendwas Neues?« fragte er den Sergeant, der für die Wachen zuständig war.

Der Mann schüttelte den Kopf. »Sie schleichen oben auf dem Hügelkamm rum«, berichtete er, »aber es sind nur Späher, nichts Ernstes. Ich nehme an, sie warten auf etwas.«

»Verstärkung.«

»Oder Belagerungsgerät«, erwiderte der Sergeant. »Katapulte und Rammen und solche Sachen. Nur daß es gar nicht so einfach sein wird, dieses schwere Zeug in die Berge zu schaffen; sie werden alles zerlegen und hier oben wieder zusammensetzen müssen. Ein Haufen Arbeit.«

Renvault verzog das Gesicht. »Verstärkung ist wahrscheinlicher«, sagte er. »Es hängt alles davon ab, was sie vorhaben. Ich kann mir kaum vorstellen, daß sie einen Angriff versuchen. Warum auch? Wenn sie genug Männer hier raufbringen, um alles ordentlich abzuriegeln, können sie uns innerhalb einer Woche oder so aushungern, ohne das Leben eines einzigen Soldaten aufs Spiel zu setzen. Außerdem«, fügte er mit müdem Grinsen hinzu, »sind wir lebendig mehr wert – als Geiseln oder ganz einfach Handelsware.«

Der Sergeant zuckte mit den Schultern. »Kein Problem für mich«, meinte er.

»Für mich auch nicht.« Renvault spähte durch die Ritze zwischen dem Fensterrahmen und dem hastig improvisierten, hoffentlich pfeilsicheren Laden in den gleichmäßigen, unbarmherzigen Regen hinaus. »Leider gibt es eine Sache, die sie einem in keinem der Kurse beibringen, die ich belegt habe: Wie lange man sich belagern lassen muß, bevor man sich ergeben darf, ohne daß man sich Sorgen machen muß, von den eigenen Leuten vors Kriegsgericht gestellt und hingerichtet zu werden. Ich denke, man kann mit einiger Sicherheit annehmen, daß es in Ordnung ist, wenn keine Lebensmittel mehr da sind. Ich meine, das wäre doch nur logisch, oder?«

Der Sergeant hatte nicht vor, seine Meinung dazu zu äußern, und Renvault überließ ihn seinen Pflichten und machte mit seiner eigenen Liste weiter. *Zivilisierter Handelskrieg,* dachte er, *kaufen und verkaufen, feilschen und handeln; es ist nur schade, daß wir vierzehn Tage in diesem Loch hocken müssen, während sich andere darum kümmern. Aber es sollte schon alles in Ordnung gehen, vorausgesetzt, alle bleiben ruhig und keiner tut etwas Dummes, wie zum Beispiel einen weiteren Stoßtrupp zu schicken, um uns zu retten. Und sogar wir sind nicht blöd genug für so etwas.*

Es gab nichts zu essen außer etwas trockenem Roggenbrot und dem letzten roten Käse, den sie beide nicht sonderlich mochten. »Sieht so aus«, begann der Junge, »als müßte ich morgen ins Dorf und ...« Dann schwieg er; Loredan sagte nichts, sondern kaute weiter auf dem widerwärtigen Essen herum.

»Glaubst du, daß es Ärger geben wird?« fragte der Junge nach längerer Zeit. »Weil du diese beiden Soldaten niedergeschlagen hast, meine ich?«

»Ich bezweifle es«, erwiderte Loredan mit vollem Mund. »Wenn du genauer darüber nachdenkst, ist wohl nicht anzunehmen, daß sich mein Bruder all die Mühe macht, Männer zu schicken, um mich zu retten, und mich dann ins Gefängnis werfen läßt.« Er hielt inne und runzelte die Stirn. »Obwohl es andererseits doch nicht ganz logisch ist«, meinte er nachdenklich. »Tatsächlich kann ich mir recht gut vorstellen, daß er das tun würde. Dann würde er mich sechs Monate im Gefängnis schmoren lassen, den Richter um einen Freispruch bitten und großes Theater darüber machen, daß er seinen Einfluß eingesetzt hat, um mich herauszuholen. Und dann würde er erwarten, daß ich dankbar bin. Mein Bruder ist ein seltsamer Mensch. Ich mag ihn nicht sonderlich.«

Der Junge dachte einen Augenblick lang nach. »Warum nicht?« fragte er. »Oder ist das eine unhöfliche Frage?«

»Darum«, erwiderte Loredan. »Und ja. Und wenn du dieses letzte Stück Käse nicht haben willst, gib es her.«

»Bitte. Ich hatte einen Bruder, damals in der Stadt. Habe ich dir das je erzählt?«

»Nein.«

Der Junge starrte in die Holzschale, die vor ihm stand, hob sie an einer Seite hoch und setzte sie dann wieder ab. »Manchmal«, sagte er, »habe ich diesen Traum, daß er eines Tages einfach auftaucht; du weißt schon, daß er einfach zur Tür reinkommt, ohne ein Wort zu sagen, um mich zu überraschen. Oh, ich bin ziemlich sicher, daß er tot ist, aber ich weiß es nicht genau. Ich weiß, daß meine Mutter und mein Vater tot sind, weil ich gesehen habe, wie sie umgebracht wurden, aber mein Bruder ist zurückgeblieben, als ich die Straße entlanglief, also ist es durchaus möglich ...« Der Junge griff nach der Brotkruste und legte sie in die Schale. »Ich meine, das ist etwas, worüber ich träumen kann; du weißt schon, ihn plötzlich wiederfinden, Jahre später, wenn ich die ganze Zeit sicher war, daß er tot ist.« Er stand auf und räumte die Schalen und das Brotbrett weg. »Ist er dein einziger Bruder?« fuhr er fort.

Loredan schüttelte den Kopf. »Ich habe zwei andere Brüder, die immer noch am Leben sind – zumindest soweit mir bekannt ist –, daheim in der Mesoge, wo ich herkomme. Ich habe sie seit ... ich kann mich gar nicht mehr erinnern, wie lange ich sie nicht mehr gesehen habe. Aber soviel ich weiß, versuchen sie immer noch, ihren Lebensunterhalt mit dem bißchen Land zu verdienen, auf dem wir alle geschuftet haben, als ich jung war.«

»Du magst sie also auch nicht?«

»Das würde ich nicht sagen«, erwiderte Loredan. »Ich glaube

schon, daß ich sie in gewisser Weise gern habe. Aber es geht ihnen gut, und sie haben den Hof. Man könnte wohl sagen, sie führen das Leben, das ich hätte führen sollen.«

»Ist das das Leben, das du dir gewünscht hast?«

Loredan runzelte die Stirn. »Da bin ich nicht sicher«, sagte er. »Sagen wir mal so: Wenn ich weitergemacht und den Hof nie verlassen hätte, die Mesoge nie verlassen hätte, hätte ich mir keine andere Art Leben vorstellen können, also nehme ich an, ich wäre wohl glücklich und zufrieden oder so. Ich würde nicht einmal an eine andere Möglichkeit denken. Das ist so beim Landleben, man ist vollkommen mit dem beschäftigt, was man gerade tut, und hat keine Zeit, an mehr als an die nächste Arbeit zu denken, die die Jahreszeit vorgibt. Einige Leute würden behaupten, daß der Geist dabei vollkommen vertrocknet, aber da bin ich nicht so sicher. Für einen Bauern zählt nichts weiter als die Arbeit auf dem Hof, es gibt nichts anderes, was ihn wirklich interessiert, denn es gibt nichts anderes, was mit ihm zu tun hat. Die Leute lachen über uns, weil wir nur darüber reden, wie schlecht das Wetter ist, daß es zuviel regnet oder zu warm ist, es ist zu naß, um die Kühe auf die Weide zu schicken, und zu trocken, daß die Schafe noch etwas zu fressen finden – da haben die Leute wohl recht. Aber die gute Seite daran ist, wenn man seine Arbeit tut und vielleicht auch noch ein bißchen mehr und das Wetter nicht zu schrecklich ist, wenn man die Krähen vom Weizen fernhalten kann, dann wird schon alles gut, und man kann sich darauf freuen, alles im nächsten Jahr und im Jahr danach wieder so zu machen. Man hat das Gefühl, wenn man seine Seite des Handels einhält, dann bekommt man – immer vorausgesetzt, es bleiben einem die kosmischen Schweinereien erspart –, was man verdient hat, und darauf kann man sich verlassen.« Loredan schüttelte den Kopf. »Ihr Götter, wenn ich ein solches Leben hätte haben können, hätte ich nicht viel Grund, mich zu beschweren.«

Der Junge, der nicht gerade aufmerksam zugehört hatte, rieb sich nachdenklich das Kinn. »Warum fängst du nicht wieder damit an?« fragte er. »Warum kaufst du nicht ein Stück Land und wirst Bauer, wenn es angeblich so toll ist?«

Loredan lächelte. »Das weiß ich nicht«, gab er zu. »Vielleicht, weil ich weiß, daß es nicht wirklich so ist, also könnte ich mich nie darauf verlassen, daß es auch funktioniert. Ich weiß zuviel; ich weiß, daß man sich eines Tages vielleicht gerade auf seine Sense lehnt und den Wetzstein herausholt, und dann tauchen plötzlich ein Dutzend Reiter auf und reiten mit gesenkten Speeren über das Feld auf dich zu. Ich weiß, daß fünf schlechte Jahre genügen, daß du als Bettler vor der Tür eines anderen sitzt, und dann sagen sie, ja, in Ordnung, nimm alles Saatkorn was du brauchst, aber erst mußt du dein Zeichen auf dieses Papier setzen. Ich weiß, daß eines Tages ein Rekrutierer kommt und deine Söhne mitnimmt, dann kommt der Büttel und nimmt den Überschuß für den Zehnten, und dann kommen die Steuereintreiber und holen den Rest für die Kriege des großen Königs, und dann bricht die Egge, und der Schmied will sein Geld, und deine Tochter wird krank, und du mußt den Doktor rufen und so weiter und so weiter; und dann gehst du an der Werkstatt des Böttchers vorbei und siehst, wie er im Schatten sitzt und mit einem kleinen Hammer arbeitet, und du denkst, du selbstzufriedener Mistkerl, ich wünschte, ich wäre der Sohn eines Handwerkers, genau wie er sich wünscht, er wäre ein Bauernsohn, und der Kronprinz in seinem Turm davon träumt, auszureißen und Pirat zu werden.« Loredan grinste. »Das ist alles Quatsch, wenn du mich fragst. Hol mir den Vierzigpfünder, und dann gehen wir und schießen uns was Anständiges zu essen.«

Als sie das Haus durch die Hintertür verließen, merkten sie, daß es aufgehört hatte zu regnen. Die Luft roch süß, und die Abendsonne zog bereits einen leichten Dunst aus dem feuchten Boden. »Als du von etwas Anständigem zu essen gesprochen hast, meintest du wohl Kaninchen«, sagte der Junge anklagend. Loredan zuckte mit den Schultern.

»Ich weiß, wie man Kaninchen schießt«, sagte er.

»Aber ich kann Kaninchenfleisch nicht mehr sehen«, protestierte der Junge. »Selbst wenn du es mit Tonnen von Gewürzen kochst, schmeckt es immer noch nach Knochen.«

»Das stimmt, aber die anderen eßbaren Tiere sind nicht dumm genug, mich in ihre Nähe zu lassen. Und wenn man das Fleisch brät, mit einem Hauch von Rosmarin ...«

»Wir haben kein Rosmarin.«

»Wir haben auch sonst nichts. Kaninchen oder hungern.«

Bevor der Junge antworten konnte, kam ein dicker, fetter Fasan vor ihrer Nase aus dem hohen Gras und flatterte unter hektischem Geschnatter auf. Loredan hatte einen Pfeil auf der Sehne; er fixierte den Vogel, zog die Sehne bis zum Mundwinkel und schoß, alles in einer einzigen fließenden Bewegung. Der Pfeil segelte nach links davon und verschwand in einem Dickicht hoher Nesseln.

»Was mir an Kaninchen auch noch gefällt«, sagte Loredan einen Augenblick später, als er einen weiteren Pfeil auflegte, »ist, daß sie nicht fliegen können. Vergiß den Pfeil, der ist wahrscheinlich total verbogen.«

»Soll ich es probieren?« fragte der Junge hoffnungsvoll.

»Vergiß es«, erwiderte Loredan. »Sehen wir mal nach diesem Bau beim alten Eichenstumpf.«

Sie gingen schweigend in eine flache Senke hinab, wo es mehrere Brombeergebüsche gab. »Da ist eins«, flüsterte der Junge. »Du kannst es von hier aus erwischen.«

»Still«, erwiderte Loredan. »Ich werde keine Pfeile mehr verschwenden. Bleib, wo du bist.«

Vorsichtig schlich er weiter, mit kleinen Schritten, ohne den Rest seines Körpers zu heftig zu bewegen. Als er vierzig Schritt entfernt war, hörte das Kaninchen auf zu grasen und richtete sich auf. Loredan verharrte reglos und wartete, bis sich der Kaninchenkopf wieder senkte, bevor er sich im gleichen langsamen, atemlosen Tempo weiterbewegte. Als er noch dreißig Schritte entfernt war, blickte das Tier wieder auf; Loredan blieb stehen, unbequem auf einem Bein, aber das Kaninchen hüpfte die fünf Schritte zur Öffnung seines Baus und blieb dann hokken, wie sie es immer tun. Loredan wartete. Das Kaninchen ließ sich wieder auf alle viere nieder, graste aber nicht weiter, sondern saß da und starrte seinen sicheren Bau an, als fragte es sich, ob das eine gute Idee wäre. Loredan ging weitere fünf Schritte, wobei er darauf achtete, den Fuß immer flach abzusetzen und nur langsam das Gewicht darauf zu verlagern, für den Fall, daß er einen Zweig oder einen Distelstiel übersehen hatte.

In fünfundzwanzig Schritt Abstand hob er den Bogen und begann zu spannen; er spähte am Pfeil entlang und hielt den Bogen um fünfundvierzig Grad gesenkt. Als er mit der Daumenwurzel am Mundwinkel vorbeikam, senkte er die Pfeilspitze etwas und bewegte sie ein Stück nach rechts, dann spannte er weiter, bis er die Fingerspitze an seiner Lippe spürte, und nun ließ er los und verfolgte den Pfeil auf seinem Weg ins Ziel. Wie erwartet sah das Kaninchen den Pfeil und bewegte sich auf den Bau zu, aber damit hatte er gerechnet; die schlanke Pfeilspitze schlug durch den Rücken des Tieres und nagelte es auf den Boden. Es kämpfte gegen den Schaft an, trat hektisch mit allen vieren um sich, während Loredan auf es zurannte und den Bogen dabei fallen ließ. Als er es erreicht hatte, war das Kaninchen schon tot, die Augen weit aufgerissen, und die letzten paar Zuckungen waren nur noch Reflexe. Loredan, der mehr Menschen als Kaninchen getötet hatte, wartete, bis es sich überhaupt nicht mehr regte, bevor er den Pfeil herauszog, die Spitze abwischte und den Pfeil zurück in den Köcher an seinem Gürtel steckte. Dann packte er das Kaninchen an den Hinterbeinen, zog das Messer zwischen der Sehne des rechten

Beins und dem Knochen durch und steckte den linken Fuß durch den Schlitz. Er sah sich nach einem Stock um und hängte das Kaninchen daran, dann ging er zurück und hob seinen Bogen auf.

»Da ist genug für zwei Mahlzeiten dran«, sagte er.

Der Junge nickte wenig begeistert. »Und ich nehme an, du wirst auch noch Suppe davon kochen«, meinte er finster.

»Nun, ich werde gute Lebensmittel keinesfalls verschwenden«, erwiderte Loredan. »Oder auch ekelhafte Lebensmittel.« Er löste die Beine des Kadavers wieder, nahm das Kaninchen auf die linke Handfläche, so daß der Kopf über das Handgelenk nach unten hing, drückte sanft mit dem Daumen den Urin aus der Kaninchenblase und steckte dann die Messerspitze vorsichtig in die Bauchhaut, bis sie eindrang; dann drehte er das Messer um, so daß die Klinge nach oben wies, und schnitt eine Öffnung in den Bauch, die bis zum Brustkorb reichte. Der Junge wandte den Blick ab. Loredan packte den Kaninchenhals, nahm mit der anderen Hand die Hinterbeine, drehte den Kadaver um und schüttelte ihn, bis die Innereien durch den Schlitz hinausfielen, dann wackelte er mit den Handgelenken, um sie abzuschütteln. Mit dem Zeigefinger pulte er das Herz und den Rest der Gedärme heraus, ließ aber Leber und Nieren drin, dann griff er wieder nach dem Messer und schnitt ab dem Bauchschlitz das Fell vom Hinterbein ein, bis zum Gelenk. Er legte das Messer beiseite, schob den Finger vorsichtig zwischen Haut und Fleisch und zog die Haut weg, ohne sie zu zerreißen, bis er sie gut genug packen konnte, um sie vom Rücken des Kadavers zu ziehen, dann kümmerte er sich um das andere Bein und ließ das Fell nach vorn bis auf den Boden hängen. Er stellte den Fuß darauf und zog an den Hinterbeinen des Kaninchens, bis die Haut vollkommen bis zur Brust abgezogen war, dann pulte er die Vorderbeine heraus und schnitt durch den Hals. Nachdem er die Haut sorgfältig mit dem Fell nach außen gefaltet hatte, drehte er alle vier Beine entgegen dem Gelenk, bis sie brachen, schnitt durch Muskeln und Sehnen direkt unterhalb der Füße und warf sie weg. Das Kaninchen hing nun nackt und blutig wie ein neugeborenes Baby an seinen Fingern.

»Wofür willst du die Haut behalten?« fragte der Junge.

»Für Leim«, erwiderte Loredan. »Wenn man sie ordentlich kocht, kann man damit eine Rohhautverstärkung auf einen leichten Bogen kleben. Man kann aus beinahe allen Lebewesen Leim herstellen, aber einige sind besser geeignet als die anderen.« Er griff nach dem kleinen Päckchen aus Haut und Fell, während der Junge den Bogen aufhob und die Feuchtigkeit davon abwischte. »Wie ich schon sagte«, fuhr Loredan fort, »nichts verschwenden!«

Der Junge grinste unbehaglich. »Wir verbringen unser Leben damit, Dinge aus Stücken von Tieren herzustellen«, sagte er. »Sehnen und Leder und Horn und Leim und die Gedärme für Schnüre, und für all die kleinen Dinge verwenden wir Knochen.«

»Und das Blut«, fügte Loredan hinzu. »Wenn man Blut mit Sägemehl mischt, erhält man einen guten Grundierleim. Den benutze ich manchmal, um die Holzmaserung zu verschließen.«

»Stimmt«, meinte der Junge unsicher. »Aber findest du nicht, daß es auch ein wenig – na ja, grausig ist?«

Loredan nickte. »Aber sehr wirkungsvoll, oder? Es wäre eine Schande, etwas zu töten und es dann einfach wegzuwerfen. So etwas tun wir nur mit anderen Menschen.«

Gannadius sah sich unsicher um und wünschte sich (nicht zum erstenmal in seinem Leben), er hätte den Mund gehalten. Nur weil man etwas Intelligentes und Nützliches zu sagen hat, bedeutet das nicht unbedingt, daß man es auch sagen sollte. Tatsächlich ist sogar häufiger das Gegenteil richtig, und wenn ein neunundfünfzigjähriger Berufsphilosoph in der Position ist, dem Regierungsrat einer militärischen Oligarchie etwas deutlichmachen zu können, was ohnehin schmerzhaft deutlich ist, gehört das zweifellos zu den Umständen, unter denen man den Mund lieber fest geschlossen halten und sich in nichts einmischen sollte.

Das Stiftshaus war gewaltig, vier- oder fünfmal so groß wie das Stiftshaus zu Hause und wahrscheinlich größer als die Ratskammer von Perimadeia, obwohl Gannadius die nur ein paarmal gesehen hatte und sich nicht richtig daran erinnern konnte. Wie die meisten öffentlichen Gebäude der Stiftung wirkte es leicht und luftig, mit einem hohen Kuppeldach und fünf riesigen Fenstern, alle verglast mit Tausenden von kleinen Scheiben aus klarem, leicht bläulichem Glas, dessen Farbe zeigte, daß es vermutlich irgendwann im Verlauf der letzten zwanzig Jahre aus Perimadeia gekommen war. Das hieß auch, daß die Scheiben inzwischen unersetzlich waren. Auch andere konnten Glas herstellen, aber niemand kannte die Geheimformel der Stadt, die die Gilde viele Jahrhunderte lang fanatisch gehütet hatte. Als Junge hatte Gannadius mit wohligem Schaudern den finsteren Geschichten von Gildenmördern gelauscht, die jeden Glaser der Stadt gnadenlos verfolgten und töteten, wenn er versuchte, sich davonzuschleichen und Fremden das Geheimnis zu verraten. Später hatte er herausgefunden, daß das Geheimnis gar keines war; perimadeianisches Glas hatte diese leichte Blaufärbung, weil der Sand, der zu seiner Herstellung benutzt wurde, einen Inhaltsstoff hatte, der nur an der Küste dieser Region vorkam. Dennoch, es war eine gute Geschichte.

Ein Saaldiener berührte ihn an der Schulter und wies ihn zu einem leeren Stuhl, ganz hinten, direkt gegenüber der Bühne und dem Rednerpult, wo die Fakultätsoberhäupter sich niederlassen würden. Er dankte dem Mann und machte sich auf den weiten Weg über den Marmorboden, wobei er wieder einmal über die außergewöhnliche Akustik dieses Raumes staunte. Noch in der Mitte konnte er genau vernehmen, was die beiden weit entfernten Männer sprachen, die ganz in der Nähe des ihm angewiesenen Platzes standen. Er lächelte, als er darüber nachdachte, daß eine Ratskammer, in der selbst die leisesten geflüsterten Gespräche überall im Gebäude gehört werden konnten, die Politik entweder sehr langweilig oder sehr aufregend machen mußte.

Den Mann zu seiner Linken kannte er nicht, aber der zu seiner Rechten war ein gewisser Haime Mogre, der angewandte Metaphysik und Militärverwaltung unterrichtete; sie hatten hin und wieder bei Fakultätsbesprechungen kurz miteinander geredet. Soweit Gannadius wußte, waren die Mogres eine mächtige Armenfamilie, ihr Familienname bedeutete »dünn«, oder »ausgehungert« (keine erbliche Eigenschaft), und Haime war der jüngste Sohn in seiner Generation, was bedeutete, daß er den niedrigsten Posten erhalten hatte, zu dem seine Abstammung und Position ihm Zutritt gestatteten – eine ziemliche Last, denn er wäre für eine der geringeren Fakultäten wie Buchhaltung oder Poesie besser geeignet gewesen, aber beides war zu unwichtig, als daß man ihm gestattet hätte, dort zu arbeiten. Haime war, wie er selbst zugab, ein schlechter Metaphysiker und ein furchtbarer Verwalter, aber (wie er bei jeder Gelegenheit erklärte) jeweils nicht annähernd so schlimm wie sein Bruder Huy, der ein Jahr älter und in beiden Fachbereichen sein direkter Vorgesetzter war.

»Das ist schrecklich«, murmelte Haime immerzu, nachdem er sich vorgebeugt hatte, und er flüsterte so leise in Gannadius' Ohr, daß dieser die Worte kaum verstand – daran war wahrscheinlich auch wieder diese seltsame Akustik schuld. »Eine absolute Katastrophe.«

Gannadius nickte mitfühlend. »Das nehme ich an«, flüsterte er zurück, obwohl er nicht wußte, wieso es notwendig sein sollte, so heimlich zu tun. »Zwei Niederlagen hintereinander ...«

Haime Mogre starrte ihn an, als hätte er den Verstand verloren. »Ich spreche nicht von der militärischen Situation«, erwiderte er. »Verdammt, wenn wir nicht einmal den Verlust von ein paar hundert Männern hinnehmen können, sollten wir wirklich einpacken. Nein, ich meine die Auswirkung, die es auf das Gleichgewicht der Macht haben wird. Ich kann mir wirklich nicht vorstellen, wie wir diesmal davonkommen sollen.«

»Ah«, erwiderte Gannadius. »Es tut mir leid, ich kenne mich mit Stiftungspolitik nicht sonderlich aus.«

»Nun«, erwiderte Mogre, und dann holte er tief Luft und begann zu erklären. Daß er extrem leise sprach, die Situation unglaublich kompliziert war und in der Schlüsselfamilie, den Deporfs, deren Mitglieder sich gleichmäßig auf drei der vier einander befehdenden Parteien verteilten, alle männlichen Kinder einem Brauch zufolge den Vornamen Hain erhielten, machte die Sache für Gannadius nicht einfacher. Dennoch gelang es ihm, genug Einzelheiten zusammenzufügen, um zu begreifen, daß Juifrez Bovert, der Kommandant der ersten verlorenen Einheit und nun Gefangener der Bank, der Rückkauffraktion angehört hatte (die sich einmal dafür ausgesprochen hatte, den Hectemoren zu erlauben, die Hypotheken zurückzukaufen, aber inzwischen heftige Gegner dieses Gedankens waren), weshalb die Separatisten (Befürworter eines separaten Komitees für Finanzen und allgemeine Angelegenheiten) darauf bestanden hatten, daß Renvault Soef den Gegenschlag führen sollte. Die Separatisten und die Rückkäufer befanden sich mitten in einer Auseinandersetzung über Veränderungsvorschläge hinsichtlich der militärhistorischen Lehrbücher, mit der Folge, daß die Abweichler (die sich vor siebzig Jahren gegen die Annexion von Doure ausgesprochen hatten) nun genug Munition hatten, um sich in ihrem Disput über die leere Stelle im Fakultätsrat der Geringeren Künste auf die Separatisten einzuschießen. In besagtem Disput hatten sie sich auf die Seite der Traditionalisten (die Befürworter der traditionellen Formulierung der Grundsätze der Stiftung, im Gegensatz zur Ersten,

Zweiten und Dritten revidierten Fassung) geschlagen, im Austausch für deren Unterstützung in der ärgerlichen Frage, die Medizin nicht länger als Unterabteilung der Geringeren Wissenschaften zu betrachten, sondern als separate Fakultät anzuerkennen. Die Situation wurde zusätzlich kompliziert durch das unverantwortliche Verhalten von Hain Doce Deporf, der sich plötzlich in den Kopf gesetzt hatte, in der Doure-Sache die Seiten zu wechseln ...

(»Streiten sie immer noch darüber?« unterbrach Gannadius. »Nach siebzig Jahren?«

»Selbstverständlich«, erwiderte Mogre. »Tatsächlich fängt die Debatte gerade erst an, interessant zu werden.«)

...und damit das Gleichgewicht des Akquisitionskomitees gefährlich zum Vorteil der Traditionalisten verschob, denen die Annexion scheißegal war, die aber nun in der Unterkommission zu diesem Thema den Rückkäufern die Mehrheit abgerungen hatten.

»Und jetzt muß so etwas passieren«, fuhr Mogre fort. (Gannadius hatte immer noch keine Ahnung, welche Fraktion er unterstützte.)

»Ihr könnt wahrscheinlich schon vorhersehen, was geschehen wird, oder? Die Separatisten werden ihr Bestes tun, die Geiseln zu begraben und die ganze Angelegenheit zu vergessen, weil es überwiegend ihr Fehler ist, was bedeutet, daß die Abweichler einen Rettungsversuch unternehmen werden, um die Separatisten und die Rückkäufer in Verlegenheit zu bringen, also werden die Traditionalisten in der Lage sein, die Separatisten zu zwingen, ihre Ablehnung der revidierten Deklaration zurückzuziehen, wenn sie wollen, daß die Traditionalisten in der Geiselsache gegen die Abweichler stimmen. Und all das«, schloß er, »als wir gerade dachten, daß wir in der Maßstäbesache etwas erreicht hätten. Man könnte heulen.«

Bevor Gannadius auch nur nach der veränderten Deklaration – ganz zu schweigen von der Maßstäbesache – fragen konnte, schlug der oberste Saaldiener mit seinem Ebenholzstab auf den Boden der Bühne, um Ruhe zu fordern, und alle erhoben sich, als die Leiter der Fakultäten hereinkamen. Es waren alles uralte Männer, zwei von ihnen so gebrechlich, daß sie von ein paar Saaldienern hereingeführt werden mußten wie Betrunkene, denen ihre Freunde nach Hause helfen. Alle trugen fließende scharlachrote Gewänder unter ärmellosen, vergoldeten Kettenhemden, die bis unter die Knie reichten und bestimmt vierzig Pfund wogen, und jeder hatte ein Zeremonienschwert und eine riesige Ausgabe der Artikel in einer langen Silberröhre von der Größe eines handelsüblichen Abschnitts perimadeianischer Abflußrohre in der Hand, die ihnen die Saaldiener abnahmen, bevor sie sich hinsetzten, und ordentlich hinter der Bühne aufschichteten.

Narren, murmelte Gannadius vor sich hin, *nicht einmal wir sind je so schlimm gewesen, und man weiß ja, was mit uns passiert ist.*

Die Debatte begann mit einem Paukenschlag und wurde hitziger und hitziger. Es gab ein großes Geschrei zwischen drei Männern (»Wer ist das?« fragte Gannadius und zeigte auf einen hochgewachsenen Mann, der mit der Faust zur Bühne hin fuchtelte und mit äußerster Lautstärke brüllte. »Hain Deporf«, erwiderte Mogre), das mehrere Minuten dauerte, bis einer der sehr alten Männer auf der Bühne taumelnd auf die Beine kam und sich mit einer der lautesten Stimmen einmischte, die Gannadius je gehört hatte. Das brachte die drei vorangehenden Sprecher zum Schweigen, aber dann mischte sich ein weiterer, sehr alter Mann auf dem Podium ein, der seinerseits mit krächzendem Flüstern sprach, das durch die bemerkenswerte Akustik auch ganz weit hinten, wo Gannadius saß, noch zu hören war. Da er ein anderes Ratsmitglied aufs heftigste persönlich angriff (aber nicht den Mann, den er unterbrochen hatte), half es Gannadius nicht viel, daß er jedes Wort verstehen konnte; er fand es absurd, daß es ihm dank der erstaunlichen Architektur dieses wunderbaren Gebäudes möglich war, so viel zu hören und dennoch so wenig zu verstehen.

Gerade als er dabei war einzudösen, hörte er, daß sein Name erwähnt wurde, und bemerkte, daß ihn alle anstarrten. Es war ein erschreckender Augenblick, und zuerst war er nicht in der Lage, seine Beine zu einer Bewegung zu zwingen und aufzustehen.

»Ich wollte eigentlich nur sagen«, verkündete er, und seine Stimme rollte und hallte durch die riesige Kammer wie Donner in einer Felsschlucht, »daß Alexius, der ehemalige Patriarch von Perimadeia, sich auf Scona befindet.«

Er blinzelte und sah sich wieder um. Alle starrten ihn immer noch an, und ihm fiel nichts ein, was er weiterhin hätte sagen können. Er zwang sich trotzdem fortzufahren.

»Es gibt einen Grund, weshalb ich annehme, dies könnte wichtig sein«, meinte er. »Ich kenne Alexius seit vielen Jahren, und ich kann mir nicht vorstellen, daß er aus freiem Willen nach Scona gegangen ist. Also nehme ich an, daß jemand aus ihrer Regierung ihn dazu gebracht hat. Man fragt sich allerdings«, fuhr er fort und spürte, daß er langsam in Fahrt kam, »was die Bank von Scona mit einem fünfundsiebzigjährigen Philosophen will. Das hat mich auch verwundert, bis ich mich an etwas erinnert habe, was ich einmal über die Familie Loredan gehört habe.«

Er legte eine dramatische Pause ein – und tatsächlich, alle waren bei der Erwähnung des Namens Loredan aufmerksam geworden. Er holte tief Luft und fuhr fort. »Wie Ihr vielleicht wißt, lebte der Bruder von Niessa und Gorgas Loredan in Perimadeia; tatsächlich war es Bardas Loredan, der die Verteidigung der Stadt gegen die Nomaden geleitet hat. Ich sollte vielleicht nebenbei noch erwähnen, daß er, im Gegensatz zu dem, was Ihr vielleicht gehört habt, angesichts der schrecklichen Situation hervorragende Arbeit geleistet hat. Nicht nur gegenüber der überwältigen Übermacht und Entschlossenheit des

Feindes, sondern auch, was den heruntergekommenen Zustand der Verteidigungsanlagen und einen kriminellen Mangel an Mitarbeit von seiten der städtischen Behörden anging. Aber schließlich hatte er das Soldatenhandwerk auch unter dem berühmtesten General der Stadt, seinem Onkel Maxen, gelernt. Eines ist klar: Bardas Loredan ist ein ausgesprochen fähiger und begabter Soldat, und ich möchte ihn in einem Krieg ungern auf der Seite meiner Feinde wissen.«

Wieder hielt er einen Augenblick inne, dann fuhr er fort. »Leider könnte das durchaus der Fall sein. Sowohl auf Scona als auch hier ist allgemein bekannt, daß Bardas Loredan sich vor vielen Jahren mit seinem Bruder und seiner Schwester zerstritten hat und nichts mehr mit ihnen zu tun haben möchte, obwohl er seit dem Fall Perimadeias auf Scona gewohnt hat. Ihr wißt aber vielleicht noch nicht, daß Patriarch Alexius in den alten Zeiten einer der wenigen engen Freunde von Bardas war, und wenn irgendwer es schaffen könnte, Bardas Loredan mit seiner Schwester zu versöhnen, dann ist das Alexius. Ich rede selbstverständlich von gewöhnlicher Überredung, denn ich weiß, daß nicht alle von Euch an die eher abstrusen metaphysischen Nebenwirkungen des Prinzips glauben, die es angeblich möglich machen sollen, die Zukunft zu verändern und das Handeln anderer Menschen zu beeinflussen.

Solltet Ihr allerdings daran glauben, dann wird es vielleicht für Euch von Interesse sein, daß Alexius – ebenso wie ich – mit einer seltsamen und recht verblüffenden Folge von Ereignissen zu tun hatte, von denen wir glauben, daß sie auch Bardas Loredan und eine gewisse Manipulation des Prinzips betrafen, und Alexius fungierte, wenn ich es einmal so ausdrücken darf, bei alldem als der Hauptkanal des Prinzips.

Wie dem auch sei, ich möchte nur darauf aufmerksam machen, daß die Aussicht, daß Scona auf die Dienste eines Soldaten vom Schlage eines Bardas Loredan zugreifen könnte, vielleicht dazu führen sollte, noch einmal ausführlich nachzudenken, bevor wir uns in irgendwelche militärischen Auseinandersetzungen verstricken lassen. Die Götter wissen, daß ich von Kriegsführung keine Ahnung habe, aber selbst ich erkenne, daß uns ein Krieg mit Scona selbst ohne Loredan gewaltig schaden könnte, wenn wir verlieren – und nicht viel nützen, wenn wir gewinnen. Bardas Loredan könnte eine schlimme Situation erheblich schlimmer machen, also schlage ich vor, daß Ihr, wie wir es in der Stadt auszudrücken pflegten, noch einmal darüber schlaft.«

Das Schweigen, das dieser Ansprache folgte, war ein wenig beunruhigend – es reichte aus, daß sich Gannadius wünschte, sich nicht ganz so schnodderig ausgedrückt zu haben (aber sie hatten ihn geärgert; sie hatten ihn geärgert, seit er hier eingetroffen war, und er wollte es ihnen heimzahlen). Einen Augenblick lang glaubte er, sich vollkommen zum Narren gemacht zu haben und daß niemand auch nur im geringsten auf seine Worte achten würde. Aber dann erhob sich jemand mitten in der dritten Reihe und erklärte, damit sei nun alles klar, es sollten auf keinen Fall weitere Männer nach Scona entsandt werden, nachdem sie diesen neuen Kommandanten hätten – es sei doch offensichtlich, daß Bardas Loredan für sie arbeitete; das erklärte auch, wie es ihnen gelungen war, die überlegenen Kräfte der Stiftung zweimal hintereinander zu besiegen. Noch bevor er zu Ende gesprochen hatte, sprang ein anderer auf und erklärte, dies sei im Gegenteil ein Grund, wieso Shastel sofort und mit überwältigender Kraft zuschlagen sollte, um die Bedrohung im Keim zu ersticken, bevor dieser neue Loredan Zeit hatte, die gesamte Armee neu auszubilden und unbesiegbar zu machen. Schon bald darauf drosch die hervorragende Akustik des Stiftshauses mit gewaltigem Wogen lauter, streitsüchtiger Stimmen auf Gannadius ein, jede einzelne kristallklar und wunderbar verständlich. Er schloß die Augen, sackte auf seiner unbequemen Bank ein wenig zusammen und stöhnte.

Er beugte sich jetzt über sie, mit leicht verwunderter Miene, als versuchte er sich zu erinnern, wer sie war. Ein leichtes Zukken der Augenbrauen – jetzt hatte er sich erinnert und versuchte herauszufinden, was sie hier tat. Wo immer hier sein mochte. »Ich bin's«, wollte sie sagen, »Vetriz. Erinnert Ihr Euch, wir haben uns in der Stadt kennengelernt, kurz nachdem Ihr vor Gericht gegen jemanden gekämpft habt, gegen den Ihr angeblich keine Chance hattet, und dann saßen wir in einer Taverne hinter Euch und sprachen über den Kampf und sagten alle möglichen taktlosen Dinge, und dann sind wir einander immer wieder begegnet, und als Ihr mit der Verteidigung der Stadt befaßt wart und Venart diesen Handel mit den Seilen vorschlug ...« Sie konnte hören, wie sie das alles sagte, aber sie wußte genau, daß die Worte aus irgendeinem Grund nicht herauskamen.

Weil sie tot war.

Dieser Traum gefällt mir überhaupt nicht. Ich finde ihn ekelhaft.

»Wie kommst du darauf, daß es ein Traum ist?« Ohne sich zu regen – sie schien sich nicht bewegen zu können – schaute sie in die andere Richtung und sah den anderen Loredan, Gorgas. Noch ein vertrautes Gesicht, aber keines, das in ihren Träumen willkommen war. Es hatte eine Zeit gegeben, in der sie vollkommen gegen ihre sonstige Gewohnheit zugelassen hatte, daß dieser attraktive, aber widerwärtige Mann eine Affäre mit ihr hatte, während ihr Bruder verreist war ... und nun erklärte er ihr, sie sei tot. *Verschwinde.*

»Das kann ich nicht«, erwiderte er grinsend. »Ich bin nicht hier. Und, um genau zu sein, bist du das auch nicht. Das hier ist nur deine Leiche. Du bist ertrunken.«

Ach ja?

Gorgas Loredan nickte. »Schiffbruch«, sagte er, und dann fiel ihr auf, daß sein Bruder Bardas seine Anwesenheit offenbar nicht bemerkt hatte. »Du warst auf dem Heimweg, nachdem ihr eure Geschäfte hier abgeschlossen hattet, und dein Bruder hat die Strömung falsch eingeschätzt, und eine heftige Nordostbö hat euch getroffen. Ihr seid bei Ustel aufgelaufen. Ihr hattet nie eine Chance, nicht bei diesen Felsen und bei Nacht. Was für eine Art zu sterben«, fügte er traurig hinzu.

Aber Venart ist ein guter Navigator. Er mag mit anderen Dingen nicht so gut zurechtkommen, aber mit dem Schiff kann er umgehen. Er würde nie einen solchen Fehler machen.

»Vielleicht nicht allein.« Gorgas Loredan lächelte. »Aber du bist nicht die einzige mit seltsamen Träumen. Die Menschen lassen sich leichter etwas einreden, wenn sie schlafen. Das ist eine bekannte Tatsache.«

Vetriz versuchte zornig, sich zu bewegen. Am liebsten hätte sie Gorgas Loredan eine Ohrfeige gegeben, die er nicht so schnell vergessen würde. Leider schien nichts zu funktionieren; es war, als befände sie sich auf der falschen Seite einer geschlossenen Tür.

»Schon gut«, meinte Gorgas mit hassenswertem Grinsen, »ich könnte so etwas nicht, selbst wenn ich wollte. Ich weiß wirklich nicht, wieso die für gewöhnlich makellose Navigation deines Bruders in diesem Fall solch unangenehme Folgen hatte. Ich habe kaum eine Ahnung, wie diese Sachen funktionieren.«

Vetriz spürte, wie in dem abgelegenen Teil ihres Geistes, der immer noch funktionierte, etwas an Ort und Stelle rutschte wie ein rostiger Riegel, der endlich nachgab. *Du bist ein – wie hat Alexius es ausgedrückt? – ein Naturtalent. Du kannst Dinge tun, die nicht wirklich magisch sind, aber am Ende so aussehen.*

Gorgas nickte ernst. »Das ist im großen und ganzen richtig«, erwiderte er. »Um ehrlich zu sein, bin ich nicht einmal überzeugt, daß ich es selbst bin; nein, das stimmt so nicht ganz. Sagen wir, der Teil von mir, der so etwas tun kann, ist eine Art Minderheit, und zwar eine recht unangenehme und unruhige.

Wann immer es etwas zu tun gibt und sich alle Teile meines Ichs versammeln, um eine Entscheidung zu treffen, wird dieser Teil überstimmt. Würde ich zum Melodram neigen, was ganz bestimmt nicht der Fall ist, würde ich es den Teufel in mir nennen, obwohl auch das nur irreführend wäre – denn es klänge wie ein äußerlicher Einfluß, von dem ich irgendwie besessen bin, und so etwas ist es nicht. Aber ja, es gibt einen Teil von mir, der auf unnatürliche Weise und in solchem Ausmaß auf das Prinzip eingestellt ist, daß er diese bizarre Fähigkeit hat, ein paar Sekunden lang ebenso in der Zukunft wie in der Gegenwart und Vergangenheit zu existieren. Ich kann es bestenfalls so erklären, daß es sich um eine Art Ausgleich für all die Zeit handelt, die ich in meiner eigenen Vergangenheit verbringen muß, was kein angenehmer Ort ist. Ist das halbwegs verständlich?«

Um ehrlich zu sein, weiß ich nicht genug darüber.

Gorgas seufzte. »Das tut niemand, nicht einmal die Experten. Nicht einmal dein Freund Alexius, der mehr über das Prinzip weiß als jeder andere – ich habe ihn gefragt. Und, was noch wichtiger ist, ich habe ihn noch einmal gefragt, als er nicht hinschaute.«

Du meinst, du bist in seine ...

»In seine Gedanken eingedrungen?« Gorgas zuckte mit den Schultern; inzwischen war Bardas davongegangen; er war ein paar Schritte weiter den Strand entlanggeschlendert und betrachtete etwas, das wie eine andere angeschwemmte Leiche aussah, aber Vetriz konnte es nicht genau erkennen – Gorgas' Bein war im Weg. »Das läßt mich wie eine Art metaphysischen Einbrecher klingen. Er denkt, daß das Prinzip – zum Teufel, ich hatte wirklich keine Ahnung, was er mir da erzählte, es war alles viel zu technisch, aber er meinte, der nützlichste Vergleich sei der mit einem Becher Wasser, der auf einem Tisch steht, wenn ein schwerer Ochsenwagen oder eine Abteilung Soldaten draußen vorbeikommt. Man sieht nicht, was dazu führt, daß der Tisch sich ein winziges bißchen bewegt, aber die Oberfläche des Wassers im Becher hat diese kleinen Wellen, und man kann sein Spiegelbild nicht mehr sehen. Alexius geht davon aus, daß das Prinzip der Wagen ist – oder auch die Soldaten –, und der Becher unser Geist, vage imstande, die Existenz des Prinzips zu spüren, aber nicht fähig, es wirklich wahrzunehmen. Ich bin da anderer Ansicht; ich denke, die Visionen – oder wie immer du es nennen willst –, die ich von Zeit zu Zeit habe, sind die Augenblicke, in denen kein Verkehr herrscht. Ich würde noch weitergehen und behaupten, daß der Verkehr nur dann innehält, wenn er auf etwas wartet – ich sehe, was ich sehe, wenn das Prinzip einen Augenblick erreicht hat, in dem sich eine Sache in diese oder jene Richtung entwickeln könnte, aber in diesem Augenblick ist der Verlauf, den die Zukunft nehmen wird, noch nicht entschieden, es ist ein Gleichgewicht, das vor- und rückwärts schwankt, und wenn ich die Gelegenheit ergreife und meinen Fuß auf eine der Waagschalen stelle ... aber das ist alles pseudometaphysischer Quatsch. Ich weiß nur, daß ich einmal sah, wie Alexius meinen Bruder bei einem Kampf vor Gericht beobachtete, und er versuchte, den Ausschlag der Waage gegen ihn zu beeinflussen, also mußte ich mich einmischen und sie in die andere Richtung stoßen. Ich habe das Gefühl, daß ich, weil ich nicht wirklich verstand, was ich da tat, auch noch eine ganze Menge anderer Dinge verändert habe – Dinge, von denen ich damals nichts wußte und von denen ich zum Teil auch noch heute nichts weiß. War das jetzt verständlicher?«

Ungefähr sosehr wie zuvor. Aber sprich weiter. Wenn ich tot bin, habe ich es nicht gerade eilig.

»Scheint so.« Gorgas fuhr fort: »Eine andere seltsame Sache ist, daß ich bei diesen Missionen immer wieder auf dich stoße. Erinnerst du dich?«

Nur zu lebhaft.

»Ich mache das nicht mit Absicht, das kann ich dir versichern. Also habe ich versucht, ein wenig mehr über dich herauszufinden – mit großem Erfolg«, verkündete er mit selbstzufriedenem Grinsen. »Und das Seltsame daran ist, daß du eine so durchschnittliche kleine Person bist, die absolut nichts Bemerkenswertes an sich hat.«

Danke.

»Keine Ursache. Alle anderen Menschen, denen ich auf diesen ... nennen wir es einmal Exkursionen begegne, sind, was man vermutlich als bemerkenswerte Personen bezeichnen könnte. Nehmen wir zum Beispiel Alexius oder meine widerwärtige Nichte und meine Schwester – es war ein Schock, ihr zu begegnen, das kann ich dir sagen. Sie war alles andere als erfreut. Dann ist da noch Bardas, obwohl er dort nicht richtig hingehört; es scheint, als würde er nur hineingezogen, wahrscheinlich wegen Niessa und mir. Und da ist dieser kluge Doktor Gannadius, der angeblich mehr Einsicht und Kraft hat als Alexius, aber nicht annähernd so intelligent ist, und seit einiger Zeit gibt es eine neue Person, eine junge Studentin in der Stiftung von Shastel; auch sie eine bemerkenswerte Person, ich habe mir angesehen, was sie in der Zukunft tun wird, und sie ist zweifellos ein echter Hammer. Aber du – es verwundert mich einfach. Und jetzt bist du hier und bist tot und hast in deinem ganzen kurzen und oberflächlichen Leben nie etwas erreicht. Das kapiere ich einfach nicht.«

Es tut mir leid. Kann ich jetzt bitte aufwachen?

»Warum nicht?« sagte Gorgas ...

... und sie saß aufrecht im Bett, eine Decke um die Schultern gewickelt und rief: »Ven!«

In dem Bett auf der anderen Zimmerseite brummte ihr Bruder vor sich hin und rührte sich. »Schlaf weiter«, murmelte er.

»Ven, hast du gerade geträumt?« fragte sie ängstlich. »Gerade eben?«

Venart stützte sich auf den Ellbogen. »Wovon redest du?« fragte er noch ziemlich benommen.

»Hattest du gerade einen Traum, in dem ein kahlköpfiger Mann vorkam? Sag schon, es ist wichtig.«

»Keine Ahnung.« Venart rieb sich das Gesicht mit geballten Fäusten. »Ich kann mich nicht erinnern – ich kann mich nie an meine Träume erinnern. Und jetzt schlaf weiter, Triz. Es ist mitten in der Nacht.«

Vetriz seufzte. Sie hatte das Gefühl, ihr Kopf würde gleich platzen. Sie stand auf, goß sich Wasser in einen Becher, trank und ging wieder ins Bett. »Tut mir leid«, sagte sie. »Ich hatte einen Alptraum oder so.«

»Zuviel Blutwurst«, meinte Venart müde. »Du solltest inzwischen wissen, daß du das zum Abendessen nicht verträgst. Schlaf weiter.«

Vetriz legte sich wieder hin, aber sie wollte die Augen nicht schließen. Es war wie damals in jenen schrecklichen Nächten, als sie noch ein kleines Mädchen und überzeugt gewesen war, daß etwas unter dem Bett oder hinter dem Vorhang lauerte. Aber sie war auch wütend und schämte sich. Und es war ihr ebenso unmöglich, wieder einzuschlafen, wie ganz bewußt nicht an einen Affen zu denken.

»Ven«, sagte sie.

»Sei still.«

»Ven, du wirst auf dem Heimweg ganz besonders vorsichtig sein, oder?«

»Nein, ich werde uns gezielt auf den ersten Felsen auflaufen lassen, den ich finden kann. Und du bekommst nie wieder Blutwurst zum Abendessen.«

»Schon gut«, sagte Vetriz. »Aber du versprichst, daß du vorsichtig sein wirst, ja?«

»Versprochen. Ich verspreche dir alles, was du willst, wenn du endlich still bist und mich schlafen läßt.«

Sie hörte die Riemen unter der Matratze knarren, als er

sich umdrehte, und bald setzte sein charakteristisches leises Schnarchen wieder ein. Sie schloß die Augen und versuchte, sich Tauben vorzustellen, die auf einem hohen Baum landeten, was für gewöhnlich einschläfernd wirkte. *Tot*, dachte sie. *Und ich war immer noch da in dieser Leiche – was für ein widerwärtiger Gedanke. Nur daß wir das schließlich alle sind, etwas Lebendes in einem Körper. Aber durchschnittlich und nicht bemerkenswert ... andererseits – warum nicht? Man hat erheblich weniger Ärger, wenn man nicht bemerkenswert ist. Es ist viel besser, ein langweiliges, zufriedenes Leben zu führen und dann zu sterben.*

Sie versuchte, weiterhin die Tauben zu beobachten, die auf den Baum zuflogen, wie sie die Flügel anlegten, sie dann wie Segel ausbreiteten, um langsamer zu werden, und schließlich auf den Ästen des Baumes zu landen; aber die Vision wurde von Wellen getrübt, wie die Wasseroberfläche eines Teiches, in den man einen Stein hineingeworfen hat. Vielleicht sollten sie einen Tag früher oder später in See stechen, aber ihre Vision hatte keinen bestimmten Tag angegeben. Es war gut und schön zu versuchen, dieser Zukunft, die sie gesehen hatte, aus dem Weg zu gehen, aber so etwas kannte sie aus vielen Geschichten: Wenn sie einen Tag später abfuhren, würde genau das der Tag des Sturms sein und nicht der, an dem sie ursprünglich vorgehabt hatten abzureisen. Und was, wenn sie einfach auf Scona blieben? Was, wenn sie den Rest ihres Lebens hier verbrachten? Es war gut möglich, daß das nur zu einer anderen, noch unangenehmeren Kette von Umständen führte – und am Ende zu einem noch widerwärtigeren Schicksal als Ertrinken. Und was? Nun, zum Beispiel, das ganze Leben auf Scona zu verbringen.

Vielleicht (dachte sie schläfrig) war das Ganze eine Fälschung, ein Bild, das *er* ihr in den Kopf gesetzt hatte, damit sie die Insel nicht verließ. Aber warum sollte er das tun? Aus offensichtlichen Gründen? Das war recht unwahrscheinlich. Wegen irgendwelcher Zaubereien, die er plante? So etwas wie Zauberei gab es nicht. Es gab überhaupt keinen Grund, irgend etwas von einer so durchschnittlichen und gewöhnlichen Person wie ihr zu wollen. Sie begann einzuschlafen, und langsam flogen die Tauben wieder auf den Baum zu, flatterten und landeten, und als Vetriz am nächsten Morgen erwachte, konnte sie sich nicht erinnern, noch andere Träume gehabt zu haben.

8

F*amilie*, murmelte Gorgas Loredan vor sich hin. *Familie ist das wichtigste im Leben, aber manchmal kann sie verdammt lästig werden.* Er drückte die Schulterblätter gegen die Lehne der harten Steinbank und seufzte.

Die Tür ging auf, und ein Schreiber kam heraus. Seine Nasenspitze war über dem Stapel Messingrollen, den er trug, gerade noch sichtbar. »He da«, rief Gorgas. »Was macht sie eigentlich da drin?«

Der Schreiber blieb stehen. »Die Direktorin ist in einer Besprechung«, klang eine dünne, gequälte Stimme hinter dem hohen Stapel hervor. »Sie wird Euch wissen lassen, wann sie fertig ist.«

»Wunderbar«, erwiderte Gorgas. »Ich komme im Eiltempo aus Penna zurück, weil sie mich unbedingt sehen will, weil es angeblich um Leben oder Tod geht, und jetzt kann ich hier im Vorzimmer Wurzeln schlagen, als wäre ich ein Pächter, der mit seinen Zahlungen im Rückstand ist. Ich habe da draußen einen Krieg zu führen ...«

Der Schreiber sagte kein Wort mehr, sondern ging einfach, und nach einem Augenblick beruhigte sich Gorgas wieder. Er war vielleicht wütend auf seine Schwester, aber das war kein Grund, es an den Schreibern auszulassen – etwas, das er nie getan hätte, hätte ihm sein Rücken nicht so weh getan und wären seine Stiefel nicht von der Überquerung eines Flusses, der Hochwasser hatte, immer noch klatschnaß gewesen. Er schüttelte den Kopf, weil er so die Nerven verloren hatte, dann streckte er sich aus und legte die Füße auf die andere Armlehne der Bank, stopfte sich seinen zusammengerollten Mantel unter den Kopf und versuchte sich zu entspannen. Von allem anderen abgesehen, zahlte es sich nicht aus, bei einer Besprechung mit Niessa Loredan schlechte Laune zu haben, ganz gleich, wer man war.

Die Tür ging auf, und instinktiv setzte sich Gorgas aufrecht hin, genau wie als Junge, wenn seine Mutter hereingekommen war und ihn dabei erwischt hatte, wie er sich in den Sessel fläzte. Die beiden Männer, die das Büro verließen, erkannte er als Diplomaten aus Shastel – nicht die üblichen Vertreter der Stiftung, die auf Scona lebten, sondern tatsächlich eine Gesandtschaft. Sie sahen so müde aus, wie er sich fühlte, und ihre Mäntel und Hosen waren beinahe so feucht und schlammig wie seine – sie hatten wohl schnell neue Vorschläge überbringen müssen. Kein Wunder, daß Niessa ihn hatte warten lassen.

Ein Schreiber führte sie nach draußen, und einen Augenblick später erschien Niessa in der Tür und winkte ihn herein.

»Worum ging es denn da?« fragte er.

Niessa lächelte dünn, und ganz plötzlich veränderte sich ihr Gesicht von der selbstsicheren Maske, die er sofort als ihr Verhandlungsgesicht erkannt hatte, in das Porträt einer Frau in mittleren Jahren mit Kopfschmerzen, die für heute genug abbekommen hatte.

»Frag nicht«, sagte sie. »Es hat etwas mit Stiftungspolitik zu tun, und inzwischen habe ich so viele Fraktionsführer in meiner Tasche, daß der Laden praktisch mir gehört, aber ich habe immer noch nicht die geringste Ahnung, was da los ist. Komm herein«, fügte sie hinzu, als würden ihr seine nassen Stiefel und schmutzigen Hände zum erstenmal auffallen. »Ich glaube, wir können beide einen heißen Zider und ein paar Pfannkuchen brauchen.«

Gorgas verkniff sich ein Lächeln. Wenn seiner Schwester alles zuviel wurde, lenkte sie sich mit Essen ab und zwang auch anderen Essen auf; gutes, nahrhaftes Bauernessen in großen Mengen, mit einem heißen Getränk, um es hinunterzuspülen. Er hatte einmal zugesehen, wie sie sich mit grimmiger Miene durch einen Stapel Todesurteile gearbeitet hatte, die Feder in der einen und einen zusammengeklappten Pfannkuchen in der anderen Hand – und eine Serviette im Ärmel, damit das Pergament keine Fettflecken bekam. Er folgte ihr in ihre Schreibstube und ließ sich auf den Besuchersessel fallen, während sie nach dem Diener klingelte und das Essen bestellte.

»Sie haben behauptet«, fuhr sie fort, als sie sich selbst hinsetzte, »daß sie uns im Gegenzug für die Freilassung von Juifrez Bovert und den anderen, die du da oben in – wie heißt der Ort noch?«

»Penna.«

»Genau, Penna, festgesetzt hast ... also, wenn wir sie gehen lassen, würden sie die Existenz der Bank als souveräne Körperschaft offiziell anerkennen ...«

»Wie nett von ihnen«, unterbrach Gorgas. »Das tun sie doch längst.«

» ... und den Hectemoren offiziell erlauben, die Darlehen für die Rückzahlung der Hypotheken bei uns aufzunehmen«, fuhr Niessa fort, »immer vorausgesetzt, daß wir ihnen eine Kommission für die Vorschüsse der Hypothekenrückkäufe zahlen, all unsere Berater vom Festland abziehen und unsere Aktivitäten dort auf einen begrenzten Bereich beschränken.« Sie seufzte und stützte sich auf die Ellbogen. »Nun? Was hältst du davon?«

Gorgas dachte einen Augenblick lang nach. »Es ist irgendwie zu gut, um wahr zu sein«, sagte er. »Es ist, als würden sie ihren gesamten Kundenstamm kampflos abgeben. Und die Bedingungen sind bedeutungslos, weil beide Seiten wissen, daß wir uns nicht daran halten werden. Das können wir einfach nicht.«

Niessa nickte nachdenklich. »Es ist eine Fraktionsangelegenheit«, sagte sie. »Fraktion B bringt die Ratsversammlung dazu, ein militärisches Abenteuer zu beginnen, das schiefgeht. Nun läßt Fraktion A Fraktion B dumm dastehen, indem sie die militärische Situation ungeheuer aufbläst und dann behauptet, daß nur noch verzweifelte Maßnahmen die Stiftung vor den Folgen des Versagens von Fraktion B retten könnten. Sobald Fraktion A dann die Oberhand hat, zerreißen sie alle Übereinkommen und beginnen mit ihren eigenen Abenteuern, in der Hoffnung, daß es diesmal gelingt. Das ist das wirklich Ärgerliche an diesen Leuten«, fügte sie hinzu und zog plötzlich eine barsche, asymmetrische Grimasse, »sie zwingen uns zu einem Krieg, aber es interessiert sie nicht einmal, ob sie gewinnen oder verlieren, es geht ihnen nur um eine andere Arena für ihre Fraktionskämpfe. Wie im Namen aller Götter soll ich einen Krieg führen, wenn ich nicht einmal weiß, was die andere Seite damit erreichen will?«

Gorgas grinste. »Dann ist es ja gut, daß sie immer verlieren«, sagte er.

»Das ist nebensächlich«, antwortete Niessa verärgert. »Sie können es sich leisten. Wir können es uns nicht leisten, weiter zu gewinnen. Jedesmal, wenn wir einen ihrer Stoßtrupps zerreiben, kostet es mich Geld und Menschenleben, die ich mir nicht leisten kann. Wie soll ich auf diese Weise ein Geschäft führen? Ich kann all diese toten Hellebardiere leider nicht aufsammeln und verkaufen. Und ich kann die Sache auch nicht zu Ende bringen, denn die einzige Möglichkeit, diese Angelegenheit zu beenden, besteht darin, daß wir verschwinden und nie wiederkommen.«

»Oder wir nehmen Shastel ein«, unterbrach Gorgas ruhig. »Hast du je daran gedacht?«

Niessa warf ihm einen verächtlichen Blick zu. »Rede keinen Unsinn, Gorgas, wer glaubst du, wer wir sind – die Stadt? Wir haben Hunderte von Männern, sie haben Tausende. Wir sind nur deshalb noch hier, weil sie sich ungern mit Schiffen abgeben. Und«, fügte sie verbittert hinzu, »weil der Krieg so nützlich für sie ist. Für diese Fraktionen sind wir ein Gottesgeschenk. Außerdem«, fügte sie mit kälterem, härterem Tonfall hinzu, »kann ich mir den Krieg schon so, wie er jetzt ist, nicht leisten, von einer Offensive ganz zu schweigen. Ein solcher Sieg würde uns ruinieren.«

Gorgas lächelte freundlich. »Es muß nicht unbedingt teuer sein«, murmelte er. »Perimadeia hat uns nicht ein einziges Viertel gekostet.«

»Das war etwas anderes«, erwiderte Niessa. »Das war einfach nur Glück. Soweit ich weiß, gibt es keine Horde wilder Nomaden, die aus den Bergen kommen und Shastel belagern wollen. Und dafür sollten wir lieber dankbar sein.«

»Also gut«, meinte Gorgas. »Aber schauen wir uns einmal an, womit wir es zu tun haben. Wir haben eine fette, träge Berufsarmee, die von einem Haufen Idioten befehligt wird, die ihr Le ben lang Bücher lesen und Politik spielen. Wir haben Tausende von Bauern, die für diesen Spaß zahlen und die nie etwas dagegen unternehmen werden, weil sie einfach nicht die Phantasie dazu haben. Und im Augenblick haben wir zumindest eine Fraktion, der es ziemlich übel ergeht, weil etwa sechzig Hellebardiere in einem Dorf festsitzen, das wir belagern. Bringt dich das auf irgendwelche Ideen?«

Niessa zuckte mit den Schultern. »Du willst damit sagen, daß wir uns direkt an die Fraktionen wenden sollten, die den Stoßtrupp geschickt haben, und ihnen vorschlagen, die Männer im Austausch für ein paar tatsächliche Gegenleistungen laufen zu lassen. Das würde diesen Fraktionen wiederum nützen, die internen Kämpfe verschärfen und uns den Einfluß auf die Sieger sichern.« Sie schüttelte den Kopf. »Es wird nicht funktionieren. Sobald sie haben, was sie wollen, vergessen sie, was sie uns schulden. Innerhalb eines Monats ist alles wieder beim alten.«

Gorgas schüttelte den Kopf. »Du hast eins nicht verstanden«, meinte er. »Was, wenn wir alle Gefangenen hinrichten würden, öffentlich und mit höchstmöglichem Aufwand, um den Fraktionen, die sie geschickt haben, soviel Schaden wie möglich zuzufügen? Du weißt schon, Leichen an Galgen und die Köpfe von zwei Angehörigen wichtiger Armenfamilien auf Speeren am Überseehafen, wo jeder sie sehen kann. In der Folge werden diese Fraktionen so verzweifelt sein, daß sie nicht mehr wissen, was sie tun. Dann fangen wir an zu feilschen: Ihr öffnet uns in einer dunklen, stürmischen Nacht die Tore, wir kümmern uns um eure Feinde und geben euch eure kostbare Stiftung zurück, damit ihr in Ruhe damit spielen könnt, solange ihr uns gestattet, eine diskrete, wohlerzogene Truppe dort zu postieren, wo sie auf euch aufpassen kann – zu eurem Besten, ebenso wie zu unserem. Und selbstverständlich können sie auch dafür bezahlen; in aller Stille und mit doppelter Buchführung. Auf diese Weise haben alle etwas zu gewinnen, oder glauben es zumindest.« Er hielt inne und versuchte, die Miene seiner Schwester zu ergründen. »Was meinst du?«

Die Tür ging auf, und ein Diener brachte ein Tablett mit dem Zider und den Pfannkuchen. »Das wurde aber auch Zeit«, sagte Niessa. »Stell es auf den Tisch.« Sie stand auf, begann Honig auf die Pfannkuchen zu löffeln und sie fein säuberlich zu falten. Der Diener zog sich rasch zurück.

»Nun?« fragte Gorgas.

»Nehmen wir einmal an, wir versuchen es«, erwiderte seine Schwester, »und es geht schief. Sie töten unsere Soldaten oder nehmen sie gefangen, die mit uns verbündeten Fraktionen werden als Verräter verurteilt, und die anderen entschließen sich zu einer richtigen Invasion. Sie könnten Schiffe von der Insel mieten oder sich mit den Piraten verbünden – das hätten sie schon vor Jahren tun können, aber sie wollen es nicht, wie ich dir gerade gesagt habe. Das wäre dann das Ende der Geschichte.«

»Stimmt«, gab Gorgas zu. »Aber ich hatte nicht vor zu verlieren.«

»Gut«, erwiderte Niessa mit vollem Mund. »Nehmen wir einmal an, es funktioniert. Und dann haben wir eine Weile eine Garnison in Shastel und sagen ihnen, wie sie ihr Land regieren sollen. Wozu? Wieso sollte uns das helfen? Es ist schlimm genug, diese Insel regieren zu müssen, wir brauchen nicht noch ein richtiges Land.«

Gorgas nickte. »Du hast wahrscheinlich recht«, sagte er. »Du hast mich also nicht zurückgerufen, um mich um meinen Rat zu fragen. Was willst du?«

»Es geht um Bardas«, erwiderte sie und wischte sich den Mund am Ärmel ab. »Daran hast du offensichtlich nicht gedacht, aber an ihrer Stelle wüßte ich genau, was ich tun würde. Ich würde zwanzig Männer schicken – gute Männer, Berufssoldaten –, um ihn auf ein Boot und nach Shastel zu bringen, und ihn gegen die Geiseln austauschen. Also will ich, daß er hierhergeschafft wird, wo wir auf ihn aufpassen können. Dafür hätten wir von Anfang an sorgen sollen. Ich habe dich nicht nach Perimadeia geschickt, damit du deiner Freude am Zerstören nachgehen kannst und er am Ende in den Bergen landet und mit Pfeil und Bogen spielt. Er ist unser Bruder, und er ist ein Sicherheitsrisiko, und es ist Zeit, daß wir uns um ihn kümmern. Ich habe seinen Priesterfreund herbringen lassen, also sollte das in Ordnung gehen. Und nun tu ein einziges Mal, was man dir sagt, und bring ihn her. Glaubst du, du könntest das erledigen, oder soll ich einen anderen schicken?«

Gorgas sah sie lange Zeit an und kicherte dann beleidigend. »Glucke«, sagte er. »Du mußt immer noch Mutter spielen, nicht wahr?«

Einen Augenblick lang befürchtete er schon, zu weit gegangen zu sein; nicht daß ihn das in diesem Augenblick sonderlich bekümmert hätte. Aber Niessa sah ihn nur an. »Dabei fällt mir ein«, meinte sie, »daß du mir auch versprochen hast, dich um diese dumme Tochter zu kümmern, die ich da habe, und es ist nichts passiert. Gorgas, es ist *peinlich*, daß mein eigenes Kind im Gefängnis sitzt. Ich weiß, daß sie schwierig ist, aber du mußt dich eben anstrengen. Geh und besuch sie, bevor du dich wieder deinem Krieg zuwendest.«

Der Junge legte das Abziehmesser zur Seite und sah zu.

Bardas Loredan bearbeitete am Tillerbrett einen Bogen. Er hatte sich eine ziemlich aufwendige Tillerbank gebaut: Ein Eichenpfosten von ein Meter dreißig Länge war auf einen schweren Sägebock geschraubt; an einem Ende eine mit einem Haken ausgestattete Winde, am anderen ein Schlitz für den Bogengriff, der zusätzlich mit Klammern ausgestattet war, damit der Bogen unverrückbar festsaß. Die Oberfläche des Eichenpfostens war auf Hochglanz poliert und mit Markierungen im genauen Abstand von jeweils anderthalb Zentimetern kalibriert.

»Es ist gut, daß du zusiehst«, sagte Loredan, ohne aufzusehen. »Das hier ist der einzige Teil des ganzen Prozesses, bei dem es auf Können ankommt, der Rest ist bloß Handwerk, gewürzt mit ein bißchen Schwarzer Magie, um die Kunden zu beeindrucken.«

Der Junge verschränkte die Arme. »Ich sehe zu«, sagte er.

Loredan drehte an der Winde. Die Bogensehne, die eingehakt war, entspannte sich wieder ein Stück. »Du fängst mit dem grob bearbeiteten Bogenstab an, einem aus einem Baum herausgesägten Stück Holz, das so zurechtgeschnitten ist, daß es wie ein Bogen *aussieht*, aber man muß wohl nicht erwähnen, daß das nichts zu sagen hat. Ich meine, wie du da so sitzt, mit deiner Arbeitsschürze, dem Abziehmesser und Sägespänen in deinen Haaren, siehst du aus, als wüßtest du, was du tust.«

Der Junge machte sich nicht die Mühe, darauf zu reagieren. Loredan wischte ein paar Späne von dem Tillerbalken und fuhr fort. »Unter Tillern versteht man die Kunst, dem Bogen beizubringen, wie er sich zu biegen hat. Der Unterschied zwischen einem Bogen und einem Stock besteht darin, daß ein Stock, den man durchbiegt, entweder zerbricht oder verbogen bleibt. Biegst du aber einen Bogen, krümmt er sich und kehrt dann in seine richtige Form zurück, und das mit genug Kraft, um einen Pfeil zweihundert Meter entfernt durch eine Eisenplatte zu treiben. Ein großer Unterschied?«

»Ein großer Unterschied.«

»Ich freue mich, daß du zuhörst.« Er fing an, am Windenhebel zu drehen. »Nun, um einen Bogen zu tillern, bindest du eine Sehne schön locker um beide Enden deines zurechtgeschnittenen Rohlings und spannst sie dann mit der Winde; du biegst den Bogen immer eine oder zwei Einheiten durch und entspannst ihn wieder langsam, und das tust du immer wieder – mindestens fünfzigmal pro Einheit. Fünfundsiebzigmal ist besser. Auf diese Weise lernt er, sich zu biegen; die Vorderseite, die wir Rücken nennen, lernt sich zu dehnen; die Innenseite, die wir Bauch nennen, lernt, komprimiert zu werden. Es ist diese Kombination aus Dehnung und Kompression, die für die Kraft sorgt. Versuch, einen Stab zu einem Halbkreis durchzubiegen, und du bekommst zwei Teile eines zerbrochenen Stabes; die Bewegung wird die Holzfasern des Rückens zerreißen, und der Druck der Kompression wird das Holz des Bauches brechen lassen. Bieg einen *Bogen* – einen tausendmal gebogenen Stab –, und du hast eine Waffe, die jedes lebende Wesen auf der Welt töten kann.« Er grinste und wischte sich den Schweiß von der Stirn. »Eine kleine Folterung, immer wieder und wieder, und gerade, wenn das Holz glaubt, es nicht länger ertragen zu können, biegst du es noch eine Einheit weiter durch, erhöhst die Spannung und die Kompression, und der Bogen merkt, daß er es doch ertragen kann, nur daß er jetzt etwas stärker ist. Bis du plötzlich erkennst, daß du es geschafft hast und den Bogen eine Pfeillänge spannen kannst. Das ist Tillern.«

»Eine kleine Folterung«, wiederholte der Junge. »Das hört sich aber seltsam an.«

Loredan zuckte mit den Schultern. »Genau das tust du«, sagte er. »Du lehrst den Bogen, etwas Unnatürliches zu tun. Seiner Natur nach müßte er zerbrechen, aber du bringst ihm durch das ständige Spannen bei, etwas zu tun, das er niemals könnte, wenn er bloß in der Gegend herumstünde und Blätter wachsen ließe.« Er grinste. »Jemand hat mir mal gesagt, man solle es sich so vorstellen, daß man den Bogen in den Wahnsinn treibt. Foltere ihn, sagte der Mann – vermutlich habe ich das Wort von ihm übernommen –, um ihn zu etwas *Gewalttätigem* zu machen; er darf nichts Passives, nichts Schwaches mehr haben, sondern muß voller Gewalt sein.« Er drehte die Winde und spannte den Bogen langsam, dann gab er wieder nach, ließ ihn sich entspannen – wie ein geduldiger Henkersknecht bei einem Mann auf der Streckbank. »Als ich in deinem Alter war, fand ich das ziemlich melodramatisch, aber ich glaube, da ist was dran.«

»Also spannst und entspannst du ihn immer wieder«, sagte der Junge. »Das ist es?«

Loredan schüttelte den Kopf. »Da gibt es noch viel mehr. Wenn du einen Bogen herstellst, mußt du beide Wurfarme gleichmäßig biegen, nicht nur an den Spitzen, sondern alles, damit sich der Bogen beim Spannen rundet.«

»Was bedeutet das?«

»Das kommt darauf an«, sagte Loredan. »Einige Bögen sollten beim Spannen einen perfekten Halbkreis bilden; andere wiederum sollten etwas mehr rechtwinkelig sein, so daß sich das Holz etwa dreißig Zentimeter unter- und oberhalb des Griffes kaum durchbiegt. Wenn du also tillerst, behältst du die Rundung im Auge, und wenn sich ein Wurfarm weniger biegt als der andere, nimmst du an der richtigen Stelle etwas Holz weg, bis er mit dem anderen Wurfarm übereinstimmt. Das ist der schwierige Teil dabei.«

»Ah«, sagte der Junge, und er saß etwa eine Stunde da und sah Loredan bei der Arbeit zu, der immer wieder die Winde weiter aufdrehte und dann wieder nachgab, gelegentlich stoppte, die Winde arretierte und sich über den Bogen beugte, um mit einem scharfen Messer, das er im rechten Winkel an das Holz hielt, ein paar Späne abzutragen. Dabei konnte er sehen, wovon Loredan gesprochen hatte: der Stab hatte aufgehört, ein Stab zu sein, und war etwas anderes geworden.

»Natürlich«, sagte Loredan, die Augen auf die Arbeit gerichtet, »kommt der Punkt, an dem er sich nicht weiter biegen wird, sondern zerbricht, und genau vor diesem Punkt ist er fertig und zum Schießen bereit. Schon eine Ironie, wie ich finde; wenn er am zerbrechlichsten ist, wenn ihn nur noch ein Hauch mehr an Spannung in zwei Hälften zerbrechen lassen würde, ist das gleichzeitig der Augenblick, in dem er am mächtigsten ist. Das ist der Augenblick, in dem die Holzfasern im Bogenbauch so dicht zusammengedrückt werden, daß es nicht mehr weitergeht. Normalerweise läßt sich der Bogenrücken weiter verbiegen, als der Bauch komprimiert werden kann, weil wir Rohhaut oder Sehnen als Verstärkung auf den Rücken kleben, um ihn zusammenzuhalten. Den besten Bögen leimen wir Horn auf den Bauch, denn dann können sie noch mehr Druck aushalten.« Er hielt kurz inne und streckte sich. »Darum werden die besten Bögen aus Teilen von Tierkadavern gemacht. Tiere lassen sich viel besser als Bäume biegen und zusammenstauchen. Natürlich nur, wenn sie tot sind.«

Nun ja, dachte er plötzlich. *Und wir sind der Rücken und der Bauch eines Bogens.*

Der Bogen erreichte nun das Stadium, von dem er gesprochen hatte, der Punkt, an dem er aufhörte, ein mißbrauchtes Stück Holz zu sein und zur Waffe wurde. Loredan sah zu, wie sich die beiden Wurfarme unter dem gleichmäßig angewandten Zug zu einem identischen Profil verbogen und sich ganz langsam dem Augenblick näherten, an dem der Nutzeffekt sich in zerstörerischen Druck verwandeln würde. Es war entscheidend, daß beide Wurfarme einander so ähnlich wie möglich waren; sie mußten sich wie zwei Brüder gleichen, die beide denselben Druck verspürten, die beide auf die gleiche Weise dem Strecken und Zusammengestaucht werden widerstanden, die die Folter annahmen und sie in Gewalt umwandelten, so wie Bienen Pollen in Honig verwandelten.

»Das sieht schon sehr gut aus«, sagte er.

»Leimst du dem was auf den Rücken?« fragte der Junge. Loredan schüttelte den Kopf. »Das ist bloß ein Stück Schrott fürs Militär«, erwiderte er. »Eschenholz, und ein Flachbogen, was bedeutet, daß er gerade ausgeschnitten wurde, ohne jede Krümmung der Wurfarme. Gut genug für seinen Zweck; es macht keinen Sinn, ihn noch besser zu machen.«

»Bei gebogenen Wurfarmen muß man ihn heiß machen, nicht wahr?« fragte der Junge.

»Das ist richtig. Du behandelst ihn mit Dampf, bis das Holz weich und formbar wird, und daher bleibt er gebogen, selbst wenn die Sehne nicht eingehängt ist.« Loredan gähnte. »Das erhöht die Spannung, die auf das Holz wirkt, und das macht den Bogen effizienter. Die besten Bögen, deren Rücken mit Sehnen und deren Bäuche mit Horn verstärkt sind, sind so stark gekrümmt, daß sie im entspannten Zustand wie Hufeisen aussehen, und wenn man sie spannt, biegen sie sich so weit, daß das Innere fast nach außen gedreht wird.«

»Ich verstehe«, sagte der Junge. »Hast du so einen schon mal hergestellt?«

Loredan nickte. »Vor langer Zeit habe ich mal ein echtes Prachtstück gebaut. Er hatte eine Zugkraft von knapp hundert Pfund, aber er schoß, als wäre er doppelt so stark. Und man hätte ihn niemals weit genug spannen können, um ihn zu zerbrechen; er hätte sich einfach weiter durchgebogen. So ein guter Bogen ist mir seitdem nie mehr gelungen«, fügte er hinzu. »Eine Schande.«

»Hast du ihn noch?«

»Nein, ich habe ihn für meinen Bruder gemacht. Als ich mir einen noch besseren machen wollte, ist er zerbrochen, und ich hatte nichts mehr von diesem bestimmten Horn, also ließ ich es sein. Nicht, daß es eine Rolle gespielt hätte. Ich mache gute Bögen, bin aber bloß ein durchschnittlicher Schütze. Mein Bruder hingegen ist ein erstklassiger Bogenschütze. Nun, wie weit sind wir? Noch sechs Zentimeter, dann ist er fertig.«

Als das Tillern abgeschlossen war, behandelten sie den Bogen mit heißem Wachs, in das etwas Öl gemischt war, umwickelten den Griff mit einer Schnur und hängten ihn horizontal an einem Rahmen zum Trocknen auf; dann machte sich der Junge wieder daran, mit seinem Abziehmesser die Borke von einem unbearbeiteten Rohling zu entfernen, und Loredan beugte sich über den nächsten Bogenstab. Etwa eine Stunde lang sprach keiner von ihnen ein Wort, bis der Junge mit seinem Rohling fertig war und das Abziehmesser zum Schärfen herüberbrachte.

»Hat dich je gestört, Waffen herzustellen, mit denen Menschen einander töten?«

Loredan schüttelte den Kopf. »Nicht im mindesten«, sagte er. »Verglichen mit dem, womit ich mir meinen Lebensunterhalt verdient habe, ist das eine völlig unschuldige Arbeit. Und was ich früher getan habe, hat mir eigentlich nie besonders zu schaffen gemacht; zumindest nicht auf diese Weise. Die meiste Zeit war ich zu beschäftigt damit, mir darüber Sorgen zu machen, ob ich am Ende des nächsten Kampfes noch am Leben bin.«

»Und davor«, beharrte der Junge. »Als du beim Militär warst. Hat es dich da gestört?«

»Manchmal. Aber nicht sehr oft, aus den gleichen Gründen.« Er nahm das Abziehmesser und prüfte mit dem Daumen seine Schärfe. »Und jedesmal hat es mich weniger gestört. Davon abgesehen, ist es beim Militär einfach nicht so. Meistens ist es da nur furchtbar langweilig; Langeweile, die selten einmal von absolut schrecklichen Zwischenfällen unterbrochen wird. Aber je öfter du etwas tust, desto leichter wird es, und desto leichter wird auch, das nächste Mal ein bißchen was Schlimmeres zu tun – weißt du, es ist ein schleichender Prozeß, immer einen Zentimeter mehr, und du erkennst nicht, daß es passiert, bis es vorbei ist und du den Punkt erreicht hast, wo du plötzlich nicht mehr weiterkannst, ohne zu zerbrechen.«

»Onkel Gorgas, was für eine Überraschung. Ich dachte, du würdest dich nicht mehr mit mir abgeben.«

Gorgas setzte sich aufs Bett und versuchte, sich nicht zu übergeben. Er war an einigen üblen Orten gewesen, aber der Gestank hier war unerträglich. »Das habe ich nie gesagt«, erwiderte er. »Oder wenn, dann nur, weil du mich geärgert hast und ich die Nerven verloren habe. Übrigens, gefällt es dir, so zu leben?«

Iseutz lächelte. »Nein«, erwiderte sie. »Ich finde es widerlich, du nicht?«

Gorgas seufzte. »Ich werde den Wärtern sagen, daß sie diese Zelle reinigen sollen, ob es dir gefällt oder nicht. Es muß doch schrecklich ungesund sein.«

»Aber Onkel«, erklärte sie gekränkt, »deshalb will ich es doch so, damit ich eine schreckliche Krankheit bekomme und sterbe, und dann bin ich aus dem Weg. Verstehst du? Ich versuche nur nett zu sein.«

Gorgas hob die Hand. »Heute nicht«, sagte er. »Ich bin nicht in der Stimmung dafür. Ich habe Hellebardiere aus Shastel die Berge rauf und runter gescheucht, deine Mutter hat mir zugesetzt, ich kann mich nicht erinnern, wann ich das letzte Mal zum Schlafen gekommen bin, und sobald ich hier fertig bin, muß ich zurück in die Berge und deinen Onkel Bardas herbringen, ob es ihm gefällt oder nicht. Also spar dir das, ja?«

»Oder?« Iseutz setzte sich ihm auf dem Boden gegenüber und betrachtete ihn forschend. »Oder was? Komm schon, raus mit der Drohung.«

»Laß es einfach.« Gorgas schloß die Augen und atmete kräftig durch die Nase aus. »Eine weitere kleine Aufgabe, die deine Mutter mir übertragen hat, ist, mit dir fertig zu werden. Du bringst sie offenbar in Verlegenheit. Genau wie dein Onkel. Und ich bin nicht sicher, ob sie mit mir zufrieden ist.«

»Ach? Warum nicht?«

»Sie hält mich für nicht professionell genug.«

Das Mädchen nickte. »Da hat sie recht«, sagte sie. »Du weißt nicht, wann Schluß ist. Du verschwendest zuviel Geld für verlorene Sachen, oder zumindest verschwendest du Zeit. Du erkennst nicht, wenn etwas deine Mühe nicht wert ist. Du ...«

Gorgas öffnete die Augen. »Schon gut, das genügt«, seufzte er. »Ich habe verstanden. Es macht mir auch nichts aus, daß du das sagst. Es ist nur eine andere Art auszudrücken, daß ich nicht aufgebe, wenn mir etwas wichtig ist.«

Sie sah ihn an und legte den Kopf ein wenig schief. »Das stimmt«, meinte sie. »Nicht, daß ich mich mit dem Teil mit dem Wichtigsein auskenne, weil ich nicht weiß, was du mit ›wichtig‹ meinst, aber es stimmt, du gibst nicht so schnell auf.«

»Danke.«

»Ich bin nicht sicher, ob das so nett gemeint war. Und du läßt zweifellos nicht zu, daß dir Kleinigkeiten wie Schuldgefühle oder ganz gewöhnlicher Anstand in den Weg geraten, das muß man dir lassen.«

Gorgas gähnte. »Weißt du, das hier ist die erste Gelegenheit, ein wenig Ruhe zu haben, seit dieser verfluchte Stoßtrupp an Land ging. Es könnte mir hier gefallen; niemand geht einem auf die Nerven, man hat keine Sorgen. Vielleicht sollte ich mich das nächste Mal, wenn Niessa etwas von mir verlangt, einfach weigern. Wenn man sich den Gestank und den Dreck wegdenkt, ist es hier gar nicht so übel. Besser als in einem schlammigen Graben vor einer Mauer.«

»Du tust mir so leid«, sagte Iseutz. »Und du wechselst das Thema.«

»Und? Du warst gerade dabei, mich zu beleidigen.«

Sie schüttelte den Kopf. »Nein, ich habe versucht, dich zu verstehen. Ich will dich nämlich verstehen. Wenn ich dich verstehe und meine Mutter und den Rest der Familie, gibt mir das vielleicht ein paar Hinweise darauf, wie ich es geschafft habe, solch eine Katastrophe zu werden.«

Gorgas nickte. »Gut möglich«, meinte er. »Worauf willst du also hinaus?«

»Nun.« Iseutz dachte einen Augenblick lang nach. »Mal sehen ... wir haben darüber gesprochen, daß du nicht weißt, wo du aufhören sollst. Also, ich würde behaupten, daß ein Mann, der seinen Vater und seinen Schwager getötet und versucht hat, seine Schwester und seinen Bruder umzubringen, weil er Angst vor dem hatte, was sie mit ihm machen würden, wenn ihnen klar würde, daß er jemanden dazu angestiftet hatte, seine Schwester zu vergewaltigen – ich habe doch nichts ausgelassen, oder? Es ist nicht gerade wenig, was man sich da merken muß.«

»Weiter«, sagte Gorgas.

»Man sollte meinen, daß ein solcher Mann seine Familie aufgibt; du weißt schon, er würde zu dem Schluß kommen, daß die Überlebenden vielleicht nicht sonderlich viel mit ihm zu tun haben möchten, und er würde einfach fortgehen und etwas anderes tun. Aber nicht du. Nicht Gorgas Loredan. Du schiebst es alles einfach so weg. Hört auf mit dem Theater, sagst du, ihr seid ja noch am Leben. Laßt uns Freunde sein.« Sie grinste. »Weißt du, trotz allem muß ich das sogar bewundern.«

»Wie ich schon sagte«, erwiderte Gorgas und wandte den Blick ab, »ich gebe nicht so schnell auf, wenn mir etwas wichtig ist. Wie die Familie. Ich mache einfach weiter, ich höre nicht zu, bis ich die Antwort bekomme, die ich hören will. Ich habe bereits bewiesen, daß Leute sich ändern können, und sie können auch vergeben. Sieh dir deine Mutter und mich an. Wenn wir das schaffen, kannst du es auch. Meine Güte, du hast doch nur ein Leben. Wieso solltest du es wegen etwas zerstören, das du ohnehin nicht ändern kannst?«

»Ah.« Sie schüttelte den Kopf. »Da bin ich wie du. Unnachgiebig. Wenn es um Dinge geht, die für mich wichtig sind. Wie Onkel Bardas zu töten. Wenn einem etwas wirklich wichtig ist, kann man nichts dagegen tun.«

Eine Maus spähte aus einem Spalt in der Mauer, schaute sich um und huschte dann über den Boden. Mit einer raschen, fließenden Bewegung zog Gorgas seine Geldbörse aus dem Mantel und warf sie nach der Maus. Er traf sie hart am Kopf, und das Tier war sofort tot. Das Mädchen sah ihn wütend an. »Warum hast du das getan?« wollte sie wissen.

Gorgas zuckte mit den Schultern. »Es war eine Maus«, sagte er. »Was ist denn?«

»Man tötet nicht ohne Grund«, erwiderte das Mädchen zornig. »Du kannst ein Geschöpf nicht einfach töten, weil es ist, was es ist. Das tut man einfach nicht.«

»Das sagst ausgerechnet du. Du willst deinen eigenen Onkel töten.«

»Ja«, erwiderte Iseutz, »aber ich habe einen Grund.« Sie ließ sich auf alle viere nieder und hob die Maus am Schwanz hoch. »Einen sehr guten Grund. Etwas zu töten, nur weil es da ist, ist Verschwendung.«

Gorgas verzog das Gesicht. »Na und«, meinte er. »Also habe ich diese Maus da verschwendet. Es ist nicht so, daß es zu wenig von ihnen gäbe.«

»Es ist eine Verschwendung von Leben«, erwiderte sie. »Und das ist schlecht. Ich fing gerade an zu glauben, ich könnte dich verstehen, aber wahrscheinlich habe ich mich geirrt.« Sie hob die Maus über ihren Kopf, schnappte zu, biß den Mäusekopf ab und schluckte ihn hinunter. »Zu Töten, weil man essen muß, ist in Ordnung«, sagte sie.

Gorgas wandte den Blick ab. »Du bist widerwärtig«, sagte er. »Du sitzt da und sprichst, als wärst du ein ganz vernünftiger Mensch, und dann tust du so was.«

»Du mußt gerade was sagen«, erwiderte sie. »Immerhin hast du die Maus getötet. Was ist widerwärtiger, Töten oder Essen?«

Gorgas schluckte ein paarmal; er hätte sich nur zu gern übergeben, aber diesen Luxus gestattete er sich nicht. »Du hast also vor, Bardas zu essen, wenn du ihn getötet hast?« fragte er.

»Und was ist mit der Haut und den Knochen? Die wirst du doch sicher nicht verschwenden? Was willst du daraus machen?«

Iseutz überlegte einen Augenblick. »Das ist eine gute Frage«, sagte sie. »Ich werde darüber nachdenken müssen. Selbstverständlich«, fügte sie hinzu, »bin ich mit meinen Händen dieser Tage nicht sonderlich geschickt, aber vielleicht fällt mir etwas ein.« Sie hob die Maus wieder hoch, aber bevor sie noch ein Stück abbeißen konnte, sprang Gorgas auf und schlug sie ihr aus der Hand. Sie fauchte ihn an und wich zurück wie eine Katze, der man die Beute abgenommen hat.

»Du bist widerlich«, erwiderte Gorgas. »Du schlägst offenbar nach deinem Vater.«

»Das weiß ich nicht«, antwortete sie freundlich. »Du vergißt, daß er starb, bevor ich zur Welt kam.«

9

Ich glaube, sie ist gebrochen«, sagte Venart bekümmert und tupfte sich die Nase mit einem blutfleckigen Stoffetzen, den er sich vom Ärmel abgerissen hatte. »Eigentlich bin ich sogar ganz sicher.«

»Hör auf zu jammern«, meinte Vetriz verächtlich. »Wenn sie wirklich gebrochen wäre, wüßtest du das. Und außerdem bist du selbst schuld.«

Venart wurde klar, daß er von seiner Schwester kein Mitleid erwarten konnte, also sah er sich um. Der Raum, in dem sie sich befanden, war keine Kerkerzelle oder so etwas; soweit er es begreifen konnte, waren sie in einer Art Wartezimmer am Ende mehrerer meilenlanger Flure, irgendwo im Kontor der Bank von Scona. Aber man kann einen Raum mit vier nackten Steinmauern, ohne Fenster und mit verriegelter Tür nennen, wie man will – wenn man sich darin befindet, ist es eine Zelle.

»Du bist wirklich ein Idiot, Ven«, fuhr Vetriz fort. »Was um alles in der Welt ist über dich gekommen, so mit diesem Mann zu reden?«

»Woher sollte ich das wissen?« protestierte Venart erbittert. »Seit wir auf dieser schrecklichen Insel angekommen sind, sagen mir alle nur immer wieder: ›Achtet nicht darauf, was diese Burschen sagen, sie sind nur hinter Eurem Geld her.‹ Also war es ganz verständlich, daß ich ...«

Vetriz seufzte. »Wenn du den Unterschied zwischen einem Zollbeamten und einer Palastwache nicht kennst, ist es wirklich erstaunlich, daß du solange im Geschäft geblieben bist. Es war offensichtlich, daß er nicht nur ein – was war das noch für ein Ausdruck, den du benutzt hast?«

»Für mich sehen sie alle gleich aus«, erwiderte Venart verbittert. »Große, fette, nutzlose Idioten in einer Uniform. Und er hätte mich wirklich nicht schlagen müssen; ich habe nur gesagt, daß ich nicht mitkomme.«

»Das stimmt nicht«, meinte Vetriz. »Du hast gesagt – und das recht unfreundlich –, daß du nicht mitkommen würdest. Er hat versucht, dich am Arm zu packen, du hast ihn gestoßen ...«

»Ich habe ihn nicht gestoßen. Er ist irgendwie mit meinem Arm zusammengestoßen.«

Vetriz gab ein unhöfliches Geräusch von sich und verschränkte die Arme vor der Brust. »Warst du schon öfter in solchen Situationen?« fragte sie ihn. »Ich meine, weißt du, was jetzt als nächstes geschieht?«

Venart zuckte mit den Schultern. »Keine Ahnung«, sagte er. »Ich nehme an, sie werden uns vor einen Richter schleppen, und wir müssen eine hohe Geldstrafe zahlen. Darum geht es ihnen wahrscheinlich – sie wollen noch mehr Geld von uns.«

Vetriz schauderte leicht. »Ich hoffe nur, du hast recht«, sagte sie. »Ein tätlicher Angriff auf einen Offizier, der nur seine Pflicht erfüllt ... glaubst du nicht, daß sie uns dafür hängen? Oder uns etliche Jahre einsperren?«

Venart verzog mürrisch das Gesicht. »Das hier ist eine Bank«, erwiderte er und versuchte, zuversichtlich zu klingen. »Welche Geschäfte können sie schon machen, wenn sie jeden Fremden, mit dem es zu einem Mißverständnis kommt, gleich ins Gefängnis werfen? So etwas tut man einfach nicht unter Kaufleuten.«

»Mag sein«, erwiderte Vetriz, schien aber nicht sonderlich überzeugt. »Aber wir wissen selbstverständlich nicht, wieso sie uns überhaupt verhaftet haben. Dabei könnte es um etwas ausgesprochen Schreckliches gehen.«

»Warum? Hast du etwas Schreckliches getan, wovon ich nichts weiß?«

»Selbstverständlich nicht, aber es könnte etwas sein, was sie für schrecklich halten.« Vetriz warf der Tür einen finsteren Blick zu.

»Es ist wirklich dumm«, sagte sie, »hier eingeschlossen zu sein und nicht zu wissen, was passieren wird. Wie lange sind wir schon hier?«

Venart zuckte mit den Schultern. »Drei Stunden? Ich weiß es nicht. Auf jeden Fall zu lange. Vor allem, weil ich einen Arzt brauche.«

»Ach, sei doch still wegen deiner dummen Nase. Hast du jemals an etwas anderes als an dich selbst gedacht?«

Vetriz öffnete den Mund – und schloß ihn wieder. Einen Augenblick später ging die Tür auf und ein Soldat kam herein.

»Mitkommen«, sagte er. »Die Direktorin wird Euch jetzt empfangen. Hier entlang.«

Venart sah seine Schwester an; sie zuckte mit den Schultern. Sie folgten dem Soldaten in das anschließende Gemach, in dessen Mitte sich ein Schreibtisch befand, und hinter dem Schreibtisch saß eine Frau. Sie war klein, sogar untersetzt, mit einem breiten Gesicht und großen Augen, hatte das ergrauende braune Haar fest zu einem Knoten zusammengesteckt und trug ein dunkelgrünes Kleid, das kaum mehr als das sackartige Gewand einer Bäuerin war, gegürtet mit einer einfachen Schnur. Sie saß auf einem großen, alten Holzstuhl ohne Armlehnen. Es befanden sich keine anderen Stühle im Zimmer.

Die Frau sah sie einen Augenblick lang an. »Venart und Vetriz Auzeil«, stellte sie fest.

»Stimmt«, erwiderte Venart. Die Frau hatte eine recht tiefe Stimme mit einem Hauch von Akzent unter den Singsangkadenzen des Hochperimadeianischen. »Entschuldigt«, fragte er, »warum sind wir hier?«

Die Frau sah ihn an.

»Ich meine«, fuhr Venart fort, »ich muß zugeben, daß ich diesen Soldaten zurückgestoßen habe, als er mich stieß, aber es war nur eine Reflexhandlung, und er hat damit angefangen, und außerdem hatte er kein Recht, mich zu schlagen, also ...« Er brach ab. Die Frau sah ihn immer noch an.

»Ihr habt also einen Soldaten angegriffen«, sagte sie. »Das wußte ich nicht.«

Venart öffnete den Mund, und dann klappte er ihn wieder zu. Die Frau wandte ihre Aufmerksamkeit Vetriz zu.

»Ihr habt dafür gesorgt, daß Patriarch Alexius aus Perimadeia gerettet wurde«, sagte sie. Vetriz nickte. »Und dann hat er einige Zeit bei Euch gewohnt, bevor er hierher gekommen ist.« Wieder rekapitulierte sie nur Tatsachen und stellte keine Fragen.

»Stimmt«, sagte Vetriz nichtsdestotrotz, nur um das Schweigen brechen zu können. »Wir haben ihn kennengelernt, als wir uns kurz vor dem Untergang Perimadeias dort aufhielten, und wir wurden Freunde. Er ist ein netter, alter Mann. Wir hatten ihn gern.«

»Ich bin Niessa Loredan«, sagte die Frau. »Ihr kennt meine Brüder Gorgas und Bardas.«

Vetriz nickte.

»Und Ihr habt von mir gehört.«

»Ja.« Vetriz hätte am liebsten hinzugefügt, *und sind wir uns nicht auch schon begegnet? Nicht hier, aber irgendwo anders? Und ich habe Angst vor Euch, aber nicht annähernd so viel, wie Ihr glaubt.*

Niessa Loredans Mundwinkel zuckte ein wenig. »Wißt Ihr, wo Alexius sich jetzt aufhält?« fragte sie. »Seid Ihr ihm begegnet, seit Ihr auf Scona seid?«

»Nein«, erklärte Venart. »Wir haben ihn nicht gesehen, seit er die Insel verlassen hat, um hierher zu kommen. Habt Ihr ihn nicht eingeladen ...?«

»Das glaube ich nicht«, sagte Niessa Loredan. »Ich glaube, er hat Euch aufgesucht und Euch gebeten, ihn wieder mit zurück auf die Insel zu nehmen. Ich glaube, Ihr wißt genau, wo er sich aufhält.«

Venart begann heftig zu protestieren, aber keine der beiden Frauen achtete auf ihn. Tatsächlich war er überhaupt nicht mehr anwesend; Niessa und Vetriz standen sich zu beiden Seiten des vagen Abbilds eines Schreibtischs in der Federzeichnung eines Raumes gegenüber.

»Ihr wißt, daß wir ihn nicht gesehen haben«, sagte Vetriz.

»Ich weiß«, erwiderte Niessa. »Oder zumindest weiß ich es jetzt. Das ist schade, denn ich möchte mich seiner bedienen, um etwas gegen dieses schreckliche Durcheinander zu unternehmen. Wißt Ihr davon?«

»Nicht viel«, erwiderte Vetriz. »Ich habe Gerüchte von einem Stoßtrupp gehört ...«

Niessa unterbrach sie mit einem Schulterzucken. »Aber deshalb habe ich Euch nicht sehen wollen. Ihr seid in meinen Bruder verliebt.«

»Nein!« erwiderte Vetriz zornig. »Wir haben nur ein einziges Mal ... und danach habe ich mich schrecklich ...«

Niessa lächelte. »Ich spreche nicht von Gorgas«, sagte sie. »Sondern von Bardas. Na, habe ich recht?«

Vetriz runzelte die Stirn. »Nicht, daß ich wüßte. Und ich glaube, das hätte mir doch eigentlich auffallen müssen.«

»Nicht unbedingt. Also gut, sagen wir, er fasziniert Euch. Ihr habt Euch sofort zu ihm hingezogen gefühlt, als Ihr ihn zum erstenmal gesehen habt – es war vor Gericht, nicht wahr? Und rein zufällig seid Ihr ihm direkt danach in einer Schenke begegnet und habt Euch mit ihm unterhalten und wart ... interessiert, ja?«

Vetriz dachte einen Augenblick nach. Es hatte offenbar keinen Zweck zu lügen.

»Schon möglich«, sagte sie. »Aber ich sehe öfter Männer, die mir gefallen, und gehe der Sache aus dem einen oder anderen Grund nicht nach. Es ist nicht – anständig.«

Niessa lächelte abermals. Wenn sie lächelte, bedeutete das nicht dasselbe wie bei den meisten anderen Menschen. »Aber Ihr habt ihm das Leben gerettet, nicht wahr? Mit Eurer Begabung als Naturtalent habt Ihr das Prinzip benutzt, um einen

Augenblick in die Zukunft zu schauen, und gesehen, daß er getötet wird, und das habt Ihr dann verhindert, das stimmt doch?«

Vetriz zuckte mit den Schultern. »Um ehrlich zu sein«, sagte sie, »weiß ich das nicht genau. Gorgas sagte – nun, ich glaube, er hat mir irgendwie *mitgeteilt*, daß es so gewesen ist, aber wenn es so war, dann war ich mir dessen nicht bewußt. Ist das nicht so bei Naturtalenten? Das solltet Ihr eigentlich ebensogut wissen wie ich.«

»Nicht unbedingt«, erwiderte Niessa und verschränkte die Finger. »Ich bin kein Naturtalent wie Ihr. Ich habe eine Möglichkeit gefunden, das Prinzip bewußt zu benutzen. Ich glaube nicht, daß irgend jemand zuvor dazu imstande gewesen ist. Es bedeutet, daß meine Fähigkeiten beschränkt sind, aber ich kann sie nutzen, wann immer ich möchte. Ich bin vielleicht kein Naturtalent, aber ich kann – nun, wie soll ich es ausdrükken? Stellt Euch einen Kuckuck vor, der seine Eier in das Nest eines anderen Vogels legt, oder vielleicht sogar einen Blutegel.«

»Ich denke, der richtige Begriff wäre ›Parasit‹«, unterbrach Vetriz. »Ihr seid ein Parasit von Naturtalenten.«

»Gut ausgedrückt«, erwiderte Niessa lächelnd. »Ich möchte mehr über Alexius und diesen anderen Mann, diesen Gannadius, wissen; ich glaube, sie haben herausgefunden, wie man tun kann, was ich tue, und zwar ohne die dazugehörige angeborene Begabung, sondern nur mit Wissen und Fähigkeiten, die man sich angeeignet hat. Soweit ich weiß, war es in ihrem Fall absolut zufällig – etwas, worüber sie im Verlauf ihrer wissenschaftlichen Studien gestolpert sind.« Das klang, als hielte sie besagte Studien für vollkommene Zeitverschwendung. »Selbstverständlich würde ich gern wissen, was sie wissen, deshalb habe ich Alexius hierher gebracht. Gannadius arbeitet als Lehrer für die Stiftung, was eher unangenehm ist, aber darum werde ich mich kümmern, wenn ich erst die Zeit dafür habe. Und darum geht es hier auch überhaupt nicht. Es geht um Euer Interesse an meinem Bruder und um die Tatsache, daß Ihr offenbar imstande seid, ihn zu – nun, ihn zu beherrschen.«

»Das stimmt nicht«, protestierte Vetriz. »Ihr sagt das, als könnte ich ihn dazu zwingen, etwas zu tun. Und ich bin sicher, daß das nicht geht. Ich habe es nie versucht, aber ich bin mir sicher ...«

»Ihr habt seinen Tod verhindert«, unterbrach Niessa sie. »Oder man hat Euch benutzt, um das zu erreichen. Soll ich Euch ein Geheimnis verraten? Ja, warum nicht? Da Ihr nicht vollkommen dumm seid, habt Ihr es vielleicht schon selbst herausgefunden. Auch Euer Freund Alexius ist ein Naturtalent, und das Witzige dabei ist, daß er es nicht gewußt hat. All die Jahre hat er in seiner dummen Akademie gesessen und Bücher gelesen und mit alten Männern debattiert, und die ganze Zeit hatte er bereits die Fähigkeit, das Prinzip um den Finger zu wickeln. Ich nehme an, ihm ist die Möglichkeit nie in den Sinn gekommen. Vielleicht hat er sich nicht dafür interessiert. Das ist doch möglich, oder? Er hat mir erklärt, die praktische Nutzung des Prinzips – ich habe damals von ›Magie‹ gesprochen, um ihn zu ärgern – sei nur eine irrelevante Nebenwirkung der wahren Gelehrsamkeit und Philosophie. Könnt Ihr Euch so etwas vorstellen? Aber genug davon. Alexius ist ein Naturtalent, so sicher, wie wir hier stehen.«

Vetriz sah sie an, aber es war, als würde sie von außen durch einen Pfeilschlitz hoch oben in einer Burgmauer spähen. »Was wollt ihr also von uns?« sagte sie. »Wir sind beide Geschäftsleute. Um was geht es?«

»Ha«, sagte Niessa anerkennend, »Ihr fangt an, wie ich zu klingen. Es sieht aus, als hättet Ihr einen guten Sinn fürs Geschäft, erheblich mehr als dieser Hanswurst von einem Bruder, den Ihr da habt. Es ist offenbar immer so, daß Frauen wie wir, die mit einem guten Gespür fürs Geschäft ausgestattet sind, ständig von unseren nichtsnutzigen Brüdern behindert werden. Seid froh, daß Ihr nur einen habt. Ich wußte, daß ich eine Ähnlichkeit zwischen uns finden würde, wenn ich mich nur anstrenge. Ich will ganz ehrlich sein. Manchmal sehe ich eine Zukunft, einen Augenblick in der Zukunft, in dem alles schiefläuft, und alles, wofür ich gearbeitet und was ich aufgebaut habe, zerstört ist, und in diesem Augenblick sehe ich immer meinen Bruder Bardas, und fragt mich nicht wie, aber ich weiß, daß es einfach so ist: daß er das alles aufhalten könnte, wenn er nur wollte. Aber er will nicht.« Sie hielt einen Augenblick inne und starrte stirnrunzelnd ins Leere, als würde sie über eine Fehlbuchung nachdenken, die sich einfach nicht ausgleichen ließ. »Ich habe offensichtlich versucht, es zu verhindern, aber es geht nicht. Wißt Ihr, ich selbst bin in diesem Augenblick *nicht wirklich dort*, es ist ein Teil eines anderen Strangs des Seiles, in den ich mich nicht hineinversetzen kann, sosehr ich es auch versuche. Ich glaube, dieser Strang hat mit meinem Bruder Bardas und mit Alexius zu tun, und vielleicht auch mit Euch.« Sie seufzte. »Ich will es Euch nicht verheimlichen, es wird langsam zu einer Art Besessenheit und stört meine eigentliche Arbeit. Es gefällt mir nicht. Es nagt an mir, wenn Ihr versteht, was ich meine.«

»Ich kann es mir vorstellen«, sagte Vetriz, ohne die Miene zu verziehen.

»Wirklich? Wie faszinierend. Logisch gesehen habe ich zwei Möglichkeiten. Ich kann Alexius dazu bringen, daß er versucht, sich einzumischen, wie er es für meine elende Tochter getan hat, als sie ihn bat, Bardas zu verfluchen, aber ich habe in dieser Angelegenheit kein großes Vertrauen zu ihm. Ich nehme an, es war reines Glück, daß dieser Fluch tatsächlich funktioniert hat, und es war nicht besonders schwer, ihn abzuwenden. Dann seid Ihr noch da. Immerhin seid Ihr ebenfalls ein Naturtalent, und ich nehme an, ein recht großes. Ihr steckt selbst in diesem Strang, und man kann Euch soviel leichter zu etwas zwingen als diesen alten Mann, der seines Lebens ziemlich müde ist. Immerhin seid Ihr jung und attraktiv, Ihr habt einen Bruder, den Ihr sehr gern habt, und Ihr mögt auch Alexius und Bardas. Es gibt so viele Möglichkeiten, Euch zu zwingen, das zu tun, was man Euch sagt, daß das einzige geringfügige Problem darin besteht, zu entscheiden, welchen Seilstrang wir als erstes angehen.« Sie verschränkte die Arme. »Habt Ihr verstanden, wovon ich spreche?« fragte sie ...

... und Vetriz setzte zu einer Antwort an, aber Venart sprach noch; er beendete gerade den Satz, den er angefangen hatte, als dieses seltsame Gespräch begonnen hatte. Niessa Loredan ließ ihn zu Ende reden, dann schnalzte sie mit der Zunge. »Wenn Ihr nicht besser lügen könnt«, sagte sie abrupt, »würde ich vorschlagen, das Kaufmannsleben aufzugeben und eine andere Möglichkeit zu finden, Euren Lebensunterhalt zu verdienen.« Sie machte eine wegwerfende Geste. »Das ist alles schön und gut. Ich denke, Meister Venart Auzeil, Ihr wäret gut beraten, diese Insel innerhalb von – laßt mich überlegen, ich will Euch das Leben ja nicht zu schwer machen – sagen wir achtundvierzig Stunden zu verlassen. Eure Schwester wird hier bei mir bleiben. Wir haben einiges zu besprechen.«

Einen Augenblick lang hatte Vetriz Angst, daß Venart etwas Dummes tun würde, daß er sie packen und einen Fluchtversuch unternehmen oder Niessa schlagen würde. Instinktiv faßte sie nach seinem Arm. Er riß sich los.

»Das ist unmöglich«, erklärte er und versuchte tapfer, einen entschlossenen Eindruck zu machen. »Wenn Ihr versucht, eine Bürgerin der Insel gegen ihren Willen festzuhalten ...«

»Schon gut«, hörte Vetriz sich selbst sagen, »das ist kein Problem. Geh nur. Und mach dir keine Sorgen.«

Venart sah aus, als hätte ihn plötzlich ein Stuhl gebissen. »Nein, es ist nicht in Ordnung«, nörgelte er und kämpfte vergeblich gegen seine Verblüffung an. »Du willst doch gar nicht hierbleiben, bei der da ...«

»Doch«, erwiderte Vetriz.

»Aber ...«

»Ihr könnt gehen«, unterbrach Niessa, »oder Ihr könnt beide bleiben. Aber falls Ihr bleibt, Meister Auzeil, werdet Ihr keinen Spaß daran haben. Und jetzt hört auf, Euch mit Eurer Schwester zu streiten und geht und kümmert Euch um Eure Angelegenheiten.«

Venart sah erst sie und dann Vetriz an; er hatte das Gefühl, zwei seltsamen Ungeheuern gegenüberzustehen, die sich nur als Menschen verkleidet hatten. Er hätte gern etwas gesagt, aber es fiel ihm nichts ein.

»Bitte«, sagte Vetriz. »Wirklich, es wird mir gutgehen. Es gibt nur Probleme, wenn du dich jetzt anstellst.«

Venart holte tief Luft. »Ich verstehe das nicht«, sagte er mit viel Gefühl.

»Ihr erstaunt mich«, meinte Niessa. »Der Soldat wird Euch hinausführen.«

Am liebsten wäre Gorgas nach Hause gegangen. Statt dessen schlurfte er die Korridore entlang und Treppen hinauf und hinab, bis er sich schließlich in der Halle mit der Balkendecke und den geschmacklosen rosa Säulen wiederfand. Er nervte einen Schreiber so lange, bis dieser ihm sagte, die Direktorin sei beschäftigt.

»Nein, ist sie nicht«, erwiderte Gorgas. »Wenn jemand da drin bei ihr ist, dann sagt ihr, sie soll ihn rauswerfen. Es ist wichtig.«

Der Schreiber bedachte ihn mit einem langen, haßerfüllten Blick und ging in die Schreibstube der Direktorin. Er kam einen Augenblick später mit einer Miene heraus, die haarscharf an einem selbstgefälligen Grinsen vorbeiging.

»Ich fürchte, die Direktorin ist nicht hier.«

»Unsinn«, erwiderte Gorgas. »Die Direktorin wohnt hier. Wenn sie nicht in ihrer Schreibstube ist, ist sie in ihren Gemächern. Geht und sagt ihr – ach, zum Teufel, ich mache es selbst. Schon gut«, fügte er hinzu, als der entsetzte Schreiber versuchte, ihn aufzuhalten. »Ich kenne den Weg.«

Er drängte sich an dem Schreiber vorbei und schloß die Tür der Schreibstube fest hinter sich, dann durchquerte er das Zimmer zu einer kleinen, beinahe unsichtbaren Tür in der Wand. Er schlug einmal mit der Faust dagegen, dann drückte er. Die Tür öffnete sich, und Gorgas ging hindurch.

»Was bildest du dir eigentlich ein?«

»Hallo, Niessa«, erwiderte Gorgas.

Es war ein kleines Zimmer, kleiner als die Zelle, in der ihre Tochter eingeschlossen war, sauberer, aber eher karger möbliert. Es gab einen Steinsims in der hinteren Ecke, der als Bett diente, und eine fest verschlossene Eichentruhe in der anderen Ecke. In einer Mauernische oberhalb des Bettes flackerte eine Öllampe mit einem kurzen Docht. Es gab keine Feuerstelle und kein Fenster, nur einen kleinen Schlitz unter der niedrigen Decke zur Belüftung. Niessa Loredan lag auf dem Sims, vollkommen nackt, und stopfte die Ferse eines abgewetzten Strumpfes, der bereits fast vollständig aus Stopfwolle bestand.

»Raus.«

»Schon gut«, sagte Gorgas. »Ich sehe dich in fünf Minuten in der Schreibstube.«

In eher weniger als fünf Minuten kam Niessa aus ihrem Zimmer geschossen. Sie trug einen lila Morgenmantel aus Seide, und ihre Füße waren nackt.

»Wenn du das jemals wieder tust ...«, setzte sie an, aber Gorgas unterbrach sie.

»Wir haben ein Problem«, sagte er.

»Und?«

Er setzte sich auf den Besucherstuhl und schlug die Beine übereinander. »Die Geiseln sind tot«, sagte er mit ausdrucksloser Stimme. »Während ich hier gesessen und mit dir debattiert habe, haben meine Männer versucht, sie auszuräuchern.

Sie haben das Dorf und« – er verzog angewidert das Gesicht – »die Plantage von Albiac niedergebrannt, was ein ziemlicher Schlag ist. Ich dachte, du solltest es gleich wissen, also bin ich sofort hergekommen.«

Niessa starrte ihn einen Augenblick lang an, als hätte sie nicht verstanden, was er gesagt hatte, dann begann sie zu fluchen. Sie fluchte gut und sehr flüssig, wie es sonst nur Männer können. Als sie fertig war, trank sie, was noch in ihrem Ziderbecher war, und steckte sich einen kleinen Kuchen in den Mund.

»Nun?« fragte Gorgas.

»Sag du es mir«, erwiderte Niessa mit vollem Mund. »Du warst derjenige, der sie töten wollte.«

Gorgas verzog ungeduldig das Gesicht. »Das stimmt«, sagte er. »Dann hast du erklärt, wieso es ziemlich dumm wäre, es zu tun. Komm schon, reiß dich zusammen. Ich brauche wirklich bald ein paar Stunden Schlaf«, fuhr er fort und unterstrich das mit einem gewaltigen Gähnen.

Niessa rieb sich mit den Handflächen das Gesicht. »Also gut«, sagte sie, »versuchen wir einmal logisch nachzudenken. Was glaubst du, wie sind die Möglichkeiten, Stillschweigen über die ganze Sache zu bewahren? Immerhin gibt es keine Regel, nach der wir ihnen mitteilen müssen, daß die Geiseln tot sind; wir können behaupten, sie hätten sich ergeben und wir hätten sie an einen sicheren Ort gebracht, um weiteren Rettungsversuchen vorzubeugen. Wir könnten sogar behaupten, wir hätten sie in aller Stille in die Stadt gebracht. Es würde uns kurzfristig ein wenig Luft verschaffen.«

Gorgas schüttelte den Kopf. »Erstens müssen wir es früher oder später sowieso publik machen«, sagte er. »Und zweitens halte ich das für unmöglich. Die Götter allein wissen, wie viele Agenten die Stiftung hier hat; ich kann dir schon mal dreißig nennen, ohne auch nur in meine Notizen zu schauen, und du kannst dein Leben darauf wetten, daß auf jeden, den wir kennen, drei weitere kommen, die wir nicht kennen. Ich würde sagen, das sollten wir lieber vergessen.«

»Also gut«, erwiderte Niessa. »Sehen wir uns noch einmal deine ursprüngliche Idee an. Nach meiner Ansicht gibt es zwei Möglichkeiten. Erstens könnten wir ein großes Getöse daraus machen – so gehen wir mit Eindringlingen um – und hoffen, daß die Fraktionen den Rest erledigen. Aber irgendwie glaube ich nicht, daß es so funktioniert. Die Fraktionen, die sich ursprünglich gegen den Stoßtrupp ausgesprochen hatten, werden laut nach Rache schreien, und jene, die das alles angefangen haben, werden nicht wagen zu widersprechen. Ich nehme an, die Fraktionen werden eine Art Wettstreit veranstalten, und die Seite, die die größte und machtvollste Strafexpedition vorschlägt, wird gewinnen.«

Gorgas nickte. »Das klingt logisch«, sagte er. »Was wäre die andere Möglichkeit?«

»Nun«, sagte Niessa und zupfte an ihrer Nasenspitze, »da wäre immer noch deine Idee. Die Fraktionen, die für den Stoßtrupp waren, können nichts unternehmen. Wenn sie nach Vergeltung schreien, schlagen sie sich auf die Seite des Feindes. Wenn sie sich dagegen aussprechen, wird es heißen, sie hätten die Nerven verloren und seien schwach. Die Frage ist, ob sie immer noch stark genug sein werden, es auszusitzen, oder ob wir sie dazu bringen könnten, derart in Panik zu geraten, einen Handel mit uns abzuschließen. Was meinst du?«

Gorgas dachte einen Augenblick nach. »Mein Instinkt rät mir, es zu vergessen, vor allem, wenn ich bedenke, was du gestern – ihr Götter, war es wirklich erst gestern? – gesagt hast. Es gibt zwar tatsächlich einige in den Fraktionen, die verrückt genug wären, die Tore zu öffnen, nur damit ihre Feinde in der Stiftung nicht die Oberhand gewinnen, aber es sind nicht genug. Wir sollten uns nach einer langfristigen Lösung umsehen. Sie werden dem Vergeltungsschlag zustimmen müssen, nicht wahr? In diesem Fall besteht ihre einzige echte Hoffnung darin, daß der neue Stoßtrupp noch jämmerlicher versagt als der erste, und da sehe ich eine Möglichkeit, mit ihnen ins Gespräch zu kommen.«

Niessa nickte. »Es wäre immer noch ein ziemlich großer Schritt für sie«, sagte sie. »Ich muß zugeben, es ist nur verdeckter Verrat, im Gegensatz zum offenen, aber sie werden immer noch tot sein, sobald man sie erwischt und es nicht funktioniert.«

»Da hast du recht«, gab Gorgas zu. »Aber vergiß nicht, daß wir für die Sache mit dem Öffnen der Tore Verbündete in beiden Fraktionen brauchen. Für die revidierte Version brauchen wir nur eine Handvoll Leute – die echten Fraktionsspinner, wenn du so willst –, die uns nützliche Informationen geben und an der Nachschub- und strategischen Front mit Sabotage helfen. Ich kann dir beinahe zehn oder so von denen garantieren.«

Niessa schüttelte den Kopf. »Das setzt immer noch voraus, daß überhaupt eine Invasion stattfindet, und das Beste, worauf wir hoffen können, ist die Unterstützung einer Fraktion, uns bei deren Abwehr zu helfen. Das gefällt mir nicht. Ich glaube, selbst mit direkten Informationen von der Stiftung und wenn unsere Helfer ihr Bestes tun, um das Stoßtruppunternehmen zu sabotieren, sind wir immer noch einfach zu verdammt klein und schwach, um uns gegen sämtliche Soldaten Shastels zu wehren. Am Ende werden sie gewinnen, weil sie uns zahlenmäßig überlegen sind. Und selbst wenn es uns gelingen sollte, uns gegen sie zu verteidigen, sie von mir aus auch bis auf den letzten Mann zu töten, ist das nicht nur eine Einladung für den nächsten Versuch – mit einer noch besseren und größeren Armee?«

Gorgas gähnte abermals. »Also gut«, sagte er, »was, wenn wir dasselbe von der anderen Seite her versuchen? Stell es dir folgendermaßen vor: Den Hectemoren wird plötzlich klar, daß die Stiftung nicht unbesiegbar ist. Die legendären Hellebardiere von Shastel werden von den Bogenschützen von Scona gedemütigt ...«

Niessa lachte barsch. »Spinnereien«, tat sie die Idee ihres Bruders ab. »Es sind Bauern, sie werden nicht plötzlich zu Aufständischen werden. Oder wenn sie es versuchen, müßte es eine von diesen Angelegenheiten werden, die sich rasch ausbreiten und bei denen jeder in die Aufregung verwickelt wird, bis sie alle ein bißchen durchgedreht und bereit sind, es zu tun. So etwas passiert mitunter, aber man kann sich nicht darauf verlassen, daß es passiert, und man kann es nicht künstlich bewirken. Nein, ich dachte daran, einen Handel abzuschließen.«

Gorgas zog die Brauen hoch. »Das kann ich mir irgendwie nicht vorstellen«, erwiderte er. »Vergiß nicht, daß wir hier nicht von vernünftigen Menschen reden, sondern von Fraktionsmitgliedern, von Schlägertypen. Es wäre Selbstmord für jeden von denen, auch nur öffentlich mit uns zu sprechen.«

»Mag sein«, sagte Niessa. »Es sei denn, wir können ihnen etwas anbieten, dem sie nicht widerstehen können. Versuch es einmal damit: Erstens erklären wir, der Tod der Geiseln sei ein tragischer Unfall gewesen, das Ergebnis eines Waldbrandes. Wir bedauern diese Verluste zutiefst. Höchstwahrscheinlich«, fuhr sie fort, als Gorgas versuchte, sie zu unterbrechen, »werden sie uns das nicht abnehmen, es sei denn, wir geben ihnen mehr. Also müssen wir etwas finden, was sie dazu verleitet, innezuhalten und nachzudenken. Und das ist die Stelle, wo wir vollkommen realistisch sein müssen. Geben wir es zu: Wir sehen der vollständigen Vernichtung entgegen, es sei denn, wir können etwas finden, um den Krieg zu verhindern.«

»Ganz deiner Meinung«, meinte Gorgas. »Wo sollen wir also das Angebot ansiedeln?«

Niessa griff nach einer Feder und begann damit zu spielen. Diese Feder war, wie Gorgas bemerkte, ein typischer Niessa-Gegenstand: eine einfache, zurechtgeschnittene weiße Gänsefeder mit einer kleinen goldenen Spitze. »Wir können es nicht zu niedrig ansetzen«, sagte sie, »aber wir wollen ihnen auch nicht mehr geben, als wir müssen.«

»Geld wird nicht genügen«, sagte Gorgas. »Ihre Kapitalreserven sind so gewaltig, daß ihnen Geld gleichgültig ist. Es müßte Land sein und vermutlich noch etwas mehr.«

»Gut, ich sage, wir bieten ihnen alle Hypotheken an, die wir auf dem Festland haben. Bis auf die letzte. Immerhin ist es das, was sie die ganze Zeit schon wollten, also warum geben wir es ihnen nicht? Wenn sie das ohne Kampf haben können, was sollten sie sonst noch von uns wollen?«

»Gut«, erwiderte Gorgas ruhig. »Und wovon leben wir danach?«

»Ach, es wird uns schon etwas einfallen. Und eins kann ich dir jetzt schon sagen, wenn wir tot sind, werden wir von gar nichts leben.«

Gorgas nickte. »Gut«, sagte er. »Das klingt vernünftig. Und was mich angeht, war ich ohnehin der Ansicht, daß diese Hectemoren-Geschichte uns langfristig nirgendwo hinführt. Du weißt, daß ich schon lange dafür war, daß wir lieber in den Handel und die Manufaktur einsteigen sollten, als mit dieser alten Geschichte weiterzumachen. Nicht, daß ich behaupten würde, wir wären bereit, aber ...«

Niessa grinste. »Das ist deine große Scona-als-neues-Perimadeia-Idee, nicht wahr?« sagte sie. »Und glaub mir, ich versuche nicht, sie einfach abzutun, wir haben schon darauf hingearbeitet und einiges hineingesteckt. Also gut.«

»Richtig«, erwiderte Gorgas. »Und dann haben wir immer noch die Schiffe.«

Niessa schüttelte den Kopf. »Nicht so schnell«, sagte sie. »Ich sprach von Land und noch etwas Zusätzlichem. Betrachte es einmal von ihrer Seite: Wenn sie uns besiegen, können sie sich das Land auch selbst nehmen, und außerdem haben sie noch das Vergnügen, die Schmach ihrer Niederlage auszulöschen – ich nehme an, es braucht schon etwas ganz Besonderes, damit sie diese Gelegenheit nicht ergreifen. Vergiß nicht, daß ihre ganze Kultur auf der Idee beruht, daß Kämpfen eine gute Sache ist. Wir bitten sie, die Gelegenheit zu einem Krieg mit Siegesgarantie verstreichen zu lassen. Dafür müssen wir ihnen schon etwas bieten.«

»Und?« Gorgas zuckte mit den Schultern. »Was hast du im Sinn?«

»Wir geben ihnen die Flotte«, erwiderte Niessa. »Es ist das einzige, was sie unbedingt wollen und was sie nicht einfach mit militärischen Mitteln an sich reißen können. Wir geben ihnen die Schiffe, und wir stellen Männer, um ihre Leute auszubilden und die Schiffe in der Zwischenzeit zu bemannen. Betrachte es von ihrem Standpunkt aus, und es klingt recht vernünftig. Wir müssen sie natürlich glauben machen, daß sie uns das als letztes, verzweifeltes Zugeständnis abringen, aber ich denke, das ist der Weg, den wir ins Auge fassen sollten.«

Gorgas sah sie mißmutig an. »Es ist auch der Abschied von jeglicher Hoffnung, auf diesem Felsen hier unseren Lebensunterhalt zu verdienen«, sagte er zornig. »Also gut, vielleicht *ein paar* Schiffe und *ein paar* Männer. Aber warum sollten sie alles wollen?«

»Du hast da etwas übersehen«, erwiderte Niessa. »Es waren nicht Perimadeias Schiffe, die für den Aufstieg der Stadt verantwortlich waren, es war die Herstellung von hochwertigen Waren zu günstigen Preisen. Ich denke, der Weg, den wir einschlagen sollten, ist der deiner Manufakturen, wo du das ganze Zeug für die Armee herstellen läßt. Nimm alle Leute, die jetzt Pfeilnocken herstellen, und laß sie statt dessen Knöpfe machen. Dasselbe mit deinen Rüstschmieden; wenn sie Helme und Schwerter herstellen können, dann kommen sie auch mit Messingtöpfen und Schaufeln und allem anderen Kram zurecht, und zwar schnell und billig. Denk doch nur ... wenn jeder Knopf auf der Welt aus Scona stammt, werden wir den Tag segnen, an dem wir uns aus dem Hypothekengeschäft zurückgezogen haben. Und dann brauchen wir keine Armee und müssen keine Kriege mehr führen. Das wird Shastel für uns tun.«

Gorgas warf ihr einen Blick zu. »Tut mir leid«, sagte er. »Jetzt kapiere ich gar nichts mehr.«

»Denk doch nach«, erwiderte seine Schwester. »Shastel hat eine Flotte. Shastel hat nichts zu verkaufen. Also transportieren sie unsere Waren auf ihren Schiffen. Plötzlich brauchen sie uns, sie fangen an, sich auf uns zu verlassen, und können damit leichtes Geld verdienen.« Sie grinste breit. »Es ist gut möglich, daß wir Shastel am Ende doch beherrschen und das, ohne einen einzigen Pfeil abzuschießen.«

Gorgas dachte kurz nach. »Es ist ein gewaltiger Schritt«, sagte er.

»Ähnlich wie der hierherzukommen«, meinte Niessa gleichmütig. »Verglichen mit dem, was wir bereits erreicht haben, ist das gar nichts; es ist genau das, wovon du immer behauptet hast, daß wir es ohnehin ins Auge fassen sollten. Und wir brauchen keinen Krieg zu führen und werden nicht getötet. Das ist die Hauptsache. Es gibt nichts Schlimmeres als einen Krieg, wenn es um Geld geht. Selbst wenn wir einen unterzeichneten Vertrag mit dem Tod hätten, der besagt, daß wir überlegen gewinnen, würde ich alles andere lieber tun, als uns in einen richtigen Krieg zu verwickeln. Ein kleiner Krieg, den du in deiner Freizeit genießen kannst, das ist noch erträglich, aber wenn du von mir erwartest, daß ich dir einen großen Krieg gebe, hast du Pech gehabt.«

Gorgas saß lange Zeit still und reglos da und dachte nach. »Also gut«, sagte er schließlich. »Aber angenommen, sie machen nicht mit? Angenommen, sie lassen sich unter keinen Umständen auf einen Handel ein ...«

»Das ist eine sehr reale Möglichkeit«, unterbrach ihn Niessa, »wenn man bedenkt, mit was für Leuten wir es zu tun haben.«

»Genau. Und was tun wir dann?«

Niessa verzog das Gesicht. »Das ist einfach«, meinte sie. »Wir laden so viel vom Kapital, wie wir können, auf ein paar vernünftige Schiffe, fahren zur Insel und lassen sie machen, was sie wollen. Sollen sie ihre dumme Invasion doch haben. Immerhin«, fügte sie mit einem traurigen Lächeln hinzu, »haben wir beide schon Erfahrung darin, einen Schlußstrich zu ziehen und unser Heim zurückzulassen. Damit kommen wir zurecht. Und es geht uns erheblich besser als beim letzten Mal.«

Gorgas stand auf. »Ich gehe jetzt heim, schlafen«, sagte er. »Du denkst noch mal darüber nach und läßt mich morgen früh wissen, was du beschlossen hast. Nur noch eins.«

»Was?«

»Bardas. Was machen wir mit ihm?«

Niessa zuckte mit den Schultern. »Wir nehmen ihn selbstverständlich mit. Und das erinnert mich an diesen Auftrag, den ich dir gegeben habe. Du hast vermutlich noch nicht einmal damit angefangen.«

»Niessa.« Gorgas runzelte die Stirn. »Ich hatte zu tun.«

»Das ist mir aufgefallen«, meinte Niessa. »Also, sorge dafür, daß du verdammt noch mal weiterkommst, oder ich muß es selbst tun. Und vergiß nicht«, fügte sie hinzu, »ich würde nicht versuchen, es wie du zu machen, sondern es gleich richtig machen.«

Gannadius?

Keine Antwort. Nichts. Es war beinahe, als wäre er wieder ein kleiner Junge und stünde vor einer Tür, vor sich die Mutter eines anderen Jungen: *Nein, Gannadius kann heute nicht zum Spielen rauskommen, er muß seinem Vater mit den Hühnern helfen.* Er seufzte und öffnete die Augen. Theoretisch hätten seine Kopfschmerzen ein Beweis dafür sein sollen, daß er mit dem Prinzip in Kontakt getreten war. Tatsächlich nahm Alexius an, daß es mehr damit zu tun hatte, mit fest zugekniffenen Augen dazusitzen und den Kopf in einem komischen Winkel zu halten. *Naturtalent? Ich soll ein Naturtalent sein? Aber ganz sicher.*

Es war ein langer Tag gewesen, mit seiner ersten Unterrichtsstunde in Magie bei der Direktorin und seinem vollkommenen Versagen, als es darum gegangen war, die neu erworbenen Techniken anzuwenden. Der Direktorin zufolge half es, sich zu konzentrieren, wenn man im Schneidersitz auf dem Boden saß, die Augen schloß und den Kopf auf die Schulter sakken ließ wie eine Leiche am Galgen; es sollte den Geist in eine Art Brennglas verwandeln, damit man die verstreuten Spuren des Prinzips, die (angeblich) umhergeweht wurden wie Löwenzahnsamen, konzentrieren konnte. Bisher hatte er jedoch nicht den geringsten ...

... Er saß auf einem Faß auf dem Deck eines Schiffes, inmitten einer vollkommen ruhigen See. Nach dem Licht und dem Sonnenstand zu schließen, war es sehr früh am Morgen; es waren rote Streifen am Himmel, die Luft war angenehm frisch, aber er fühlte sich extrem müde, als wäre er die ganze Nacht aufgeblieben, um die Morgendämmerung zu sehen. Er schien allein an Deck zu sein, was nahelegte, daß die Mannschaft immer noch schlief.

Er hob den Kopf und schaute zum Land hin. Er erkannte die Insel vor sich; es war dieselbe Aussicht auf Scona, die er auf dem Schiff gehabt hatte, das ihn hergebracht hatte. Aus diesem Blickwinkel bestand eine flüchtige Ähnlichkeit mit Perimadeia, wenn man einmal davon absah, daß es keine Oberstadt und keinen dramatischen Hintergrund gab; das Festland war ein verschwommener graugrüner Strich, den man hastig an den Horizont gezeichnet hatte, ohne ihm Zeit zu lassen, anständig zu trocknen. Aber etwas war anders. Und es war nicht besonders schwierig, das zu erkennen.

Die Stadt Scona lag in Trümmern. Rauch erhob sich aus dem Durcheinander, wo einmal Gebäude gestanden hatten. Der Hafen war leer, die Lagerhäuser, die sich dort befunden hatten, existierten nicht mehr. Etwas bewog ihn, aufzustehen und über die Seite des Schiffes zu spähen, und er entdeckte ein paar Schritte entfernt eine Leiche im Wasser, die mit dem Gesicht nach unten dahintrieb. Es waren sogar mehrere Leichen, zu vollgesogen und zu tief im Wasser, als daß er hätte erkennen können, welchem Volk sie angehörten, oder auch nur, ob es Männer oder Frauen waren. Es waren nur noch Leichen – Blut, Knochen und Fleisch, und alles andere war verschwunden. Es geschieht nicht oft, daß man seine Mitmenschen als Gegenstände und nicht als Menschen zu sehen bekommt, als die Summe ihrer organischen Bestandteile. Selbst wenn sie tot sind, sind Menschen im allgemeinen als ehemalige Individuen zu erkennen, aber wenn man das Gesicht und die Geschlechtsmerkmale und die Kleidung verbirgt, ebenso wie irgendwelche Besitztümer, die dazu dienen, zu unterscheiden und zu klassifizieren, bleiben nur noch Blut, Knochen und Fleisch übrig, nur noch das Rohmaterial.

Es hat also einen Kampf gegeben, schloß Alexius. *Leichen im Wasser bedeuten eine Seeschlacht oder einen schlimmen Sturm. Die verbrannte Stadt weist ebenfalls auf einen Kampf hin, und das Fehlen von Schiffen im Hafen bedeutet, daß sie entweder ausgelaufen sind, um gegen eine feindliche Flotte zu kämpfen, oder um die Stadt zu evakuieren. Es gab entweder ein schreckliches Feuer, gefolgt von einem entsetzlichen Sturm – und zweifellos hätte doch der Sturm das Feuer gelöscht – oder eine Seeschlacht, gefolgt von einem erfolgreichen Angriff auf die Stadt. Wenn das der Fall ist, sollte man annehmen, die Angreifer wären von Shastel gekommen, aber Shastel hat keine Schiffe.*

»Alexius«, sagte eine Stimme hinter ihm. »Was ist da los?«

Gannadius. Ich habe schon versucht, Euch zu finden.

»Habt Ihr? Ich wußte nicht ...«

Oh, vielen Dank. Und was war das für eine Geschichte, daß

Ihr mehr über das Prinzip wißt als jeder andere lebende Mensch?

»Ihr meint, was Machaera erzählt hat? Sie ist jung, das ist alles. Ein schlimmer Fall von Heldenverehrung.«

Könnte man sagen. Was soll das alles? Und was macht Ihr hier?

Gannadius setzte sich auf das Faß und grinste dünn. »Tatsächlich«, meinte er, »komme ich häufig her. Ich finde es beruhigend.«

Beruhigend? Eine verbrannte Stadt und Leichen? Habt Ihr den Verstand verloren?

»Bestimmt nicht«, erwiderte Gannadius spitz. »Und verglichen mit dem, was ich in der letzten Zeit zu sehen bekomme, ist es wunderbar beruhigend. Das Ende des Krieges und all das. Wenn man gezwungen wurde, Zeuge von Kämpfen Mann gegen Mann und Massakern an unbewaffneten Zivilisten zu werden, sind eine ruhige See und Sonnenschein eine angenehme Abwechslung.«

Ihr habt also den Rest des Krieges gesehen?

Gannadius lächelte traurig. »Gesehen? Ich habe es geschrieben. Oder was immer man tut, wenn man im Kopf eine andere Zukunft aufbaut. Und bevor Ihr fragt, wieso um alles in der Welt ich so etwas tun mußte – ich bin es eigentlich nicht. Oh, ich habe es orchestriert und choreographiert, aber das ist nun einmal mein Beruf. Nein, es ist diese elende Studentin, die sich das alles ausgedacht hat.«

Dieses Mädchen? Es ist ihr gelungen, eine ganze Insel zu verfluchen?

»Es sieht deprimierend danach aus«, erwiderte Gannadius. »Ohne jeden Grund und ganz sicher ohne meine Hilfe. Tatsächlich habe ich versucht, es unauffällig zu sabotieren oder zumindest die unangenehmsten Begleitumstände abzuschwächen. Ich glaube nicht, daß es ihr aufgefallen ist, oder zumindest noch nicht.« Er verzog mißmutig das Gesicht. »Ich bin sicher, daß Ihr erst gar nicht sehen wollt, wie es zuvor war; überall abgehackte Gliedmaßen und spritzendes Blut. Ich nehme an, daß sich jemand in diesem Alter, der nur Bücher gelesen und Lieder gehört und nie einen echten Kampf gesehen hat, eine Schlacht so vorstellt; zustoßende Schwerter, in Stücke gehauene Menschen, rollende Köpfe in den Rinnsteinen, oder sie hüpfen die Straßen entlang wie diese ausgestopften Lederbälle, die wir als Kinder hergestellt haben. Ziemlich gruselig, die ganze Geschichte.«

Und Ihr wollt, daß dies geschieht?

Gannadius schüttelte heftig den Kopf. »Aber was kann ich schon dagegen tun?« fragte er. »Allein nicht sonderlich viel. Deshalb habe ich versucht, Euch zu finden.«

Es tut mir leid, aber Ihr müßt mich außen vor lassen. Es hat mich, wenn Ihr Euch recht erinnert, schon beinahe das Leben gekostet, einen einzelnen Mann von einem Fluch befreien zu wollen. Den Fluch von einer ganzen Insel zu nehmen, würde mich bestimmt umbringen. Aber Ihr Götter, diese Machaera muß ein blutrünstiges kleines Ding sein, so ähnlich wie dieses schreckliche Mädchen, mit dem wir es zu Hause zu tun hatten.

»Absolut nicht«, seufzte Gannadius. »Sie ist furchtsam, demütig, höflich, ein eher mausähnliches Geschöpf, eine von der Sorte, die bei dem Gedanken daran, nach einer Vorlesung eine Frage stellen zu müssen, einen Angstanfall bekommt. Doch das macht alles nur noch erschreckender, findet Ihr nicht?«

Alexius nickte bedächtig. *Erzählt mir also, was geschieht,* sagte er, *dann können wir am Anfang anfangen und herausfinden, ob es eine Möglichkeit gibt, es aufzuhalten.*

»In Ordnung«, meinte Gannadius. »Die Flotte von Shastel segelt um die ungeschützte Seite Sconas ...«

Einen Augenblick bitte. Welche Flotte von Shastel?

»Das dachte ich auch. Aber offenbar wird es eine geben, und während diese Flotte das Invasionsheer über die Meerenge trägt, stechen die Schiffe von Scona in See, und der Spaß fängt an. Sie versenken fünfzehn Schiffe von Shastel, alle vollgestopft mit Soldaten, und dann setzen sie sechs weitere in Brand. Bevor sie alle versenkt werden.«

Ich verstehe. Weiter.

»Es ist einfach eine Frage der Übermacht. Gleichgültig, wie nautisch überlegen die Schiffe von Scona auch sind, am Ende sind es doch nur zweiundzwanzig gegen unzählige von unseren. Dann erzwingt die Flotte von Shastel die Landung im Hafen – eine schreckliche Angelegenheit, wir verlieren viele Männer dort, aber am Ende siegen wir, weil wir sosehr in der Überzahl sind. Der Rest ist einfach ein großes Gemetzel. Das Ergebnis seht Ihr da drüben.«

Gannadius, das ist schrecklich. Wir müssen dafür sorgen, daß das nicht passiert.

Gannadius warf ihm einen müden Blick zu. »Also gut«, meinte er. »Und wie genau sollen wir das tun? Ihr erläutert es mir in einfachen Schritten, und ich tue mein Möglichstes. Nun?«

Also gut, haltet das Mädchen auf. Macht ihr klar, wie falsch es ist. Sagt ihr, sie soll damit aufhören. Ihr seid immerhin ihr Lehrer, oder? Ihr solltet imstande sein, eine junge, verängstigte Studentin zu kontrollieren.

»Aber sicher«, erwiderte Gannadius zornig. »Nichts einfacher als das. Und dann geht sie zum Dekan und sagt, Doktor Gannadius hat gesehen, daß ich für unseren Sieg im Krieg gesorgt habe, und mich angewiesen, das bleiben zu lassen. Sie werden mich an einem Zitronenbaum aufhängen und als Zielscheibe für angehende Speerkämpfer benutzen. Nein«, fuhr er fort, »das einzige, was vielleicht funktionieren würde – und auch das ist nur Spekulation –, wäre, sie zu töten, und das kann ich nicht. Es tut mir leid.«

Scona zerstört. Tausende von Toten auf beiden Seiten. Die Stadt niedergebrannt. Gibt es etwas im Lebenszyklus von Städten, das einen Feuertod unvermeidlich macht? Oder läßt es sich noch mehr einengen? Geht es nur um Städte, mit denen ich etwas zu tun habe?

»Außerdem«, fuhr Gannadius fort, »glaube ich nicht, daß es wirklich etwas bringen würde, sie zu töten. Aber wenn wir das hier verhindern wollen, sollten wir nicht mit ihr sprechen, sondern mit einer ganz anderen Person.«

Und mit wem?

»Zum Beispiel mit dem Mann, der hinter der Invasion steckt, dem Mann, der das Heer anführt und die Flotte kommandiert. Und das ist der Punkt, wo Ihr ins Spiel kommt.«

Ich? Warum?

Ein strahlendes Lächeln breitete sich über Gannadius' Gesicht aus. »Weil dieser General Bardas Loredan heißt.«

10

Gorgas Loredan sprang vom Pferd und reichte dem Unteroffizier seiner Eskorte die Zügel. »Ihr solltet lieber verschwinden«, sagte er leise. »Aber bleibt vorsichtshalber in Hörweite, falls ich Euch brauche, was allerdings unwahrscheinlich ist.«

Er näherte sich der langgezogenen Scheune von ihrer fensterlosen Seite, blieb hier und da stehen, um zu lauschen, sich umzusehen, wie ein Bogenschütze, der sich kurz vor der ersten Heuernte im hohen Gras an ein Kaninchen anschleicht. Er konnte nichts hören, das auf irgendwelche Aktivitäten hinwies; nicht das Zischen eines Hobels auf Holz, kein Säge- oder Feilgeräusch, keine Stimmen. Er hatte angenommen, daß sich Bardas in seiner Werkstatt befand. Immerhin war er ein Handwerker, der sich seinen Lebensunterhalt verdienen mußte, und solange das Licht noch gut genug war, sollte er eigentlich an seinem Arbeitsplatz sein. Dort waren Handwerker für gewöhnlich tagsüber.

Es sei denn, er ist irgendwo da draußen und fällt Bäume. Oder er ist tot. Oder der Überfall hat ihn zu Tode erschreckt, und er hat sich irgendwo in den Bergen verkrochen. Beim letzten Gedanken verzog er mißmutig das Gesicht; Männer, die Armeen befehligt und als professionelle Schwertkämpfer gearbeitet hatten, verkrochen sich nicht im Gebüsch wie Hasen, sobald der erste Hellebardier in Sicht kam. *Also gut, er ist unterwegs und liefert entweder Ware ab oder kauft Material. Vielleicht sogar Lebensmittel.*

Langsam ging er um die Ecke der Scheune in den Hof und blieb dort einen Augenblick stehen, um sich umzuschauen. Nirgendwo war etwas zu sehen, und er hatte auch nicht dieses unklare, aber unmißverständliche Gefühl, beobachtet zu werden. Seine Instinkte sagten ihm, daß niemand zu Hause war, aber es gab mehrere Begriffe, um Menschen zu beschreiben, die sich in solchen Situationen auf ihren Instinkt verlassen hatten, und die meisten dieser Worte waren Synonyme für ›tot‹.

Es war recht unwahrscheinlich, daß Bardas ihm einen Pfeil zwischen die Schulterblätter schießen oder mit einem Schwert in der Hand hinter dem Wasserkrug hervorspringen würde, aber das Ziel dieser Übung bestand schließlich darin, die Beute zu verfolgen und sie nicht vor sich herzutreiben; je früher sein Bruder erfuhr, daß er eingetroffen war, desto geringer war die Chance, daß er ihn einfach greifen und in die Stadt zurückschleppen konnte.

Drei Steinstufen führten zum Scheunentor, und er steckte vorsichtig den Kopf zur Tür hinein. In der Werkstatt war es dunkel, und die Läden waren geschlossen. Theoretisch hätte sich jemand hinter dem Holzstapel oder der Lehm- und Ziegelkonstruktion in der Ecke verstecken können (Gorgas erkannte dieses Bauwerk als einen Dampfofen, mit dem man Holz für die Wurfarme eines Bogens biegen konnte; sein Vater hatte einmal versucht, einen zu bauen und dabei versagt), aber er sah sich nur flüchtig um. Inzwischen war er bereit, sich auf seinen Instinkt zu verlassen. Wenn Bardas hier wäre, würde er das wissen.

Er verließ die Scheune wieder, schloß die Tür hinter sich und ging über den Hof ins Haus. Auch das erwies sich als leer; es war nicht nur menschenleer, sondern praktisch völlig leer. Es erinnerte Gorgas an die karge, schreckliche Wohnung seines Bruders in einer der Mietskasernen von Perimadeia. Offensichtlich hatte Bardas irgendwelche Probleme mit dem Sammeln von Besitztümern, was seit ihrer Kindheit eine neue Entwicklung darstellte, aber verständlich war, wenn man bedachte, was inzwischen geschehen war. *Dennoch*, dachte Gorgas, als er sich im Hauptraum des Hauses umsah, *man muß schon recht geschickt sein, um gleichzeitig karg und schlampig leben zu können.*

Er stöberte ein bißchen herum, bis er gefunden hatte, was er suchte – ein Tuchbündel, das mit einer Hanfschnur zugebunden und unter die Matratze geschoben war und ein seltenes und ausgesprochen wertvolles Guelan-Breitschwert enthielt. Niemals wäre Bardas für immer weggegangen und hätte dieses Schwert zurückgelassen. Von seinem Verkaufswert einmal abgesehen, war es eine der besten Waffen, die je hergestellt worden waren, und kein Fechter, dem einmal ein solches Ding gehört hatte, hätte sich freiwillig wieder davon getrennt. Wenn das Schwert immer noch hier war, würde Bardas zurückkommen. Gorgas ließ sich auf dem einzigen (und unbequemen) Sessel nieder – *für einen Bogenmacher, Bruder, bist du ein miserabler Tischler* – und begann mit dem Warten.

Nach all dem, was er erlebt hatte, war Venart eigentlich nicht in der Stimmung, Geschäfte zu machen. Dennoch, ihm blieb keine große Wahl, er mußte Geld auszahlen und einsammeln, das Beladen überwachen, Frachtbriefe durchsehen und Vorräte einkaufen, bevor er Scona verlassen konnte, und wenn er es nicht selbst tat, würde es niemand tun.

»Wollfett«, murmelte der letzte Krämer in der Stadt und strich sich nachdenklich übers Kinn. »Wollfett. Könnte sein, daß ich noch welches habe. Das wird nicht oft verlangt.«

Venart holte tief Luft; aber bevor er noch ein Wort sagen konnte, hörte er eine vertraute Stimme hinter sich.

»Ich kann dir welches borgen, wenn du willst«, sagte Athli. »Du kannst es mir bezahlen, wenn ich nach Hause komme.«

Zum erstenmal seit Tagen war Venart relativ glücklich. »Das ist wunderbar«, sagte er. »Was machst du denn hier?« fügte er hinzu.

»Du stehst der Zeuxis-Handelsbank gegenüber«, erwiderte Athli lächelnd. »In persona. Komm mit, ich glaube, ich kann dir dieses Wollfett beschaffen. Und du siehst aus, als könntest du etwas zu trinken vertragen.«

»Ich wußte nicht, daß dein Nachname Zeuxis ist«, gab Venart zu, als sie zusammen zum Hafen gingen. »Wenn ich es mir genau überlege, wäre es mir nie eingefallen zu fragen.«

Athli zuckte mit den Schultern. »Ich glaube, das Thema ist nie angesprochen worden«, sagte sie. »Du siehst irgendwie gequält aus. Ist etwas nicht in Ordnung?«

Venart verzog das Gesicht. »Das kann man wohl sagen«, meinte er. »Aber ich will lieber erst gar nicht davon anfangen. Was hat es mit dieser Bankgeschichte auf sich?«

»Ich leite die Agentur der Insel in Shastel«, erwiderte Athli. »Ich habe den Auftrag erst gestern erhalten. Und als ich hier vorbeikam, dachte ich, ich mache auf Scona halt und sehe mich mal auf dem Markt hier um. Um ehrlich zu sein, halte ich nicht viel davon. Diese Leute sind ein ziemlich elender Haufen.«

Venart runzelte die Stirn. »Ich weiß nicht, ob es dir aufgefallen ist«, meinte er, »aber es gibt so etwas wie einen Krieg zwischen Scona und Shastel. Ich bin nicht sicher, ob das deinen Aufenthalt hier zu so einer guten Idee macht.«

Athli zuckte mit den Schultern. »Daran scheint sich niemand zu stören«, erwiderte sie. »Und wenn wir es ganz genau nehmen, ist es auch eigentlich kein Krieg, nur eine Reihe unglücklicher Vorfälle, über die Vertreter beider Parteien aktiv in Verhandlungen stehen, in der Hoffnung, kurz- oder mittelfristig zu einer Regelung zu kommen. Was«, fügte sie hinzu, »selbstverständlich nur ein etwas umständlicherer Ausdruck für ›Krieg‹ ist, aber für einen phantasievollen Händler eröffnet das interessante Möglichkeiten.«

Venart sah sie an. »Ach ja?«

»Ja. Denk doch mal nach, Ven. Ohne phantasievolle Händler wäre es unmöglich, daß zwei Parteien während eines Krieges miteinander Handel treiben.«

»Ich hätte nicht angenommen, daß sie das wollen.«

Athli grinste. »Das ist kaum eine Frage des Wollens. Es gibt mindestens fünf große Handelsfirmen auf Scona, die tief in Gemeinschaftsprojekten mit Handelshäusern aus Shastel verstrickt sind, und die Faims – das ist eine der führenden Armenfamilien – haben den größten Teil ihres aktiven Kapitals auf Scona investiert.«

»Das ist verrückt«, wandte Venart ein.

»Genau«, stimmte Athli zu. »Aber Niessa Loredan zahlt bessere Zinsen. Das ist eine der Sachen, die mir an diesem Teil der Welt so gut gefällt«, fügte sie hinzu. »Sie lassen nicht zu, daß der Krieg ihnen das Geschäft verdirbt.«

Dazu fiel Venart nichts mehr ein, und während er sich noch von den Neuigkeiten erholte, fragte Athli nach Vetriz.

»Sie hat Ärger«, sagte er. »Großen Ärger.«

»Oh.« Athli blieb stehen. »Was für eine Art Ärger?«

Venart machte eine verzweifelte Geste. »Das ist beinahe das schlimmste daran. Ich weiß es nicht. Soweit ich sagen kann, hat es etwas mit Patriarch Alexius, Magie und Oberst Loredan zu tun. Aber wenn ich wirklich verstehen will ...«

»Oberst Loredan«, unterbrach ihn Athli. »Du sprichst von Gorgas Loredan?«

»Nein, Bardas. *Dein* Bardas. Der, für den du gearbeitet hast. Falls du dich erinnerst – er ist der Bruder der Direktorin, aber sie kommen nicht miteinander aus. Das hat alles irgendwas mit Perimadeia zu tun, aber ich konnte dem nicht folgen.«

»Und was hat Bardas Loredan mit all dem zu tun?« fragte Athli leise.

»Wie ich schon sagte«, erwiderte Venart, »es ist alles ein wenig über mein Fassungsvermögen gegangen. Zuerst sah es so aus, als hätte man Triz und mich verhaftet, dann sollte sie der Direktorin offenbar bei etwas helfen, und dann sagte sie, es sei in Ordnung, sie wollte bleiben und tun, was die Direktorin von ihr will. Und jetzt bin ich hier und halb verrückt vor Sorge – hörst du überhaupt zu?«

»Wie bitte? Ja, selbstverständlich höre ich dir zu. Komm, ich lade dich zu einem Glas ein, und dann kannst du mir alles von Anfang an erzählen. Man weiß nie, ich könnte dir vielleicht helfen.«

Venart dachte kurz nach. »Also gut«, sagte er. »Ich fürchte, ich weiß überhaupt nichts mehr. Wenn du also einen Vorschlag hättest oder erklären könntest, was los ist, wäre das wunderbar. Ihr Götter, ich wünschte, wir wären niemals hierhergekommen«, erklärte er mit Nachdruck. »Das hier ist der schrecklichste Ort, an dem ich in meinem ganzen Leben gewesen bin. Wenn wir nur von hier verschwinden und sicher auf die Insel zurückkehren könnten ...«

»Ja«, sagte Athli ungeduldig, »schon gut. Dort an der Ecke gibt es einen Weinladen. Und jetzt reiß dich gefälligst zusammen und fang an.«

Es war stockfinster, als Bardas Loredan und der Junge vom Einkaufen kamen. Kein einziger Stern war zu sehen, der Junge mußte die letzten zwei Meilen mit einer Laterne vor dem Wagen hergehen. Als sie den höchsten Punkt des Weges erreichten, blieb der Junge wie angewurzelt stehen.

»Was ist los?«

»Im Haus brennt Licht«, rief der Junge zurück.

Bardas dachte einen Augenblick nach, dann sprang er vom Kutschbock und reichte dem Jungen die Zügel. »Warte hier«, sagte er. »Falls jemand anders kommt als ich, rennst du zu dem alten Turm, in dem wir schon einmal waren, und wartest dort einen Tag lang.« Er griff in die Tasche und holte eine Geldbörse heraus. »Verlier das nicht. Es müßte für eine Überfahrt zur Insel genügen. Dort suchst du eine Frau namens Athli Zeuxis und sagst ihr, daß ich dich schicke, verstanden?«

Der Junge starrte ihn aus weit aufgerissenen Augen entsetzt an. »Was ist los?« fragte er. »Wenn es ein Problem gibt, wieso verstecken wir uns nicht beide, bis sie wieder weg sind?«

Bardas zuckte mit den Schultern. »Erinnerst du dich, daß mein Bruder ein paar Männer vorbeigeschickt hat, um uns zu holen?« fragte er.

Der Junge nickte. »Du hast sie verprügelt«, sagte er.

»Das stimmt. Nun, den Rest kannst du dir selbst denken. Wer immer dort unten auf uns wartet, scheint es nicht im geheimen tun zu wollen. Ich denke, das schließt Diebe oder einen Hellebardier, der sich verlaufen hat, aus. Aus demselben Grund glaube ich auch, daß es nicht wieder die Soldaten meines Bruders sind. Was bleibt da noch übrig? Eine größere Gruppe von Hellebardieren vielleicht, und wenn das so ist, werde ich die Wachen sehen und gleich zurückkommen. Aber das glaube ich nicht. Wenn sie sich offen herumtreiben und Feuer entzünden würden, hätten wir inzwischen von ihnen gehört, soviel wie wir in der letzten Zeit unterwegs waren. Ich denke, ich weiß, wer das ist.«

»Dein Bruder?«

Bardas nickte. »Es könnte natürlich auch jemand vollkommen Harmloses sein. Ich weiß es nicht. Du wartest jedenfalls hier, und vergiß nicht – Athli Zeuxis, auf der Insel. Hast du dir das gemerkt?«

»Ja«, erwiderte der Junge. »Kann ich mitkommen?«

»Nein. Bleib hier. Paß auf.« Er griff in den Wagen und holte den kurzen, stark gekrümmten Neunzigpfünder und den Köcher mit den kurzen roten Pfeilen heraus, sah sie einen Augenblick lang an und legte alles wieder zurück. »Zum Teufel damit«, sagte er. »Ich kann selbst am hellichten Tag kaum etwas treffen – wie sollte ich dann im Dunkeln Erfolg haben? Geschieht mir ganz recht.«

Leise schlich er an der Seite der Scheune entlang bis zum Holzschuppen. Zum Glück wußte er alles, was es über die

Schuppentür zu wissen gab, unter anderem auch, wie man sie anheben mußte, damit das Scharnier nicht quietschte.

In der Dunkelheit war kaum etwas zu erkennen, aber er konnte ertasten, wonach er suchte: eine Holzfälleraxt, die an einem Lederriemen an einem Haken am Hauptdachbalken hing. Es war eine Waffe in dem Sinn, in dem Kaninchen Essen waren – besser als gar nichts.

Er wußte nicht, wieso er so wütend war. Wenn es tatsächlich Gorgas sein sollte, der dort im Haus wartete, war er froh, vorgewarnt zu sein. So, wie er sich jetzt fühlte, hätte er sich direkt auf ihn gestürzt, ohne auch nur darüber nachzudenken, und da Gorgas wahrscheinlich besser bewaffnet war als er selbst, wäre das ein großer Fehler gewesen. Die Vorwarnung hatte seine Gefühle nicht verändert; die Bedenkzeit hatte ihm nur die Gelegenheit gegeben, sich zumindest eine Art Waffe zu suchen, aber sie hatte seinen Zorn nicht abgekühlt, und das war seltsam. Er hatte so viele Jahre lang für Geld getötet, daß er sich nicht mehr vorstellen konnte, es umsonst zu tun. So hatte er sich nicht gefühlt, als er damals nach Scona gekommen war und Gorgas und Niessa gegenübergestanden hatte, es war ihm sogar gelungen, höflich zu ihnen zu sein, während er ihnen klarmachte, daß er vorhatte, sich so weit von ihnen zu entfernen, wie es die Geographie der Insel erlaubte. Das Gespräch hatte ihm keinen Spaß gemacht, und es war schwer gewesen, sich am selben Ort wie diese beiden zu befinden, aber er hatte nicht dieses unglaubliche Bedürfnis verspürt, ihr Blut fließen zu sehen.

Seitdem war eigentlich nichts Besonderes passiert. Sie hatten ihn in Ruhe gelassen, genau wie er es verlangt hatte. Nachdem er ein paar Boten mit Geld und Kleidergeschenken und ähnlichem weggeschickt hatte, hatte Gorgas es kapiert und damit aufgehört. In der letzten Zeit war Bardas imstande gewesen, ihre Gegenwart tagelang nicht zu spüren. Er hatte schwer daran gearbeitet, sie aus seinem Geist auszuschließen, und obwohl er wußte, daß die Vorstellung, ein einfacher Handwerker zu sein, der mit ehrlicher Arbeit seinen Lebensunterhalt verdiente und dessen Bögen von so hervorragender Qualität waren, daß die Beschaffungsoffiziere eine Prämie für sie zahlten und alles ankauften, was er produzieren konnte, nur eine Illusion war, glaubte er doch auch, daß er sie eine Weile aufrechterhalten konnte (während sein Geist sich langsam daran gewöhnte, wie ein Bogen, den man gespannt läßt und wegräumt, bis das Holz die Spannung im Rücken und Bauch vergißt und der Sehne in einer permanenten Biegung folgt), vielleicht sogar für immer. Er fragte sich, welche Art von Physik dahinter stand, und mußte an das alte Sprichwort seines Handwerks denken, daß ein vollständig gespannter Bogen zu neun Zehnteln zerbrochen ist. Er schloß daraus, daß er jetzt nur noch endgültig brechen wollte, und zur Hölle mit allem anderen; aber warum das der Fall war, verstand er nicht ganz. Vielleicht war es nicht mehr als diese eher träge Erinnerung daran, wie oberflächlich seine Illusion war. Daß es genügte, daß jemand in sein Heim eindrang und ein Feuer entzündete. In Perimadeia, wo Häuser ziemlich oft keinen Besitzer hatten (weil jemand kinderlos und ohne Erben gestorben oder nach Übersee gegangen und nicht zurückgekehrt war), fiel nach dem Gesetz das Eigentum denen zu, die es so behandelten, als gehörte es ihnen – die Möbel aufstellten, die Wände kalkten, die Vorhänge wuschen oder auch nur etwas so Einfaches und Gewöhnliches taten wie in der Feuerstelle ein Feuer zu entfachen. Das hätte er sich ohne Widerspruch von ein paar Hellebardieren aus Shastel gefallen lassen, selbst wenn sie das Haus niedergebrannt hätten, denn sie waren nur auf der Durchreise und hätten es nicht als Eigentum beansprucht. Daß Gorgas in seinem Kamin ein Feuer anzündete, war eine ganz andere Sache; es machte die Inbesitznahme praktisch legal, und Bardas hatte genug Zeit in den Gerichtssälen der Stadt verbracht, um zu wissen, was er dagegen tun mußte.

Vielleicht sind es auch nur Einbrecher. Ihr Götter, das hoffe ich wirklich.

Er legte die linke Hand an die Tür und drückte sie auf.

Gorgas saß auf seinem Hocker vor dem Feuer mit dem Rükken zu ihm; es waren nur die breiten, etwas gebeugten Schultern und die Rückseite des kahlen Kopfes zu sehen. Er drehte sich um und erhob sich in derselben Bewegung – Gorgas' Bewegungen hatten immer eine gewisse Anmut gehabt; selbst als Junge war er nicht ungelenk gewesen – und trat einen Schritt zur Seite, so daß der Feuerschein auf sein Gesicht fiel.

»Hallo«, sagte er. »Ich habe dich gar nicht reinkommen gehört.«

»Gorgas«, sagte Bardas.

»Ich kam zufällig vorbei«, fuhr Gorgas fort. »Ich hoffe, es stört dich nicht, daß ich das Feuer entzündet habe.«

Bis zu diesem Augenblick hatte sich die Axt in seiner Hand wie eine Verlängerung seines Arms angefühlt; nun war es so, als hätte er darauf gelegen und wäre eingeschlafen. Er wußte, daß sie da war, aber er konnte sie nicht spüren. Er sah seinen Bruder an und schwieg.

»Ich hoffe, ich habe dich nicht erschreckt«, fuhr Gorgas fort. »Ich fürchte, das ist nicht die beste Zeit, sich in das Haus eines anderen zu schleichen, obwohl ich ziemlich sicher bin, daß wir sie alle erwischt haben. Selbst wenn uns einer oder zwei entkommen sein sollten, hatten sie wohl kaum die Gelegenheit, bis hierher zu gelangen.«

Bardas kniff verwundert die Augen ein wenig zusammen, und erst dann wurde ihm klar, daß sein Bruder von Überlebenden des Stoßtrupps sprach. Er hörte sich sagen, daß er auf der Straße einem Hellebardier begegnet sei, aber schon vor einiger Zeit.

»Oh«, meinte Gorgas. »Nun, ich nehme an, um den brauchen wir uns dann keine Sorgen mehr zu machen.«

Es lag ein Unterton in seiner Stimme, als wäre er der Ansicht, daß Bardas Loredan einen Mann, dem er auf der Straße begegnete, auf der Stelle töten würde, denn so etwas tat er nun einmal. Zimmerleute bearbeiten Holz, Torfstecher stechen Torf, Köhler stellen Holzkohle her, und Bardas Loredan tötet Menschen. Ist einer von ihnen entkommen? Kein Problem. Dann hat Bardas wenigstens etwas zu tun, nun, da die Abende lang werden.

»Hast du deinen Lehrling nicht dabei? Ich kann mich nicht an seinen Namen erinnern. Es geht ihm doch gut, oder?«

»Ja«, erwiderte Bardas.

Gorgas nickte. »Ich nehme an, er war der Junge, der in Briora Alarm schlug. Das hat er gut gemacht.«

»Was willst du, Gorgas?« fragte Bardas.

Sein Bruder grinste ein wenig verlegen. »Das wird sich ziemlich übel anhören«, sagte er. »Und ich werde dich nicht beleidigen, indem ich versuche, drumherum zu reden. Niessa hat mich angewiesen, dich zurück in die Stadt zu bringen.«

»Aha.«

»Tatsächlich«, fuhr Gorgas fort, »hat sie einen guten Grund. Der Krieg wächst uns über den Kopf. Du bist unser Bruder, du lebst hier allein an der Küste. Sie könnten leicht ein Schiff schicken, dich schnappen und wegbringen, bevor wir etwas unternehmen könnten. Ich würde es mir nie verzeihen ...«

Bardas setzte dazu an, etwas zu sagen, dann überlegte er es sich anders.

»Ich weiß, daß du nicht mit in die Stadt kommen willst«, fuhr Gorgas fort. »Die Götter wissen, daß ich verstehen kann warum. Niessa will, daß du in Sicherheit bist, an einem Ort, den sie kennt. Es wäre nicht für immer, nur bis sich alles etwas beruhigt hat und dieses Durcheinander mit Shastel beigelegt ist. Immerhin ist es unser Durcheinander, also ist es an uns, es zu lösen, ohne daß dir etwas passiert. Wir glauben, es gibt eine Möglichkeit, damit umzugehen, ohne daß es wirklich zu einem Krieg kommt – denn das will niemand, es wäre dumm und verrückt. Dann könntest du hierher zurückkehren und wie zuvor ...«

»Ich gehe nicht nach Scona«, sagte Bardas.

Gorgas holte tief Luft und setzte sich wieder hin. »Ich wußte, daß du das sagen würdest«, meinte er. »Verdammt, du bist mein Bruder. Ich werde dich nicht wie ein Kalb, das weggelaufen ist, an einem Strick zurückführen. Wir machen es folgendermaßen. Im Hafen liegt ein Schiff von der Insel. Du gehst auf dieses Schiff, und von dort aus wohin du willst. Es ist mir gleich. Solange du nur irgendwo hingehst, wo dich die Stiftung nicht so einfach finden wird. Und deinen Lehrling kannst du selbstverständlich mitnehmen, und mach dir keine Gedanken von wegen Geld oder so, wir werden schon einen Weg finden.«

»Du machst wohl Witze«, meinte Bardas. Er hatte das Gefühl, als wäre der Himmel um ihn herum eingestürzt und es gäbe nichts mehr zwischen ihm und den Sternen. »Sie wird dich umbringen«, sagte er mit einer Stimme, die über zwanzig Jahre hinweg zu ihm drang.

Gorgas zuckte mit den Schultern. »Mit Niessa komme ich schon zurecht, wenn es sein muß«, erwiderte er. »Der Trick besteht darin, es nicht zu oft zu riskieren. Zur Hölle mit ihr, kleiner Bruder. Willst du, oder willst du nicht?«

»Du weißt, daß ich nie hierherkommen wollte«, sagte Bardas. Die Worte quollen aus ihm heraus wie Wein aus einem gerissenen Schlauch.

Gorgas nickte. »Wir waren egoistisch«, sagte er. »Wir glaubten wohl beide, daß wir dich irgendwie entschädigen und alles wieder zurechtbiegen könnten.« Er breitete die Arme aus. »Als wäre das möglich. Was immer wir auch tun, es scheint alles nur noch schlimmer zu machen. Also ist vielleicht das einzige, was wirklich hilft, daß wir damit aufhören, es zu versuchen. Ich weiß es nicht. Wir sollten zumindest nicht mehr darüber nachdenken, was wir wollen.«

Bardas fiel nichts ein, was er hätte sagen können. Er setzte sich auf den Tischrand und sah Gorgas an, wie er mit dem Rücken zum Feuer saß, als wäre er in seinem eigenen Haus. Er ließ die Axt aus seiner Hand gleiten.

Der Hellebardier gähnte. Nach allem, was er durchgemacht hatte – der Marsch vom Meer in die Hügel, die Kämpfe in den Dörfern, das Eingeschlossensein in diesem schrecklichen Ort mit dem undichten Dach, schließlich der unerwartete Angriff und das Feuer und seine Flucht um Haaresbreite –, wollte er jetzt nur noch schlafen, falls Schlaf in diesem schrecklichen Land überhaupt möglich war.

Ramo und er, die einzigen Überlebenden. Es konnte keinen wirklichen Grund dafür geben, wieso ausgerechnet sie und kein anderer es geschafft hatten, es konnte nur etwas Zufälliges, Bedeutungsloses sein. Und jetzt, als wollte man sich über sie lustig machen, schien alles zu ihren Gunsten zu verlaufen. Sie waren über dieses Haus gestolpert, das angenehm abgelegen war; niemand war zu Hause gewesen, doch es hatten noch ein paar Reste kaltes Kaninchenfleisch und schales Bier auf dem Tisch im Hauptraum gestanden. Außerdem gab es einen bequemen Heuschober, in dem sie schlafen konnten und wo sie relativ sicher wären, bis sie sich kräftig und mutig genug fühlten, sich nach jemandem umzusehen, dem sie sich ergeben konnten. Er dachte an seinen Mitüberlebenden, der draußen auf und ab ging und Wache schob (Ramo hatte darauf bestanden, Wache zu stehen wie in der echten Armee. Nun gut; wenn er Wachposten spielen wollte, statt zu schlafen, war das seine Sache).

Er starrte mit schmerzenden, geröteten Augen in einen flekkigen, roten Sonnenaufgang. Bevor man ihn in die Armee der Stiftung aufgenommen hatte, war er der Sohn eines Hectemoren gewesen, der versucht hatte, sich seinen Lebensunterhalt auf ein paar sumpfigen Feldern weit im Westen der Halbinsel Shastel zu verdienen. Der Heuboden war an einem heißen Tag, wenn es Arbeit gab oder wenn sein Vater schlechte Laune hatte, immer ein gutes Versteck gewesen. Es war eine grundlegende Regel, daß alle Heuböden praktisch gleich waren, und dieser hatte dieselben Gerüche und Geräusche wie der, in dem er so viele Jahre zuvor Zuflucht gesucht hatte. Obwohl er müde und bekümmert und furchtbar hungrig war, fühlte er sich zum ersten Mal seit langer Zeit einigermaßen sicher.

Und das war ein Fehler, denn als er seine Hellebarde gegen die aufgestapelten Ballen lehnte und sich mit den Händen hinter dem Kopf zurücklehnte, wurde das Geräusch, das er für eine Maus gehalten hatte, die irgendwo über seinem Kopf herumhuschte, plötzlich lauter. Er hatte beinahe noch Zeit, nach der Hellebarde zu greifen, aber nicht ganz. Ein hochgewachsener Mann kam vom Heustapel heruntergesprungen, landete neben ihm, packte die Hellebarde, gerade als seine Fingerspitzen das Holz berührten, und rammte ihm die Spitze in die Luftröhre.

Bardas Loredan drehte die Klinge, um sie zu befreien, und riß sie wieder heraus. Dann duckte er sich und lauschte, aber es gab nichts zu hören, und er erlaubte sich einen Augenblick der Ruhe. Er rollte die Leiche außer Sichtweite, zog dem Toten den Mantel aus, drapierte ihn sich um die Schultern und setzte sich dorthin, wo der Mann gesessen hatte, falls jemand nach ihm Ausschau halten sollte. Die Knie taten ihm weh, und das war verständlich, nachdem er zwei Stunden hinten auf seinem eigenen Heuboden gehockt und zugehört hatte, wie der Wachposten unmusikalisch vor sich hinsummte und auf das erste Tageslicht wartete.

Dabei hatte er viel Zeit zum Nachdenken gehabt und sich für das entschieden, was er für die vernünftigste Möglichkeit hielt. Er spähte hinab zur Hellebarde und fragte sich, ob er noch gegen jemand anderen kämpfen müßte, bevor er herauskam. Er hatte keine Ahnung, wie viele von ihnen hier waren, es handelte sich vermutlich um die Überlebenden des Stoßtrupps, aber selbst das war nur Spekulation. Wenn sie es hätten richtig machen wollen, hätten sie einen Mann am Tor aufstellen und vielleicht eine Patrouille an die Grenzmauer schicken müssen. Es wäre ausgesprochenes Pech gewesen, wenn es ihnen gelungen wäre, die Lücke in der hinteren Hecke zu finden, durch die er hinausschlüpfen und beinahe sofort auf dem Weg nach Briora sein könnte. Aber das würde bedeuten, daß er den Hof überqueren und direkt am Werkstattfenster vorbeigehen müßte; wenn er einfach hier heruntersprang und an der Scheune entlang zum Tor schlich, hätte er eine überdurchschnittliche Chance, daß man ihn nicht sehen würde, bis er direkt hinter dem Wachposten am Tor wäre, der dann überhaupt nicht wissen würde, wie ihm geschah. Er spürte das Gewicht der Hellebarde und lehnte sie gegen das Heu; er wäre mit bloßen Händen besser dran als mit diesem übergroßen Haken.

Er schwang die Beine durch die Heubodentür, stützte die Hände auf die Dielen, schob sich vorwärts und landete recht weich auf dem Gras. Wie er gehofft hatte, war niemand in der Nähe, und er ging langsam und relativ leise zum Tor. Tatsächlich war dort ein Wachposten, und wie zu erwarten gewesen war, beugte er sich über das Tor und spähte den Weg entlang, von wo aus normalerweise Ärger zu erwarten gewesen wäre. Er hatte sogar den Helm abgesetzt und Loredan das Leben damit ein wenig leichtergemacht. Kurz bevor er den Mann erreichte, bückte sich Loredan und griff nach dem Stein, den er immer benutzte, um das Tor aufzuhalten. Er hatte die beste Größe und Form für das, was er plante; es gab ein Knirschen, wie wenn man mit dem Fuß durch dickes Eis tritt, und der Wachposten sackte vorwärts über das Tor, glitt dann nach hinten und fiel zu Boden. Loredan benutzte seinen Kopf als Trittstein, um über das Tor zu klettern.

Das war einfach – viel einfacher, als aus der Stadt herauszukommen. Vielleicht kam es ihm auch nach all der Übung nur einfacher vor. Er ging rasch den Weg entlang, ohne sich umzuschauen, und ging weiter, bis er den Hauptweg erreichte, wo ein alter Hypothekenstein aus der Hecke ragte. Auf den setzte er sich und holte tief Luft. Er zitterte oder schauderte nicht, es ging ihm gut.

Er überprüfte schnell alles; er war am Leben und aufrecht, hatte keine Schnittwunden, keine gebrochenen Rippen oder Kopfverletzungen. Also kein Grund, sich zu beschweren, oder? Da hinten waren ein paar Tote, die ihre Arme dafür geben würden, in seiner Lage zu sein. Er stand auf und ging weiter den Weg entlang, und jeder hätte geglaubt, er sei nur unterwegs ins Dorf, um Fisch zu kaufen. Und alles, was ich bin, kommt mit mir. Wie beim letzten Mal, nur daß mir das Schwimmen im kalten Wasser erspart bleibt, und beim letzten Mal bin ich hier gelandet. Den Fehler werde ich nicht noch einmal machen.

Während er weiterging überlegte er, ob tatsächlich alles so ähnlich war. Es war immerhin vollkommen sicher, daß Gorgas und die Armee von Scona früher oder später zurückkommen würden, um die Überlebenden in seinem Haus auszuhungern. Falls sie einen direkten Angriff führen würden, war ziemlich sicher, daß ohnehin nichts übrigblieb, wozu er zurückkehren könnte; sie würden das Dach anzünden und die Hellebardiere, sobald sie herauskämen, abschießen wie Kaninchen, die man aus einem Gehölz treibt. Aber wenn sie sich friedlich ergaben, wurde vielleicht nicht soviel Schaden angerichtet – wenn er einmal davon absah, daß er dann zurückkehren und höflich zu seinem Bruder sein müßte, wenn er sein Haus wiederhaben wollte, und das war die ganze Angelegenheit nicht wert. Falls es ihm gelingen sollte, den Jungen zu finden, hätte der das Haus haben können, obwohl er seit Gorgas' Besuch nichts mehr von ihm gesehen oder gehört hatte; entweder hatte er sich von den umherziehenden Hellebardieren töten lassen, oder er war in die Stadt gegangen und hatte ein Schiff zur Insel genommen (wie ich es ihm gesagt habe, ich melodramatischer Idiot). Es wäre übel, wenn er jetzt doch noch umgebracht worden wäre, nachdem er aus der Stadt geflohen und den Tod seiner Familie überlebt hatte. Eine Weile hatte Bardas sich eingeredet, sein Überleben hätte einen Sinn; daß all die Anstrengungen und das Glück, ihn hierher zu bringen, etwas zu bedeuten hätten. *Aber in Wahrheit bin ich das letzte Mal überhaupt nicht entkommen, weil ich hier gelandet bin.*

Er hielt einen Augenblick inne, schaute zurück. Die Loredans waren nie sonderlich gut darin gewesen, ihr Zuhause zu verlassen und sich ordentlich zu verabschieden; es geschah immer in Eile und Hektik, verfolgt von Feuer und Schwert und der unmittelbaren Gefahr, erwischt zu werden. Er hockte sich auf die Fersen, schob sich tief in die Hecke, um nicht gesehen zu werden, und versuchte darüber nachzudenken, wie man so etwas vernünftig tun könnte, aber er hatte keine Erfahrung und keine Bezugspunkte, also gab er auf. Für ihn hatte das Verlassen seines Heims selbstverständlich immer unangenehme Erinnerungen an seinen Bruder Gorgas beinhaltet; der erste Abschied aus der Mesoge, das plötzliche Erscheinen von Gorgas an jenem letzten Abend in Perimadeia und nun diese Pantomime in einer triefenden Hecke. Die Anzahl der Orte, die er für sich selbst unbewohnbar machen konnte, schien kein Ende zu nehmen, aber immer war Gorgas da, wie ein Wachtmeister am Markttag, und forderte ihn auf weiterzuziehen.

Ich hätte ihn töten sollen, als ich die Gelegenheit dazu hatte.

Bardas lauschte dem Echo dieser Empfindung nach und grinste. Es stimmte, er war dem sehr nahe gekommen, aber es war nicht dasselbe, als hätte er diesen unwiderruflichen Akt tatsächlich vollzogen. Es war Gorgas' Fehler gewesen, daran bestand kein Zweifel; Gorgas hatte ihn aus der Mesoge vertrieben, so sicher wie der Büttel eines Grundbesitzers, und als direkte Folge davon war er mit seinem Onkel Maxen in den Krieg gegen die Nomaden gezogen. Aber dort war die Kette dann gebrochen. Er konnte Gorgas die Schuld daran geben, ihn dorthin getrieben zu haben, aber er konnte ihn nicht für das verantwortlich machen, was er mit seinen eigenen Händen getan hatte, oder für die Konsequenzen dieser unwiderruflichen Handlungen. Was auch immer er sonst getan haben mochte, Gorgas hatte nichts damit zu tun gehabt, daß Perimadeia niedergebrannt worden war. Es wäre falsch und fast schon eine typische Gorgas-Loredan-Missetat, ihn nun für etwas zu bestrafen, das Bardas selbst getan hatte.

Die Kette war gebrochen, ja; trotzdem war er nun hier. Das war eine Sache, die er einfach nicht begriff, als würde ihm ein Teil eines Puzzles fehlen oder eine Seite aus einem Buch. Aber er war hier.

Nun, daran konnte er etwas ändern. Er räumte seinen Geist leer, wie er am Ende eines langen Arbeitstages die Werkzeuge wegräumte, und dachte darüber nach, wohin er sich nun wenden sollte.

Selbstverständlich gab es bestimmte praktische Angelegenheiten, die man bedenken mußte. Wenn er Scona verlassen wollte, mußte er tatsächlich ein Schiff finden, und eine Möglichkeit, die Überfahrt zu bezahlen. Da der einzige Ort, wo Handelsschiffe vor Anker gingen, die Stadt Scona war, bedeutete das, sich dorthin zu wenden und dort zu warten, bis er eine Möglichkeit gefunden hatte, zu Geld zu kommen, oder einen Kapitän, der ihn für seine Überfahrt arbeiten ließ (eine recht unwahrscheinliche Sache, da man sofort bemerken würde, daß er nicht die geringste Ahnung von der Arbeit auf einem Schiff hatte), oder einen Kaufmann, der ihm Arbeit geben und ihn mit nach Hause nehmen würde. Diese dritte Möglichkeit schien am wahrscheinlichsten; er kannte sich zumindest mit zwei Handwerkskünsten aus – wenn es ihm nur gelingen würde, einen Kaufmann ohne Arbeitsproben zu überzeugen, ohne Referenzen und ohne Werkzeug. Es war die wahrscheinlichste Möglichkeit, aber sie war nicht sehr wahrscheinlich. Dennoch hieß er die Schwierigkeit willkommen. Es gab nichts Besseres als eine schrecklich schwierige Aufgabe und einen leeren Magen, um einen von anderen Dingen abzulenken.

Es ist aber mehr als das; ich bin regelrecht vergnügt, als wäre es der erste Tag von einem Monat Urlaub. Das liegt wohl daran, daß ich dabei bin, Scona zu verlassen, was ich gewollt habe, seit ich hierhergekommen bin. Das hier ist nur eine Ausrede, aber zumindest ist es eine gute Ausrede. Die Sonne stand inzwischen recht hoch am Himmel, und er beschloß, sich vom Hauptweg abzuwenden. Es bestand immerhin die Möglichkeit, daß die Armee von Scona hier bald entlangkommen würde, und er hatte nicht den Wunsch, ihr zu begegnen. Er nahm einen Pfad, den er kannte – kaum mehr als ein Bachbett, das nun überschwemmt und unter den Sohlen seiner sehr abgetragenen Stiefel glitschig war – und der um Briora herum und zu dem Wagenpfad führte, der zwischen Ustel und der Stadt verlief. Es war ein steiler Weg und anstrengender, als er es sich nach einer schlaflosen Nacht auf dem Heuboden gewünscht hätte, aber nachdem er eine Stunde lang geklettert und gerutscht war, war er froh, sich dazu entschlossen zu haben, denn als er sich auf eine steile Erhöhung zog und auf der anderen Seite wieder herunterrutschte, wäre er beinahe auf die Leiche eines Mannes getreten, eines Soldaten aus Shastel mit einem Pfeil im Rücken. Er zog die Leiche aus dem Schlamm und drehte sie herum; es war einer derjenigen, die in den letzten paar Tagen hier vorbeigekommen waren, kein gewöhnlicher Hellebardier, sondern ein Offizier mit einem schönen Kettenhemd und einem Gürtel mit goldener Schnalle. Er trug einen Ring mit einem Stein, und dort, wo er niedergestürzt war, beinahe versunken im Schlamm, fand Loredan ein gutes Schwert mit verziertem Griff, das bestimmt dreißig Viertel wert war. Der Mann hatte nicht weniger als zwanzig Viertel Bargeld dabei, und seine Stiefel waren fast neu und paßten Loredan recht gut, nachdem er mit ein paar Stoffstreifen nachgeholfen hatte.

Er zog dem Mann das Kettenhemd aus und packte es in die Tasche des Toten, die auch noch einen halben Laib Brot, ein Stück Wurst und eine Zwiebel enthielt. Loredan setzte sich neben seinen Wohltäter und dankte ihm feierlich mit vollem Mund, während er kopfrechnete – dreißig Viertel für das Schwert, zwanzig in bar, etwa dreißig für das Kettenhemd, das beschädigt war, zehn weitere für den Ring und noch zehn für die Gürtelschnalle, das gab hundert, und damit war er so gut wie an Bord eines Schiffes; hinzu kämen noch drei Viertel für die Tasche und eines für seine alten Stiefel, vielleicht sogar eines für den Pfeil, falls die Spitze nicht verbogen war; dann schaute er sich die Leiche noch einmal genauer an, falls ihm etwas entgangen war. Die Steppjacke unter dem Kettenhemd (nicht aus Armeebeständen) war immer noch gut zu gebrauchen und das Hemd besser als sein eigenes, trotz des Blutes und des Lochs im Rücken, also nahm er sich die Sachen. Er zog dem Mann die Hosen aus und hielt sie sich an; sie waren am Knie zerrissen und schlammbedeckt, und es war vielleicht auch keine gute Idee, auf den Straßen von Scona einen Armeemantel aus Shastel zu tragen, aber in den Manteltaschen fand er ein kleines Klappmesser und ein Buch – Pacellus über Ethische Theorie. Der Name des Besitzers stand auf dem Vorsatzblatt – Renvault Soef, wer immer er zuvor gewesen war, hatte sich als ausgesprochen nützlich erwiesen. Das Buch war verknittert, und an Stellen, wo Regen und Blut eingedrungen waren, nicht mehr lesbar, aber es war noch Platz dafür in der Tasche, also nahm Bardas es ebenfalls mit. Tatsächlich hatte er, wie ihm auffiel, als er die nackte Leiche zurückließ, außer dem Fleisch fast nichts ungenutzt gelassen.

Machaera erwachte mit einem Schrei und öffnete die Augen.

Der Traum begann zu verblassen, und sie war froh darüber; es hatte Kämpfe gegeben und Männer, die in den Schlamm getrampelt wurden; ihr Vetter Remo hatte sich abgemagert und schmutzig gegen ein Tor gelehnt, die Hellebarde in den Armen, und sie hatte ein brennendes Haus gesehen, aus dem Männer herausgerannt kamen und zu Boden stürzten, einen Himmel voller Pfeile, die in der Luft hingen und dann auf sie zustürzten, einen Mann, der eine Leiche auszog und viele andere unangenehme Dinge, über die sie nicht nachdenken wollte. Sie stand rasch auf, als hätte sie Angst, daß noch weitere schreckliche Dinge unter dem Kopfkissen lauerten, und spritzte sich kaltes Wasser aus dem Krug ins Gesicht. Das schien zu helfen; ihr Kopf wurde klarer, und als sie aus dem Fenster schaute, sah sie, daß die Sonne bereits aufgegangen war. Sie seufzte; nun hatte sie schon zweimal hintereinander verschlafen und das Frühstück verpaßt.

Sie kämpfte sich in ein Kleid und zog eine Sandale an; die andere war verschwunden, und sie brauchte mehrere Minuten, sie hinter dem Bücherschrank wiederzufinden. Sie nestelte gerade an den Riemen herum, als die Glocke ertönte – eindeutig nicht zum Frühstück, und sie hatte nur noch eine Minute oder so, um die Treppe hinunter und über den Hof und wieder eine Treppe hinauf in die alte Bibliothek zu gelangen und dort in den kleinen Vorlesungsraum. Sie schoß nach draußen, warf die Tür hinter sich zu und rannte die Treppe hinunter auf den Hof, gerade rechtzeitig, um dort mit dem Unteraufseher zusammenzustoßen, der mit einer schweren Last von Büchern heranstolperte, die alle unweigerlich auf dem Boden landeten. Sie wagte nicht, den Mann auch nur anzusehen, sondern kniete nieder und begann, die Bücher wieder aufzuheben und ihm auf die Arme zu laden. Als sie die letzte Rolle aufgesammelt hatte, setzte sie zu einer Entschuldigung an, aber der Unteraufseher (ein Mann von zweiundachtzig, im Gegensatz zu seinem Vorgesetzten, der einundvierzig war) sah sie nur mißmutig an und sagte: »Was?« Sie beschloß, es bleiben zu lassen und sich so schnell wie möglich davonzumachen, bevor sie noch mehr Schaden anrichtete.

Es hatte jetzt keinen Sinn mehr, zur Vorlesung zu gehen; sobald sie begonnen hatte, wurde die Tür verriegelt, und niemand wurde mehr eingelassen. Niemand wußte, wieso das so war; die beliebteste Erklärung war allerdings, daß sich Jahre zuvor Leute, die nicht zur Stiftung gehörten, eingeschlichen hatten und sich – sobald die Vorlesung begonnen hatte – in die hinteren Reihen gesetzt und Dinge erfahren hatten, die sie eigentlich nicht hätten wissen dürfen. Machaera machte sich wieder auf den Weg zu ihrer Treppe, erfüllt von Scham und Schuldgefühlen, und wäre beinahe mit der jungen Frau zusammengestoßen, die bereits gehüstelt und »Entschuldigung« gesagt hatte. Zum Glück gelang es ihr gerade noch, einen zweiten Zusammenstoß zu vermeiden.

»Entschuldigung«, wiederholte die junge Frau.

Machaera starrte sie voller Ehrfurcht an. Solche Geschöpfe sah man auf dem Stiftungsgelände sonst nie. Sie trug einen dunkelblauen Wildledermantel und passende Kniehosen mit glänzenden, schwarzen Stiefeln und einen breitkrempigen, schwarzen Hut. Um ihre Taille war ein Seidengürtel geschlungen, mit einer Geldbörse und einem Beutel für Wachstäfelchen, beides aus feiner, bestickter Seide, und über ihrer Schulter hing ein dunkelblauer Waffengurt mit einem schlanken Schwert mit Silbergriff in einer blauen Seidenscheide. Jemand von den Inseln hätte das sofort als die Prinzessin-auf-der-Flucht-und-als-Mann-verkleidet-Aufmachung erkannt, die in der Kaufmannsgemeinde praktisch als Uniform galt (Vetriz hatte zwei solche Ensembles in Grün, aber Venart hatte verboten, daß sie sie auf dieser Reise trug), aber für Machaera war es das Exotischste, was sie je gesehen hatte, und sie war nicht ganz sicher, ob sie damit zurechtkommen konnte.

»Könnt Ihr mir vielleicht helfen?« fragte die junge Frau. »Ich suche nach einem Mann namens Gannadius.« Auch ihre Stimme hatte etwas Exotisches an sich, obwohl der Akzent Perimadeias Machaera vertraut war, aber es gab noch einen Hauch von etwas anderem, vielleicht von der Insel? Machaera hatte nie jemanden von dort kennengelernt, aber sie hatte anderswo gehört, daß die Frauen von der Insel Hosen und Schwerter trugen, genau wie Männer. Dann erinnerte sie sich daran, daß Frauen, die so etwas taten, im allgemeinen Piratinnen waren, also nahm sie an, daß diese seltsame Person ebenfalls diesem Stand angehörte. Falls dem so war, hatte sich das Piratenleben nicht ungünstig auf ihre Fingernägel ausgewirkt.

»Ihr sprecht von Doktor Gannadius«, sagte Machaera und fragte sich, was um alles in der Welt Doktor Gannadius mit Piraten zu tun hatte. Vielleicht brachten sie ihm seltene Manuskripte, die sie auf einem Handelsschiff aus dem Süden erbeutet hatten, oder Fragmente alter Inschriften, gestohlen aus verlassenen Tempeln im Dschungel des Westens. »Er ist vielleicht in seinem Zimmer, wenn er nicht unterrichtet. Ich bringe Euch hin.«

»Danke«, sagte die junge Frau ernst und folgte Machaera, die vorausging und sich hin und wieder nervös umsah, als wollte sie nachschauen, ob die Piratin immer noch da war und sich nicht davongeschlichen hatte, um die Vorratskammern zu plündern.

»Seid Ihr schon einmal hier gewesen?« wollte Machaera wissen.«

»Nein«, erwiderte die junge Frau. »Das ist für jemanden in meiner Branche ungewöhnlich, ich weiß.«

»Ach?« erwiderte Machaera – und wünschte sich im gleichen Moment, sie hätte es nicht getan. Falls die Stiftung tatsächlich Verbindung zu Piraten hatte, war sie nicht sicher, ob sie das wissen wollte. »Nun gut«, erholte sie sich wieder, »ich hoffe, Ihr genießt Euren Besuch hier.«

Die junge Frau lächelte. »Es gibt zumindest eine Menge zu sehen«, erwiderte sie. »Einiges davon weckt Heimweh in mir.«

»Wie bitte?«

»Es erinnert mich sehr an Perimadeia«, erklärte die Piratin. »All diese Höfe, die sich zum nächsten hin öffnen. Und die Brunnen. Es gab so viele Brunnen in der Stadt.«

Machaera nickte. »Ah«, sagte sie, als hätte sie gerade ein großes Rätsel gelöst. »Nun, Doktor Gannadius' Zimmer ist dort oben, wendet Euch am Ende der Treppe nach links, dann ist es gleich die erste Tür.« Sie zögerte einen Augenblick, hin- und hergerissen zwischen Faszination und einem vagen Bedürfnis, sich davonzumachen, bevor jemand sie in so bizarrer Gesellschaft erwischte. »Ich kann es Euch zeigen, wenn Ihr wollt«, sagte sie.

»Das ist nicht nötig«, erwiderte die Piratin mit einem Lächeln. »Ich bin sicher, ich werde den Weg finden. Danke für Eure Hilfe.«

»Schon gut«, erwiderte Machaera und versuchte den Eindruck zu erwecken, daß sie jeden Tag bewaffnete Mädchen in Hosen durch das Stiftshaus führte. »Es war ein Vergnügen, Euch kennenzulernen.«

Ich frage mich, wie sie es schafft, mit diesem Schwert nicht ständig Dinge umzuwerfen, dachte sie, als sie sich auf den Rückweg zu ihrem Zimmer machte. *So wie es seitlich absteht muß es in einer belebten Straße recht hinderlich sein.*

Die junge Frau fand die erste Tür links am Ende der Treppe, klopfte und wartete. Eine vertraute Stimme rief »Herein«, und sie öffnete die Tür und betrat das Zimmer.

»Hallo, Gannadius«, sagte sie.

Er war fetter als bei ihrer letzten Begegnung, als er einen schweren Koffer auf den Frachter namens *Eichhörnchen* gewuchtet hatte. Sein Haar war kürzer, was vermutlich erklärte, wieso es grauer wirkte, als sie es in Erinnerung hatte. Das lange, graue Gewand war vermutlich, was Doktoren hier so trugen; es unterschied sich nicht sonderlich von dem langen, braunen Gewand, das er bei ihrer ersten Begegnung in Perimadeia getragen hatte – einem Ort, der nun nur noch in der Erinnerung einiger Menschen existierte.

»Athli«, erwiderte Gannadius. »Ihr Götter, was macht Ihr denn hier?«

Athli grinste, legte Schwert und Waffengurt ab und setzte

sich auf einen Stuhl. »Schon gut«, sagte sie, »ich komme nicht wegen meines Geldes. Ihr seht gut aus.«

»Danke«, erwiderte Gannadius und zog den Korken aus dem Weinkrug. »Ich schäme mich, es zuzugeben, aber dieser schreckliche Ort tut mir gut. Und ich werde Euch sofort das Geld zurückzahlen. Ich hätte es schon früher getan, aber es war nicht einfach, jemand Verläßlichen zu finden, der ...«

Athli winkte ab. »Macht Euch deshalb keine Gedanken«, sagte sie. »Bewahrt es für mich auf, falls ich es eines Tages brauche. Wie gehen die Geschäfte?«

Gannadius lachte. »In diesem Geschäft hier bin ich besser als im Textilhandel«, erwiderte er. »Was allerdings nicht sonderlich viel bedeutet. Und wie geht es Euch? Ihr seht recht wohlhabend aus, aber für gewöhnlich ist es ja so, daß Kaufleute von der Insel um so tiefer verschuldet sind, je wohlhabender sie aussehen. Ich hoffe, das ist nicht der Fall.«

Athli schüttelte den Kopf und nahm einen Becher Wein entgegen. »Und wenn sie sagen, es könnte nicht besser sein, die Geschäfte überschlagen sich, dann wißt Ihr, daß sie kurz davor stehen, sich Geld von Euch zu leihen. Nein, im Ernst, es ist wirklich alles in Ordnung. Ich habe jetzt mein eigenes Schiff«, fügte sie hinzu, »und es ist auch schon abbezahlt, und ich habe meinen Geschäftsbereich erweitert; ich bin nun die Agentin der Insel für die Große Stiftung für Armut und Gelehrsamkeit; oder ich werde es sein, nachdem ich ein paar Kleinigkeiten geregelt habe, was der Grund meiner Anwesenheit hier ist. Wer hätte das gedacht, Gannadius – die Kanzlistin eines Fechters aus Perimadeia betreibt eine Bank.«

Gannadius sah sie an. »Meinen Glückwunsch«, sagte er feierlich.

»Ich weiß, was Ihr denkt«, antwortete sie. »Aber was immer sie außerdem noch sein mögen, sie sind eine erfolgreiche internationale Bankgesellschaft, und diese Agentur zu übernehmen ist beinahe besser, als große Geldbeträge auf der

Straße zu finden. Außerdem«, fügte sie stirnrunzelnd hinzu, »arbeitet Ihr auch für sie, also könnt Ihr kaum etwas dagegen sagen.«

Gannadius zuckte mit den Schultern. »Hier war eine Stelle frei, und ich konnte mich Euch nicht ewig aufdrängen. Gebt es zu, ich war ein ziemlich unfähiger Schreiber.«

»Das stimmt.« Athli trank ihren Wein aus. »Womit ich nicht behaupten will, daß Eure alte Stelle Euch nicht immer noch offen steht, falls ihr Euch jemals entscheiden solltet – schon gut«, fügte sie grinsend hinzu, »das war nur ein Witz. Also wie ist es hier wirklich?«

»Beinahe so, als wäre ich wieder in der Stadt«, erwiderte Gannadius. »Ich gebe meine eigene, ganz spezielle Form von Unsinn an unschuldige, junge Dinger weiter, die immer noch darauf bestehen, daß es tatsächlich um Magie geht und daß sie, wenn sie nur ihre Hausaufgaben machen und im Unterricht aufpassen, tatsächlich imstande sein werden, ihre Feinde in Frösche zu verwandeln. Hin und wieder, wenn ich in der Laune dafür bin, versuche ich mich in der Forschung, aber mehr um des äußeren Eindrucks willen, als weil ich tatsächlich den Schatz menschlichen Wissens bereichern möchte. Was mich angeht, werden wir alle um so glücklicher sein, je weniger wir über dieses Thema wissen.«

Athli nickte gleich mehrmals. »Da bin ich ganz Eurer Meinung«, sagte sie. »Und wenn Ihr mich fragt, wärt Ihr an Eurem alten Schreibtisch im Zahlhaus besser dran; Ihr wißt schon, was ich von diesen Sachen halte. Aber das ist Eure Angelegenheit und nicht meine, wie ich erfreut feststellen kann. Nein, nein, danke«, sagte sie, als Gannadius dazu ansetzte, ihr nachzuschenken. »Ich habe in etwa einer Stunde eine Besprechung mit hartgesottenen Geschäftsleuten, und es wird keinen guten Eindruck machen, wenn ich schleppend spreche und eine Fahne habe.«

Gannadius nickte. »Für die gibt es immer nur trockenes Brot

und reines Quellwasser«, sagte er. »Die meisten sind miese Typen, und diese letzte Krise hat ihren Sinn für Humor nicht gerade verstärkt – oh, ich nehme an, Ihr wißt es noch nicht«, fügte er hinzu. »Die neue militärische Situation, meine ich.«

Athli schüttelte den Kopf. »Noch immer diese Scona-Angelegenheit?« fragte sie. »Warum, hat sich die Lage zugespitzt?«

»Das könnte man behaupten«, erwiderte Gannadius. »Ich möchte Euch nicht mit Einzelheiten langweilen, aber mehrere hundert Soldaten und ein paar hochrangige Mitglieder der Armenfamilien sind auf Scona entweder tot oder gefangen, und alle hier laufen mit sehr grimmigen Mienen rum. Soweit ich sagen kann, zählt das als ernster Rückschlag, und es gibt alle möglichen finsteren Vorhersagen über massenhaftes Abwandern der Hectemoren, Vergeltungsschläge, Seeblockaden und sogar Invasionen. Die Nachrichten sind noch sehr frisch, und sie tun ihr Bestes, sie geheimzuhalten, aber es ist klar, daß das alles dem Selbstvertrauen der Stiftung nicht weiterhelfen wird, also denkt daran, wenn Ihr Handelsanteile und Kommissionen diskutiert; Ihr seid vermutlich in einer besseren Position, als Ihr glaubt.«

Athli zog die Braue hoch. »Immer vorausgesetzt, daß ich die Agentur überhaupt noch will«, sagte sie. »Ist es so ernst? Ich meine wirklich? Es ist nicht unbedingt in meinem Sinn, daß die Stiftung untergeht und ich mit nichts weiter als ein paar wertlosen Kreditbriefen zurückbleibe.«

»Darüber würde ich mir keine so großen Sorgen machen«, erwiderte Gannadius. »Langfristig wird es eine Schlacht der Ressourcen sein, und die Stiftung ist eine große Bank und Scona nur eine kleine. Ich will nicht behaupten, daß der Verlust von dreihundert Hellebardieren für die Stiftung nicht spürbar ist, aber im schlimmsten Fall haben wir fünfzig Mann für jeden, den Scona aufstellen kann. Das größte Problem war immer, daß sie eine ganze Menge Schiffe haben und wir keine.

Das könnte tatsächlich sogar etwas damit zu tun haben, daß sie eine Agentur auf der Insel wollen. Wohin sonst würde man sich wenden, wenn man eine Flotte von ... sagen wir mal fünfzig Kriegsschiffen mieten wollte, gegen Bargeld, und ohne daß viele Fragen gestellt werden?«

Athli lächelte. »Daran habe ich auch schon gedacht«, meinte sie. »Eine beträchtliche Zeitspanne, nachdem jeder einzelne Schiffsbesitzer der Insel daran gedacht hatte. Sie haben seit Jahren darüber gesprochen, aber bisher hieß es immer, daß es die Stiftung zu teuer käme, selbst verglichen mit dem üblichen Ärger, den Scona ihr macht. Ich kann mir nicht vorstellen, daß sich das sosehr geändert hat, ganz gleich, was Eure Freunde in den Sackleinenhemden erzählen. Aber danke für den Rat«, fügte sie lächelnd hinzu. »Zumindest werden sie sich jetzt fragen, wie es mir gelungen ist, das herauszufinden. Nach allem, was ich höre, leiden sie, was Geheimhaltung und Sicherheit angeht, unter einem gewaltigen Verfolgungswahn.«

Gannadius überlegte. »Vielleicht habt Ihr recht«, sagte er. »Aber es wäre nicht das erste Mal, daß ein paar Emporkömmlinge mit schlechten Manieren den Sturz einer stolzen, mächtigen Nation herbeiführen, wie wir beide wissen. Aber genug von Staatsaffären und Hochfinanz. Wie geht es Venart und Vetriz? Und den Buezon-Schwestern? Ist es Euch jemals gelungen, all diese rosa Spitze loszuwerden, die ich Euch auf den Hals geladen habe?«

Geschichten über abwesende Freunde und die alten Zeiten auf der Insel füllten die nächste Stunde recht angenehm, und Athli war erheblich vergnügter und entspannter, als sie sich zu ihrer Besprechung aufmachte. Aber als sie sich zur Tür wandte, sagte Gannadius: »Noch eine Sache«, und sein Tonfall war ein wenig beunruhigend.

»Ja?«

Gannadius starrte seine Füße an, und dann die Wand. »Ich weiß, was Ihr von dem haltet, was ich tue ...«

»Mir fallen tatsächlich sofort Begriffe wie ›mystischer Blödsinn‹ und ›Scharlatan‹ ein, aber fahrt bitte fort.«

»Schon gut«, meinte Gannadius, »aber ich habe eine Studentin, der es offenbar gelungen ist, ein deprimierend fortgeschrittenes Niveau als Naturbegabung zu erreichen, was mystischen Blödsinn und Scharlatanerie angeht ...«

»Der Schlüsselbegriff«, meinte Athli ruhig, »ist hier natürlich ›Naturbegabung‹. Fahrt fort.«

»Das stimmt. Und gestern hatte sie wieder eine ihrer extrem lästigen Visionen, und wie üblich kam sie damit zu mir und ließ sie mich ebenfalls sehen, und bevor Ihr fragt, es war nichts so Nützliches wie die Sieger eines Pferderennens. Es hatte mehr mit einem Bekannten von mir und Eurem ehemaligen Arbeitgeber zu tun.«

»Loredan«, sagte Athli tonlos. Gannadius verzog das Gesicht.

»Das ist kein Name, den ich hier laut aussprechen würde«, meinte er, »wie Ihr nur zu genau wißt. Aber ja, diese Vision hatte etwas mit Bardas Loredan zu tun, weshalb ich auch beschlossen habe, mich Eurem überentwickelten Sinn für Humor mutig zu stellen und es Euch zu erzählen. Wollt Ihr es wissen?«

Athli nickte. »Um was geht es?«

Gannadius schloß einen Augenblick lang die Augen. »Das Mädchen hat einen Vetter, Ramo oder so, der dem Stoßtrupp angehörte, der nach Scona entsandt wurde. Sie sah, wie er sich über ein Tor beugte, offenbar als Wachposten oder so, es war früh am Morgen und er sah müde und gelangweilt aus. Das war alles, was sie gesehen hat – ich habe den Eindruck, sie sah es mehr als einmal, was technisch gesprochen recht bedeutungsvoll sein kann. Aber als sie mir die Vision zeigte, bemerkte ich etwas anderes. Ich sah, wie sich dieser Vetter Ramo auf ein Tor stützte, aber ich sah auch, wie sich Bardas Loredan von hinten an ihn heranschlich, ihm etwas auf den Kopf schlug, über das Tor stieg, und dann auf einem Weg davoneilte. Und das ist noch nicht alles«, fuhr Gannadius fort. »Sie – meine Studentin – sah auch, wie ein Mann an einem Hügelabhang der Leiche eines Soldaten aus Shastel Rüstung und Kleider abnahm, und als sie mir diesen Teil zeigte, erkannte ich, daß dieser Mann ebenfalls Bardas Loredan war. Das ist so ziemlich alles«, schloß er lahm. »Ich dachte, ich sollte es Euch erzählen, nur für den Fall ...«

»Ja, ich danke Euch«, sagte Athli, und Gannadius sah, daß sie blaß geworden war. »Gibt es eine Möglichkeit, ich meine, könnte ich diese Vision ebenfalls sehen? Oder ist das für Ungläubige, oder wie immer Ihr sie nennen mögt, nicht möglich?«

Gannadius schüttelte den Kopf. »Ich weiß, daß es Bardas war«, sagte er. »Er schien bei bester Gesundheit zu sein, aber weiter würde ich nicht gehen. Er nahm dem Toten Hemd und Stiefel ab und tauschte sie gegen die eigenen aus, was nahelegt, daß er zumindest nicht sonderlich gut dran ist. Es gab natürlich keinen eindeutigen Beweis, daß es sich um Scona handelt, aber dort befindet sich Vetter Ramo, oder dort hat er sich zumindest befunden. Meiner Ansicht nach zeigt die Vision entweder Dinge, die sich kürzlich ereignet haben, oder die nahe Zukunft. Ich weiß mit Sicherheit, daß Bardas auf Scona ist, daß er sich dort sogar schon längere Zeit aufhält.«

Athli hatte kalte Wut im Blick. »Aha«, sagte sie. »Und Ihr wärt nicht auf die Idee gekommen, es mir mitzuteilen.«

»Das ist es nicht ... ich habe ihn erst kürzlich zum ersten Mal gesehen, ich weiß nur, daß er sich dort schon länger aufhält, weil er ein Haus und eine Werkstatt hatte, und es sah so aus, als wäre er recht gut im Geschäft, und das legt doch nahe ...«

»Ich verstehe«, unterbrach Athli ihn. »Tut mir leid. Ihr sagt also, er befindet sich auf Scona und hat vermutlich Ärger.«

Gannadius nickte. »Das schließe ich zumindest daraus«, meinte er. »Und ich dachte – nun, ich sollte es Euch lieber erzählen. Ich weiß, daß Ihr ...«

»Ja«, sagte Athli. »Ich muß jetzt gehen. Aber ich danke Euch, daß Ihr es mir gesagt habt. Es ist möglich, daß ich auf dem Rückweg nicht mehr vorbeikommen kann, also – wir hören voneinander. Übrigens, wo finde ich das Büro des Sekretärs?«

Sie schloß die Tür hinter sich, und nicht lange danach konnte Gannadius sie von seinem Fenster aus sehen, wie sie zielstrebigen Schrittes über den Hof auf die Unterkunft des Vorstehers zuging. Ihm fiel auf, daß sie ihr Schwert nicht mitgenommen hatte, und er fragte sich, ob er wohl jemand damit hinter ihr herschicken sollte. Er zog es aus der Scheide und bemerkte, daß es überhaupt kein Schwert war, nur ein Griff, und zehn Zentimeter einer abgebrochenen Klinge.

»Du hast *was?*«

»Ich habe ihn laufen lassen«, erwiderte Gorgas müde.

»Aber warum?« wollte Niessa wissen. »Ich habe dir doch gesagt ...«

»Weil es das einzige war, was ich unter diesen Umständen tun konnte«, unterbrach Gorgas sie gereizt. »Denk doch nach, Niessa. Er beugte sich über mich, mit einer Axt in der Hand. Ich schwöre, er war kurz davor, mich zu erschlagen.«

»Quatsch.«

»Du bist nicht dabeigewesen.« Gorgas schauderte ein wenig. »Komm schon, denk doch an die Alternativen. Wenn ich versucht hätte, ihn zu zwingen, mit mir zurückzukommen, hätte er mich entweder getötet oder ich ihn. Ganz gleich, wie es ausgegangen wäre, das erwünschte Ziel wäre nicht erreicht worden. Es hätte nichts besser gemacht.«

Niessa verzog das Gesicht. »Du hattest doch deine Eskorte dabei, oder? Vier gegen einen ...«

»Sicher.« Gorgas seufzte. »Drei Rekruten und ich gegen den langlebigsten Gerichtsfechter in der Geschichte Perimadeias, in einem vollgestopften Zimmer, wo zahlenmäßige Überlegenheit ohnehin keine Hilfe gewesen wäre. Es ist absolut sicher, daß er einen oder zwei getötet hätte. Es war keine militärische Operation, es war eine Familienangelegenheit. Soldaten hätten es nur schlimmer gemacht.«

»Es war eine Angelegenheit der Bank«, erwiderte Niessa kühl. »Der ganze Sinn der Übung bestand darin, eine Bedrohung für die Sicherheit der Bank zu neutralisieren. Aus diesem Grund wäre es mir tatsächlich lieber gewesen, wenn du ihn getötet hättest. Dann würde er jetzt zumindest nicht da draußen herumlaufen und praktisch darum bitten, daß man ihn entführt und als Geisel gegen uns benützt.«

Man konnte beinahe hören, wie sehr Gorgas sich anstrengen mußte, sich zu beherrschen. »Ich werde so tun, als hätte ich das nicht gehört«, sagte er leise. »Ich weiß, daß du es nicht ernst meinst. Hör zu«, fuhr er fort, und entspannte sich ein wenig, »es ging darum, dafür zu sorgen, daß er keinen Schaden nimmt, nicht wahr? Und genau das habe ich getan. Morgen um diese Zeit wird er auf einem Schiff sein, auf dem Weg in irgendein Land, wo man vermutlich noch nicht einmal von Scona gehört hat. Das Problem wurde gelöst, gewaltlos, und alle sind glücklich; vielleicht glaubt er inzwischen sogar, daß wir gar nicht so schlimm sind. Dieses Ergebnis hättest du nie erreicht, wenn du ihn gegen seinen Willen hierher geschleppt hättest.« Gorgas beugte sich vor. »Und es gibt einen weiteren Vorteil, an den du vermutlich noch nicht einmal gedacht hast.«

»Ach ja? Dann erzähl es mir.«

»Ganz einfach. Meine unmögliche Nichte. Wenn Bardas verschwunden ist, können wir sie freilassen. Ich meine, sie kann ihn ja wohl kaum töten, wenn er nicht da ist.«

Niessas Miene bestätigte, daß sie tatsächlich nicht daran gedacht hatte. Es war ein interessanter Augenblick.

»Das kann ich nun einmal am besten«, fuhr Gorgas fort, »ich nehme ein Problem und verwandle es in eine Gelegenheit, andere Probleme zu lösen. Das bedeutet natürlich, daß du imstande sein mußt, das größere Ganze zu sehen und langfristig zu denken. Aber wenn mein Leben tatsächlich für etwas gut ist, dann für den Beweis, daß es kein Problem gibt, das so schlimm ist, daß es nicht früher oder später gelöst werden könnte, auch wenn es eher später als früher ist, immer vorausgesetzt, daß man nicht aufgibt. Wie Onkel Maxen zu sagen pflegte: Ergib dich nicht, solange auch nur ein einziger Mann noch aufrecht stehen kann; man weiß nie, was noch passieren wird.«

11

Ich kann das Meer nicht ausstehen«, gestand Bardas Loredan und klammerte sich mit beiden Händen an die Reling, als die *Fechter* über eine kleine Welle hinwegglitt. »Oder ich kann es zumindest nicht ausstehen, mich auf dem Meer zu befinden. Das kommt vermutlich daher, daß ich Holzarbeiter bin.«

»Tatsächlich, und wie bist du darauf gekommen?«

»Ich kenne mich ein wenig mit Holz aus«, erwiderte Bardas. »Ganz besonders mit seiner Tendenz zu faulen, zu splittern, sich zu verziehen, zu reißen und einfach zu zerbrechen. Und der Gedanke, daß das einzige, was mich vom sicheren Tod trennt, ein paar Zentimeter Fichtenholz sind und vermutlich das billigste, das sie kriegen konnten ...«

»Immer mit der Ruhe. Das Schiff wird nicht sinken. Es ist ein gutes Schiff.«

Eine weitere kleine Welle traf das gute Schiff und ließ es ein wenig hin und her schaukeln. Bardas hätte beinahe das Gleichgewicht verloren und riß sich wieder hoch, wobei seine Fingernägel kleine Spuren im Holz des Geländers hinterließen. »Ich denke, wir sollten umkehren«, sagte er, »solange wir noch können.«

»So ein Unsinn. Wenn du das die ganze Zeit machen willst ...«

»Für dich mag das in Ordnung sein«, knurrte Bardas immer noch mit geschlossenen Augen. »Aber wenn ich darüber nachdenke, weiß ich wirklich nicht, wieso du so überlegen tust. Ich meine, was weißt du denn schon von Schiffen? Du bist nur eine Teppich- und Kissenhändlerin, und davor warst du eine Kanzlistin. Ich kann mir gut vorstellen, wie du angewidert die Nase gerümpft hast, als du das Meer zum ersten Mal gesehen hast, weil seine Farbe nicht so recht zu den Felsen paßte.«

»Genau. Und du bist ein Bauer, der Soldat wurde und dann Anwalt und dann Bogenmacher. Alles Tätigkeiten, die intime Kenntnis der Seefahrt mit sich bringen. Bardas Loredan, der menschliche Delphin.« Athli gähnte und streckte die Arme weit aus. »Aber es stimmt, wir hatten auch ein paar Prozesse über Seefrachten. Du warst allerdings nicht derjenige, der sich durch die Akten wühlen mußte, durch all diese widerwärtigen, unverständlichen Begriffe. Spieren und Heck- und Focksegel und was weiß ich sonst noch alles ... Ich verstehe wirklich nicht, warum sie nicht wie alle anderen ›das Stück Flattertuch, das an dem mittleren Stock da hängt‹ sagen können.«

Bardas nickte.

Athli schwieg nun, und sie standen eine Weile da und starrten den weit entfernten Fleck auf dem Saum zwischen Himmel und Erde an, wo Scona sich befunden hatte. Dann grummelte Athli etwas darüber, was sie noch tun müsse, und ging davon. Bardas blieb, wo er war.

Ich sollte froh sein, tadelte er sich. *Froh und vergnügt. Zumindest, wenn man es vernünftig betrachtet.* Das entsprach der Wahrheit; er hatte bekommen, was er wollte, oder was er wollen sollte: die Gelegenheit, die Spielfiguren vom Brett zu fegen und sie neu aufzustellen, wie es ihm behagte. Eine Möglichkeit, sich von seiner Familie und von allem, was er jemals gewesen war, vollkommen loszureißen; und nichts von der Vergangenheit war übriggeblieben, bis auf den Jungen und Athli, die beide ohnehin in der kurzen Liste der Guthaben auf der rechten Seite des Hauptbuchs standen ...

Er ließ den Kopf sinken. Er hatte eine alte, geschätzte Freundin wiedergefunden, die er für immer verloren geglaubt hatte – nach der ersten Verlegenheit, seiner Überraschung und seinem Staunen darüber, wie erfolgreich sie gewesen war (und er war sich der sich daraus ergebenden unangenehmen Tatsache bewußt, daß sie damit begonnen hatte, etwas aus ihrem Leben zu machen, nachdem sie sich von ihm getrennt hatte), war es dennoch so, als wären sie niemals getrennt gewesen; zwischen ihnen herrschte dieselbe selbstverständliche Unbeschwertheit, die schon in den Jahren seines Lebens in der Stadt zu den wenigen guten Dingen dort gehört hatte. Sie war immerhin die einzige Freundin, die er nun hatte, aber als solche gut genug, daß er keine anderen mehr brauchte. Sie hatte viele Male bewiesen, was für eine Art Freundin sie war: Erst vor kurzem, als der Junge auf ihrer Schwelle aufgetaucht war, mit einer wilden Geschichte, daß Bardas Loredan ihn ihr anvertraute (wie man einer Bank etwas anvertraut – wie angemessen), hatte sie ihn ohne weitere Fragen aufgenommen, als wäre das das Natürlichste auf der Welt. Irgendwie hatte es ihn in ihrer Gegenwart nicht sosehr gestört, er selbst zu sein. Dieser Teil der Freundschaft war noch nicht wieder da, nicht so kurz nach dieser Begegnung mit Gorgas. Aber vielleicht würde er wiederkommen. Wahrscheinlich war es das, was ihn bewogen hatte, nach ihr zu suchen. Sein erster Schritt als freier Mensch, als Flüchtling, als Ex-Loredan ...

Warum dann diese Dummheit? wollte die Stimme in seinem Hinterkopf wissen. *Die ganze Welt steht dir offen, du hast ein Schiff zu deiner Verfügung, Geld in der Tasche, und schau dir an, wohin du jetzt gehen willst.* Und selbstverständlich gab es darauf keine Antwort.

»Darf ich dich etwas fragen?«

Bei all den Geräuschen – dem Rauschen des Wassers, dem allgemeinen Lärm der Arbeiten auf dem Schiff – hatte er nicht gehört, daß der Junge sich näherte. Er drehte sich um und sah, daß der Junge sich über etwas Sorgen machte; das war leicht zu erkennen, er kratzte sich immer am Hals, wenn ihn etwas beunruhigte. »Frag schon«, erwiderte Bardas.

»Dieser Ort, zu dem wir unterwegs sind«, fuhr der Junge fort, »werden wir dort bleiben? Für immer, meine ich.«

»Das habe ich zumindest vor«, erwiderte Loredan. »Auf Scona gibt es für uns nichts mehr zu holen, und es ist nicht unbedingt so, als ob wir aus freiem Willen dort gewesen wären. Vielleicht erinnerst du dich noch: Man hat uns aus dem Wasser gefischt und dorthin gebracht.«

»Das weiß ich«, meinte der Junge. »Es stört mich nicht, ich wollte es nur wissen, das ist alles.« Er stützte sich auf die Reling; dazu war er gerade groß genug. »Wie ist es in der Mesoge? Regnet es wirklich die ganze Zeit?«

Bardas schüttelte den Kopf. »Ihr Götter, nein. Um ehrlich zu sein, es regnet nicht annähernd genug, wenn man versucht, Dinge anzubauen. Und wenn es regnet, kommt alles auf einmal runter und verwandelt die Straßen in Matsch.«

Der Junge nickte und wandte sich dem nächsten Punkt auf seiner Liste zu. »Es ist also warm da?«

Bardas überlegte, bevor er antwortete. »Eher schwül als warm«, erwiderte er. »In der Stadt war es heiß, aber es war eine trockene Hitze. In der Mesoge ist die Temperatur zwar niedriger, aber die Hitze fühlt sich heißer an. Du wirst schon sehen, was ich meine, zumindest im Sommer. Im Winter gibt es Schnee.«

»Ich habe noch niemals Schnee gesehen«, erwiderte der Junge. »Ist das Land hügelig oder flach?«

»Flach an der Küste und hügelig im Landesinnern. Aber es sind Hügel und keine Berge. Nicht so hoch wie das Hinterland von Perimadeia und abgerundeter als auf Scona.« Er lächelte. »Scona kam mir immer ziemlich abgewetzt vor, weil man sehen konnte, wie sich die Felsen durch die Grasdecke schoben wie die Ellbogen am Mantel eines alten Mannes. Diese spektakulären Felsvorsprünge gibt es in der Mesoge nicht. Es gibt eigentlich überhaupt nichts Spektakuläres. Was die Landschaft angeht, ist es verglichen mit dem, woran du gewöhnt bist, recht langweilig. Gutes Land für Rindvieh, gut für Schafe und in den Ebenen am Meer auch für Pferde. In den niedrigen Hügeln, wohin wir gehen, ist das Land für Getreide relativ schlecht, es gibt viel Wald – niemand hat es je für nötig gehalten, groß zu roden –, und das Klima ist besser als an der Küste oder oben in den Hügeln. Es ist nicht alles in Felder aufgeteilt wie an der Küste, aber auch nicht nur Moorland wie ganz oben. Ganz oben kann man höchstens Schafe weiden und Torf stechen.«

»Aha«, meinte der Junge. »Gibt es viele Menschen dort?«

»Das hängt davon ab, wo man hingeht«, erwiderte Bardas und schaute wieder aufs Meer hinaus. »Die Ebenen sind dichter bevölkert, das Moorland ist fast menschenleer. Im mittleren Teil gibt es mehr Menschen als auf Scona, aber nicht viel mehr. Es wirkt dichter bevölkert, weil die Leute auf ihren abgelegenen Bauernhöfen leben und nicht in Dörfern, von denen aus sie jeden Tag zur Arbeit nach draußen gehen. Es kommt nur selten vor, daß man nicht zumindest einen Bauernhof im Blickfeld hat, aber auch nie mehr als zwei.«

»Das klingt seltsam«, meinte der Junge. »Als wäre es gleichzeitig übervölkert und einsam.«

Bardas nickte. »Man sieht seine nächsten Nachbarn sehr oft, aber nur selten andere Menschen«, meinte er. »Das spielt aber auch keine große Rolle, weil die Leute in der Mesoge einander ziemlich ähnlich sind. Ich meine, sie gehen alle derselben Arbeit nach, es gibt sehr wenig Fremde – sie sehen sogar alle ähnlich aus.«

»Wie du?« fragte der Junge.

»Wahrscheinlich, ja«, antwortete Bardas nach einem Augenblick des Nachdenkens. »Im allgemeinen sind wir größer als die Leute auf Scona oder in der Stadt, und wir haben meist dunkles Haar. Du wirst keine großen Schwierigkeiten haben zu verstehen, was die Leute sagen, obwohl dir der Akzent seltsam vorkommen wird. Wir auf der anderen Seite finden den Singsangtonfall der Stadt recht nervtötend – aber nicht annähernd so schlimm wie das Geblöke auf Scona. Der Akzent in der Mesoge ist irgendwie nichtssagend, wie das meiste dort.«

Der Junge faßte alles zusammen, was er gehört hatte: »Klingt gar nicht so übel«, meinte er.

»Nein, das ist es nicht«, erwiderte Bardas. »Nicht schlecht, nicht gut, einfach nur gewöhnlich. Es ist wie eine Restesuppe – von allem ein bißchen, aber nichts Besonderes. Und so ist es auch mit den Menschen. Weil wir nicht in Dörfern leben, müssen wir im allgemeinen alles selbst machen – es gibt keine spezialisierten Handwerker. Also kennen wir uns alle ein wenig mit Schmiedearbeit, Weben, Zimmermannsarbeit und Töpferei aus, alle Jungen in deinem Alter können einen passablen Bogen herstellen, gut genug, um damit Kaninchen zu schießen ...«

»Es gibt Kaninchen in der Mesoge?«

»Leider eine ganze Menge.«

»Oh.«

»Wie ich schon sagte«, fuhr Bardas fort, »wir können alle von allem ein bißchen, soviel wie nötig ist, um über die Runden zu kommen, und nicht mehr. Niemand ist wirklich gut in etwas, denn das wäre eine Verschwendung von Energie und Material. Es ist erheblich wichtiger, sich mit allem auszukennen, denn man braucht keinen wirklich *guten* Bogen oder Pflug oder Eimer, nur einen, der funktioniert, und für gewöhnlich ist das einzige, was man überhaupt nicht hat, Zeit. Man erledigt, was zu tun ist, und macht sich an die nächste Arbeit, und wenn man damit fertig ist, gibt es immer noch mehr zu tun. Also genügt ein Stück Seil, um ein Tor zu verschließen, und man bringt keinen Riegel an, und wenn ein gebogener Nagel etwas ebenso hält wie eine Nut-und-Feder-Verbindung, benutzt man einen gebogenen Nagel.« Er bemerkte die Miene des Jungen und lachte. »Nein, so schlimm ist es auch wieder nicht. Es hat auch seine Vorteile. Zum einen hat es seit über zweihundert Jahren in der Mesoge keinen Krieg mehr gegeben. Und die Leute schließen nachts ihre Türen nicht ab.«

»Nein? Willst du damit sagen, daß es keine Diebstähle gibt?«

»Eigentlich nicht. Es wäre auch ziemlich sinnlos, wenn jeder mehr oder weniger dasselbe hat wie jeder andere. Außerdem kann man ohnehin nichts tun, ohne daß einen mindestens zwei

Leute sehen. Jeder weiß, was die Nachbarn tun, und ein Fremder – nun, ein Fremder wäre nicht mal imstande, auf den Boden zu spucken, ohne daß auf fünf Bauernhöfen in fünf Himmelsrichtungen alle sofort davon erfahren würden.«

»Also gut«, meinte der Junge. »Und was werden wir tun, wenn wir erst da sind?«

Die *Fechter* ging in Tornoys vor Anker. Athli unternahm einen halbherzigen Versuch, die Expedition geschäftlich zu rechtfertigen, indem sie zu einem Preis, der nur etwas höher war, als er auf Scona oder Colleon gewesen wäre, vier Dutzend Ballen Wollstoff mittlerer Qualität erwarb und außerdem zwei Dutzend Singdrosseln in Käfigen.

»Wofür brauchst du die denn?« wollte Bardas wissen, als die Korbkäfige mit den hektisch zwitschernden Vögeln an Bord gebracht wurden.

»Auf der Insel sind alle verrückt danach«, erwiderte Athli. »Gelangweilte Hausfrauen zwitschern und gurgeln ihnen eins vor und füttern sie mit Krümeln, wozu sie silberne Pinzetten benutzen. Und ich weiß, wo ich eine Menge billiger, niedlicher kleiner Bronzekäfige herkriegen kann.«

»Ah«, erwiderte Bardas und nickte. »In der Mesoge essen wir sie.«

Athli kaufte einen Wagen und zwei brauchbare Pferde für weniger als den üblichen Preis, und dann folgten sie der Küstenstraße bis Lihon, dem Ort in der Mesoge, den man noch am ehesten als Stadt bezeichnen konnte. Von dort folgten sie dem Hauptwagenpfad, einem Gewirr von Wagenspuren und Viehpfaden, die sich ohne bestimmte Ordnung von einem Bauernhof zum anderen zogen. Zufällig waren sie eine Woche vor dem großen Markt in Lihon aufgebrochen, was bedeutete, daß sie sich ununterbrochen gegen einen wilden Strom von Schafen, Ziegen und Schweinen, die nach Süden getrieben wurden, flußaufwärts kämpfen mußten. Und manchmal sah es so aus, als würden diese Herden sie überwältigen und den ganzen Weg, den sie gerade gekommen waren, zurückschwemmen. Am Ende des zweiten Tages zeigte Bardas auf einen bewaldeten Hügelkamm und erklärte, dahinter befände sich das kleine Tal, zu dem sie unterwegs seien. Am Ende des dritten Tages waren sie diesem Hügelkamm offenbar kaum nähergekommen, befanden sich aber nun eher westlich als südlich davon.

»Ich will ja nicht unhöflich sein«, meinte Athli, »aber wie lange wird es denn noch dauern?«

Bardas zuckte mit den Schultern. »Um ehrlich zu sein, das weiß ich nicht«, erwiderte er. »Ich habe diesen Weg bisher nur einmal genommen, und das war in die entgegengesetzte Richtung, von zu Hause zur Küste. Tatsächlich glaube ich sogar, daß es ein anderer Weg war, oder man hat die Wege verlegt. Ich erinnere mich, daß es mindestens fünf Tage gedauert hat.«

Am vierten Tag verließen sie endlich die Ebene und fanden sich auf einem geraden Weg mit tief eingeschnittenen Wagenspuren, der auf die ersten Hügel zuführte. »Das ist der alte Büttelweg«, erklärte Bardas. »Als ich noch ein Junge war, gehörte der größte Teil dieses Landes den größten Familien der Stadt und wurde an Leute wie meinen Vater verpachtet. Die Büttel der Grundbesitzer haben diese Straße gebaut, damit sie das Vieh direkt von ein paar Sammelstationen zur Küste treiben konnten. Die Grundbesitzer glaubten nämlich, wenn sie sich um ihr Land hier oben kümmerten und einen stetigen Fluß von Nachschub garantierten, könnten sie die Stadt mit billigem Rind- und Lammfleisch von ihren eigenen Ländereien überfluten. Sie konnten sich mit den Bauern der Küstenebene nicht über das Wegerecht einigen, also kamen die großen Viehtriebe, die sie geplant hatten, nur bis hierher, und dann mußten sie auf die einfachen Wege ausweichen, die wir genommen haben. Am Ende haben sie es als zu teuer aufgegeben und das Land wieder verpachtet oder den Pächtern verkauft. Damals haben wir unseren Hof gekauft.«

Athli nickte. Je weiter sie sich vom Meer entfernten, desto häufiger benutzte Bardas Worte wie »wir« und »unser« statt »sie«, und obwohl die meisten seiner Äußerungen um Themen wie Unfähigkeit, Stagnation und Provinzialität kreisten, konnte sie sich nicht erinnern, ihn jemals so lebhaft gesehen zu haben. In gewisser Weise freute sie das; er schien beinahe glücklich zu sein oder sich zumindest für etwas zu interessieren. *Fünf Jahre hier, und er wird wieder ein Bauer sein,* dachte sie und fragte sich, warum der Gedanke sie so deprimierte. *Und nicht einmal ein sonderlich guter,* fügte sie mit einem Hauch von Boshaftigkeit hinzu.

Als sie ihn kurz vor dem Untergang von Perimadeia auf eher melodramatische Weise verlassen hatte, hatte sie einige Zeit geglaubt, sie wäre zu drei Vierteln in ihn verliebt, und als ihr im Hafen von Scona jemand auf die Schulter getippt und dieser Jemand sich als Bardas Loredan erwiesen hatte, hatte sie sich gesagt, daß sie sich jetzt sicher sei, was sie für ihn empfand. Jetzt und hier, in der Mesoge, war sie sich nicht mehr so sicher. Die Veränderungen waren subtil und irgendwie widersprüchlich. Zum einen wirkte er jünger; er hielt sich gerader, sprach mehr, redete von selbst, statt zu warten, daß man ihn fragte. Es war etwas beinahe Jungenhaftes an der Art, in der er seinen Freunden aus der Fremde sein Zuhause zeigte. Aber gleichzeitig schien er auch geschrumpft zu sein. Er sprach immer noch auf dieselbe Art, mit der üblichen Betonung, den gleichen Redewendungen, aber allem, was er über die Mesoge und ihre Menschen sagte, schien ein unfreiwilliger, beinahe widerwilliger Respekt zugrunde zu liegen, so daß er jedesmal, wenn er etwas kritisierte, auch erklärte, wie falsch es von ihm war, das zu tun, und daß seine Ansichten daher wertlos seien. *So macht man es hier; ich würde es nicht so tun, also muß ich mich irren.* Athli fand das sowohl beunruhigend als auch geschmacklos und begann sich natürlich zu fragen, ob sie ihn überhaupt kannte, oder ob der Mann, in den sie geglaubt hatte verliebt zu sein, tatsächlich nie existiert hatte. Als sie darüber nachdachte, wurde ihr klar, daß sie Bardas Loredan vor ihrem geistigen Auge immer als beeindruckende Gestalt vor dem Gericht in Perimadeia sah, im Profil mit ausgestrecktem Degenarm, oder verloren und zornig zusammengesackt auf einer Bank in einer Schenke, wo er sich nach einem zu einfachen Sieg fürchterlich betrank. Selbstverständlich hatte sie ihn nie als Soldaten gesehen und ganz bestimmt nicht als Bogenmacher oder Bauernjungen, nur als Fechter, ein Mann allein im Zentrum des Geschehens. Es war durchaus möglich, daß sie sich geirrt hatte. Vielleicht gab es hier so etwas wie Liebe nicht, ebenso wie es keine Vorhänge und keine verzierte Töpferware gab. Und es war daher vollkommen unmöglich, einen Mann aus der Mesoge zu lieben. Immerhin half Liebe einem auch nicht dabei, vier weitere Scheffel Gerste aus einem steinigen Terrassenfeld zu holen oder ein schlecht geschmiedetes Sensenblatt zu schleifen, also warum sollten sie ihr im Haus einen Platz schaffen?

»Eßt ihr tatsächlich Drosseln?« fragte sie.

Bardas nickte. »Wir schmieren die Äste von Bäumen und Büschen mit Leim ein«, sagte er. »Sie landen dort und bleiben kleben, und man muß sie nur herunterholen und in einen Korb stecken. Gebraten sind sie nicht übel. Und«, fügte er mit einem Seitenblick auf den Jungen hinzu, »es ist eine willkommene Abwechslung zu Kaninchen.«

Der Junge ächzte, und Bardas lachte. *Ein Vater, der seinen Sohn neckt*, dachte Athli. Und sie fragte sich, ob dies zu den Dingen gehörte, die ihn veranlaßt hatten, hierher zurückzukehren; daß er den Jungen, wenn er denn schon für ihn verantwortlich war, so großziehen wollte, wie es in der Mesoge üblich war. In all den Jahren, die sie einander in Perimadeia gekannt hatten, hatte er sein Zuhause und seinen Vater drei- oder viermal erwähnt. Nun wußte sie genug, um sich den alten Loredan vorstellen zu können, der offensichtlich all das gewesen war, was ein Vater in der Mesoge sein sollte: weise, cholerisch, streng, ungeduldig gegenüber Fehlern, geschickt mit allem, praktisch, realistisch und (wie Athli mit einem boshaften Grinsen hinzufügte) vom Schicksal zum Scheitern verurteilt. Es half nicht sonderlich, daß es durchaus einige Dinge an der Mesoge gab, die sie persönlich sehr witzig fand, denn sie wußte genau, daß Bardas darüber nicht lachen könnte.

Nun, wenn er darauf besteht, zum Scheitern verurteilt zu sein, dann kann er das, verdammt noch mal, alleine tun. Ich finde diese Gegend schrecklich, und ich möchte nach Hause, wo die Leute nette Kleidung tragen und nichts dagegen haben, dafür zu bezahlen. Ich glaube, ich würde den Verstand verlieren, wenn ich hier leben müßte. Sie können doch nicht alle zum Scheitern verurteilt sein, oder? Ich meine, wenn das der Fall ist, warum sind dann noch so viele von ihnen übrig?

Eine Zeitlang sah es so aus, als könnten sie die bewaldete Hügelkuppe und das Tal dahinter noch vor Einbruch der Dunkelheit erreichen, aber dann verschwand der Büttelweg einfach und wurde zu einem überwucherten Feldweg, der zu schmal war, den Wagen weiter zu benutzen. Bardas fluchte und ließ die Pferde rückwärts gehen – es war nicht genug Platz zum Wenden – bis zur letzten Abzweigung, an der sie vorbeigekommen waren, die sie nach Osten um einen weiteren kleinen Hügel herumführte. Als die Sonne unterging und sie das Verdeck für die Nacht über den Wagen zogen, schien die bewaldete Hügelkuppe ebenso weit entfernt wie zu Mittag, wenn man davon absah, daß sie sie aus einem etwas anderen Winkel sahen.

»Wir werden morgen dort sein«, erklärte Bardas vergnügt, als er das Feuer entzündete. Es war kälter als am Abend zuvor, und Athli wünschte sich, sie hätte mehr als eine Decke mitgenommen. »Ich kenne die Gegend hier, Vettern von uns waren hier Pächter, sie mußten allerdings aufgeben und weiterziehen. Auf der anderen Hügelseite am Abhang haben sie auf Anweisung des Grundbesitzers Reben angepflanzt. Daraus ist natürlich nichts geworden, aber der Besitzer bestand darauf, und sie haben eine Menge Zeit verschwendet. Er hatte offenbar ein Buch über Weinbau gelesen und war überzeugt, er könne die Abhänge dieser Hügel mit Reben bepflanzen und ein Vermögen machen. Leider hatte er das Buch nicht zu Ende gelesen und so das mit dem trockenen, gut bewässerten Boden nicht mehr mitbekommen. Am Ende mußten wir sie wieder rausreißen. Wenn ich mich recht erinnere, hat das Rebenholz ganz gute Werkzeuggriffe abgegeben.«

Athli blickte auf. »Betrachten die Leute hier alles unter diesem Gesichtspunkt?« fragte sie. »Geht es nur darum, was man daraus machen kann?«

Bardas sah sie neugierig an. »Ist das nicht immer so?« erwiderte er.

»Ach, sei still«, sagte Athli.

»Du schon wieder.«

»Stimmt«, erwiderte Gorgas vergnügt. »Ich schon wieder. Nein«, fügte er hinzu, als der Wärter die Tür schließen wollte, »laß offen. Sie kann gehen.«

Der Wärter sagte kein Wort, aber das brauchte er auch nicht. Sein Gesicht erinnerte Gorgas an die Reliefs über allegorische Themen, die die Architekten der Stadt so gern für ihre Torbögen verwendeten. Ganz Melodrama und Bewegung, und auf jedem Gesicht zeichneten sich gewaltige Emotionen ab. Jeder Torbogen in Perimadeia wäre erfreut gewesen, diesen Wärter auf seinem Relief zu wissen, wo er dann reine Erleichterung und Erlösung von der Drangsal ausgestrahlt hätte. Gorgas versagte sich das Lächeln.

»Du machst Witze«, sagte Iseutz. »Sie läßt mich gehen?«

»Ja. Normalerweise würde ich jetzt sagen, such deine Sachen zusammen, doch ich kann mir nicht vorstellen, daß irgend jemand etwas hier herausholen will, es sei denn, um es zu verbrennen.« Jetzt lächelte er. »Anwesende selbstverständlich ausgeschlossen.«

»Wie geistreich von dir, Onkel Gorgas. Es ist ein angenehmer Gedanke, daß du selbst als Bettler an einer Straßenecke von Shastel immer noch diese Begabung haben wirst, auf die du dich verlassen kannst.«

Gorgas nickte ernst. »Es ist eindeutig erblich«, erklärte er. »Worauf wartest du? Du kannst gehen. Sofort. Sobald du möchtest.«

Sie schüttelte den Kopf. »Nicht ehe ich weiß, was los ist«, sagte sie. »Du erwartest doch nicht, daß ich glaube, daß du und meine Mutter, daß ihr es euch plötzlich anders überlegt habt und erkannt habt, daß ihr euch irrt? Es ist eine Art Spiel, nicht wahr?«

»Oh, um aller Götter willen, verschwinde von hier, bevor ich es mir anders überlege.«

Iseutz grinste ihn an, lehnte sich an die Mauer, ließ sich daran heruntergleiten und hockte sich auf die Fersen. »Je mehr du es darauf abgesehen hast, daß ich etwas Bestimmtes tue, Onkel Gorgas, desto mehr werde ich mich anstrengen, es nicht zu tun. Also, glaubst du, ich könnte der erste Mensch in der Geschichte sein, der aus einem Gefängnis *rausgeschmissen* wird?«

Gorgas seufzte und ließ sich bequem auf der Pritsche nieder, die Hände hinter dem Kopf verschränkt. »Im Grunde«, sagte er, »ist diese Zelle recht angenehm. Ich kann mir vorstellen, daß man sich daran gewöhnen kann; es ist so angenehm, sich dem Gefühl hinzugeben, daß das Schlimmste bereits passiert ist. Wenn man diesen Punkt erreicht hat, braucht man selbstverständlich vor nichts mehr Angst zu haben. Es muß wunderbar sein, vor nichts mehr Angst haben zu müssen.« Er gähnte. »Sei ein braves Mädchen und mach die Tür zu, wenn du gehst.«

Iseutz kam auf die Beine und beugte sich über ihn, die Arme vor der Brust verschränkt. »Oh, hier gibt es eine Menge, wovor man Angst haben muß«, sagte sie. »Zum Beispiel den Gedanken, daß man nie wieder rauskommt. Den Gedanken, daß sie einen hier vielleicht sogar begraben – ich nehme allerdings an, sie haben eine Grube oder einen Brunnenschacht, in den sie die Leichen werfen. Manchmal denke ich daran, und dann renne ich hinüber zur Tür und schlage dagegen, bis meine Handgelenke bluten, und schreie, daß sie mich rauslassen sollen. Es gefällt mir hier nicht, Onkel, es gefällt mir hier überhaupt nicht. Aber ich werde nicht gehen, ehe du mir nicht gesagt hast, warum.«

»Wie du willst«, murmelte Gorgas schläfrig. »Das ist kein großes Geheimnis. Seit Niessa dich hat hierher bringen lassen, habe ich mich dafür eingesetzt, daß sie dich wieder rausläßt, und nun hat sie endlich zugestimmt. So einfach ist das. Ich nehme an, sie hatte einfach genug davon, meine Stimme zu hören, so wie ich genug von deiner habe.«

Sie regte sich nicht, sondern starrte ihn nur weiter an. »Ich kann also gehen? Wohin ich will?«

»Mhm.«

»Also gut«, sagte sie. »Und was, wenn ich sage, daß ich direkt nach Briora gehen will – so heißt das Dorf doch, nicht wahr? –, um Onkel Bardas zu suchen und ihn zu töten?«

»Du kannst es gern versuchen.«

»Wirklich?« Sie runzelte die Stirn. »Und ihr werdet nicht versuchen, mich aufzuhalten?«

»Du kannst dein Bestes tun, wenn du willst; es wird dich zwar nicht sonderlich weit bringen, aber das ist deine Sache. Also mach schon.«

Sie kniete sich neben ihn, und er bemerkte, wie anmutig diese Bewegung war. »Komm schon, Onkel Gorgas, sei lieb und sag mir, was ihr vorhabt. Bitte.« Sie verschränkte die Arme wieder, legte die Wange darauf und lächelte.

»Um aller Götter willen«, fauchte Gorgas, »hör auf damit!« Es war einfach unpassend, sie so mädchenhaft und ihrem Alter entsprechend zu sehen. Sie sah aus wie ein Ungeheuer mit ihren verfilzten Haaren und den dünnen, knochigen Armen; ihre

Hände wirkten unnatürlich groß, und die Narbe reichte über die ganze Hand. »Verschwinde, du bist widerwärtig.«

»Danke«, erwiderte sie ernst. »Und jetzt sag mir, was los ist.«

»Zum letzten Mal, es ist nichts los.«

»Warum laßt ihr mich dann gehen, wenn ich als erstes ...«

»Das wirst du eben nicht«, sagte Gorgas zornig, »weil er nicht da ist. Er ist weg. Er hat Scona verlassen, und bevor du fragst – ich habe nicht die geringste Ahnung, wohin er gegangen ist.«

»Ich verstehe.« Sie betrachtete ihn mit unbeirrtem Blick; ihre Augen waren sehr groß und rund und braun – und dann spuckte sie ihm ins Gesicht. Gorgas schauderte und schlug sie auf die Wange, traf sie so fest auf den harten, fleischlosen Wangenknochen, daß sie das Gleichgewicht verlor und hintenüber fiel.

»Tut mir leid«, sagte Gorgas sofort. »Das wollte ich nicht ...«

»Du wurdest provoziert«, sagte sie, und stand wieder auf. »Mein Fehler, wirklich, Onkel Gorgas, ich bin dir nicht böse – aber warum habt ihr ihn gehen lassen?«

Gorgas zuckte mit den Schultern. »Er wollte gehen, und ich konnte ihn nicht aufhalten. So einfach ist das.«

»Und jetzt ich. All die jungen Vögel werden flügge, Onkel Gorgas. Ich nehme an, Mutter kocht vor Wut.«

»Sie ist nicht sonderlich erfreut.« Er stand auf. »Ist alles in Ordnung? Ich wollte nicht so fest zuschlagen, es war nur – nun ja, das alles macht mich ziemlich fertig, und ich habe es an dir ausgelassen. Das hätte ich nicht tun sollen.«

»Schon gut.« Iseutz lächelte, und Gorgas bemerkte, daß ihr Auge schon zuzuschwellen begann. »Weißt du, ein Teil von dir ist tatsächlich anständig. Das ist das Seltsame an dir. Trotz der wirklich unglaublichen Dinge, die du getan hast, bist du nicht wirklich ein Ungeheuer. Weißt du, ich habe oft hier gelegen und nachgedacht – was ist das für ein Mensch, der so etwas tun kann, seinen eigenen Vater ohne einen Augenblick des Zögerns umbringen? Offensichtlich ein Ungeheuer, dachte ich, jemand, der gleichzeitig mehr und weniger als ein Mensch ist. Aber ich verstehe es irgendwie nicht.«

Gorgas ließ sich an die Mauer sacken und rieb sich die Wangen mit den Handflächen. »Es war ein Fehler«, sagte er. »Ich habe einen Fehler gemacht. So etwas passiert. Und das Dumme daran ist, die ganze Sache dauerte nur – ich denke drei Minuten, bestenfalls vier. Sicher, die ganze Geschichte mit Niessa und den Jungen aus der Stadt ging dem voraus, aber was soll's? Der Zuhälter der eigenen Schwester zu sein, ist in der Mesoge nichts Ungewöhnliches, es gehört zu den Dingen, die man tut, um sich nebenbei ein wenig Geld zu verschaffen, genau wie Krähen verscheuchen oder im Moor Blaubeeren pflükken. Nein, wenn man es genau betrachtet, waren es nur ein paar Minuten, weniger Zeit, als es braucht, um einen Kessel Wasser zum Kochen zu bringen. Alles andere an Schlechtem, was ich in meinem Leben getan habe, war das Übliche, die Art von Dingen, für die man sich tief drinnen niemals wirklich schämt; es war nur diese eine Sache, das ist alles, aber es ist das einzige, was alle immer an mir wahrnehmen. Ich bin Gorgas, der Vatermörder. Sie sprechen über mich, als wäre das mein Beruf, als täte ich das jeden Tag; als würde ich morgens meiner Frau und den Kindern einen Abschiedskuß geben und dann den ganzen Tag damit verbringen, Mitglieder meiner Familie zu töten. Aber das stimmt nicht. Das wirft mich in einen Topf mit einem Verrückten, der ohne Grund tötet und weitermacht, bis ihn jemand aufhält, oder mit einem Attentäter, der Menschen umbringt, weil er dafür bezahlt wird.« Er hielt inne und schüttelte den Kopf. »Die Götter allein wissen, warum ich dir das erzähle«, sagte er. »Frag jeden, der mich kennt, ich erzähle keine Lügen über das, was geschehen ist, aber ich gehe damit auch nicht hausieren.«

»Schon gut«, meinte Iseutz tröstend. »Du kannst ruhig mit mir über Dinge sprechen, die du anderen nicht erzählen kannst, schließlich sind wir uns ziemlich ähnlich, stimmt's?«

Gorgas sah sie an. »Ich will dich ja nicht beleidigen, aber ich glaube nicht«, sagte er. »Von der Tatsache einmal abgesehen, daß ich meinen Vater getötet habe und du deinen Onkel töten willst, würde ich sagen, wir sind sehr verschieden.«

Sie schüttelte den Kopf. »Du vergißt eins«, sagte sie, »eins haben wir eindeutig gemeinsam. Meine Mutter.«

»Auch das sehe ich anders«, gähnte Gorgas. »Bedenke, daß ich sie mein ganzes Leben lang kenne, und du kennst sie kaum. Ich kann mir vorstellen, daß du, während du hier drin warst, ein weiteres Ungeheuer erfunden hast, aber es würde mich überraschen, wenn du auch nur die geringste Ahnung hättest, wie Niessa wirklich ist.«

Sie runzelte die Stirn. »Aber du haßt sie doch, nicht wahr? Weil sie dich benutzt, weil sie dich dazu zwingt, Dinge zu tun, die du nicht willst, weil sie dein Leben zerstört hat ...«

»Sag so etwas nicht«, unterbrach Gorgas sie. »Ich liebe meine Schwester. Die Götter allein wissen, was ohne sie aus mir geworden wäre. In all den Jahren ist sie der einzige Mensch gewesen, den ich auf der Welt hatte. Und sieh dir nur an, was sie erreicht hat.«

Iseutz lachte. »Das meinst du ernst, nicht wahr?« sagte sie. »Du glaubst dieses Zeug wirklich. Das ist absurd, Onkel Gorgas, das ist wirklich absurd.«

Gorgas beugte sich vor und richtete sich auf. »Ich fürchte, ich verstehe nicht, wovon du sprichst«, sagte er. »Was ich über meine eigenen Gefühle denke, muß doch wohl die Wahrheit sein, oder? Ich denke, diesmal versuchst du einfach, überschlau zu sein.«

»Mag sein.« Sie verschränkte die Hände auf dem Rücken und stellte sich auf die Zehenspitzen wie ein kleines Mädchen, das man auf einen Ausflug mitnimmt oder dem man etwas Schönes versprochen hat. »Und was passiert jetzt?« fragte sie. »Wo soll ich hingehen?«

»Wohin du willst, wir haben das doch schon ...«

»Praktisch gesehen, meine ich. Ich habe zum Beispiel kein Geld, ich weiß nicht, wohin, und ich habe keine Möglichkeit, mir meinen Lebensunterhalt zu verdienen. Soll ich bei Mutter einziehen oder wird man mich von Scona wegschicken oder was? Ich habe angenommen, daß das alles schon geplant ist.«

Gorgas schüttelte den Kopf. »Du sprichst von Hausarrest. Erwartet man von dir, daß du zu deiner Mutter ziehst und die brave, pflichtbewußte Tochter spielst und dich Besuchern vorführen läßt? Das glaube ich nicht.«

»Warum nicht?« Sie grinste schief. »Das tun normale Töchter doch gewöhnlich.«

Gorgas dachte einen Augenblick nach. »Also gut«, sagte er, »ich mache dir einen Vorschlag. Wenn du willst, kannst du bei mir wohnen. Eine Woche oder so lange du willst, aber ich möchte, daß du es als dein Zuhause betrachtest. Die Götter allein wissen, daß ein Zuhause vielleicht das Wichtigste auf der ganzen Welt ist. Wie wäre es damit?«

Sie starrte ihn an und versuchte zu lachen. »Ihr Götter«, sagte sie. »Du glaubst wirklich an dieses Zeug. Ein glückliches Familienleben, die Freude, die Liebsten um sich zu haben ... Du lebst in einer seltsamen Welt, Onkel Gorgas. Es muß ein wenig wie bei diesen Messingschalen sein, die wir in der Stadt hatten – die aus Colleon kamen, aber als in der Stadt hergestellt durchgingen, erinnerst du dich? Wenn man sie ansah, glaubte man, die übliche Schrift auf der Seite zu sehen, wer sie hergestellt hat und wo, und vielleicht ein Motto. Und wenn man dann genauer hinsah, bemerkte man, daß es überhaupt keine Schrift war, nur Zeichen, die wie Schrift aussahen, weil die Leute in Colleon, die sie herstellen, nicht lesen und schreiben können. Ich denke, das ist dein Leben, Onkel Gorgas, zusammengebastelt von jemandem, der nie wirklich eins hatte, aber glaubt, daß er weiß, wie es aussehen soll.«

Gorgas seufzte. »Ist das ein Ja oder ein Nein?« fragte er.

»Komm schon, das ist alles sehr unterhaltsam, aber ich muß mich auch noch um andere Dinge kümmern; ich habe zum Beispiel einen Krieg zu führen.«

»Warum nicht?« erwiderte sie schulterzuckend. »Ich habe sowieso kaum eine Wahl – und ja, es ist nett von dir, mir dieses Angebot zu machen, was auch immer die Gründe sein mögen. Selbstverständlich«, fügte sie hinzu, »ist es für dich keine so große Sache, weil ich nicht annehme, daß du dich viel zu Hause aufhältst – es sind deine Frau und deine Kinder, die mit der Verrückten zurechtkommen müssen. Aber das ist dir wahrscheinlich noch nicht aufgefallen.«

»Nein«, gestand Gorgas. »Aber es wird sie nicht stören. Du gehörst immerhin zur Familie.«

»Ich bin ein Mitglied der Familie Loredan«, erwiderte Iseutz mit einem Lächeln. »Das allein ist Grund genug für jeden, der noch nicht völlig den Verstand verloren hat, mich einzuschließen und das Haus in Brand zu setzen. Wir sind ein schlimmer Haufen, nicht wahr, Onkel Gorgas?«

»Ja, ich denke schon«, antwortete Gorgas. »Aber wir sind *unser* schlimmer Haufen.«

»Keine Gefangenen«, sagte Alexius ernst. »Gäste. Geschätzte und geachtete Gäste.« Er rutschte unbehaglich auf der Steinbank hin und her. »Wäre ich sechzig Jahre jünger«, fügte er hinzu, »würde ich meine Initialen in diese Bank einritzen wie bei der Bank vor dem Lehrerzimmer, auf der ich immer saß, wenn ich Ärger gemacht hatte und darauf wartete, getadelt zu werden. Ich habe ziemlich viel Zeit auf dieser Bank verbracht, in einem Zimmer, das diesem nicht unähnlich war, und das Gefühl einer undefinierbaren, aber akuten Bedrohung ist ebenfalls erstaunlich ähnlich. Ich hatte gehofft, in meinem Alter würde ich so etwas nicht noch einmal durchmachen müssen, aber anscheinend habe ich mich geirrt.«

Vetriz lächelte. »Als wir Kinder waren, war es ähnlich«, sagte sie. »Es hieß immer ›wartet, bis euer Vater heimkommt‹, weil er selbstverständlich die meiste Zeit unterwegs war, und wenn er tatsächlich da war, waren wir selbstverständlich brav. Aber wenn er ein paar Monate weggewesen war und wir dann hörten, daß sein Schiff in Sicht kam und bald einlaufen würde – das war immer eine recht unbehagliche Zeit, weil es diesen schrecklichen Katalog von Verbrechen und Vergehen gab, mit dem man ihn begrüßen würde. Der arme Mann hatte kaum Zeit, seinen Hut abzusetzen, dann schob Mutter uns schon vor sich her, und er sah sie mit dieser ›Kann-das-nicht-warten‹-Miene an. Selbstverständlich«, fuhr sie grinsend fort, »bin ich immer mit allem durchgekommen, weil ich ein Mädchen war, und ich mußte nur betrübt dreinschauen und anfangen zu schniefen, und Vater hat mir alles geglaubt. Also habe ich die Schuld immer auf den armen Venart geschoben, und er hat sich nie damit abgefunden; er hat immer seine Unschuld beteuert und war schrecklich aufgeregt, wenn er für meine Ungezogenheiten bestraft wurde. Er hat wirklich geglaubt, er müsse nur die Wahrheit sagen, und irgendwie würde die Gerechtigkeit sich durchsetzen. Wißt Ihr, tief in seiner Seele glaubt er das bis heute.«

Alexius dachte einen Augenblick nach. »Das ist eigentlich edel von ihm, findet Ihr nicht?« sagte er. »Vielleicht nicht gerade passend für einen Kaufmann, aber nichtsdestotrotz bewundernswert.« Er seufzte und rutschte wieder hin und her. »Habt Ihr etwas Neues über den Verlauf des Krieges gehört?« fragte er. »Der Mann, der mir mein Frühstück verkauft hat, war davon überzeugt, Shastel würde einen Vertrag mit den Piraten abschließen; sie würden die Hellebardiere übers Meer transportieren, im Austausch für die Erlaubnis, die Stadt Scona plündern zu dürfen. Andererseits glaubt er auch, wenn sie das tun, wird Gorgas Loredan sie ins Meer zurücktreiben, und Niessa Loredan wird ihren zahmen Zauberern befehlen, einen gewaltigen Sturm heraufzubeschwören, um all ihre Schiffe zu versenken, also ist sein Wert als Informationsquelle vielleicht nicht so groß, wie man glauben könnte.«

Vetriz zuckte mit den schmalen Schultern. »Ich denke, dieser Krieg ist wie eine Schlägerei, die ich einmal beobachtet habe«, sagte sie, »zwischen diesen beiden jungen Männern bei einem Hochzeitstanz; sie hatten beide zuviel getrunken und sich über ein Mädchen oder so gestritten. Alle erwarteten, daß die beiden anfangen würden, sich zu prügeln, und ich nehme an, sie wollten niemanden enttäuschen, also begannen sie herumzutänzeln und die Fäuste zu schwingen, und zufällig warf einer dabei einen dieser großen, schmiedeeisernen Lampenständer um, Ihr wißt schon welche Art ich meine, und die Lampe fiel herunter und auf die Schulter des anderen Mannes und versetzte ihm einen üblen Stoß. Und der Mann setzte sich mitten auf den Boden und fluchte und schimpfte und rieb sich die Schulter und nannte den ersten Mann einen ungeschickten Idioten, und der erste entschuldigte sich und regte sich furchtbar auf, weil er überzeugt war, dem anderen das Schlüsselbein gebrochen zu haben. Er rannte auf und ab und heulte: ›Schickt nach einem Arzt, schickt nach einem Arzt‹, und dann versuchte jemand, ihn zum Schweigen zu bringen, also schlug er nach diesem anderen Mann und traf ihn auf die Nase, und das machte ihn dann wirklich fertig, denn die Nase dieses Mannes fing an zu bluten, und er taumelte herum und drückte sich eine Serviette ins Gesicht, und selbstverständlich mußten alle anderen Anwesenden lachen wie verrückt, und dann brach die Braut in Tränen aus, weil dieses ganze Theater ihren Hochzeitstanz verdarb, also wurde der Bräutigam wütend auf den Mann, der den ganzen Schaden verursacht hatte, und schlug nach ihm und traf selbstverständlich daneben, schlug mit der Faust gegen die Mauer und brach sich einen Handknochen ...«

Alexius nickte. »Die meisten Kriege beginnen, weil jemand einen Fehler macht, und die meisten Schlachten werden eher von den Verlierern verloren als von den Siegern gewonnen. Ich bin nicht sicher, ob das die Dinge schlechter oder besser macht. Ich nehme an, es hängt davon ab, was man schlimmer findet, Bosheit oder Dummheit.« Er massierte sich die linke Wade, die eingeschlafen war. »Wahrscheinlich hat sie uns vergessen«, sagte er. »Wenn wir jetzt einfach aufstehen und gehen würden, würde dann tatsächlich irgendwer versuchen, uns aufzuhalten?«

»Wir könnten es versuchen ...« sagte Vetriz, aber in diesem Augenblick ging die Tür zur Schreibstube der Direktorin auf, und der Schreiber kam heraus, die Arme voll hastig zusammengerollter Landkarten. »Sie hat jetzt Zeit für Euch«, sagte er. »Ich wäre an Eurer Stelle vorsichtig. Es ist ein schlechter Tag.«

Alexius stand auf, stolperte dann und mußte sich auf Vetriz' Arm stützen. »Bein eingeschlafen«, erklärte er. »Oh, verdammt. Jetzt muß ich herumstolpern, und es wird aussehen, als wäre ich betrunken.«

In der Stube der Direktorin stand zwischen den beiden Besucherstühlen ein neues Möbelstück, ein kleiner, runder, dreibeiniger Tisch, auf den jemand einen Krug mit schwachem, süßem Wein und zwei wunderschöne Trinkhörner gestellt hatte, mit silbernen Rändern und Füßen und zierlichen, silbernen Ständern, um sie aufrecht zu halten. Vetriz fiel auf, daß sie aus Perimadeia stammten und recht alt waren, und es dämmerte ihr, daß irgendwo in diesem Gebäude vermutlich ganze Truhen voll solcher Dinge herumstanden – Geschenke von Gesandtschaften, fremden Staatsoberhäuptern, die auf einen Gefallen aus waren, wohltätigen Privatpersonen, die sich auf diese Weise Konzessionen verschaffen wollten, Bestechungsgeschenke und Prämien, von Kriegsbeute ganz zu schweigen. In der bewußten Kargheit der Schreibstube wirkten diese Gegenstände hoffnungslos fehl am Platz. *Ich frage mich, warum sie das getan hat,* dachte Vetriz. *Vielleicht um uns durcheinanderzubringen. Die dritte Verhandlungsregel: Verwirre und erobere.* Sie setzte sich und tat demonstrativ so, als hätte sie nichts bemerkt.

»Mein Bruder Bardas«, sagte Niessa Loredan, »hat Scona verlassen. Ich wollte nicht, daß er geht, und ich weiß nicht, wo er hingegangen ist. Wußtet Ihr das bereits?«

Vetriz sah Alexius an, der den Kopf schüttelte. »Ich hatte keine Ahnung«, sagte er.

»Ich glaube Euch.« Niessa stand auf, ging zu dem kleinen Tisch und goß Wein in die beiden Hörner. »Mit Honig und Zimt versetzt«, sagte sie zu Vetriz. »Euer Lieblingsgetränk, glaube ich.«

Vetriz lächelte dünn. »Das ist sehr freundlich von Euch«, sagte sie, nahm das Horn und hielt es ein wenig von sich weg. »Bitte versteht mich nicht falsch, aber wenn er weg ist, wozu braucht Ihr uns dann noch? Ich meine, es gibt doch keinen Grund ...«

»Im Gegenteil«, erwiderte Niessa. Sie goß sich Wasser aus einem Steingutkrug in einen einfachen Holzbecher. »Das ist genau die Art von Notfall, für die ich Euch brauche. Ihr werdet doch keine Schwierigkeiten machen, oder?«

»Was sollen wir tun?« fragte Alexius.

Niessa setzte sich hin und verschränkte die Hände. »Als erstes«, sagte sie, »sollt Ihr herausfinden, wo er ist und was er tut. Dann will ich, daß Ihr ihn zurückbringt. Schon gut, wenn es soweit ist, werde ich Euch sagen, wie Ihr das machen sollt. Es ist eigentlich ganz einfach, etwa so ...«

... Und alle drei standen plötzlich neben einem Fluß und sahen zwei junge Männer und ein Mädchen vor sich. Das Mädchen trug einen großen Korb voller Kleider, und die Männer versuchten, sie zu packen. Sie versuchte ihnen auszuweichen und zu entkommen, ohne den Korb fallen zu lassen, bis einer der Männer ihr den Korb abnahm und ihn ins Wasser warf. Das Mädchen begann ihn zu beschimpfen; er lachte und riß ihr das Kleid von der Schulter.

»Das hatte ich ganz vergessen«, sagte Niessa.

Der Stoff riß, und das Mädchen taumelte rückwärts und

stützte sich auf eine Hand, um nicht vollends hinzufallen. Der andere Mann versuchte, sie von hinten zu packen, und sie schlug ihm ins Gesicht; sie hatte einen Stein aufgehoben, und er krachte laut gegen seine Nasenwurzel.

»Seht«, sagte Niessa und zeigte auf eine einzelne Zypresse. »Da drüben ist Gorgas.«

Sie wies auf einen hochgewachsenen jungen Mann, der hinter dem Baum stand und die Zügel zweier Pferde hielt. Er achtete nicht auf das, was am Fluß geschah; er schaute über die Schulter, und Panik zeichnete sich in seiner Miene ab. Vetriz konnte nicht erkennen, wo er hinstarrte, weil eine kleine Erhöhung im Weg war, aber sie sah, wie er einen kurzen Bogen aus einer Scheide am Sattel des nächststehenden Pferdes zog. Er drückte das mit einem Haken versehene Ende des Bogens außen gegen sein rechtes Fußgelenk, hob dann den linken Fuß darüber, um den Bogen zwischen den Beinen zu packen, stemmte das linke Knie direkt unter dem Griff dagegen und setzte genug Druck ein, um den Bogen so zu biegen, daß er die Sehne befestigen konnte. Es war eine anmutige Folge von Bewegungen, flüssig und nicht sonderlich schnell, wie ein Tanzschritt, den jemand wieder und wieder geübt hat, bis er schließlich so gut wie vollkommen ist und ausgeführt werden kann, ohne daß der Betreffende auch nur im geringsten nachdenken muß.

»Ich komme häufig hierher«, sagte Niessa beiläufig. »Aber es fällt mir jedesmal etwas Neues auf. Habt Ihr das bemerkt? Er hat nicht einmal hinsehen müssen.«

Er holte eine Handvoll Pfeile aus dem Köcher, der am Hals des Pferdes hing, duckte sich unter einem niedrigen Ast hindurch und zwängte sich in einen Spalt zwischen zwei Felsblöcken. Ein leises Klicken war zu hören, als er einen Pfeil auf die Bogensehne legte.

»Er hatte diesen Bogen wirklich gern«, sagte Niessa. »Bardas hat ihn für ihn gemacht. Ich war überrascht, daß er ihn dem Ferian-Jungen geliehen hat; er hat ihn sonst niemandem geliehen und ihn eifersüchtig bewacht. Wahrscheinlich, weil er ein Geschenk von Bardas war.«

Inzwischen konnte Vetriz sehen, was Gorgas gesehen hatte: drei Männer mit Spitzhacken in den Händen.

Das Mädchen im Fluß schrie jetzt, und die beiden Männer gerieten in Panik, entschuldigten sich, schrien sie an, versuchten zu erreichen, daß sie den Mund hielt, einer brüllte, es täte ihm leid, er hätte es nicht gewollt, es sei nur Spaß gewesen; der andere schlug sie so hart ins Gesicht, daß die herbeilaufenden Männer es schon hören konnten. Der jüngste Neuankömmling stolperte, stürzte und landete schwer auf der Seite, versuchte sich wieder aufzurichten, zuckte und sackte zusammen. Dem ältesten Mann schien das nicht aufgefallen zu sein, aber der dritte drehte sich um, verlor auf dem steinigen Boden beinahe das Gleichgewicht, schaute in die Richtung, aus der der Pfeil gekommen war, und rief etwas. Dann fiel er nach hinten, als hätte man ihn umgestoßen. Der ältere Mann blieb stehen, und einen Augenblick später stürzte auch er; der Pfeil traf ihn direkt oberhalb des Herzens und ging diagonal durch ihn hindurch; die Pfeilspitze kam einen Fingerbreit unterhalb seines rechten Schulterblattes wieder heraus.

»Vierzig Meter, würde ich sagen«, bemerkte Niessa, »und zwei davon so sichere, tödliche Treffer, wie man es sich nur wünschen kann. Bei einem Bogenschützenwettbewerb hätte er zweimal ins Schwarze getroffen und einmal knapp verfehlt, was sicherlich für die Silbertrophäe gereicht hätte. Auf dem Schlachtfeld jedoch ist ein Schuß, der danebengeht, ein Fehlschuß.«

Dann stand Gorgas auf, holte ein paar mehr Pfeile aus dem Köcher und ging dahin, wo die Uferböschung sich über den Fluß hinausschob. Die beiden Männer gaben sich jetzt nicht mehr mit dem Mädchen ab, sondern starrten die Leichen an; das Mädchen schlug einem von ihnen die Fäuste auf die Schultern, aber er nahm nicht einmal Notiz davon. Sie sahen zu, wie der Bogenschütze den Bogen spannte und zielte und sie ins Visier nahm; dann fiel einer von ihnen wie ein Stein ins Wasser, und der Bogenschütze griff nach einem weiteren Pfeil. Der andere Mann begann zu rennen, ohne sich noch einmal umzusehen; das Mädchen setzte dazu an, etwas zu sagen, und dann traf sie der Pfeil. Sie fiel ...

»Jetzt kommt die Stelle, die ich gern langsamer sehen würde«, bemerkte Niessa. »Leider geht alles so schnell, daß ich es nicht genau sehen kann. Hat seine Hand gezittert, als er den Pfeil abschoß, oder hat er bewußt tief gezielt? Ob Ihr es glaubt oder nicht, es hat gar nicht so furchtbar weh getan.«

»Müssen wir uns den Rest auch noch ansehen?« wurde sie von Alexius unterbrochen.

»Schon gut«, meinte Niessa mit leicht enttäuschtem Unterton. »Es gibt auch nicht mehr viel zu sehen. Er jagt dem Jungen hinterher ... er hatte schöne Augen, dieser Cleras Hedin, aber wirklich schlechte Zähne. Der Witz war, daß er und ich uns schon tagelang heimlich miteinander amüsiert hatten – natürlich war auch Geld im Spiel, aber es war alles ganz freundschaftlich –, bevor dies alles passierte, so daß er eigentlich damit gar nichts hätte zu tun haben müssen; es war der junge Ferian, den ich nicht wollte. Aber Gorgas weiß das nicht.« Sie waren wieder im Büro der Direktorin, und der Wein in Vetriz' Hand war immer noch angenehm warm. »Jedenfalls, er wird den jungen Hedin erwischen und ihm den Schädel einschlagen, und wenn er zurückkommt, bemerkt er, daß Clefas und Zonaras auf dem Weg sind, und Bardas und ich sind nicht tot, und er gibt auf und rennt davon. Der Rest ist Gebrüll und Geschrei und Nicht-Wissen-was-zu-tun-ist, und Zonaras wird übel, als er das Blut sieht; es ist gut, daß Clefas die Ruhe bewahrt hat, oder wir wären beide tot. Aber Clefas besteht von den Schultern aufwärts aus Ziegeln; ganz gleich, was passiert, er läßt sich nicht aus der Ruhe bringen. Ein typischer Bauer eben.«

Es folgte ein Augenblick vollständigen Schweigens. Dann räusperte sich Alexius.

»Es tut mir leid«, sagte er. »Ich verstehe immer noch nicht, worum es geht. Warum wolltet Ihr, daß wir das sehen?«

Niessa lächelte liebenswürdig. »Ich wollte es nicht«, erwiderte sie. »Ihr habt mir gerade geholfen, meine Frage zu beantworten. Nun weiß ich, wo Bardas ist – er ist nach Hause gegangen. Tatsächlich«, fügte sie hinzu und goß Alexius nach, »weiß ich genau, wo er sich im Augenblick gerade befindet.«

»Dieser Fluß«, sagte Bardas, »bildete früher die Grenze; auf dieser Seite gehört uns alles von hier bis zu dem kleinen Tannenwäldchen. Die Furt befindet sich hinter jener Biegung dort.«

Er zügelte die Pferde. Auf der anderen Seite des Flusses näherten sich zwei Männer und traten gerade aus dem Schatten eines hohen Zypressenbaumes. Sie trugen die üblichen breitkrempigen Lederhüte und Spitzhacken über der Schulter.

»Da«, sagte Bardas und sprang vom Wagen. »Das haben wir wirklich gut getroffen.« Er hob die Hände über den Kopf und winkte den beiden Männern zu, die sich umdrehten und zu ihm hinschauten. »Jetzt bin ich zu Hause«, sagte er.

12

Bardas«, sagte der kleinere von beiden.

»Hallo, Clefas«, erwiderte Bardas. »Hallo, Zonaras. Schön, euch wiederzusehen.« Die beiden Männer betrachteten ihn mit festem Blick und zeigten keinerlei Gefühl. *Eine Art Wiedererkennungsritual, typisch für die Mesoge*, spekulierte Athli. *Das würde mich nicht überraschen.* Sie sah sich Bardas' lang vermißte Brüder ausgiebig an, versuchte aber, nicht allzu offensichtlich zu starren. Es bestand eine gewisse Familienähnlichkeit, besonders was das Kinn anging, und Zonaras, der größere der beiden, hatte dieselben Augen wie Bardas. Dennoch war es beinahe schockierend, Bardas' Züge bei diesen beiden unauffälligen Bauern in mittleren Jahren wiederzufinden; es war, als ginge man durch einen Basar in Inagoa oder Sizma oder einem anderen primitiven Hinterwäldlerkaff, wo sie Muscheln statt Geld benutzten, und stolperte unter all diesen schiefen, aus Tonspiralen hergestellten Töpfen und grobgeschnitzten Holzschalen über einen Gegenstand, der eindeutig von Piraten auf einem Inselschiff erbeutet worden war, etwa einen emaillierten Silberkrug oder einen Spiegel mit Elfenbeinrahmen. Clefas, der kleinere, hatte einen Bauch und dicke Backen und einen mächtigen Stiernacken; er sah etwa zehn Jahre älter aus als Bardas, obwohl sie genau wußte, daß er der jüngste der Brüder war. Der andere, Zonaras, wirkte kleiner, als er tatsächlich war, weil er O-Beine und eine schlechte Haltung hatte, und sein Haar wurde langsam schütter. Er hatte abstehende Ohren und einen struppigen Bart, der an der Kinnspitze ebenfalls schütter war, dafür an den Seiten absurd buschig. Beide hatten riesige rote Hände mit abgekauten Fingernägeln.

»Das hier ist Athli Zeuxis«, fuhr Bardas fort, »eine Freundin von der Insel. Sie ist Händlerin.«

Die Brüder sahen sie an, als wäre sie eine Stockpuppe in einem Marionettentheater. Keiner der beiden sagte etwas, aber dazu bestand auch kein Grund. Ihre Mienen schrien praktisch: *Sie heißt also Athli Zeuxis; und was sollen wir damit anfangen?* In ihrem ganzen Leben hatte sie sich noch nie so unbehaglich gefühlt. Eine Minute oder so schleppte sich dahin, und immer noch hatte keiner von ihnen ein Wort gesagt, wenn man von Clefas' kurzem Gruß einmal absah. Sie warf Bardas aus dem Augenwinkel einen Blick zu und entdeckte mit Erleichterung und einiger Erheiterung, daß er offenbar ebenso verlegen und konfus war wie sie. Ihr fiel auf, daß Bardas noch nicht einmal versucht hatte, den Jungen vorzustellen, aber das schien hier ganz normal zu sein. Kinder waren offensichtlich wie Hunde; jeder hatte eins oder zwei am Schürzenzipfel oder im Hintergrund, wo sie Streit suchten, während die Erwachsenen sich miteinander unterhielten (oder zumindest während sie stocksteif dastanden und mehr Übung darin gewannen, finster dreinzuschauen), und keiner schien zu bemerken, daß sie überhaupt da waren.

Gerade, als Athli am liebsten laut geschrien hätte oder im Stehen eingeschlafen wäre, seufzte Clefas ein wenig und sagte: »Bleibt ihr lange?«

Bardas blinzelte einmal. »Das weiß ich noch nicht«, sagte er. »Ich habe im Augenblick noch keine konkreten Pläne.«

»Ihr solltet lieber ins Haus kommen«, murmelte Zonaras im Tonfall eines Menschen, der gerade im allerunpassendsten Augenblick einen schwer verwundeten Fremden auf der Straße gefunden hat. Sein vollkommen ausdrucksloser Blick war unmerklich einem feindseligen, mißtrauischem Starren gewichen – die Miene eines Mannes, der das Schlimmste befürchtet. *Das ist seltsam*, dachte Athli. *Ich bin schließlich die völlig Fremde unter all diesen Verrückten.*

Es war nicht weit bis zum Haus, das sich als langgezogenes strohgedecktes Gebäude mit einem steilen Dach und winzigen, beinahe nutzlosen Fenstern erwies. Es gab eine riesige, mit großen rechteckigen Nägeln beschlagene Vordertür aus massiver Eiche und – an der Seite – einen Eingang ohne jede Tür, nur mit einem Brett davor, das verhinderte, daß die Hühner davonliefen. Der Hof war voller Schrott: zerbrochene, moosbewachsene Fässer, durch deren Ritzen Farnwedel wuchsen; etwas, das wie eine vollkommen funktionsfähige Egge aussah, aber von Unkraut überwuchert war, und eine Unzahl löchriger, verrosteter Blecheimer; das grünliche, verfaulende Gestell eines Karrens, den man nach und nach seiner Bretter beraubt hatte und der wie ein gestrandeter Wal aussah, aus dem die Einheimischen das beste Fleisch zum Einsalzen herausgeschnitten hatten; ein Wassertrog mit einem blubbernden Loch in der Seite und grünem Moos, das den Verlauf des auslaufenden Wassers markierte; Haut und Knochen einer riesigen Ratte, die man wohl vor einem halben Jahrhundert an einen Holzschuppen genagelt hatte, und die nun von Wind und Sonne bis zur Brüchigkeit gegerbt waren; ein Schafsschädel auf einem Pfahl, der vor Gott weiß wie langer Zeit als Ziel für Schleuderwürfe hier aufgestellt worden war, geborsten und gerissen und unglaublicherweise immer noch an einem Stück; ein hauchdünnes, rostiges Sensenblatt, das zwischen lockeren Steinen auf der Krone einer einstürzenden Mauer eingeklemmt war. Ein fettes, blindes altes Mutterschaf fraß Flechten von den Steinen am Steigblock. *Um sämtlicher Götter willen*, dachte Athli unwillkürlich, als sie vorbeigingen, *es würde sie doch sicher nicht umbringen, hier alle ... sagen wir mal fünfundsiebzig Jahre aufzuräumen?*

»Gemütlich«, flüsterte sie Bardas ins Ohr, während Zonaras umständlich die Hühnchen aus der Tür scheuchte und das Brett wegnahm.

»Mir hat es besser gefallen, als es weniger heruntergekommen war«, erwiderte Bardas. »Tritt dir die Füße ab, bevor du hineingehst.«

Es war dunkel im Haus, daher war Athlis erster Eindruck der Geruch, eine bizarre Mischung aus Käse, Rauch und Äpfeln. Es war ein starker, üppiger, köstlicher Geruch und wahrhaftig nicht das, was sie erwartet hatte. Es war auch angenehm kühl im Haus, dank der dicken Steinmauern und des gepflasterten Bodens. Als sie sich an das trübe Licht gewöhnt hatte, sah sie ein langgezogenes, kahles Zimmer vor sich, mit einer riesigen Feuerstelle an einem Ende, die aber hinter einem gewaltigen Eisenspieß mit einem kunstvollen Drehmechanismus kaum zu sehen war, und daneben einen höhlenartigen Backofen; es gab zu beiden Seiten des Raumes Alkoven, zu denen Stufen hinabführten, und einen massiven Tisch in der Mitte, der beinahe so lang war wie der gesamte Raum, mit einer niedrigen Bank auf jeder Seite. Von den Deckenbalken hingen Zwiebelzöpfe herab – so tief, daß Bardas und Zonaras sich bücken mußten –, sowie eine verblüffende Sammlung von Werkzeugen und Geräten, von denen einige so aussahen, als wären sie seit mindestens fünfzig Jahren nicht mehr benutzt worden.

»Wo ist Vaters Sessel?« fragte Bardas.

»Zerbrochen«, erwiderte Clefas. »Wir haben ihn auf den Heuboden gestellt.«

»Schade«, meinte Bardas. »Ich werde mal sehen, ob ich ihn reparieren kann.« Er setzte sich auf die Bank und stützte die Ellbogen auf den Tisch. »Und auch den Kesselhaken«, fügte er hinzu. »Ich sehe, daß es während meiner gesamten Abwesenheit niemand geschafft hat, den zu reparieren.«

Clefas und Zonaras sahen einander an, dann setzten sie sich ihm gegenüber, was Athli an einen spannungsgeladenen Augenblick bei langwierigen Vertragsverhandlungen erinnerte, an den Zeitpunkt, an dem beide Parteien aufhören, um den heißen Brei herumzureden und endlich zum Thema kommen. Sie hockte sich auf die Tischkante am anderen Ende, während der Junge einen dreibeinigen Hocker heranzog und sich darauf niederließ.

Clefas holte tief Luft. »Wenn es dir ums Geld geht«, sagte er, »hast du Pech gehabt.«

Bardas runzelte die Stirn. »Nein, darum geht es nicht«, erwiderte er, »ich habe es euch geschickt, damit ihr es verwenden könnt, obwohl ich hier keine großen Anzeichen davon entdecke.«

»Es ist alles weg«, sagte Zonaras.

Das schien Bardas vollkommen zu verblüffen. »Was meint ihr mit weg?« sagte er. »Kommt schon, sagt, was Sache ist.«

Zonaras zuckte mit den Schultern. »Es ist weg«, sagte er. »Wir haben es nicht mehr. So einfach ist das.«

Athli wußte, was dieser Blick bedeutete – Bardas stand kurz vor einem Wutausbruch. »Red keinen Quatsch«, meinte er vergnügt. »Ich habe euch genug Geld geschickt, um dieses ganze, verfluchte Tal zu kaufen. Und ich nehme an, genau das habt ihr getan, stimmt's?«

Clefas und Zonaras sahen einander an. »Wir haben den Hof gekauft«, sagte Clefas. »Diesen Hof hier.«

»Und?« Bardas beugte sich ein Stück vor. »Kommt schon, dafür hat schon das gereicht, was ich euch im ersten Jahr geschickt habe. Was habt ihr mit dem Rest gemacht?«

Das ist es also, dachte Athli. *Das hat er damit gemacht. Er hat alles nach Hause geschickt.* Solange sie ihn kannte, hatte er als Gerichtsfechter in der Stadt Unmengen von Geld verdient und offenbar nie ein Kupferviertel davon ausgegeben; er hatte in einem elenden trostlosen Zimmer in einer Mietskaserne gewohnt, trockenes Brot und billigen Käse gegessen und den Rest des Geldes seinen Brüdern hier in der Mesoge geschickt. Sie spürte, wie ihr die Kinnlade nach unten fiel – schließlich wußte sie mehr oder weniger genau, um wieviel Geld es ging, denn sie war seine Kanzlistin gewesen und hatte von ihrem Fünf-Prozent-Anteil gut leben können. Es war mehr als genug, um dieses elende Tal zu kaufen; die Loredan-Brüder hätten in einem Schloß in der Mitte eines künstlich angelegten Sees wohnen müssen, mit langen Platanenalleen und einem Modelldorf in diskreter Entfernung, in dem die Arbeiter des Anwesens wohnten. Jeder Kampf, jede Verschlechterung seiner ohnehin obszön geringen Chancen, jeder Blutstropfen, den er vergossen hatte, jeder Morgen, an dem er aufgewacht war und aus seinem winzigen Fenster zu einer Sonne hinaufgeschaut hatte, die am Abend vielleicht nicht mehr da sein würde – wo im Namen aller Götter konnte das alles hingegangen sein, so daß die Brüder immer noch in diesem Elend lebten?

»Wir haben die Mühle gekauft«, sagte Zonaras nach einer Weile. »Aber sie ist abgebrannt.«

»Wir haben sie wieder aufgebaut«, fügte Clefas hinzu, »aber dann hat Leucas Meuzin drüben in Frauenwald eine andere gebaut und weniger verlangt als wir, also haben wir es aufgegeben.«

»Also gut«, meinte Bardas, »ihr habt also einen Fehler gemacht. Doch das ist nur ein Tropfen im Ozean. Was ist mit dem Rest?«

Und dann begann die lange, ermüdende Aufzählung einer absurden Liste, bei der Athli am liebsten vor Lachen laut losgebrüllt hätte. Wenn sie sich nach der Rückkehr zur Insel noch an alle Einzelheiten erinnern konnte, würde sie auf jedem Fest die Lacher auf ihrer Seite haben – allein schon der lustige Akzent und wie die beiden einander unterbrachen wie zwei berufsmäßige Geschichtenerzähler. Da war der Viehfrachter, der einmal im Monat nach Perimadeia fuhr und unglaublich schnelle, hohe Gewinne bringen sollte, nur daß er schon auf der ersten Fahrt auf einen Felsen auflief und sank. Dann war da das Fischwehr im Schwarzwasserfluß, um die Lachse zu fangen, aber es gab Probleme, und die Bauarbeiten dauerten statt des veranschlagten Monats ein ganzes Jahr, und es mußten – in einem eigens dafür umgebauten Schiff – Unmengen von Steinen aus Basleen herangeschafft werden; und schon im ersten Jahr funktionierte alles so gut, daß der Lachs im Schwarzwasserfluß nun ausgestorben war, und das Fischwehr hatte sich verstopft, und es hatte ein Hochwasser gegeben, und sie hatten den Nachbarn die Trockenlegung ihres überfluteten Landes bezahlen müssen. Dann war da die Zinnader, die jemand droben im Moor entdeckt hatte: ein Vermögen, das nur darauf wartete, abgebaut zu werden; die Salzgewinnung und die Austernkörbe an der Küste, die Vorräte von feinem weißem Sand in den Dünen hinter Tornoys, die die Grundlage einer Glasindustrie werden sollten, die in der Welt nicht ihresgleichen hatte; der Frachtwagen in Lihon; die Diamantenmine und das Teppichwebersyndikat und die Zedernplantage und selbstverständlich die Bank der Mesoge ...

»Aber warum?« unterbrach Bardas die Litanei. »Meine Güte, Clefas, warum hast du nicht einfach Land gekauft, wie ich es dir gesagt habe?«

Clefas sah ihn mürrisch an. »Aber wir wollen keine Bauern mehr sein«, sagte er. »Wir wollen wie – wir wollten Geld machen und reich sein.«

»Ihr wolltet wie Niessa sein«, sagte Bardas leise. »Wenn sie es kann, könnt ihr es auch.«

Zonaras schlug mit der riesigen flachen Hand auf den Tisch. »Es ist einfach ungerecht«, sagte er, »daß sie eine Bank leitet und Unmengen Geld hat, wo sie doch eigentlich mit Gallas verheiratet war und eine ganz normale Frau hätte sein sollen. Wenn sie das alles haben konnte, wollten wir es auch. Ich denke, wir hatten einfach nicht soviel Glück wie sie. Und jetzt ist Perimadeia gefallen«, fügte er verbittert hinzu. »Und es gibt kein Geld mehr, und wir sind verdammt noch mal immer noch hier.«

In diesem Moment wünschte sich Athli nichts sehnlicher, als daß Bardas Zonaras über den Tisch ziehen und ihm die Fresse einschlagen würde. Aber er regte sich nicht. Nach längerer Zeit strich er sich das Haar aus der Stirn und sagte: »Was habt ihr noch übrig? Ist noch irgendwas da?«

Clefas nickte. »Wir haben den Hof, wie ich schon sagte. Und als Palas Rafenin gestorben ist, haben wir seinen Hof gekauft, das sind weitere dreißig Hektar. Und das Gelände oben im Moor, wo die Zinnmine sein sollte, das haben wir für neun Viertel im Jahr an Teufas Tron verpachtet. Und dann gibt es noch die Rosenholzplantage, aber die wird noch weitere fünfzig Jahre lang nichts wert sein ...«

»Nichts«, sagte Bardas. »Alles weg. Wunderbar. Ich habe all diese Jahre jeden Schwindler und Betrüger der Mesoge ernährt, und meine eigenen Brüder sitzen immer noch hier und hüten Schafe und hacken Zwiebeln.« Er zog die Fingerspitzen über die Wangen bis zum Kinn. »Ihr elenden Narren, ich habe versucht, für euch zu sorgen, für uns alle zu sorgen. Ich wollte, daß sich niemand mehr um etwas Gedanken machen muß, und wie du schon gesagt hast, Zonaras, wir sind verdammt noch mal immer noch hier, wo wir angefangen haben.«

»Heris«, rief Gorgas Loredan, »ich bin wieder da.«

»Wir sind im Säulenhof«, erwiderte seine Frau. Er lächelte, warf die schwere Tasche, die er getragen hatte, einfach hin und ging durch den Schatten der Halle in den Hof hinaus.

Dort bot sich ihm ein ausgesprochen anheimelnder Anblick: Seine Frau saß auf ihrem Lieblingsstuhl aus Zedernholz und nähte. Zu ihren Füßen spielte seine Tochter Niessa mit ihrem kleinen Holzpferd auf Rädern. Hinter ihr lag sein Sohn Luha auf dem Bauch im Gras, auf die Ellbogen gestützt, und las in einem Buch, und zu seiner Rechten hockte auf einem kleinen Ebenholzhocker das neueste Mitglied der Familie, seine Nichte, der ihre Zofe das Haar kämmte. Es war schön zu sehen, wie gut sie sich gemacht hatte; zwar würde niemals eine Schönheit aus ihr werden oder auch nur mehr als ein durchschnittlich aussehendes Mädchen mit einem Hauch Fremdartigkeit, nur Knochen und Augenhöhlen. Aber zumindest war sie sauber und anständig angezogen, in einem von Heris' alten Leinenhängern und einem guten, einfachen Paar Sandalen. »Hallo«, sagte er. »So etwas sehe ich gern: die ganze Familie fleißig. Was gibt's Neues?«

Heris warf einen Blick auf eine Wachstafel, die auf der Armlehne ihres Sessels lag. »Vido hat die Steuerabrechnung gebracht, sie liegt auf deinem Schreibtisch. Ein Mann namens Bemond Grus möchte gern mit dir über fünfhundert Paar Stiefel sprechen, frei Schiff, es ist der *Seefalke*, was immer das bedeutet. *Sie* hat jemanden geschickt, um zu fragen, ob du schon wieder da bist, aber keine Nachricht beigefügt. Oh, und ich habe diese Überschreibungen erledigt, alle bis auf die lange, für die wir ein anderes Formular brauchen.«

»Hast du? Das ist ja wunderbar«, erwiderte Gorgas und versuchte sich zu erinnern, wovon sie eigentlich sprach. Es schien lange her, daß er nichts anderes zu tun gehabt hatte, als an Papierkram zu denken. *Wie wunderbar muß es sein*, dachte er, *sich zu langweilen.* Er holte sich ein Kissen vom Stapel, warf es ins Gras und streckte sich aus wie ein guter Hund, der einen ganzen Tag lang Schafe gehütet hatte. »Und was war alles los in meiner Abwesenheit?« fragte er. »Luha, wie hast du bei der Arbeit abgeschnitten, bei der ihr dichten mußtet?«

»Neun von zehn Punkten, Vater«, erwiderte der Junge, ohne von seinem Buch aufzuschauen.

»Nicht übel«, sagte Gorgas. »Hat irgendwer die zehn Punkte erreicht?«

»Nein. Na ja, doch. Ruan Acher, aber sein Vater ist Dichter, also ...«

Gorgas runzelte die Stirn. »Das ist egal«, sagte er. »Neun von zehn ist gut, versteh mich nicht falsch, aber zehn wäre besser gewesen. Wenn Ruan Acher das kann, solltest du es auch können.«

»Aber Vater, es waren Gedichte«, sagte der Junge. »Wann sollte ich jemals wieder dichten wollen? Es ist doch eigentlich für überhaupt nichts gut.«

Das Stirnrunzeln wuchs sich zu einer mißbilligenden Miene aus. »So etwas will ich nicht noch einmal hören«, sagte Gorgas. »Du solltest gute Arbeit nicht durch eine schlechte Einstellung verderben. Nach dem Abendessen will ich sehen, was du geschrieben hast; wir werden alles durchgehen, und vielleicht kann ich ja herausfinden, wo du etwas falsch gemacht hast. Niessa«, fuhr er fort und drehte den Kopf so weit, daß er sie sehen konnte, »hast du Flöte spielen geübt, wie du versprochen hast?«

»Ja, Vater«, erwiderte das kleine Mädchen stolz. »Und Doktor Nearchus sagt, ich sei allen anderen in der Klasse beinahe ein ganzes Jahr voraus. Soll ich meine Flöte holen und dir etwas vorspielen, Vater?«

»Das wäre nett«, sagte Gorgas. »Du darfst gehen.«

Niessa trollte sich, und Gorgas stützte sich auf einen Ellbogen. »Was ist mir dir, Iseutz?« sagte er. »Gewöhnst du dich langsam ein?«

Seine Nichte sah ihn an, und ihre Mundwinkel zuckten. »Ganz bestimmt, Onkel Gorgas«, sagte sie. »Gestern haben wir uns um meine Zähne gekümmert, heute sind meine Haare dran. Und morgen meine Fingernägel, obwohl ich nicht annehme, daß es wirklich einen ganzen Tag dauern wird. Kann ich den Nachmittag frei haben, wenn wir früher fertig werden?«

Gorgas schnaubte. »Darf ich das so verstehen, daß du noch nicht bei deiner Mutter gewesen bist?« fragte er. »Du weißt doch, je eher du es angehst, desto eher wirst du es hinter dir haben.«

»Aber Onkel«, erwiderte sie mit einem angenehmen Hauch Entsetzen in der Stimme, »du kannst doch nicht von mir erwarten, daß ich Mutter besuche, bevor ich fertig bin. Das wäre nicht richtig.«

Gorgas zuckte mit den Schultern. »Tu, was du für richtig hältst«, sagte er. »Erwarte nur nicht von mir, daß ich unendlich lange zwischen euch vermittle, das ist alles. Du weißt, daß du hierbleiben kannst, solange du willst, aber ...«

»Dann werden wir sehen müssen, daß wir meine Zehennägel außerplanmäßig erledigen«, sagte sie. »Vielleicht sollten wir eine Nachtschicht einlegen.«

Heris drehte sich um und warf Iseutz einen scharfen Blick zu, sagte aber kein Wort. Das Mädchen schaute einen Augenblick lang peinlich berührt drein, dann sagte sie: »Ich tue wirklich mein Bestes. Wenn ich nähen könnte, würde ich nähen, aber ich kann nicht. Und ich will meine Mutter nicht besuchen. Ich kann mir nicht vorstellen, was ich ihr sagen könnte, was alles nicht zehnmal schlimmer machen würde.«

»Das kann ich nicht glauben«, erwiderte Gorgas.

»Und außerdem«, fuhr sie fort, ohne auf seine Bemerkung einzugehen, »was um alles in der Welt bringt dich auf die Idee, daß sie mich überhaupt sehen will? Wenn sie so verrückt danach ist, wieso kommt sie dann nicht hierher? Oder schickt zumindest eine Botschaft oder so was?«

»Sie ist eine vielbeschäftigte ...« setzte Gorgas an.

»Ja«, unterbrach ihn das Mädchen. »Ich weiß, und das ist gut so. Sie kann beschäftigt sein, und ich werde hier sitzen und mich wieder zusammensetzen lassen wie etwas, das die Katze von der Fensterbank geschubst hat, und alle sind glücklich. Komm schon, Onkel, was genau läßt dich eigentlich glauben, daß wir einander alle lieben *wollen*?«

Es folgte ein Augenblick vollkommener Stille; dann raffte Heris rasch ihr Nähzeug zusammen und verschwand, und Gorgas kam langsam auf die Beine und setzte sich neben seine Nichte. Sie hielt ihren Oberkörper reglos, zuckte mit dem Kopf aber unwillkürlich ein wenig zurück.

»Schon gut«, sagte Gorgas so leise, daß sie es kaum hören konnte. »Alles in Ordnung. Gib einfach auf. Du hast immerhin bewiesen, was du beweisen wolltest – im Gefängnis und zuvor in der Stadt. Du hattest ein gutes Leben vor dir, hättest heiraten und leben können, wie man es tun sollte, und dann kam dieser Bardas Loredan und hat den Mann getötet, den du heiraten wolltest, und dieses Leben war plötzlich nicht mehr möglich. Also hast du auf der Stelle beschlossen: kein Kompromiß, kein Fingerbreit Nachgiebigkeit, du wolltest Gerechtigkeit oder Rache, oder wie immer du es nennen willst – nicht, daß das jetzt noch einen Unterschied machen würde. Weißt du was? Du hast versagt. Eine einzige Verschwendung von Zeit und Blut, und das alles nur um des Melodrams willen.« Er war jetzt ganz dicht an ihrem Ohr, wie ein ungeschickter Junge, der sich bei einer Hochzeitsfeier langsam auf einer Bank auf ein Mädchen zuschiebt, vor der er eigentlich schreckliche Angst hat. »Sieh dich doch an. Du siehst schrecklich aus. Es fehlen sogar Stücke von dir. Aber ich bin hier und deine Mutter auch, und wir geben niemals auf – nicht, weil irgend etwas angeblich unmöglich ist, nicht wegen Armeen oder Stürmen auf See oder Pestilenzen oder Feuersbrünsten oder weil die Erde sich auftut und ganze Städte verschlingt, und ganz sicher nicht wegen eines Melodrams. Es ist mir gleich, was du willst oder wie du empfindest, sogar in welchem unsäglichen Zustand und was für eine Verschwendung von gutem Essen und Wasser du bist; niemand in dieser Familie gibt auf, weil wir da draußen eine Menge Feinde haben, mehr als Shastel und Temrai zusammengenommen, und auf unserer Seite gibt es nur *uns*. Hast du das verstanden?«

»Das ist es also? Wir müssen einander lieben, weil es sonst nie jemand konnte?«

Langsam breitete sich ein Lächeln auf Gorgas' Gesicht aus. »Du hast es erfaßt«, sagte er. »Hier bin ich; nun, das muß ich nicht weiter erklären. Dann gibt es deinen Onkel Bardas, der seinen Lebensunterhalt damit verdient hat, Menschen zu töten, und der schuld daran ist, daß die Nomaden Perimadeia zerstört haben. Dann bist du da. Und deine Mutter.«

Iseutz nickte. »Also gut«, sagte sie. »Nur aus Neugier, was hat sie getan?«

»Oh, sie ist die Beste von uns«, sagte Gorgas leise. »Ich töte zur Selbstverteidigung, Bardas hat für andere getötet, du willst aus Rachegefühlen töten oder was immer es ist, das diese Löcher in dein kleines Hirn frißt, aber deine Mutter hat eine ganze verdammte Stadt zerstört, und weißt du warum? Nicht aus Rache, obwohl die Götter selbst wissen, daß sie Grund dazu hatte. Nicht, weil sie es tun mußte. Sie hat Perimadeia zerstört, um Geld zu sparen.« Er grinste plötzlich, als sei ihm ein wunderbarer Witz wieder eingefallen. »Nicht um Geld zu verdienen, nein, um es zu sparen. Sie hatte genug davon, Zinsen für das Geld zu zahlen, das sie in Perimadeia geliehen hatte, um diese verfluchte Bank zu gründen – sinnlos verschwendetes Geld, sagte sie immer –, also hat sie mich geschickt, damit ich die Tore öffne und die ganze verdammte Stadt zerstöre. Ist das nicht wunderbar? Ich finde schon. Sie mag ein elendes Miststück sein, aber man muß ihre Entschlossenheit wirklich bewundern.«

Iseutz bewegte den Kopf ein wenig und sah ihm in die Augen. »*Du* hast die Tore geöffnet.«

»Ja. Es war die Idee deiner Mutter, und ich habe sie ausgeführt.«

»Aha.« Iseutz nickte. »Und du hast sie ausgeführt.«

»Es entsprach zufällig auch meinen eigenen Interessen«, meinte Gorgas, »aber ich bin nicht der Typ, der so einfach die Initiative ergreift. Sie hat es vorgeschlagen, und ich habe zugestimmt.«

Iseutz sah ihn lange Zeit an. »Onkel Gorgas«, sagte sie, »warum tust du so, als ob du deine Familie liebst, wenn du sie doch noch mehr haßt als ich?«

Gorgas dachte einen Augenblick nach. »Du bringst da etwas durcheinander«, sagte er. »Du verwechselst Haß mit dem Erkennen des Bösen.« Er wandte sich einen Moment ab, ein Mann daheim, der seinen Garten genoß. »Glaubst du wirklich, es ist nicht möglich, jemanden zu lieben, auch wenn man weiß, daß er etwas Böses in sich hat? Du überraschst mich; ich hätte dich für erwachsener gehalten. Glaubst du etwa, daß meine Frau mich nicht irgendwo in einem Teil ihres Kopfes liebt? Glaubst du, ich liebe Bardas, meinen Bruder, nicht? Oder Niessa, oder dich? Es ist seltsam«, fügte er hinzu und lehnte sich zurück, »so offen sprechen zu können; ich nehme an, es liegt daran, daß ich soviel mit dir gemeinsam habe.«

»Findest du?«

»Sei nicht beleidigt. Ich mag dich. Du hilfst mir, eine Menge Gedanken in Worte zu fassen, die seit Jahren in meinem Kopf brennen. Komm schon«, sagte er und setzte sich wieder aufrecht hin, »sag mir, was du von mir hältst. Es stört mich nicht.«

Iseutz überlegte sich ihre Antwort so sorgfältig wie eine Schülerin im Unterricht. »Was du mir gerade gesagt hast«, meinte sie, »kann ich nicht im geringsten verstehen. Ich meine, ich weiß, daß es möglich ist; man kann ein Tor öffnen, es geht nur darum, ein paar Riegel zurückzuziehen, einen Balken herauszuheben, und weil dieses Tor offen ist, kann eine Stadt fallen, und Tausende von Menschen können sterben. Es ist der Gedanke, daß jemand so etwas *absichtlich* tun könnte, der mir Schwierigkeiten bereitet.« Sie fuhr sich mit ihren Fingerstummeln über die Unterlippe. »Hat es dir Spaß gemacht?« fragte sie. »Hat es dir gefallen?«

»Muß ich darauf antworten?« erwiderte Gorgas.

Sie schüttelte den Kopf. »Nein, das war eine alberne Frage. Es wäre zu einfach, es einer Art von Wahnsinn zuzuschreiben, dich auf eine Stufe mit den Verrückten zu stellen, die in den Wäldern kleine Kinder umbringen. Also, wie lautet dann die Antwort? Daß ihre Gesetze nicht auf uns zutreffen?«

Gorgas schob die Unterlippe vor. »Ich glaube, da ist was dran«, meinte er. »Ich sehe unsere Familie wie einen kleinen Trupp Soldaten, wie diesen Stoßtrupp aus Shastel. Wir sind tief im Feindesland und zahlenmäßig unterlegen; alle sind gegen uns, und wir können keine Hilfe und keine Verstärkung von außen erwarten. Also tun wir, was wir tun müssen, und wir müssen miteinander zurechtkommen, weil die anderen so viele sind und wir so wenige; sie sind der Feind, und wir haben auch ein Recht zum Überleben. Also nimmt sich der Stoßtrupp, was er braucht, tut, was er tun muß, zieht weiter, und wenn man weiß, daß sie keine Gefangenen machen, kann man es gleich vergessen, sich zu ergeben. Ich stelle es mir gern so vor, als würden wir einer anderen Tierart angehören. Es ist in Ordnung, Tiere zu töten, um etwas zu essen zu bekommen, oder Felle oder Leder, oder weil sie ihr Nest in dein Dach gebaut haben und dich stechen, sobald du herauskommst. Nicht, daß wir besser wären als sie, nur anders. Es gibt Leute, die darf man töten und andere nicht. Deshalb kann ich Bardas verzeihen, und deshalb solltest du das auch tun.«

Iseutz zuckte mit den Schultern. »Ich muß zugeben, daß er vielleicht der Beste von uns ist. Aber er ist auch derjenige, der *mir* Schaden zugefügt hat. Also ist er der einzige, den ich wirklich hasse. An den Rest will ich lieber gar nicht denken.«

Gorgas nickte. »Es gibt auch keinen Grund dazu«, sagte er. »Es klingt vielleicht so, als würde ich mich wegen dieser ganzen Sache quälen, aber das tue ich nicht. Es geht um diesen Begriff – *böse*; er stimmt irgendwie nicht. Wäre es besser zu sagen, es ist eine andere Perspektive, was den Wert eines Menschenlebens angeht, in absoluten statt in subjektiven Begriffen?«

Er stand auf. »Weißt du, ich freue mich wirklich, daß wir darüber gesprochen haben. Es hat irgendwie die Atmosphäre gereinigt, findest du nicht?«

Iseutz machte eine vage Geste. »Hast du es wirklich getan?« fragte sie. »Die Tore der Stadt geöffnet und den Feind hineingelassen?«

Gorgas zuckte die Schultern. »Ein Haufen Feinde hat einen Haufen anderer Feinde getötet«, sagte er. »Ich habe diesen Kampf nicht angezettelt. Ich habe keinen einzigen Perimadeianer getötet. Ich habe einen Riegel oder zwei zurückgezogen.

Onkel Bardas hat den Krieg auch nicht begonnen. Temrai hat den Krieg nicht begonnen. Auch dein Großonkel Maxen hat den Krieg nicht begonnen.«

»Ihr Götter«, sagte Iseutz. »Den hatte ich ganz vergessen.«

»Und ich sage dir noch was«, meinte Gorgas und bückte sich, um einen leeren Teller aufzuheben. »Dein Vater hat deine Mutter nicht vergewaltigt; es war nur ein Geschäft.« Er runzelte die Stirn. »Ich glaube, ich habe nichts ausgelassen. Zumindest war ich offen mir dir, und das ist etwas, worauf ich stolz bin: den Leuten gegenüber offen zu sein. Es ist so, wie das Sprichwort sagt: Seine Freunde kann man sich aussuchen, seine Verwandten nicht.«

»Doktor Gannadius!«

Wenn ich nur so alt wäre, wie ich mich fühle, wäre ich auch taub und könnte dich nicht hören. Gannadius beschleunigte seinen Schritt ein wenig.

»Doktor Gannadius! Wartet!«

Keine Chance, dachte Gannadius bedrückt. Selbst wenn er stocktaub oder gar tot gewesen wäre, hätte er eine so laute Stimme nicht überhören können. Er sah sich um und entdeckte Volco Bovert, der sich wie eine drohende Prophezeiung unaufhaltsam näherte. »Meister Bovert«, sagte er höflich.

»Ihr seid wirklich schwer zu finden, Doktor«, meinte Bovert keuchend. Es gab eine schreckliche Menge Volco Bovert, vielleicht mehr, als selbst in den schlimmsten Notfällen nötig sein würde; das war in gewisser Weise eine Ironie, da er der offizielle Tribun der Armen war. »Ich glaube, wir sollten uns einmal ernsthaft über das Scona-Problem unterhalten.«

»Mit Vergnügen«, seufzte Gannadius. Er hatte erst ein paarmal mit Tribun Volco gesprochen, bei dem einen oder anderen Fakultätsempfang, aber er kannte ihn gut genug, um bereits von seiner unerträglichen Gewohnheit zu wissen, die Welt und alles, was geschah, zu einem Geschäftsordnungspunkt zu machen; daher wurde alles, was mit Scona und dem Krieg zu tun hatte, zum »Scona-Problem«, ebenso, wie alles, was mit den Handelsaktivitäten der Stiftung zu tun hatte, als »das Thema Zahlungsausgleiche« zusammengefaßt wurde, während die Summe menschlichen Wissens und alle Versuche, es auszudehnen oder zu klären, unter den Begriff »die Lehrplandebatte« fielen. Man brauchte nicht sonderlich zu betonen, daß die Tugend, die ihm in der Hierarchie von Shastel eine so hohe Stellung verschafft hatte (wenn man einmal davon absah, daß er der fünfte in der Rangordnung der Familie Bovert war), aus der Klarheit seines Denkens und der Fähigkeit bestand, alles Fett abzuschälen und sich auf das Fleisch zu konzentrieren. *Zu Hause*, dachte Gannadius, *hatten wir ein Wort für solche Leute. Es hatte fünf Buchstaben und reimte sich auf »Midiot«.*

Die gewaltige Präsenz von Tribun Volco drängte ihn in eine Nische in der Mauer des Säulengangs, und er hockte sich auf den Kopf einer niedrigen Löwenstatue, während Volco sich bequem auf einem breiten Steinsims niederließ. »Danke, daß Ihr soviel Zeit erübrigt«, meinte Volco. »Also gut, was Scona angeht – wir müssen etwas unternehmen.«

Einen Augenblick lang war Gannadius vollkommen verwirrt. Alles, was ihm einfiel, war, daß Volco aus irgendeinem Grund, der mit den bizarren Komplikationen der Fraktionspolitik zu tun hatte, wollte, daß er, Gannadius, den nächsten Stoßtrupp anführte, und das wollte er nun wirklich nicht. Er umkreiste die Idee immer noch vorsichtig, als Volco schon fortfuhr. »Wißt Ihr«, sagte er so leise, daß es wahrscheinlich schon eine Meile entfernt nicht mehr zu vernehmen war, »wir glauben, daß eine militärische Lösung – eine konventionelle militärische Lösung – im Augenblick nicht das Ideale ist. Wir gehen daher davon aus, daß die Zeit dafür reif ist, *andere Vorgehensweisen* zu erforschen.«

Ihr Götter, wurde Gannadius mit einer Mischung aus Amüsement und Entsetzen klar, der Fettsack spricht von Magie. Er will, daß ich die Feinde weghexe. Er bildet sich tatsächlich ein ...

Die Vision, oder wie immer man es nennen wollte. Die große Flotte mit den Ruinen von Scona im Hintergrund. Und Bardas Loredan, der die Armee führte.

Er schüttelte sich wie ein Hund, der aus dem Fluß steigt. »Mit allem Respekt«, sagte er, »ich verstehe nicht, wie ein abstrakter Philosoph wie ich es sich anmaßen könnte, einen Praktiker wie Euch ...«

»Andere Vorgehensweisen«, wiederholte Volco. »Oh, ich habe alles über die mannhaften Anstrengungen gehört, die Ihr und Patriarch Alexius um Perimadeias willen unternommen habt. Nun könnte man zwar behaupten, daß diese Anstrengungen auffällig erfolglos waren, aber wir sind der Ansicht, daß im Zusammenhang mit dem perimadeianischen Krieg alle derartigen Anstrengungen, mögen sie auch noch so gut gemeint und fähig durchgeführt worden sein, von Anfang an zum Scheitern verurteilt waren. In Sachen Scona-Problem hingegen ...«

Gannadius sah dem Tribun in die Augen. Es bestand kein Zweifel, der Mann glaubte tatsächlich an Magie – selbstverständlich tat er das, schließlich war Magie eine so hervorragende Lösung für die Probleme, mit denen seine Fraktion und die Familie Bovert zu tun hatten, daß sie einfach helfen *mußte*. Es würde funktionieren, und wenn auch nur, weil Volco Bovert es unbedingt brauchte.

Was wirst du also tun? Dich weigern? Das ist nicht anzuraten, da deine Stellung hier auf einer ganzen Reihe irreführender Andeutungen beruht, die darauf abzielten, den Eindruck zu vermitteln, daß Magie tatsächlich funktioniert, und daß du weißt, wie man zaubert. Es geschieht dir ganz recht, weil du versucht hast, als Scharlatan zu leben.

»Ich verstehe, was Ihr meint«, unterbrach Gannadius den Tribun, und dann hatte er eine Eingebung. »Und selbstverständlich habe ich bereits einige Zeit aktiv die Möglichkeiten erforscht. Aber ich muß leider sagen, daß ich auf eine Schwierigkeit gestoßen bin.«

»Eine Schwierigkeit«, sagte Volco, als bezöge er sich auf ein abstruses mythisches oder heraldisches Ungeheuer. »Ich verstehe. Was für eine Art von Schwierigkeit?«

»Es ist sehr einfach«, meinte Gannadius. »Ihr habt mich, aber Scona hat Patriarch Alexius. Ich fürchte, wir gleichen einander aus. Das bedeutet«, setzte er sein verzweifeltes Hundepaddeln in einem Meer der Selbstverachtung fort, »daß ich seine Flüche abwehre und er die meinen. Mit dem Ergebnis, daß keiner von uns tatsächlich etwas erreicht – außer daß wir beide dafür sorgen, daß Magie von keiner Seite einfach so eingesetzt werden kann.«

Volcos Nase zuckte, als Gannadius das fatale Wort *Magie* aussprach – einen Begriff, den er nicht benutzt hätte, wäre er nicht mehr oder weniger am Ende seiner Möglichkeiten gewesen und daher gefährlich nachlässig in seiner Wortwahl. Aber sobald das Wort ausgesprochen war, veränderte sich Volcos Haltung vollständig; plötzlich war er wie ein Schwein, das das Knarren der Stalltür gehört hatte.

»Faszinierend«, sagte er, »aber wir dürfen die, äh, metaphysische Vorgehensweise nicht so leicht aufgeben. Es ist nur eine Frage der Ressourcen ...«

Ah ja, jetzt geht es los. Baut mehr Schiffe. Rekrutiert mehr Soldaten. Kauft größere und stärkere Magie.

»Zeifellos«, meinte Gannadius, »aber bedauerlicherweise sind diese Ressourcen nicht leicht zu haben. Um es einfacher auszudrücken: Um ihre Magie zu schlagen, brauchen wir mehr und bessere Magier, und ich fürchte, was unsere magischen Ressourcen angeht ... Ihr steht ihnen gerade gegenüber.«

Volco blinzelte, als wäre gerade ein Pferd durch eine Pfütze vor seinen Füßen galoppiert und hätte ihn mit Schlamm bespritzt. »Ich verstehe«, sagte er. »Und was ist mit den Rebellen? Haben sie andere und bessere Magier?«

»Nicht soweit ich weiß«, erwiderte Gannadius vorsichtig. »Obwohl ich zugeben muß, daß ich da nicht vollkommen sicher sein kann. Ich fürchte, das liegt in der Natur der Sache, Tribun – wir werden nicht wissen, worüber sie verfügen, bis sie uns damit treffen.«

Volco dachte einen Augenblick nach; er sah aus wie ein Vulkan, der versucht, sich an die Worte eines Liedes zu erinnern. »Dieser Alexius«, sagte er. »Wärt Ihr imstande, ihn zu neutralisieren, zu bewirken, daß er harmlos für uns ist?« Ein unheilverkündender Tonfall. »In diesem Fall wärt Ihr dann doch sicher in der Lage ...«

»Tribun«, warf Gannadius mit einem wie er hoffte entwaffnenden Lächeln ein, »das würde ich gern tun, aber ich kann es nicht. Ich sage es nur ungern, aber es ist wirklich nichts zu machen. Und ich könnte es nicht ertragen, daß Ihr Eure Kraft mit Spekulationen über sinnlose Möglichkeiten vergeudet.«

Volco erhob sich. »Ich danke Euch für diese Auskünfte, Doktor«, verkündete er. »Ihr werdet es mich zweifellos wissen lassen, wenn sich an der Situation etwas ändert.«

Wunderbar, dachte Gannadius, als er zusah, wie der Tribun den Säulengang entlangrollte, *nun habe ich mir einen Mann zum Feind gemacht, der niemals seinem Hammer verzeihen wird, daß er einen Nagel schief eingeschlagen hat.* Er stand auf, dachte kurz nach und ging dann in die entgegengesetzte Richtung zum Büro des Arbeitsverwalters.

Der Posten des Arbeitsverwalters war wie jede Tätigkeit auf Shastel, die mit manikürten Nägeln ausgeführt werden konnte, rein formeller Natur; das heißt, der Verwalter war ein vielbeschäftigter Mann mit einer wichtigen und verantwortungsvollen Stellung, aber seine Arbeit hatte nichts mit dem zu tun, was sein Titel andeutete. So ruhte zum Beispiel die Verantwortung dafür, daß die Gebäude nicht einstürzten, auf den Schultern des Dekorationshofmeisters, der dem Namen nach dafür zuständig war, die Kriegerdenkmäler mit frischen Blumen zu verschönern.

Was dieser Verwalter tat, war unendlich viel wichtiger. Weil sie vor Urzeiten einmal dafür zuständig gewesen waren, den diversen Diskussionsgruppen Versammlungsräume zuzuweisen, waren die Inhaber dieses Amtes im Lauf der Zeit zu einer Art halboffizieller Schiedsrichter jeglicher Fraktionsaktivitäten geworden. Bei Debatten der Ratsversammlung sorgte der Verwalter dafür, daß das Protokoll eingehalten wurde, und außerhalb des Rates war er der einzige, der als Schlichter in Fraktionsdisputen einschreiten konnte. Da diese Stellung einem Mann von unbezweifelbarer Neutralität zufallen mußte, kämpften die Fraktionen wie die Tiger, sie für einen ihrer Führer zu sichern, und im Augenblick war dies den Separatisten gelungen, was Jaufrez Mogre zum derzeitigen Amtsinhaber machte.

»Hallo, Doktor«, sagte Mogre und blickte von dem Papier auf, das er gerade las. »Das ist aber ein seltenes Vergnügen. Wollt Ihr Euch etwa in den politischen Abwasserkanälen die Füße schmutzig machen?«

Das, dachte Gannadius, war es, was ihm an Jaufrez Mogre gefiel. Von allen Fraktionspolitikern Shastels, die er kennengelernt hatte, war Mogre der einzige, der offen zugab, daß seine Lebensarbeit ein Spiel war, und noch dazu ein gefährliches, albernes Spiel. *Nutzlos und wahrscheinlich zerstörerisch – beinahe so schlimm wie abstrakte Philosophie*, hatte er vergnügt zugegeben, als Gannadius nach einem langen, schwermütigen Abend über einem Krug mit echtem colleonischem Apfelschnaps seine Meinung über die Politik Shastels freimütig geäußert hatte. *Der einzige Unterschied ist, daß wir nicht vorgeben, einander in Frösche verwandeln zu können. Das ist wirklich ein guter Apfelschnaps. Trinkt noch einen.*

»Jaufrez, ich will Euch etwas sagen«, erwiderte Gannadius, setzte sich hin und warf dem Krug auf einem Beistelltisch einen bedeutungsvollen Blick zu. »Ihr erinnert Euch vielleicht, daß wir vor einiger Zeit über alles Mögliche gesprochen haben und ich zugegeben habe, daß ich nicht zaubern kann?«

»Ja, ich erinnere mich.«

»Nun«, meinte Gannadius mit verlegenem Lächeln, »ich habe gelogen.«

Vorsichtig und konzentriert goß Jaufrez mavoesonischen Birnenwein so in zwei Becher, daß der bittere Bodensatz im Krug blieb. »Ist das wahr?« sagte er. »Interessant.«

»Es ist wahr, Jaufrez. Es geht nicht um die Art von Magie, an die Ihr wahrscheinlich denkt, tatsächlich ist es nicht *wirklich* Magie, aber es ist auch nicht, nun ja, normal. Ich nehme an, man könnte sagen, es liegt irgendwo dazwischen.«

»Ich glaube Euch«, erwiderte Mogre und stellte einen Becher vor Gannadius. »Glaubt nicht, daß Ihr mir etwas erzählt, was ich nicht schon weiß. Doch deshalb habe ich Euch auch immer für einen gefährlichen Mistkerl gehalten; manchmal könnt Ihr diese Dinge tun, aber Ihr wißt nicht wie oder warum, und für gewöhnlich könnt Ihr nicht bewirken, daß das geschieht, was Ihr wollt.« Er lächelte über den Rand seines Bechers hinweg. »Ich lese die Berichte unserer Spione, wißt Ihr. Tatsächlich habe ich schon davon erfahren, als Ihr immer noch geglaubt habt, die Nomaden würden Perimadeia niemals einnehmen.«

»Oh«, sagte Gannadius. »Ich wünschte, das hättet Ihr mir gesagt.«

Jaufrez zuckte mit den Schultern. »Ich dachte, Ihr wüßtet es. Also gut, dann erzähle ich Euch lieber noch ein paar Dinge, die Ihr wahrscheinlich nicht wißt. Niessa Loredan«, fuhr er fort und wischte sich den Mund mit dem Ärmel ab. »Sie ist eine Hexe.«

»Niessa Loredan?«

Jaufrez nickte. »Genau. Sie weiß mehr über das Prinzip, als Ihr je wissen werdet. Und wenn Ihr einen Beweis braucht«, fügte er mit ironischem Grinsen hinzu, »Ihr habt darin gelebt.«

Gannadius runzelte die Stirn. »Ich verstehe nicht, was Ihr meint«, sagte er.

»Denkt nach«, erwiderte Jaufrez streng. »Der ursprüngliche Fluch, ja? Und bevor Ihr fragt, das habe ich direkt von der Hexe selbst, mit Hilfe eines unserer wichtigsten Spione auf Scona, also solltet Ihr es für Euch behalten und nicht einmal darüber nachdenken, ohne mir vorher Bescheid zu sagen. Der ursprüngliche Fluch wurde von Alexius auf Bitten von Iseutz Hedin, Niessas Tochter, über Bardas Loredan ausgesprochen. Alexius – und selbstverständlich auch Ihr – tat dann alles Menschenmögliche, um das elende Ding wieder aufzuheben; gleichzeitig habt Ihr Euch alle hoffnungslos in die Angelegenheiten von Perimadeia selbst verstrickt, weil Bardas Loredan zu Oberst Loredan wurde und für die Verteidigung der Stadt verantwortlich war. Bardas wurde nicht von Iseutz getötet, und die Stadt fiel. Das ist Geschichte. Die Verbindung, die Ihr offenbar nicht erkannt habt, besteht darin, daß die Stadt fiel, *weil* Bardas nicht getötet wurde. Oder hattet Ihr das schon begriffen?«

Gannadius saß einen Augenblick vollkommen reglos da. »Warum?« fragte er schließlich.

»Weil Niessa Loredan eine Hexe ist«, erwiderte Jaufrez. »Es war ganz einfach. Sie hat zwei Ahnungslose zusammengebracht: ihre Tochter und einen Mann mit der unbewußten Fähigkeit, das Prinzip zu manipulieren – ich glaube, Ihr nennt sie Naturtalente: Patriarch Alexius.«

»Wie bitte?« Gannadius beugte sich rasch vor und verschüttete dabei sein Getränk. »Alexius?«

»Ach, das wußtet Ihr also auch nicht. Interessant«, Jaufrez nickte. »Es hat etwas mit der recht bizarren Geschichte der Familie Loredan zu tun – die kennt Ihr doch, oder? Gut. Niessa wollte, daß die Stadt fällt, und sie wollte Bardas zurückhaben, und sie wollte auch ihre Tochter wiederhaben. Ich werde nicht mal versuchen, das ganze theoretische Zeug zu erklären, das sind nur Gleichungen und komische Zeichen und lange Worte, aber es läuft darauf hinaus, daß wegen der Geschichte von Bardas und Maxen und der systematischen Vernichtung der Gesellschaft der Nomaden der Fall von Perimadeia Bardas' *Schuld* war. Niessa erkannte das, sie wußte, daß die Nomaden die Stadt deshalb früher oder später zerstören würden, und es war nur eine Frage der richtigen übernatürlichen Hebel und Winkelzüge, um die Sache in Gang zu bringen. Aber um Bardas zu retten, gar nicht zu reden von Iseutz – vergeßt nicht, sie ist in diese gruselige Familiengeschichte mit verwickelt, ihre Mutter war Maxens Nichte, genau wie Bardas Maxens Neffe war –, brauchte sie eine Möglichkeit, sie zu schützen, ohne dabei den Fall der Stadt aufs Spiel zu setzen. Denn den wollte sie unbedingt. Der einzige Zweck des Fluches bestand darin, Alexius dazu zu bringen, ihn abwenden zu wollen, damit die beiden voreinander und somit ganz allgemein geschützt würden. Das geschah, indem das Prinzip rund um sie herum mit Schilden und Verteidigungen und allen möglichen solchen Dingen aufgeladen wurde – mit dem Ergebnis, daß Bardas Loredan zu diesem Zeitpunkt mit bleibeschwerten Stiefeln hätte ins Meer springen können, und er wäre immer noch nicht ertrunken ... Ein verzaubertes Leben, vollkommen sicher vor allem, was man sich nur vorstellen kann.«

Gannadius riß sich zusammen, und das war gar nicht so einfach. »Aber das erklärt immer noch nicht, was Ihr damit gemeint habt, daß die Stadt fallen mußte, weil Bardas nicht getötet wurde«, sagte er. »Oder doch?«

»Noch einmal, mein Freund: Denkt darüber nach. Bardas trägt die Schuld für das, was Maxen den Nomaden angetan hat. Das hätte zur Folge haben müssen, daß die Stadt bestraft wird und *Bardas den Tod erleidet.* Noch einmal, bittet mich nicht, Euch die entsprechenden Formeln zu zeigen, aber Niessa hat herausgefunden, daß das Prinzip in die Richtung neigte, daß Bardas bei der Verteidigung sterben und die Stadt überleben würde. Nicht das erwünschte Ergebnis. Aber mit Hilfe von ein paar Verschiebungen und ein paar albernen alten Narren, die mit gefährlichen Dingen spielten, von denen sie keine Ahnung hatten – womit ich Euch selbstverständlich nicht beleidigen will –, kam schließlich alles so, wie Niessa es wollte. Offensichtlich hatte sie auch unerwartetes Glück, als sich herausstellte, daß ein weiteres Naturtalent auf Bardas' Seite stand, aber ansonsten verlief alles wie geplant. Und das ist der Grund, weshalb ich mir über all die Magie Gedanken mache – und weil Niessa Loredan eine Hexe ist. Und«, fuhr er mit festem Blick in Gannadius' Augen fort, »weshalb ich dafür gesorgt habe, daß wir Euch erwischen, bevor sie Euch erwischen konnte. Mein großer Fehler war die Annahme, Alexius sei zu alt und gebrechlich für die Überfahrt, oder er könnte Niessa Loredan ohnehin nichts nützen. Das war ein *böser* Fehler. Ich hätte wissen müssen, daß sein Gesundheitszustand nichts damit zu tun hatte, daß er während der Belagerung beinahe gestorben wäre, sondern das Prinzip. Aber«, fügte er mit einem Seufzen hinzu, »wenn man sich um tausend Dinge kümmern muß, wird man faul und neigt dazu, übereilte Schlüsse zu ziehen. Verzeiht, ich bin ins Schwafeln geraten. Ihr seid hergekommen, um mir etwas zu sagen?«

Gannadius schwieg lange. »Ich glaube, ich sollte mich bei Euch entschuldigen«, sagte er. »Ich habe immer geglaubt, Ihr wärt ein weiterer Fraktionshanswurst, und statt dessen seit Ihr derjenige, der hier das Sagen hat.«

Jaufrez schaute schockiert drein. »Ich?« fragte er. »Nicht im geringsten. Shastel wird von der Ratsversammlung der Stiftung regiert, in Übereinstimmung mit dem Geist des Regelwerks, das unsere Gründer verabschiedeten, und wenn Ihr glaubt, daß ich etwas anderes denke, beleidigt Ihr mich tatsächlich.« Er entspannte sich ein wenig und lächelte. »Gannadius, mein lieber, alter Freund, was glaubt Ihr, was wir all die

Jahre getan haben? Der große Orden von Armut und Gelehrsamkeit verfügt über die gewaltigste Ansammlung von Wissen und Weisheit, die die Welt jemals gesehen hat. Wir haben das Prinzip bereits begriffen, als Eure Patriarchen immer noch mit der Bruchrechnung beschäftigt waren. Unser Problem ist, daß wir das Prinzip, ähnlich wie Niessa, zwar verstehen, aber nicht sonderlich gut darin sind, es nutzbringend einzusetzen. Wir haben einen unnatürlich niedrigen Anteil an Naturtalenten, wahrscheinlich als Ergebnis unserer intensiven Beschäftigung mit dem Thema – ich weiß nicht warum, aber es sieht so aus, als würde eine Gemeinschaft um so weniger von diesen mörderischen Ungeheuern hervorbringen, je mehr sie sich für das Thema interessiert. Deshalb sind wir so aufgeregt über Euch und die junge Machaera. Darüber, und über die Verbindung, die Ihr vermutlich immer noch zu Alexius habt ...« Sein Grinsen wurde breiter. »Ach, kommt schon«, sagte er. »Warum in aller Götter Namen sollten wir ansonsten einen alten Betrüger wie Euch in der größten akademischen Institution der Welt Philosophie unterrichten lassen?« Er gähnte. »Der Junge, der Eure Stiefel putzt, weiß mehr von Philosophie als Ihr, aber selbstverständlich ist er nicht imstande, Leute in Frösche zu verwandeln.«

Gannadius brauchte beinahe eine Minute, bevor er wieder sprechen konnte. »Volco Bovert«, sagte er.

»Mein alter Lehrer in Paranormaler Dynamik und der Autor eines der Standardkommentarwerke«, erwiderte Jaufrez. »Was ist mit ihm?«

Gannadius leckte sich die Lippen, damit sie sich wieder bewegen konnten. »Weiß er, daß ich ein Betrüger bin?«

»Aber Ihr seid keiner«, meinte Jaufrez geduldig. »Oh, Ihr glaubt es vielleicht, aber Ihr seid keiner. Ihr seid etwas außergewöhnlich Seltenes: jemand, der zu Beginn kein Naturtalent ist, sich aber so lange mit ihnen abgibt, daß ihre Fähigkeiten irgendwie auf ihn abfärben. Und daher seid Ihr, da der

Krieg anfängt, ein wenig unangenehm zu werden, für uns so wichtig.«

Gannadius atmete aus, und erst jetzt wurde ihm klar, daß er die Luft angehalten hatte. »Das ist es also«, meinte er. »Ihr seid eigentlich eine Stadt der Zauberer.«

Jaufrez schüttelte den Kopf. »Nur in unserer Freizeit.«

13

Am nächsten Morgen verließ Bardas Loredan das Haus kurz vor Sonnenaufgang. Er nahm eine Holzfälleraxt, eine Ledertasche mit drei Keilen und ein kleines Fäßchen Zider mit.

Er ging etwa zwanzig Minuten, dann hatte er gefunden, was er gesucht hatte, und machte sich daran, den Baum zu fällen. Er hatte kaum angefangen, als er sah, wie Athli auf ihn zukam, die sich in ihren modischen Stiefeln mühsam durch das lange, nasse Gras kämpfte.

»Da bist du ja«, sagte sie. »Ich bin dem Klang der Axt gefolgt.«

»Schlau von dir.« Bardas stützte sich einen Augenblick auf den Axtgriff. »Ich bin vollkommen aus der Übung«, sagte er gereizt. »Ich werde alt und fett. Willst du etwas Bestimmtes?«

»Ich denke, ich werde morgen zur Küste zurückkehren«, sagte sie. »Ich will mir den Markt in Tornoys einmal näher ansehen. Dort gibt es vielleicht ein paar Dinge, die ich kaufen kann.«

Er nickte, ohne aufzublicken.

»Ich nehme an, ich werde hin und wieder vorbeikommen«, sagte sie und war froh, daß er sie während dieser Worte nicht ansah. »Und du paßt auf dich auf, hörst du?«

»Danke für die Überfahrt«, erwiderte er. »Es war schön, dich wiederzusehen. Ach, und Athli ...«

Dieser Tonfall – könntest du mir bitte meinen Hut, meinen Schwertkasten und die Flasche reichen?

»Ja?« sagte sie.

»Würdest du mir einen Gefallen tun und den Jungen mitnehmen? Um ehrlich zu sein, ich glaube nicht, daß er ein guter Bauer würde.«

Athli überlegte kurz. »Ich hatte im Augenblick eigentlich nicht vor, Leute einzustellen«, meinte sie.

»Du würdest mir wirklich einen großen Gefallen tun.« Bardas seufzte. »In dieser Gegend gibt es für einen jungen Mann keine Zukunft, und zudem stammt er aus der Stadt. Das hier ist nicht der richtige Ort für junge Leute aus der Stadt.«

»Ich bin nicht sicher, ob ich dir helfen kann«, erwiderte sie. »Er tut mir leid, aber er geht mich nichts an.«

Er schloß die Augen. »Ich bitte dich noch einmal. Bitte nimm ihn mit. Dies hier ist ein schrecklicher Ort.« Er zeigte auf den Baum. »Man kann nicht einmal einen Baum dazu bringen, gerade zu wachsen.«

Athli seufzte. »Ich sage dir, was ich tun werde«, meinte sie. »Ich werde ihn mit auf die Insel nehmen und versuchen, dort einen Platz für ihn zu finden. Und ich werde mein Bestes tun, ihn im Auge zu behalten, zumindest bis er sich eingewöhnt hat. Das ist alles, Bardas. Keine weiteren Andenken. Im Moment kann ich nur noch Fracht transportieren, für die bezahlt wird.«

»Danke«, erwiderte Bardas. »Sag ihm, er soll die Sachen mitnehmen, die etwas wert sind – er wird das nicht wollen, es gefällt ihm nicht, wie wir dazu gekommen sind.« Er lächelte. »Leichenfledderei hat er es genannt; der dumme Junge begreift nicht, daß sie dazu da sind. Ach, und er sollte auch mein altes Schwert mitnehmen, es ist eine Menge Geld wert.«

»Den Guelan?«

Bardas nickte. »Es gibt nicht mehr viele davon«, sagte er.

»Ich weiß«, erwiderte Athli. »Die Leute bestehen immer darauf, sie zu zerbrechen, weißt du.«

»Stimmt.« Endlich hob Bardas den Kopf und sah sie an, als wäre sie ein Baum, den er gespalten und nicht für seine Zwecke brauchbar gefunden hatte. »Eine schreckliche Verschwendung, aber so ist es nun einmal.«

»Es ist eigentlich ganz einfach«, erklärte Avid Soef, der im Augenblick Erster Sprecher der Separatisten war, »und alles, was wir tun, macht es nur komplizierter. Das ist albern. Begreifen wir endlich, daß es einfach ist, und versuchen wir damit fertig zu werden. Wir haben in diesem Krieg zwei Möglichkeiten: den Einsatz verdoppeln oder aufhören. Es gibt keinen dritten Weg. Was werden wir also tun?«

In der Ratsversammlung war es ungewöhnlich still, und Gannadius, der fror und sich mehr als nur ein wenig fehl am Platze fühlte, mußte sich anstrengen, ruhig zu bleiben. Es war wie früher, wenn er darauf bestanden hatte aufzubleiben, wenn Besuch da war, und dann hatten die Erwachsenen begonnen, über Dinge zu sprechen, die er nicht verstand, seltsame und beängstigende Dinge, und er war nicht mehr imstande gewesen, sich davonzustehlen und ins Bett zu gehen, was er doch so gern getan hätte. Neben ihm saß Jaufrez Bovert und konzentrierte sich auf die Debatte; er schien Gannadius noch nicht einmal wahrzunehmen.

»Andererseits«, meinte Avid Soef, »können wir natürlich auch aufgeben. Es gibt vieles, was dafür spricht, und Ihr wißt genausogut wie ich, daß sich die Separatistenbewegung einige Zeit dafür ausgesprochen hat. Tatsächlich waren wir von Anfang an gegen diese verantwortungslosen militärischen Abenteuer und haben nie gezögert, das hier im Rat, wo es jeder hören konnte, auch laut zu sagen. Aber es gibt einen großen Unterschied zwischen *Wir hätten nie damit beginnen dürfen* und *Laßt uns ein Ende machen.* Der Unterschied ist: Wenn wir uns zurückziehen und es so aussehen lassen wie die Niederlagen, die wir hingenommen haben – ich nenne sie Niederlagen, denn das sind sie: unangenehme, schmutzige Niederlagen, die das Leben guter Freunde und Kollegen gekostet haben –, dann lügen wir der Welt und uns selbst etwas vor. Wir erklären mit lauter Stimme, daß Shastel am Ende ist. Es genügt, daß Gorgas und Niessa Loredan uns ein paar Kopfnüsse verpassen, damit wir den Schwanz einziehen, und niemand braucht sich je wieder mit uns abzugeben. Ich lüge ungern, meine Herren, es bekommt mir nicht gut, und ich würde es lieber nicht tun. Und dann bleibt nur noch die andere Möglichkeit übrig: den Einsatz zu verdoppeln.« Er sah sich um; alle waren aufmerksam. Er hielt einen Augenblick inne. »Das ist eigentlich alles, was ich zu sagen hatte«, meinte er und setzte sich hin.

»Falsch«, flüsterte Jaufrez Gannadius zu. »Schade.«

Bevor Gannadius antworten konnte, erhob sich ein weiterer Mann auf der anderen Seite des Stiftshauses. »Sten Mogre«, murmelte Jaufrez. »Rückkauffraktion. Ich fürchte, jetzt werden wir aufgespießt.«

Sten Mogre räusperte sich. Er war ein untersetzter, kahler Mann mit einem kleinen, fransigen weißen Bart, und seine Stimme war sehr tief. »Zu den Dingen, die ich mehr genieße als alles andere«, sagte er, »gehört es, einem Separatisten zuzustimmen. Wie alle wahren Vergnügen ist so etwas selten – sehr, sehr selten –, und wenn ich diese Gelegenheit habe, möchte ich das mit so vielen Freunden wie möglich teilen. Also, Freunde, viel Spaß.«

Gannadius hörte, wie Jaufrez neben ihm leise stöhnte. Mogre sah sich um, dann fuhr er fort.

»Ich bin tatsächlich ebenfalls der Meinung«, sagte er, »daß wir diesen Krieg nicht einfach aufgeben sollten, weil wir ein paar Rückschläge erlitten haben. Schließlich sind die Gründe, aus denen wir diesen Krieg begonnen haben, immer noch so triftig sind wie zu Anfang, und ich bin der Ansicht, daß ein mühsam zusammengeflickter Vertrag mit diesem Miststück unehrenhaft und unehrlich wäre. Daraus folgt, daß ich dem zustimme, was mein Freund Avid gerade vorgeschlagen hat: daß wir die Anstrengungen verdoppeln. Und damit sind wir tatsächlich grundlegend derselben Meinung, wie es bei guten Freunden sein sollte. Es bleibt nur noch, über die Einzelheiten zu sprechen, wie das durchzuführen wäre.«

Ein Schaudern der Anspannung zog sich durch die Halle, wie jene gespannte Erwartung des ersten Blutstropfens, der vor einem Gericht in Perimadeia floß. Jaufrez lehnte sich zurück, faltete die Hände im Schoß und schloß die Augen.

»Als erstes möchte ich sagen«, erklärte Sten Mogre, »da wir nun alle Freunde sind, sollten wir auch wie Freunde handeln, unsere Differenzen beiseite schieben und uns zusammenreißen. Soweit es den Krieg betrifft, haben wir Rückkaufler immer mit anderen Meinungsschattierungen in dieser Versammlung zusammenarbeiten wollen – schließlich ist das nur vernünftig –, aber irgendwie schien es nie so recht zu funktionieren. Ich weiß nicht warum, es ist mir ein Rätsel; aber zum Glück keines, mit dem wir uns noch abgeben müssen, also schieben wir all diesen Unsinn beiseite und konzentrieren uns darauf, mit dem Problem fertig zu werden, einverstanden? Aber selbstverständlich. Ich meine, wer könnte nicht mit etwas so Grundlegendem einverstanden sein? Wie mein guter Freund Avid gerade sagte, es ist ganz einfach.«

»Mistkerl«, murmelte Jaufrez. »Warum machst du dann nicht weiter?«

Sten Mogre verschränkte die Hände auf dem Rücken, hob sein Kinn ein winziges bißchen, veränderte seine Haltung geringfügig und so präzise und sorgfältig, wie ein Bogenschütze bei einem Wettkampf zielt. »Es geht also um folgendes«, sagte er. »Wir, die Rückkauffraktion, geben es gern zu: Wir haben nicht so gut abgeschnitten. Tatsächlich haben wir sogar ziemlichen Schaden angerichtet. Zum Glück war es kein so großer Schaden, wir können mit dem Verlust fertig werden, aber wie mein guter Freund da drüben gerade angedeutet hat, für eine so mächtige und einflußreiche Stiftung wie die unsere ist jeder Schaden eine Katastrophe, wenn er nicht wieder gutgemacht wird. Also schlage ich vor, daß unsere Fraktion aufhört, diesen Krieg zu führen, und daß der Rat diese Aufgabe jemandem überträgt, von dem man annehmen kann, daß er bessere Arbeit leistet. Und wer könnte schließlich nach dieser inspirierenden Ansprache, die er gerade gehalten hat, noch irgendeinen Zweifel hegen, daß der beste Mann für diese Aufgabe mein guter Freund Avid ist?«

Es war klar, daß alle anderen im Gebäude das hatten kommen sehen wie ein Gewitter, das man aus den weit entfernten Hügeln herabziehen sieht. Gannadius jedoch war vollkommen überrascht und mußte sich ziemlich anstrengen, nicht zu lachen.

»Ich werde noch weiter gehen«, sagte Sten Mogre, »ich denke, wir sollten Avid Soef alle Mittel zur Verfügung stellen, die er braucht, um diese Aufgabe zu erledigen. Ich schlage vor, wir übertragen ihm das Kommando über zweitausend Mann und geben ihm ein Budget von vierzigtausend Goldvierteln.« Er hielt inne und setzte ein breites Grinsen auf. »Mit solchen Mitteln«, fügte er hinzu, »sollte das Ergebnis schon von vornherein klar sein.«

Als er sich hinsetzte, begann es im Saal zu kochen. Jaufrez hatte eine furchtbar finstere Miene aufgesetzt. Er stieß den Mann, der auf seiner anderen Seite saß, an. »Tut etwas.« Der Mann nickte und erhob sich.

»Das ist leicht gesagt, Sten«, meinte er. »Aber ich bin nicht sicher, ob ich Euch auch nur im geringsten zustimmen kann. Sicher, wir sollten imstande sein, es besser zu machen als Ihr, immer vorausgesetzt, wir haben die angemessenen Mittel. Und sollten wir – immer vorausgesetzt, wir haben die angemessenen Mittel – bei dieser Sache dennoch versagen, dann müßten wir uns wirklich schämen. Ich habe allerdings Probleme mit Eurer Definition von ›angemessen‹. Zweitausend Mann und vierzigtausend Viertel, Sten? Das ist ein bißchen billig. Könnte es sein, daß Ihr das nicht vollständig durchdacht habt?«

Jaufrez rutschte unbehaglich hin und her und zischte: »Seid vorsichtig, Idiot.« Der Mann nickte kaum wahrnehmbar und fuhr fort. »Ich stelle mir folgendes vor«, sagte er. »Ich glaube nicht, daß wir einen großen Angriff auf Scona mit weniger als viertausend Mann und hunderttausend Vierteln wagen können. Ich weiß, das ist viel verlangt«, sagte er und hob die Hand, als sich ringsherum Proteste erhoben. »Aber ich denke nur praktisch; ich werde keine erschütternden Reden über unsere wunderbaren Kämpfer halten oder darüber, daß der Feind vermutlich ohnehin den Schwanz einzieht, sobald jemand gegen ihn antritt. Wie ich es sehe, sollten wir wirklich mit geballter Kraft zuschlagen oder überhaupt nicht. Und ich denke, wir brauchen eine Abstimmung darüber, bevor wir die Debatte fortsetzen.«

Gannadius merkte, daß er nickte, obwohl er selbst nicht verstand, wieso er in diesen Fraktionsangelegenheiten überhaupt eine Meinung haben sollte. Vielleicht war es einfach nur die gekonnte Erwiderung; um eine Abstimmung zu einem Vorschlag zu bitten, der so unverschämt war, daß er undenkbar schien (die halbe Armee und ein gewaltiges Stück aus dem Notfallfonds), das war wirklich eine geniale Idee, denn eine Stimme gegen diesen Vorschlag wäre eine Stimme gegen das gesamte Projekt, und damit wären die Separatisten der Schlinge entgangen, die Sten Mogre ihnen so erfolgreich um den Hals gelegt hatte: Daß er sie nämlich für die nächste Niederlage gegen Gorgas Loredan und seine Bogenschützen verantwortlich machen wollte.

Aber es war noch nicht vorbei. »Das ist wirklich ein wunderbarer Tag«, sagte Sten Mogre. »Ich bin an einem Morgen mit zwei Separatisten der gleichen Meinung. Ich kann nur akzeptieren, was mein lieber Freund Hain Jaun gerade gesagt hat. Zweitausend Mann und vierzigtausend Viertel war tatsächlich billig. Viertausend Mann und hunderttausend Viertel sind nicht sonderlich besser. Ich schlage vor, wir schicken sechstausend Mann und erhöhen das Budget auf hundertdreißigtausend Goldviertel, und ich schlage vor, wir stimmen jetzt darüber ab.«

Brillant. Gannadius erschauerte ein wenig. *Wenn sie gewin-*

nen, wird das kein Verdienst sein, denn mit einer solchen Übermacht können sie nicht verlieren; tatsächlich müssen sie einen großartigen Sieg erringen, um den Anklagen zu entgehen, sie hätten Zeit und Mittel verschwendet. Und wenn sie verlieren – nun, ich würde sagen, dann ist ihr Leben nichts mehr wert. Wunderbar. Diese Leute sind vollkommen verrückt. Und ich habe das Gefühl, daß es noch immer nicht vorbei ist.

Er hatte recht. Bevor die Abstimmung in Gang gebracht werden konnte, war Avid Soef wieder auf den Beinen. Er hatte eine seltsame Miene aufgesetzt; es war ein Gesicht, wie man es bei einem Mann erwartet, der von einer Klippe zu Tode stürzt und dem es im letzten Augenblick gelingt, seinen schlimmsten Feind zu packen und mitzureißen.

»Ist es nicht wunderbar«, fragte er, »was wir alles erreichen können, wenn wir einmal all unsere Streitereien hinter uns lassen und uns wie Erwachsene benehmen? Meine Herren, ich schäme mich nicht, es zu sagen: Ich hätte nie geglaubt, daß ich den Tag noch einmal erleben würde, an dem die unterschiedlichen Fraktionen in unserer Gemeinschaft sich plötzlich und gleichzeitig entscheiden, all den Unsinn zu vergessen und zusammenzuarbeiten. Und nun geschieht es, und ist es nicht wunderbar? Ich sage euch, ganz gleich wie der Krieg ausgeht – selbst wenn wir verlieren und furchtbar geschlagen werden, obwohl ich das dank der ungemein vernünftigen, staatsmännischen Vorschläge, über die wir gleich abstimmen werden, nicht glauben kann, nicht in einer Million Jahren –, was immer in diesem Krieg geschieht, wir werden als Sieger hervorgehen, denn das Beste, was wir daraus erhoffen konnten, ist bereits geschehen, hier vor unser aller Augen.« Er sah sich um, so daß alle bemerken konnten, wie breit und treuherzig sein Lächeln war. »Und als Zeichen guten Willens, gar nicht zu reden vom Interesse am allgemeinen Wohlergehen, habe ich einen letzten Verbesserungsvorschlag. Mein guter Freund Sten war so freundlich, mich als Kommandanten dieser Expedition vorzuschlagen; ich weiß nicht, warum, denn die Götter wissen, daß ich kein Soldat bin, aber ein Mann wie ich kann eine solche Gelegenheit, in die Geschichte einzugehen, nicht ablehnen. Dennoch muß ich euch hier und jetzt mitteilen, daß ich diesen Posten nicht annehmen werde, wenn ihr nicht dafür stimmt, daß mein hervorragender Freund und Kollege Sten Mogre mich begleitet und das Kommando über die Truppen mit mir teilt. Immerhin sind zwei Köpfe soviel besser als einer, und wenn einer dieser Köpfe der von Sten Mogre ist, haben wir den Sieg so gut wie in der Tasche.«

Jaufrez, der mit in die Hände gestütztem Kopf dasaß, blickte nun ruckartig auf, wie praktisch jeder Zuhörer – selbstverständlich mit Ausnahme von Sten Mogre, der aussah wie jemand, der plötzlich vergessen hat zu atmen. Einen Augenblick lang glaubte Gannadius wirklich, der arme Mann würde einen Anfall erleiden; dann hörte er auf zu beben und saß still, und seine Miene war nicht mehr zu beschreiben.

Das Ergebnis der Abstimmung war vorhersehbar: Eine gewaltige Mehrheit zugunsten des Vorschlags, Avid Soef und Sten Mogre mit einem Heer von sechstausend Hellebardieren und einem Budget von hundertdreißigtausend Goldvierteln loszuschicken, um Scona anzugreifen und den Krieg zu beenden. Gannadius, der kein Stimmrecht hatte, wartete draußen auf Jaufrez.

»Nun«, meinte Jaufrez, »das genügt doch, um einen an Feen glauben zu lassen. Ich dachte wirklich, diesmal wären wir erledigt, und hier sind wir wieder, genau wo wir angefangen haben, und keiner hat einen Vorteil. Ich hätte wissen müssen, daß Avid etwas aus dem Hut zieht. Die Götter mögen ihn segnen, er hat bis ganz zum Schluß gewartet, aber er hat es geschafft.«

Gannadius wartete, bis er fertig war. »Vergeßt Ihr nicht eins?« fragte er. »Eure kostbare Stiftung hat sich nun verpflichtet, einen totalen Krieg gegen Scona zu führen, und wenn Ihr verliert ...«

Jaufrez zuckte mit den Schultern. »Wenn wir verlieren, ist das das Ende des Großen Ordens für Armut und Gelehrsamkeit. Das ist wahr. Aber zumindest gehen wir alle gemeinsam unter, und das ist am Ende alles, was zählt. Außerdem«, fügte er vergnügt hinzu, »werden wir nicht verlieren – es ist unmöglich.«

Gannadius schüttelte zweifelnd den Kopf. »Da wäre ich nicht so sicher«, meinte er, »wirklich nicht. Große Heere sind schon zuvor von kleineren gedemütigt worden; es gibt tatsächlich gewisse Experten, die behaupten, daß in einem solchen Krieg ein Heer von derartiger Größe ein eindeutiger Nachteil ist. Also ...«

Jaufrez nickte, als hätte man ihm gerade erzählt, daß Feuer manchmal auch heiß sein kann. »Selbstverständlich«, sagte er. »Ihr sprecht mit einem Doktor der Militärtheorie. Aber wir werden nicht verlieren, weil wir eine Geheimwaffe haben, eine, die so mächtig und wirkungsvoll ist, daß wir gewinnen werden, ohne einen einzigen Soldaten ins Feld zu schicken.« Er grinste und schlug Gannadius mit seiner klobigen Hand auf die Schulter. »Wir haben Euch.«

Und so machte etwa eine Stunde nach der Debatte ein gelehrtes Mitglied der Stiftung bei einer Fischhändlerbude am Markt von Shastel halt und kaufte nach ein paar Minuten des Feilschens einen Heilbutt für zwei Kupferviertel. Nachdem er seinen Fisch bekommen hatte und davongegangen war, verließ der Sohn des Fischhändlers die Bude und ging rasch quer über den Marktplatz zu einem Mietstall, wo er eine recht hübsche braune Stute abholte und Shastel in scharfem Kanter auf der Küstenstraße verließ. Dort sprach er kurz mit einem alten Freund der Familie, einem Fischer, mit dem sein Vater und sein Onkel seit mindestens dreißig Jahren Geschäfte machten. Nachdem er sich wieder auf den Weg gemacht hatte, pfiff der Fischer zu seinen drei Söhnen hin, die damit beschäftigt waren, Netze zu flicken. Sie legten die Netze nieder und gingen zu ihrem Vater.

Nicht lange danach nahmen die beiden älteren Jungen das kleinere, schnellere Boot der Familie und setzten Segel, obwohl es für den Abendfang noch mehrere Stunden zu früh war.

Sie umsegelten Scona, und als es dunkel wurde, kamen sie an einem Austernfischer vorbei, der auf dem Heimweg von seiner täglichen Fahrt zu den Austernbänken von Blutile Shoal war. Die beiden Jungen aus Shastel riefen dem Austernfischer einen Gruß zu und fragten, ob er etwas für sie hätte; der Austernfischer bejahte und ging längsseits. Sie unterhielten sich eine Weile, während sie die Austern auf das Boot der Jungen luden, dann trennten sie sich wieder; die Jungen kehrten nach Shastel zurück, langsam und vorsichtig im Dunkeln, der Austernfischer beeilte sich, weil er Scona noch erreichen wollte, bevor es zu finster wurde. Sobald er die Stadt erreicht hatte, vertäute er sein Boot und trabte den Hügel hinauf zur Bank, wo er an den Wachen vorbeiging (die ihn gut genug kannten, um ihn durchzulassen) und so zielbewußt wie ein Wiesel in einem Kaninchenbau seinen Weg die Flure entlang zur Schreibstube der Direktorin fand.

Als Niessa Loredan hörte, was er zu sagen hatte, bedankte sie sich, bezahlte ihn und schloß hinter ihm die Tür. Dann rief sie nach einem Schreiber und schickte ihn mit einer Reihe von Botschaften weiter. Er ging den Flur entlang, eine Treppe hinunter und in den Botenraum, wo fünf oder sechs Jungen im Alter zwischen zwölf und sechzehn mit einem Würfelspiel beschäftigt waren. Er gab ihnen ihre Aufträge, und sie eilten über die Hintertreppe davon in die Stadt. Einer lief den Hügel hinab, schlängelte sich mit bemerkenswertem Urteilsvermögen und Geschicklichkeit durch die Menschenmenge auf der Abendpromenade und traf schwitzend und außer Atem an der Tür von Gorgas Loredans Haus in der Straße der drei Löwen ein. Er klopfte an die Tür, bis der Pförtner mit bloßen Füßen und in Hemdsärmeln kam und die Riegel zurückzog. Sobald der Mann sah, wer vor der Tür stand, ließ er den Jungen stehen und eilte ins Eßzimmer, wo Gorgas und seine Familie gerade mit dem Abendessen angefangen hatten.

»Eudo?« sagte Gorgas und blickte auf. Das Gespräch erstarb.

»Es ist ein Bote an der Tür«, meldete der Pförtner, und sein Tonfall machte weitere Fragen unnötig. Gorgas stand auf, legte die Serviette auf seinen Stuhl und verließ das Zimmer. »In meine Schreibstube«, sagte er. Der Pförtner nickte und eilte zurück zur Veranda, wo der Junge auf der Treppe saß und immer noch nach Luft schnappte.

»Danke«, sagte der Junge, »ich kenne den Weg.«

Ein anderer Bote rannte den Hügel hinauf, an den Regenwasserspeichern und dem Viehpferch vorbei und durch den Irrgarten von Straßen, der aus offensichtlichen Gründen als das Trinkerviertel bekannt war, bis er ein billiges, aber sauberes Gasthaus mit dem Namen *Weißer Sieg* erreichte. Der Junge brauchte ungewöhnlich lange, um den Wirt zu finden, aber sobald er sein Botenabzeichen aus der Tasche gezogen und es dem Mann vor die Nase gehalten hatte, ging alles ein wenig schneller. Der Wirt rief nach seinem ältesten Sohn, der mit einem Tablett mit Teiglaiben, die er gerade in den Ofen schieben wollte, in der Küchentür erschien.

»Laß das stehen«, sagte der Wirt, »und such das Mädchen von der Insel und den alten Ausländer. Boten für sie von der Bank.«

Der Sohn des Wirts starrte den Boten ein oder zwei Sekunden lang an, dann drückte er seinem Vater das Tablett in die Hände und machte sich auf wie ein Läufer bei einem Staffellauf. Er versuchte es in den Zimmern der Ausländer, aber sie waren nicht dort, also kehrte er zurück in die Schankstube und ging dann in einen Nebenraum.

»Da seid Ihr ja«, sagte er. »Ihr müßt sofort mitkommen. Ein Bote aus dem Büro der Direktorin ist für Euch gekommen.«

Vetriz und Alexius waren beim Schachspielen; Alexius hatte

die weiße Königin in der Hand und hielt sie über dem Tisch in der Luft.

»Was glaubt Ihr – was will sie?« fragte Vetriz.

»Da fragt Ihr den falschen Mann«, erwiderte Alexius. Er stellte die Schachfigur wieder dahin, wo sie hergekommen war. »Betrachten wir es als unentschieden, ja?«

»Ganz bestimmt nicht«, antwortete Vetriz scharf. »Paß auf, daß niemand das Schachbrett anfaßt«, sagte sie zum Sohn des Wirts. »Ein sehr wichtiges Spiel. Es geht um Angelegenheiten nationaler Sicherheit. Hast du verstanden?«

Der Junge sah sie an, als hätte sie den Verstand verloren – also genau so, wie er die meisten Fremden ansah –, dann führte er sie die Treppe hinunter und über den Hof zu der langgezogenen Küche, wo der Bote gerade einen Becher heiße Hühnerbrühe trank, die er der Frau des Wirts abgeschwatzt hatte.

»Ihr sollt sofort zur Direktorin kommen«, erklärte der Bote, stellte den Becher hin und wischte sich den Mund ab. »Ich zeige Euch den Weg.«

»Schon gut«, erwiderte Vetriz. »Wir waren schon öfter dort.«

»Ich zeige Euch trotzdem den Weg«, erklärte der Junge entschlossen.

Vetriz schüttelte den Kopf. »Nein, das wirst du nicht«, sagte sie. »Du wirst uns einen hübschen, sauberen, bequemen Wagen und ein paar guterzogene Pferde requirieren, oder wie immer der richtige Ausdruck lauten mag, und außerdem«, erklärte sie sehr bestimmt, »ein paar Kissen. Du kannst ihnen dein Abzeichen zeigen oder so; ich erwarte, daß du weißt, was du tun mußt. Und dann kannst du uns zum Büro der Direktorin begleiten. Verstanden?«

»Aber ...«

Vetriz warf ihm einen strengen Blick zu. »Es sei denn«, sagte sie, »du möchtest der Direktorin erklären, wieso Patriarch Alexius von Perimadeia an Herzversagen gestorben ist, während er versuchte, mit einem fünfzehnjährigen Jungen Schritt zu halten, der im Dunkeln durch die Straßen rannte. Ich bin sicher, sie wird es sofort verstehen, sobald sie deine Version der Geschichte gehört hat.«

Der Junge war innerhalb von siebzehn Minuten zurück, mit einem kleinen Wagen und einem verwirrt dreinschauenden Fuhrmann, der eine Pferdedecke über Hemd und Strümpfen trug. »Können wir jetzt gehen?« fragte der Junge jämmerlich. Vetriz nickte.

»Jetzt können wir gehen«, erwiderte sie.

»Ich danke Euch«, sagte Alexius, als der Wagen über die Viehtreiberstraße rumpelte und ratterte. »Ich hätte heute abend wirklich keinen Gewaltmarsch mehr bewältigen können.«

Vetriz nickte. »Kopfschmerzen?« fragte sie.

»Ja.«

»Ich auch.«

Sie sahen einander an.

»Was habt Ihr gesehen?« fragte Vetriz.

Alexius runzelte die Stirn. »Es ist schwer zu erklären«, meinte er. »Ich saß in einem großen Gebäude, einer Art Versammlungshalle, und es war leer bis auf meinen alten Freund Gannadius – ich habe ihn schon erwähnt, oder nicht? Oh, ich habe vergessen, daß Ihr ihn kennt. Jedenfalls saß er direkt vor mir und beobachtete etwas, das ich nicht sehen konnte, und ich habe ihm auf die Schulter getippt, aber ich konnte ihn nicht dazu bringen, daß er sich umschaute. Es dauerte nur ein paar Sekunden, und ich kann nichts damit anfangen.«

Vetriz zuckte mit den Schultern. »Ich auch nicht«, meinte sie. »Und ich hatte – nun, wenn ich es nicht besser wüßte, würde ich sagen, es war ein Tagtraum, wißt Ihr, wie ihn normale Menschen haben ... Bis auf die Kopfschmerzen, selbstverständlich, und die könnten genausogut davon kommen, daß ich eingeschlafen bin und meinen Kopf in einem seltsamen Winkel gehalten habe. Aber ich glaube es nicht.«

»Worum ging es in Eurer Version?«

Vetriz' Nase zuckte. »Es klingt albern, wirklich, ein wenig ... nun, es ist irgendwie persönlich. Bardas Loredan kam darin vor, und wer immer *ich* war, ich war bestimmt nicht ich, wenn Ihr versteht, was ich meine. Eigentlich schade.«

Alexius sah ernst aus. »Es scheint«, meinte er, »als würdet Ihr diese wunderbare Gabe, die man Euch anvertraut hat, zu unwürdigen und frivolen Zwecken nutzen. Wenn wir einen Augenblick Zeit haben, müßt Ihr mir unbedingt verraten, wie man das macht.«

Vetriz zuckte mit den Schultern. »Es war die Kopfschmerzen nicht wert«, erwiderte sie. »Ihr Götter, ich hoffe, ich muß ihr nicht in allen Einzelheiten Bericht erstatten. Ich wüßte nicht, wo ich hinschauen sollte.«

»Ich nehme an, allgemeine Angaben werden genügen«, sagte Alexius. »Vielleicht erklärt das dieses geheime Treffen um Mitternacht und die Dringlichkeit. Sie will wissen, ob Eure Absichten bezüglich ihres Bruders ehrenhaft sind.«

Vetriz schnaubte. »Das nächste Mal«, meinte sie, »geht Ihr zu Fuß.«

Es gab auch einen Boten, der von der Bank zum Überseehafen und zum Zollhaus lief, wo der stellvertretende Oberzöllner und die Wache ein wenig konfiszierten colleonischen Met über dem Feuer wärmten und Käse grillten. Nachdem der Zöllner die Botschaft vernommen hatte, zog er Mantel und Stiefel an und stampfte am Kai entlang davon, wobei er leise vor sich hin murmelte, bis er die *Hoffnung und Entschlossenheit* erreichte, eine sehr schlichte funktionelle Gaststätte, deren Vorstellung von Übernachtungsmöglichkeiten darin bestand, die Kunden schlafen zu lassen, wo sie umfielen. Dort fand er den Mann, den er suchte, einen gewissen Patras Icenego, einen perimadeianischen Flüchtling und Besitzer der *Milden Gabe*, eines kleinen, häßlichen Kutters, der immer am hinteren Ende des Kais vertäut war, vollkommen abfahrbereit, aber offenbar nie in See stach. Das seltsame an Patras Icenego war, daß er zwar den größten Teil seines Lebens in der *Hoffnung und Entschlossenheit* verbrachte, aber niemals für etwas zahlen mußte und immer nüchtern war. Sobald er den Oberzöllner hereinkommen sah, sprang er auf. Die beiden Männer unterhielten sich eine Minute oder so; dann ging der Zöllner wieder, während Patras Icenego den Gastraum ebenfalls verließ und sich rasch den Hang hinauf zur Stadtmitte begab. Er suchte diverse Gasthäuser und Schenken auf und hatte in bemerkenswert kurzer Zeit genug wache und nüchterne Männer beisammen, um die *Milde Gabe* zu bemannen. Eine Stunde später war das kleine Schiff unterwegs, und seine Positionslichter verschwanden im Nebel, der wie eine Art Schutzzauber über Scona hing.

»Ich habe wirklich langsam genug von dieser Bank«, sagte Vetriz. »Ich schwöre, ich habe schon Kerben hineingesessen.«

Alexius nickte. »Ich habe auch genug von unseren gemütlichen kleinen Schwätzchen mit der Direktorin«, stimmte er zu. »Nie scheint etwas dabei herauszukommen – außer Kopfschmerzen –, und ich kann mich hinterher nicht einmal mehr erinnern, worüber wir gesprochen haben. Ich frage mich, ob sich Kühe ebenso fühlen, nachdem man sie gemolken hat.«

Vetriz sah ihn an. »Mir kommt es immer so vor, als hätten wir zwei Gespräche gleichzeitig; Ihr wißt schon, eines hier und eins da drüben, wo immer das gerade sein mag. Das Problem ist, wenn wir dort sind, hat es überhaupt keinen Zweck, zu lügen oder etwas vorzugeben – es funktioniert einfach nicht. Aber anscheinend reden wir nie über irgend etwas Bedeutsames. Tatsächlich, jetzt wo Ihr es erwähnt ... ich habe keine Ahnung, worüber wir dort sprechen. Ihr habt wahrscheinlich recht, was die gemolkenen Kühe angeht.« Sie schauderte. »Obwohl ich es eher in Begriffen wie Fliegen und Spinnen ausdrücken würde.«

Alexius seufzte. »Das schlimmste ist wirklich die Demütigung. Nun, zumindest für mich«, fügte er hinzu. »Immerhin sollte ich mich mit diesen Dingen auskennen ... und jetzt – Butterblume die Kuh, emeritierter Professor für Milchwirtschaft.«

Die Tür ging auf (»gar nicht schlecht«, flüsterte Vetriz, »diesmal war es weniger als eine Stunde«), und der übliche gelangweilt wirkende Schreiber holte sie ab und führte sie hinein. Hinter dem Stuhl der Direktorin stand ein Mann. Er sah älter und dünner aus, als Vetriz ihn in Erinnerung hatte, aber auch größer und kräftiger, als wäre er gewachsen. Das war seltsam.

»Hallo«, sagte Gorgas.

Vetriz nickte zur Antwort, dann sah sie Niessa an. Sie sah schrecklich aus; als wäre ihr Gesicht irgendwie eingefallen, und selbst ihr Haar wirkte farblos und dünn. *Vielleicht ist sie krank.*

»Nein«, sagte Niessa, »es sind nur die Sorgen. Setzt Euch bitte hin. Hört zu. Auf einer Ratsversammlung der Stiftung hat man heute dafür gestimmt, sechstausend Hellebardiere zu einem Angriff auf Scona auszusenden. Es ist undenkbar, daß wir einem solchen Angriff standhalten können – sei still, Gorgas –, und selbst wenn, würde die Anstrengung uns ruinieren. Versteht Ihr, was ich sage?«

Alexius nickte. »Ich nehme an, Ihr sucht nach einer anderen Möglichkeit, diesen Krieg zu führen«, sagte er.

»Selbstverständlich. Ganz offensichtlich wäre es das vernünftigste, etwas zu unternehmen, damit sie ihre Ansicht ändern.« Sie hielt inne und schloß einen Augenblick die Augen. »Leider«, fuhr sie fort, »habe ich offenbar ihre Entschlossenheit unterschätzt.«

Gorgas trat einen Schritt vor und setzte sich auf die Schreibtischkante. »Sie will damit sagen«, meinte er, »daß wir sie vermutlich eher besiegen als umstimmen könnten.«

»Ich dachte, ich hätte dir gesagt, daß du still sein sollst«, meinte Niessa. »Das, was mein Bruder gerade gesagt hat, ist allerdings tatsächlich nicht weit von der Wahrheit entfernt. Sie mit Hilfe des Prinzips abzuwehren, wird viel schwieriger werden, als ich mir je vorgestellt hätte. Es ist selbstverständlich möglich, aber die Tatsache, daß sie wissen, was ich vorhabe, macht es viel schwieriger. Das habe ich einfach nicht vorausgesehen«, fügte sie hinzu. »Ich habe geglaubt, ich hätte das weltweite Monopol auf Magie, und ich habe mich geirrt. Ich schätze, das hat mir mehr weh getan als die Aussicht, die Bank zu verlieren – zu wissen, daß ich einen so dummen Fehler gemacht habe.«

»Entschuldigung«, unterbrach Alexius sie. »Wollt Ihr damit behaupten, daß die Stiftung ... sie können *zaubern*?«

Niessa schüttelte ungeduldig den Kopf. »Ich bin jetzt nicht in der Stimmung für eine akademische Diskussion über Terminologie«, sagte sie. »Als ich die Neuigkeiten hörte, habe ich die – verflucht, schon wieder Terminologie ... nennt es eine Verbindung, oder einen Kanal, wie auch immer, dieses *Ding*, das ich zwischen Euch und Eurem Freund Gannadius aufgebaut habe, benutzt. Ich habe versucht, durch Euch zu ihm zu gelangen und ihn dazu zu bringen, sie zu bewegen, ihre Ansicht zu ändern. Aber ich konnte nicht hineinkommen. Erinnert Ihr Euch – Ihr habt gesehen, wie er vor Euch saß, aber Ihr konntet seine Aufmerksamkeit nicht auf Euch lenken und auch nicht sehen, was er sah.«

Alexius starrte sie an und sagte nichts.

»Es erstaunt mich, daß sie dazu in der Lage sind«, fuhr Niessa fort, »aber sie haben alles abgeriegelt. Wenn ich noch nicht einmal hineingelangen kann, wie soll ich dann in der Lage sein, dort nützliche Arbeit zu leisten? Und als wäre das allein nicht schon schlimm genug, greifen sie mich auch noch an.« Sie drehte sich um und warf Vetriz einen wütenden Blick zu. »Sie greifen uns an. Durch Bardas.«

Vetriz spürte, wie ihr plötzlich kalt wurde, so wie man sich manchmal fühlt, wenn man sich eine tiefe Schnittwunde zugefügt hat. »Oh«, war alles, was sie sagte. Niessa sah sie unfreundlich an, und Vetriz erinnerte sich an Alexius' Scherz über ehrenhafte Absichten.

»Selbstverständlich«, fuhr Niessa fort, »habe ich alle erdenklichen Schritte unternommen. Bardas wird in einem oder zwei Tagen wieder hier sein, wo er hingehört.« Sie warf Gorgas einen bösen Blick zu, und er wandte sich ab. »Und jetzt scheint es, als wäret Ihr plötzlich für uns alle schrecklich wichtig geworden, was mich, wie ich zugeben muß, gewaltig überrascht; ein weiterer Fehler von mir, den ich zweifellos bereuen werde. Wirklich«, meinte sie, »ich habe Euch nur aus Nettigkeit hierbehalten. Den Göttern sei Dank, daß ich mir noch ein paar Bauerntugenden bewahrt habe.«

Gorgas lächelte, als er diese Worte hörte. Sie ignorierte ihn. »Da sind wir nun also«, seufzte sie. »Die Verteidigung des Landes hängt von euch dreien ab. Gorgas kann sich darum kümmern, sechstausend Hellebardiere abzuwehren. Alexius – nun, wir werden sehen, was wir tun können. Ich habe das unangenehme Gefühl, daß Ihr eher für die Verteidigung als für irgend etwas Produktives gebraucht werdet, nun, da sie Euren elenden Freund beherrschen können. Und Ihr«, fuhr sie fort und warf Vetriz einen furchtbar gehässigen Blick zu; Vetriz hätte am liebsten gekichert, aber zum Glück konnte sie es sich verkneifen. »Ihr werdet Euch um diese von den Göttern verfluchte Bürde von einem Bruder kümmern müssen, und dabei wünsche ich Euch viel Glück. Wir haben es die vergangenen zwanzig Jahre versucht, und Ihr seht ja selbst, was dabei herausgekommen ist.«

14

Das erste Thema, worüber wir sprechen müssen«, sagte Avid Soef, »sind Schiffe. Einverstanden?«

Am anderen Ende des riesigen Tisches gähnte jemand. Rechts saß ein kahler Mann, dessen Name für gewöhnlich in den Protokollen verschwiegen wurde, und aß geräuschvoll einen Hähnchenschenkel.

»Nein«, erwiderte Sten Mogre. »Absolut nicht. Unsere erste Priorität ist die allgemeine Strategie, ein Spielplan. Sobald wir den haben, können wir anfangen, uns Gedanken um Details wie Schiffe zu machen.«

Soef warf ihm einen wütenden Blick zu. »Ich verstehe«, sagte er. »Schiffe sind nur ein Detail. Ich nehme an, Ihr habt vor, zu Fuß nach Scona zu gehen?«

Mogre lächelte nachsichtig und verschränkte die Hände vor seinem Bauch. »Hebt Euch das für die Sitzungen auf«, seufzte er. »Dies ist weder der richtige Zeitpunkt noch der richtige Ort für Eure gefeierten geistreichen Bemerkungen. Wir haben es Euch zu verdanken, daß wir beide bis zum Hals in dieser Misere stecken. Wenn Ihr auch nur die geringste Chance haben wollt, in einem Stück wieder herauszukommen, schlage ich vor, das billige Punktesammeln aufzugeben und mitzuarbeiten. Schiffe sind offensichtlich eine wichtige Einzelheit; ebenso wie Nachschublinien, Kommunikation und Kampftaktiken. In einem Krieg ist alles wichtig. Ich will damit eigentlich nur sagen: Laßt uns am Anfang beginnen. Also noch einmal.«

Avid Soef zögerte einen Augenblick, dann nickte er. »Also gut«, sagte er. »Ich nehme an, mein Vorschlag ist deutlich genug. Hören wir, was Ihr zu sagen habt.«

»Danke.« Mogre beugte sich über den Tisch und zog die große Landkarte zu sich heran. »Also gut; hier ist die Karte von

Scona.« Er zeigte mit einem Wurstfinger in eine Ecke. »Hier ist die Stadt Scona. Eines dürfen wir nicht vergessen: Es ist der einzige geschützte Ankerplatz, an dem mehr als eine Handvoll Schiffe vor Anker gehen können, also ist es unter diesem Gesichtspunkt ein guter Platz zur Landung. Dagegen spricht selbstverständlich, daß es sich um den am besten verteidigten Ort auf der Insel handelt. Von einer anderen Warte her betrachtet heißt das: Wenn wir diesen Krieg gewinnen wollen, müssen wir früher oder später die Stadt einnehmen, entweder im Sturmangriff oder durch eine Belagerung, und das mit der Belagerung können wir vergessen, solange wir keine wirkungsvolle Blockade errichten können.«

Rehamon Faim, ein hochgewachsener, breitschultriger Mann Anfang Vierzig, nickte nachdrücklich. »Genau«, sagte er. »Früher oder später werden wir ihren stärksten Punkt ohnehin angreifen müssen – also warum nicht früher? Der Schlüsselbegriff für den ganzen Krieg scheint mir *überwältigende Schlagkraft* zu sein. In jedem Kampf gibt es einen Punkt, an dem man – vorausgesetzt, man ist dem Feind zahlenmäßig deutlich überlegen – so hart und überwältigend zuschlagen kann, daß er nichts mehr dagegen unternehmen kann. In anderen Worten, man kann die Mistkerle erdrücken und auf diese Weise die Verluste auf ein Minimum reduzieren. So sehe ich es jedenfalls.«

Avid Soef schüttelte den Kopf. »Ich habe dieselben Bücher gelesen wie Ihr, Rehamon«, sagte er, »und Ihr habt nur bedingt recht. Ginge es um einen Landkrieg auf flachem, offenem Gelände, dann müßte ich Euch zustimmen. Aber eine feindselige Landung an einer verteidigten Position wie dem Überseehafen – damit handelt man sich nur Ärger ein. Wenn Ihr das Buch jemals zu Ende gelesen hättet, wärt Ihr auch zu der Stelle gekommen, wo erklärt wird, wie zahlenmäßige Überlegenheit sich bei einem verteidigten Hohlweg oder einem Paß tatsächlich in einen Nachteil verkehren kann; und ich behaupte, so wird es uns ergehen, wenn wir Scona von See aus angreifen.«

Sten Mogre, der sich etwas zu trinken eingegossen hatte, schlug nun auf den Tisch, um die Aufmerksamkeit auf sich zu lenken. »Ihr eilt beide zu weit voraus«, sagte er. »Offensichtlich ist die Stadt der Schlüssel zu diesem Krieg, aber nicht der einzig mögliche Brückenkopf, wahrhaftig nicht. Wenn Ihr Euch die Karte genauer ansehen würdet, würdet Ihr sehen, daß die anderen Möglichkeiten bereits rot umkringelt sind.«

Unter allgemeinem Stühlerücken betrachteten die Mitglieder der Kommission die Karte. »Seid Ihr da nicht ein wenig optimistisch?« fragte Mihel Bovert, der geschäftsführende Schatzmeister. »Einige Stellen, die Ihr da gekennzeichnet habt, sind nur kleine Buchten, an denen man kaum mehr als ein Fischerboot landen kann.«

»Dazu komme ich noch«, erwiderte Mogre geduldig. »Aber bevor ich anfange, möchte ich betonen, daß es kein Vorschlag ist – es gibt also keinen Grund, mir an die Kehle zu gehen. Es ist einfach nur eine Frage. Was wäre besser – ein einzelnes Landungsunternehmen mit allen Kräften oder eine ganze Anzahl gleichzeitiger Landungen rings um die Insel?«

Soef zuckte mit den Schultern. »Ihr habt offensichtlich schon darüber nachgegrübelt, Sten«, sagte er. »Also sagt uns nun, was Ihr denkt.«

»Also gut.« Mogre nahm wieder seine bequeme Haltung an. »Denken wir einen Augenblick darüber nach, wie die Rebellen kämpfen. Ein rasches Assoziationsspiel: Wenn jemand Shastel sagt, sagt Ihr ›Hellebardiere‹. Sagt jemand Scona, denkt Ihr sofort ›Bogenschützen‹. Richtig? Da sind wir also einer Meinung. Was wir nun tun müssen, ist, diesen Krieg so zu organisieren, daß Hellebardiere einen Vorteil gegenüber Bogenschützen haben. Und wo sind Bogenschützen am besten? Ich sage Euch, was in den Büchern steht – was also Leute, die sich mit so etwas auskennen, gesagt haben. Und sie behaupten, Bogenschützen seien am wirkungsvollsten, wenn sie aus einer verstärkten Position defensiv gegen Massen sich über offenes Gelände nähernder Feinde eingesetzt werden.«

»Das wissen wir doch alle«, unterbrach ihn Mihel Bovert. »Kommt zum Wesentlichen.«

»Also gut.« Sten Mogre nickte freundlich. »Massen sich über offenes Gelände nähernder Feinde, meine Herren: genau das müssen wir vermeiden. Und hier wird Avids Argument, daß eine Überzahl auch zum Nachteil gereichen kann, interessant. Wenn Ihr auf eine Reihe von Bogenschützen zumarschiert, ist deren Chance, etwas zu treffen, um so größer, je mehr Ihr seid – so einfach ist das. Daher wäre es besser, kleine beweglichere Angriffseinheiten zu haben, die sich dem Feind aus unterschiedlichen Richtungen nähern; man zwingt ihn dazu, seine Kräfte aufzuteilen – und bei Bogenschützen gibt es, wie jeder weiß, ein magisches Verhältnis irgendwo zwischen dreizehn und zehn zu eins, abhängig von der Entfernung zwischen den Heeren und der Qualität der Truppen. Sobald man unter diese magische Zahl fällt, können Bogenschützen einen entschlossenen Angriff schwerer Infanterie einfach nicht aufhalten. Unser Ziel muß also sein, sie dazu zu bringen, daß sie ihre Einheiten entsprechend verkleinern. Und das erreichen wir, indem wir unsere eigenen Kräfte aufteilen – und sie dasselbe tun lassen.« Er hielt inne und sah sich um. »Wie sieht es bisher aus? Alle einverstanden?«

Avid Soef tat sein Bestes, gelangweilt dreinzuschauen. »Wie Ihr immer wieder sagt, Sten«, meinte er, »wir kennen die Bücher alle. Bisher habt Ihr uns zu einer grundlegenden Einkreisungsstrategie geraten, sonst nichts. Und das ist gesunder Menschenverstand.«

Mogre lächelte ihn an. »So sieht es aus, nicht wahr – bis man sich die Landkarte ansieht. Seht Euch die Landkarte an, Avid. Seht Ihr diese braunen Stellen am Rand? Das sind Berge. Scona ist im Prinzip ein einziger großer Berg mit ein paar ebenen

Stellen. Und im ersten Jahr meiner Ausbildung hat man mich hundertmal schreiben lassen, ›wo es Berge gibt, gibt es auch Probleme‹. Ihr wißt schon – Hinterhalte, unterbrochene Nachschublinien, unterbrochene Kommunikation, die rechte Hand weiß nicht, was um alles in der Welt die linke tut – wirklich grundlegende Dinge. Wenn wir sechstausend Mann in kleinen Einheiten von ein paar hundert Soldaten in den Hügeln von Scona loslassen, überall verteilt wie eine Handvoll Saatkorn, dann haben wir nichts Besseres verdient als das, was wir zweifellos bekommen werden. Könnt Ihr dem folgen, oder soll ich noch mal von vorn anfangen?«

Avid Soef verzog ungeduldig das Gesicht. »Was wollt Ihr uns damit sagen?« seufzte er. »Erst heißt es *Teilen wir unsere Kräfte auf,* und nun plötzlich *Wir müssen zusammenbleiben.* Könntet Ihr Euch bitte entscheiden?«

»Beruhigt Euch, Avid«, erwiderte Mogre, »niemand greift Euch an. Ich versuche nur aufzuzeigen, was ich für eine ziemlich offensichtliche Tatsache bezüglich dieses Krieges halte: daß es nämlich keine einfachen Antworten gibt; wir können nicht einfach ein paar relevante Stellen aus unseren Büchern kopieren und ihnen dann buchstabengetreu folgen; wir müssen unsere Köpfe benutzen. Wir haben über den Feind nachgedacht, über seine Stärken, und auch ein wenig darüber, wie wir ihnen ausweichen können; jetzt laßt uns dasselbe bezüglich des Geländes tun.«

Pier Epaiz, das jüngste Mitglied der Kommission, hob die Hand. »Zufällig habe ich mich darum schon ein wenig gekümmert«, begann er. »Ich unterrichte Eigentumsrecht und habe meine Schüler im zweiten Jahr die Eigentumsurkunden durchgehen und all die alten Hypotheken und Pachtverträge herausholen lassen, die etwas mit Landanteilen auf Scona zu tun haben. Wir sind jetzt dabei, sie zu korrelieren, und wenn wir das, was wir gefunden haben, mit den alten Zehntkarten und Volkszählungen verglichen haben, sollten wir imstande sein, eine detailliertere geographische Karte herzustellen als jene, die das Hauptarchiv liefern kann. Was bedeutet«, fuhr er mit einem nervösen Grinsen fort, »daß wir, immer vorausgesetzt, wir machen es richtig, verläßliche Landkarten liefern könnten, die unseren Leuten tatsächlich zeigen, wo sich was befindet.«

»*Das* ist das Intelligenteste ...« setzte Avid Soef an, aber Mogre unterbrach ihn.

»Einen Augenblick«, meinte er. »Habt Ihr eine Vorstellung, wie lange das alles dauern wird?«

Pier Epaiz dachte einen Augenblick nach. »Höchstens sechs Monate«, sagte er, »und es ist durchaus möglich, daß wir es in vier schaffen, wenn mir noch ein paar Leute aus anderen Klassen zugeteilt werden.«

»Vier Monate«, wiederholte Mogre. »Ihr schlagt also vor, daß wir den Krieg um vier Monate verschieben, während Eure Studenten sich durch alte Eigentumsakten wühlen.« Er schüttelte den Kopf. »Sagt mir, daß Ihr mir etwas geben könnt, das besser ist als das, was wir bereits in vier Wochen geleistet haben – das wäre dann ein nützlicher Beitrag. Ansonsten schlage ich vor, daß wir versuchen, mit den Zehntkarten zurechtzukommen, aus denen, wenn ich mich recht an den juristischen Unterricht erinnere, all die Pläne und Diagramme der einzelnen Eigentumsverträge ohnehin kopiert worden sind.«

»Ja, aber im allgemeinen gibt es in den Vertragstexten weitere Einzelheiten ...« versuchte Epaiz es noch einmal, aber dann sahen ihn alle anderen an, und er setzte sich wieder hin. »Also gut«, fuhr Mogre fort, »wir haben hier tatsächlich einen wichtigen Punkt. Geographie – wir müssen das Gelände kennen. Landkarten – wenn wir zwei oder mehr Einheiten auf ein gemeinsames Ziel ansetzen, sollten wir dafür sorgen, das sie alle Kopien derselben Landkarte benutzen, die im selben Maßstab gezeichnet sind. Lacht nicht«, fügte er hinzu, »da ist schon allerhand passiert. Ein Kommandant benutzt einen Greifzirkel auf der Landkarte und rechnet sich aus, daß es bis zur Stadt zwei Tage sind. Sein Kollege auf der anderen Seite der Stadt hat eine Karte im anderen Maßstab, also kommt er zu einer anderen Einschätzung – mit dem Ergebnis, daß einer vor dem anderen dort ist, sich allein dem Feind stellen muß und geschlagen wird. Ihr könntet mir tatsächlich einen Gefallen tun«, fuhr er fort und sah Pier Epaiz an. »Eure Schüler könnten nämlich identische, von den Zehntkarten kopierte Landkarten, erstellen, angefangen mit ... sagen wir zwanzig Kopien, und dann immer weiter, bis ich abwinke. Geht das in Ordnung?«

Epaiz nickte schweigend.

»Wunderbar«, meinte Sten Mogre, »wir kommen tatsächlich weiter. Schauen wir mal, ob wir noch mehr schaffen. Pier beschäftigt sich also mit der Herstellung von Landkarten, und was muß sonst noch getan werden, bevor wir wirklich anfangen können? Ernan, würdet Ihr mir vielleicht ein paar Zahlen zusammenstellen, zunächst, was wir wahrscheinlich an Vorräten und Material brauchen – querbeet von Hellebarden über Stiefelschnallen bis zu Schinkenspeck –, zweitens brauche ich eine Liste dessen, was wir tatsächlich haben, und drittens, was wir noch erwerben müssen, wo wir es am besten bekommen, wie lange das dauern und wieviel es kosten wird. Kommt Ihr damit zurecht?« Ernan Mines, der zierliche, quälend nervöse stellvertretende Dekan der mathematischen Fakultät, nickte mehrmals. »Gut«, fuhr Mogre fort und wandte sich dem grauhaarigen, hochgewachsenen Mann zu seiner Linken zu. »Hiors, warum setzt Ihr Eure Geschichtsstudenten nicht daran, ein möglichst gutes Profil der Rebellenstreitkräfte zu erstellen – Anzahl, Ausbildung, Ausrüstung, alles was Ihr finden könnt? Schnappt Euch so viele Kaufleute, Fischer, Spione, wen immer Ihr erwischen könnt, wer immer vielleicht etwas Nützliches weiß – kürzliche Lieferungen militärischer Vorräte, eine Einschätzung der Truppenreserven, all das demographische Zeug, Berichte über frühere Kämpfe in den Depeschenarchiven; seht zu, daß Ihr ein paar Beispiele für die Rebellenausrüstung zusammenkratzen könnt, damit wir wissen, womit wir es zu tun haben werden.«

Er hielt inne, um Luft zu holen, dann beugte er sich ein wenig vor und sah Avid Soef direkt in die Augen. »Und was ich von Euch gern hätte, Avid«, fuhr er fort und ignorierte die Miene seines Kollegen, »da Ihr das Thema schon aufgebracht habt, ist ein kurzer Bericht darüber, was für Schiffe wir brauchen – wie viele, wo wir sie mieten können und wieviel es wahrscheinlich kosten wird. Bleibt mit Hiors in Verbindung, er wird imstande sein, Euch mitzuteilen, wie viele Kampfschiffe den Rebellen zur Verfügung stehen, so daß Ihr Vorkehrungen treffen könnt, sie uns vom Hals zu halten, während wir versuchen, unsere Truppen an Land zu bringen. Also gut, habe ich jemanden vergessen?« Er wartete zwei Sekunden, dann fuhr er fort. »Niemand? Nun, wenn jemandem nach der Besprechung noch etwas einfällt, laßt es mich wissen. Ansonsten würde ich vorschlagen, daß wir uns in zwei Tagen wieder treffen und uns ansehen, was wir erreicht haben. Einverstanden? Wunderbar.« Er stand auf. »Ich glaube, es ist uns hier und heute tatsächlich gelungen, wichtige Arbeit zu leisten. Ich danke Euch. Wenn wir in diesem Tempo weitermachen – wer weiß, vielleicht sind wir dann alle nächstes Jahr um diese Zeit noch am Leben.«

Die Kommissionsmitglieder verließen das Zimmer, bis auf Avid Soef und Mihel Bovert.

»Ich weiß«, sagte Bovert, bevor Soef auch nur den Mund aufmachen konnte, »es ist eine Katastrophe.«

»Findet Ihr?« Soef lächelte vergnügt. »Ich nicht. Tatsächlich bin ich der Ansicht, daß alles sehr gut läuft.«

Bovert starrte ihn an.

»Wirklich?« fragte er. »Dieses Rückkauflerschwein reißt sich die Besprechung unter den Nagel, reißt sich den ganzen verdammten Krieg unter den Nagel und läßt uns wie dumme Jungs dastehen ...«

»Immer mit der Ruhe.« Avid Soef hockte sich auf die Tischkante und zog eine Landkarte zu sich heran. »Denkt doch nach. Sten hat also alles an sich gerissen; vergeßt nicht, daß wir nicht unbedingt freiwillig hier sind. Wenn also alles schiefgeht, können wir uns immer noch umdrehen und sagen, es hat nichts mit uns zu tun; wer sich beschweren will, möchte sich bitte an Sten Mogre wenden.«

Bovert gab mit einem raschen Nicken zu, daß er derselben Ansicht war. »Und wenn es gut läuft?«

»In diesem Fall teilen wir die Anerkennung, und alles bleibt beim alten. Außerdem ist es noch lange hin. Ich nehme allerdings an, da Sten darauf besteht, alles selbst in die Hand zu nehmen, wird er so sehr damit beschäftigt sein, den verdammten Krieg zu führen, daß ihm keine Zeit mehr bleibt, sich zu erinnern, wieso wir überhaupt mit diesem Mist angefangen haben.«

»Versteh mich nicht falsch«, sagte Zonaras beim Frühstück, »aber wie lange willst du eigentlich bleiben?«

Das Frühstück bestand aus dem restlichen Brot vom Vortag, einem Stück Käse, der bis zur Durchsichtigkeit gealtert war, und einem Krug Zider, der dringend verbraucht werden mußte. Niemand schien sonderlich hungrig.

»Ich weiß nicht«, erwiderte Bardas. »Um ehrlich zu sein, habe ich darüber noch nicht nachgedacht. Warum? Wollt Ihr mich loswerden?«

Zonaras und Clefas sahen einander an. »Hier ist auch dein Zuhause, das weißt du«, sagte Clefas. »Aber wir müssen realistisch sein.«

Bardas zog die Brauen hoch. »Realistisch«, wiederholte er.

»Stimmt«, meinte Zonaras. »Wir müssen den Tatsachen ins Auge sehen, Bardas. Wir produzieren gerade genug, daß wir zu zweit so eben davon leben können. Bei dreien könnte es reichlich knapp werden.«

Bardas rutschte ein wenig hin und her. »Das kommt darauf an«, meinte er. »Bei drei nutzlosen Jammerlappen wie euch vielleicht. Sei still, Clefas, wenn ich etwas von dir hören will, lasse ich es dich wissen. Das hier ist ein guter Bauernhof, oder er war es zumindest zu Vaters Zeiten. Gut, wir waren niemals reich, aber wir konnten alle davon leben und die Pacht zahlen, und soweit ich mich erinnern kann, ist nie jemand hungrig gewesen oder mußte barfuß herumlaufen.«

Zonaras war knallrot geworden. »Wir haben verdammt schwer gearbeitet, Bardas«, sagte er. »Wir waren schon auf und haben uns um die Herde gekümmert, als du noch im Bett gelegen hast. Erzähl uns bloß nicht, wie wir unsere Arbeit machen müssen.«

»Irgendwer muß es tun«, meinte Bardas ruhig. »Oh, ich behaupte nicht, daß ihr faul seid«, fuhr er fort. »Das könnte euch niemand vorwerfen. Ihr seid nur zu nichts nutze. Dumm. Alles, was ihr anfaßt, läuft hoffnungslos schief. Wenn es neunundneunzig richtige Arten gibt, etwas zu tun, und eine falsche, werdet ihr jedesmal die falsche wählen. Und wißt ihr, warum?«

Clefas stand auf, zögerte, dann setzte er sich wieder hin. »Ich nehme an, du wirst es uns jetzt sagen«, meinte er.

»Darauf kannst du wetten. Es liegt daran, daß ihr Verlierer seid, ganz einfach. Es ist nicht eure Schuld«, fuhr er fort. »Ihr seid jüngere Söhne, man hat euch nicht dazu erzogen zu denken. Normalerweise hättet ihr euer ganzes Leben lang jemanden gehabt, der euch sagt, was, wie und wann ihr es tun sollt; erst Vater, dann Gorgas oder mich, dann Gorgas' oder meine Söhne. Man hätte sich um euch gekümmert, es hätte genügt, daß ihr schwer arbeitet, und mehr hätte niemand von euch erwartet. So, wie die Dinge im Augenblick stehen, hattet ihr eure Chance, und es hat sich gezeigt, daß ihr es einfach nicht schafft. Also, was ist? Wollt ihr mir etwa sagen, daß ich unrecht habe?«

Es blieb lange Zeit still im Raum.

»Also gut«, meinte Zonaras schließlich. »Aber wessen Schuld ist das? Wer hat sich denn davongemacht, weil er es hier nicht mehr aushalten konnte? Wenn du hiergeblieben wärest, wenn du den Mumm gehabt hättest hierzubleiben, wo du hingehörst, statt davonzurennen und uns zurückzulassen ...«

»Um sämtlicher Götter willen, ich habe mein Bestes für euch getan«, erwiderte Bardas zornig. »All die Jahre, in denen ich mein Leben aufs Spiel gesetzt und an Orten gewohnt habe, wo ihr nicht einmal ein Schwein einsperren würdet – und alles nur, damit ihr versorgt seid ...«

Clefas sprang wieder auf. »O ja, das war wunderbar«, rief er. »Du brauchtest uns nur Geld zu schicken, und das sollte alles in Ordnung bringen, als wären wir Krüppel oder nicht richtig im Kopf oder so. Aber wir wollten nur ein einziges Mal Glück haben und einen Volltreffer landen, denn dann hätten wir dir endlich sagen können, wo du dir dein verdammtes Geld hinstecken sollst. Und jetzt glaubst du, du kannst nach all den Jahren hier wieder hereinstolzieren und das Oberhaupt der Familie spielen, als wäre nichts geschehen – du bist tatsächlich noch dümmer, als du aussiehst.«

Bardas starrte ihn kühl an. »Setz dich hin, du Idiot«, sagte er. »Und hört endlich auf herumzuzappeln, alle beide, sonst bekomme ich noch Kopfschmerzen. Es bleibt die Tatsache, daß ich die Leitung dieses Hofes übernehmen kann, und innerhalb eines Jahres wird es uns wieder gutgehen, und wir werden mehr als genug für uns alle drei haben. Oder ihr macht weiter wie bisher, und ihr werdet euch immer noch totschuften und mit Müh und Not euren Lebensunterhalt verdienen, wenn ihr alte Männer seid. Und warum? Aus dummem, einfältigem Stolz. Ihr seid schlimmer als schmollende Kinder.«

»Ach ja?« sagte Zonaras. »Schon gut, großer Bruder, sag uns doch einfach, was du alles so verdammt viel besser machen würdest.«

Bardas zuckte mit den Schultern. »Wo soll ich anfangen?«

sagte er. »Also gut, hier sind zehn Dinge, die ihr falsch macht, einfach zufällig ausgewählt. Nummer eins bis fünf: Wenn ihr aus dem Fenster dort schaut, seht ihr zehn Reihen Reben, nur Blätter und keine verdammten Trauben. Wollt ihr wissen warum? Ihr habt zuviel weggeschnitten, zuviel gegossen, zuviel gedüngt und zuviel Spaliere gestellt. Daneben gibt es zehn Reihen Bohnen, die ihr bei lebendigem Leib verbrannt habt, indem ihr sie in Dünger erstickt habt. Von den verwelkten Bohnen gelangen wir zu den toten Pflaumenbäumen, die ihr getötet habt, indem ihr sie viel zu tief geringelt habt, und direkt dahinter, euer Stolz und eure Freude, die neuen Olivenbäume. Es muß Wochen knochenharter Arbeit gekostet haben, sie so ordentlich anzupflanzen, aber sie werden alle eingehen, weil mittendrin zwei große Eichen stehen, und jeder Idiot weiß, daß Eichenwurzeln Oliven vergiften. Dann kommen die Zwiebeln ...«

»Schon gut«, knurrte Zonaras, »wir haben es kapiert. Jeder macht mal Fehler.«

»Ja.« Bardas seufzte. »Aber verdammt noch mal doch nicht bei *allem*, was er tut. Es braucht echte Begabung, um alles so zu versauen. Und wißt ihr, was das wirklich Traurige dabei ist?« Er schloß die Augen, rieb sie und öffnete sie dann wieder. »Die meisten Katastrophen passieren, weil ihr euch zu sehr anstrengt. Wenn ihr nur das unbedingt Nötige tun und den Rest des Tages damit verbringen würdet, unter einem Baum auf eurem Hintern zu sitzen und Grashalme zu kauen, würde es euch viel besser gehen. Und das ist lächerlich.«

»Also gut.« Zonaras war inzwischen außer sich vor Zorn; er sah aus, als würde er im nächsten Augenblick zuschlagen. »Wir sind also keine guten Bauern«, fuhr Zonaras fort. »Na und? Niemand hat es uns je beigebracht. Vater hat uns nie gesagt, wie man es macht – oh, dir und Gorgas hat er natürlich alles erzählt und dafür gesorgt, daß ihr alles wißt, was ihr wissen müßt. Wenn wir einmal eine Frage gestellt haben, haben wir eine Ohrfeige bekommen, und man hat uns angewiesen weiterzuarbeiten. Es hieß immer, das braucht ihr nicht wissen, es genügt, daß Bardas es weiß. Tut einfach, was man euch sagt, und überlaßt das Denken denen, die älter und klüger sind. Also gut, wir haben getan, was man uns gesagt hat, und wo hat uns das hingebracht? Alles, was wir je gelernt haben, war schwer zu arbeiten und nicht, wie zum Teufel man das einsetzt. Und wo in aller Götter Namen warst du die ganze Zeit? In dieser verdammten Stadt und hast Leute umgebracht.«

Bardas spürte, wie seine Atemzüge kürzer wurden; Zorn, schlechte Laune – das waren normalerweise keine Probleme, mit denen er umgehen mußte. Ein Mann, der für Geld kämpft und tötet, hat beinahe nie eine Gelegenheit, zornig zu werden. »An eurer Stelle würde ich nicht in diese Richtung weiterargumentieren«, meinte er. Seine Brüder starrten ihn verächtlich an.

»Soll das eine Drohung sein?« fragte Clefas. »Ich wußte, daß es darauf hinauslaufen würde, früher oder später. Bardas, der große Kämpfer, Bardas, der gewaltige Fechter: tu, was ich sage, oder ich schlage dir die Fresse ein. Und, hast du das vor? Mir die Fresse einschlagen, wenn ich etwas sage, was dir nicht gefällt?« Er entspannte sich und grinste boshaft. »Ich sag dir was, Bardas – ich war immer der Ansicht, daß du und Gorgas, daß ihr vom selben Schlag seid.«

»Das ist ...« sagte Bardas, doch dann verstummte er und zwang sich, sich zu beruhigen. »Das ist keine sehr nette Bemerkung, Clefas. Also gut, ich habe vieles getan, worauf ich nicht stolz bin, aber mich mit *ihm* zu vergleichen ...«

Clefas sah ihn neugierig an. »Aber das tun hier doch alle«, meinte er. »Warum sollten wir es nicht tun?«

Bardas starrte ihn an. »Was meinst du mit alle?«

»Wir schämen uns für dich, Bruder«, erwiderte Clefas. »Wir schämen uns für euch beide. Zum Beispiel, als du das Geld geschickt hast. Anständige Leute wollten nichts damit zu tun haben, nicht einmal, als wir angeboten haben, die Schulden damit zu zahlen. Wir wissen alle, woher das kommt, haben sie gesagt. Und sie sind alle drei gleich schlimm – das haben sie gesagt, aber damit meinten sie selbstverständlich die ganze verdammte Familie, als wären wir auch wie ihr beiden und wie Niessa. Und was haben wir getan, außer zu Hause zu bleiben und zu versuchen, unseren Lebensunterhalt zu verdienen?« Er lachte. »Nun, wir haben es versucht, und dabei waren wir nicht sonderlich gut, und jetzt sind wir einfach nur hier, und es ist uns ziemlich egal. Kannst du das verstehen, Bardas? Wir wollen nicht, daß du hierher zurückkommst, auch nicht, wenn du die Erträge verdoppelst oder verdreifachst und die Götter mögen wissen was noch, weil wir genug von dir haben, genug von euch allen dreien. Warum verschwindest du nicht einfach und läßt uns in Ruhe?«

»Zonaras?« Bardas sah seinen anderen Bruder an.

»Wie Clefas schon gesagt hat«, erwiderte er, »wir wollen dich hier nicht haben. Das hier ist nicht mehr dein Zuhause. Geh, wohin zum Teufel du gehören magst, und komm nicht wieder, um uns auf die Nerven zu gehen.«

Bardas nickte. »Tja«, sagte er. »Es hat wohl wirklich keinen Sinn hierzubleiben. Was schlagt ihr also vor, wohin sollte ich gehen?«

Keiner seiner Brüder antwortete. Er wartete, dann fuhr er fort: »Ich kann nicht in die Stadt zurückkehren, weil so ein Mistkerl sie niedergebrannt hat. Ich bin zu alt, um weiter Soldat zu spielen, selbst wenn mich jemand haben wollte. Kommt schon, sagt ihr mir doch, wo ich hingehen soll?«

Clefas zuckte mit den Schultern. »Das geht uns nichts an«, sagte er. »Warum kehrst du nicht dahin zurück, wo du gerade hergekommen bist? Du warst zwei Jahre lang dort, also kann es wohl nicht so schlimm gewesen sein. Außerdem«, fügte er hinzu, »wenn du so gern ein Zuhause hättest, wieso versöhnst du dich nicht mit Gorgas und Niessa? Ihr seid wirklich füreinander geschaffen, wenn du mich fragst.«

Bardas sah ihn lange Zeit an. »Du sagst das so, als würdest

du es ernst meinen«, sagte er leise. »Und in diesem Fall hast du recht. Ich gehöre nicht mehr hierher. Und das ist eine Schande.«

Zonaras schüttelte den Kopf. »Du magst ein großer Kämpfer sein, Bardas«, sagte er. »Aber du weißt absolut nichts von deiner eigenen Familie. Sieh endlich den Tatsachen ins Auge, Bruder, wir waren die Loredan-Jungs, wir haben nie was getaugt. Das sagen hier alle.«

»Ach ja?« Bardas lächelte. »Nun, wenn alle das sagen, muß es wohl so sein.« Er stand auf und ging zur Tür. »Wenn ihr auch nur die geringste Ahnung davon hättet, wie ich von diesem Ort geträumt habe, damals, als ich noch in der Kavallerie war, und auch danach, als ich vor Gericht gefochten habe. Ich habe immer gedacht, nun gut, mein Leben wird nie etwas wert sein, aber zumindest kümmere ich mich um meine Brüder und tue mein Bestes als ältester. Um der Götter willen, das ist alles, was mich je interessiert hat! Deshalb bin ich weggeblieben, weil ich wußte, daß ich euch hier nie etwas Gutes hätte tun können; nur wenn ich weg wäre und Geld verdiente, um es nach Hause zu schicken. Es ging mir nur um die Familie.«

Clefas sah ihm in die Augen. »Ich fürchte, dann hast du viel Zeit vergeudet.«

Bardas nickte, dann ging er hinaus. Es war warm im Hof, die Sonne hatte gerade begonnen, die Luft aufzuheizen, und es roch süß nach dem Regen der vergangenen Nacht. Impulsiv bückte sich Bardas, packte einen kleinen Stein und warf ihn nach dem alten Schafsschädel. Der Stein traf den Schädel knallend in der Mitte, so daß es ein Echo von der hinteren Hauswand gab, aber der Schädel blieb ganz. Bardas zuckte mit den Schultern und schlenderte langsam auf das Tor zu, das in den Obstgarten hinter dem Haus führte. Er knotete gerade das Seil auf, das seine Brüder anstelle des längst verrosteten Riegels angebracht hatten, als er Stiefelschritte hinter sich hörte und sich umdrehte. Zwischen ihm und dem Haus standen vier Männer, vier Bogenschützen aus Scona; ein Unteroffizier und drei einfache Soldaten. »Bardas Loredan?« fragte der Unteroffizier.

Bardas nickte. »Ja.«

Der Unteroffizier zögerte einen Sekundenbruchteil, dann trat er einen einzigen Schritt vor. »Ihr müßt mit uns kommen«, sagte er. Es lag echte Angst in seinem Blick, und Bardas konnte sehen, daß dieses Gefühl dort eher fremd war.

»Also gut«, sagte er.

»Sofort«, fuhr der Unteroffizier fort. »So lautet mein Befehl.«

»Schon gut«, wiederholte Bardas. »Ich brauche nichts mitzunehmen. Wir könnten einfach gehen.«

Die Soldaten wichen zurück, als er zwischen ihnen durchging. *Sie haben Angst vor mir*, bemerkte er amüsiert, *aber haben sie Angst, daß ich ihnen weh tue oder daß sie mir weh tun müssen? Wenn man es sich recht überlegt ... wären sie eine Stunde früher gekommen, hätten sie allen Grund dafür gehabt. Ich hätte sie alle vier getötet, wenn es notwendig gewesen wäre.*

Er fragte sich, ob er es ihnen sagen sollte, einfach damit sie wußten, wieviel Glück sie gehabt hatten, aber dann entschied er sich dagegen. Statt dessen streckte er die Hand aus und riß dem nächststehendem Mann den Bogen aus der Hand – mit einer so schnellen Bewegung, daß der Mann nichts dagegen tun konnte.

»Schon gut«, erklärte er, bevor seine armselige Eskorte Gelegenheit hatte zu reagieren, »rein berufliches Interesse. Ist das die Ausrüstung, die ihr Jungs derzeit bekommt?«

Der Mann nickte und streckte die Hand nach seinem Bogen aus. Loredan hielt ihn außerhalb seiner Reichweite und betrachtete die Waffe. Dann schob er den Daumennagel in einen winzigen Riß am Bogenrücken. »Gut, daß du nicht versucht hast, dieses miserable Ding zu spannen«, sagte er, »oder du hättest den oberen Teil im Gesicht und den unteren zwischen den Beinen gehabt, und deine Kumpel hätten dich auf einem Türblatt nach Hause tragen müssen. Müll«, fügte er hinzu, steckte ein Ende des Bogens in den weichen Boden und lehnte sich darauf, bis er brach – ein langer, zackiger diagonaler Riß voller Splitter und Nadeln. Der Soldat sah ihm stumm und mit einem gequälten Gesichtsausdruck zu. *Ihr Götter, ich nehme an, er wird ihn von seinem Sold bezahlen müssen. Daran hatte ich nicht gedacht. Aber das würde Niessa ähnlich sehen.* »Ich habe dir also nur einen Gefallen getan, Sohn.«

Der Bogenschütze sah ihn an. »Jawohl«, sagte er.

»Du brauchst keine Haltung anzunehmen, ich bin nur ein Zivilist.«

»Nein, Herr.«

»Was soll's.« Er gab dem Bogenschützen die beiden Stücke zurück; er fühlte sich, als wäre er ein General, der Orden verteilt. »Ich habe nämlich selbst Bögen gebaut«, sagte er. »Ich habe davon gelebt. Zum Glück war das keiner von meinen.«

»Nein, Herr.«

»Nicht, daß meine nicht auch manchmal gebrochen wären«, fuhr er fort, nur damit er seine eigene Stimme hörte, »aber nicht auf diese Art. Da hat so ein Idiot einfach durch die Wachstumsringe geschnitten; wenn man das macht, zerfällt das ganze Ding in Stücke und ist nicht mehr zu retten.« Er setzte dazu an, sich ein letztes Mal umzuschauen, ließ es dann aber doch bleiben. »Es ist verblüffend, was man alles versehentlich zerstören kann, wenn man auch nur ein einziges Mal mit einem scharfen Gegenstand ausrutscht.«

15

Der Krieg kam zu früh, und wie bei allen Frühgeburten war es am Anfang nicht sicher, ob und wie er sich entwickeln würde.

Der erste Schlag wurde an Deck eines colleonischen Frachters geführt, der in der Leucas-Bucht vor Anker lag, zweihundert Meilen von Scona entfernt, und kein einziger der in den Kampf verwickelten Männer stammte aus Scona oder Shastel. Der Kapitän des Frachters, dessen Name in den Berichten nicht erwähnt wird, war auf dem Weg nach Shastel, weil er hoffte, sein Schiff als Truppentransporter an die Stiftung vermieten zu können. Um die Fahrt nicht mit leerem Frachtraum machen zu müssen, hatte er hundertsechs Fässer erstklassiger colleonischer Rosinen geladen, die sich auf dem Markt von Shastel immer profitabel verkaufen ließen. Der Kapitän eines Küstenschiffs aus Leucas hörte zufällig in einer Hafenkneipe, was der Frachter an Bord hatte, und beschloß, sich diese Ladung zu holen. Um seine Tat zu rechtfertigen, beschloß er, das berühmte Neutralitätsdekret von Leucas auszunutzen, in dem erklärt wurde, daß der Senat und das Volk sich weigerten, sich in irgendeine militärische Aktion einzumischen, die auf ihrem Land und in ihren Heimatgewässern stattfand, und er erklärte sich zum Freibeuter im Dienste Sconas und hißte die Flagge der Loredan-Bank, die er ein paar Stunden zuvor vorsichtshalber vom Agenten der Bank erworben hatte. Um sicherzugehen, daß die Küstenwache sich nicht einmischte, informierte er den nächstbesten Beamten offiziell von seinen Absichten. Dieser Beamte war zufällig der Zöllner, der vom Kapitän des colleonischen Frachtschiffs im Gegenzug für eine recht oberflächliche Inspektion des Frachtraums (der in den Hafenpapieren als leer ausgewiesen wurde) einen großzügigen Beweis seiner Hochachtung erhalten hatte und nun entschied, es sei nur gerecht und vernünftig, einen seiner Untergebenen zu dem Frachter zu schicken und die Besatzung vorzuwarnen. Was zur Folge hatte, daß die Männer des Küstenschiffs, als sie längsseits gingen und die Rosinen unter Berufung auf ihren Kaperbrief für beschlagnahmt erklären wollten, sich einem Schiff gegenübersahen, dessen Seiten mit lose gerafften Planen zur Abwehr von Enterhaken bespannt waren, und an dessen Deck die mit allem Möglichen bewaffnete und zum Kampf bereite Besatzung auf sie wartete.

Das war nicht die Art von Bedingungen, unter denen die nüchternen Kaufleute von Leucas Geschäfte machten, also überlegte der Kapitän des Küstenschiffes es sich anders und brach die Aktion ab. Aus irgendeinem unerklärlichen Grund beschloß der Kapitän des Frachters, ihn zu verfolgen. Unter den Besatzungsmitgliedern befanden sich vier Santeaner, alle begeisterte Armbrustschützen, und sie amüsierten sich damit, Weitschüsse auf das Küstenschiff abzugeben. Ein Bolzen traf den Ersten Offizier ins Bein, woraufhin er stolperte und über Bord ging. Das Küstenschiff stoppte, um ihn zu retten, was dem Frachter gestattete, längsseits zu kommen und sich auf das Entern des feindlichen Schiffes vorzubereiten. Zu diesem Zweck befahl der Kapitän, daß die Planen gesenkt wurden, und der Kapitän des Küstenschiffs, der seinerseits vorzog, daß der Kampf auf einem anderen Schiff stattfand, schickte sofort eine eigene Entermannschaft los. Und so geschah es, daß ein leucanischer Seemann namens Sepren Orcas, der als erster den Frachter enterte, den Krieg zwischen Scona und Shastel einleitete, indem er einen Offizier des Frachters mit einem Entermesser an der Schulter verletzte.

Der eigentliche Kampf war relativ kurz. Die Leucanier waren besser bewaffnet und die erfahreneren Kämpfer, aber die Mannschaft des Frachters war ihnen zahlenmäßig drei zu eins überlegen, was eine Übernahme des größeren Schiffs praktisch unmöglich machte. Nachdem sie genug Schaden angerichtet hatten, um dafür zu sorgen, daß die Mannschaft des Frachters Besseres zu tun hatte, als das Küstenschiff zu entern, zogen sie sich zurück, strichen die Loredan-Fahne und nahmen Kurs auf den Hafen. Es hatte keine Toten gegeben, und die einzige schwere Verletzung war die Folge eines Unfalls – ein Mann von der Mannschaft des Frachters hatte es so eilig gehabt, in die Takelage zu klettern, um der Entermannschaft zu entgehen, daß er den Halt verloren hatte, auf das Deck gestürzt war und eine Gehirnerschütterung erlitten hatte, die am Ende zum Verlust eines Auges führen sollte. In den verläßlichen Berichten über das Ereignis wird sein Name entweder als Horg Pilomb aus Colleon, Mias Conodin aus Perimadeia oder Huil Laphin von der Insel angegeben.

Kurz gesagt, es war die Art Kampf, die richtiger, ernsthafter Kriegsführung ihren schlechten Ruf verschafft: wirr, unschlüssig und im großen und ganzen sinnlos. Als die Stiftung auf Shastel davon erfuhr, erließ sie auf der Stelle eine Proklamation, daß sich ohne vorherige Konsultation und Zustimmung durch die Fakultät für Navigation und Handel in Shastel kein Schiff als im Dienst der Stiftung betrachten dürfe, was vor allem das Ziel hatte, den Handel zu sichern, indem jede Wiederholung der Leucas-Affäre verhindert werden sollte. Bei alledem ging es der Stiftung selbstverständlich auch um ihren Ruf – immerhin würde dieser Kampf als der erste in ihrem Krieg in die Annalen eingehen, und sie wollten wirklich nicht, daß solche Dummheiten später Absolventen der Stiftung zugeschrieben würden.

Die Bank war unbequem, und Bardas Loredan, der es ohnehin haßte, nutzlos herumzusitzen, war müde und gelangweilt und hätte sich nur zu gern seiner nassen Kleidung entledigt und vor einem Feuer gewärmt. Er verspürte das intensive Bedürfnis, aufzustehen und davonzugehen, aber er konnte nicht so recht die Energie dazu aufbringen; außerdem wußte er ohnehin nicht, wohin er gehen sollte, und er hatte kein Geld.

Schließlich – nachdem sein Kopf schon vorwärts auf die Brust gesackt war, wie der eines Mannes, der im Schlaf gestorben ist – fand ihn ein Schreiber und weckte ihn auf.

»Sie wird Euch jetzt empfangen«, sagte er.

»Schön«, erwiderte Bardas schläfrig. »Sehr schön, ja.« Er stand auf und folgte dem Schreiber in Niessas Stube. Sie war allein.

»Hallo, Bardas«, sagte sie.

»Hallo, Niessa, darf ich mich hinsetzen?«

»Selbstverständlich, das mußt du doch nicht fragen. Möchtest du ein wenig warme Suppe?«

Ihm kam der Gedanke, daß man ihn draußen hatte warten lassen, während seine Schwester Suppe kochte, aber er hatte Hunger und sagte: »Ja, bitte.« Niessa füllte eine Holzschale und reichte sie ihm; er hielt die Schale schräg und trank einen Schluck. Es war dicke, stark gewürzte Fischsuppe, die recht gut schmeckte.

»Gut«, sagte er.

»Ein Rezept aus Shastel«, erwiderte sie. »Dort drüben haben sie Leute, die alles Mögliche studieren.«

Er nickte und trank einen weiteren Schluck.

»Wie wäre es mit ein wenig Zider?«

»Gern«, erwiderte er, »obwohl ich auch gern ein Bier trinken würde, falls du eins hast. Ich habe Kopfschmerzen, weil ich in einer unbequemen Haltung geschlafen habe.«

Niessa lächelte und füllte einen Becher mit schwachem Bier. »Hattest du schöne Träume?« fragte sie.

»Das weiß ich nicht«, erwiderte Bardas, »ich kann mich nicht erinnern. Und die Kopfschmerzen kommen nur, weil ich in einer unbequemen Stellung eingeschlafen bin, da bin ich ganz sicher.«

»Es sind *deine* Kopfschmerzen. Also gut«, fuhr sie fort, setzte sich hinter den Schreibtisch und legte die Fingerspitzen aneinander, »was sollen wir diesmal mit dir machen, Bardas?«

Er sah sie an. »Frag mich nicht«, sagte er. »Wenn es geht, nichts Anstrengendes. Dieses Schiff, das du geschickt hast, war schrecklich.« Er nieste.

»Du wirst hier in der Stadt bleiben müssen«, fuhr Niessa fort. »Nach dem, was letztes Mal beinahe passiert wäre, werde ich dich nicht mehr alleine hier herumwandern lassen, wo dich irgendwelche Hellebardiere einfach schnappen und nach Shastel verschleppen könnten, um dich als Geisel zu nehmen.«

Bardas nickte bedächtig und trank den Rest seiner Suppe. »Das ist also die Erklärung«, meinte er. »Nun, es klingt irgendwie vernünftig.«

»Gut, daß ich daran gedacht habe, bevor es ihnen eingefallen ist«, erwiderte Niessa. »Wenn ich dich so leicht finden konnte, wäre es ihnen auch nicht schwergefallen. Es war die nächstliegende Idee, zu Hause zu suchen.«

Bardas seufzte. »Dann erzähl mir von diesem kostbaren Krieg, den du da führst«, meinte er. »Nach dem, was die Männer auf dem Schiff sagten, nimmst du ihn sehr ernst. Es sieht so aus, als wäre es ein wenig mehr als nur eine Eskalation der Geschehnisse, in die ich verwickelt wurde.«

»Sechstausend Hellebardiere«, erwiderte Niessa. »Gorgas behauptet immer wieder, wir könnten sie bekämpfen; ich muß ihn ständig daran erinnern, daß es darum nicht geht. Erinnerst du dich an die Geschichte von dem alten Mann und dem Faß Birnen, die Vater immer erzählt hat?«

Bardas überlegte kurz. »Nein, ich erinnere mich nicht.«

»Oh.« Niessa schien überrascht zu sein. »Vielleicht war es auch jemand anderes. Jedenfalls ist es eine gute Geschichte. Es gab einmal einen alten Mann, der einen schönen Birnbaum hatte, und jedes Jahr wuchsen dort die schönsten Birnen, die er je gesehen hatte. ›Die werde ich nicht auf dem Markt in unserem Ort verschwenden‹, sagte er sich. ›Ich bringe sie in die

Stadt, wo sie für Qualitätsware das beste Geld zahlen.‹ Also verpackte er die Birnen in ein Faß, lud es auf seine Schubkarre und machte sich auf den Weg. Aber er war noch nie in der Stadt gewesen und nahm nur Lebensmittel für drei Tage mit, weil er die Entfernung unterschätzte. Fünf Tage später, als ihm wirklich nichts mehr übriggeblieben war und er noch nicht einmal die Hälfte des Weges zurückgelegt hatte, hatte er schrecklichen Hunger, und es sah nicht so aus, als könnte er in dieser Wüste, die er gerade durchquerte, auch nur ein lebendes Wesen finden; also öffnete er das Faß, suchte sich die kleinsten, häßlichsten Birnen heraus und aß sie. Um es kurz zu machen, er kam tatsächlich bis zur Stadt, aber auf dem Weg hatte er alle Birnen aufgegessen. Na, ist das eine gute Geschichte?«

»Sie ist in Ordnung«, erwiderte Bardas. »Aber sie stammt nicht von Vater.«

»Mag sein«, erwiderte Niessa. »Jedenfalls, ich will nicht, daß Gorgas all unser Geld und all unsere Mittel verbraucht, nur um einen Krieg zu gewinnen. Das wäre wie der alte Mann, der alle Birnen ißt. Und die Geschäfte sind in letzter Zeit recht gutgegangen, aber mehr auch nicht. Es hat keinen Sinn, in einen Krieg zu ziehen, wenn man nicht weiß, was das Ziel sein soll.«

»Das kenne ich schon«, meinte Bardas. »Das hat Onkel Maxen immer gesagt.«

Niessa schüttelte den Kopf. »Er hat es immer gesagt, aber es stammt ursprünglich von mir, als ich noch ein kleines Mädchen war. Er hat uns einmal besucht, erinnerst du dich? Selbstverständlich erinnerst du dich; das war, als du Vater gesagt hast, du würdest von zu Hause weggehen und dich Onkel Maxen und der Kavallerie anschließen.«

»Aber ich habe es nicht getan«, erwiderte Bardas, »erst nachdem Vater gestorben war.« Er hielt einen Moment inne, wartete und sprach dann weiter. »Also gut, dann hat er das von dir. Mag sein. Es ist immer noch ein guter Spruch.«

»Danke.« Niessa betrachtete ihn forschend, den Kopf leicht

schiefgelegt, als wäre er ein Rätsel, das sie unbedingt lösen wollte. »Du bist entweder weicher geworden oder hast das Interesse verloren«, sagte sie. »Ich möchte gern glauben, daß es ersteres ist, aber ich kann es nicht. Ich nehme an, zu Hause war es anders, als du es erwartet hattest.«

Bardas zuckte mit den Schultern. »Falls du es wissen willst«, meinte er, »es geht Clefas und Zonaras gut. Clefas und Zonaras. Deine Brüder.«

Niessa runzelte die Stirn. »Danke«, sagte sie, »aber das wußte ich bereits. Ich bezahle verdammt viel für einen monatlichen Bericht über das, was sie tun und was sie vorhaben. Hättest du nur gefragt, dann hättest du dir die Reise sparen können.«

Bardas blickte auf. »Das ist interessant«, sagte er. »Wer ist dein Spion?«

»Das ist keine Spionage; ich kümmere mich nur um die Familie. Und wenn du es unbedingt wissen willst: es ist Mihas Seudan – erinnerst du dich noch? Er zieht mit einem Wagen herum, flickt Kessel und verkauft dies und das.«

»Ihr Götter, der lebt noch? Er muß mindestens hundert sein.«

»Siebenundsiebzig«, erwiderte Niessa. »Einmal im Monat kommt er zur *Wahren Entdeckung* in Tornoys und gibt dem Wirt einen Bericht, den der an meinen Kurier weiterreicht, der ihn auf dem Weg von Silain hierher mitnimmt. Ich habe sie seit Jahren im Auge behalten, nur um mich davon zu überzeugen, daß sie keinen Schaden nehmen.«

»Aha.« Bardas dachte nach. »Also wußtest du von dem Geld, das ich ihnen geschickt habe.«

Niessa nickte. »Du konntest nie sonderlich gut mit Geld umgehen, Bardas«, sagte sie, »du hast immer dazu geneigt, zuviel auszugeben. Wie Mutter immer sagte, du würdest versuchen, einen undichten Kessel mit Wasser zu flicken.«

Bardas schüttelte den Kopf. »Ich nehme an, das geschieht mir ganz recht«, meinte er, »weil ich angenommen habe, daß sie etwas so Einfaches wie von geschenktem Geld zu leben richtig hinkriegen würden.« Er lächelte bedauernd. »Erinnerst du dich an die Hexe, die drüben am Fröhlichen Leuchtfeuer in diesem heruntergekommenen alten Schuppen gewohnt hat? Ihr Sohn hat ihr seit Jahren Geld geschickt, und sie hat es sorgfältig unter den Bodendielen vergraben, während sie weiter von Rüben und vom Ährensammeln lebte und alte Säcke trug. Sie war der Ansicht, daß sie es lieber für schlechte Zeiten aufheben sollte; als sie schließlich starb und sie das Geld ausgruben, waren es beinahe dreihundert Goldviertel, was genügt hätte, das ganze Tal zu kaufen. Ich weiß nicht. Ist das besser oder schlimmer, als alles auszugeben?«

Niessa schnalzte mit der Zunge. »Ein Bauer mit Geld ist wie ein Affe mit einer Armbrust – er wird nichts Gutes damit tun und wahrscheinlich großen Schaden anrichten. Übrigens, wo wir gerade von Verwandten reden, du hast nicht nach Gorgas gefragt.«

»Nein«, erwiderte Bardas, »das habe ich nicht.«

»Nun, er ist für einen oder zwei Tage weg, um Holz zu kaufen – Masten für die Kaperschiffe, die er bauen läßt, und nur die Götter wissen, wieso ich ihm das gestatte; wir können sie uns nicht leisten, und ich verstehe nicht, was sie helfen sollen, wenn sie erst fertig sind –, aber er sollte morgen wieder da sein. Ich möchte, daß du hier bist, wenn er kommt. Ich habe genug von diesen Dolchstoßgeschichten zwischen euch: Ich habe im Augenblick genug am Hals. Ich sage ja nicht, daß du ihn lieben mußt; mach einfach keinen Ärger, das genügt.«

Bardas lächelte. »Ich?« fragte er. »Wie du gerade eben schon gesagt hast, ich glaube, ich habe das Interesse daran verloren. Ich sag dir was: Wenn du ihm klarmachst, daß er mich in Ruhe lassen soll und ich ihm aus dem Weg gehen werde, wird keinem etwas passieren. Ist das in Ordnung?«

»Nein.« Niessa sah ihn an, als hätte er sich geweigert, seinen Teller leer zu essen. »Ich kann mir nicht leisten, daß er sich aufregt oder ins Grübeln gerät; er muß sich um den Krieg kümmern. Aber damit können wir uns später beschäftigen. Nur noch eins, ehe ich es vergesse. Meine Tochter; sie wohnt jetzt bei Gorgas. Wir tun unser Bestes, um dafür zu sorgen, daß sie nicht herausfindet, daß du hier bist, aber früher oder später wird das passieren, und dann gibt es noch mehr Ärger. Gorgas behauptet zwar, daß sie sich geändert hat und er auf sie aufpassen kann, aber ich bin ihre Mutter, ich verstehe sie, und sie hat das Alter, in dem man auf sie Einfluß nehmen könnte, längst hinter sich. Ich will sie nicht wieder einsperren lassen, aber ich sehe eigentlich keine andere Möglichkeit. Man muß ihr zugestehen, daß sie ausgesprochen zielstrebig ist.«

Bardas rieb sich das Kinn. »Du willst sie einsperren?« meinte er, »das ist interessant. Wie lange? Für immer?«

Niessa warf ihm einen ungeduldigen Blick zu. »Für den Augenblick«, sagte sie. »Ich beuge mich nur den Tatsachen; man kann sie nicht einfach frei herumlaufen lassen. Diesmal muß ich mir etwas Besseres überlegen. Ich muß zugeben, daß es ein Fehler war, sie ins Gefängnis zu stecken – als würde man Sahne an eine Katze verfüttern. Ich glaube, sie braucht einen netten, ruhigen Ort, wo Menschen sich um sie kümmern und dafür sorgen, daß sie anständig ißt, zumindest solange wir hier sind. Und wenn wir dann weiterziehen, werden wir etwas Angemesseneres finden. Jedenfalls, solange du ihr aus dem Weg gehen kannst, solltest du dir keine Sorgen machen müssen.«

Bardas nickte. »Alles unter Kontrolle«, sagte er. »Also gut. Darf ich jetzt bitte gehen?«

»Ich glaube schon«, erwiderte Niessa. »Im Augenblick möchte ich dich hier im Kontor behalten – der Schreiber wird dir den Weg zeigen; es wird eine Weile dauern, bis du dich selbst zurechtfindest. Ich weiß nicht, was du mit dir anfangen willst, das hängt von dir ab. Du bist alt genug, um dich selbst zu beschäftigen. Aber ich möchte nicht, daß du das Gebäude verläßt, ohne mir Bescheid zu sagen, und du wirst dich nicht ohne Wache davonschleichen, hast du das verstanden? Das ist wohl nicht zuviel verlangt«, fügte sie hinzu. »Du verstehst ebensogut wie ich, daß es zu unser aller Bestem ist.«

Bardas seufzte. »Was soll's«, meinte er. »Aber wenn es möglich ist, würde ich gern irgendwo arbeiten, und ich bräuchte ein paar Werkzeuge und Material. Nur so viel, daß ich die Illusion habe, etwas Sinnvolles zu tun.«

»Kein Problem«, erwiderte Niessa. »Ich bin sicher, Gorgas wird alle Beiträge zum Krieg zu schätzen wissen. Er scheint viel von deiner Arbeit zu halten, obwohl ich behaupten würde, daß er ein wenig voreingenommen ist.«

»Ich weiß«, meinte Bardas. »Er hatte schon immer ein viel zu weiches Herz.«

Es war typisch für die Bewohner der Insel, daß sie die großartigste und am üppigsten verzierte Ratskammer der bekannten Welt erbaut hatten und dann die dort abgehaltenen Veranstaltungen als Stadtversammlungen bezeichneten.

Das Versammlungshaus war siebzig Jahre zuvor errichtet worden, und die Insulaner behaupteten stolz, die Kosten wären bis auf das letzte Kupferviertel aus freiwilligen Spenden bestritten worden. Wie freiwillig diese Zahlungen in einer Gesellschaft waren, in der die größte erdenkliche Schande darin bestand, es nicht den Nachbarn gleichzutun, ist eine ganz andere Sache; Tatsache ist, daß es, sobald das Projekt einmal begonnen worden war, kaum eine Chance gab, es aufzuhalten, da die Menschen von der Insel damit umgingen wie mit all ihren dauerhaften Problemen: Sie genossen es.

Venart Auzeil traf eine Stunde vor dem Beginn der Stadtversammlung ein, aber er hatte großes Glück, noch einen Sitzplatz zu bekommen. Die Neuigkeiten, daß Shastel für den Krieg gegen Scona siebzig Schiffe inklusive Besatzung anmieten wollte, hatten sich auf der Insel wie das Gerücht von Freibier verbreitet; es hatte als eine Annäherung an die Wahrheit begonnen und war weiter und weiter gewachsen, bis es schließlich hieß, jeder Besitzer eines Seefahrzeuges, das größer war als eine Suppenschüssel, könne mitkommen und sich eine Schaufel vom Inhalt der Schatzkammer der Stiftung abschöpfen. Am Ende gelang es Venart, eine Lücke auf einer Bank in der Mitte der siebten Reihe zu finden, zwischen einem sehr dicken Lampengroßhändler, mit dem er einmal auf einer Messe gesprochen hatte, und einer Gruppe alter Männer mit säuerlichen Mienen, die, wie er befürchtete, Mitglieder eines Heringssyndikats waren.

Nach sehr, sehr langer Zeit (Zeit, die man in unmittelbarer Nähe von Heringshändlern verbringt, vergeht sehr langsam) betraten die Veranstalter der Versammlung das Podium, stellten sich vor und erklärten Sinn und Zweck dieses Treffens: Ja, Shastel wollte Schiffe mieten, überwiegend Frachter, die als Truppentransporter dienen konnten, obwohl sie auch an ein paar schnellen Kuttern als Geleitschiffe interessiert waren. Als anerkannte Vertreter der Stiftung auf der Insel waren einige der Männer auf dem Podium berechtigt, Bewerbungen von Individuen, Syndikaten oder Firmen entgegenzunehmen. Die Bewerbungen sollten schriftlich erfolgen und im Hauptbüro der Stiftung auf dem kleinen Markt abgegeben werden; die Ergebnisse würden drei Tage später auf dem Hauptplatz öffentlich angeschlagen. Gab es noch Fragen?

Venart holte tief Luft und schob sich zwischen seinen Sitznachbarn nach vorn hervor. »Ich würde gern etwas sagen«, dröhnte er, da er die legendäre Akustik des Hauses unterschätzt hatte. Alle im Gebäude starrten ihn an. »Ich möchte gern etwas sagen, bitte«, wiederholte er leiser. »Für jene von Euch, die mich nicht kennen: mein Name ist Venart Auzeil; Ihr habt wahrscheinlich meinen Vater Huy Auzeil gekannt. Die Sache ist die: Ich habe eine Schwester, und die wird gegen ihren Willen von der Familie Loredan auf Scona festgehalten. Ich habe nicht die geringste Ahnung, warum. Das Miststück, das die Loredan-Bank leitet, hat nach uns beiden geschickt, als wir vor kurzem dort waren, und am Ende haben sie meine Schwester verhaftet und mir zwei Tage Zeit gegeben, Scona zu verlassen. Nun, ich werde mich nicht hier hinstellen und allen erzählen, was für Folgen das haben kann; der Hinweis mag genügen, daß unser Lebensunterhalt davon abhängt, daß wir überall in der Welt hingehen können und wissen, die Leute werden uns nicht schikanieren, weil wir Insulaner sind und uns niemand in die Quere kommt. Selbstverständlich bin ich direkt davon betroffen; es geht um meine Schwester, und ich habe vor Sorge fast den Verstand verloren – das könnt Ihr Euch ja wohl vorstellen. Aber bevor Ihr sagt ›Schlimm für dich, aber was hat es mit mir zu tun?‹, möchte ich, daß Ihr über folgendes nachdenkt: Wenn wir diese Angelegenheit auf sich beruhen lassen, werden wir damit jedem Dieb und Schläger auf der ganzen Welt mitteilen, daß wir nicht imstande sind, für unsere eigenen Leute zu sorgen, und wenn das Eure Vorstellung vom Geschäftsleben ist, dann muß ich Euch sagen, daß sie mit meiner nichts zu tun hat. Wie auch immer«, fügte er hinzu, »mehr habe ich nicht zu sagen. Ich wollte Euch nur mitteilen, daß es außer Geld noch andere Gründe gibt, weshalb wir Shastel gegen Scona helfen sollten, und außerdem sollten wir darauf bestehen, daß Shastel die Freilassung meiner Schwester zu einem der grundlegenden Punkte im Friedensvertrag macht.«

Venart setzte sich wieder hin, und für kurze Zeit schwiegen alle, offensichtlich gleichermaßen aus Mitgefühl wie aus Verlegenheit. Schließlich erhob sich jemand in der elften Reihe. Venart erkannte ihn nicht.

»Nun«, sagte er, »der letzte Sprecher – ich fürchte, ich habe seinen Namen nicht verstanden – hat einen interessanten Punkt angesprochen; wobei ich nicht so recht weiß, ob das wirklich seine Absicht war. Eigentlich bin ich sogar sicher, daß dem nicht so ist, aber es ist in der Tat ein wichtiger Punkt.

Wir sind Kaufleute, Geschäftsleute, davon leben wir. Einer

der Gründe, wieso es uns dabei so gut geht, besteht darin, daß wir hier alle zusammen auf dieser Insel mitten im Meer leben und niemand von außen wagt, sich mit uns anzulegen, weil wir mehr und bessere Schiffe haben als jeder andere; und daß niemand hier auf der Insel versucht, uns zu sagen, was wir zu tun haben, weil wir in den letzten gut zweihundert Jahren bewiesen haben, daß eine Gesellschaft wie die unsere keine Regierung braucht oder will. Und es ist wunderbar«, fuhr der Sprecher vergnügt fort. »Selbst wenn wir alle überall auf der Welt leben könnten, wenn wir tun und lassen könnten, was immer wir wollten, würden wir immer noch Kaufleute sein und hier auf der Insel leben wollen, denn es ist mit nichts anderem zu vergleichen. Denkt darüber nach, Nachbarn. Denkt genau darüber nach.«

Er hielt einen Augenblick lang inne. In dem Raum war es vollkommen still.

»Also gut«, fuhr er fort, »unsere Freunde hier, die Vertreter der Shastel-Bank, haben uns eine große Summe geboten, um unsere Schiffe zu mieten. Das klingt wunderbar, nicht wahr? Ich sage Euch, als ich das Gerücht gehört habe, war ich so schnell hier, wie ein Eichhörnchen einen Baum hochklettert; ich habe zwei Schiffe, einen verdammt großen Holzfrachter, für den ich eines Tages eine wunderbare Versicherungssumme bekommen werde, wenn ich einen Felsen finden kann, der groß genug ist, ihn auflaufen zu lassen, der aber ansonsten nicht viel taugt, und einen niedlichen, kleinen Kutter, der so viel Tiefgang hat, daß er auch über einen flachen Stein kommt, und so viel Fracht laden kann, wie ich bequem in meine Taschen packen könnte, und diese freundlichen Leute hier haben tatsächlich vor, mir für die Arbeit eines Monats mehr zu zahlen, als ich für gewöhnlich innerhalb einer ganzen Saison bekomme. Aber dann fing ich an, mir Gedanken zu machen, und die möchte ich Euch jetzt einmal darlegen. Denn Shastel möchte meine Schiffe für einen Krieg mieten.

Versteht mich nicht falsch. Wenn Shastel und Scona sich gegenseitig die Köpfe einschlagen wollen, können sie das gern tun, und wenn sie dafür irgend etwas brauchen – zum Beispiel Lebensmittel, Holz oder Eisen –, werde ich es mit Freuden einer oder auch beiden Seiten verkaufen. Andererseits kann es uns langfristig gesehen nur recht sein, daß Scona ordentlich was abkriegt, denn die offizielle Politik der Loredan-Bank besteht darin, sich auszudehnen und neue Geschäftsfelder zu erschließen – übersetzt heißt das, sie drängen sich in unsere Märkte, stellen Sachen billiger her, als wir sie kaufen können, stärken ausschließlich ihr Handelssyndikat und unterbieten uns generell, wo immer sie können. Und das höre ich wirklich gar nicht gern – daß sich eine Regierung in den Handel einmischt; es ist, als würde ein Fuchs eine Hühnerfarm aufmachen. Wenn es mit ihnen also ein schlechtes Ende nimmt, werde ich mir eine Rispe Heidekraut an die Mütze stecken und mit einem breiten Grinsen herumlaufen.«

Man hörte Lachen in der Menge. Der Sprecher wartete, bis wieder Ruhe eingekehrt war, bevor er fortfuhr.

»Aber«, sagte er in einem etwas ernsteren Tonfall, »wie ich sehe, liegt hier das Problem. Gehen wir einmal davon aus, daß wir uns in diesen Krieg verwickeln lassen und Shastel verliert. Wäre das gut fürs Geschäft? Das glaube ich nicht. Ich kann mir nicht vorstellen, daß einer von uns auf Scona je wieder willkommen sein würde. Na ja, sagt Ihr, es ist recht unwahrscheinlich, daß das passiert, also warum machst du dir Sorgen? Ihr mögt recht haben – aber was, wenn wir uns in diesen Krieg verwickeln lassen und Shastel gewinnt? Wäre das denn besser? Denkt doch mal darüber nach. Wie würde es für die anderen aussehen? Es würde so aussehen, als ob wir, die Leute von der Insel, mit Shastel eine Allianz eingegangen wären, um gegen Scona Krieg zu führen. Oder, um es anders auszudrücken: Bisher waren wir immer Individuen, egal wohin wir gefahren sind – mit dem Ergebnis, daß man uns in Ruhe gelassen hat.

Wir sind gute Kaufleute, wir betrügen niemanden sonderlich, und unsere Preise sind die besten; es gibt keinen Grund, sich gegen uns zu wenden, damit verlieren sie nur die Gelegenheit, auch weiterhin mit uns Geschäfte zu machen, was ziemlich genau das gleiche wäre, wie Geld in einen Sack zu stecken und ihn ins Meer zu werfen. Und jetzt stellt Euch vor, was passieren wird, wenn wir anfangen, uns wie eine Nation oder eine Regierung zu verhalten. Die Insel tut sich mit Shastel gegen Scona zusammen. Die Insel verlangt die Rückgabe der Geisel. Ich werde es Euch nicht in Einzelheiten auflisten, Nachbarn; ich gehe davon aus, daß Ihr schon wißt, was ich meine.

Schon gut, sagt Ihr – was schlägst du also vor? Das Angebot boykottieren? Dieses ausgesprochen lukrative neue Geschäft ablehnen und das nur wegen einiger vager Ängste, wie der Rest der Welt möglicherweise damit zurechtkommen wird – klingt irgendwie nicht sonderlich schlau, wie? Und wenn einer ein braver Junge ist und das Angebot nicht annimmt, wie wird er sich fühlen, wenn sein Nachbar beschließt, daß er es nicht zulassen will, daß politischer Unsinn ihm in die Quere kommt, und sich mit Shastel zusammentut? Also: Herzlichen Dank an Athli – wie war noch mal ihr Name? – Zeuxis, genau, Athli Zeuxis und den Rest der Vertreter der Bank von Shastel, und jeder, der mit ihnen zusammenarbeiten will, soll das ruhig tun. Das ist in Ordnung. Aber mir würde es besser gefallen, wenn diese Versammlung der Stiftung klarmachen würde, wo sie sich ihr Angebot hinschieben kann, mit der zusätzlichen Botschaft, daß wir auf niemandes Seite stehen; wir bitten die Welt da draußen nicht um Hilfe, und wir wollen auch keinen Pakt mit ihr, weil wir keine Nation sind. Wir sind nur ein Haufen Leute, die zufällig am selben Ort wohnen und derselben Tätigkeit nachgehen. Und was immer wir tun, wir sollten die Schwester dieses Mannes auf keinen Fall erwähnen; mit keinem Wort. Wir mischen uns nicht ein, schon gar nicht, indem wir Forderungen an die Regierungen anderer Länder stellen. Tut mir leid, Nachbar, ganz ehrlich, aber so sehe ich das nun mal. Keine ausländischen Abenteuer, keine Bündnisse, keine moralische Unterstützung, nichts. Es geht uns nichts an.«

Venart verließ die Versammlung zornig und verwirrt. Zu Beginn hat es so ausgesehen, als wären alle für den Vertrag mit Shastel, bis auf ein paar Leute, die gute Geschäfte mit Scona machten (später fand er heraus, daß dieser Sprecher zu der besagten Gruppe gehörte, und erfuhr damit etwas, was jeder andere im Versammlungshaus sofort erraten hatte, als der Mann seine Ansprache begonnen hatte). Am Ende war man zu dem Entschluß gekommen, den Vertretern Shastels eine recht beleidigende kleine Botschaft für das Hauptbüro mitzugeben – und dazu einen großen Stapel unterschriebener Mietverträge für Schiffe. Wie der Sprecher gefordert hatte, wurde weder in der Moralpredigt noch in den Verträgen ein Mädchen mit Namen Vetriz Auzeil erwähnt.

Venart ging nach Hause, knallte die Tür hinter sich zu und ging in eines seiner Zahlhäuser, wo die Schreiber damit beschäftigt waren, Briefe zu kopieren und Kalkulationen zu erstellen. Inzwischen war seine Stimmung auf dem Nullpunkt; er schimpfte einen Schreiber aus, weil dieser eine Lampe angezündet hatte, obwohl es noch nicht ganz dunkel war, und einen anderen, weil er eine neue Feder aus dem Topf nahm, wo er doch die alte bestimmt noch eine Stunde hätte verwenden können, wenn er sie sorgfältig angespitzt hätte. Die gespannte Atmosphäre sorgte dafür, daß es in dem Raum ausgesprochen still war, als der Pförtner hereinkam und verkündete, Athli Zeuxis wolle den Chef sehen.

»Verlaß dich darauf«, sagte sie, als Venart ihr einen Becher warmen Wein mit Honig, Minze und Zimt eingoß, »daß ich tue, was ich kann. Hast du irgendeine Ahnung, was Niessa Loredan vorhat?«

Venart schüttelte den Kopf. »Ich habe allenfalls eine vage Vorstellung, daß das alles mit diesen magischen Geschichten zu tun hat, in die wir damals in Perimadeia mit dem alten Alexius und Bardas Loredan verwickelt wurden. Was auch bedeutet«, fügte er mit einem tiefen Seufzer hinzu, »daß ich selbst dann kein Wort verstehen würde, wenn jemand mir erkären würde, was los ist.«

Athli nickte. »Ich weiß, wovon du sprichst«, sagte sie. »Ich bin auch nicht sicher, ob ich daran glaube. Noch einmal, du kannst dich darauf verlassen, daß ich tue, was ich kann, um Vetriz da rauszuholen. Ich sollte eigentlich in der Lage sein, dem Hauptbüro einen Bericht zu schicken, in dem es von Andeutungen darüber nur so wimmelt, wie sie es schaffen könnten, daß sich die Insel fest auf ihre Seite stellt. Ich wäre nicht überrascht, wenn sie den Köder schlucken. Sie können einfach nicht begreifen, daß die Insel keine Regierung hat. Statt dessen glauben sie lieber an eine geheime und wohlverborgene Oberschicht, die im Hintergrund agiert und alles manipuliert und dabei unglaublich gerissen vorgeht. Der Gedanke, daß hinter einer öffentlichen Neutralitätserklärung ein geheimer Plan zur Befreiung von Geiseln steckt, ist genau die Art verdrehter Intrige, auf die sie sich stürzen werden. Aber«, fuhr Athli fort, »selbst wenn sie das tun, kann ich nicht versprechen, daß es zu etwas führt. Soweit ich weiß, wollen sie tatsächlich einen totalen Krieg bis zum Ende führen; dahinter steckt der Wunsch, Scona ein für allemal loszuwerden. Niemand wird sonderlich an Friedensverhandlungen oder Gefeilsche interessiert sein, es sei denn, es gelingt Gorgas Loredan, sie ein paarmal übel zu verprügeln. Tut mir leid, wenn ich pessimistisch klinge, aber es wäre grausam, dir falsche Hoffnungen zu machen.«

»Bitte, tu, was du kannst«, erwiderte Venart und goß sich nach. »Mir fällt einfach nichts mehr ein, was ich noch tun könnte, es sei denn, ich stolpere zufällig über irgendwelche wichtigen militärischen Pläne Shastels, gegen die ich Vetriz bei Niessa Loredan austauschen könnte. Und die Chancen, daß ich etwas finde, daß sie noch nicht weiß, dürften äußerst gering sein. Diese Frau ist wirklich knallhart, Athli. Ich glaube nicht, daß sie vor irgend etwas zurückschrecken würde.«

»Ich verspreche, daß ich mein Bestes tun werde«, erwiderte Athli und lehnte einen weiteren Becher Wein ab. »Zumindest sollte ich eine Möglichkeit finden, Vetriz eine Botschaft zukommen zu lassen, falls dir das irgendwie hilft.«

Zum erstenmal seit langer Zeit lächelte Venart. »Danke«, sagte er. »Ich werde heute abend noch etwas schreiben und es dir gleich morgen früh schicken. Zumindest kann ich ihr mitteilen, daß sie nicht vollkommen in Vergessenheit geraten ist. Und das«, meinte er mit einiger Anstrengung, »sollte jetzt genug zu diesem Thema sein. Was hältst du überhaupt von diesem Krieg? Ist der Ausgang so klar, wie alle behaupten?«

Athli machte eine vage Geste. »Rein rechnerisch gesehen ja«, sagte sie. »Sechstausend Hellebardiere gegen – nun, etwa siebenhundert Bogenschützen der stehenden Armee und so viele Rekruten, wie Gorgas noch zusammentrommeln kann. Man braucht kein Schreiber des Schatzmeisters zu sein, um das Ergebnis zu berechnen. Andererseits«, fuhr sie fort und sah aus dem Fenster, »sieh dir an, wie es zu dieser Situation gekommen ist, und du wirst feststellen, daß Zahlen vielleicht nicht so wichtig sind. Es hätte nicht viel gefehlt, und Gorgas hätte die Vernichtung von Stoßtrupps zum Volkssport erklärt; nicht, daß er ein militärisches Genie wäre, es war eher so, daß die Stoßtrupps furchtbar dumme Fehler gemacht haben.« Sie lächelte dünn. »In Perimadeia gab es ein Sprichwort, das angeblich von General Maxen, Bardas' Onkel, stammt: ›Da neunundneunzig von hundert Schlachten eher von den Verlierern verloren als von den Siegern gewonnen werden, besteht die gesamte strategische Kunst darin, dem Feind genug Raum zu lassen, um zu stolpern, während man versucht, selbst keine allzu schlimmen Fehler zu machen.‹ Genau das hat Gorgas bisher im Grunde getan, und es hat recht gut funktioniert – wenn man es nicht als Fehler betrachtet, daß seine häufigen Siege schließlich zu einem richtigen Krieg geführt haben. Nein, ich kann mir vorstellen, daß Gorgas vielleicht den einen oder anderen beeindruckenden Sieg erringt und schrecklich viele Hellebardiere tötet, aber damit wird er nur erreichen, daß noch mehr Hellebardiere geschickt werden, um ihn zu fangen.« Sie schüttelte den Kopf. »Es wird interessant sein zuzusehen«, sagte sie. »Seine einzige Hoffnung wäre ein so großer Sieg, daß die Fraktionspolitik in Shastel vollkommen durcheinandergewirbelt wird; aber das könnte genausogut sein Todesurteil bedeuten.«

Die Tinte war wieder vollkommen verstaubt, die Feder abgewetzt und kleckste; die Pergamentfetzen waren so häufig abgekratzt worden, daß sie Löcher hatten, und die Tinte wurde an einigen Stellen regelrecht aufgesaugt, was die Buchstaben wie Bäume aussehen ließ, die vor lauter Moos- und Efeubewuchs formlos geworden waren. Und die Lampe brauchte einen neuen Docht. Aber Machaera schrieb weiter, denn Kalligraphie brachte siebzig Punkte (siebzig Punkte nur fürs Schreiben, ganz gleich, was sie schrieb), und eine gute Punktzahl in diesem Fach würde ihr helfen, das unvermeidliche Desaster in Angewandter Geometrie auszugleichen, und sie *mußte* bei der Prüfung gut abschneiden, wenn sie unter den besten Absolventen des dritten Jahres sein wollte.

Machaera gähnte und hob den Kopf, bis sie aus dem Fenster schauen konnte. Der Tag draußen war klar und frisch, und die bedrohliche Silhouette von Scona vor dem blauen Himmel schmerzlich scharf zu erkennen. Dort lauerte offensichtlich der Feind, die letzte Verkörperung jener finsteren, böswilligen Kräfte, die ewig den Schwachen und Hilflosen auflauerten, ganz zu schweigen den bösen Mädchen, die ihren Teller nicht leer aßen. Sie fand es ausgesprochen beunruhigend, den Feind so nah zu wissen, nur eine Meerenge entfernt; wenn sie nicht aufpaßte, würde sie Stunden damit verbringen, das Wasser anzustarren und sich schattenhafte kleine Boote aus Weidengeflecht und Haut vorzustellen, die über dunkle Wogen huschten und in denen Speerspitzen und Helmkämme im trüben Licht eines wachsamen Sterns glitzerten, und dann würde sie nie mit ihrer Arbeit zu Rande kommen und durch die Prüfung fallen und müßte wieder nach Hause gehen. Die Götter sollten Scona verdammen, für diesen Krieg und dafür, sie von ihrer Arbeit abzulenken!

Sie schaute nicht auf, denn sie wußte, daß der Mann, der neben ihr stand, nicht echt war, und daß sie sich in einer weiteren dieser unfreiwilligen und leider nicht zum Lehrstoff gehörenden Visionen befand (wenn sie nur für die Jahresendnoten zählen würden – aber das war nicht der Fall, und im Augenblick konnte sie Kopfschmerzen wirklich nicht brauchen ...).

»Machaera«, sagte Alexius, »entschuldige, störe ich dich?«

»Ein wenig«, erwiderte sie und versuchte sich ihre Abneigung nicht anmerken zu lassen; immerhin war Patriarch Alexius einer der größten Gelehrten, und überhaupt, sie sollte stolz sein ...

»Du arbeitest zu schwer«, sagte er. »Du bekommst nicht genug Schlaf. Stell dir doch vor, was passiert, wenn du dich so verausgabst, daß du bei der Prüfung einschläfst. Lach nicht, einem Freund von mir ist genau das passiert. Er hatte das ganze Jahr für dieses eine Fach gepaukt – und dann hat er es gerade noch geschafft, seinen Namen zu schreiben; er ist erst wieder aufgewacht, als der Aufsichtsführende ihn an der Schulter packte und ihm sein Blatt wegnahm. Danach hat er die Philosophie aufgegeben und ist in den Weinhandel gegangen, wo er Unmengen Geld verdient hat und sehr wohlhabend gewesen wäre, wäre er nicht beim Fall der Stadt ums Leben gekommen. Ich nehme zumindest an, daß das geschehen ist; es gibt gute Gründe, das anzunehmen.

Stört es dich, wenn ich mich ein wenig hinsetze? Ich weiß, daß das nicht mein echter Körper ist, aber ein Krampf kann selbst in imaginären Waden ziemlich schmerzhaft sein.«

»Oh. Ich meine, es tut mir leid, ja, setzt Euch bitte.«

Alexius hockte sich auf die Kante ihres Schreibtischs. »Schon besser«, sagte er. »Also, kommen wir gleich zum Thema. Du und ich, wir sind Todfeinde.«

Machaera war entsetzt. »Aber das ist unmöglich«, sagte sie. »Wirklich, ich würde nie ...«

Alexius hob beschwichtigend die Hand. »Ich weiß, ich weiß«, sagte er. »Aber das hängt nicht von uns ab. Es ist wegen des Krieges. Und es scheint, wir sind wie zwei – hm, ich weiß nicht – wie zwei Belagerungsmaschinen ganz oben auf hohen Türmen, die einander über die Meerenge hinweg gegenüberstehen, bereit, einander zu bombardieren und die Stadt des Gegners zu zertrümmern. Glaub mir, es ist wahr. Mich hat man hierhergebracht – nach Scona meine ich –, und dich hat man sorgfältig zum Weitermachen ermutigt, während man dir unter normalen Umständen so viel Angst eingejagt hätte, daß du nie wieder gewagt hättest, deine verborgenen Fähigkeiten zu benutzen. Oder man hätte dich gleich erwürgt. Aber jetzt ist das alles anders, nur damit wir Teil des Krieges sein können.«

Machaera sah ihn ernst an. »Ich bin nicht sicher, ob ich das will«, sagte sie. »Aber was mich angeht, kann ich Euch nicht so recht glauben«, fuhr sie fort. »Warum ich, wenn sie doch Leute wie Doktor Gannadius haben?«

Alexius kicherte. »Gannadius ist sicher ein netter Mann und auf seine Art auch recht klug, aber er ist ungefähr so gut in der Lage, das Prinzip zu nutzen, wie ich fliegen kann. Alles, was er mit dem Prinzip machen kann, muß durch ein Naturtalent erfolgen. Genauso ist es mit Niessa Loredan; sie ist diejenige, die mich benutzt.«

»Oh.«

»Also habe ich mich gefragt«, fuhr Alexius fort, »warum kommen du und ich nicht zu einer Übereinkunft? Nenn es einen privaten Friedensvertrag, ganz unter uns. Denn irgendwann, recht bald sogar, wirst du eine dieser Visionen haben und einen kritischen Punkt in der Zukunft des Krieges sehen, und du wirst dich einem Augenblick in der Zeit gegenüberfinden, wo eines von zwei Dingen geschehen kann. Ich habe nicht die leiseste Ahnung, was es sein könnte; vielleicht ein Soldat, der in einer Tür steht, oder ein Ingenieur, der einen Tribock ausrichtet, oder ein General, der den Kopf aus seinem Graben steckt, um zu sehen, was passiert – was auch immer. An dieser Stelle mußt du dann eine Entscheidung darüber fällen, was als nächstes passieren wird – zum Beispiel, daß der Soldat in der Tür sieht, wie der Feind näher kommt, und davonläuft, statt stehenzubleiben und sie aufzuhalten, bis Verstärkung eintrifft, oder der Ingenieur beschließt, zwei Grad zuzugeben, oder der General überlegt es sich anders und wird nicht von einem Heckenschützen erschossen. Wenn das geschieht, möchte ich dich bitten, dich bewußt anzustrengen, nicht zu entscheiden. Hör auf zu denken und sage laut ›Ich weiß nicht, was als nächstes geschehen wird‹, und wenn wir das beide tun ...«

»Entschuldigung«, sagte Machaera.

»Ja?«

»Verzeiht«, sagte sie, »und versteht das bitte nicht falsch, aber wenn wir wirklich auf gegnerischen Seiten stehen und ich die Entscheidung nicht treffe, woher weiß ich, daß Ihr das auch nicht tut? Ich weiß, es klingt schrecklich«, fuhr sie bedrückt fort, »aber wenn ich tue, was Ihr sagt, werde ich nicht meiner Seite schaden und Eurer helfen? Und außerdem *möchte* ich ja Shastel helfen, den Krieg zu gewinnen. Es kann doch nicht falsch sein, das zu wollen, oder? Ich meine, sollte man in einem Krieg nicht alles tun, um dazu beizutragen, daß die eigene Seite siegt?«

Alexius kniff die Augen ein wenig zusammen. »Aber sie nutzen dich aus«, sagte er, »genau wie Niessa mich ausnutzt. Du erkennst doch sicher, daß das nicht richtig sein kann.«

»Es ist schon in Ordnung, wenn es mich nicht stört«, erwiderte Machaera. »Und ja, der Krieg ist schrecklich, und ich wünschte wirklich, er müßte nicht sein, denn viele von meinen Freunden werden kämpfen müssen, und einige davon werden bestimmt umkommen oder schwer verletzt werden, was in gewisser Hinsicht vielleicht sogar schlimmer ist, weil sie dann ohne einen Arm oder ohne ein Auge oder so weiterleben müssen. Aber wenn ich nicht mithelfe, bedeutet das nicht, daß es keinen Krieg geben wird, es bedeutet nur, daß wir eine Chance zum Sieg verlieren; und was, wenn ich meinen Teil dieses Abkommens einhalte und Ihr nicht. Dann würde ich meiner Seite wirklich schaden ...«

Alexius betrachtete sie einen Augenblick lang mit erboster Miene, dann stand er auf, hob die Hand, holte aus und versetzte ihr eine kräftige Backpfeife. Zu diesem Zeitpunkt war er nicht mehr Alexius, sondern eine kleine, untersetzte Frau in mittleren Jahren, die Machaera nie zuvor gesehen hatte, von der sie aber irgendwie wußte, daß es sich um Niessa Loredan handelte. Machaera versuchte, ihr aus dem Weg zu gehen, aber Niessa folgte ihr; jetzt hatte sie ein Messer in der Hand, und über ihre Schulter konnte Machaera den entsetzten Alexius sehen, der sich aber nicht regte. Machaera war bis zur Tür gekommen, als Niessa sie an den Haaren packte. Machaera schrie auf, und als Niessa mit dem Messer auf sie einstach, versuchte sie, die Klinge mit den Händen aufzuhalten. Sie konnte spüren, wie das Messer in ihre Finger und Handflächen schnitt, wie es die oberen Glieder der Finger ihrer rechten Hand abtrennte; aber sie verspürte keinen Schmerz, es war mehr eine Art Angst, die sie auf körperlicher wie auf geistiger Ebene wahrnehmen konnte. Sie schrie abermals, und dann war Niessa an ihren Händen vorbei und stieß ihr das Messer knapp unterhalb der Rippen in den Oberkörper; es war dieselbe Stelle, an der ihr Vater immer zugestochen hatte, um die Kaninchen zu häuten, die er oben, im Obstgarten in den Bergen gefangen hatte. Sie konnte das Messer in sich spüren, ein Eindringen, etwas, das nicht dort sein sollte ...

Und sie schaute aus dem Fenster auf das in der Ferne liegende Scona, die Hände vor dem Oberkörper verschränkt, als wolle sie verhindern, daß ihr die Eingeweide herausfielen. Sie hatte ihr Pergament fallen lassen und das Tintenfaß umgestoßen.

»Was um alles in der Welt treibst du da?« sagte jemand hinter ihr. Der Bibliothekar trat rasch vorwärts und rettete in letzter Sekunde die Kopie von Veutses' *Über das Obskure*, bevor die Tintenpfütze sich bis dahin ausgebreitet hatte. »Paß doch auf, das Buch ist unersetzlich.« Er schaute erbost auf sie herab, genau wie es einen Augenblick zuvor auch schon jemand getan hatte (aber sie konnte sich nicht erinnern, wer das gewesen war, und sie hatte Kopfschmerzen), und dann seufzte er. »Du bist eingeschlafen«, sagte er nicht mehr ganz so wütend, »und hast die Tinte umgestoßen. Ich nehme an, du bist im zweiten Jahr?«

Machaera nickte.

»Für die Prüfung pauken und nicht genug Schlaf kriegen«, fuhr der Bibliothekar fort. »Nun, du wärst nicht die erste. Verschwinde, geh mir aus den Augen, während ich hier putze. Geh ins Bett. Du bist eine Gefahr für meine unschuldigen Bücher.«

Alexius schreckte auf und öffnete die Augen.

»Ihr seid eingedöst«, sagte Niessa Loredan und lächelte nachlässig wie eine liebevolle Tochter. »Mitten im Satz. Ihr wart gerade dabei, Parazygus' Theorie über die gleichzeitige Verdrängung zu erläutern, und plötzlich wart Ihr weg.«

»Tatsächlich?« Alexius legte eine Hand an die Schläfe, wo etwas pochte wie ein Hammer in einer Schmiede. »Wie schrecklich unhöflich von mir«, sagte er, »ich muß mich entschuldigen. Ich denke, es ist das Alter.«

»Schon in Ordnung«, sagte Niessa. »Es ist ja auch recht warm hier drin, und Ihr habt vier Stücke Zimtkuchen gegessen.« Sie stand auf und griff nach dem Messer. »Ich schneide Euch noch eins ab.«

16

Die erste *echte* Schlacht des Krieges war die Schlacht von Shantein, bei der die Hellebardiere Shastels ganz in der Nähe der Stadt ein abtrünniges Dorf dem Erdboden gleichmachten, dessen unschlüssige Bewohner von ein paar Bogenschützen Sconas aufgewiegelt worden waren. Die Schlacht war vor allem deshalb wichtig, weil es der erste große Sieg der Rückkaufler über ihre gegnerischen Fraktionen war. Es war ein wichtiger Punkt im Programm der Rückkauffraktion gewesen, daß die Bogenschützen von Scona nicht unbesiegbar waren und traditionelle Hellebardiertaktiken immer obsiegen würden, solange man sie richtig anwandte. Das Timing war großartig, da es mit den Wahlen für fünf entscheidende Fakultätsposten zusammentraf, die alle an die Rückkaufler gingen. Das wiederum veränderte das Machtgleichgewicht in drei Subkomitees, was eine Lawine auslöste, die der Fraktion einen zusätzlichen Sitz im Komitee für Finanzen und Einnahmen einbrachte, wodurch das Abstimmungsmuster im Rat ernsthaft verändert wurde. Durch eine clevere Manipulation der Tagesordnung gelang es den Fraktionsführern, eine knifflige Abstimmung über die Bewilligung von Geldern für ein Forschungsvorhaben, die sie zu verlieren rechneten, so zu verschieben, daß sie nach dem Antrag der Rückkaufler drankam, den abgeschlagenen Kopf von Sergeant Mohan Bar – dem befehlshabenden Bogenschützenoffizier von Scona – aus Shantein zu holen und ihn oben am Wachturm der Zitadelle anzubringen. Die Fraktion gewann beide Abstimmungen mit einer überraschend beruhigenden Mehrheit, und der Kopf Mohan Bars wurde mit dem entsprechenden Zeremoniell an dem vorhergesehenen Platz angebracht, wo seine blicklosen Augen auf die Meerenge hinaussahen und er einige Zeit blieb, bis sich der Dekan der Fakultät für

Militärgeographie beschwerte, weil sein Fenster genau in diese Richtung führte und er besagten Kopf für einen ekelhaften Anblick hielt.

Was die Dorfbewohner anging, die den Angriff überlebt hatten, so hielt man sie zwei Wochen in einem Lager unter freiem Himmel gefangen, in dem vier Männer an Fieber oder ihren Verletzungen starben, dann wurden sie zurückgebracht und freigelassen und bekamen für die von ihnen verursachten Schäden eine beträchtliche Summe auf ihre bereits vorhandenen Hypothekenschulden draufgeschlagen. Weitere Rebellionen unter den Hectemoren von Shastel sind nicht verzeichnet.

Auf Scona, wo die Buchführung auf anderen Grundlagen beruhte, wurde der Shantein-Zwischenfall als Erfolg beurteilt. Die Zahlen sprachen für sich – etwa zwanzig getötete Hellebardiere standen einem toten Bogenschützen gegenüber, ein respektabler Kapitalertrag. Das Nettoresultat war ein substantieller Sieg des Bogens über die Hellebarde, was Anlaß zu echtem Optimismus gab.

»Die Tatsache bleibt bestehen, daß die mangelnde Unterstützung für unsere Bogenschützen uns geschadet hat«, argumentierte Gorgas vor dem Komitee, »und das ist ein Problem, das auch nicht verschwinden wird. Sie werden aus ihren Fehlern lernen; wir können nicht erwarten, daß sie unseren Schützen noch einmal so offen ins Feuer laufen werden.«

»Und was schlagt Ihr vor?« wollte jemand wissen. Gorgas trank einen Schluck Wasser und tupfte sich die Lippen mit einem leinenen Taschentuch ab.

»Söldner«, sagte er. »Mindestens einhundert Mann schwere Infanterie. Professionelle Soldaten der Sorte, die wissen, daß, sollte alles schiefgehen, ihre beste Überlebenschance darin besteht, die Stellung zu halten und einen kühlen Kopf zu bewahren, und nicht etwa wegzulaufen. Bei Shantein hätten ein halbes Dutzend Pikenträger die Schlacht in unserem Sinn entschieden; das Zentrum hätte standgehalten, die Hectemoren wären nicht geflohen, die Hellebardiere hätten sich zurückgezogen, und wir hätten mittlerweile die Hälfte von Shastel als Kämpfer auf unserer Seite. Spielt das einmal bei einer richtigen Schlacht bei uns hier auf Scona durch, und euch wird klar, was das zu bedeuten hat.«

Stille kehrte ein, während das Komitee darauf wartete, daß Niessa das Wort ergriff.

»Ich verstehe deinen Standpunkt«, sagte sie und blickte von ihren Notizen auf. »Spielen wir es einmal durch. Der letzte Punkt zuerst: flächendeckende Aufstände der Hectemoren. Nun, Tatsache ist, wir können es uns schlichtweg nicht leisten, mehr als eine bestimmte Anzahl an Rebellen auszurüsten; deshalb lief die Mission in Shantein so ab. Ich wollte keine Massendesertation; ich wollte ein paar Widerstandsnester, genug, um ein Ärgernis zu sein, aber nicht mehr. Alles, was größer gewesen wäre, hätte wie eine tödliche Bedrohung der Stiftung selbst ausgesehen, und jede Chance auf eine Einigung wäre für immer dahin gewesen. Mal ganz davon abgesehen, welche Kosten eine große Rebellion verursacht hätte; das hätte uns mehr geschadet als eine große Niederlage auf dem Schlachtfeld. Und so standen wir knapp vor einer Katastrophe«, fuhr sie ätzend fort, »aber glücklicherweise konnten wir ihr noch einmal entrinnen. Wir haben unsere Lektion gelernt; keine Brandstiftung mehr auf dem Territorium von Shastel. Du mußt aufhören, wie ein Soldat zu denken, Gorgas. Wir sind keine Soldaten, wir sind Bankiers; bei uns geht es um Profite und Verluste und Zinserträge, davon verstehen wir etwas. Auf dieser Basis sind wir gut davongekommen.«

Am Tisch ertönte allgemeine Zustimmung. Gorgas sah aus, als wollte er etwas sagen, ließ es dann aber sein.

»Nächster Punkt«, fuhr Niessa energisch fort. »Ich fürchte, diese Sache mit den Söldnern ist ein reines Hirngespinst. Ich will mich gar nicht erst mit den praktischen Probleme aufhalten, die sich ergeben würden – Männer zu rekrutieren, denen wir trauen können, sie herzuschaffen und so weiter –, weil nichts davon relevant ist. Wir können keine Söldner anheuern, aus dem einfachen Grund, weil wir es uns nicht leisten können; was eine schöne Überleitung zum Hauptpunkt der heutigen Tagesordnung ist, und zwar die Budgets. Es ist ganz einfach so: Wenn wir nicht damit aufhören, Geld zu verschwenden wie ein Bauer auf einem Jahrmarkt, und ein Drittel der Vorhaben kürzen, sind wir in wenigen Monaten bankrott. Und darüber brauchen wir nicht zu diskutieren, das ist die reine Wahrheit, mit der wir uns auseinandersetzen müssen.«

»Fahrt fort«, sagte einer der Männer am Tisch.

»Ich habe die folgenden Projekte gestrichen«, sagte Niessa. »Forca, es tut mir leid, aber Eure Kornspeicher werden warten müssen. Gorgas, die organisierten Überfälle auf Warenzüge. Lehin, die Sperre über die Spitze von Novice. Thanis, wir müssen die Tilgung der ungesicherten Darlehen verschieben; drükken wir die Daumen und beten, daß wir damit keinen Sturm auf den Rest unserer Sicherheiten auslösen. Wenn wir das alles kürzen und sicherstellen, daß wir in unseren Abteilungen jede Verschwendung eliminiert haben, haben wir zumindest die Chance, es bis zum Ende des Quartals zu schaffen, ohne vorher auszubluten. Es ist offensichtlich, daß es in der vorhersehbaren Zukunft keine Dividende geben wird, was wiederum bedeutet, daß eine Menge unserer Sicherheiten billig auf den ausländischen Märkten verkauft werden müssen. Mir bleibt keine andere Wahl, als einen bedeutenden Prozentsatz aufzukaufen, nur um das Vertrauen der Märkte zu stabilisieren, damit sie nicht einbrechen. Mit hinausgeschobenen Zahlungsoptionen und ähnlichem kann ich die Erfüllung der Forderungen bis ins nächste Quartal verschieben, aber das bedeutet, daß wir uns dann einer weiteren Kürzung von zehn Prozent gegenübersehen, also fangt alle besser schon mal an, euch darauf vorzubereiten.«

»Das ist einfach«, murmelte Gorgas. »Da sind erstens die Löhne all der Männer, die wegen der Kürzungen dieses Quartals den Tod finden werden. Nur ein ordentliches Massaker, und wir schreiben wieder schwarze Zahlen.« Er stützte sich mit seinen großen Händen auf dem Tisch auf und beugte sich vorwärts. »Niessa, verstehst du nicht, worum es bei diesem Krieg geht? Oder ignorierst du es, in der Hoffnung, daß sich alles schon von selbst regeln wird? Sieh es doch einmal unter folgendem Gesichtspunkt. Jede größere Niederlage macht uns schwächer. Je schwächer wir werden, desto schwerer wird es für uns werden, den Handel aufrechtzuerhalten; daraus resultieren wiederum reduzierte Einnahmen, weitere Kürzungen, eine weitere Schwächung. Wir können diesen Krieg nicht nach den Regeln der Buchhaltung führen, Niessa; diese Regeln funktionieren hier nicht.«

»Unsinn«, erwiderte Niessa. »Alles, was wir tun, ist auf eine gewisse Art und Weise ein Krieg. Wir führen einen Krieg gegen jede große Bank der Welt. Dieser Krieg findet eben in drei Dimensionen statt und nicht in den üblichen zweien.«

Es war eine Ironie, daß das erste Schiff von der Insel, das in Shastel eintraf, das Kaperschiff *Vergeltung* war. Ein paar Tage später gesellten sich noch fünf weitere dazu; es waren die *Schmetterling*, die *Wahre Tugend*, die *Meriz' Chance*, die *Rückkehr* und die *Gleichheit*. Die Mannschaften stellten die übliche Mischung aus Insulanern der niederen Schichten und diversen Ausländern dar, und als erstes brachten sie ihren melodramatischen Piratendurst in die sonst so ruhigen, melancholischen Schenken des Hafens von Shastel.

Eine Ausnahme war der Offiziersanwärter der *Rückkehr*. Er ging vom Kai hügelauf bis zum Mitteltor, bog links ab, stieg die einhundertfünfzehn Stufen der Stiftstreppe hoch und fragte dann nach dem Weg zur Fakultät für Angewandte Philosophie. Die Forschungsgehilfin, die ihm den Weg wies, registrierte verblüfft die ungewöhnliche Kombination aus abgenutzter Cuirbouilli-Rüstung, die ganz offensichtlich aus dritter Hand stammte, sauber geschnittenem, kurzem weißem Haar und kultiviertem perimadeianischem Akzent, enthielt sich jedoch jeden Kommentars. Der Fremde, der es irgendwie geschafft hatte, die steilste Treppe Shastels zu erklimmen, ohne dabei außer Puste zu geraten, bedankte sich höflich, setzte sich wieder zügig in Bewegung und überließ die Forschungsgehilfin ihren Spekulationen.

Am Fakultätstor fragte der Perimadeianer den Pförtner, wo Doktor Gannadius zu finden sei.

»Das kommt darauf an«, erwiderte der Pförtner. Wie die meisten Pförtner Shastels war er ein Sergeant im Ruhestand, der durchaus in der Lage war, einen Piraten zu erkennen, wenn einer vor ihm stand, und die Hellebarde, die in einer Ecke der Pförtnerloge lehnte, war definitiv kein Souvenir.

Der Perimadeianer lächelte. »Natürlich«, sagte er. »Ich bin sein Cousin. Und natürlich«, fuhr er fort, bevor der Pförtner zu Wort kam, »könnt Ihr mich nicht einfach beim Wort nehmen, also schlage ich vor, daß ich hierbleibe, wo Ihr ein Auge auf mich haben könnt, während Ihr Euren Botenjungen losschickt, um den guten Doktor zu fragen, ob er wohl eine Minute Zeit für Olybras Morosin hat.«

Der Junge wurde losgeschickt. Er kam wenige Minuten später zurück und konnte kaum mit Doktor Gannadius Schritt halten, der eine Geschwindigkeit an den Tag legte, die in der Geschichte der Fakultät ziemlich einmalig war.

»Olybras«, keuchte er und lehnte sich gegen die Säule des Eingangsportals. »Bist du das unter all dem Leder?«

»Hallo, Theudas«, erwiderte der Fremde. »Du hast zugenommen, nicht wahr? Nun ja, es sind ja auch mindestens dreißig Jahre vergangen.«

»Ich ...« Gannadius hielt inne, schnappte nach Luft. »Du lebst?«

»Offensichtlich. Genau wie du. Ich habe immer gesagt, sollten wir lange genug leben, werden wir etwas finden, das wir gemeinsam haben. Um Himmels willen, Theudas«, fuhr er dann mit einem Stirnrunzeln fort, »bitte mich entweder herein oder schick mich weg, bevor mich euer Pförtner noch mit seinen Blicken erdolcht.«

»Ich ... Oh, komm rein. Folge mir.« Gannadius nickte dem Pförtner zu, der zurücknickte und sich wie ein Wachhund, dem man verboten hatte, den Gast zu beißen, in seine Loge zurückzog. »Hier entlang, Olybras, es ist ... nun, es ist schön, dich zu sehen.«

»Wirklich?« Olybras zuckte mit den Schultern. »Über Geschmack läßt sich bekanntlich nicht streiten. Ich kann mich nicht daran erinnern, daß wir uns in der Vergangenheit schrecklich nahegestanden hätten.«

Ein Anflug von Ärger kräuselte Gannadius' Lippen. »Schon gut«, sagte er. »Aber gerade erst heute morgen habe ich geglaubt, auf der ganzen Welt keine Familie mehr zu haben, und plötzlich habe ich doch wieder eine.«

»Das stimmt«, erwiderte Olybras. »Schade, daß du es sein mußt, aber bei Licht besehen ist das ganz gut so. Wo kommt übrigens der komische Name her? Als ich dich das letzte Mal gesehen habe, warst du noch der gute alte Theudas Morosin. Vermutlich hat das was mit Magie zu tun.«

»Es ist keine Magie«, begann Gannadius verdrossen, dann holte er tief Luft und mäßigte seinen Tonfall. »In meinem Orden ist ... *war* es Tradition, einen traditionellen Namen anzunehmen, wenn man eine bestimmte Stellung erreicht hatte. Gannadius war der zweite Patriarch der Stadt, und da ich ihn stets bewundert habe ...«

»Ich verstehe schon«, unterbrach Olybras ihn. »Mit anderen Worten: Angeberei. Heiße Luft. Nun, viel Spaß dabei. Ich weiß, daß dir solche Dinge immer viel bedeutet haben. Schön zu wissen, daß du es fast bis zur Spitze des schmierigen Pfahls geschafft hattest, bevor diese Sache jegliche Bedeutung verloren hat.«

Gannadius blieb stehen und starrte ihn böse an, was allerdings keinen sichtbaren Effekt zu haben schien. »Und was ist mit dir, Olybras? Wie ich sehe, hast du das große Los gezogen.«

Olybras lachte und schüttelte den Kopf. »Offensichtlich nicht«, meinte er. »Immerhin kann ich für mich in Anspruch nehmen, daß ich sanft in die schlechten Zeiten geschlittert bin statt in sie abzustürzen. Letztes Jahr um diese Zeit hatte ich noch mein eigenes Schiff, auch wenn es nur eine Kohlenbarke war. Aber eines Tages fiel sie einfach auseinander, starb an Alter und Boshaftigkeit, und hier bin ich, der oberste Schabenzertreter auf einem Kaperschiff der Insel, und das in meinem Alter. Mein einziger Trost besteht darin, daß ich niemals Talente hatte, die ich ungenutzt gelassen habe.«

Gannadius stieß die Tür zu seiner Unterkunft auf und ging voraus. »Nun«, sagte er, »diese Art zu leben scheint dir zuzusagen. Du siehst widerwärtig fit und gesund aus.«

»Oh, das bin ich«, erwiderte Olybras. »Das ist einer der wenigen Vorteile, wenn man für seinen Lebensunterhalt arbeiten muß. Viel Bewegung, gerade genug zu essen und unbegrenzt frische Seeluft.« Er blickte sich um, suchte sich den bequemsten Sessel aus und nahm Platz. »Hast du was zu trinken da?«

»Wein oder Zider.«

»Oh, dann Wein, mit etwas Honig und Zimt, wenn's geht.«

Gannadius seufzte und holte den letzten Rest Zimt. »Also, was tust du ... Dinge in deinen Besitz bringen?«

»Mach schon«, sagte Olybras, »du kannst das Wort mit P ruhig benutzen ... Mich stört es nicht.«

»Ich schätze, Piraterie ist ein ehrenwerter Beruf – auf seine Weise. Es kommt nur darauf an, wen man bestiehlt.«

Olybras schüttelte den Kopf. »Jeden, der einem nicht schnell genug aus dem Weg geht«, erwiderte er traurig. »Weißt du noch, wie wir immer Piraten gespielt haben? Ich glaube mich erinnern zu können, daß du immer der Piratenkapitän sein wolltest, und ich war der glücklose Kaufmann. Natürlich warst du größer als ich. Damals hattest du einen gemeinen linken Haken.«

Gannadius verzog das Gesicht. »Das ist wahr«, sagte er. »Aber du hast nie irgendwelches Interesse für spekulative Philosophie gezeigt, also dürfte diese Ironie nicht so ganz symmetrisch sein. Allerdings warst du damals immer der Bücherwurm. Poesie, nicht war, und metrische Romanzen?«

Olybras lächelte. »Geschichten über Heldentaten und Abenteuer auf hoher See«, sagte er. »Alles, was nicht direkt mit der Gerberei zu tun hatte. Das ist typisch für mich und mein Glück, daß ich diesen Lederscheiß trage. Vater wäre stolz auf mich, wenn er mich heute sehen könnte.« Er ließ sich in seinen Sessel zurücksacken und trank einen Schluck. »Übrigens, was ist aus dem Viehhof geworden?«

»Cousin Pallas hat ihn von deinem Vater übernommen«, sagte Gannadius ziemlich streng. »Und als er gestorben ist ...«

»Pallas ist tot?« Olybras runzelte die Stirn. »Nun, natürlich ist er das. Aber ich dachte, er wäre beim Untergang der Stadt gefallen. Irgendwie tut das nicht so weh. Wann ist er denn gestorben?«

»Oh, das ist jetzt zwölf Jahre her«, sagte Gannadius. »Eine der Chemikalien bekam ihm nicht, und am Ende hat sie ihn vergiftet.«

Olybras schüttelte den Kopf. »Er war wie ich«, sagte er. »Er wollte nichts mit dem Geschäft zu tun haben. Er hätte abhauen sollen, genau wie ich. Wie wir«, fügte er hinzu. »Das wollen wir schließlich nicht vergessen, Theudas. Gut, du bist nicht fortgelaufen und zur See gegangen, du bist fortgelaufen und ein respektabler Mann geworden. Aber keiner von uns ist dageblieben, bis auf den armen Pallas. Es tut mir leid, ich habe dich unterbrochen.«

»Nachdem er gestorben war«, fuhr Gannadius fort, »übernahm seine Tochter das Geschäft. Du hast gar nicht gewußt, daß er eine Tochter hatte, oder?«

Olybras stellte den Becher ab. »Doch, das habe ich«, sagte er. »Sie hieß, glaube ich, Asbeli. Aber ich habe sie nie kennengelernt. Es gab keinen Grund für mich, mit euch in Verbindung zu bleiben. Eine Zeitlang hatte ich sogar so etwas wie ein vernünftiges Leben. Ich hatte eine Frau, in Perimadeia. Und einen Sohn.«

Gannadius schaute auf. »Du hast einen Sohn? Herzlichen Glückwunsch.«

»Ah.« Olybras erwiderte seinen Blick. »Das ist ein strittiger Punkt. Eigentlich bin ich genau aus diesem Grund hier, um dir eine Frage zu stellen.«

»Wovon sprichst du?«

»Ich meine, du könntest mir vielleicht sagen, ob ich noch einen Sohn habe«, sagte Olybras, stand auf und schenkte sich Wein nach. »Kein Zimt mehr da? Na, egal. Ich bringe dir später welchen vom Schiff, wir haben fünf Kästen davon. Tja, also, ich hatte einen Sohn, obwohl ich ihm kein richtiger Vater war. Ich habe ihn und seine Mutter verlassen, als ich die *Weiße Rose* verloren habe – das war mein viertes Schiff, oder war es das fünfte? Wie dem auch sei, als es unterging, schaffte ich es irgendwie nicht mehr nach Hause, und später hörte ich dann, daß Methli einen anderen gefunden hatte, was in Ordnung war. Und Theudas – habe ich erwähnt, daß ich meinen Sohn Theudas genannt habe, Theudas? – war damals erst vier Jahre alt. Es war besser so für sie. Ich habe natürlich angenommen, daß sie genau wie viele andere mit in den Untergang von Perimadeia gerissen wurde, und ich bin dementsprechend damit umgegangen.«

Olybras schwieg einen Augenblick und saß ganz still da; er ließ nur den Wein im Becher kreisen. Gannadius wartete, bis er bereit war, fortzufahren.

»Und dann«, sagte Olybras, »kam dieser Auftrag, diese Geschichte zwischen Shastel und Scona. Ich war zu der Versammlung gegangen, die deswegen einberufen worden war, und danach hörte ich aus dem Weinladen eine Menge Stimmen, die dem Akzent nach aus der Stadt kamen, und ich ging rein, um mir das anzusehen. Ich weiß nicht, ob es hier genug von uns gibt, aber auf der Insel gibt es viele aus der Heimat. Ich kam mit einem Mann ins Gespräch, der ein paar Leute kannte, die wiederum ein paar Leute kannten, und nachdem wir uns eine halbe Stunde oder so über alles mögliche unterhalten hatten, wurde mir plötzlich klar, daß sich hinter diesem Doktor Gannadius aus Shastel, den er ein paarmal als Beispiel für einen von uns, der auf die Füße gefallen war, erwähnte, in Wirklichkeit mein Cousin Theudas Morosin verbarg. Natürlich fand ich diese kleine Information interessant, und ich schenkte ihm größere Aufmerksamkeit. Und weißt du, das Gespräch über dich führte dann zu den Leuten, für die du kurze Zeit gearbeitet hast, als du das erste Mal auf der Insel warst, und dann fiel ein weiterer Name aus der Stadt: Athli Zeuxis. Das führte uns zu den Loredans, und dann schleuderte der Mann den Blitz. ›Wie ist noch mal Euer Name?‹ fragte er mich, und ich sagte es ihm. ›Und ihr habt gesagt, Ihr hattet einen Cousin namens Theudas Morosin?‹, und ich nickte. ›Nun, das ist aber seltsam, weil ich diesen Namen erst kürzlich gehört habe, aber das war kein Mann, sondern ein Junge von vielleicht dreizehn oder vierzehn Jahren.‹ Nun, ich blieb ganz ruhig und versuchte mir nichts anmerken zu lassen. ›Und was ist mit Methli Morosin?‹ fragte ich, aber von ihr wußte er nichts; da war nur der Junge gewesen. Um die Geschichte abzukürzen, er erzählte, dieser Junge würde auf Scona leben und wäre Lehrling bei einem der Loredan-Brüder, dem Verrückten, der in der Wildnis lebt und Möbel oder so was herstellt.«

»Du sprichst von Bardas Loredan«, sagte Gannadius mit leiser, besorgter Stimme.

»Genau«, erwiderte Olybras. »Und dann habe ich gehört, daß

Bardas Loredan einen Jungen dabei gehabt haben soll, als er am Ende die Stadt verließ; ich wollte mehr rauskriegen, hatte aber kein Glück.«

»Bardas Loredans Lehrling ist dein *Sohn?*« unterbrach Gannadius ihn.

»Das ist richtig. Und vermutlich dein Cousin zweiten Grades. Oder dritten Grades? Das wissen die Götter. Aber egal, sobald ich das alles in Erfahrung gebracht hatte, trieb ich mich an den Docks herum und fragte nach einer Passage nach Scona. Und dann wurde mir die ungeheure Ironie bewußt; wegen des Krieges und dieser Chartervereinbarung mit Shastel wollte absolut niemand auch nur in die Nähe von Scona segeln. Ich wäre beinahe in Tränen ausgebrochen, das kann ich dir versichern; es war unglaublich. Aber ich riß mich zusammen und forschte weiter, bis mir dann zu Ohren kam, daß der Oberst und sein Lehrling von der Familie fortgeschickt worden waren und sich gar nicht mehr auf Scona aufhielten.«

Gannadius nickte. »Dieses Gerücht entspricht der Wahrheit. Falls du dich fragst, wie ich mir da so sicher sein kann, Bardas Loredan ist der Freund eines Freundes – Patriarch Alexius' Freund, um genau zu sein.«

»Das habe ich auch gehört«, sagte Olybras. »Da es unmöglich war, nach Scona zu kommen, tat ich das Nächstliegende und kam hierher. Und jetzt frage ich dich, weißt du, wo Bardas Loredan ist? Und wenn nicht, was ist mit deinen magischen Kräften, sind sie auch zu was Praktischem nutze, etwa um Menschen zu finden?« Er stellte den Becher auf dem Tisch ab. »Und bevor du es sagst, ja, ich weiß, daß es keine Magie gibt, sondern bloß angewandte Philosophie. Und darum will ich auch, daß du deine Philosophie anwendest und meinen Sohn findest. Deinen Cousin. Oder ist es zuviel verlangt, etwas für die Familie zu tun, wenn du schon soviel für Fremde tust?«

»Woher weißt du ...« begann Gannadius, dann lehnte er sich mit einem flauen Gefühl in der Magengegend in den Sessel zurück. »Sei verdammt, Cousin, du bist doch nicht etwa auch noch einer?«

Olybras lachte. »Ich schätze, das muß in der Familie liegen.« Er schüttelte den Kopf. »Ich verfüge nur über geringe Fähigkeiten, weiter nichts. So kann ich mit einem gewissen Grad an Verläßlichkeit sagen: Wenn ich in meinem Leben an einen Scheideweg komme, und es ist ungewiß, ob sich die Dinge gut oder schlecht entwickeln, werden sie sich schlecht entwickeln. Aber manchmal kann ich diesen Scheideweg oder Wendepunkt – oder wie auch immer man ihn nennen will – wahrnehmen, ich kann ihn *kommen sehen*, wie in einem Traum, und wenn ich dann schnell und außerordentlich sorgfältig bin, kann ich mein Glück beim Schopf packen und es biegen, so wie man rotglühenden Stahl biegen kann. Wenn ich es falsch anstelle, zerbricht es natürlich. Aber solche Traumvisionen sind äußerst selten, und sie scheinen auch kein Maß zu kennen; es kann etwas wirklich Wichtiges sein wie ein schlimmer Sturm oder ein Piratenangriff oder etwas Banales wie der Verlust eines Ankers. Und dann höre ich manchmal Stimmen im Schlaf.«

Gannadius blinzelte. »Du hörst Stimmen im Schlaf?«

»O ja«, erwiderte Olybras unschuldig. »Das ist, als wäre man in einem Haus mit dünnen Wänden und könnte hören, daß im Nebenraum eine Unterhaltung stattfindet, aber solange man sich nicht richtig konzentriert, kann man die Worte nicht verstehen. Soweit mir das klargeworden ist, kann ich die Leute hören, die die Magie wirklich beherrschen. Ich belausche sie, wenn du so willst, nur daß ich es nicht vorsätzlich machen kann, es passiert manchmal einfach. Und darum weiß ich auch, daß du von den Zauberern von Shastel dazu benutzt wirst, mit den Zauberern von Scona – also mit Niessa, Alexius und dieser Auzeil – eine Art Kriegsspiel zu spielen ...«

»Wovon redest du da eigentlich?« wollte Gannadius aufgebracht wissen. »Ich spiele kein ...«

»Aber natürlich.« Olybras kicherte. »Meistens weißt du es nicht einmal. Ich schätze, du ertappst dich dabei, daß du in einer Unterhaltung einnickst und eine Minute später mit Kopfschmerzen wieder aufwachst. Nun, nur damit du es weißt, in deinem Kopf findet tatsächlich ein beeindruckender Krieg statt; selbst die Bruchstücke, die ich manchmal mitbekomme, sind fast schon spektakulär zu nennen. Kämpfe; Männer mit Bogen und Hellebarden, Schiffe, Belagerungsmaschinen – manchmal sogar Kavallerie, was ich etwas merkwürdig finde, da keine Seite über welche verfügt. Vielleicht ist das ja auch nur eine dieser – wie heißt es noch? – Metaphern.«

»Oh, um der Götter willen«, sagte Gannadius angewidert. »Bin ich wirklich der einzige Mensch hier, der nicht weiß, was in meinem Kopf vor sich geht?«

... und er stürzte der Länge nach in den Schlamm; es war ekelhafter, dicker Schlamm unter einer dünnen Schicht verfaulter Blätter. Seine Beine sanken bis zu den Knien ein, und er wußte, daß er sie nicht würde befreien können, aber er versuchte es trotzdem. Es gelang ihm nur, den Fuß aus dem Stiefel zu ziehen. Das Gefühl des Schlamms an seinem nackten Fuß war ekelerregend.

»Keine Sorge«, sagte jemand hinter ihm (er steckte zu fest, um sich umdrehen und den Sprecher ansehen zu können). »Beweg dich nicht, sonst machst du alles nur noch schlimmer.«

Jemand packte ihn unter den Armen und zog; jemand, der sehr viel stärker als er selbst war.

»So, das hätten wir«, sagte die Stimme. Er konnte jetzt den Kopf wenden und sah einen jungen Mann, der nicht älter als achtzehn sein konnte, aber enorm breite Schultern hatte; sein breites Gesicht erweckte den Eindruck von Dummheit, sein dünnes weißblondes Haar wich an den Ecken bereits zurück, die Nase war klein und flach, die Augen blau. »Du solltest wirklich hinsehen, wo du hintrittst«, sagte er. »Komm schon, es ist Zeit, daß wir aufbrechen.«

Gannadius öffnete den Mund, um eine Erklärung zu verlangen, aber seine Stimme versagte. Der Riese schob sich bereits durchs Unterholz – zuvor war ihm nicht aufgefallen, daß sie sich in einem dichten Wald befanden –, und er mußte sich beeilen, mit ihm Schritt zu halten. Indem er dem Riesen genau auf dem Pfad folgte, den dieser getrampelt hatte, gelang es ihm, seinen Weg durch das Gestrüpp zu finden.

»Das gefällt mir nicht«, sagte der Riese, und einen Augenblick später brachen Männer aus den Dornenbüschen hervor, die sich durch den Schlamm kämpften und sich Hosen und Mäntel an den Dornen zerrissen. Der Anblick ihrer Schwierigkeiten wäre brüllend komisch gewesen, hätten sie nicht den Anschein erweckt, daß sie trotz aller Widrigkeiten offenbar darauf versessen waren, ihn und den Riesen zu töten, und im Gegensatz zu ihnen beiden trugen sie Rüstungen und waren bewaffnet.

»Verdammt«, sagte der Riese und duckte sich unter einer wild geschwungenen Hellebarde weg. Er richtete sich wieder auf, nahm dem Gegner die Hellebarde ab und schmetterte ihm das stumpfte Ende des Schafts ins Gesicht. Ein weiterer Angreifer bahnte sich einen Weg zu ihnen; seine Stiefel waren so voller Schlamm, daß er nur watscheln konnte. Er hielt eine große Streitaxt, aber als er sie schwang, verfing sich die Klinge in ein paar Dornenranken, und bevor er sie wieder frei bekam, stieß ihm der Riese die eben eroberte Hellebarde in den Magen. Der Angreifer geriet ins Schwanken, ließ die Streitaxt los und ruderte wild mit den Armen, um das Gleichgewicht zu behalten, dann fiel er rücklings hin; seine Füße steckten jetzt im Schlamm fest, so wie es eben Gannadius ergangen war, und er lag hilflos auf dem Rücken in dem klebrigen Schlamm und starb. »Komm schon«, sagte der Riese und schnappte sich Gannadius' Handgelenk, während er einhändig mit der Hellebarde den Schlag einer Keule abwehrte. »Die Götter seien verdammt, wärst du nicht mein ...«

... und er setzte sich in seinem Sessel auf, plötzlich wieder hellwach, und in seinen Schläfen pochte es mörderisch.

»Nun«, sagte Olybras. »Das war faszinierend. Abgesehen davon, daß es auch erfreulich war; er ist offensichtlich ein tapferer Junge mit einem guten Herzen, und er kann auf sich aufpassen, obwohl mir natürlich lieber wäre, er würde sich aus solchen Situationen heraushalten. Glaubst du, daß du es das nächste Mal zu einem früheren Zeitpunkt versuchen könntest? Sagen wir, so etwa sechs Jahre?«

Gannadius sah ihn an. Das Licht, das durch das Fenster hinter Olybras fiel, bereitete ihm schreckliche Schmerzen, aber er ignorierte sie. »Du weißt, wer das war?«

»O ja«, erwiderte Olybras. »Ich weißt nicht, warum ich das weiß, aber ich habe ihn sofort erkannt. Das war mein Sohn.«

17

Ich passe auf mich auf, ich verspreche es«, hatte er gesagt, als er zum Abschied gewunken hatte, aber als er jetzt darüber nachdachte, konnte er sich nicht daran erinnern, daß einer von ihnen so etwas gesagt hätte wie *Du wirst doch auf dich aufpassen?* oder *Sei vorsichtig, Onkel*, oder *Bitte, komm bald wieder nach Hause, Vater*. Die kleine Niessa hatte ihm zugewunken, Luha jedoch nicht; er hatte einfach nur dagestanden, als würde er einer schrecklichen Zeremonie auf dem Platz zusehen. Heris hatte lediglich traurig gelächelt, und seine Nichte – war sie überhaupt dagewesen? Er war sich nicht sicher. Das war nicht richtig so. Es bekümmerte ihn.

»Das hier ist die Stelle«, sagte der Sergeant und deutete mit dem Finger. »Natürlich ist es schon sechs Stunden her, daß sie hier waren. Wo sie jetzt stecken, ist eine ganz andere Sache.«

Bardas war auch nicht dagewesen, aber damit hatte er eigentlich sowieso nicht gerechnet. Es konnte einen zur Weißglut bringen, daß er da war, zurückgezogen im Kontor der Bank lebte, keinen Ärger machte und friedlich war; aber jedesmal, wenn er Niessa den Vorschlag gemacht hatte, ihrem Bruder doch einen Besuch abzustatten, hatte sie ihn bloß angesehen und das Thema gewechselt. Und jetzt war er hier, an der Spitze der Armee von Scona, um gegen eine feindliche Streitmacht anzutreten, die ihm in der vermutlich entscheidenden Schlacht des Krieges sechs zu eins überlegen war, und es schien keinen zu bekümmern, daß es sehr gut möglich war, daß sie ihn nie wiedersehen würden; es war fast so, als hätte Heris gesagt: »Ich wünsche dir einen schönen Tag in der Schreibstube«, ohne von ihrer Stickarbeit aufzusehen, während sich die Kinder für die Schule bereitmachten. Gorgas konnte sich keinen edleren oder wünschenswerteren Tod vorstellen, als bei der Verteidigung seines Zuhauses und seiner Familie zu sterben, aber ein solches Maß von Gleichgültigkeit höhlte dieses ganze Konzept doch stark aus.

»Wir finden sie«, erwiderte er ruhig, »keine Sorge. Obwohl ich es vorziehen würde, wenn sie uns nicht finden. Ergibt das irgendeinen Sinn?«

Der Sergeant zuckte mit den Schultern. »Eigentlich nicht«, sagte er. »Ich weiß nicht, wie wir gegen sie kämpfen sollen, ohne sie wissen zu lassen, daß wir da sind.«

»Ah«, sagte Gorgas mit einem Lächeln. »Das ist doch mal eine Idee.«

Bol Affem, seines Zeichens Juniordekan der Fakultät für Militärische Logistik und stellvertretender Befehlshaber in der Vorhut des Fakultätsregiments, kannte die Bedeutung von Furcht, aber nur, weil er sie bei Gelegenheit im Wörterbuch nachgeschlagen hatte. Luha Affem, sein Vater, war beim Kampf gegen Korsaren im Fleve-Delta gefallen, als er sechs Jahre alt gewesen war. Sein Großvater war der erste Mann, der beim Angriff auf das Hügelfort von Jaun gefallen war, vor siebzig Jahren. Der Tod in der Schlacht war ein so festverwurzelter Teil der Familientradition der Affems, daß sich Bol gar keine andere Todesart vorstellen konnte; wenn er etwas fürchtete, dann, umringt von Ärzten im Bett zu sterben, während draußen der perfekte Krieg tobte.

Doch die sich vor ihm erstreckende Landschaft flößte ihm ein gewisses Unbehagen ein. Keine Furcht (denn die war, wie er wußte, eine negative, wertlose Sache), sondern Besorgnis, eine Schärfung der Instinkte, während man einer potentiellen Herausforderung gegenüberstand, eine gesunde und nützliche Reaktion auf ein unterbewußtes Erkennen von Gefahr.

Er ließ anhalten, und während die Männer die Hellebarden in den Boden steckten und sich von ihren Tornistern befreiten, begab er sich an den Rand des Steilfelsens. Es gab keinen eindeutigen Weg, der sich anbot. Wenn er seine Kolonne auf dem Kamm der Hügelkette entlangführte, würde er seine Position allen verraten. Aber wenn er der Straße durch die felsige Talschlucht folgte, würde er möglicherweise in einen lehrbuchmäßigen Hinterhalt geraten. Andererseits konnte etwas Reklame nicht schaden; sollten die Rebellen doch ruhig wissen, daß er kam – er hatte den Vorteil der Übermacht auf seiner Seite, was ihnen Entsetzen und Verzweiflung einflößen würde. Sollten sie doch sehen, wie stark sein Heer war.

Er nahm den Tornister ab und setzte sich darauf; dabei öffnete er eine Klappe und holte seine Wasserflasche hervor. Sie war bereits zu einem Drittel leer; das war kein Problem, erinnerte ihn aber daran, daß das Trinkwasser später zu einem Problem werden konnte, wenn er nicht darauf acht gab. Er zog eine Karte aus der Tasche und studierte sie. Eine geschlängelte blaue Linie, die entlang der Schlucht verlief, zeigte Wasser an, aber es konnte alles Mögliche von einem Bach bis zu einem reißenden Strom sein. Er steckte die Karte wieder weg und blickte zum Himmel, der noch immer wolkenlos blau war. Heißes Wetter für einen schnellen Marsch, aber das war eine gute Übung für Männer, die gerade aus dem Komfort der Garnison kamen.

Er rief seinen Sergeanten herbei – einen guten Mann, der seit zwanzig Jahren in einer Uniform steckte. »Wir gehen die Hügelkette entlang, dann steigen wir ins Tal hinab und nehmen im Flachland die Straße. Wir müßten unterwegs einen Fluß überqueren, eine gute Gelegenheit, unsere Wasserflaschen aufzufüllen.«

Der Sergeant bestätigte den Befehl auf die angemessene Weise und zog sich auf respektvolle Distanz zurück. Affem gönnte den Männern noch fünf Minuten Pause, dann gab er den Befehl zum Abrücken.

Eine Stunde später erschien der Feind. Es war ein beunruhigender Anblick. Er erschien einfach auf dem Hügelkamm, nachdem er über die steile Nordseite der Talmulde aufgestiegen war, und baute sich in einer eher schlampigen Doppelreihe direkt vor ihnen auf. Es waren kaum mehr als fünfzig Mann, alles Bogenschützen. Sie sahen gar nicht wie Soldaten aus, sondern eher wie eine Bande zerlumpter Kinder auf einer Dorfstraße. Bol Affem ließ anhalten und wartete. Das war so offensichtlich eine Falle, daß er sich fragte, ob sie allen Ernstes glaubten, ein professioneller Soldat würde darauf hereinfallen. Aber wo war der Rest der Falle? Warteten sie unten am Fuß des Hügels, um ihn von der Flanke aus anzugreifen, während er auf die Straßensperre zustieß? Wohl kaum, sie würden den steilen Hang herauf müssen, was der reinste Selbstmord wäre. Aber es gab keine andere Möglichkeit. Wenn die Rebellen das für eine Falle hielten, dann würde er nur zu gern auf ihr Spiel eingehen.

Während er noch so da stand und die Lage zu ergründen versuchte, nahmen die Bogenschützen die Bogen von den Schultern, legten beleidigend gemächlich Pfeile auf, zielten sorgfältig und fingen an zu schießen. In der ersten Reihe sanken sieben Mann zu Boden, zwei weitere in der zweiten. Die Bogenschützen legten die nächsten Pfeile ein, zielten wieder genau und schossen; Affem konnte sehen, wie sie einander für Treffer gratulierten und für knappe Fehlschüsse bedauerten.

»Sergeant«, befahl Affem, »nehmt die ersten drei Reihen und befreit uns von diesem Ärgernis.«

Der Sturmangriff war perfekt. Die Soldaten marschierten exakt im Gleichschritt, so daß die Spitzen ihrer gesenkten Hellebarden eine präzise gerade Linie aus Stahl bildeten. Die Linie der Rebellen schmolz dahin; die Bogenschützen setzten sich nach links und rechts talwärts ab, sie rannten so schnell sie konnten. Natürlich verfolgte der Sergeant sie nicht; er ließ die Männer anhalten, umdrehen und brachte die Abteilung zurück zur Kolonne.

»Gut gemacht, Sergeant«, sagte Affem. »Kümmert Euch so schnell wie möglich um die Verwundeten, wir verschwenden hier unsere Zeit.«

Eine halbe Stunde gab es die gleiche Situation.

Diesmal hatten die Rebellen nur Zeit für einen Schuß, bevor der Sturmangriff sie zerstreute; aber vier weitere Hellebardiere fielen aus, drei waren auf der Stelle tot, einer fing sich einen Pfeil im Knie ein und konnte nicht mehr weitergehen. Bol Affem fluchte lautlos und stellte sich vor, was er mit den Feiglingen machen würde, wenn er endlich die Gelegenheit dazu hatte.

Eine halbe Stunde später passierte es wieder. Vierzig Minuten danach erneut. Und dann noch einmal, nur daß diesmal die Bogenschützen wieder auf den Felskamm stiegen, als die Verfolger umkehrten, eine weitere Pfeilsalve abschossen und zwei Männer in den Rücken trafen. Der Rest der Abteilung machte kehrt und griff wieder an. Als der Sergeant sie zurückrief, tauchte nur wenige Schritte von ihm entfernt ein Bogenschütze auf und schoß ihn in den Unterleib; er war bereits verblutet, als fünfzehn Minuten später der nächste Angriff stattfand. Diesmal zogen sich die Bogenschützen nicht mal den Hügel hinunter zurück. Sie tänzelten vor ihnen herum, forderten die Hellebardiere dazu auf, sich von der Marschkolonne zu entfernen, und noch während die Männer des Stoßtrupps darüber diskutierten, ob sie den Feind weiter verfolgen sollten oder nicht, tauchte eine andere Gruppe Bogenschützen unbemerkt im Rücken der Kolonne auf, tötete sechs Mann und verschwand wieder.

Das richtige Verhältnis, rief sich Bol Affem zur Ordnung. *Diese Verluste sind sichtbar und beleidigend, aber belanglos im Vergleich zur Größe unseres Heeres. Wenn wir schneller marschieren, erreichen wir auch das Dorf schneller, und entweder treten sie uns auf die richtige Weise gegenüber und wir reißen sie in Stücke, oder sie können aus der Ferne zusehen, während wir jedes lebendige Wesen im Dorf töten. Wenn ich mit ihnen fertig bin, wird es ihnen leid tun, daß sie damit angefangen haben.*

Im Verlauf des Nachmittags gelang es ihnen, einen Bogenschützen zu erwischen, der ausrutschte, hinfiel und nicht schnell genug wieder auf die Beine kam. Fünf Minuten später befand sich nicht mehr genug Fleisch auf seinen Knochen, um ein paar Hunde zu füttern. Aber Affem entging nicht, daß die Zahl der Rebellen ständig zunahm; waren es anfangs fünfzig Bogenschützen gewesen, waren es nunmehr fünfundsiebzig. Die Marschgeschwindigkeit zu erhöhen erwies sich als wenig hilfreich; wenn er ein höheres Tempo anordnete, verdoppelten die Rebellen nur die Zahl ihrer Angriffe, um seinen Vormarsch zu verlangsamen. Trotzdem war er zuversichtlich und rechnete damit, bei Einbruch der Dunkelheit von dem Hügelkamm herunter zu sein, aber das erwies sich als Fehleinschätzung, also ließ er in der Dunkelheit weitermarschieren – eine elende Schinderei auf dem Kamm einer steilen Hügelkette, aber ihm blieb keine andere Wahl. Die Bogenschützen konnten in der Dunkelheit nicht schießen, davon abgesehen würde der Wassermangel zu einem echten Problem werden, wenn sie nicht morgen früh den Fluß erreicht haben würden. Er gab Befehl, daß die Männer nur in den angeordneten Ruhepausen trinken sollten, und ließ weitermarschieren.

Der Morgen brach an, und es war noch immer kein Ende der Hügelkette in Sicht. Aber sobald es hell genug war, kamen auch die Bogenschützen zurück. Sie benahmen sich noch immer unsoldatenhaft, schossen wie Männer, die eine Gans für eine Hochzeit jagten, und liefen wie erschrockene Kinder weg, wenn er seine Männer ausschickte; laut der letzten Zählung hatte er zweiundachtzig Tote und sechsundzwanzig Schwerverwundete, die nicht mehr weiterkonnten, darunter einunddreißig Sergeanten. Das Heer war kaum noch zu führen, da keiner mehr da war, um Ordnung in die Reihen zu bringen oder die Befehle weiterzuleiten.

Kurz vor Mittag hatten sie noch keine zwei Meilen zurückgelegt. Mitten am Nachmittag ging ihnen das Wasser aus.

Erst nach Mitternacht und weiteren kontinuierlichen Verlusten führte der Weg scharf in die Tiefe, und kurz vor Morgen erreichten sie das Flachland und den Fluß. Im ersten Tageslicht füllten sie noch immer ihre Wasserflaschen; die Bogenschützen hatten hinter Bäumen und Felsen versteckt auf sie gewartet und erschossen einundzwanzig Soldaten, bevor sie verjagt werden konnten.

Irgendwie hatte Bol Affem angenommen, daß seine Probleme im Flachland vorbei sein würden. Natürlich war das nicht der Fall. Der einzige Unterschied bestand darin, daß die Bogenschützen nun nicht mehr unerwartet vor ihnen auftauchten, sondern die Kolonne in voller Sicht begleiteten, so, wie einen verrückte wilde Hunde auf einer Dorfstraße begleiten. Sie kamen nie näher als neunzig Meter heran, aber mittlerweile waren es zweihundert von ihnen, und gegen Mittag hatten sie weitere zwanzig Soldaten getötet und den Marsch zu einem Kriechtempo verlangsamt. Zu diesem Zeitpunkt war das Heer von zwei Tagen ohne Rast erschöpft. Dank der strengen Rationierung hatten sie genug Wasser, aber nach Affems Planung hätten sie das Dorf schon am Vortag erreichen müssen, und ihnen ging der Proviant aus. Kurz vor der Abenddämmerung schoß man ihn in die linke Wade. Der Pfeil ging glatt durch und zerstörte keine wichtigen Gefäße, und er konnte weiterhumpeln, indem er seine Hellebarde als Krücke benutzte, aber gegen Mitternacht mußte er sich auf einen Soldaten stützen. Trotzdem machte er weiter, weil er wußte, daß sie in der Morgendämmerung das Dorf erreichen würden.

Und das taten sie auch. Es war nicht schwer zu finden; in der letzten Nachtstunde führte sie ein hellrotes Glühen am Horizont. Gegen Morgen, als die Bogenschützen wieder angriffen, war das Feuer fast ausgebrannt. Als Affem endlich von zwei Männern gestützt dort entlanghumpelte, wo einst die Dorfstraße gewesen war, gab es nur noch Asche und verbrannte Holzbohlen. Der Brunnen war mit den Leichen getöteter Hellebardiere verstopft; Männer, die am ersten Tag gestorben waren. Es gab keine Lebensmittel und keine Deckung. Also blieb ihnen nichts anderes übrig, als zum nächsten Dorf weiterzumarschieren, das nur vier Meilen entfernt war.

»Ich weiß ja nicht, wie es Euch geht«, sagte Gorgas mit dem Mund voller Käse, »aber ich bin erschöpft. Dieses Nichtkämpfen ist wirklich anstrengend.«

Hinter ihm stieg in der Ferne eine Rauchsäule in die Luft. Er sah absichtlich nicht hin; dort brannte das Dorf Lambye, und er hatte den Befehl gegeben, es niederzubrennen. Der Gedanke, daß er seine Männer dazu benutzt hatte, eines seiner eigenen Dörfer niederzubrennen, machte ihn wütend, aber es war vermutlich der richtige Weg, um den Krieg zu gewinnen. Trotzdem widerte ihn diese Tat an. Und er schauderte bei dem Gedanken, was Niessa dazu sagen würde, wenn sie es herausfand.

»Wie weit ist es noch bis zum Fluß?« fragte der Sergeant. Gorgas blickte auf die Karte auf seinem Schoß und strich ein paar Krümel weg, die in den Falz gefallen waren.

»Bei ihrer Geschwindigkeit etwa vier Stunden«, erwiderte er, »höchstens fünf. Das muß man ihnen lassen, sie sind viel zäher, als ich ihnen zugetraut hätte.«

»Training«, sagte der Sergeant. »Disziplin. Das unterscheidet Soldaten von Straßenräubern.«

»Ich glaube, Ihr habt recht«, sagte Gorgas und schnitt sich noch eine Ecke Käse ab. »Vor allem bringt es sie um.«

Sie sahen den Rauch, der aus dem zweiten Dorf aufstieg, als sie das erste gerade verlassen hatten.

»Das war's«, sagte ein Sergeant, blieb stehen und beschattete die Augen. »So wird es den ganzen Weg gehen. Nichts zu essen und keine Deckung. Wir haben keine Chance.«

»Warum greifen wir sie dann nicht an?« knurrte der junge

Soldat zu seiner Linken, »und schnappen uns diese Bastarde? Wir haben doch nichts mehr zu verlieren ...«

Keiner hörte zu, und er gab es auf. Die letzten achtzehn Stunden hatte er es zusehends schwerer gefunden, nicht an Wasser zu denken. Bis dahin hatten ihn die anderen drängenden Probleme des Marsches ausreichend beschäftigt – Hunger, Erschöpfung, die ständigen Angriffe der Bogenschützen.

»Eine Sache haben wir noch nicht versucht«, murmelte jemand in der Reihe hinter ihm.

»Und?«

»Wir können uns immer noch ergeben.«

Mehrere Männer hielten das für einen Witz und lachten. »Er hat gar nicht so unrecht«, sagte der junge Soldat. »Warum tun wir das nicht?«

»Ach, scher dich zum Teufel«, erwiderte jemand. »Auf solches Gerede können wir verzichten.

Der Sergeant schüttelte den Kopf. »Wir werden uns nicht ergeben. Nicht solange wir ihnen fünf zu eins überlegen sind, oder wie das Verhältnis jetzt noch immer ist. Trotzdem stehen wir gewaltigen Hindernissen gegenüber. Wir können uns nicht ergeben, wir kommen nicht nahe genug an sie heran, um gegen sie zu kämpfen, wir werden ständig langsamer, und in ein paar Stunden werden wir einfach umkippen, ohne daß die Scheißkerle auch nur einen Finger krumm machen müssen. Das ist die verrückteste Sache, die ich je gehört habe, aber die haben uns erledigt. Das wird der größte, spektakulärste Sieg in der Geschichte sein; das werden sie noch in den nächsten tausend Jahren an ihren verfluchten Fakultäten lehren. Eine Schande, daß wir auf der falschen Seite waren.«

Plötzlich kam Bewegung in die Kolonne, hektische Bewegung. Männer, die eben noch dahingeschlichen waren, gingen jetzt, liefen, rannten.

»Was ist los?« rief er.

»Wasser«, kam die Antwort. »Da vorne ist ein verdammter Fluß.«

Anfangs war Gorgas besorgt gewesen. Es würde wie immer sein, hatte er gedacht – im letzten Augenblick würde ein kleiner Fehler seinen Sieg in eine schreckliche Niederlage verwandeln.

Doch sobald er gesehen hatte, wie die Soldaten fast verrückt vor Durst den steilen Abhang des Hügels hinunterrannten, Waffen und Ausrüstung beiseite warfen und sich ins Wasser stürzten, hatte er aufgehört, sich Sorgen zu machen. Statt dessen hatte er sich in die Reihe der Bogenschützen gesellt und die Soldaten methodisch erschossen, während sie tranken.

Sie nehmen es nicht mal zur Kenntnis. Sie scheinen nicht mal zu bemerken, daß wir hier sind.

Er legte einen Pfeil auf, zielte, schob den Bogen mit der linken Hand nach vorn und ließ den Zug der Sehne den Rest erledigen; dann sah er zu, wie der Pfeil davonflog und ins Ziel traf. Bevor es ihm bewußt wurde, hatte er schon den nächsten aufgelegt. Beim Schießen auf große Entfernungen war er schon immer gut gewesen.

Bisher war es nur das vordere Ende der Kolonne gewesen, jetzt war der Haupttrupp heran und strömte wie eine auf eine schmale Straße getriebene Schafherde den Hügel hinunter. Sie stolperten übereinander, schubsten, fielen und rissen andere mit. Gorgas schoß auf einen Mann und sah zu, wie er sich Wasser in den Mund schaufelte, während er starb.

»Unglaublich«, sagte der Sergeant angeekelt. »So was habe ich in meinem ganzen Leben noch nicht gesehen.«

»Als nächstes tun sie dir noch leid«, bemerkte jemand. Der Sergeant schüttelte den Kopf.

»So weit würde ich nicht gehen«, sagte er und spannte den Bogen. »*Die* könnten niemandem leid tun.«

Es stimmte, dachte Gorgas. Der Anblick war so obszön, diese

kriechende, unmenschliche Masse – es war, als würde man Ameisen oder Wespen zusehen. Abscheu war das einzige Gefühl, das er verspürte, der Drang, auf sie draufzutreten und sie dazu zu bringen, damit aufzuhören, diesem unwürdigen Spektakel ein Ende zu bereiten. *Nur gibt es da eine Frage*, dachte er. *Wie lange brauchen wir dazu? Haben wir überhaupt genug Pfeile? Ich will wirklich nicht morgen wiederkommen müssen, um das hier zu Ende zu bringen.*

Auf der Wasseroberfläche trieben unzählige Leichen; es erinnerte an den aneinanderhängenden Dreck, der sich nach einem Sturm in einem Wasserlauf sammelte; wenn Blätter, Äste und Schlamm hineingeschwemmt werden, an einem Felsen oder einer Wurzel hängenbleiben und eine Art provisorischen Damm bilden. »Was meint ihr, wie viele haben wir bis jetzt getötet?« fragte jemand. »Dreihundert?«

»So viele nicht«, erwiderte jemand. »Sagen wir zweihundert.«

»Nein, mindestens zweihundertfünfzig.«

»Beschuß einstellen«, sagte Gorgas.

Sie gehorchten, sahen ihn aber an, als wäre er verrückt geworden. Er ignorierte es. Die Sache war weit genug gegangen. Alles weitere wäre nur Verschwendung.

»Ihr beiden da, geht und sagt ihnen, sie sollen die Waffen wegwerfen und die Hände auf die Köpfe legen, dann passiert ihnen nichts. Bringt mir ihren befehlshabenden Offizier.«

War ihnen überhaupt aufgefallen, daß der Beschuß aufgehört hatte? Er konnte es nicht erkennen. Die meisten Männer, die es ins Wasser geschafft hatten, sahen tot aus, aber das konnte nicht sein; sie konnten unmöglich so viele getötet haben. Er sah genauer hin und erkannte, daß es Männer gab, die einfach im Fluß lagen, sich treiben ließen und warteten, was passieren würde. Der Rest, der noch immer vorwärts drängte, schien nur damit beschäftigt zu sein, ins Wasser zu kommen. Sie aufzufordern, die Waffen zu strecken, war reine Zeitverschwendung; das hatten sie alle bereits getan.

Einige Zeit später kamen die Männer zurück. Sie brachten drei Feinde mit; zwei Männer, die einen dritten trugen. Alle drei waren naß bis auf die Haut, von ihren Armen und Beinen tropfte eine rosige Flüssigkeit. Unten am Fluß tranken sie das Zeug. Gorgas fühlte Übelkeit in sich aufsteigen.

»Das ist Meister Bol Affem«, sagte einer der beiden Hellebardiere. »Er ist der Kommandant, aber ich weiß nicht, ob er Euch hören kann.«

»Wohl kaum«, erwiderte Gorgas. »Er ist tot.«

»Oh.« Die Hellebardiere ließen los, und der Tote klatschte wie ein Sack Mehl zu Boden. »Und was jetzt?«

Gorgas stieß Affems Kinn mit den Zehen an, damit er das Gesicht des Mannes sehen konnte. Er lächelte schmal. »Betrachtet Euch zu Generälen befördert. Ergebt Euch, oder ich lasse Euch alle töten.«

»Wir ergeben uns«, sagte einer der Hellebardiere. Er mußte gar nicht lange überlegen.

»Wir müssen nicht auf Affems Kolonne warten«, sagte Sten Mogre. »Gorgas und sein Heer sind einfach nicht hier. Wir können zügig weitermarschieren und Ende der Woche in Scona sein.«

Avid Soef schaute ihn über den Rand des Weinbechers finster an. »Schön«, sagte er. »Warum ist er dann überhaupt losgeschickt worden?«

»Das sollte der halbherzige Versuch sein«, erwiderte Mogre selbstzufrieden, »Gorgas auf eine wilde Verfolgungsjagd zu locken, während wir zur Stadt eilen. Ich habe keinen Augenblick lang gedacht, daß er dumm genug wäre, darauf reinzufallen, aber ich dachte mir, was soll's, wir brauchen Affems Heer sowieso nicht, die zusätzlichen Männer geraten uns bloß zwischen die Füße und verkomplizieren die Logistik, außerdem wäre es prima, ein drittes Heer in ihrem Rücken zu haben, während wir sie vor Scona zusammenhauen. Die Tatsache, daß er den Köder geschluckt hat, überrascht mich, aber ich will verdammt sein, wenn ich diese Gelegenheit ungenutzt verstreichen lasse.«

Soef dachte einen Augenblick lang nach. Wenn hinter dem Manöver eine verborgene Absicht lag, konnte er sie nicht entdecken. »Zugegeben«, sagte er, »aber wir sollten unsere Streitkräfte trotzdem aufteilen und die Stadt von zwei Seiten angreifen. Mir gefällt der Gedanke nicht, daß viertausend Mann über dieselbe Straße marschieren.«

»Gut gesprochen«, warf jemand vom anderen Ende des Tisches ein. »Zu viele Männer im Heer sind oft schlimmer als zu wenige.«

Sten Mogre runzelte die Stirn und hob den Krug. Er war leer. »Das habe ich natürlich bedacht«, sagte er. »Nur ist es so, daß es von der Landseite nur eine realistische Möglichkeit gibt, sich der Stadt zu nähern: die Höhen entlang und dann über die Nordstraße. Aus welcher Richtung soll Euer anderes Heer denn kommen? Von Westen, wo es über die ganzen Felsen muß? Oder stellt Ihr Euch vor, daß es sich seinen Weg durch das südliche Marschland bahnt?«

Avid Soef hatte darüber nicht nachgedacht. »Ihr seid etwas zu leichtfertig, findet Ihr nicht?« sagte er, um Zeit zum Nachdenken zu gewinnen. »Wieviel wissen wir über die südliche Route?«

Mogre lächelte. »Ich war da«, sagte er. »Ich will nicht behaupten, daß ich das Land wie meinen Handrücken kenne, aber ich weiß noch, wie ich ein paar Bauern dafür bezahlen mußte, meine Kalesche aus dem Matsch zu ziehen. Wenn man sich dort nicht genau auskennt, bettelt man förmlich um Schwierigkeiten.«

Soef nickte. »Genau«, sagte er. »Und ich würde um eine hohe Summe wetten, daß sie genauso denken und sich nicht die Mühe machen, dort eine vernünftige Verteidigung aufzubauen. Weshalb wir eine Streitmacht diesen Weg nehmen lassen sollten – natürlich mit ein paar Einheimischen als Führer.«

Mogre seufzte. »Ist das denn wirklich nötig?«

»Nicht so schnell«, meldete sich ein anderer zu Wort. »Ich habe Euch bis jetzt bei allem unterstützt, aber ich finde, daß Avid in diesem Punkt recht hat. Angenommen, Gorgas kehrt zurück und greift uns vor der Stadt an, irgendwo auf einer Paßhöhe, wo eine Handvoll Männer leicht eine ganze Armee aufhalten können. Wenn wir dann nicht dazu bereit sind, unter hohen Verlusten durchzubrechen, könnten wir dort tagelang festsitzen; und vergeßt nicht, wir kommen ohnehin nur haarscharf mit unserer Logistik aus, so weit von zu Hause entfernt, wie wir sind. Wie ich gehört habe, brennen sie zwischen hier und Polmies schon die Dörfer nieder. Aber wenn wir einen zweiten Angriff starten könnten, könnten wir es uns erlauben, mit Gorgas Spielchen zu spielen, weil unser zweites Heer zur gleichen Zeit in Scona den Krieg beendet. Und sollte Gorgas sich nach Scona zurückziehen und das Tor verrammeln, macht das auch keinen Unterschied.«

Eine der großen Kerzen in der Mitte des Tisches erlosch. Ein Diener ersetzte sie schnell durch eine neue. »Also gut, ich stimme dem zu«, sagte Sten Mogre. »Eigentlich ist es sogar eine gute Idee, auch wenn keiner den wahren Grund dafür ausgesprochen hat; der Grund dieses Unternehmens besteht ja nicht nur darin, Scona niederzubrennen – es geht darum, die Rebellenarmee auszulöschen und die Loredans gefangenzunehmen oder zu töten. Mir gefällt die Vorstellung, daß unser zweites Heer aus Scona kommt und Gorgas in den Rücken fällt, während er diesen imaginären Paß verteidigt, in dem er uns unserer Meinung nach aufhalten will. Das ist doch sehr elegant.«

Avid Soef ging mit schlechter Laune zu Bett. Sicher, er hatte sein Heer bekommen, aber wieder einmal hatte der verdammte Fettsack ihm sämtliche Verdienste vor der Nase weggeschnappt. Andererseits bestand die geringe Möglichkeit, daß der Weg durch dieses Marschland doch nicht ganz so einfach war, wie er ursprünglich gedacht hatte, und daß Mogre sich dessen bewußt gewesen war, als er so großzügig eingewilligt hatte. Im nachhinein gesehen hätte er darauf bestehen sollen, daß Mogre das Südheer führte – ja, aber dann würde Mogre Scona erobern und Gorgas gefangennehmen, während er selbst in einem schmalen Paß in den Bergen festsitzen und sich über die Wasserrationierung und akzeptable Verluste den Kopf zerbrechen würde.

Verflucht; warum mußte Krieg nur so *kompliziert* sein?

»Onkel Gorgas wird bestimmt nichts passieren«, sagte Iseutz im Brustton der Überzeugung. »Leuten wie ihm passiert nie was. Irgendwie prallt das Pech von ihnen ab und trifft die Person, die neben ihnen steht.«

Heris Loredan biß sich auf die Zunge und schwieg. Bei dem Leben, das die Kleine bisher geführt hatte, war zu erwarten gewesen, daß sie schlichtweg unmöglich sein würde, und da Gorgas vernarrt in sie zu sein schien, wäre es unklug, einen Streit anzufangen. »Ich hoffe es«, murmelte sie. »Ich schätze, er kann auf sich aufpassen.« Sie stöpselte das Tintenfläschchen zu, nahm das Dokument, das sie kopiert hatte, und bestreute es mit Sand, um es zu trocknen. »Ist dir nicht kalt, du hast nicht mal einen Schal.«

Iseutz schüttelte den Kopf. »Ich fühle die Kälte nicht mehr«, sagte sie, »jedenfalls nicht so, wie ihr das tut. Du vergißt, daß es im Gefängnis *wirklich* kalt war.«

Heris befürchtete, die Nichte ihres Mannes nicht viel länger ertragen zu können, ohne etwas zu tun, was sie später bedauern würde, also nahm sie das Originaldokument und die Kopie und ging zurück ins Haus. Es war schon irritierend, von diesem schrecklichen, traurigen Geschöpf von ihrem Lieblingsplatz im Säulenhof vertrieben zu werden, aber die Ehe mit Gorgas Loredan hatte sie den Wert strategischer Rückzüge und die Vermeidung von Streit gelehrt. Sie begab sich in die Schreibstube und beschäftigte sich mit den Büchern.

Als sie weg war, nahm Iseutz ihr Buch und las eine Weile. Es war eine perimadeianische Abhandlung über Metallurgie; aus irgendeinem bizarren Grund interessierte sie das Thema. Hinter ihr machte Luha (der solide, langweilige, unbedeutende Luha) gehorsam seine Hausaufgaben. Glücklicherweise war die kleine Niessa nicht da und fiel anderen auf die Nerven. Iseutz war es schließlich gelungen, Niessa zu kontrollieren, indem sie sie davon überzeugt hatte, daß sie eine Hexe war, die Katzen und Ratten aß und kleine Mädchen in Insekten verwandelte. Niessa ging ihr nun nach Möglichkeit aus dem Weg; Heris konnte sie aus ihrer Gegenwart vertreiben, indem sie einfach unerträglich war, und Luha war der einfachste von allen; sie brauchte bloß mit ihrer verstümmelten Hand unter seiner kleinen empfindlichen Nase herumzufuchteln, und er schoß davon wie ein Pfeil. Was Onkel Gorgas anging – nun, er störte sie nicht. Aber solange er weg war, war es unumgänglich, ihre Umwelt bis zu einem gewissen Grad zu kontrollieren.

»Entschuldigung, Lady.« Iseutz schaute auf; es war dieser verdammte Kriecher von einem Pförtner. »Ist die Herrin im Haus, wißt Ihr das?«

»Ja«, erwiderte Iseutz. »Warum?«

Der Pförtner sah sie an. »Nun, da steht jemand vor der Tür. Er behauptet, Bardas Loredan, der Bruder des Herrn zu sein, Lady.«

Iseutz verzog keine Miene. »Schon in Ordnung«, sagte sie. »Führ ihn rein, ich kümmere mich um ihn.«

Sobald der Pförtner außer Sicht war, sprang sie auf und sah sich rasch um, aber sie konnte nichts entdecken. Das war kaum überraschend; zivilisierte Männer wie Gorgas Loredan ließen in ihren Häusern keine tödlichen Waffen herumliegen. Es gab zwar noch einige schwere stumpfe Gegenstände wie etwa

Stuhlbeine, oder sie könnte sich hinter der Tür verstecken und versuchen, ihn mit dem Gürtel ihres Morgenmantels zu erwürgen. Beide Ideen erschienen ihr irgendwie nicht dem Vorhaben angemessen, also blieb sie, wo sie war.

»Hallo, Onkel Bardas«, sagte sie.

Seine Reaktion war amüsant zu beobachten. Man mußte ihm zugestehen, daß er weder zurückwich noch einen Schrei ausstieß, aber er war sichtlich überrascht.

»Hallo«, erwiderte er.

Iseutz lächelte und deutete auf einen Stuhl »Was tust du hier? Dies ist so ziemlich der letzte Platz der Welt, von dem ich gedacht hätte, daß du dort freiwillig auftauchst.«

Bardas nickte und setzte sich, wobei er sie keinen Augenblick aus den Augen ließ. »Für gewöhnlich schon«, sagte er. »Aber da ich genau weiß, daß Gorgas nicht da ist ...«

»Und du wußtest auch nicht, daß ich hier bin, oder du hattest es vergessen. Schlechte Stabsarbeit, Oberst, egal was nun zutrifft. Möchtest du einen Schluck Wein? Er ist nicht schlecht, und ich hatte keine Gelegenheit, ihn zu vergiften.«

Er schüttelte den Kopf. »Iseutz, ich bin nicht durstig. Und im Augenblick trinke ich ohnehin nicht viel.«

»Das ist eine echte Veränderung«, sagte Iseutz. »Als du mich im Fechten unterrichtet hast, hast du immer nach Alkohol gestunken.«

»Ich bin ein anderer geworden«, erwiderte Bardas.

»Da bin ich mir sicher. Also, was willst du hier?«

Bardas grinste kaum merklich. »Um die Wahrheit zu sagen, bin ich hier, um meinen Neffen zu sehen. Ist er das da, in der Ecke?«

»Das ist er«, sagte Iseutz. »Luha, komm her und lern deinen Onkel Bardas kennen. Dein Onkel Bardas ist ein großer Mann, Luha, er ist ein Soldat und Fechter und Handwerker und allein die Götter wissen was sonst noch.«

Der Junge blickte Bardas mißtrauisch an; eine, wie Bardas

fand, kluge Reaktion, wenn man einen unbekannten Loredan kennenlernte. Noch klüger wäre es allerdings gewesen, die Flucht zu ergreifen.

»Hallo, Luha. Was machst du gerade?«

»Geometrie«, erwiderte Luha. »Ich bin nicht besonders gut darin.«

Bardas lächelte. »Ich auch nicht. Ich mußte bei der Armee lernen, Winkel für das Schießen mit den Katapulten auszurechnen. Ich habe es aber nie richtig hinbekommen.«

Luha sah ihn ausdruckslos an und schwieg. »Keine Sorge«, sagte Iseutz fröhlich, »das ist nichts Persönliches. Er ist immer so, nicht wahr, Luha? Er gehört zur stillen Sorte.«

»Ja«, sagte Luha. »Darf ich jetzt mit meinen Hausaufgaben weitermachen?«

Bardas nickte. »Möchtest du, daß ich dir dabei helfe?«

Luha runzelte die Stirn. »Ich dachte, du hättest gesagt, du wärst nicht sehr gut darin.«

»Das bin ich auch nicht«, meinte Bardas. »Aber das heißt ja nicht unbedingt, daß ich darin nicht besser als du bin.«

Luha dachte einen Augenblick darüber nach; er gehörte zu der Sorte von Jungen, denen man beim Denken zusehen konnte. »Wenn du magst«, sagte er, »aber das muß nicht sein. Ich mache meine Hausaufgaben immer allein. Vater sagt, ich soll das tun.«

»Dann mach schön weiter«, sagte Bardas. »Ich bleibe hier sitzen und unterhalte mich mit meiner Nichte.«

Luha nickte und ging zurück in seine Ecke. Bardas setzte sich wieder auf seinen Stuhl.

»Das ist so heimelig«, sagte Iseutz. »Wenn du willst, schicke ich ihn los, damit er Heris und die kleine Niessa holt.«

»Nicht meinetwegen«, erwiderte Bardas. »Aber ich danke dir für deine Höflichkeit«, fügte er hinzu. »Ich muß zugeben, ich hatte damit gerechnet, daß es bei unserem Wiedersehen zu einer Szene kommen würde.«

Iseutz zuckte mit den Schultern. »Das ist schon in Ordnung«, sagte sie. »Aber ich komme noch immer nicht darüber hinweg, dich hier zu sehen. Du mußt wirklich demoralisiert sein.«

Bardas nickte. »Das ist eine durchaus treffende Einschätzung. Aber in der Hauptsache ist es wohl eine morbide Neugier. Sosehr ich mich auch bemüht habe, ich konnte mir Gorgas einfach nicht mit einer Familie und einem Heim vorstellen. Das wäre etwa so, als würde man ins Haus des Todes gehen, weil man dort zum Essen eingeladen ist. Aber anscheinend habe ich mich geirrt.«

Iseutz lächelte. »Laß dich nicht täuschen«, sagte sie. »Das ist wie eines dieser Puppenhäuser, die sie für die Puppen kleiner Mädchen verkaufen; alles ist perfekt, absolut lebensecht, und man kann die Fenster richtig aufmachen, und alles wurde aus dem Katalog bestellt, ohne es sich vorher anzusehen. Mit Ausnahme von mir, natürlich, und ich bin dabei, langsam einverleibt zu werden. In ein paar Jahren werde ich bestimmt stubenrein sein. He, wenn ich mich zusammenreiße und brav benehme, vielleicht wachsen meine Finger dann nach.«

»Ich glaube, du gehörst zum kompletten Satz«, erwiderte Bardas. »Du bist die Leiche im Keller, völlig lebensecht, aber aus Wachs und nur zehn Zentimeter groß. Jetzt bist du verärgert«, fügte er grinsend hinzu. »Habe ich dir nicht beigebracht, immer die Deckung oben zu behalten?«

Sie nickte. »Also gut«, sagte sie. »Weißt du, was ich jetzt tun werde? Eigentlich wollte ich abwarten, geduldig sein und dich töten, wenn sich mir die Gelegenheit bietet. Aber das wäre zu gut für dich. Also werde ich dir weh tun.«

Bardas hob die Augenbrauen. »Tatsächlich? Und wie willst du das anstellen?«

Iseutz lächelte. Unter anderen Umständen hätte sie vielleicht ein hübsches Lächeln gehabt. »Ich werde dir etwas sagen, das ich weiß und du nicht, etwas, das mir Onkel Gorgas erzählt hat. Ich schätze, es wird dich rasend machen.« Sie zuckte mit ihren knochigen Schultern. »Und wenn nicht, muß ich eben etwas anderes finden. Aber das hier müßte ausreichen.«

Bardas gähnte ausgiebig und gekünstelt. »Ich höre. Was ist das denn für ein gewaltiges Geheimnis?«

Iseutz wandte den Kopf ab, schnippte sich die Haare aus den Augen und sah ihn wieder an, so als wäre sie ein junges Mädchen, das flirtet. »Es geht darum, wer die Tore von Perimadeia geöffnet hat.«

Später an diesem Abend begab sich Bardas Loredan zurück zur Bank. Mittlerweile durfte er nach Belieben kommen und gehen, solange er seine Schwester darüber informierte, wohin er ging. Ein kleiner Kontordiener folgte ihm auf Schritt und Tritt und informierte Niessa darüber, wo er wirklich gewesen war und was er dort getan hatte. Das war ihm bekannt. Es spielte keine Rolle.

Er hatte zwei Räume, einen zum Schlafen und einen, um sich zu amüsieren. Der zweite Raum war groß und luftig, verfügte über ein großes Fenster, das auf eine Hintergasse und einen Misthaufen hinausblickte. Es enthielt lediglich einen Stuhl, einen Hocker und einen langen Tisch, der robust genug war, um als Werkbank benutzt zu werden. Dann waren da noch die beiden Körbe voller Werkzeug, um die er gebeten hatte, obwohl er noch nicht die Energie aufgebracht hatte, sie auszupacken.

Das tat er jetzt, arrangierte sie sorgfältig in einer logischen Reihenfolge auf oder unter der Werkbank und befreite die Klingen mit Händen voller Stroh von der schützenden Fettschicht. Drei Sägen, zwei Schnitzmesser, ein gerades und ein gebogenes; fünf normale Hobel in verschiedenen Ausführungen; vier Speichenhobel, gerade und gekrümmte; alle möglichen Raspeln und Feilen und Meißel; drei kurzklingige Messer zum Schnitzen und Schaben; Schilfgras zum Schmirgeln und Töpfe mit Sand und Kies und Harz; Töpfe und Krüge mit Leim und

Gips; ein Mörser mit Stößel und ein Leimkessel und Hämmer und Bohrer und vieles mehr; alles war neu und sauber und von bester Qualität – genug Werkzeug, um die Welt neu aufzubauen.

Als er fertig mit dem Auspacken war, nahm er ein Stück Holzkohle und fing an, auf der Werkbank zu skizzieren.

18

Gorgas hatte das Geschick seiner Bogenschützen gründlich unterschätzt; über dreihundertfünfzig Leichen verstopften den Fluß, tauchten unter und kamen wieder hoch wie ein Floß aus Baumstämmen, die unterwegs zur Sägemühle waren.

Die gute Nachricht war, daß sie eine der erstaunlichsten Leistungen in der dokumentierten Militärgeschichte vollbracht hatten, den völligen Sieg über eine haushoch überlegene Streitmacht mit lächerlich geringen eigenen Verlusten, und das in erstaunlich kurzer Zeit. Die schlechte Nachricht war, daß sie jetzt fast fünfhundert Gefangene hatten, die kurz davor waren, an Hunger und Erschöpfung zu sterben, und verzweifelt Nahrung und ein sicheres Quartier brauchten. In der Nähe gab es einen stillgelegten Steinbruch, der groß genug war und dessen Wände viel zu steil waren, um sie emporklettern zu können, und den sie auch benutzten, aber er war den Elementen ausgesetzt, und es gab natürlich kein Wasser. Die Logistik entwickelte sich zu einem Alptraum.

Eine kurze Inspektion des Gefangenenlagers schickte Gorgas nur noch tiefer in die Depression. Er hatte nicht mal genug Sanitäter für seine eigenen Leute, geschweige denn für den Feind; aber hier starben Männer an vergleichsweise geringfügigen Wunden, und das war Verschwendung. Man mußte kein Arzt oder Wissenschaftler sein, um zu wissen, daß viele der Gefangenen sterben würden – sei es durch Blutvergiftung, Unterernährung oder die Hitze –, wenn sie nicht bald verlegt werden würden. Unter anderen Umständen hätte er eine solch schreckliche Sache nicht zugelassen, aber es gab kaum etwas, das er tun konnte. Sollte einer von ihnen überleben und es nach Shastel zurück schaffen, würden die Geschichten über seine Behandlung der Gefangenen die Entschlossenheit des Feindes stärken, wenn nötig bis zum letzten Mann zu kämpfen, um Scona vom Antlitz der Erde zu tilgen und aus dem Gedächtnis der Menschen auszuradieren. Denn das wäre das gewesen, was er an ihrer Stelle gewollt hätte.

Er warf einen letzten, gequälten Blick auf die Gefangenen, die voller verkrustetem, blutigem, getrocknetem Schlamm waren und dort so dicht zusammengedrängt wie eine Horde Kinder standen, die auf einem Heuwagen mitfuhren; aber er hatte einen Krieg zu führen und mit den beklagenswerten Konsequenzen des Sieges klarzukommen, und er hatte bereits alles Menschenmögliche getan. Er strich das Bild aus seinen Gedanken und ging.

Er traf genau rechtzeitig in dem niedergebrannten Dorf ein, das er zu seinem Stützpunkt gemacht hatte, um die deprimierenden Neuigkeiten seiner Verwaltung mitgeteilt zu bekommen; ja, es gab genug Kriegsmaterial, das er dringend brauchte, aber nur sieben straßentüchtige Wagen, um es zu transportieren, und die Fahrt würde anderthalb Tage dauern. Oh, und übrigens, Sten Mogre marschiert auf Scona zu; wenn Ihr Euch beeilt, könnt Ihr ihn vielleicht noch einholen, bevor er die Stadt bis auf die Grundmauern niederbrennt.

Nachdem sich Bardas die nötigen Materialien besorgt hatte, machte er sich daran, den Bogen zu bauen.

Als erstes legte er die noch feuchten Sehnen auf die Fensterbank, damit sie in der Sonne trocknen konnten. Dann mischte er den Leim (glücklicherweise hatte er genug Sägespäne, um ihn einzudicken) und spannte die Rohhaut zum Trocknen auf Bretter. Selbst in dieser Hitze mußte man diese Grundbestandteile ein paar Tage in Ruhe lassen, bevor man damit weiterarbeiten konnte. Glücklicherweise gab es genug andere Dinge zu tun.

Er stellte den Bogenstab her, auf dessen Rücken und Bauch man die Verstärkungen festleimen würde. Unter den Scheiten befand sich ein prächtiger Rohling aus gleichmäßig gemasertem Maulbeerbaumholz, den er mit Schnitzmesser und Hobel zu einem geraden, etwa anderthalb Zentimeter dicken und einhundertvierzig Zentimeter langen Stab zurechtschnitt. Als er mit dem Ergebnis zufrieden war, stellte er mit Planken und Klemmen die Einspannvorrichtung her, die den Bogen in der gewünschten Form halten würde, während er ihn so lange über Dampf bog, bis die drastischen Krümmungen entstanden waren, die das Design vorschrieb. Die Konturen entsprachen dem traditionellen Kußmund, die Oberlippe einer Frau mit vollen Lippen. Nachdem er das Holz eine volle Stunde lang gleichmäßig in Dampf gebadet hatte, verlor es den Willen zum Widerstand und ließ sich wie ein fetter Mann, der auf einen Stuhl sinkt, in die Klemmen sacken.

Während das Holz abkühlte, entfernte er die letzten Fleischreste von den Knochen, die für den Bauch bestimmt waren, und warf sie in den Leimtopf, um der Mixtur etwas mehr Struktur zu geben.

(»Was willst du mit diesem Zeugs?« hatte Niessa mißtrauisch wissen wollen.

»Ich möchte einen Bogen für Gorgas bauen«, hatte seine Erwiderung gelautet.

Das hatte sie überrascht. »Ich war immer der Meinung, du könntest ihn nicht ausstehen?«

»Ich habe mich geändert«, hatte er gesagt. »Verzeihen und vergeben, das ist von nun an mein neues Ich. Schließlich ist die Familie die Familie, wir stecken alle in dieser Sache drin, ob wir wollen oder nicht.«

Darauf hatte sie keine Antwort gewußt. »Du wirst eine Falle einbauen, nicht wahr? Oder Gift in den Griff tun oder ihn ansägen, damit er mitten in der Schlacht zerbricht.«

Das hatte er mit einem Stirnrunzeln kommentiert. »Trau mir doch bitte wenigstens etwas zu. Ich mag nicht viel sein, aber ich übe mein Handwerk mit Stolz aus. Wenn ich Gorgas einen

Bogen baue, dann kannst du sicher sein, daß es der beste Bogen wird, den die Welt je gesehen hat. Außerdem, wenn ich ehrlich bin, schulde ich ihm was. Er hat mir das Guelan-Breitschwert gegeben, damit ich mich verteidigen konnte, als Perimadeia fiel. Ich möchte, daß er einen hervorragenden Bogen hat, wenn die Stiftung Scona erobert.«)

Sobald er die Rippenknochen so weit bearbeitet hatte, daß sie als Material zu gebrauchen waren, schnitt er mit seiner besten Laubsäge und einem schmalen, aus einer Rasierklinge hergestellten Schabmesser die Klebestellen zurecht, an denen die Teile verbunden werden sollten. Den doppelten Verbindungsspleiß an jedem Teil zu schneiden war eine lange, schwierige und Nerven kostende Arbeit, eine Arbeit, die auf jeden Fall perfekt sein mußte. Er brauchte dazu den größten Teil des Tages, an dem Gorgas die Schlacht am Flußufer führte.

Sergeant Cerl Baiss war seit genau drei Wochen Sergeant. Davor war er der Aufseher der zweitgrößten Mühle Sconas gewesen, in der er sechzig Mann betreut und eine Arbeit getan hatte, die ihm gefiel und die er außerordentlich gut gemacht hatte. Gorgas Loredan hatte entschieden, daß er über Führungsqualitäten und Organisationstalent verfügte, was man zum Kriegführen dringend brauchte, und ihn vierzehn Tage zuvor zur Reserve eingezogen. Er hatte gerade genug Zeit gehabt, die Grundsätze des Bogenschießens zu lernen – etwa wie man beim Bogen die Sehne einspannte und einen Pfeil so einlegte, daß er nicht sofort zu Boden fiel, wenn man die Hand wieder wegnahm –, als aus der Reserve die Stadtgarnison wurde, was Cerl Baiss zu dem Mann machte, der in Gorgas' Abwesenheit für die Verteidigung der Stadt verantwortlich war.

Die Nachricht, daß Sten Mogre und zweitausend Hellebardiere fünfzehn Meilen vom Stadttor entfernt waren, traf ihn wie eine herabstürzende Mauer.

»Wenn Gorgas unsere Nachricht erhält«, sagte der eifrige

junge Fähnrich, »wird er aller Voraussicht nach diese Straße hier nehmen.« Er zeigte auf einen Schnörkel auf der Karte, den Baiss für einen Fluß oder eine Dorfgrenze gehalten hatte. »Wenn er Tempo macht, könnte er morgen Mittag hier« – (ein weiterer Stoß mit dem Finger) – »sein, während Sten dann genau hier ist, vor unserer Türschwelle, wo er nur zu gern sein möchte. Was uns nur eine Möglichkeit zur Handlung läßt.«

Ein Laster, dem Baiss sich nie hingegeben hatte, war falscher Stolz. »Das solltet Ihr mir besser erklären«, sagte er. »Ich will das nicht falsch verstehen.«

Der junge Fähnrich nickte. »Diese Berge hier ...«

»Oh, das sind Berge. Klar. Entschuldigung.«

»Diese Berge hier«, wiederholte der Fähnrich, »sind unsere einzige Chance. Sten muß sie hier – (der Finger stieß nach unten) – oder hier –(der Finger trat erneut in Aktion) – überqueren, und ich schätze, daß er diese Abzweigung hier nimmt, selbst wenn sie einen Umweg von drei Meilen bedeutet, weil er weiß, daß wir ihn auf dem anderen Paß fertigmachen können. Also fangen wir ihn ab – er wird damit rechnen, keine Frage, aber das ändert nichts an der Tatsache, daß wir ihm das Leben ganz schön schwer und blutig machen können – und beten, daß Gorgas rechtzeitig da ist. Um ihn in den Arsch zu treten. Wenn alles klappt – wenn Gorgas kommt –, könnten wir gute Arbeit leisten. Wenn nicht ... nun ja.«

Sergeant Baiss starrte die Karte an – er würde Karten niemals verstehen – und versuchte wie ein Soldat zu denken, etwas, das ihm überhaupt nicht lag.

»Ich glaube, wir sollten den anderen Paß verteidigen«, sagte er.

Der junge Fähnrich sah ihn an. »Aber da flehen wir förmlich um Ärger«, sagte er. »Sten ist zu schlau dafür.«

Baiss schüttelte den Kopf. »Verzeiht mir, für einen professionellen Soldaten ist das vermutlich Stoff aus dem ersten Unterrichtsjahr, aber wenn das doch der offensichtliche Weg ist, wäre es dann nicht besser für ihn, ihn auch zu nehmen und uns aus dem Weg zu gehen? Besonders, da es auch noch der kürzere Weg ist.«

Der Fähnrich zuckte mit den Schultern. »Bei diesem Spiel kann man den Verstand verlieren. Ich könnte sagen: ›Er erwartet, daß wir von ihm erwarten, daß er das tut, also wird er das Unerwartete tun.‹ »

Baiss fühlte, wie seine Geduld schwand. »Also gut«, sagte er, »werfen wir eine Münze.«

»Keine schlechte Idee«, sagte der Fähnrich mit einem Grinsen. »Ihr seid der Befehlshaber, es ist Eure Entscheidung, den Göttern sei Dank.«

Das war es nicht, was Baiss hatte hören wollen, aber wenn er Soldat statt eine Naturbegabung als Mühlenaufseher gewesen wäre, hätte er die kürzere Straße gewählt. »Wir verteidigen diesen hier«, sagte er. »Wie schnell können wir dort sein?«

Der junge Fähnrich spazierte mit den Fingern über die Karte. »Vier Stunden. Wenn Ihr recht habt, wird Sten in acht da sein.«

Baiss und seine dreihundert Bogenschützen brauchten zweieinhalb Stunden bis zum Paß, was keinen großen Unterschied machte, da sie zwei Stunden später als geplant aufgebrochen waren. Als Geste hatte er fünfzig Mann zu dem anderen Paß geschickt, da er sich auf die Versicherung des jungen Fähnrichs verließ, daß bei der Art von Schlacht, wie sie sie erwartete, alles über zweihundertfünfzig Mann eher ein Hindernis als eine Hilfe sein würde.

Eine Stunde später traf der Feind ein; eine große Masse gepanzerter Männer, die sich so in dem schmalen Weg zwischen zwei steilen Sandsteinwänden hineinquetschen mußten, daß Baiss hören konnte, wie Schilde und Armschützer am Felsen vorbeischabten. Das war gut, aber nicht so gut, wie er gehofft hatte. Er hatte sich darauf verlassen, daß er seine Bogenschützen so aufstellen konnte, daß jeder von ihnen zum Einsatz kam, aber beim besten Willen konnte er keine größere als eine mit sechzig Mann bestückte Schützenreihe aufstellen, und der Paß war so gebogen, daß die längste Strecke, die der Feind in voller Sicht der Verteidiger passieren mußte, weniger als hundert Meter lang war.

»Fünf Salven, wenn wir Glück haben«, sagte der Fähnrich düster. »Und dann sind sie über uns wie ein Hund über einer Ratte. Und in dieser Art Terrain sind sie bei jedem Handgemenge im Vorteil.«

Baiss runzelte die Stirn und versuchte sich zu konzentrieren. *Fünf mal sechs sind dreißig, also sind es dreihundert, aber natürlich ist nicht jeder Schuß ein Treffer, also müssen wir das reduzieren um was, um die Hälfte?* Er hatte nicht die geringste Idee. *Sagen wir ein Drittel. Hundert Feinde niedergeschossen, bevor sie uns erreicht haben.* Reichte das aus, um die Moral eines Heeres zu brechen? Oder würde es sie nur so wütend machen, daß sie wie Dämonen kämpften?

(Ein idiotischer Krieg; eine von einer Bäckersfrau geführte Bank kämpft an einem Ort gegen eine Universität, an dem sich der äußeren Umstände wegen beide Seiten in Stücke hauen werden.)

»Egal, da kommen sie«, sagte der junge Fähnrich mit Furcht in der Stimme. Zu seiner Überraschung erkannte Baiss, daß das Entsetzen, das er seit der Entdeckung von Mogres Heer zu überwinden versucht hatte, irgendwie verschwunden war. Als er nüchtern darüber nachdachte, kam er zu dem Schluß, daß das daran lag, daß er jetzt nichts mehr tun konnte, als bei seinen getroffenen Entscheidungen zu bleiben und versuchen, sie durchzusetzen. Die Vorstellung seines eigenen Todes bereitete ihm keine Sorgen, und die Männer unter seinem Kommando waren richtige Soldaten; sie würden wissen, wie sie mit der Sache umzugehen hatten.

»Auf mein Kommando«, rief der junge Fähnrich mit schriller Stimme, die allerdings deutlich zu verstehen war. »Zieht. Zielt. Schießt.«

In seinem ganzen Leben hatte Baiss noch nichts Vergleichbares gesehen. Am ehesten ließ es sich mit einem Strauch hoher Disteln vergleichen – die Art, die auf wilden Weiden mannshoch wuchs –, die nach einem Streich mit der Sense in sich zusammenfielen. Die erste Reihe der Hellebardiere war einfach zu Boden gegangen, und die dahinter befindlichen Männer waren einfach über sie hinweggestiegen; nicht, weil sie gefühllos oder besonders diszipliniert gewesen wären, sondern weil sie keine Zeit gehabt hatten, langsamer zu werden oder auszuweichen. Jemand in der vorrückenden Masse schrie einen Befehl, und das schnelle Schrittempo der Formation veränderte sich zu einem Laufschritt von dem Tempo, mit dem ein Schreiber mittleren Alters hinter seinem vom Wind davongewehten Hut hinterherläuft. Die zweite Salve raffte zwei volle Reihen dahin und verwandelte die dritte in ein Chaos; diesmal wurde gestürzt und gestolpert, im Laufschritt vorrückende Männer versuchten über die Gefallenen hinwegzuspringen und schafften es gerade eben oder scheiterten auf spektakuläre Weise. Die sich dahinter befindlichen Reihen rannten in die Männer vor ihnen hinein und stießen sie vorwärts, so daß noch mehr zu Boden gingen und Teil des zuckenden, bebenden Haufens wurden; Soldaten stiegen über Arme und Beine wie Waldarbeiter, die sich durch das zehn Jahre alte Unterholz eines vernachlässigten Weges kämpften; der junge Fähnrich gab mit fest zusammengekniffenen Augen den Befehl zur dritten Salve.

Sie kommen noch immer heran, dachte Baiss erstaunt; aber das war eigentlich nicht verwunderlich, im Gegenteil, es war viel ungefährlicher als der Versuch, sich durch diese unaussprechliche Hecke aus Toten und Niedergetrampelten zurückzukämpfen. Sie rannten jetzt, kein Vorrücken in der Formation mehr, diese Männer rannten um ihr Leben, duckten sich unter den heranrasenden Pfeilen hinweg. Die dritte Salve traf sie aus einer Entfernung von weniger als dreißig Metern. Es war, als würde man Wasser zusehen, das mit Schwung aus einem Eimer an eine Wand gespritzt wird; in nur einem Augenblick verwandelte sich jede Bewegung in Totenstille. Vielleicht fünf Soldaten standen noch; die Schützenreihe teilte sich, um sie durchzulassen, und sobald sie rutschend zum Halt kamen, schnappte die Reservereihe sie wie randalierende Betrunkene, die von ihren Freunden gepackt und aus dem Verkehr gezogen wurden. Das war alles, was von dem Angriff übriggeblieben war; die dahinter befindlichen Hellebardiere blieben, wo sie waren, und rührten sich nicht.

Sieg, dachte Baiss. *Junge, ich will verdammt sein.*

»Stillgestanden«, brüllte der Fähnrich – Baiss hatte noch immer nicht die geringste Vorstellung, was damit eigentlich genau gemeint war, und er erfuhr es auch nicht, da kein Mitglied seiner Armee zu reagieren schien. »Verlustberichte.«

»Alle Mann da«, rief jemand zurück, und ein paar enthusiastische Seelen jubelten.

Baiss bemühte sich, diejenigen Feinde nicht zu betrachten, die inmitten der Leichenberge noch am Leben waren. Es war ein weiterer heißer Tag; wenn er Glück genug hatte, ihn zu überleben, würde er das Privileg haben, ihnen beim langsamen Sterben zuzusehen.

Danach geschah lange Zeit nichts. Wo war Gorgas Loredan? Hätte er mittlerweile nicht mit seinem *professionellen* Heer hier sein müssen, um den Befehl zu übernehmen und dieser Schlächterei einen Sinn zu verleihen? Baiss hatte seinen Teil getan, er hatte seinen Sieg errungen. Sicherlich würde man ihm nun die Erlaubnis geben, nach Hause gehen zu dürfen, oder etwa doch nicht?

»Die Späher sind zurück.« Es war wieder der junge Fähnrich, der irgendwie leicht verrückt aussah und wie ein Totenschädel grinste. »Ratet.«

»Ihr müßt es mir schon sagen«, erwiderte Baiss.

»Da draußen sind gar keine zweitausend Mann. Höchstens

vierhundert. Der Rest von Stens Heer muß den anderen Weg genommen haben. Sie haben uns reingelegt.«

Als sie aus den Bergen in das weniger hügelige Land kamen, das zwischen ihnen und Scona lag, war es fast dunkel. Gorgas Loredan hatte seine erschöpften Männer angetrieben, und sie hatten es geschafft. Von diesem Punkt an verlief die Straße schnurgerade; für Mogre gab es keine Hindernisse mehr, mal abgesehen von einem seichten Fluß und einem kleinen Wald. Gorgas sandte ein paar Späher aus, aber er war sich ziemlich sicher, was der Feind tun würde. An Sten Mogres Stelle würde Er sein Heer die Nacht über im Wald von Lox verbergen und Scona früh am Morgen angreifen, direkt im ersten Licht des neuen Tages. Und in diesem Fall hatte er zwei Möglichkeiten: er konnte versuchen, Scona vor Mogre zu erreichen, die Tore zu schließen und es auf eine normale Belagerung hinauslaufen zu lassen – kein schlechter Plan, unter der Voraussetzung, daß Scona noch immer das Meer beherrschte, den Rest der Insel aber aufgab. Oder er bezog zwischen Lox und Scona Stellung und versuchte sein Glück in einer offenen Feldschlacht. Egal, wozu er sich entschied, es würde einen weiteren Nachtmarsch bedeuten. Er würde eine Menge von seinen Männern verlangen, vor allem, wenn er erwartete, daß sie am Morgen noch auf den Beinen stehen sollten, ganz zu schweigen von kämpfen. Außerdem waren ihre Vorräte an Pfeilen bedenklich geschrumpft.

Zwei nicht zu unterschätzende Einwände gegen das Risiko einer Schlacht. Soweit es seine Schwester betraf, bedeutete Scona nur die Stadt oder, um genau zu sein, die Bank. Der Rest der Insel war lediglich die Aussicht aus dem Fenster des Kontors. Kein Zweifel, was Niessa von ihm erwartete. Sie hatte sich auf eine Belagerung eingestellt, seit dieser Krieg eskaliert war; er hatte sich die Erlaubnis, den Feind auf dem Schlachtfeld in einen Kampf verwickeln zu dürfen, förmlich erbetteln müssen.

Und das war nach Gorgas' Meinung einfach falsch. Die Sconaer waren ihre Leute; sie schuldeten es ihnen, sie zu verteidigen – er hatte gesehen, wie die Hellebardiere in Briora gewütet hatten. Der Gedanke, daß das gleiche in jedem Dorf auf Scona geschah, war unerträglich für ihn; damit konnte er nicht leben. Wenn er sich jetzt in die Stadt zurückzog, hätte er sich wie ein Vater gefühlt, der seine eigenen Kinder aussperrte. Nein, in diesem Teil der Welt stand der Name Loredan für etwas; er hatte diese Menschen dazu gebracht, sich gegen die Stiftung zu wehren, ihr Dasein als Diener und Sklaven abzuschütteln. Es war eine Frage der Verpflichtung.

Die Späher bestätigten seine Vermutung. Sten Mogre hatte im Wald sein Lager aufgeschlagen. Ein Kampf im dichten Unterholz würde nur Mogre Vorteile bringen; Gorgas' ursprüngliche Idee, den Wald zu umgehen und Mogre den Weg zu versperren, hatte trotz der katastrophalen feindlichen Überlegenheit noch immer die besten Erfolgsaussichten. Er gab die nötigen Befehle, die resigniert befolgt wurden, als wären Schlaf und Ruhe so etwas wie Politikerversprechungen, oft ausgesprochen und niemals in die Tat umgesetzt.

Die Korrekturen. Igitt.

Machaera schaute auf die tropfende Kerze, dann richtete sie den Blick wieder auf die vor ihr liegende Seite. Manchmal half ihr die Unterbrechung des Blickkontakts mit dem Buch, die Müdigkeit abzuschütteln. Diesmal hatte es nicht den Anschein, als würde es funktionieren. Sie hatte dieselben zwanzig Zeilen jetzt mindestens fünfmal gelesen, und sie sagten ihr noch immer nichts.

Sie versuchte es erneut.

Der Kopf sackte ihr auf die Brust. Sie schnarchte leise ...

... und fand sich in Dunkelheit sitzend wieder, wobei sie auf einen Lichtkreis hinabsah. Das heißt, sie saß unsicher auf einem wackeligen Segeltuchklappstuhl, der sofort leicht kippte, als sie das Gewicht verlagerte. Sie blieb still sitzen und versuchte, die Umgebung zu erkennen.

Es schien zwei Kreise zu geben; in einem inneren Kreis saßen Männer um eine Kohlenpfanne, in der ein Feuer brannte und deren Licht und Wärme kaum bis zu ihnen drang; der äußere Kreis setzte sich aus kaum auszumachenden Silhouetten von Köpfen und Schultern zusammen, die im hinteren Teil des Zeltes saßen *(Ich bin in einem Zelt,* erkannte sie. *Das letzte Mal war ich mit sieben Jahren in einem Zelt, und das war eine andere Art von Zelt),* und unter denen sie sich befand. Direkt gegenüber im inneren Kreis konnte sie zwischen den zwei Köpfen von Männern, die ihr den Rücken zuwandten, ein ihr bekanntes Gesicht erkennen. Jeder, der der Abreise der Armee zugesehen hatte, würde dieses Gesicht erkennen. General Mogre. Vermutlich belauschte sie einen Kriegsrat. Fasziniert schob sie in dem Versuch, zu verstehen, was dieser große Mann zu sagen hatte, den Kopf so weit nach vorn, wie sie nur konnte, ohne ihren hinfälligen Stuhl zu provozieren.

»Es steht alles bei Dormand«, sagte General Mogre. »Alles, was man wissen muß; man muß nur lange genug Dormand lesen, dann findet man die Antwort.«

(Unfug, sagte Machaera; hier hallten die Worte jedoch nur in ihrem Kopf wider. *Und ich muß es wissen; schließlich lese ich das schreckliche Ding gerade.)*

»Dann wollen wir nur hoffen, daß Gorgas kein Exemplar davon besitzt«, sagte einer der Männer, die ihr den Rücken zuwandten. »Das heißt, wenn er überhaupt lesen kann.«

»Ich wette, daß Niessa es gelesen hat«, warf jemand ein, den Machaera nicht erkennen konnte. »Obwohl ich sie eher für eine Anhängerin des heiligen Maddianus halte. Die perfekte Hexe.«

Sten Mogre grinste. »Vielleicht hat sie Patriarch Alexius deshalb entführen lassen«, sagte er. »Damit er ihr die langen Wörter erklärt.«

»Ein schönes Bild«, sagte ein anderer. »Man sieht sie genau

vor sich, wie sie es auf der Suche nach Rezepten für Liebestränke und die unverzügliche Erschaffung von Stürmen auf hoher See durchblättert.«

»Vermutlich glaubt sie, es ist in einem Code geschrieben«, sagte ein anderer Mann. »Ihr wißt schon, man nimmt jedes sechste Wort und erhält so die verborgene Botschaft.«

(Das muß ich ausprobieren, sagte Machaera.

Das hat man schon versucht, erwiderte die neben ihr sitzende Person. *Funktioniert nicht. Zwar ergibt es genausoviel Sinn, als wenn man das ganze Ding liest, aber das heißt nicht viel.*

Wer seid Ihr? fragte Machaera.

Alexius. Und du bist Gannadius' Musterschülerin, nicht wahr?

Ich ... Machaera wußte nicht, was sie sagen sollte. *Es ist eine Ehre, Euch kennenzulernen*, murmelte sie.

Findest du? Ach, du liebe Güte. Übrigens ist Gannadius irgendwo da hinten. Hallo, Gannadius.

Selber hallo. Und hallo, Machaera. Müßtest du nicht Dormand lesen? Aber vermutlich zählt das hier auch. Alexius, was im Namen der Götter tun wir hier? Ich verstehe das nicht. Das kann kein entscheidender Wendepunkt sein; sie erzählen bloß irgendwelchen Mist über abstrakte Philosophie.)

»Um darauf zurückzukommen, wovon wir anfangs gesprochen haben«, sagte ein dünner Mann. »Ihr solltet mal lesen, was dieser Gannadius geschrieben hat. Das ist wirklich sehr scharfsinnig.«

(Soso, also Mist? meinte Alexius.

Ach, seid still. Das war es wirklich. Völliger Quatsch, vom Anfang bis zum Ende. Oder hättet Ihr es für angebracht gehalten, diesen Wahnsinnigen die Wahrheit zu verraten?

Pst, sagte jemand.)

»Meiner Meinung nach besteht der Kern des Problems darin, den entscheidenden Augenblick zu identifizieren, an dem man in das Prinzip eingreifen kann«, sagte jemand aus dem inneren

Kreis. »Nur, woran erkennt man ihn? Also, mal angenommen, daß Huic dort drüben noch eine halbe Stunde bleibt, dann geht er zu seinem Zelt zurück. Unterwegs stolpert er über ein Tau und zieht sich eine Muskelzerrung zu. In der morgigen Schlacht läßt ihn dieser gezerrte Muskel in einem entscheidenden Augenblick zu langsam reagieren, seine Einheit schafft es nicht mehr rechtzeitig, an ihren angewiesenen Platz zu kommen, und dadurch verlieren wir eine Schlacht, die wir gewonnen hätten, wäre er bloß fünf Minuten früher oder später in sein Zelt gegangen. Oder angenommen, ich gehe in genau zwei Minuten pinkeln und bin in just dem Moment draußen, in dem Gorgas und sein Heer versuchen, sich an uns vorbeizuschleichen? Haben soweit alle verstanden? Gut. Und jetzt nehmt an, ich bin ein Zauberer oder eine Hexe, die versucht, den entscheidenden Augenblick zu finden, damit ich ihn verbiegen kann und den Dingen somit einen anderen Verlauf gebe. Woher soll ich wissen, daß das der entscheidende Augenblick war?

Nun könnte ich bei Gorgas herumschnüffeln, während er versucht, eine Entscheidung zu treffen, oder ich wohne der Schlacht selbst bei. Und natürlich finde ich haufenweise entscheidende Augenblicke, weil jeder verdammte Augenblick ein entscheidender Augenblick ist oder es sein könnte. Jetzt, genau in diesem Augenblick, könnte dort, wo Gorgas ist, ein entscheidender Augenblick stattfinden, und um ihn herum ist ein ganzer Haufen von Zauberern und Hexen, die dort ein Tauziehen veranstalten. Nun können sie aber nicht zugleich da *und* hier sein, aber wenn sie *seinen* entscheidenden Augenblick verändern, wer kann schon sagen, daß mein entscheidender Augenblick auch der entscheidende bleibt? Also was passiert, wenn die Zauberer Gorgas veranlassen, den Wald auf einem anderen Weg zu umgehen, so daß ich ihn gar nicht sehen kann, wenn ich das Zelt verlasse?«

Sten Mogre nickte. »Ihr wollt also sagen, daß Magie entweder gar nicht funktionieren kann, weil es eigentlich keine richtige Ordnung der Alternativen gibt und Dormand nur Unfug schreibt, oder jeder Augenblick entscheidend ist, woraus wiederum resultiert, daß es völlig egal ist, wann Zauberer und Hexen den Dingen auf den Grund gehen, da sie immer einen Punkt finden werden, an dem sie alles ändern können. Avert, Ihr hättet Anwalt werden sollen, und kein Soldat.«

»Ich habe weder das eine noch das andere behauptet«, erwiderte der Mann namens Avert. »Ich habe lediglich auf etwas hingewiesen, das man zur Sprache bringen muß, wenn man an Magie glauben will.«

»Was Ihr vermutlich nicht tut.«

»Eigentlich versuche ich offen zu bleiben.«

(Wenn er mich noch einmal Hexe nennt, sagte jemand, *haue ich ihm eine runter, auch wenn ich eigentlich gar nicht hier bin.*

Niessa Loredan, flüsterte Alexius. Machaera erschauerte schwach. *Schon gut*, fuhr Alexius fort, *aus irgendeinem Grund sind wir alle sehr höflich hier, keiner versucht irgend jemand anderen niederzustechen oder ihn oder sie dazu zu bringen, Geheimnisse zu verraten. Das ist der netteste, freundlichste Krieg, von dem man je gehört hat. Stimmt das nicht, Gannadius? Zum Beispiel befinden sich Gannadius und ich auf gegnerischen Seiten.*

Oh, sagte Machaera. *Ist das nicht sehr unangenehm? Ich dachte, Ihr wärt Freunde.*

Das sind wir auch, sagte Gannadius. *Aber eigentlich sind wir ja gar nicht hier, also spielt es auch keine Rolle.*

Sprecht für Euch, unterbrach ihn die Stimme, die eben »Pst« gesagt hatte. *Übrigens, ich bin Vetriz Auzeil. Und ich bin definitiv hier.*

Entschuldigt, sagte Machaera. *Aber weiß einer von euch, warum wir hier sind, falls wir hier sind?)*

Plötzlich gähnte Sten Mogre und streckte sich. »Das reicht für heute, was dieses Thema angeht«, sagte er. »Wir werden diese Diskussion morgen weiterführen, in Scona. Ist jedem klar, was er zu tun hat?«

»Eigentlich ...«, erwiderte jemand.

(Ich glaube, wir haben gerade entschieden, wie der Krieg ausgeht, sagte Gannadius. *Hat jemand eine Idee, wer gewonnen hat?)*

... und fand sich aufrecht sitzend auf seinem Bett wieder, und seine Schläfen schmerzten so schlimm, daß ihm ein Aufschrei entfuhr. Aus irgendeinem Grund fror er und hatte Angst, als wäre er gerade auf der Straße Zeuge eines schrecklichen Unfalls geworden. »Machaera«, sagte er laut, ohne eigentlich zu wissen, warum er es tat.

Er stieg langsam vom Bett und sah aus dem Fenster; draußen herrschte noch immer tiefste Dunkelheit, und das Nachtlicht war nicht mal bis zur Hälfte verbrannt. Er ließ sich in seinen Sessel sinken und griff nach dem Weinkrug.

Magie, dachte er, *jemand hat mich dazu gebracht, zu zaubern.* Aus irgendeinem Grund war ihm übel. Er nahm drei Schluck Wein, stand wieder auf und wusch sich gründlich Gesicht und Hände. Licht, er brauchte dringend Licht! In dem Raum gab es neben dem Nachtlicht drei Kerzen und eine Öllampe, und er entzündete sie alle. Es half etwas.

Es klopfte an der Tür. Er öffnete.

»Machaera?« fragte er. »Was ist?«

Sie schaute mit diesen schrecklich jungen Augen zu ihm auf. »Es tut mir leid«, sagte sie. »Ich hatte einen Traum.«

Gannadius trat in den Gang hinaus und schaute nach links und rechts. Lehrer mittleren Alters wurden nicht unbedingt ermutigt, nach Mitternacht junge Schülerinnen in ihr Gemach zu holen. »Ich weiß«, sagte er, zog sie hinein und schloß die Tür. »Kannst du dich an ihn erinnern?«

Sie nickte. »Ich glaube schon«, fügte sie hinzu und kaute an den Nägeln. »Ich bin mir aber nicht sicher.«

»Oh, bei den Göttern, nun setz dich schon.« Gannadius fand

seine Schuhe und schlüpfte hinein, dann setzte er sich ihr gegenüber hin und füllte seinen Becher wieder auf. Ihr bot er nichts zu trinken an. »Ich kann mich nur daran erinnern, daß ich aufwachte und dich eine Frage stellen hörte. Übrigens, tut dir der Kopf weh?«

Sie nickte. »Ein bißchen.«

»Ein bißchen. Gut. Erzähl mir, was du von deinem Traum noch weißt.«

Sie erzählte ihm alles. Als sie geendet hatte, sah sie, daß er die Augen geschlossen und das Gesicht abgewandt hatte. »Stimmt was nicht?« fragte sie.

»Ich glaube schon«, erwiderte er. »Ich glaube, wir haben gerade Hunderte von Männern in den Tod geschickt, und ich weiß nicht einmal, wen.«

Bis zum ersten Lichtstreifen am Horizont würde noch eine ganze Stunde vergehen. Gorgas Loredan, der stets über eine ausgezeichnete Nachtsicht verfügt hatte, konnte die Hand vor Augen nicht sehen. Sobald sie den Wald passiert hatten, würde er die zurückgelegte Entfernung anhand seiner Schritte zählen. Es bestand durchaus die Möglichkeit, daß er sich verzählte. Er wußte, wo er sein sollte, aber er hatte nicht die geringste Vorstellung, wo er tatsächlich war.

Eine tolle Methode, die Stelle für die wichtigste Schlacht des Krieges auszusuchen, grübelte er. Es wäre schon eine peinliche Sache, wenn Scona fallen würde, weil er sich in der Länge seiner eigenen Schritte vertan hatte.

»Also gut«, sagte er in der Hoffnung, daß jemand nahe genug stand, um ihn zu hören. »Schwärmt aus. Und hoffen wir, daß wir in der richtigen Richtung stehen.«

Es ist meine Entscheidung, sagte er sich immer wieder, *allein meine. Niessa will mich nicht hier haben. Ich gehe davon aus, daß die Menschen, für die ich das tue, sich auf mich verlassen, aber genau wissen kann ich das nicht; es kann durchaus sein, daß sie die Hellebardiere als Befreier willkommen heißen. Das einzige, worauf ich mich bei dieser Entscheidung stütze, ist mein Gespür dafür, was richtig ist.* Mein *Gespür, bei allen Göttern. Das ist doch eine Komödie.*

Er schloß die Augen. *Für Bardas; für Niessa; für Luha und die kleine Niessa; für Iseutz und Heris; für sie alle, ob sie meine Hilfe nun wollen oder nicht. Für uns und das, was uns gehört, ob es nun richtig oder falsch ist. Ich habe nie etwas von dem bereut, was ich getan habe, kein einziges Mal in meinem Leben; ich habe dazu gestanden, und ich schätze, hier und jetzt wird es auf die Probe gestellt. Der Sieg wird die Rechtfertigung dessen sein, was ich einst tat und seitdem getan habe. Nun, wir werden ja sehen.*

Und dann ging die Sonne über Sten Mogres Heer auf.

19

Beim ersten Tageslicht begann Bardas Loredan mit der nächsten Phase seines Projekts.

Die ganze Nacht lang hatte er die in der Sonne getrockneten Sehnen mit einem Holzhammer auf einem Eichenbrett bearbeitet, bis sie sich in ihre faserigen Komponenten aufzulösen begannen; die hatte er dann langsam und mühsam mit einem speziellen Elfenbeinkamm abgezogen und die durchscheinenden, grobkörnigen gelben Fasern in Bündel ungefähr gleicher Länge sortiert und sie der Größe nach so auf der Werkbank ausgebreitet, daß sie griffbereit waren, wenn er sie brauchte. Nun mußte er nur noch die Rippen säubern und den Leim herstellen, dann waren die Vorbereitungen abgeschlossen.

Der Knochen war schlüpfrig vom eigenen Fett, darum scheuerte er ihn mit Lauge und kochendem Wasser; dann legte er ihn zum Abkühlen beiseite, während er die verschiedenen Leimsorten herstellte, die er gleich brauchen würde.

Er stellte den Grundleim her, indem er geronnenes Blut mit Sägespänen vermischte; für den Zubehörleim kochte er Rohhautschnipsel und die Sehnenreste eine Stunde lang in Wasser, schöpfte die Abfälle ab, die an die Oberfläche stiegen, und rührte gelegentlich um. Er goß den oberen Teil der Flüssigkeit ab, der am stärksten kleben würde, und stellte den Rest aufs Feuer, wo er den ganzen Tag über vor sich hin kochen würde. Es roch abscheulich, aber das bemerkte er kaum.

Mit dem Grundleim bestrich er sorgfältig den Knochen und das Holz, um beides zu versiegeln, und legte sie auf genau ausgerichteten Holzblöcken zur Seite, wo Sonnenlicht durchs Fenster hereinfiel. Schließlich streckte er Stücke eingeweichter Rohhaut, die er für die Ummantelung brauchte.

(»Natürlich würde ich gern helfen«, hatte Luha gesagt, »wenn es für den Krieg ist. Was soll ich tun?«

»Oh, nichts Schwieriges. Ich würde dich auch nicht damit belästigen, aber ich bin an einen Lehrling gewöhnt, und ich kenne sonst keinen, der helfen könnte.«

Luha hatte gelächelt. »Ich wollte schon immer ein Handwerk lernen. Etwas mit den Händen machen. Dinge herstellen.«

»Das muß in der Familie liegen«, hatte er aufmunternd gesagt. »Nun, du und ich, wir werden den besten Bogen bauen, den es außerhalb der Mesoge jemals gegeben hat, darauf kannst du dein Leben verwetten.«

Luhas Lächeln war breiter geworden; wie so viele scheinbar mürrische und in sich gekehrte Kinder hatte er ein nettes Lächeln. »Vater wird sich ja so freuen.«

»Das wollen wir doch hoffen«, hatte er erwidert.)

Ungefähr zu der Zeit, als die Schlacht beim Wald von Lox ihren Höhepunkt erreichte, beendete er die Vorbereitungen und war bereit, den eigentlichen Bogen herzustellen.

»Subtilität ist etwas für Verlierer«, sagte Sten Mogre. »Andererseits wollen wir diese Schlacht nun wirklich nicht verlieren, also laßt es uns schön langsam angehen.«

Es war ein unerträglich heißer, heller Morgen, ohne den geringsten Windhauch. Die Sonne brannte und glitzerte so grell auf dem im Osten liegenden Meer, daß es schmerzte, dort hinzuschauen; sie gleißte auf dem kupferbeschlagenen Dach der Bank, daß es aussah, als würde sie bereits brennen. Zwischen dem Wald von Lox hinter ihm und der Stadt Scona gab es nichts als unbewaldetes, grasbewachsenes Hügelland, das sich sanft den Klippen entgegensenkte, die die Bucht einrahmten. Das perfekte Terrain für einen Infanterieangriff. Etwas tiefer konnte er Gorgas' kleines Heer sehen, wie es die Straße versperrte; es erinnerte an ein dünnes Stück Stahl, das zum Zurechthämmern bereit auf dem Amboß lag. »Dreißig Goldstücke für Gorgas' Kopf«, rief Mogre, »und zwanzig mehr, wenn noch ein Körper daran hängt und er noch atmet. Abgesehen von ihm brauchen wir keinen, also tut, wozu ihr Lust habt. Bleibt in der Schlachtreihe und bummelt nicht, dann sollte es so einfach sein, als würde man Käfer zertreten.«

Er hatte dreihundert Mann in zwei Reihen in der Mitte aufgestellt, der Rest bildete die Flügel; jeweils sechshundertfünfzig Männer in zwei langen Reihen. Der Plan sah vor, im weiten Bogen mit den Flügeln vorzustoßen und Gorgas den Eindruck zu vermitteln, daß sie ihn umgingen, um ihm auszuweichen und die Stadt anzugreifen. Wenn er den Köder schluckte, würde er seine Streitkräfte in dem Versuch, sie aufzuhalten, entweder teilen und umzingelt sein, bevor es ihm überhaupt bewußt wurde, oder er würde die Nerven verlieren und versuchen, sich in die Stadt zurückzuziehen. In diesem Fall würde das Zentrum heranstürmen und ihm in den Rücken fallen, während sich die Flanken vor ihm vereinigten und eine Schlinge formten, um ihm den Weg abzuschneiden. Wie auch immer, solange er seine Männer weit ausgeschwärmt und in Bewegung hielt, würde er die Bogenschützen jeder Chance berauben, durch einen dummen Zufall den Sieg zu stehlen; es würden einfach nicht genug Hellebardiere zur gleichen Zeit am gleichen Ort sein, um ihnen ein ausreichendes Ziel zu bieten.

»Also gut«, sagte er ruhig. »Gehen wir. Erledigen wir das sauber und ordentlich.«

Gorgas sah zu, wie die Hellebardiere zu beiden Seiten auf ihn vorrückten, und erkannte, daß er nicht die geringste Ahnung hatte, was er nun tun sollte.

Dumm, dumm, dumm. Aus irgendeinem Grund hatte er sich in den Kopf gesetzt gehabt, daß der Gegner ein starkes, dicht gedrängtes Zentrum bilden und von dort aus angreifen würde – eine absurde Idee, da es das einzige Szenario war, in dem er eine Chance auf den Sieg gehabt hätte. Jetzt hatte es den Anschein, als würden sie ihn ignorieren und wie um einen auf der Straße liegenden Betrunkenen um ihn herumgehen.

»Und?« fragte jemand. »Was tun wir jetzt?«

Gorgas zuckte mit den Schultern. »Ich schätze, den Feind in einen Kampf verwickeln. Dafür sind wir ja schließlich hier.«

»Welchen denn?«

Gorgas dachte kurz nach. »Die da«, sagte er und zeigte auf das Zentrum der Schlachtreihe. »Die Typen, die still dastehen. Die sind einfacher zu treffen. Also gut, bildet zwei Reihen, schießt und rückt vor, immer abwechselnd.«

Die erste Salve stieg wie ein Vogelschwarm auf. Die Entfernung betrug knapp zweihundert Meter – zu weit für direkte Schüsse; also schoß man den Pfeil schräg nach oben, schickte ihn auf eine parabolische Bahn auf das feindliche Heer zu, ohne ein spezielles Ziel auszuwählen. (War es nicht toll, daß er sie genau das die vergangenen sechs Monate hatte üben lassen?) Auf halbem Weg hörten die Pfeile auf zu steigen, hingen für den Bruchteil einer Sekunde in der Luft ...

(Ein winziges Fragment der Zeit; der Zeiger der Waage, der auf einem rasierklingenschmalen Dreh- und Angelpunkt balancierte.)

... und rasten in die Tiefe, gewannen an Geschwindigkeit und Durchschlagskraft, während ihre Flugbahn abnahm. Die Salve traf genau in die erste und zweite Reihe des Zentrums; und als sie einschlug, befand sich die zweite schon in der Luft, abgeschossen von Gorgas' zweiter Reihe, nachdem sie an der ersten vorbei fünf Schritte vorgerückt war und die Bogensehnen losgelassen hatte. Jetzt rückte die erste Reihe wieder vor und schoß; und noch während die Salve emporstieg, rückte die zweite vor und schoß. Die erste Reihe blieb stehen, da es nichts mehr gab, auf das sie hätte schießen können.

(*Ich hätte nie gedacht, daß er das tun würde*, dachte Sten Mogre, während er starb.)

Jetzt kamen die Flügel schnell heran; die Männer dort mußten sich fragen, was zum Teufel eigentlich hier vor sich ging. Gorgas holte tief Luft und gab den Befehl, ein dicht zusammenstehendes Rechteck zu bilden. *Wenn sie den Verstand benutzen, mit dem sie geboren wurden, gehen sie zur Stadt*, dachte er und griff nach dem nächsten Pfeil. *Wenn sie sich auf uns stürzen, hängt alles davon ab, ob wir genug Pfeile haben. Am Ende hängt alles von der Ausrüstung ab. Ökonomie.*

Der Gegner kam weiter auf sie zu, die Reihen schwärmten aus, um die Einkreisung zu vollenden. Das störte Gorgas nicht im mindesten. Er hatte sein Rechteck so klein wie möglich gemacht; wenn sie gegen ihn kämpfen wollten, mußten sie zusammenrücken, ihre weit auseinandergezogene Reihe in eine dichte Masse verwandeln, die gerade richtig dafür war, um mit Pfeilen gespickt zu werden. »Abwarten«, rief er mit lauter, klarer Stimme. »Bei fünfundachtzig Metern. Erste Reihe, spannt die Bögen.«

Die erste Salve dünnte sie etwas aus, aber die Lücken wurden schnell geschlossen, doch das ging in Ordnung. Die Reihen des Rechtecks funktionierten so, wie er gehofft hatte; während eine Reihe schoß, spannte die nächste die Bögen, so daß es keinen Augenblick gab, in dem keine Pfeilwolke in der Luft war. Der Feind geriet ins Stolpern. Vierzig Meter vor dem Rechteck hatte er sich in ein so wirres Knäuel verwandelt, daß die Männer nicht schnell genug vorrücken konnten, um lange genug zu leben, um an dem sich auftürmenden Wall aus Toten und Verletzten vorbei- und näher heranzukommen. Der Wall wuchs. Der entscheidende Augenblick war greifbar nahe, obwohl er sich kaum als ein Problem der angewandten Philosophie qualifizierte. Der Entscheidung würde nichts Tiefschürfenderes als elementare Arithmetik zugrunde liegen: Wem würde was zuerst ausgehen – Gorgas die Pfeile oder dem Feind die Männer?

»Zum Teufel damit!« brüllte jemand (Huic Bovert, der auf dem Rückweg vom Kriegsrat letzte Nacht über ein Tau gestolpert war; der Schmerz in seinem verrenkten Knöchel raubte ihm viel zuviel Kraft). »Zieht euch zurück, schließt die Reihen und zieht euch um der Götter willen zurück.« Die Hellebardiere wichen zurück. Zuerst nur langsam, schließlich war der Boden ringsum mit Toten und Verwundeten übersät; die Pfeile trafen sie natürlich weiter, und es fielen in etwa genauso viele wie zuvor. In fünfundsiebzig Metern Entfernung sammelten sie sich und sahen zum erstenmal, wie wenig von ihnen noch übrig waren. »Zum Teufel damit«, wiederholte Huic Bovert, und sie traten den Rückzug an, zögernd, voller Schuldgefühle, wie ein Mann, der die Frau verläßt, die er nicht länger liebt. Huic Bovert, der langsam hinter der Hauptgruppe herhinkte und dessen breiter Rücken ein deutliches Ziel bot, war der letzte Mann, der fiel, auch wenn es noch Stunden dauern würde, bis er starb.

»Ich glaube es nicht«, sagte Gorgas.

»Beschwört es nicht«, sagte jemand neben ihm. »Es war knapp, ja, aber es ist besser als zu verlieren.«

Jemand hatte das Kommando über die Reste des Heeres übernommen; sie hatten eine Kolonne gebildet und marschierten ab. »Das sind keine siebenhundert Mann mehr. Vermutlich eher sechshundert.«

Gorgas riß sich zusammen. »Was ist mit uns? Verluste?«

»So nahe sind sie gar nicht herangekommen«, erwiderte ein Mann. »Hätte jeder drei Pfeile weniger gehabt, hätten sie uns zu Hackfleisch verarbeitet, aber wir haben es geschafft. Alle da und gesund, so wie es aussieht.«

»Wir werden immer besser darin«, sagte Gorgas.

Später am Nachmittag, während Gorgas Männer aus der Stadt in verschiedene Gruppen einteilte, um die Pfeile einzusammeln, die Toten von ihrer Ausrüstung zu befreien und sie zu begraben, kam ein Bote von Sergeant Baiss' Abteilung. Er berichtete stolz, daß Baiss die sich auf dem Rückzug in die Berge befindliche Kolonne aus dem Hinterhalt angegriffen hatte. Von den geschätzten siebenhundert Hellebardieren hatten seiner zuversichtlichen Meinung nach kaum mehr als neunzig entkommen können. Sollte er die Flüchtlinge verfolgen oder nach Scona zurückkehren?

In Gorgas stieg Übelkeit auf. Er befahl dem Boten, Baiss zurückzuholen und die armen Teufel in Ruhe zu lassen; dann stieg er den Hügel hinauf, um seiner Schwester einen Besuch abzustatten.

Die Bank lag so gut wie verlassen da; kein einziger Schreiber eilte durch die Korridore oder blickte von seinem Schreibtisch zu ihm auf. Niemand wartete auf der Steinbank vor Niessas Schreibstube. Er stieß die Tür auf und trat ein. Keiner da.

Schließlich fand er im Kassenraum einen Schreiber; der Mann packte gerade die Silberzähler in einen großen Sack, in dem es ziemlich klirrte.

»Ihr da«, sagte er. »Wo ist die Direktorin?«

Der Schreiber starrte ihn an, als hätte er zwei Köpfe. Gorgas starrte auf seine blutverschmierten Kleider und die von den Bogensehnen zerschnittenen Hände herab. »Alles in Ordnung«, sagte er, »wir haben gewonnen. Habt Ihr meine Schwester gesehen?«

Der Schreiber sah aus, als wüßte er nicht, ob er lachen oder die Flucht ergreifen sollte. »Wißt Ihr es denn nicht?« sagte er. »Sie ist weg. Hat Scona verlassen. Sie hat das ganze Bargeld und das beste Schiff genommen und ist weg.«

Avid Soef? dachte Avid Soef. *Ja, ich erinnere mich an ihn. War das nicht der Trottel, der Scona drei Tage nach den anderen beiden Heeren erreichte, bis auf die Haut durchnäßt und von Kopf bis Fuß voller Schlamm und Tannennadeln? Was für ein Witz!*

Den Einheimischen zufolge war der morastige Wald, der die Südspitze Sconas bedeckte, viel trockner als gewöhnlich; die schweren Regenfälle der jüngsten Vergangenheit waren alle ins Meer abgeflossen, und die sengende Hitze der letzten paar

Tage hatte Marschland und Moor auch an Stellen ausgetrocknet, die solange man sich erinnern konnte überflutet gewesen waren. Sumpfland, das einen für gewöhnlich bis zur Taille verschluckte, reichte nun nur noch bis zu den Knien.

Jeder Schritt war eine widerwärtige Qual gewesen; Wege, die für fünf Mann und ein Maultier passierbar gewesen wären, wurden für zweitausend Soldaten zu einer Falle. Aber sie kämpften sich vorwärts.

Bis sie auf die Rebellen stießen, die auf einer Lichtung im Wald ihr Lager aufgeschlagen hatten und über den völlig unerwartet auftauchenden Feind viel zu verblüfft waren, um Soef organisierte Gegenwehr entgegenzubringen. Der Kampf dauerte nicht lange. Der Hälfte der zweihundertfünfzig Rebellen gelang die Flucht in den Wald. Der Rest wurde wie Unterholz niedergehauen. Soef schritt nicht ein; einerseits hätte er seine Männer genausogut anweisen können, auf die Gefühle des Sumpfgrases zu achten, andererseits wollte er es auch gar nicht. Eine Woche im Wald war auch ihm unter die Haut gegangen.

Als die Soldaten das Interesse verloren, waren noch etwa fünfzig Rebellen übrig. Die meisten von ihnen waren zumindest leicht verletzt; einigen fehlten Finger oder eine Hand oder ein Ohr. Die wenigsten hatten versucht, sich zu wehren.

»Das reicht«, rief Soef. »Wir verschwenden hier nur unsere Kräfte. Treibt die Gefangenen zusammen, in einer Stunde marschieren wir weiter. Jemand soll nachsehen, ob es hier sauberes Wasser gibt.«

Die Geschichte der Gefangenen munterte ihn auf. Sie hatten sich bei dem Versuch, die Hellebardiere zu finden und in einen Hinterhalt zu locken, auch verlaufen. Nach drei Tagen mühsamen Marschierens durch Unterholz und Schlamm hatten sie sich dazu entschlossen, die Suche aufzugeben, sich an den Waldrand zurückzuziehen und die Männer aus Shastel entweder abzuschießen, wenn sie aus dem Wald kamen, oder sie den ganzen Weg nach Scona zu terrorisieren, so wie Gorgas es mit dem ersten Heer getan hatte ...

»Was willst du denn damit sagen?« unterbrach Soef ihn.

Der Gefangene sah besorgt aus. »Wißt Ihr es denn nicht? Wir haben es gerade vor unserem Aufbruch gehört: General Loredan hat Euer erstes Heer besiegt. Er hat Hunderte von Gefangenen gemacht.«

Soef runzelte die Stirn. »General Mogres Heer?« fragte er. »Oder General Affems?«

»Keine Ahnung«, sagte der Gefangene. »Gorgas hatte Scona noch nicht erreicht; wir haben nur den Befehl zum Abrücken erhalten und den Auftrag, den Wald zu bewachen.«

»Du willst mir allen Ernstes erzählen, daß Gorgas eines der beiden Heere besiegt hat?« sagte Soef. Der Gefangene nickte nervös. »Um dann nach Scona zurückzukehren?«

»Vermutlich.« Der Gefangene wischte sich Blut aus den Augen, das aus einem Schnitt in seiner Kopfhaut rann. »Die Nachricht, die wir erhalten haben, sagte nichts Genaues; nur, daß wir einen großen Sieg davongetragen haben.«

Der Gedanke, daß Sten Mogres Heer möglicherweise besiegt und gefangengenommen oder in die Flucht geschlagen worden war, machte Avid Soef mehr zu schaffen, als er je geglaubt hätte. Er verabscheute Mogre von ganzem Herzen und wußte, daß dieses Gefühl gegenseitig war und von Verachtung gekrönt wurde. Aber seit ihrer Landung hatte Mogre die Leitung übernommen, und Soef hatte nicht viel über Strategie nachgedacht, sondern sich nur Kleinigkeiten einfallen lassen, um Mogre und seine Wähler im Stiftshaus von Shastel zu demütigen. Wenn Mogre tatsächlich eine ernsthafte Niederlage erlitten hatte, konnte es Tage, vielleicht sogar eine ganze Woche dauern, seine Männer wieder zu sammeln und erneut eine nützliche Rolle im Krieg spielen zu können. Das bedeutete auch, daß Soef nun den Oberbefehl über die ganze Strafexpedition hatte. Was auch immer nun geschehen würde, es würde seine Schuld sein.

Verdammter Krieg, dachte er verbittert. *Selbst wenn die Dinge so laufen, wie sie sollen, kommt nichts dabei rum.*

»Was meint Ihr damit, sie ist weg?« fragte Gorgas.

»Weg«, wiederholte der Schreiber hilflos. »Und sie ist als Direktorin zurückgetreten. Sie hat das Silber und den Großteil der wertvollen Möbel mitgenommen. Aber sie hat alle Bücher und Konten zurückgelassen.«

Gorgas holte tief Luft und atmete ganz langsam wieder aus. »Also gut«, sagte er. »Hat ihre Tochter sie begleitet?«

Der Schreiber sah ihn verblüfft an. »Wie bitte?«

»Ihre Tochter. Lady Iseutz.«

»Oh. Nein, das glaube ich nicht. Ich glaube, sie hat niemanden mitgenommen, nur ein paar Leibwächter und die Mannschaft des Schiffes.«

Gorgas lehnte sich gegen die Wand und rieb sich die Wangen mit den wunden Fingerspitzen. »Also gut«, wiederholte er. »Dafür ist jetzt keine Zeit. Wer leitet das Personal des Kontors?«

Der Schreiber zuckte mit den Schultern. »Ich glaube nicht, daß sich jemand die Mühe macht. Ich glaube, die meisten Schreiber sind ... nun, sie sind im Aufbruch begriffen.«

Gorgas runzelte die Stirn und riß dem Schreiber den Sack mit den Silberzählern aus der Hand und schüttete ihn aus. »Jede Wette«, sagte er. »Nun, damit sollte jetzt besser Schluß sein. Jeder, der dabei erwischt wird, daß er seinen Posten verläßt, wird sich vor mir verantworten müssen; Ihr sorgt dafür, daß das alle Eure Kollegen erfahren, oder ich halte mich an Euch. Wie war noch Euer Name?«

Der Schreiber seufzte. »Riert Varil«, sagte er. »Aufseher der Kopierstube.«

»Gut. Verbreitet die Botschaft, dann geht zurück an Euren Schreibtisch. Nein, vergeßt das. Findet heraus, ob Nachrichten eingegangen sind, und wo zum Teufel die Einheiten der Südwache stecken. Ich muß wissen, ob es noch Feinde gibt.«

»Oh, das hätte ich nicht gedacht«, erwiderte der Schreiber. »Habt Ihr nicht gesagt, Ihr hättet sie alle ausgelöscht?«

»Findet mich, sobald Ihr etwas in Erfahrung gebracht habt. Ich bin in der Schreibstube der Direktorin.«

Es stimmt, dachte Gorgas, hob die Füße und legte sie mitten auf ihren Schreibtisch, *sie muß abgehauen sein, denn wo ist die kleine Tasse aus Apfelbaumholz, die Bardas ihr gemacht hat? Sie ist nicht da, also muß sie weg sein.* Er hatte gewußt, daß sie weg war, als er die Füße auf ihren Tisch legte, ohne besorgt zu sein, sie könnte plötzlich durch die Tür kommen. Er konnte sie nirgends im Gebäude fühlen. Sie war gegangen, weil sie sich nicht darauf verlassen konnte, daß er sie gegen ihre Feinde verteidigen würde. Wieder einmal.

Der Schreiber kam herein, er sah ziemlich nervös aus. »Keine Nachrichten, Direktor«, sagte er. »Und ich habe mit den Abteilungsleitern gesprochen ...«

»Direktor«, wiederholte Gorgas langsam. »Gut, macht weiter ...«

»Ich habe mit den Abteilungsleitern gesprochen, und das Personal geht wieder an die Arbeit. Sergeant Graiz und die Südwache sind wie befohlen ins Marschland aufgebrochen, aber es ist nichts über feindliche Einheiten bekannt.« Der Schreiber zögerte. »Der Krieg scheint im Augenblick vorbei zu sein. Wird das so bleiben?«

Gorgas sah ihn einen Augenblick lang an. »Weiß jemand, warum sie gegangen ist? Hat sie etwas gesagt?«

Der Schreiber nickte. »Wenn ich es richtig verstanden habe, ist sie zu dem Schluß gekommen, daß der Krieg zu teuer geworden ist, um ihn fortzuführen.«

»Zu teuer.«

»So habe ich es verstanden. Sie fand, daß die Zeit gekommen war, ihre Verluste zu minimieren, indem sie das hiesige Geschäft schließt und sich auf ihre anderen Geschäftsinteressen konzentriert.«

Gorgas starrte den Mann an. »Welche anderen Geschäftsinteressen denn?« verlangte er zu wissen.

»Wollt Ihr damit sagen, das wißt Ihr nicht?«

»Oh, um der Götter willen«, sagte Gorgas wütend. »Nein, ich weiß es nicht. Welche anderen Geschäftsinteressen?«

Also informierte ihn der Schreiber: die fünfzigprozentige Beteiligung an einem colleonischen Handelsunternehmen, die Gerberei auf Gasail; das Sägewerk in Visuntha; die Weinberge in Byshest; der Anteil am Kupferminensyndikat von Dakas; die Seilfabrik auf der Insel ...

»Geht«, sagte Gorgas.

Bardas hob den Bogen auf.

Am liebsten hätte er den Leim eine Woche trocknen lassen, oder womöglich noch viel länger, aber Zeit war ein Luxus; davon abgesehen trocknete der Leim, den er aus dieser exotischen, teuren Rohhaut gemacht hatte, erstaunlich schnell im Sonnenlicht. Er nahm die bereits fertige Bogensehne und schob eine Schlaufe über die untere Nocke, dann zögerte er. Es bestand immer die Möglichkeit, daß der Bogen, wenn er das allererste Mal gebogen wurde, um die Sehne einzuhängen, in zwei Teile zerbrechen würde und die ganze Arbeit und die schwer zu beschaffenden Materialien verschwendet sein würden.

Der erste Abschnitt hatte darin bestanden, die Knochenteile zu formen und an den Bauch des Rohlings anzupassen; eine langsame, frustrierende Aufgabe für einen Mann, der wußte, daß er gegen die Uhr arbeitete. Aber das mußte richtig gemacht werden; wenn die einzelnen Teilstücke nicht genau zusammenpaßten, würde der Bauch zu schwach sein, und die schrecklichen Kräfte der Kompression würden dort, wo die Teilstücke zusammentrafen, die verwundbaren Stellen finden und den Bogen in Stücke reißen. Also hatte er gefeilt und geschabt und poliert, mit der Fingerspitze Ruß auf die Vorderseite eines jeden Teilstücks geschmiert, sie zusammengesetzt und wieder abgenommen, bis sie endlich so dicht beisammen saßen, daß kein Haar mehr dazwischenpaßte. Nachdem er jedes Teilstück auf die richtige Größe gebracht und numeriert hatte, hatte er den Leim aufgetragen, jedes einzelne Knochenstück gegen den Bogenstab gedrückt und es mit einer kräftigen Schnur festgebunden. Um sicherzugehen, hatte er Klammern hinzugefügt. Um die Zeit des Trocknens zu nutzen, hatte er die Sehnen für die Rückenverstärkung erneut kardätscht und sortiert und die Bogensehne geflochten.

Sobald der Leim hart geworden war und er die Klammern abgenommen und die Schnur abgewickelt hatte, hatte er einen weiteren Topf angerührt und mit der langwierigen, klebrigen Arbeit begonnen, die Rückenverstärkung anzubringen. Als erstes hatte er die Vorderseite des Bogenstabs erneut mit dem Bodensatz des letzten Leimtopfes bestrichen. Dann war er an die Werkbank herangetreten – auf der vierzig sauber sortierte Bündel aus Sehnenfasern in passenden Abständen lagen – und hatte ihn in die Klemmen auf ihrer Vorderseite gesteckt. Der Leim war genau richtig gewesen – noch immer warm und von der Beschaffenheit frischen dünnen Honigs. Er hatte den Knochensplitter genommen, den er als Spachtel benutzen wollte, und ihn in ein kleines Tongefäß voller Wasser gestellt.

Dann hatte er das erste Sehnenbündel ausgewählt, das längste, das er gehabt hatte, und es in den Leim getaucht, bis es durchtränkt gewesen war. Er hatte den Überschuß von oben nach unten herausgedrückt und das Bündel anschließend vorsichtig oberhalb des Griffs auf die Mitte des Bogenstabes gelegt, es angedrückt und mit dem Knochenspachtel ausgestrichen – immer schön von der Mitte nach außen –, bis es anderthalb Zentimeter breit war. Dann war das nächste Bündel an die Reihe gekommen, dann das übernächste, bis er in der Mitte des Rückens einen Streifen gehabt hatte, der von Nocke zu Nocke ging. Als er damit fertig gewesen war, hatte er eine kurze Pause eingelegt, um sich den Leim von den Händen zu waschen.

Er hatte eine Reihe nach der anderen aufgelegt, bis der Rücken und die Seiten des Bogenstabes mit einer homogenen Schicht leimgetränkter Sehnen bedeckt waren; ein langer flacher künstlicher Muskel, der, wenn er erst einmal getrocknet war, so gut wie unzerreißbar sein würde, egal, wie sehr man ihn auch bog. Sobald er mit der ersten Lage fertig gewesen war, hatte er die zweite aufgelegt; er hatte sich beeilt, denn so lange der Leim noch formbar war, konnte jedes Bündel mit seinem Nachbarn verschmelzen, ohne daß sich Schwachstellen bildeten. Den Rest der Sehnen hatte er um die Knochenfugen auf der Innenseite des Bogens gewickelt.

Weil die Zeit drängte, hatte er aus feuerfesten Ziegeln einen Trockenofen gebaut; er hatte die Ziegel im Feuer erhitzt, bis sie zu heiß waren, um sie in die Hand nehmen zu können, und sie um die Klammern aufgeschichtet, in denen er den Bogen montiert hatte. Aber jetzt war alles erledigt, und der Bogen lag in seiner Hand; jetzt mußte er nur noch gespannt und getillert, geglättet und poliert und schließlich mit der letzten Schicht papierdünner Rohhaut umwickelt werden.

Wie er da so in seinen Händen lag, war er so häßlich wie ein Neugeborenes; ein von Menschenhand geformtes Glied aus Knochen, Sehnen, Blut und Haut. Alle Teile waren verfeinert worden, waren auseinandergenommen und wieder zusammengesetzt worden, so daß sie nun viel besser, effizienter waren. Die Sehnen auf dem Rücken mußten gebogen, die Knochen auf dem Bauch zusammengedrückt werden; beides wurde von einem Stück Holz voneinander getrennt und von Blut, Haut und Knochenstaub zusammengehalten. Hier war ein Arm, der, wenn er bis zum Rande der Zerstörung gebogen und zusammengedrückt wurde, stärker war als der Arm eines jeden Mannes, erschaffen aus Körperteilen, Hitze, Trocknung und handwerklichem Geschick. So wunderbar, daß man ihn mit Worten nicht beschreiben konnte – falls die Knochen die unerträgliche Kraft der Kompression ertrugen, falls Sehnen und Haut die Teile zusammenhalten konnten, während sie gleichzeitig versuchten, sich mit ihrer aufgestauten Macht gegenseitig auseinanderzureißen ...

(Wie die Familie Loredan, dachte Bardas mit einem Lächeln; *einige von uns beugen und strecken sich, einige von uns drükken und werden zerdrückt, aber etwas Blut und Sägespäne und geteilte Haut schweißen uns hilflos aneinander, und wenn wir uns beugen und strecken und drücken – in dem Augenblick, bevor wir zerbrechen, haben wir die Fähigkeit, grenzenlosen Schaden anzurichten. Viele Jahre war ich der Rücken dieser Familie, und jetzt bin ich im Bauch des Bogens, an dem Ort, an dem aus Druck Expansion wird, wo sich aufgespeicherte Kraft in Gewalt verwandelt. Und ich habe diesen Bogen für meinen Bruder Gorgas gebaut.)*

Er hob das linke Bein und trat über den Griff, klemmte den unteren Wurfarm mit der Innenseite seines rechten Fußes fest und preßte die Innenseite des Griffs in seine linke Kniekehle, dann zog er so stark er konnte mit der linken Hand am oberen Wurfarm, bog ihn zurück, bis er die oberste Schlinge der Sehne über die Nocke stülpen konnte. Der Bogen ließ sich erstaunlich schlecht biegen. Bardas konnte spüren, wie der Knochen zu brechen versuchte, aber die gleichermaßen unerträgliche Spannung der Rückenverstärkung hielt ihn davon ab; jede Spannung hinderte die andere daran, nachzugeben. Sie waren gefangen wie die Mitglieder einer Familie, die miteinander in Fehde lagen, gehalten von Fesseln, denen sie niemals entkommen können, die aber zugleich die Spannung erzeugen, die sie alle bis an ihre Grenzen belastet. Gerade als er glaubte, die Sehne niemals einhängen zu können, schaffte er es doch. Die Bogensehne fing den Druck auf, alles hielt, und Bardas wiegte den Bogen auf der Handfläche.

Entgegen aller Erwartung war der Tiller perfekt: Auf beiden Seiten des konkav geformten Griffs erstreckten sich zwei wunderbar ausbalancierte Wölbungen, die völlig symmetrisch waren. Er hielt den Atem an und hob den Bogen – wie leicht er doch war –, hakte die Finger um die Sehnenmitte, stieß mit der linken Hand nach vorn und zog mit der rechten *(wieder traten die gegensätzlichen Kräfte in Aktion, arbeiteten gegeneinander, um Kraft, um Gewalt zu erzeugen),* straffte die Bänder und Muskeln seines Arms, des Rückens und der Schultern, testete behutsam, einen Zentimeter nach dem anderen, bis sein Daumen sein Kinn berührte und es nicht weitergehen wollte.

Er hielt einen Augenblick lang inne, spannte die gefolterten Muskeln an und dachte: *Sieh an, das verdammte Ding läßt sich nur kurz spannen; dieser Bogen hat ein Zuggewicht von hundert Pfund und läßt sich vierundsechzig Zentimeter weit spannen. Er wird niemals sehr genau sein, aber die Kraft ist da. Nun, für mich wäre das nichts, aber Gorgas war schon immer der Kräftigste in der Familie.*

Später erledigte er die restliche Arbeit, umwickelte den Griff mit besserer Rohhaut, wachste den Bogen sorgfältig und versah ihn am Schluß mit zwei Schichten horrend teurem Lack aus Colleon, der schnell trocknete und absolut wasserdicht war. Er sah nun etwas anmutiger aus, milchweiß – bis auf den dunklen Streifen des Holzkerns – und schimmernd.

Bardas nahm das letzte Stück feiner Rohhaut, auf dem sich genausogut schreiben ließ wie auf dem besten Pergament, und schrieb *Für Gorgas, in Liebe von Bardas.* Dann öffnete er die Tür und rief. Einen Augenblick später eilte ein Diener herbei.

»Ist Gorgas Loredan noch in der Bank?«

»Ich glaube schon, aber nicht mehr lange. Wir haben erfahren, daß Avid Soef und das dritte Heer gerade im Süden aufgetaucht sind. Er bereitet sich zum Aufbruch vor.«

Bardas lächelte. »Perfekt«, sagte er. »Bringt ihm diesen Bogen, so schnell Ihr könnt. Es ist sehr wichtig.«

Der Diener nickte. »Sofort.«

»Guter Mann. Es ist genau das, was er schon immer haben wollte, also dürfte er erfreut sein.«

Als der Diener fort war, schloß Bardas die Tür, setzte sich auf den Boden, stützte den Kopf in die Hände und versuchte nicht darüber nachzudenken, was er gerade getan hatte.

Gorgas nahm den Griff in die linke Hand und legte die wunden Spitzen seiner Zugfinger auf die Mitte der Sehne. Der Bogen war perfekt, als wäre er ein Teil von ihm, sein eigener Arm, nur viel stärker. Er hatte das Gefühl, ihn schon seit Jahren zu besitzen, mit ihm vertraut zu sein; es war die Vertrautheit von Fleisch und Blut.

»Er ist wunderschön«, sagte er. »Und Bardas hat ihn für mich gemacht.«

Der Sergeant tappte ungeduldig mit dem Fuß auf. »Das war wirklich nett«, sagte er, »aber wir müssen einen Krieg führen. Wenn Ihr also vielleicht aufhören könntet, mit ihm zu spielen ...«

Gorgas schaute nicht auf. »Ich muß mich bei ihm bedanken«, sagte er. »Ihr versteht das nicht. Ich habe meine Schwester verloren, aber ich habe meinen Bruder gefunden. Wir sind wieder eine Familie.«

Der Sergeant schnaubte. »Gorgas, wir müssen los. Wenn wir nicht vor Einbruch der Dunkelheit den Berg runter sind, fehlt uns die nötige Sicht, um in Position zu gehen. Wir könnten die Schlacht verlieren ...«

»Ihr habt recht«, sagte Gorgas. »Bardas hat mir keinen Bogen gemacht, damit ich mit ihm den Krieg verliere. Ich schätze, ich muß warten, bis ich wieder daheim bin.« Zögernd schob er den Bogen in seinen Bogenköcher und ließ die Finger über den lakkierten Rücken gleiten. »Schon komisch. Mit dem letzten Bogen, den er für mich gemacht hat, habe ich ein paar wirklich üble Dinge getan. Ich habe das Gefühl, diesmal wird alles anders sein; es ist so etwas wie ein neuer Anfang.«

»Wirklich«, sagte der Sergeant. »Ihr meint, mit diesem hier könntet Ihr danebenschießen?«

20

Sten Mogre ist tot«, sagte Gannadius.

Die Leute, zu denen er sprach, starrten ihn an, als hätte er sich gerade nackt ausgezogen. »Bitte?«

»Sten Mogre«, wiederholte Gannadius. »Er ist tot. Sein Heer ist ebenfalls vernichtet. Wir haben so um die viertausend Mann verloren, ohne etwas erreicht zu haben. Avid Soef ist aber noch am Leben.«

Mihel Boverts Frau trat mit einem Tablett voller in Schweinefett marinierter Tauben ein. »Eßt, solange sie heiß sind«, verkündete sie. »Oje, warum die langen Gesichter? Ist alles in Ordnung?«

Verlegenes Schweigen senkte sich herab, das schließlich von Bimond Faim gebrochen wurde. »Laut unserem mystischen Freund hier ist das Heer vernichtet worden.«

»Oh«, sagte Mihel Boverts Frau. »Welches Heer denn? Meint Ihr das große, das diese schrecklichen Rebellen in die Schranken weisen wird?«

»Genau das«, grunzte Mihel Bovert. »Bei dem unser Sohn dient. Doktor Gannadius, würdet Ihr sagen, daß Ihr verrückt, vom göttlichen Geist erleuchtet oder einfach nur taktlos seid?«

»Es tut mir leid«, erwiderte Gannadius. Ich ... Es ist etwas über mich gekommen. Bitte vergeßt, was ich gesagt habe ...«

Einer der Gäste der Abendgesellschaft, ein großer Mann mit grauem Bart, schüttelte den Kopf. »Ich fürchte, das ist leichter gesagt als getan«, sagte er. »Tatsache ist nun mal, daß man sich keinen echten perimadeianischen Zauberer holt und dann seine okkulten Verkündungen ignoriert. Doktor, sagt uns die Wahrheit; sollten wir auf das hören, was Ihr uns sagt oder nicht? Vermutlich ist Euch etwas Vergleichbares schon früher passiert.«

Gannadius nickte. »Ich fürchte schon. Nun, zumindest ähnliche Dinge. Ihr müßt wissen, daß ich an Euch nur das weitergebe, was mir ein anderer sagt.«

»Jemand auf Scona«, sagte eine kleine, stämmige Frau am anderen Ende des Tisches. »Euer Geistführer, oder wie auch immer die richtige Bezeichnung dafür ist.«

Gannadius korrigierte ihre Terminologie nicht; sein Kopf hatte inzwischen zu schmerzen begonnen, wodurch es ihm schwerfiel, sich zu konzentrieren. »Ja, jemand auf Scona. Zufällig handelt es sich um Patriarch Alexius. Und der würde mich nicht belügen. Also bin ich fest davon überzeugt, daß Sten Mogre tot und sein Heer besiegt ist. Das ist aber auch schon alles, worüber ich sicher sein kann.«

Ein kahler Mann mittleren Alters, der ihm genau gegenübersaß, runzelte die Stirn. »Aber Ihr könnt nicht *sicher* sein, oder? Betrachten wir es einmal auf wissenschaftliche Weise, ja? Schließlich sind wir doch angeblich Männer der Wissenschaft. Wenn Ihr diese ...« Er zögerte.

»Erscheinungen?« schlug Bimond Fain vor.

»Erfahrungen«, sagte der Kahlköpfige. »Bei Eurer Ehre als Philosoph, könnt Ihr mir ehrlich sagen, daß Ihr zu Eurer eigenen Zufriedenheit den Beweis angetreten habt, daß diese Einsichten der Wahrheit entsprechen? Daß Ihr tatsächlich über eine große Entfernung mit jemandem kommuniziert habt?«

Gannadius nickte. »Ich habe mich mit den anderen daran beteiligten Personen darüber unterhalten – von Angesicht zu Angesicht natürlich –, und sie haben mir bestätigt, daß sie die gleiche Erfahrung hatten. Das trifft ganz besonders auf Alexius zu; ich habe schon oft mit ihm kommuniziert, es ist, als hätten wir eine Art *Verbindung*. Ich weiß, daß Alexius glaubt, daß das, was ich euch eben gesagt habe, *wahr* ist.«

Das Schweigen, das nun eintrat, war definitiv unbehaglich.

»Also gut«, sagte Mihel Bovert schließlich. »Als Wissenschaftler und Philosophen nehmen wir Euch beim Wort, daß

Ihre Eure Entdeckungen auf akzeptable Weise überprüft habt. Es stellt sich nun die Frage, was wir unternehmen sollen.«

Faim blickte von seinem Teller auf. »Oh, um der Götter willen, Mihel. Ihr schlagt doch nicht allen Ernstes vor, daß wir unsere Politik auf diesen magischen Unsinn stützen?«

Bovert schüttelte den Kopf. »Das ist nicht unsere Sache«, sagte er, »das ist Sache der Ratsversammlung. Wenn Ihr mich fragt, ob wir diese Information an den Rat weitergeben sollten, dann sage ich, ja, das sollten wir tun.«

»Das wird eine grandiose Debatte«, grollte Bimond Faim.

Er sollte recht behalten. Die Erregung im Rat schlug hohe Wellen, bis sich der Separatist Anaut Mogre zu Wort meldete.

»Ich möchte eines zu bedenken geben! Wenn es keine Krise gibt und wir entsenden ein weiteres Heer, was ist das Schlimmste, was daraus resultieren kann? Wir sehen wie Idioten aus – ich und meine Kollegen auf dieser Seite der Halle –, das Heer kehrt nach Hause zurück, keiner hat einen Schaden davongetragen. Aber angenommen, wir ignorieren diese magische Botschaft, und es ist auf Scona tatsächlich zur Katastrophe gekommen? Das schlimmste Ergebnis: Wir verlieren den Krieg. Kollegen, in diesem Fall würde ich mich lieber gedemütigt als bestätigt sehen, denn ich möchte gern erleben, daß es sich um einen Schwindel handelt, ich möchte herausfinden, daß es meinem Cousin Sten und seinem Heer gutgeht und sie ihre Aufgabe erledigen. Aber wenn die geringste Möglichkeit besteht, daß es sich anders verhält, sage ich, schickt ein Heer!«

Nachdem der Rat einen Entschluß getroffen hatte, war der allgemeine Konsens, daß es eine passende Strafe für Anaut Mogre wäre, an der Spitze von weiteren dreitausend Mann nach Scona geschickt zu werden, weil er das nicht hatte kommen sehen; wenn er das Beste war, was die Separatisten zu bieten hatten, dann würde sich das Machtgleichgewicht bald deutlich verschieben. Und was den Krieg anging, trotz Anaut

Mogres Unfähigkeit, war es nicht unbedingt schlecht, ein weiteres Heer zu entsenden; schließlich konnten dreitausend Soldaten keinen Schaden anrichten, es bestand sogar die Chance, daß sie – rein zufällig natürlich – möglicherweise sogar etwas Gutes bewirkten.

Sie hatten das Pech, gerade dann auf Avid Soef zu stoßen, als er aus dem Moorland von Baudel kam; seine Männer waren erschöpft, also ließ er anhalten und weigerte sich kategorisch anzugreifen. Soweit das Gorgas betraf, war das ein ernsthaftes Problem. Er hatte nicht mehr als vierhundert Mann, die Soefs zweitausend gegenüberstanden, also konnte er nicht angreifen. Er versuchte einen Angriff zu provozieren.

Aber davon wollte Soef nichts wissen. Als die erste Reihe Bogenschützen auf ihn zuschlenderte, befahl er den Rückzug und zog sich bis zum Schafskamm zurück, einer felsigen Erhebung, die einen natürlichen Schutzwall bot, hinter dem seine Männer Deckung nehmen konnten. Wenn Gorgas schießen wollte, hätte er bis auf zwanzig Meter herankommen müssen; viel zu nahe für seinen Geschmack.

Ratlos zog sich Gorgas auf seine vorherige Position zurück und befahl seinen Männern, sich einzugraben. Es war wohl eine Sache der Nervenstärke und der Geduld.

Ob er den Feind über- oder unterschätzt hatte, würde er niemals genau wissen. Ob es sich bei der Streitmacht, die mitten in der Nacht vierzig Meter vor seiner rechten Flanke auftauchte, um einen wagemutigen Überraschungsangriff oder eine verirrte Gruppe von Soldaten auf Nahrungssuche handelte, spielte keine Rolle; sie platzten mitten in Gorgas' auseinandergezogenes Lager, und es war zu dunkel, um zu schießen.

Das entstehende chaotische Handgemenge dauerte nicht lange; danach hatte er dreißig Vermißte, die vermutlich tot waren, und sechzehn Verletzte. Gorgas ließ die Männer ein Rechteck bilden, damit alle Seiten gedeckt waren, und so verharrten sie dann den Rest der Nacht und versuchten, die Dunkelheit zu durchdringen.

Avid Soef griff eine halbe Stunde nach Sonnenaufgang an. Seine Männer kamen mit federnden Schritten heran, wie Männer, die nach einer erfrischenden Nachtruhe und einem Frühstück zur Arbeit gingen. Bei Gorgas' Heer war das anders; sie hatten den völlig überraschenden Alptraum in der Nacht noch immer nicht überwunden.

Taktisch gesehen war die Position nicht gut. Soef hatte die Ostseite des Lagers ignoriert, aber seine Hellebardiere rückten an allen drei anderen Seiten heran, was bedeutete, daß jede Abteilung seiner Zweitausend weniger als hundert Bogenschützen gegenüberstand, die jeweils zwei Reihen von je fünfzig Mann bildeten, während die auf der Ostseite nutzlos herumstanden. Gorgas rechnete schnell alles im Kopf durch; um zweitausend Mann auszulöschen, mußte jeder Bogenschütze sieben Treffer landen, bevor der Feind sie erreicht hatte. Um den Sturmangriff aufzuhalten und sie zu vertreiben, vielleicht vier Treffer, eher fünf. Bei einem anrückenden Feind und einer Entfernung von hundert Metern war die akzeptable Trefferquote bei der Ausbildung von Bogenschützen drei aus fünf; fünf Schüsse, drei Treffer. Gorgas runzelte die Stirn und rechnete – also acht, neun Salven. Theoretisch gesehen hatten sie genug Zeit. Natürlich immer unter der Voraussetzung, daß der Feind sich damit zufriedengab, unbeirrt und ruhig in den Pfeilsturm hineinzumarschieren.

Hör auf zu denken. Spann den Bogen. Du hättest diesen Bogen nicht, wenn du nicht gewinnen würdest.

Er hörte ihn knirschen, als er den ersten Pfeil einspannte, aber das war bei Kompositbögen nichts Ungewöhnliches; nur die Sehnen und das Material im Bauch, das sich an die Belastung gewöhnte. Seine Pfeile waren zu lang für ihn, da er sich nur vierundsechzig Zentimeter weit spannen ließ, und ihre Biegewerte waren nicht richtig, denn der erste Pfeil driftete nach links ab und schoß übers Ziel hinaus. Es war reiner Zufall, kombiniert mit den viel zu dicht beinanderstehenden Männern in Avid Soefs Angriffsreihe, daß ein Soldat in der hintersten Reihe getroffen wurde. Gorgas konnte nicht erkennen, wo er getroffen hatte, er sah bloß einen Bruch im Muster, als etwas zusammensackte. Mit einer verzweifelten Anstrengung und indem er den Schmerz in seinen Fingern ignorierte, gelang es ihm, den nächsten Pfeil drei zusätzliche Zentimeter weiter zu spannen; außerdem bezog er das Bogenschützenparadoxon mit in seine Berechnungen ein. Auf achtzig Meter traf er genau das, auf das er gezielt hatte, einen Mann am Ende einer Reihe. Er sah, wie der Soldat auf die Knie ging, wie der dahinter befindliche Hellebardier vergeblich versuchte, über ihn drüberzuspringen, an seiner Schulter hängenblieb und stürzte, und der Mann hinter ihm gerade eben noch verhindern konnte, daß es ihm ebenso erging. Er spannte den Bogen erneut, diesmal die ganzen vierundsechzig Zentimeter, rechnete und zielte in die Mitte der Reihe. Bevor er bereit war, entglitt die Sehne seinen wunden Fingern und schickte den Pfeil in die Luft und dem Heer entgegen. Soldaten fielen in diesem Teil der Reihe, aber er konnte nicht sicher sein, ob einer davon sein Treffer war. Erst nach dem vierten Schuß stahl er sich einen Augenblick, um sich kurz einen Überblick zu verschaffen. Sie kamen noch immer heran, aber nur sehr langsam, suchten sich einen Weg an den Toten und Verletzten vorbei wie Männer in einem Dornengestrüpp, die stehenbleiben, um sich die Dornen aus Kleidung und Haut zu entfernen, statt sich ungeachtet aller Widrigkeiten einfach weiter vorwärts zu bewegen. Mittlerweile hätten sie laufen müssen, aber es wäre wie ein Laufen durch tiefen Schlamm gewesen; sie hätten durch die Gefallenen und zu Boden Gegangenen waten müssen. Sie waren fast nahe genug für den Sturmangriff, aber ihre Toten waren wie Lehm an ihren Stiefeln, der sie langsamer werden ließ und ihnen die Kraft raubte.

Ein toller Bogen. Sieben Schüsse, sechs bestätigte Treffer, ein möglicher.

In diesem Augenblick entdeckte Gorgas Avid Soef.

Dieser Mann da, dachte er. *Dieser Mann sieht wie Gorgas Loredan aus. Ich wünschte, ich wüßte, was wir hier eigentlich tun.* Avid Soef trat über einen Toten hinweg. *Es sind nur noch wenige Meter, dann haben wir sie erreicht, aber wir kommen kaum voran. Es ist, als wäre alles erstarrt, als würden wir abwarten, was nun geschieht.*

Der Pfeil traf ihn in die rechte Körperseite, fünf Zentimeter oder so unterhalb der Brustwarze. Er wußte, daß das nichts machte, weil sein Brustpanzer den Pfeil abgewehrt oder ihn zumindest aufgehalten haben würde. Er nahm eine Hand vom Schaft der Hellebarde und versuchte, das Ding herauszuziehen, aber es wollte nicht. Zudem waren da plötzlich große Schmerzen, was ihn seine Konzentration kostete. Er stolperte und dann raste ihm das Gras entgegen; seine Stirn knallte schmerzhaft auf den Boden, und der Pfeil bohrte sich quälend tiefer in sein Inneres. Jemand trat ihm auf den Rücken, was ihm die Luft aus den Lungen trieb. Er hörte, wie sie pfeifend entwich, und da wußte er, daß der Pfeil seine Lunge verletzt hatte. Bald, aber nicht zu bald, würden sich seine Lungen mit Blut füllen (Militärmedizin, Grundkurs, zweites Jahr), und das würde sein Ende sein. Ein anderer Stiefel schlug gegen seine Schläfe, ein größeres Gewicht landete auf seinem Rücken. Um ihn herum wurde es dunkel, als würde die Sonne sehr schnell untergehen. *Nur noch einen Augenblick*, dachte er.

Getroffen, dachte Gorgas und wählte das nächste Ziel aus.

Er hatte noch sechs Pfeile; wenn er Glück hatte, würde er noch zwei verschießen können. Er kam sich wie der Schuljunge vor, der sich in einer Prüfung die einfache Frage für zuletzt aufgespart hat und plötzlich bemerkt, daß er keine Zeit mehr für sie haben wird. Vier verschwendete Pfeile, vier verpaßte Gelegenheiten; die Sehne riß blutige Hautfetzen von seinen Fingern, während der Knochen auf der Innenseite den verzweifelten Druck der Kompression zurückschleuderte und die Verstärkung auf dem Bogenrücken wie ein zuschlagender Arm nach vorn raste. Er verfolgte nicht länger die Flugbahn des Pfeils (bei dreißig Metern Entfernung war das unnötig, das Ergebnis war klar. Sie waren so nah, daß er ihre Gesichter und ihre Augen sehen konnte – sie bewegten sich kaum noch, sie standen nur noch da und warteten ab, was nun geschah), sondern konzentrierte sich darauf, den nächsten Pfeil sauber einzuspannen – seine gepeinigten Muskeln und schmerzenden Knochen spannten noch immer den monströsen, überstarken Kompositbogen mit seinen hundert Pfund Zuggewicht, der seinen Körper zugrunde richtete und ihm die Haut von den Fingern riß.

Er griff in seinen Köcher. Er war leer.

Langsam senkte Gorgas den Bogen, stand da und wartete ab, was nun geschehen würde.

Fünfzehn Meter vor der Reihe der Bogenschützen verloren sie die Nerven, drehten sich um und ergriffen die Flucht. In einer Entfernung zwischen siebzehn und fünfzehn Metern wurden zweihundertvierundsiebzig von ihnen getötet – in weniger als drei Sekunden.

»Ich glaube, wir haben gewonnen«, murmelte der Sergeant. »Wieder einmal.«

Gorgas öffnete die Augen. »Gut.«

Keiner rührte sich. Sie betrachteten eine dünne Reihe aus etwa hundert Mann, die vorsichtig davonmarschierten. »Ich will verdammt sein«, sagte jemand. »Wir sind mehr als die. Wir sind den Bastarden zahlenmäßig überlegen.«

»Ist doch mal eine nette Abwechslung«, erwiderte ein anderer. »Können wir jetzt nach Hause gehen?«

Jemand lachte. »Das hättest du wohl gern. Zuerst wird uns Gorgas dazu verdonnern, die Kerle zu begraben.«

»Zum Teufel damit. Das sollen andere arme Schweine machen. Ich habe es bis obenhin satt, verdammte Hellebardiere zu begraben.«

Von den Unterhaltungen abgesehen war es sehr still. Aus den dichten Reihen gestürzter Körper kam nicht viel Lärm – hier und dort stöhnte jemand, ein paar schluchzten, aber es waren weniger als erwartet.

Jemand lachte nervös. »Wißt ihr«, sagte er, »irgendwie kommt es einem noch immer nicht so vor, als hätten wir eine Schlacht geschlagen. Ich meine, das kann man ja wohl kaum als richtiges Kämpfen bezeichnen.«

Gorgas wurde sich bewußt, daß er kniete, und er stand auf. Das fiel ihm nicht leicht; sein Rücken hatte sich in einen Knoten aus gezerrten, verdrehten Muskeln verwandelt, und der Schmerz war so schlimm, daß er kaum atmen konnte. Dreißig Schüsse mit einem Hundert-Pfund-Bogen können einen menschlichen Körper durch die Mangel drehen.

»Also gut«, sagte er. »Das Lager abbrechen, bildet Begräbniskommandos. Sobald wir aufgeräumt haben, gehen wir nach Hause.«

Er dachte darüber nach, was er getan hatte.

Er hatte Gewalt gegen die Angehörigen seiner eigenen Familie ausgeübt; er hatte verletzt und getötet. Er hatte das Blut seines eigenen Blutes vergossen, um sein Leben zu retten, um ein Problem zu lösen. Es hatte eine Zeit gegeben, da hatte er seine Familie geliebt; durch die Liebe war er zum Bösen gekommen. Er hatte seine Blutsverwandten für böse Dinge mißbraucht. Er hatte nichts Böses tun wollen.

Als Soldat hatte er getötet – wie viele waren es gewesen? Hunderte? Als Offizier hatte er für den Tod von Tausenden gesorgt. Er hatte einen Krieg verursacht, der einen unersättlichen

Feind auf seine Leute gehetzt hatte, und er hatte in diesem Krieg gekämpft; er war für den Tod von Tausenden verantwortlich. Er hatte aus reinem Eigennutz Verrat geübt, die sich daraus ergebenden Konsequenzen für eine ganze Nation hatten ihn nicht interessiert. Hauptsächlich hatte er das getan, was er für richtig gehalten hatte.

Hauptsächlich hielt er sich für einen guten Menschen, ein anständiges menschliches Wesen. Abgesehen von der Gewalt gegen seine Familie (und selbst dafür führte er mildernde Umstände an), hatte er in Erfüllung seiner Pflicht Gewalt ausgeübt, um den Seinen zu helfen und sie zu beschützen.

Er hatte den größten Teil seines Lebens der Aufgabe gewidmet, dem Fleisch seines Fleisches zu helfen, und am Ende war seine ganze Mühe umsonst gewesen, verschwendet. Er hatte versucht, ein guter Mensch zu sein, und irgendwie führte ihn das Gute immer zum Bösen.

Im entscheidenden Augenblick war das Resultat immer etwas Böses gewesen oder etwas, das zu etwas Bösem geführt hatte. Es war, um bei einem vertrauten Bild zu bleiben, wie das Spannen eines Bogens. Kraft wurde eingesetzt; auf der Vorderseite verbog er sich, versuchte von Nutzen zu sein, während er im Innern zusammengedrückt, komprimiert, gestaucht wurde. Ein altes Sprichwort besagte, daß ein voll gespannter Bogen zu neun Zehnteln zerbrochen ist; ein Bogen ist so gefertigt, daß er das, was er am besten tut, ganz knapp vor dem Augenblick tut, an dem er sich selbst zerstört und zerbricht.

Er hatte an seine Familie geglaubt. Er hatte sein Zuhause verlassen und war in ein anderes Land gezogen, hatte die Verantwortung für eine ganze Nation übernommen. Irgendwann hatte er angefangen, an diese Nation zu glauben. Dieser Glaube hatte ihn dazu gebracht, etwas Böses zu tun.

Also hatte er nicht bedauert, was er getan hatte. Hauptsächlich hatte er das getan, was er für richtig gehalten hatte.

Er war der Bauch des Bogens.

Es war ein langer Tag gewesen, und ihm tat alles weh. Er wollte nach Hause gehen, seine Frau und seine Kinder sehen, seine lange verloren geglaubte Nichte sehen; aber zuerst mußte er noch etwas anderes tun. Er mußte sich bedanken.

Er hatte Bardas seit jener Nacht in der Hütte nicht mehr gesehen, und er war nervös, wie ein junger Mann, der zögerte, an die Tür der Geliebten zu klopfen. Aber Bardas hatte ihm den Bogen gemacht, was zwar nicht unbedingt Verzeihen signalisierte, aber doch zumindest den guten Willen, diplomatische Beziehungen aufzunehmen. Er würde seinen Bruder besuchen, sich bei ihm für den Bogen bedanken, ein paar Worte sagen und wieder gehen. Er würde Bardas darüber informieren, daß Niessa gegangen war, daß es Bardas freigestellt war, zu gehen, wohin er wollte, daß er ihm jede wie auch immer geartete Bitte erfüllen würde, daß er keine Gegenleistung erwartete. Und dann würde er nach Hause gehen.

»Komm rein«, sagte Bardas.

In dem Raum stank es ekelerregend. Bardas, der Gorgas' unwillkürliche Reaktion bemerkte, grinste und sagte: »Das ist der Leim. Bögen zu bauen kann ein ganz schön widerwärtiges Geschäft sein. Aber man gewöhnt sich dran.«

»Stimmt«, sagte Gorgas. »Hör zu, ich bin bloß vorbeigekommen, um mich bei dir zu bedanken. Ich ...«

»Das ist schon in Ordnung«, erwiderte Bardas. »Das war das mindeste, was ich tun konnte, wenn man bedenkt, was du alles für mich getan hast.«

Gorgas wußte nicht, was er darauf erwidern sollte. »Setz dich, mach es dir bequem«, fuhr Bardas fort. »Du mußt doch nicht sofort wieder los, oder?«

»Nein«, sagte Gorgas. »Wir haben übrigens gewonnen. Die Schlacht. Vermutlich auch den Krieg.«

»Das ist gut«, sagte Bardas. »Ich habe einst einen Krieg gewonnen, damals gegen die Nomaden. Tatsächlich habe ich ihn so gut und gründlich gewonnen, daß sie zurückgekehrt sind und meine Stadt bis auf die Grundmauern niedergebrannt haben. Natürlich hatten sie dabei Hilfe.«

Gorgas wartete darauf, daß er noch etwas hinzufügte, aber er schien es nicht vorzuhaben. »Es ist ein wunderbarer Bogen. Ich glaube nicht, daß ich jemals zuvor so einen gesehen habe. Woraus hast du ihn hergestellt?«

»Das verrate ich dir gleich«, erwiderte Bardas. »Es freut mich, daß er dir von Nutzen war. Eine Zeitlang habe ich befürchtet, er könnte etwas sperrig sein.«

Gorgas grinste wehmütig. »Sperrig ist noch untertrieben«, sagte er. »Das können mein Rücken, meine Hände und meine Arme bezeugen. Doch als es darauf ankam, hat mir das eigentlich keine Sorgen bereitet.«

Bardas nickte. »Genug Durchschlagskraft?«

»Keine Frage. Ich hatte den Eindruck, daß er Pfeile durch Rüstungen schießt, als wären sie nicht vorhanden.«

»Das ist gut«, sagte Bardas. »Nun, es war nur ein kleiner Beitrag zu den Kriegsanstrengungen – ich habe ihn gemacht, aber du warst derjenige, der damit geschossen hat. Du hast immer gut mit meinen Bögen geschossen.«

»Das ist wohl war.«

Bardas zuckte mit den Schultern. »Und ich habe sie immer besser gemacht, als ich mit ihnen schießen konnte. Eigentlich eine Ironie. Zum Beispiel der Bogen, mit dem du Vater erschossen hast.« Gorgas erstarrte, die Muskeln in seinem Bauch spannten sich, aber Bardas fuhr ungerührt fort. »Eigentlich hatte ich den für mich gemacht, aber egal, wie sehr ich mich auch bemüht habe, ich konnte nicht mal das Scheunentor damit treffen, und jetzt der neue – nun, ich kann das schreckliche Ding gerade mal spannen.«

»Es ist eine Gabe«, erwiderte Gorgas ganz ruhig.

»Es ist wirklich eine Ironie; hätte ich an jenem Tag den alten Bogen gehabt, hätte ich an deiner Stelle niemals all diese weit entfernten Ziele getroffen.«

»Aber du warst nicht an meiner Stelle.«

»Aber ich hätte es sein können. Verdammt noch mal, wir waren beide jung, wir hatten noch nicht mal damit angefangen, zu den Leuten zu werden, die wir heute sind. Ich kann mir die Umstände vorstellen, die mich genau dahin gebracht hätten, wo du an diesem Tag warst. Ich hätte derjenige sein können, der das tat, was du getan hast. Aber«, fügte er mit einem Lächeln hinzu, »ich hätte daneben geschossen.«

Gorgas schwieg einen Augenblick. »Nun«, sagte er dann, »du hast es gelernt, besser mit dem Degen umzugehen, als ich jemals mit einem Bogen.«

»Es ist nett von dir, das zu sagen«, erwiderte Bardas ernst. »Aus deinem Mund ist das ein hohes Lob. Darf ich dir eine Frage stellen?«

Gorgas gefiel sein Tonfall nicht, aber er sagte: »Sicher, kein Problem.«

Bardas nickte und ließ sich ein Stück tiefer in seinen Sessel sinken. »Als du die Tore von Perimadeia geöffnet hast, aus welchem Grund hast du das eigentlich *wirklich* getan? Iseutz sagt, weil Niessa es dir befohlen hat, aber ich habe da so meine Zweifel.«

»Ich war da, weil Niessa mich geschickt hatte«, erwiderte Gorgas. »Und vergiß nicht, ihre Gründe waren auch für mich von Vorteil.«

Bardas nahm das mit einer Handbewegung zur Kenntnis. »Aber ich wette, ich kenne den wahren Grund. Nun, die beiden wahren Gründe. Erstens hast du Perimadeia schon immer gehaßt, weil der junge Hedin und der andere Junge von dort stammten; wären sie nicht zu Besuch gekommen, die Söhne der Großgrundbesitzer mit ihrem Geld und ihrer Stellung, die soviel besser waren als wir, hättest du es niemals getan. So gesehen hat Perimadeia dein Leben zerstört, genauso wie es Temrais Leben zerstört hat. Das ist der erste Grund. Was meinst du dazu?«

»An dem, was du sagst, ist etwas Wahres dran, Bardas.«

»Dachte ich mir. Aber der andere Grund«, fuhr er fort, »das war etwas, das allein mit dir zu tun hatte. Ich will nicht behaupten, daß du es nur aus diesem Grund jemals aus eigenem Antrieb getan hättest; Niessa hat dir den Befehl gegeben, und es ist dir eingefallen, und darum hast du auch eingewilligt, also trägst du nicht die ganze Verantwortung. Aber ich glaube, du hast den Untergang von Perimadeia in die Wege geleitet, weil ich dort gelebt habe, und du wolltest, daß ich wieder in der großen weiten Welt umherstreife, wo du dich um mich kümmern konntest, mich für all das entschädigen konntest, was du getan hast. Du hast mir das Guelan-Breitschwert besorgt, du hast mich vor dem, was geschehen würde, so gut wie gewarnt, du hast während der Kämpfe nach mir gesucht; du hattest für das Schiff gesorgt, das darauf wartete, mich an Bord zu nehmen. Die ganze Mühe, die du dir gemacht hast – nur um dich mit deinem Bruder zu versöhnen. Weißt du, auf eine gewisse Weise ist das wirklich *süß*.«

Gorgas sah ihn an, aber seiner Miene war nichts zu entnehmen.

»Auf eine gewisse Weise war das echte Bruderliebe«, fuhr Bardas fort. »Mir fällt sonst niemand ein, der so etwas getan hätte, niemand, der mit solcher Besessenheit ... liebt. Wirklich, diesen Bogen für dich zu machen, ist kaum eine ausreichende Entschädigung.«

»Das reicht aus, wirklich«, sagte Gorgas.

»Bitte, keine Ursache. Aber ich dachte, ich sollte es erwähnen. Weißt du, wenn es nur das gewesen wäre, was du vor all diesen Jahren Vater und dem Rest von uns angetan hast, hätte ich diesen Bogen niemals gemacht. Aber als ich das mit der Stadt herausfand, wurde ich nachdenklich; gerade eben, nur wenige Minuten vor deiner Ankunft, habe ich noch darüber nachgedacht. Gorgas, weißt du was? Deine Taten waren stets der Auslöser für mein Handeln; auf gewisse Weise hast du mich erschaffen, so wie ich diesen Bogen erschaffen habe. Der einzige Unterschied besteht darin, daß ich den Bogen aus totem Fleisch gemacht habe, während du mich benutzt hast, während ich noch am Leben war.«

Gorgas schaute auf. »Was meinst du damit?«

Bardas stand auf und ging zu der Tür, die das Zimmer von dem kleinen Schlafraum trennte. »Du hast mich gefragt, woraus der Bogen hergestellt wurde.«

»Das kann warten«, unterbrach Gorgas ihn. »Bardas, was soll das heißen, meine Taten waren der Auslöser für dein Handeln?«

Bardas lehnte sich an den Türpfosten. »Ich habe vor kurzem deinen Sohn kennengelernt. Wie war noch mal sein Name? Luha? Ein guter Junge. Ich mochte ihn.«

»Er ist ganz in Ordnung«, sagte Gorgas.

»Ich habe erwähnt, daß ich für dich einen Bogen machen würde«, fuhr Bardas fort, »und er sagte, er wolle gern helfen. Tatsächlich war er sogar eine große Hilfe. Warst du schon zu Hause?«

Gorgas stand auf. »Bardas, was soll das alles? Wovon sprichst du?«

Bardas trat aus der Tür und winkte Gorgas heran. »Du hast mich gefragt, aus was ich den Bogen hergestellt habe«, sagte er. »Komm her und sieh es dir an.«

In dem Schlafraum stand ein niedriges hölzernes Bett. Auf dem Bett lagen die Überreste einer Leiche.

»Es ist wunderbar«, sagte Bardas. »Alles, was man braucht, um den perfekten Bogen herzustellen, ist irgendwo da drin, abgesehen von etwas Holz. Schon vor Jahren hat mir jemand erzählt, daß man einen Bogen aus Rippen herstellen kann. Ich habe es sogar mal ausprobiert, aber es hat nicht funktioniert. Ich habe damals Büffelrippen genommen, und ich schätze, sie sind einfach anders als menschliche Rippen. Vom Rest des Materials ganz zu schweigen.« Er legte Gorgas die Hand auf die

Schulter. »Und ich wette, es gab Zeiten, da hast du gedacht, Luha würde es niemals zu etwas bringen. Aber sieh nur, er hat dir geholfen, den Krieg zu gewinnen.«

Gorgas schwieg lange und dachte nach. Bardas setzte sich ans Fußende des Bettes und wartete darauf, daß er etwas sagte. »Eine gute Taktik, findest du nicht?« fuhr er fort. »Deine Frau glaubt, dein Sohn sei bei mir. Was er natürlich auch ist, obwohl er in gewisser Weise mit seinem Vater in den Krieg gezogen ist. Eigentlich ist das doch passend; von dir hat er das Soldatenhandwerk erlernt, und von mir das Bogenbauen. Mit anderen Worten, das Beste von uns beiden.«

»Ist schon in Ordnung«, sagte Gorgas.

Bardas sah ihn an. »Was hast du gesagt?«

»Es ist in Ordnung«, wiederholte Gorgas langsam. »Es spielt keine Rolle.«

Bardas sprang auf und packte Gorgas am Kragen; er wehrte sich nicht. »Was zum Teufel soll das heißen, es spielt keine Rolle, es ist in Ordnung? *Gorgas, ich habe deinen Sohn getötet!* Ich habe deinen Sohn getötet und aus ihm einen Bogen gemacht, und du sagst zu mir, es ist in Ordnung. Was stimmt mit dir nicht?«

Gorgas hatte die Augen geschlossen. »Was geschehen ist, ist geschehen«, sagte er mit fester Stimme. »Luha ist tot, wir können ihn nicht zurückbringen. Ich habe einen Sohn verloren, aber ich kann immer noch andere haben. Söhne kann ich zeugen, Brüder nicht. Wenn ich ... wenn dir etwas zustoßen sollte, wärst du für immer weg, und das wäre sinnlos, es wäre *Verschwendung.*«

Bardas ließ ihn los und sackte gegen die Wand. »Ich kann es nicht glauben«, sagte er. »Du verzeihst mir. Gorgas, ich habe immer gewußt, daß du böse ist, aber ich hätte niemals geglaubt, daß es so schlimm ist.«

Gorgas schüttelte den Kopf. »Nicht böse«, sagte er. »Nur glücklos. So etwas wie das Böse gibt es nicht, Bardas, das ist ein Mythos, eine sinnlose Art zu denken. Es gibt bloß Pech, das uns Dinge tun läßt, obwohl wir doch versuchen, das zu tun, was für alle am besten ist. Man kann Pech nicht bekämpfen, man muß es einfach akzeptieren, so wie ich, als ich ...«

»Als du unseren Vater getötet hast.«

Gorgas nickte. »Es war Pech, aber ich habe auch sofort praktisch gedacht; ich wußte, daß ich etwas Schlimmes getan hatte, wußte aber auch, daß ich, wenn ich mich nur von ganzem Herzen bemühen würde, es wieder gutmachen konnte. Aus diesem Grund spielt es keine Rolle, Bardas, was jeder von uns getan hat. Ich bin noch immer dein Bruder.«

Bardas ging hinüber ins große Zimmer und setzte sich. »Nun«, sagte er, »wenn das keinen Hahnenkampf schlägt. Was muß ich tun, damit du aufhörst, mich zu lieben, Gorgas? Da muß es doch etwas geben, außer dich umzubringen. Ich kann dich nicht töten, Gorgas, denn das würde bedeuten, daß du gewonnen hast, daß du davongekommen bist.«

Gorgas setzte sich ihm gegenüber. »Was willst du jetzt tun?« fragte er.

»Ich? Bei den Göttern, darüber habe ich noch nicht weiter nachgedacht. Ich bin davon ausgegangen, daß ich zwei Minuten, nachdem du das da im Nebenzimmer gesehen haben würdest, tot wäre.«

»Du kennst mich nicht, nicht wahr?«

»Anscheinend nicht«, erwiderte Bardas. »Ich habe den Fehler gemacht, anzunehmen, daß du wie ein menschliches Wesen statt wie ein Loredan reagierst.«

Gorgas grinste ihn an. »Wir sind schon eine teuflische Familie«, sagte er. »Im Grunde genommen ist es ganz gut so, daß es nicht mehr von uns gibt.«

21

Anaut Mogre stand vor seinem Heer und sah über die Hügel auf das Südtor der Stadt Scona und wünschte sich, er hätte den Mund gehalten.

Es war eine schreckliche Tatsache, daß die dreitausend Mann hinter ihm mehr oder weniger der Rest waren; wenn mit ihnen das gleiche geschehen würde wie mit den Heeren, die Sten Mogre, Avid Soef und der dritte Mann, an dessen Namen er sich im Augenblick nicht erinnern konnte, angeführt hatten, würde die Stiftung über mehr Stabsoffiziere als Hellebardiere verfügen. Im Gegensatz zu seinen drei Vorgängern war er im Begriff, den Feind in einer Stadt zu belagern, die äußerst gut zu verteidigen war. Eine erschreckende Vorstellung für einen Mann, der die Zitadelle zweiunddreißig Jahre lang nicht verlassen hatte.

»Die Späher sind zurück«, meldete ein Sergeant. »Keine Anzeichen für irgendwelche Aktivitäten. Die Tore sind verschlossen, aber falls mehr als die üblichen Wachposten auf den Mauern sind, können wir sie nicht sehen. Es ist fast so, als würde es sie nicht interessieren.«

Mogre erwiderte nichts. Wenn das stimmte, was man ihm gesagt hatte, waren in diesem Krieg sechsundzwanzig Mitglieder der Familie Mogre getötet worden oder wurden zumindest vermißt. Zwei davon, Juic Mogre und sein Sohn Imerecque, hatte man vor ein paar Tagen aus einem aufgegebenen Steinbruch geholt; sie waren verhungert. Soweit er wußte, hatte da nicht einmal eine böse Absicht dahintergestanden, man hatte sie einfach vergessen. Vom Heer seines Cousins Sten waren gerade noch zwölf Mann übrig.

Bis jetzt war er nicht auf Widerstand gestoßen. Er hatte Stoßtrupps zu allen drei Schlachtfeldern geschickt und soviel wie nur möglich über die tatsächlichen Geschehnisse herausgefunden, ohne daß ihm auch nur ein Bogenschütze begegnet wäre. Er kam sich vor wie jemand, der einen langen Weg auf sich genommen hatte, um einen Besuch abzustatten, nur um herauszufinden, daß er am falschen Tag gekommen ist und alle ausgegangen waren.

»Nun«, sagte er. »Da ist Scona. Wenn jemand einen Vorschlag hat, was wir als nächstes tun sollen, ich höre zu.«

Ein langes Schweigen folgte, dann sagte jemand: »Warum versuchen wir nicht, mit ihnen zu reden?«

Anaut Mogre dachte darüber nach. »Das zeugt immerhin von Originalität«, sagte er. »Und wie sollen wir vorgehen?«

Eine halbe Stunde später stand er mit einer kleinen Eskorte vor dem Torhaus, sichtbar unbewaffnet, an seiner Seite einen nervös aussehenden Obergefreiten, der versuchte, sich hinter einer langen Flagge zu verstecken. Auf seine Frage hin hatte er herausfinden müssen, daß keiner wußte, was für eine Waffenstillstandsflagge Scona benutzte, also hatte er befohlen, eine Flagge nach dem Protokoll von Shastel zu nehmen, und er betete darum, daß der Feind besser informiert war als er. Vom Lager zum Stadttor war es ein langer, unbehaglicher Weg gewesen, aber die tödliche Pfeilwolke, mit der er ehrlich gesagt schon gerechnet hatte, war ausgeblieben. Tatsächlich gab es nicht den geringsten Hinweis, daß irgendein Bürger der Stadt überhaupt ihre Anwesenheit zur Kenntnis genommen hatte.

»Das ist doch lächerlich«, sagte er und blickte zu den leeren Zinnen hinauf. »Was müssen wir denn jetzt tun? Läuten?«

»Hier gibt es keine Glocke«, machte ihn jemand aufmerksam.

Anaut Mogre trat einen Schritt zurück und legte den Kopf in den Nacken. Er wollte einen Stein aufheben und ihn werfen oder rufen; etwas, das er seit seinen Studententagen nicht mehr gemacht hatte, als er Kiesel gegen die Schlagläden der Mädchenschlafgemächer geworfen hatte, während ihre Väter schliefen.

»Seht, dort oben«, sagte jemand aus der Eskorte. »Ein Lebenszeichen.«

Über einer Zinne erschien der Kopf eines Mannes. Das Gesicht kam Mogre irgendwie bekannt vor, oder zumindest erinnerte es ihn an ein Gesicht, das er kannte. »Hallo?« rief der Mann.

»Hallo«, rief Mogre befangen zurück.

»Es tut mir leid, daß ich Euch habe warten lassen«, erwiderte der Mann. »Seid Ihr der Kommandant der Armee von Shastel?«

»Ja«, rief Mogre zurück. »Mein Name ist Anaut Mogre.«

»Bardas Loredan«, stellte sich der Mann vor. »Seid Ihr gekommen, um die Kapitulation der Stadt zu verlangen?«

»Ja.«

»Hier habt Ihr sie.« Etwas flog durch die Luft und landete mit einem metallischen Laut im Staub. Jedermann war zurückgesprungen, Mogre eingeschlossen, als hätten sie irgendeine diabolische Waffe erwartet; einen Feuertopf oder einen Hagelschauer aus rotglühenden Eisennägeln. Tatsächlich handelte es sich um einen großen eisernen Schlüssel.

Mogre sah wieder in die Höhe. »Wer seid Ihr?«

Der Mann lächelte. »Ich glaube, ich bin der Direktor der Bank von Scona«, erwiderte er. »Macht es Euch nichts aus, Euch auf diese Weise zu unterhalten, oder würdet Ihr Euch lieber hereinlassen, damit wir an einem bequemeren Ort sprechen können?«

Mogre zögerte. »Erklärt uns das, was Ihr gerade gesagt habt. Dann kommen wir hinein.«

»Das ist fair«, sagte der Mann. »Niessa Loredan ist weg, genau wie Gorgas Loredan; sie haben das ganze Geld und alle beweglichen Wertsachen unter sich aufgeteilt und sind verschwunden. Da ich ihr Bruder bin, habe ich wohl die Bank geerbt. Das heißt, ich habe diesen Schlüssel da in Niessas Schreibstube gefunden. Da wäre allerdings eine Sache. Wenn ich das richtig verstanden habe, führt Ihr gegen die Bank Krieg und nicht gegen Scona, stimmt das so?«

Mogre mußte nachdenken, bevor er darauf antwortete. »Das ist richtig.«

»Das habe ich mir gedacht.« Der Mann machte eine Geste, die besagte, daß hier nur vernünftige Männer versammelt waren. »Nun, statt weiterzukämpfen und zu töten und Werte zu verschwenden, wäre es da nicht viel einfacher, wenn ich Euch die Bank übergeben würde – das heißt, das, was davon noch übrig ist. Wie bereits gesagt, haben Niessa und Gorgas so ziemlich alles mitgenommen, was nicht niet- und nagelfest war, aber da sind noch immer der Grundbesitz und die Hypotheken. Ich meine, man kann schlecht gegen etwas Krieg führen, das einem gehört, nicht wahr?«

Ein Sergeant hatte den Schlüssel aufgehoben und hielt ihn Mogre hin. Er nahm ihn, ohne ihn anzusehen. »Was ist mit Eurer Armee?«

»Das ist eine gute Frage«, erwiderte der Mann. »Um Euch die Wahrheit zu sagen, kenne ich die Antwort darauf nicht. Ich habe mit keinem der Soldaten gesprochen. Tatsächlich bin ich bis jetzt bloß in der Schreibstube meiner Schwester gewesen, um diesen Schlüssel zu holen; seit meiner Übernahme der Bank kam das einem offiziellen Akt meinerseits noch am nächsten. Soweit ich weiß, hat sich die Armee irgendwie selbst aufgelöst, nachdem die Nachricht bekannt wurde, daß Gorgas und Niessa sie im Stich gelassen haben. Ich glaube nicht, daß bei Eurer Ankunft auch nur einer der Männer mit der Regierung in Verbindung gebracht werden wollte.«

»Ihr meint, sie sind geflohen?« fragte Mogre.

»In gewisser Weise schon, obwohl es sich wirklich nicht so hastig und eindringlich abgespielt hat«, erwiderte Bardas. »Ich glaube, sie haben einfach ihre Waffen und ihre Ausrüstung hingeschmissen und sind nach Hause gegangen. Was haltet Ihr von meinem Vorschlag?«

Mogre rieb sich den Nacken an der Stelle, die am meisten schmerzte. »Ich akzeptiere Eure bedingungslose Kapitulation.«

»Was auch immer«, sagte Bardas. »Wenn Euch bei dem Gedanken, die Stadt zu betreten, unwohl sein sollte, holt den Rest Eures Heeres her. Ich kann Euch nur mein Wort geben, daß es sich hier nicht um eine Falle handelt.«

»Ihr könntet das Tor öffnen«, schlug Mogre vor.

»Geht nicht. Ihr habt den Schlüssel.«

Mogre kratzte sich am Kopf. »Woher wißt Ihr, daß wir nicht sofort anfangen zu morden und zu plündern, wenn wir drinnen sind?«

»Das ist Eure Sache«, sagte Bardas. »Aber nach dem zu urteilen, was ich über Euch und Eure Leute gehört habe, halte ich Euch nicht für die Art von Menschen, die ihren eigenen Besitz zerschlagen oder ihre eigenen Bürger töten. Um ehrlich zu sein, so, wie die Dinge gelaufen sind, nehme ich an, daß Ihr für jeden Mann dankbar seid, den Ihr lebend kriegen könnt.«

»Ich will ehrlich zu Euch sein«, sagte Mogre. »Ich weiß nicht, was ich von der ganzen Sache halten soll. Selbst wenn Eure Worte der Wahrheit entsprechen, kann ich mir nur mit Mühe vorstellen, daß Eure Armee, die Tausende unserer Männer getötet hat, die Mauern nicht verteidigen würde.«

»Wie ich schon sagte, ich habe mit keinem gesprochen, der über die nötige Autorität verfügt. Ich glaube aber, es gibt auch gar keinen mehr, mit dem man sprechen könnte, von mir vielleicht mal abgesehen. Aber Gorgas ist ihr Befehlshaber, und er ist abgehauen. Für wen sollen sie bitte schön dann noch kämpfen?«

»Ihr wollt uns nach drei überwältigenden Siegen einfach so reinspazieren und die Stadt übernehmen lassen?« Mogre schüttelte den Kopf. »Ich begreife es nicht.«

»Wie es Euch beliebt.« Bardas zuckte mit den breiten Schultern. »Ihr habt den Schlüssel. Wenn Ihr mich jetzt entschuldigen würdet, ich muß packen gehen.«

»Wartet.«

Bardas zögerte und drehte sich noch einmal um. »Ja?«

»Ich schlage folgenden Handel vor«, sagte Mogre. »Unter der Voraussetzung, daß es keinen Widerstand gibt, wird niemand zu Schaden kommen, und es wird auch keine Plünderungen geben. Aber beim ersten Anzeichen von Ärger brennen wir diese Stadt nieder.«

»Das bleibt ganz und gar Euch überlassen«, sagte Bardas. »Es gehört alles Euch, macht damit, was immer Ihr wollt. Ich überlasse es Euch, die Bedingungen zu verkünden.«

»Was glaubt Ihr, wo Ihr hingeht?« brüllte Mogre.

»Weiß ich noch nicht«, erwiderte Bardas. »Und wenn Ihr mich jetzt entschuldigen würdet, ich will zum Hafen, solange noch ein Platz auf einem Schiff frei ist.«

Wie sich herausstellte, hätte er sich darüber keine Sorgen machen müssen; auf der *Eichhörnchen*, Venart Auzeils Schiff, wartete auf ihn eine reservierte Koje. Was auch immer Venart dazu getrieben hatte, genau in diesem Augenblick, während der Krieg tobte und es durchaus möglich war, daß in der Meerenge Kaperschiffe Shastels kreuzten, nach Scona zurückzukehren, würde wohl immer ein Rätsel bleiben. Aber die Freibeuter führten alle die Flagge der Insel und schenkten ihm keine Aufmerksamkeit; sobald sich die Neuigkeit verbreitete, daß Scona evakuiert wurde, legten sie sofort an und nahmen zahlende Passagiere an Bord. Gegen Mittag wimmelte es im Hafen von schwerbeladenen Schiffen von der Insel, die aufs offene Meer hinausfuhren, und Shastel hatte außer ein paar lahmen, langsamen Barken nichts mehr, um seine Armee nach Hause zu holen.

Die meisten Menschen, die Scona verließen, benutzten allerdings nicht die Kais, sondern die Stadttore. Sie reisten mit leichtem Gepäck, nahmen meistens nur das mit, was sie tragen konnten. Einige von ihnen hatten im Landesinnern Familien, zu denen sie gehen konnten; andere begaben sich zu den niedergebrannten, leerstehenden Dörfern in der Mitte und im Westen. Aber die Zahl der Leute, die gingen, war relativ klein; von einer Bevölkerung von über zehntausend Menschen gingen weniger als fünfhundert. Es gab eine stattliche Minderheit, die bereit war, die Hellebardiere als Befreier willkommen zu heißen, die meisten davon Arbeiter aus Gorgas' Fabriken, doch die Mehrheit der Leute ging entweder ohne Aufsehen nach Hause oder lungerte an den Fabriktoren rum und wartete darauf, daß ihnen jemand sagte, ob es in Ordnung ging, wenn sie weiterarbeiteten. Sobald Anaut Mogre seine Verlautbarung verkündet hatte, gab es nicht einmal Anzeichen eines Versuchs, ihn am Betreten der Stadt zu hindern; ganz Scona hielt den Atem an, als wollten sie sagen, daß sie die Loredans in ihrem ganzen Leben noch nie gesehen hatten.

»Das ist ja alles schön und gut«, sagte Venart nicht zum ersten Mal. »Aber du hast mir noch immer nicht gesagt, wozu sie dich dahaben wollte.«

Vetriz Auzeil saß auf einer Holzkiste voller Tonlampen und schaute über die Bucht zum Hafen. »Das weiß ich selbst nicht genau«, sagte sie. »Es hatte etwas mit Magie zu tun, aber mehr kann ich nicht sagen, weil ich mich nicht an das erinnern kann, was geschehen ist, als ich – nun, eben gezaubert habe. Was es auch war, sie kann nicht viel davon gehabt haben, oder sie hätte den Krieg nicht verloren.«

Venart seufzte und setzte sich neben sie. »Solange mit dir nur alles in Ordnung ist. Das ist die Hauptsache.«

»Ich glaube schon, daß mit mir alles in Ordnung ist«, erwiderte Vetriz. Sie blickte verstohlen zu Bardas Loredan hinüber, der auf der Heckreling saß und zurückschaute. »Ich glaube, daß es viele Träume oder Visionen oder was auch immer gegeben hat, in denen er eine Rolle gespielt hat. Es ist wirklich schade, daß ich mich nicht mehr daran erinnern kann, denn ich habe das Gefühl, daß einige davon *Spaß* gemacht haben ... Ach, hör auf, das Gesicht zu verziehen, Ven, es waren bloß Träume oder Halluzinationen oder was auch immer. Ich wette, auch du hast manchmal solche Träume.«

Venart runzelte leicht die Stirn. »Nein«, sagte er. »Habe ich nicht.«

»Tatsächlich? Oh. Egal. Ob es sich um Niessas Magie oder bloß um Sachen gehandelt hat, die bereits in meinem Kopf waren, kann ich wirklich nicht sagen. Vermutlich von beidem etwas.«

»Triz«, sagte Venart. »Manchmal könnte ich ... ach, ich weiß auch nicht. Wenn es dir nichts ausmacht, entführt und während des blutigsten Krieges in der Geschichte als Geisel festgehalten zu werden, kannst du anscheinend wirklich auf dich selbst aufpassen. Ich mache mir trotzdem Sorgen.«

Vetriz lächelte. »Ich war auch besorgt. Deinetwegen, meine ich. Ich hatte diese schreckliche Idee, daß du mich womöglich zu retten versuchst, und dann wären wir vermutlich alle getötet worden oder im Gefängnis gelandet.« Sie schaute zu ihrem Bruder hoch. »Hast du nach Alexius gesehen? Ist er in Ordnung?«

»Oh, ich glaube schon. Er ist nur etwas seekrank.«

»Ven! Er ist ein alter Mann. Man muß sich um ihn kümmern.«

»So zäh wie altes Leder trifft wohl eher zu«, erwiderte Venart und stand auf. »Aber bevor du fragst, ja, er kann bei uns bleiben, bis er eine Beschäftigung findet, zu der er Lust hat. Gibt es auf der Insel nicht eine Niederlassung von dieser, wie heißt es noch ... Stiftung? Er kann ja ihr Leiter werden.«

Vetriz nickte. »Eigentlich handelt es sich dabei eher um eine perimadeianische Botschaft beziehungsweise um einen Handelsposten, und es sieht alles auch etwas heruntergekommen aus. Aber ich werde es ihm vorschlagen.«

»Gute Idee.« Venart wies mit dem Kinn in Richtung Heck. »Was ist mit ihm?«

»Ich weiß es nicht«, sagte Vetriz. »Seit unserer Abreise habe ich noch kein Wort mit ihm gewechselt.«

»Ich nehme an, du willst, daß ich mich auch um ihn kümmere, eine Arbeit für ihn finde oder so was in der Art.«

Vetriz lachte. »Ven, er kann nur Bögen herstellen und Leute töten. Und irgendwie kann ich mir nicht vorstellen, daß er sich hinsetzt und Buchhaltung lernt. Außerdem glaube ich, daß Athli bestimmt etwas für ihn tun will.«

»Athli Zeuxis? Oh, ich hatte vergessen, daß sie für ihn gearbeitet hat.« Venart dachte einen Augenblick nach. »Waren sie je ... na, du weißt schon?«

»Das glaube ich nicht, zu normal für seinen Geschmack. Außerdem schätze ich, daß er andere Dinge im Kopf hat.« Sie senkte etwas die Stimme. »Ich glaube, er hatte vor seiner Abreise irgendeine Auseinandersetzung mit seinem Bruder; es gab Gerüchte, daß sie einen riesigen Streit hatten und Gorgas darum alles so plötzlich hingeworfen hat und auf diese Weise verschwunden ist.«

Venart schüttelte den Kopf. »Das kann ich mir nicht vorstellen«, meinte er. »Gorgas hat gesehen, daß er auf lange Sicht unmöglich gewinnen konnte, und dieses eine Mal hat er das Richtige getan, indem er sich davongemacht und den Frieden ermöglicht hat. Oder, was noch wahrscheinlicher ist, er hat die Nerven verloren und ist geflohen, vor allem nachdem die große Schwester gegangen war. Jeder weiß doch, daß sie diejenige mit dem Grips ist.«

»Wirklich?« Vetriz rümpfte die Nase. »Ven, er hat ohne nennenswerte eigene Verluste fast sechstausend Hellebardiere abgeschlachtet; Anaut Mogres Heer ist praktisch alles, was der Stiftung noch geblieben ist. Er hat den Krieg *gewonnen*. Darum ist die Sache ja so merkwürdig. Ich werde Gannadius fragen, ob er weiß, was sich wirklich dort abgespielt hat.«

»Was, Doktor Gannadius, der früher für uns gearbeitet hat? Triz, wenn du glaubst, wir würden nach Shastel reisen, nur damit du …«

»Das ist egal«, erwiderte Vetriz. »Geh und steuere das Schiff oder was du sonst zu tun hast.«

Alexius?

»Geht weg«, erwiderte Alexius. »Ich schlafe.«

Natürlich schlaft Ihr, sonst könntet Ihr mich ja nicht hören. Wie ich mit Erleichterung sehe, scheint Ihr keinen Schaden davongetragen zu haben.

»Ich habe mich noch nie besser gefühlt«, grunzte Alexius. »Scona zu verlassen hat eine wunderbare therapeutische Wirkung.«

Das sagt Ihr doch nur so. Schließlich habe ich das getan, was ich versprochen habe. Ich habe Euch die Magie gelehrt.

»Das habt Ihr nicht«, erwiderte Alexius steif. »O ja, Ihr habt mich als einen übernatürlichen Scherenspreizer benutzt, das gestehe ich Euch gern zu. Man kann auch einen Keil in einen Holzstamm hämmern und dann behaupten, man hätte ihm das Tischlerhandwerk beigebracht.«

Ihr hättet es lernen können, es lag alles vor Euch ausgebreitet. Wenn Ihr das nicht gewollt habt, seid Ihr selbst daran schuld.

Alexius seufzte. »Ich kann mir einfach nicht vorstellen, jemals die Art von Dingen lernen zu wollen, die Ihr mir beibringen wolltet.«

Wirklich? Wie undankbar. Ich habe Euch den Schlüssel zum Verständnis der wahren Natur des Prinzips auf einem Silbertablett präsentiert – etwas, das Ihr allein mittels Theorie nie herausgefunden hättet, und wenn Ihr zweihundert Jahre alt werden würdet.

»Das ist wahr«, gab Alexius zu. »Und wieso ich mich jemals für so etwas … Banales interessiert habe, kann ich mir wirklich nicht mehr vorstellen. Es ist doch wunderbar, wenn man herausfindet, daß das, wofür man sein ganzes Leben lang gearbeitet hat, reine Zeitverschwendung war.«

Alexius, Alexius, Ihr klingt genau wie mein Bruder.

»Welcher?«

Beide.

»Kann ich etwas für Euch tun?« fragte Alexius. »Oder ist das bloß ein Höflichkeitsalptraum?«

Einen kleinen Gefallen. Ihr erinnert Euch doch noch an meine Tochter? Iseutz Hedin. Sie war für kurze Zeit Eure Schülerin.

»Ich glaube kaum, daß ich sie so schnell vergessen werde.«

Großartig. Und erinnert Ihr Euch an den Fluch, den Ihr für sie verhängt habt? Über Bardas?

»So, wie sich ein Einbeiniger an den Wagen erinnert, der ihn überfahren hat. Was ist damit?«

Ich möchte, daß Ihr zurückgeht und den Fluch aufhebt. Nein, schweigt, Ihr könnt das jetzt tun. Ich habe es Euch beigebracht.

»Ich ... ja«, sagte Alexius nachdenklich. »Ich schätze, das habt Ihr ...

... und er stand im Gerichtssaal von Perimadeia, unter dem hohen Kuppeldach mit der seltsamen Akustik, die dem Aufeinandertreffen der Klingen ein Echo verlieh. Der Boden unter seinen dünnen Sohlen war sandig und knirschte bei jeder Bewegung. Direkt vor ihm stand ein Mann, der ihm den Rücken zuwandte. Es war Bardas Loredan in seinem weißen Fechterhemd, und über Bardas' Schulter hinweg konnte er das Mädchen sehen, Iseutz Hedin, die einen Degen mit Fingern festhielt, die sie nicht mehr hatte.

»Daran können wir natürlich nichts ändern«, sagte die kleine, untersetzte Frau neben ihm. »Eine Schande. Ich brauche wirklich dringend eine gute Schreiberin, aber ohne Finger wird sie mir niemals großartig von Nutzen sein.«

Das rote und blaue Licht des großen Fensters brannte auf

Iseutz' Degenklinge, einem langen, geraden Stück dünner Stahl, das die Perspektive in eine Verlängerung ihrer Hand verwandelte; ein einzelner, deutender Finger.

»Es sei denn«, fuhr Niessa fort, »sie lernt mit der linken Hand zu schreiben. Wißt Ihr übrigens, daß das eine Menge Leute können? Und jetzt aufgepaßt, Alexius, das ist die Stelle, an der sie ihn umbringt.«

Alexius sah, wie sich Bardas nach vorn bewegte; Iseutz reagierte, parierte hoch aus der Rückhand und machte eine geschmeidige Bewegung nach vorn, und Bardas versuchte den Hieb abzuwehren und die Klinge glitt an ihm vorbei ...

... und die Klinge wurde aufgehalten und von Bardas' meisterhafter Verteidigung zur Seite geschlagen, was Iseutz ins Stolpern brachte und sie sich an seiner Schulter festhalten ließ.

»Verdammt«, sagte sie.

»Egal«, erwiderte Bardas. »Du bist auf dem richtigen Weg. Versuchen wir es noch einmal, und sieh es diesmal voraus.«

»Oh, sehr schön gemacht«, sagte Niessa, als Alexius aufsah und dort, wo sich eben noch die Kuppel des Gerichts befunden hatte, das Dach der Fechtschule erblickte. »Sehr ökonomisch. Sogar stilvoll.«

»Danke«, erwiderte Alexius. »Was genau habe ich getan?«

Niessa tätschelte seinen Arm. »Mal sehen«, sagte sie. »Fangen wir mit dem an, was Ihr nicht getan habt. Ihr habt das tatsächliche Geschehen nicht geändert; Iseutz hat gegen Bardas gekämpft, dabei sind ihr die Finger abgetrennt worden; sie wollte ihn töten und hat sich auf eine ziemlich widerwärtige Weise an ihm gerächt, indem sie ihm erzählt hat, daß Gorgas die Tore geöffnet hat. Ihr habt folgendes getan: Ihr habt ihr inneren Frieden geschenkt. Jetzt ist sie der Meinung, daß das, was sie getan hat, viel besser war, als ihn zu töten, weil – nun, ich schätze, weil es ihm nichts ausgemacht hätte, den Tod zu finden, aber im Augenblick fühlt er sich ziemlich schrecklich. Und sie wird zufrieden sein, weil sie davon überzeugt sein wird, es sowohl Gorgas wie auch mir und Bardas gezeigt zu haben. Vielleicht wird sie deshalb sogar aufhören, mich zu hassen, und sich nützlich machen. Wie ich Euch bereits gesagt habe, brauche ich eine Helferin. Beinahe hätte ich gesagt, eine rechte Hand, aber das ist nun wirklich *nicht* die beste Art und Weise, wie man Iseutz beschreiben sollte.«

Alexius dachte einen Augenblick nach. »Meint Ihr, um Gorgas zu ersetzen?«

Niessa nickte. »Er war ein hoffnungsloser Fall. Mein eigener Fehler, die Familie über das Geschäft zu stellen. Sein alberner Krieg hat ein erfolgreiches Unternehmen ruiniert und viele Jahre harter Arbeit ausgelöscht; aber er wollte ja schon immer ein Soldat sein, genau wie Bardas und Onkel Maxen.«

Alexius schaute dem Fechtunterricht zu. »Es scheint Euch nicht viel auszumachen«, sagte er. »Ich meine, der Verlust der Bank.«

»Man muß praktisch denken«, erwiderte Niessa. »Wenn etwas in einem solch katastrophalen Zustand ist, daß man nichts mehr daran ändern kann, dreht man sich um und geht.«

»So wie Gorgas?«

»Ganz genau. Und unter uns, es war gar kein so großer Verlust, wie Ihr vielleicht glaubt. Bei unserer Position und wie Shastel uns gesehen hat, hatte das Geschäft keine große Zukunft. Da ich zum richtigen Zeitpunkt ausgestiegen bin, konnte ich wenigstens das Bargeld und die veräußerbaren Vermögenswerte retten. Und«, fuhr sie fort, »wenn ich brutal ehrlich sein will, bin ich eine ernsthafte Belastung losgeworden, nämlich Gorgas. Es ist Zeit, sich anderen Dingen zuzuwenden.«

»Niessa ...« sagte Alexius ...

... und schlug die Augen auf.

»Alexius«, sagte Bardas Loredan. »Alles in Ordnung mit Euch?«

Alexius runzelte die Stirn. »Ich bin mir nicht sicher. Was ist los?«

Bardas setzte sich auf die Bettkante. »Alles in Ordnung«, sagte er. »Ihr seid in der Kapitänskabine an Bord der *Eichhörnchen*, Vetriz Auzeils Schiff. Wir reisen zur Insel. Ihr hattet an Deck einen seltsamen Anfall. Wie fühlt Ihr Euch jetzt?«

Alexius lächelte. »Etwas Kopfschmerzen, das ist alles.«

»Ich verstehe. *Richtige* Kopfschmerzen oder eine bewußte Verletzung?«

»Richtige Kopfschmerzen, glaube ich«, erwiderte Alexius. »Was also ist geschehen? Mit Anaut Mogre und dem Heer?«

Bardas zuckte mit den Schultern. »Als wir ablegten, schien alles bemerkenswert ruhig. Wenn alles glatt geht, wird es keine Schwierigkeiten geben.«

Alexius nickte. »Das ist gut. So, wie Ihr das gemacht habt, habt Ihr viele Leben gerettet.«

»Tatsächlich?« Bardas schüttelte den Kopf. »Nun denn, schön für mich. Um ehrlich zu sein, war mir ziemlich egal, was passiert. Es war vernünftiger, keine weitere Schlacht zu führen.«

Alexius griff nach Bardas' Handgelenk. »Sagt mir, was ist zwischen Euch und Gorgas passiert? Ihr habt etwas getan, das ihn hat alles aufgeben und fliehen lassen.«

»Ich möchte nicht darüber sprechen.«

»Wie Ihr wollt. Auf jeden Fall hat es dem Krieg ein Ende bereitet, also was es auch war, es war es wert.«

Bardas lachte. »Ich schätze, das war es. Vermutlich könnte man sagen, daß in diesem Fall aus etwas Bösem etwas Gutes erwachsen ist. Aber zu diesem Zeitpunkt war es das letzte, woran ich gedacht habe, also zählt es wohl nicht.«

Alexius sah ihn an, aber aus seiner Miene war nichts herauszulesen. »Habt Ihr darüber nachgedacht, was Ihr jetzt tun wollt?«

Bardas schüttelte den Kopf. »Auf jeden Fall etwas, das nichts mit Tischlerarbeit zu tun hat«, sagte er. »Ich glaube, ich bin plötzlich allergisch gegen Leimgeruch geworden.«

Ein Mann und ein Kind, die aus ihrer untergehenden Stadt flüchten ...

Der Gedanke ließ den hochgewachsenen, kahlköpfigen Mann grinsen; eine Stadt nach der anderen, es bildete sich ein Muster. *Und ein Bruder öffnet die Tore der Stadt ...* hätte er hinzufügen können. Er hatte die Neuigkeit aus Scona gehört, als sie in Boul angelegt hatten. Bardas hatte gute Arbeit geleistet.

»Niessa.«

Das kleine Mädchen auf seinem Schoß öffnete die Augen und schaute zu ihm hoch.

»Was ist?« fragte sie. »Ich bin müde.«

»Niessa, Mami wird nicht zu uns kommen. Sie ist zu Hause geblieben.«

»Oh.« Niessa sah nachdenklich aus. »Warum?«

Gorgas kaute auf seiner Unterlippe herum. »Mami und Papi möchten nicht mehr zusammenleben. Also wirst du mit mir auf dem Bauernhof leben. Das wird Spaß machen; da gibt es Kühe und Schafe und Pferde und alle möglichen anderen Tiere.«

»Oh.« Niessa dachte einen Augenblick darüber nach. »Wenn wir auf einem Bauernhof leben, darf ich dann einen Hasen in einem Käfig haben?«

»Ich wüßte nicht, was dagegen spricht«, sagte Gorgas. »Deine Tante Niessa hatte als kleines Mädchen auch einen Hasen. Vermutlich steht der Verschlag sogar noch irgendwo rum.«

Das Mädchen nickte. »Und dann fahren wir wieder nach Hause zurück und besuchen Mami, nicht wahr?«

»Wir werden sehen«, erwiderte Gorgas. »Schlaf jetzt wieder.«

Als sie eingeschlafen war, deckte Gorgas sie zu und ging an Deck. »Wie lange noch?« fragt er den Steuermann.

»Wenn wir die Geschwindigkeit halten, noch ein paar Stunden, und wir sehen Kap Tornoys.«

Gorgas nickte. »Das ist gut«, sagte er und blickte nach achtern zu den beiden Segeln hinüber, die kurz hinter ihnen folgten. »Wo ist der Waffenmeister?«

Der Steuermann zeigte nach unten, und Gorgas sprang mit einem Satz hinunter aufs Hauptdeck. Es mußten noch Details geklärt werden – es müssen immer Details geklärt werden, ob das Heer aus fünfzig oder vierhundert Mann besteht –, denn ein vernachlässigtes Detail kann ein Heer genauso leicht vernichten wie ein Pfeilregen.

»Es müßte ein Kinderspiel sein«, sagte er dem Waffenmeister. »Schließlich haben sie kein stehendes Heer und keine Regierung. Die meisten von ihnen haben nicht mal Waffen, und es gibt auch keine Städte oder Dörfer, also gibt es keine Orte, an denen sie sich sammeln oder verstecken könnten.«

Der Meister grinste. »Eine Horde Bauern, die sich dem Mann entgegenstellen wollen, der die Armee von Shastel ausgelöscht hat? Das kann ich mir kaum vorstellen.«

Gorgas akzeptierte das Kompliment mit einem höflichen Nicken. Der Glaube, den diese Männer ihm gezeigt hatten, war genauso rührend wie ihre Loyalität; beides hatte ausgereicht, daß sie ihre Häuser und ihre Familien verlassen hatten und ihm gefolgt waren. Jetzt war die Armee ihre Familie und seine auch.

»Ich auch nicht«, sagte er. »Darum glaube ich ja auch, daß hundertfünfzig Mann mehr als genug wären. Solange wir es richtig und sie uns nicht mehr als nötig zum Feind machen, müßten sie eigentlich sofort aufgeben. So ist nun mal ihr Charakter, ehrlich.«

»Ihr müßt es ja wissen«, erwiderte der Waffenmeister. »Aber es ist schon ein seltsamer Ort, um ihn zu erobern.«

Gorgas lächelte ihn an. »Seht es nicht als Invasion«, sagte er. »Das hat einen falschen Beiklang.« Er wandte den Kopf und blickte in Richtung von Kap Tornoys, dem Tor zur Mesoge. »Ich betrachte es lieber als die Heimkehr des Bauernjungen, der es endlich zu etwas gebracht hat.«

EXCALIBUR

EXCALIBUR – zeitlose Klassiker mit den besten Romanen der modernen Fantasy vereint.

(70102)

(70103)

(70104)

(70106)

(70107)

(70147)